꿀벌의 속삭임

꿀벌의 속삭임

소피아 세고비아 지음 | 정동섭 옮김

EL
MURMULLO
DE LAS
ABEJAS

| 목차 |

시모노피오

1910년 10월 어느 날, 다리 밑에서 주워 온 아이. 발가벗은 온몸에 꿀벌들이 뒤덮여 있었다. 그날은 몹시 추웠고, 그곳은 곰과 표범이 어슬렁대는 위험한 지대. 유모 레하는 어떻게 이 아이를 발견했을까. 윗입술이 몽땅 일그러진 장애아. 언어 소통이 어렵다. 농장주 프란시스코가 대부, 그의 아내 베아트리스가 대모. 농장주 부부의 대자(代子)로서 입양한 아들. 그 이후 이 '꿀벌 소년'은 창고 헛간에서 꿀벌들과 함께 산다.

프란시스코 모랄레스

농장주. 모랄레스 가문 주인장. 노트르담 대학교 토목 공학과 출신. 깨우친 사람으로서 진보적 지식인. 합리적이고 시대를 앞서 나감. '씨를 뿌리지 않는 땅은 몰수'라는 농지 개혁법 시행을 예상. 사탕수수와 옥수수를 베어 내고 오렌지 나무를 심어 위기를 벗어난다. 미국 농업 잡지를 보고 신형 트랙터나 개량 씨앗 품종을 사들인다. 과감하게 농지를 팔고 신흥 도시의 집과 토지에 투자하기도 한다.

베아트리스

모랄레스 가문 여주인. 실용주의자이자 보수주의자. 자신의 주장을 고집하기보다는 남편의 말에 순종적. 땅과 가문은 부모와 같다고 생각. 그것을 버린다는 것은 곧 엄마와 아빠를 버리는 거와 같다며 농장에 집착. 서른여덟에 늦둥이 사내아이 임신. 결혼한 두 딸의 아이들과 비슷한 또래. 딸들의 눈총 속에 늦둥이 아이를 낳았다. 스페인 독감이 유행할 땐, 밤낮 재봉질에 열중함으로써, 그 고비를 넘김.

유모 레하

늙은 흑인 하녀 유모. 농장주 프란시스코와 그의 아버지까지 2대에 걸쳐 젖을 먹여 키웠다. 동네 고아나 젖이 모자란 아기들에게 젖 공양. 자신의 나이도 모르고, 언제 어디서 태어났는지도 모른다. 자신의 정확한 성과 이름도 모르고, 부모나 유년 시절 기억도 없다. 헛간 앞 흔들의자에 앉아 온종일 정물처럼 보낸다. 아무것도 보지 않고, 아무것도 듣지 않고, 아무 말도 하지 않으며, 오직 시모노피오와만 마음의 교감을 나눈다.

프란시스코 주니어

농장주 부부의 늦둥이 아들. 엄마 베아트리스가 서른여덟에 낳았다. 천하의 개구쟁이에 고집불통. 잠시도 가만히 있지 못하고, 산과 들판으로 쏘다닌다. 요람에 있을 때부터, 입양한 형 시모노피오가 귀에 대고 꿀벌들 이야기 등 자연의 소리를 가르쳤다. 엄마의 말엔 "아냐!", "내가 혼자 할게", "공평하지 않아!" 세 마디가 전부. 결국 엄마는 '스페인 도련님 만들기'를 포기한다. 이런 그도 시모노피오 말엔 양처럼 순하다.

에스피리쿠에타

멕시코 남부에서 흘러온 소작인. 땅과 자유를 찾아 남부 농장에서 가족을 이끌고 도망쳐 나옴. 땅과 자유는 스스로 쟁취해야 한다고 생각. '북부엔 주인 없는 땅이 많다'는 소문을 듣고 올라왔으나 현실은 그렇지 않아 불만. 결국 프란시스코 농장의 소작인으로 살아감. 스페인 독감으로 아내와 자식들을 잃고, 그것은 악마와 입을 맞춘 시모노피오 탓이라며 복수를 다짐. 농지 개혁주의자들과 닿으며 그들의 폭력 노선에 동조.

1

버려진 아기

··· **그 10월의 새벽,** 아기의 울음은 나무들과 새들의 노래, 상쾌한 바람 소리와 뒤섞여 있었다. 그 소리는 빽빽한 삼림 위를 떠돌다가, 몇 미터 못 가 사라지곤 했다. 마치 누군가가 그 소리를 듣지 못하도록 하려는 듯이.

돈 테오도시오는 마침 이웃 대농장에 일하러 가고 있었다. 그는 틀림없이 그 버려진 불쌍한 아기 곁을 지나갔을 것이다. 그런데도 그는 어떻게 아무 소리도 듣지 못했을까. 모랄레스 가문의 세탁부인 루피타도 역시 그 다리를 지나면서 아무런 낌새를 채지 못했다. 루피타는 "만일 내가 다리 밑에서 그 소리를 들었다면, 나는 그 아기를 기꺼이 내 품에 안았을 거야. 세상에 갓난아이를 그렇게 버리다니…. 그보다 더 끔찍한 일이 어디 있을까?"라고 말했다.

그건 미스터리였다. 도대체 그 불행한 아기는 누구의 아이였을까? 최근 그 마을에 의심이 갈 만한 여인은 누가 있을까. 꼬리에 꼬리를 문 소문들은 홍역보다 더 빨리 퍼져 나갔다. 온갖 추론과 가정이 뭉

게구름처럼 피어올랐다. 이 중 사람들이 가장 많이 고개를 끄덕인 것은 '아기 엄마가 페타카의 마녀들 중 하나라는 것'이었다. 그 마녀들은 그렇게 흉하고 낯선 아기가 태어나자 아기를 신의 자비에 맡기기 위해 다리 밑으로 내던졌다는 것이다.

그 아기가 얼마나 오랜 시간 동안 그렇게 있었는지 아무도 몰랐다. 또 그 아이가 벌거벗고 굶주린 채 어떻게 살아있었는지, 끊어진 탯줄로 과다 출혈이 있었을 텐데 어떻게 생존했는지 한마디로 기적이었다. 더구나 그 언덕엔 들쥐가 득시글거렸고 맹금류는 물론 곰이나 표범들도 어슬렁거렸다.

아기는 늙은 유모 레하(Reja)가 발견했다. 놀랍게도 아기는 꿀벌들에 의해 뒤덮여 있었다.

레하는 농장의 후미진 한곳에서 줄곧 자신의 시간을 보내고 있었다. 그곳은 '라 아미스타드' 대농장에서 술 창고로 사용되던 헛간 중의 하나였다. 그곳은 본채 뒤쪽의 헛간들처럼 창문이 없었다. 굳이 다른 헛간들과 다른 게 있다면 지붕이 툭 튀어나왔다는 정도였다. 레하는 언제나 그 헛간 앞 흔들의자에 앉아 있었다. 사시사철 그곳에서 눈앞에 펼쳐진 풍경을 보고, 먼 산에서 불어오는 바람을 온몸으로 느꼈다. 그것은 그녀만을 위한 바람이었다. 그렇게 여러 해(年)가 흘렀다. 사람들은 언제부터 그녀의 흔들의자가 그곳에 있었는지, 또 그녀가 언제부터 그 흔들의자와 하나가 돼 버렸는지 기억하지 못했다. 이제 거의 모든 이들은 레하가 그 자리에서 한 번도 일어서지 않았을 것이라고 생각했다. 너무 늙어 근육이 굳어 버렸거나 뼈가 삭아 버렸을 것이라고 여겼다. 그렇다고 그녀의 나이를 아는 사람은 아무도 없었다. 먼동이 트면 그녀는 이미 부드럽게 흔들리며 그 의자에 앉아 있었다. 밤이 됐을 때는 아무도 그녀가 그 자리에 없는 것을 알지 못했다. 모두 하루 일에 곯아떨어졌기 때문이었다. 그렇게 그녀는 흔들의자 아래의 땅바닥에 뿌리를 내렸다. 풍경의 일부가 되었다. 그녀의 살은 나무줄기가 되었고, 그녀의 피부는 단단하고 깊게 패인 암갈색 나무껍질이 되었다.

사람들은 그녀 앞을 지날 때, 말라 죽어 가는 나무에 인사하지 않듯이 아무도 그녀에게 인사하지 않았다. 가끔 몇몇 아이들이 멀리서 그녀를 바라보거나, 때때로 누군가는 그녀가 나무 조각이 아니라 살아있는 여자라는 걸 확인하기 위해 슬금슬금 다가오기도 했다. 하지만 그들은 금세 그 나무껍질에 생명이 있음을 깨달았다. 그녀가 눈도 뜨지 않은 채 냅다 지팡이를 휘둘렀기 때문이다.

레하는 자신이 그 누구의 호기심의 대상이 되는 걸 원치 않았다. 차라리 막대기가 되는 게 좋았다. 무관심이 편했다. 그녀는 평생 두 눈으로 본 것, 두 귀로 들은 것, 입으로 말한 것, 살갗으로 느낀 것, 가슴 아팠던 것들이 차고도 넘쳤다. 그걸 하나하나 되새김질하기에도 시간이 모자랐다. 왜 계속 살아있는가. 무엇을 기다리고 있는가. 그녀는 설명하지 않았다. 그녀는 보지도, 보이지도 않기를 바랐다. 듣지도 않고, 말하지도 않으며, 가능한 한 느끼지 않기를 원했다.

물론 레하가 받아 주거나 참아 주는 주변의 몇몇 사람들이 있었다. 또 다른 유모 폴라와 꼬마 프란시스코가 바로 그들이었다. 하지만 모랄레스 가문의 여주인 베아트리스나 그의 딸들은 견디기 어려웠다.

사람들은 더 이상 레하에게 필요로 하는 것이 없었다. 그녀 역시 사람들에게 줄 수 있는 것이 없었다. 이제 레하는 하녀로서의 생명이 다했다. 너무 늙어 하녀 일에서 손을 뗀 지 이미 수년이나 되었다. 그렇게 흔들의자의 일부로 변해 있었다. 사람들은 어디에서 나무가 끝이 나고, 어디에서 사람이 시작되는지 구별하기가 어려웠다.

레하는 동이 트기 전에 자기 방에서 그 헛간으로 갔고, 그곳에는 그 흔들의자가 그녀를 기다리고 있었다. 그녀는 두 눈을 감고 있었기에 아무것도 보지 않았고, 두 귀를 막았기에 아무것도 듣지 못했다. 폴라가 그녀에게 매끼 식사를 가져다주었다. 그녀는 거의 음식에 손대지 않았다. 그러다가 한참 시간이 지나면, 그녀는 고장 난 로봇처럼 가까스로 의자에서 일어나곤 했다. 날벌레들이 그녀의 감긴 눈꺼풀을 간지럽히거나 흔들의자의 딱딱한 나무 조각이 그녀의 엉덩이를 꼬집었다고 느꼈을 때였다. 그 의자는 오래전부터 그녀의 한없는 밀착에 버거워하고 있었다.

때로 그녀는 잠자러 돌아오는 길에 두 눈을 뜨곤 했다. 그리고 금세 시트 가장자리에 몸을 눕혔다. 춥지는 않았다. 더 이상 그녀의 몸은 추위를 느끼지 못했다. 쉽게 잠들지도 않았다. 이미 평생 자야 할 잠을 다 자 버렸기 때문인지도 모른다. 침대 위에서 어느 정도 시간이 지나면 조금씩 몸이 어색하고 불편했다. 바로 그때 그녀는 그녀의 가장 따뜻한 친구를 방문할 시간임을 깨달았다. 그것은 바로 흔들의자였다.

유모 레하는 자신이 몇 살인지 알지 못했다. 자신이 어떻게 태어났는지도 자신의 정확한 성과 이름도 알지 못했다. 자신의 유년기도 부모도 기억하지 못했다. 만일 누군가가 '그녀는 떡갈나무처럼 흙에서 태어났다'고 해도, 그녀는 그 말을 믿었을 것이다. 그녀는 자신을 잉태시킨 그 남자의 얼굴도 기억하지 못했다. 자신을 그 나무와 진흙으로 만든 움집에 버려두고 멀어지던 그 남자의 등을 기억하고 있을 뿐이었다.

어쨌든 그녀는 배 속에서 느껴지던 강렬한 움직임과 가슴의 찌릿한 통증을 잊지 않았다. 자기가 가져 본 유일한 아들이 태어나기도 전에, 젖가슴에서 솟아나던 노랗고 달콤한 액체를 기억하고 있었다.

다만 아기의 얼굴이 흐릿했다. 자신이 낳은 아기를 떠올릴 때마다, 젊은 시절 그녀가 젖을 먹였던 백인이나 원주민 아기들의 얼굴들이 겹쳐 보였던 것이다.

그녀는 처음으로 리나레스(Linares)에 왔던 날을 분명히 기억한다. 그녀는 배고픔과 추위로 기진맥진해 있었다. 그럼에도 아직은 자신의 아기가 두 팔에 안겨 있음을 느끼고 있었다. 그해 1월의 칼바람으로부터 보호하기 위해 그녀는 아기를 자기 가슴에 꼭 껴안고 있었다. 아이는 이틀 동안이나 젖을 먹지도 울지도 않고 있었다. 누군가에게 도움을 청해야 했다. 그래서 그녀는 멀리 떨어진 자신의 산속 움막에서 이따금씩 바라보던 이 마을로 내려왔던 것이다. 그녀는 그때까지 산에서 한 번도 내려온 적이 없었다. 그렇게 집들이 많이 모여 있는 것을 본 적도 없었다. 거리를 걸어 본 적도, 광장을 가로질러 가 본 적도 없었다. 또한 공원 벤치에 앉아 본 적도 없었다.

그런 추위는 분명 한 번도 경험해 본 적이 없었다. 아마 그곳의 주민들도 그렇게 느꼈을 것이다. 마을 거리에는 그녀처럼 칼바람에 맞서며 걸어 다니는 사람을 아무도 볼 수 없었다. 집마다 창문과 대문의 빗장이 굳게 걸려 있었다. 그녀는 머뭇거리며 광장의 벤치에 계속 앉아 있었다. 갈수록 몸이 더 얼어붙었고 아기 걱정에 두려워졌다.

그렇게 얼마나 오래 있었을까. 착한 마을 의사가 걱정스레 다가오지 않았다면, 아마도 그녀는 그곳에서 광장의 동상으로 영원히 남아 있었을 것이다.

닥터 도리아는 모랄레스 가문의 부름에 서둘러 그 집에 갔다 오던 참이었다. 모랄레스 부인이 곧 숨을 거둘 것 같다는 황급한 소리였다. 모랄레스 부인은 이틀 전 산파의 도움을 받아 첫 아이를 낳았는데, 갑자기 그 새벽에 열이 펄펄 끓는다는 것이었다. 모랄레스 부인이

13

아픈 곳은 젖가슴이었다. 감염으로 인해 젖을 물릴 때, 극심한 고통을 호소했다. 유선염이었다.

"부인, 왜 제게 진작 말하지 않았습니까?"

"부끄러워서요, 선생님."

병은 매우 진행된 상태였다. 갓난아기는 무려 12시간 넘게 젖을 먹지 못해 울고 있었다. 모랄레스 부인은 너무 아파서 아기에게 젖을 물릴 수가 없었던 것이다. 닥터 도리아는 산모가 유선염으로 죽는 것을 본 적이 없었다. 그 병으로 죽을 수 있다는 사실도 알지 못했다. 하지만 모랄레스 부인은 분명 죽어 가고 있었다. 잿빛 피부와 희뿌연 두 눈은 그 여인의 영혼이 금세라도 떠날 것임을 알려 주고 있었다. 그는 산모의 남편인 모랄레스 씨를 복도로 불러냈다.

"부인을 진찰해 봐야 합니다."

"안됩니다, 선생님. 그냥 약이나 주세요."

"무슨 약 말입니까? 모랄레스씨, 부인은 죽어 가고 있어요. 그 원인을 살펴보게 해 주세요."

"젖 때문일 겁니다."

"다른 이유 때문일지도 모릅니다."

그를 설득하는 게 필요했다. 손은 대지만 보지는 않든지, 보는 것은 되지만 손을 대지 않든지. 결국 그녀의 남편은 진찰에 동의했다. 죽어 가는 아내를 설득해 가슴을 손으로 만질 수 있도록 했다. 그리고 그보다 더한 일도 허락했다. 아랫배와 가랑이를 보거나 만질 수 있도록 한 것이다. 아무것도 손댈 필요가 없었다. 골반의 극심한 통증과 고름이 동반된 오로(惡露)˙는 사망을 예고하고 있었다.

˙ 분만 후에 배출되는 분비물―역주

언젠가는 출산으로 인한 죽음의 원인들과 그 예방 조치법들이 밝혀질 것이다. 하지만 모랄레스 부인에게 그러한 날은 너무 늦게 도래할 것이다. 아무런 조치를 할 수가 없었다. 닥터 도리아는 신이 '이제 그만 됐다'고 할 때까지 가장 편한 자세로 환자를 놔둘 수밖에 없었다.

아기를 살리기 위해 닥터 도리아는 모랄레스 가문의 하인에게 젖이 나는 염소를 찾아보라고 했다. 그러는 동안 의사는 임시방편으로 설탕물을 젖병에 넣어 아기에게 먹이려 했다. 갓난아기는 염소젖을 소화해 낼 수 없었기에 서서히 다가오는 끔찍한 고통 속에서 분명 죽을 것이었다.

"힘내세요. 세뇨르 모랄레스. 하느님이 하시는 일에는 이유가 있습니다."

"고맙습니다, 선생님."

집으로 돌아오는 길에 닥터 도리아는 검은 얼음의 여인을 보았다. 그에게는 그것이 작은 기적처럼 느껴졌다. 그는 지쳐 있었고 추위로 인해 고개를 숙인 채 걷고 있었기 때문이었다. 그녀는 모랄레스 가문이 마을에 벤치를 기증했다는 내용을 담은 동판 바로 앞에 앉아 있었다. 닥터 도리아는 그녀에게 물었다. "왜 여기 있어요? 도움이 필요한가요?"

레하가 이해하기에는 그의 말이 너무 빨랐다. 하지만 그녀는 그의 시선을 이해했고 그의 집까지 따라갈 만큼 그를 믿었다. 실내에 들어서자 그 온기로 인해 레하는 아기의 얼굴을 살펴볼 기운이 났다. 아기는 파랗게 질려 미동도 하지 않았다. 닥터 도리아는 아기를 위해 온 힘을 다했다. 그녀는 파랗게 질린 아기의 모습에 넋을 잃고 있었다.

그녀는 그 의사가 언제 자신의 옷을 벗겼는지도 몰랐다. 그것이 처음으로 남자가 강제로 자신을 덮치지 않으면서 옷을 벗긴 것이라는 사실도 생각해 보지 않았다. 헝겊으로 된 인형처럼 그녀는 의사가 자신을 만지고 검사하도록 내버려 두었다. 단지 자신의 두 젖가슴에 손을 댔을 때만 움찔 반응했다. 고여 있는 젖으로 젖 몽우리가 탱탱 불어 아프면서도 뜨거웠다. 그녀는 의사가 입혀 주는 깨끗하고 두툼한 옷을 입었다.

의사가 그녀를 다시 거리로 데리고 나왔을 때, 그녀는 조금 전 그 벤치에 다시 앉는다고 해도 그렇게 춥지는 않을 거라는 생각이 들었다. 사람들은 그녀와 의사가 광장을 지나서 가장 웅장한 집의 대문으로 난 길로 가는 것을 보고 놀랐다. 실내는 어두웠다. 레하는 자기를 맞아 주었던 여자처럼 하얀 피부를 가진 사람을 본 적이 없었다. 그들은 레하를 주방에 앉도록 했다. 그녀는 시종 시선을 내리깔고 있었다. 다른 사람의 얼굴이나 시선을 보고 싶지 않았다. 혼자 있고 싶었다. 다른 이들의 슬픔을 견딜 수 없었다.

문득 그녀는 갓난아이의 울음소리를 들었다. 아니 그 소리를 듣기도 전에 자신의 젖멍울이 먼저 반응했다. 그런데 내 아이는 아까 파랗게 얼어 있었지 않았던가? 혹시 저 의사가 내 아이를 살렸을까? 젖 몽우리가 점점 더 아팠다. 그녀에겐 아기가 필요했다.

"내 아이가 없어요."라고 그녀는 낮은 소리로 말했다. 하지만 주방에서 그녀와 함께 있던 이들 중 그 누구도 그녀의 말을 들은 것 같지 않았다. 그래서 그녀는 더 큰 소리로 말했다. "내 아이가 없어요."

"이 여자가 뭐라고 하는 거지?"

"자기 아이가 없대."

"그게 무슨 말이야?"

"자기 아이가 보고 싶다는 거야." 그 의사가 두 팔에 한 아기를 안

16

고 와서는 조심스럽게 그녀에게 건넸다. "아이가 아주 약해요. 아마 젖을 잘 빨지를 못할 거예요."

"내 아기인가요?"

"아뇨. 하지만 이 아이도 당신을 필요로 해요."

그녀는 블라우스를 풀고 아기에게 자신의 젖을 물렸다. 금세 아이는 울음을 그쳤다. 젖가슴이 조금씩 비워 지면서 안도감이 밀려왔다. 레하는 품에 안긴 아기를 내려다보았다. 자신의 아이가 아니었다. 젖을 빨며 내는 숨소리가 달랐다. 냄새 또한 달랐다. 피부색이야 더 말할 것도 없었다. 레하의 아기는 젖을 먹으면 피부가 진한 고동색에서 짙은 푸른색으로 변했다. 하지만 이 아이의 몸은 주황색에서 흰색으로 서서히 바뀌었다. 레하는 이 모든 것을 받아들였다.

주방의 그들은 모두 그녀를 조용히 관찰했다. 유일한 소리는 아기가 젖을 빨고 삼킬 때 내는 소리였다.

알베르토 모랄레스는 죽어 가는 아내를 지키다가 깜빡 잠이 들었다. 아내의 고통스러운 신음과 갓난아기의 질긴 울음소리 속에서도 잠은 어김없이 쏟아졌다. 그렇게 살아있는 것들은 모질게 생명을 유지하는지 모른다. 갑자기 적막이 찾아왔다. 그 바람에 알베르토 모랄레스는 잠에서 깨어났다. 아내의 신음은 끊겼고, 아기의 울음소리도 들리지 않았다. 그는 감히 아내의 몸에 손을 대지 못했다. 대신 벌떡 일어나 아기가 어디 있는지 주위를 두리번거렸다. 그는 주방에서 빙 둘러 서 있는 하인들과 닥터 도리아를 발견했다. 그가 다가서자 모두 한편으로 길을 터 줬다. 그는 그곳에서 어느 여인의 시커먼 젖을 빨고 있는 자신의 아기를 보았다.

"당신 아들을 위해 유모 하나를 데려왔습니다."

"유모가 흑인이군요."

"그러나 젖은 흰색입니다."

"그렇겠죠. 아이는 괜찮을까요?"

"괜찮을 겁니다. 단지 배가 고팠을 뿐이었죠."

"그런데 선생님, 제가 깨어났을 때 아내에게서 소리가 나지 않았습니다."

그것이 모랄레스 부인의 마지막이었다.

레하는 자기 몸에서 나오지 않은 그 아기가 땅에서 솟아난 것이라고 믿었다. 앞으로 몇 년 동안 레하의 유일한 존재는 아기일 것이었다. 그녀는 어머니인 대지(大地)를 대신하여 자신이 그 아이를 키우고 있다고 상상했다. 그녀는 아이의 첫 젖니가 날 때는 물론, 이(齒)가 모두 난 후에도 아이에게 젖을 물리는 걸 그만두지 않았다. 그냥 "아가야, 물지 말아라."라고 말할 뿐이었다. 그녀의 젖은 영양분이자, 즐거움이자 자장가였다. 아이가 울면 그녀는 젖을 물렸다. 아이가 칭얼대도 젖을 물렸다. 콧물을 흘리거나, 잠을 못 잘 때도 그녀는 젖을 물렸다.

꼬마 기예르모 모랄레스는 6년 동안 유모 레하의 젖을 먹었다. 사람들은 그 아이가 젖을 못 먹어 죽을 뻔했다는 생각을 지울 수 없었다. 모두는 그 아이가 해 달라는 것은 무엇이든 거절하지 않았다.

어느 날 베니테스(Benítez) 이모들이 방문했다. 그 이모들은 하녀의 검은 가슴에서 떨어지지 않는 다 큰 조카를 보고 기겁했다. 당장 아이가 젖을 떼야 한다고 아버지 세뇨르 모랄레스에게 법석을 떨었다.

"아이고, 이제 젖 안 먹어도 굶어 죽지 않아요." 한 이모가 말했다.

"알베르토, 이건 남부끄러운 일이에요. 역겨운 일이라고요." 또 다른 이모도 말했다.

그 이모들은 모두 노처녀였다. 아이의 마음이나 유모의 심정을 눈

곱만큼이라도 알 리가 없었다. 그 이모들은 말만으로는 마음이 놓이지 않았다. 그래서 꼬마 조카 기예르모를 몬테레이(Monterrey)로 데려가 버렸다. 그대로 뒀다간 영원히 철부지로 남는다는 이유였다. 그때까지 기예르모는 유모 레하의 가슴에서 멀리 떨어져 잠들어 본 적이 없었다.

레하는 텅 빈 팔로 홀로 남았다. 시도 때도 없이 젖이 흘러내려 사방에 젖이 흐른 자국을 남겼다. 다른 하녀들은 레하의 뒤를 따라다니면서 그녀가 흘린 젖 방울들을 닦아 냈다. "레하, 이제 뭘 하지?" 다른 하녀들은 그녀에게 묻곤 했다. 레하는 뭐라고 대답해야 할지 몰랐다. 그녀가 아는 것은 단지 그녀가 그 아이를 몹시 그리워하고 있다는 것뿐이었다.

"아이고, 레하. 이렇게 될 거라면 차라리 젖을 낭비하지 않는 게 낫겠어."

사람들은 그녀에게 영양실조 상태의 아기들이나 고아들을 데리고 왔다. 그리고 그들에게 젖을 먹이게 하거나 유리병에 그녀의 젖을 담아 갔다. 젖을 많이 물릴수록, 젖은 더 많이 나왔다. 홀아비였던 세뇨르 모랄레스는 죽은 아내의 여동생인 마리아와 재혼을 했다. 이들은 레하에게 젖 먹일 아이 스물두 명을 낳아 주었다.

이어지는 몇 년 동안 레하의 가슴에 아이가 없는 모습을 볼 수 없었다. 첫 번째 아기였던 기예르모 모랄레스를 특별한 애정을 가지고 기억했던 것은 두말할 필요가 없다. 그 아이는 절대 고독으로부터 그녀를 구원했다.

물론 기예르모는 돌아왔다. 그는 남자가 돼 있었고, 자신만의 가

• 멕시코 동북부 누에보 레온(Nuevo León) 주의 주도(州都) -역주

정을 이루고 있었다. 아버지 세뇨르 모랄레스가 나이 들어 죽은 후에 대농장을 상속받았다. 유모인 레하도 인계를 받았다. 그렇게 레하는 기예르모 아이들의 유모 역할도 맡게 되었다. 아버지 기예르모가 레하의 젖을 먹고 자랐고, 또한 기예르모 아이들이 레하의 젖을 먹고 자라게 된 것이다. 기예르모는 처음에 다른 유모를 찾으려고 했다. 하지만 그의 아내는 단호하게 그 제안을 거절했다. 레하의 젖보다 더 좋은 젖은 없다는 것이었다. 그 말은 사실이었다. 그래서 기예르모는 계획을 포기했다. 한 유모로부터 아버지와 아들이 2대에 걸쳐 젖을 먹고 자랐다는 사실을 마음에 담아 두지 않으려고 애썼다. 또한 자신이 예닐곱 살이 될 때까지 젖을 먹었다는 사실도 기억에서 지우려고 했다.

기예르모는 리나레스 중심가의 북적거림 속에서 사는 것에 지쳤다. 그의 저택은 마을 광장 가운데 있었다. 그는 그곳을 떠나 라 아미스타드 농장으로 이사했다. 그곳은 마을의 바깥에 위치했다. 중심 광장에서 1km 떨어진 곳에 있었다. 거기서 레하는 나이를 먹으며 늙어갔다. 기예르모도 그렇게 살다가 결국 전염병으로 죽었다. 그는 자기 아버지가 그랬던 것처럼 대농장을 프란시스코에게 물려주었는데, 그는 전염병이었던 이질과 황열병에서 살아난 유일한 생존자였다. 이때 늙은 유모인 레하도 그녀의 흔들의자와 함께 물려주었다.

레하는 이제 프란시스코와 그의 아내 베아트리스의 딸들에게는 젖을 물리지 않았다. 세월은 이제 그녀의 가슴도 마르게 했던 것이다. 레하는 자신의 젖의 풍요로움으로 인해 인근의 아이들이 몇 명이나 살아났는지를 기억하지 못했다. 또한 자신의 젖멍울을 짜낼 때 나왔던 젖의 마지막 하얀 방울도, 배고파 우는 아이의 울음소리를 듣기 전 가슴에 가득 채워지던 그 느낌도 기억에서 사라졌다.

1910년 10월의 그날 아침은 달랐다. 대농장의 거주민들은 매일 그렇듯 동이 틀 때 일어나 그날의 일상을 준비했다. 폴라는 룸메이트인 레하의 침대를 보지도 않고 눈을 떴다. 수십 년 동안 옆에서 잤기에 레하가 아무에게도 알리지 않고 소리 없이 움직인다는 사실을 알고 있었다. 그것이 그녀의 일과였다. 대농장의 소음들이 들리기 시작했다. 인부들은 사탕수수밭으로 가기 위해 연장을 찾으러 왔고, 저택의 하인들은 잠을 털어낼 준비에 바빴다. 폴라는 몸을 씻고 옷을 입었다. 마을 광장에 있는 빵집으로 갓 구운 빵을 사러 갈 참이었다. 그녀는 주방에서 밀크 커피를 한잔 마신 후 주방에 있는 양철통에 세뇨라 베아트리스가 항상 놔두는 돈을 챙겼다.

밖은 차가웠다. 숄을 걸치고 나온 게 다행이었다. 그녀는 대농장을 나와 마을로 향했다. 매일 가는 가장 짧은 오솔길을 택했다.

"도냐 폴라, 이제 가세요?" 매일 그렇듯 정원사 마르틴이 인사를 했다.

"그래요, 마르틴. 금방 다녀올게요."

폴라는 그 일상이 좋았다. 매일 아침 빵을 사러 가는 것이 즐거웠다. 그렇게 그녀는 리나레스 마을의 새로운 소식들을 알 수 있었다. 이제는 할아버지가 된 한 사람을 멀리서 바라보기도 했다. 그는 젊은 시절 그녀가 그토록 좋아하던 사람이었다. 그녀는 레하의 흔들의자가 끊임없이 삐거덕거리는 소리에 맞춰 길을 걸었다. 그 길은 대농장과 마을 중심부를 잇는 길로 커다란 나무들이 늘어서 있었다. 레하는 그 나무들이 어떻게 심어졌는지 알고 있었다. 그것들이 묘목이었을 때, 홀아비가 된 알베르토 모랄레스로부터 그 과정을 들었던 것이다. 그것은 오래전, 유모 레하가 말을 떼기 전의 일이었다.

농장에 돌아와서 폴라는 언제나 그렇듯 유모 레하에게 아침 식사를 가져다주려 했다. 그러다가 폴라는 갑자기 뭔가를 기억해 내려는 듯이 멈춰 섰다. '그런데 레하는 어디 있지?' 분명 오늘 아침도 폴라는 그 검은 흔들의자 앞으로 지나왔었다. 레하와 대화를 나누는 것은 아주 오래전에 포기했지만, 그녀가 그 늙은 나무들처럼 계속 그곳에 머물러 있다는 생각은 그녀에게 든든한 위안이었다. '그런데 오늘은 어땠었지? 그녀를 과연 내가 보았던가?' 그녀는 가던 길을 멈추고 뒤돌아섰다.

"도냐 폴라, 뭘 잊었나요?"

"마르틴, 유모 레하를 봤어요?"

"그럼요. 그 흔들의자에서요."

"확실해요?"

"그럼, 거기 말고 어디에 있겠어요?" 마르틴은 유모 폴라를 서둘러 따라왔다.

흔들의자엔 유모 레하는 없었다. 의자만이 흔들거리고 있었다. 깜짝 놀란 그들은 유모들이 사용하는 방으로 돌아왔다.

거기에도 그녀는 없었다.

"마르틴, 일꾼들에게 혹시 유모 레하를 봤는지 물어봐주세요. 길에 있는지도 찾아보세요. 나는 세뇨라 베아트리스에게 이 사실을 알릴게요."

베아트리스의 일상은 그렇게 일찍 일어나는 것이 아니었다. 하루 시작에 필요한 모든 것이 준비되었다는 확신이 들어야 비로소 그녀의 일상이 시작된다. 빵과 커피가 테이블에 놓이고, 정원에 물이 뿌려지고, 옷이 깨끗하게 다림질이 되어 있어야 했다. 그녀는 잠결에 자기 남편의 목욕하는 소리를 들으며, 여전히 침대 시트에 몸을 감싼채, 묵주 기도를 하면서 평화롭게 눈을 뜨는 것을 좋아했다.

그러나 그날, 모랄레스 코르테스 가(家)의 집에는 목욕도, 묵주 기도도, 평화로움도 없었다.

2

집은 살아 있다

••• **나는 아주 오래전**에 이 장방형 벽돌들과 회반죽 및 페인트 더미들 사이에서 태어났다. 그런 것들이 얼마나 많았는지는 상관없다. 중요한 건 내가 우리 엄마인 베아트리스 코르테스 데 모랄레스의 배 속에서 나와 처음으로 접촉한 게 엄마 침대의 깨끗한 침대보였다는 것이다. 나는 운이 좋게도 월요일이 아닌 화요일 밤에 태어났다. 오래전부터 우리 집안 여자들은 모든 교양있는 사람들이 그렇듯, 침대보를 화요일에 갈았다. 그 화요일에 침대보들은 라벤더와 햇빛 냄새가 났다. 물론 내가 그걸 기억하는 건 아니다. 그저 그랬으리라는 생각이 들기 때문이다. 나는 엄마와 함께 사는 동안, 엄마가 자기 일상이나 습관, 일 처리 방식에 변화를 주는 것을 단 한 번도 보지 못했다. 화요일에는 으레 하루 전날 세제로 세탁한 리넨 침대보를 교체했는데, 그 침대보는 어김없이 라벤더 물(水)이 뿌려졌고, 그다음 햇볕에 고슬고슬 말려 다림질을 한 것이었다.

그녀 평생 매주 화요일이 그랬다. 아니다. 단 한 번의 고통스러운 예외가 있긴 있었다. 하지만 아직 그 예외는 오지 않았다. 그 일은 내가 태어난 날 일어날 수도 있었을 텐데, 그렇지 않았다. 내가 태어난 화요일은 여느 날과 같았다. 나는 그날 밤 그 침대보에서 어떤 냄새가 났었는지, 내 피부에 닿았을 때 어떤 느낌이었는지를 알고 있다. 비록 그걸 기억하지는 못하지만, 내가 태어난 날 집에서는 이미 그날 이후 항상 맡을 수 있는 냄새가 나고 있었다. 집 건축에 사용된 다공성 벽돌들은 3대에 걸친 집안의 향기를 듬뿍 품고 있었다. 그것은 그 집안의 부지런한 남자들, 그리고 기름과 비누를 달고 사는 예민한 여자들이 만들어 낸 것이었다. 집안의 벽들에는 가문의 전통 방법으로 조리한 음식 냄새와 흰 비누로 삶은 옷 냄새가 스며들어 있었다. 공기 중에도 우리 할머니가 우유와 호두로 만든 사탕과 설탕 절임, 잼 등의 향기가 떠돌고 있었다. 또 정원의 화병에서 자란 타임˙과 에파소테˙ 향기, 그리고 더 최근에는 오렌지와 꽃들, 벌꿀 향기가 집안을 채우고 있었다.

모든 집이 그런 것처럼 그 집도 아이들의 웃음소리와 노는 소리, 과거와 현재의 다투는 소리, 쿵쾅거리는 문소리들을 간직하고 있었다. 우리 할아버지와 그분의 22명의 형제들이 맨발로 밟고 다녔던 부드러운 진흙 타일을 우리 아버지도 어려서 밟고 다녔고, 나도 어린 시절 그렇게 했다. 한밤중 그 타일은 우리 개구쟁이들의 장난질을 고자질하는 배신자였다. 타일을 밟을 때 피할 수 없이 나는 소리는 엄마에게 우리들이 애써 짜낸 계획들을 밀고해 버렸다. 집의 대들보는 삐걱거렸고, 문들도 삐그덕 댔다. 바람이 없을 때도 쪽문들은 역동적으

˙ 향신료로 사용하는 식물―역주
˙ 멕시코 차(茶)의 일종―역주

로 벽에 부딪히곤 했다. 하루 중 내가 마지막 모험을 하는 동안, 밖에서는 꿀벌들이 윙윙거렸고, 매미들은 미친 듯이 울어 댔다. 해가 지기 직전, 여름 오후에는 늘 그랬다. 해가 지면 한 여자아이가 노래를 시작했고, 다른 아이들도 그녀를 따라 노래를 불렀다. 노래는 모두가 다가오는 어둠에 놀라 갑자기 입을 다물 때까지 이어졌다.

우리 집은 살아 있다. 우리 집은 내가 태어나는 것을 보았다. 집에서 가끔 겨울에 오렌지 향이 나거나 한밤중에 주인 없는 웃음소리가 들려도 아무도 놀라지 않았다. 아빠는 "이 집에 유령은 없다."고 말하곤 했다. "네게 들리는 것은 여기서 살았던 사람들을 기억하기 위해 이 집이 간직해 온 메아리들이란다." 나는 그것을 이해했다. 나는 할아버지의 스물두 형제들과 그들이 집안을 들락날락하는 것을 상상했다. 수년이 흐른 뒤에도 그들의 웃음소리가 집안 곳곳에서 들려왔다.

물론 나도 그 집에 나의 메아리를 남겨 놓았다고 생각한다. 거꾸로 그 집도 내게 자신의 메아리를 남겨 놓았다. 아직도 내 안에는 그 집의 메아리가 담겨 있다. 우리 엄마는 내게 "입 좀 다물어. 너는 매미처럼 쉴 새 없이 떠드는구나."라고 말했다. 나는 내 세포 안에 우리 엄마와 아빠를 지니고 있다. 게다가 라벤더와 오렌지, 엄마의 침대보, 할머니의 계산된 발걸음, 구운 호두, 타일의 고자질하는 쿵쾅 소리, 거의 캐러멜이 다 된 설탕, 크렘브륄레, 미친 듯 울어대는 매미들, 오래된 목재 냄새, 광택이 나는 점토 바닥 등도 지니고 다닌다. 나는 그 시절 내 감각들이 경험했던 추억의 집합체이다. 만일 혼자 그곳에 가서 그 집을 보고 다시 느낄 수 있다면, 얼마나 좋을까.

하지만 이제 난 늙었네, 젊은이, 그래서 난 젊은이가 필요하지. 내게 남겨진 자식들, 그리고 지금은 손주들까지 나 대신 의사 결정을 한다. 수년 전부터 그들은 내가 운전을 하거나 수표 쓰는 것을 허용하지 않는다. 그들은 마치 내가 그들의 말을 알아듣지 못하거나 이해하지 못한다고 여긴다. 그렇다. 나는 말소리는 들을 수 있지만, 그 뜻을 이해하지 못한다. 분명, 나는 내 두 눈이 예전처럼 잘 작동하지 않는다는 사실을 인정한다. 양손이 떨리고, 다리는 쉽게 힘이 떨어진다. 손주들이나 증손주들이 찾아올 때면 금세 인내심이 바닥난다. 그렇다고 경쟁력이 전혀 없는 건 아니다.

내가 혼잣말을 하거나 또 있지도 않은 것을 보는 것이 꼭 나이가 들었기 때문은 아니다. 아직은 그렇지 않다. 갈수록 사실보다는 기억에 더 큰 매력을 느끼긴 하지만, 나는 기억과 사실 사이를 구분한다. 나는 누가 무슨 말을 했는지, 누가 누구와 결혼했는지, 어떤 일이 먼저 일어나고 어떤 일이 나중에 일어났는지를 속으로 되새김질한다. 나는 키 큰 호두나무의 가지 사이에 몸을 숨겼을 때의 달콤한 느낌을 되살려 본다. 손을 뻗어 호두 하나를 따서는 내가 가지고 있던 최고의 호두 깎기인 내 이빨로 호두를 까먹던 때의 그 달콤한 여운을 즐긴다. 나는 예전처럼 지금도 내 몸의 일부가 돼 있는 것들, 내 몸안에서부터 싹터 오는 것들을 듣고, 냄새 맡고, 느낀다. 문득 바람에 날리는 오렌지 향기는 나를 엄마의 주방이나 아빠의 과수원으로 데려간다. 크렘브륄레 통조림은 할머니의 지칠 줄 모르는 두 손을 떠올리게 한다. 할머니는 수 시간 동안 우유를 불 위에 놓고는 끈적끈적해질 때까지 설탕과 함께 휘저었었다.

이제 도시에서는 거의 들리지 않는 매미와 꿀벌 울음소리는 나의 어린 시절을 파노라마처럼 눈앞에 펼쳐 보인다. 비록 이제 뛰어다닐 수는 없지만 말이다. 나는 아직도 내 후각을 동원해 라벤더의 흔적을 찾고, 진짜가 아니라는 걸 알면서도 그 냄새를 맡는다. 밤에 두 눈을 감으면, 바닥 타일이 쿵쾅거리는 소리를 듣는다. 삐걱거리는 들보들과 쪽문들이 닫히는 소리를 듣게 된다. 도시에 있는 내 집에는 타일이나, 들보, 쪽문들이 없는데도 말이다. 그럴 때면 어린 시절 두고 온, 너무 일찍 두고 온 그 집에 있는 듯한 느낌이 든다. 그 집이 나와 함께 하는 기분인데, 나는 그런 느낌이 좋다.

3

유모가 돌아왔다

• • • **베아트리스 코르테스 데 모랄레스는** 1910년 10월의 그 날 아침을 평생 기억할 것이다.

사람들이 집요하게 그녀의 대문을 두드렸다. 그녀는 사탕수수밭에서 불이나 났겠지 하고 생각했다. 문을 열자 폴라가 울고 있었다. 어느 곳에도 유모 레하가 보이지 않는다는 것이었다. "침대에 없어요?", "없어요.", "자기 흔들의자에도 없고요?", "거기도 없어요.", "그럼 그 할멈이 어디에 있을까?"

분명 죽어서 덤불 속에 누워 있을 거예요. 베아트리스는 유모 레하를 잘 알고 있었다. 모랄레스 가문과 코르테스 가문은 대를 이어서 허물없는 이웃이었다. 양가 사람들은 서로의 집을 자연스럽게 오갔다. 그녀는 어릴 때부터 장래의 남편이 될 그를 알고 있었지만 열여섯 살 때 그를 사랑하게 되었다. 그때 프란시스코 모랄레스는 노트

르담 대학교에서 토목 공학을 공부한 후 귀국했는데, 성토요일˙ 축제 기간에 그녀에게 낭만적인 노래에 맞춰 함께 춤출 것을 부탁했다.

시아버지가 죽고 프란시스코가 재산을 물려받게 되자, 베아트리스는 모든 것에 대한 책임도 함께 졌다. 지금 실종된 노파도 거기에 포함돼 있었다.

모랄레스 가문은 대농장의 일꾼들을 동원했다. 일부는 마을에 수소문했고, 일부는 덤불 사이를 뒤졌다.

"곰이 그녀를 데려 갔을까?"

"그랬다면 발자국이라도 찾았을 텐데."

"30년 동안 자기 자리를 떠나지 않았는데, 어디로 갔을까?"

그 질문에 대한 답은 없었다. 살아 있든 죽어 있든 그녀를 찾아야만 했다. 프란시스코가 말을 타고 수색을 지휘하는 동안, 베아트리스는 유모의 빈 의자에 가서 앉았다. 의자는 그녀의 무게를 느끼자 삐걱거렸다. 그녀는 그곳이 레하에 대한 소식을 기다리기에 적절한 곳이라고 생각했다. 하지만, 곧 세탁부인 루피타에게 다른 의자를 가져오라고 했다. 아무리 앉아 보려고 해도 그녀의 체형과 그 흔들의자는 제각각 따로 놀았기 때문이다.

그녀는 자기 의자에 앉아서 끝나지 않는 시간을 보냈다. 그 옆에는 유모 레하의 의자가 혼자 흔들거리고 있었다. 아마도 산에서 불어오는 바람에 의해 건들거리거나 아니면 그저 습관처럼 움직이는지도 모른다. 요리사인 마티가 그녀에게 아침 식사를 가져 왔지만 베아트리스는 식욕이 없었다. 그저 먼 곳을 바라보는 것 말고는 다른 일을할 수가 없었다. 멀리서 어떤 움직임을 구별해 내려고 애썼다. 단조롭

˙ 향신료로 사용하는 식물 ─ 역주

게 펼쳐진 들판에서 또는 구릉지의 때가 묻지 않은 아름다움 속에서 어떤 변화를 감지하려고 했다.

눈앞에 펼쳐진 산과 사탕수수밭의 경치는 아름다웠다. 그녀는 그 각도에서 그런 풍경을 감상해 본 적이 없었다. 비로소 유모 레하의 심정을 알 수 있을 것 같았다. 왜 그녀는 변함도 없고, 끝도 없는 언덕 쪽을 영원히 바라보고 있었을까? 왜 그녀는 항상 저 언덕들 사이로 휘어지는 흙길을 바라보고 있었을까? 왜 두 눈을 감은 채 그랬을까? 왜 그런 식으로 그곳을 바라보았을까? 그녀는 무엇을 기다리고 있었을까?

베아트리스는 현실적인 여자였다. 그녀는 유모 레하가 살아서 발견되기는 어려울 거라고 결론을 내렸다. 그래서 레하의 장례식을 치를 구체적인 계획을 세우기 시작했다. 그녀의 시체를 하얀 리넨에 싸서 나무 관에 묻을 셈이었다. 페드로 신부님이 미사를 주관해 주실 것이고, 그 일대에서 가장 오래 산 레하의 장례에 마을 사람 전부를 초대할 계획이었다.

물론 시신이 없으면 장례도 치를 수 없었다. 시신부터 찾아야 했다. 만약 시신을 못 찾는다면 레퀴엠 미사가 가능할까? 흔들의자는 어떻게 처리하는 것이 좋을지 결정할 수가 없었다. 그것을 태울 수도 있었고, 톱밥으로 만들어 집 정원에 뿌릴 수도 있었다. 또는 톱밥으로 만들어 관 속 시체 옆에 넣을 수도 있었다. 또는 그토록 오랜 시간 동안 그곳에 있었던 그녀를 추억하기 위해 있던 자리에 그대로 놔둘 수도 있었다. 하지만 레하 이외의 다른 사람이 사용하도록 하는 것은 신성 모독 같은 일이었다. 그건 분명했다.

베아트리스는 그 낡은 의자를 유심히 바라보았다. 그 의자가 비어 있는 것을 본 적이 없었기 때문이다. 그 의자를 수리하거나 보수한 적이 없었는데도 그 의자는 잘 유지되고 있었다. 흔들릴 때 조금 삐거거렸지만, 그 주인이었던 레하가 그랬듯이, 날씨나 다른 외부의 상황들에 크게 영향받지 않았다. 의자와 레하는 공생 관계나 마찬가지였다. 문득 베아트리스는 흔들의자가 살아 있으면, 레하도 살아 있으리라는 생각이 들었다. 그때 그녀는 누군가가 언덕의 사탕수수밭을 가로질러 자기를 향해 달려오는 것을 보았다.

"무슨 일이예요, 마르틴? 그녀를 찾았어요?"

"네, 부인. 세뇨르 프란시스코께서 수레를 가져오라고 저를 보냈습니다."

베아트리스는 그가 수레와 함께 황급히 멀어지는 것을 바라보았다. 그녀의 시체를 찾았겠거니 생각했다. 베아트리스의 마음에 슬픔이 밀려왔다. 비록 유모 레하가 아주 나이가 많아 곧 죽을 것으로 예상했지만, 이런 방식으로 떠날 줄은 몰랐다. 자기 침대에서 또는 그 흔들의자에서 평화롭게 죽기를 바랐었다. 그러나 그렇지 않았다. 아마도 야생 동물의 공격을 받아 죽었으리라. 그렇게 들판에서 험한 모습으로 발견되었으리라. 얼마나 놀랐을까.

그렇게 끝나는 인생이 너무 많았다. 그녀는 슬픔을 털어 버렸다. 사람들이 그녀의 시체를 가지고 도착하기 전에 할 일이 많았다.

그러나 사람들이 수레에 그녀를 싣고 돌아왔을 때, 그녀의 계획과 준비들이 허사였음이 드러났다. 모든 예측은 빗나갔다. 유모는 살아 돌아왔다.

4

온몸이 꿀벌로 뒤덮인 아기

　･･･ **그녀의 남편인 프란시스코는** 나중에 인부들이 어떻게 집에서 7, 8km나 떨어진 곳에서 레하를 찾아냈는지 설명해 주었다. 인부들은 적잖이 화가 나 있었다. 그들이 레하를 발견했을 때 그 노파는 아무 말도 하지 않았을뿐더러 그 자리에서 한 발자국도 움직이지 않으려 했기 때문이다. 그래서 프란시스코는 수레를 가져오라고 한 후, 부리나케 그들이 레하를 발견해 낸 곳으로 갔던 것이다. 레하는 아나카우이타 나무 그늘 밑에 두 눈을 감은 채 몸을 흔들며 앉아 있었다. 그녀는 두 개의 보자기를 들고 있었는데 하나는 앞치마에, 다른 하나는 숄에 싸서 안고 있었다. 프란시스코는 그녀가 놀라지 않도록 조심스럽게 다가갔다.

"레하 유모, 프란시스코예요." 그녀가 눈을 뜨자 그는 가슴이 뭉클했다. "이렇게 먼 곳까지 와서 뭐하고 계세요?" 그는 유모 레하의 대답을 기대하지는 않았다. 그녀는 이미 오래전부터 입을 다물고 있었기 때문이다.

"아기를 찾으러 왔어요." 그녀가 나지막하게 말했다. 그녀의 목소리는 탁하고 음울했다. 그녀의 나이 때문에, 또 오랫동안 말을 하지 않은 탓이리라.

"누구를요?"

"울고 있던 아기 말이예요."

"유모, 여기에는 아기가 없어요."

대답 대신에 레하는 그 꾸러미들을 프란시스코에게 건네주었다.

"이게 뭐예요?" 프란시스코는 먼저 앞치마에 싼 묶음을 받았다. 그리고 그것을 펼치다가 소스라치게 놀라 땅바닥에 떨어뜨렸다. 벌집이었다. "유모, 왜 이걸 가져왔어요? 혹시 벌에 쏘인 것 아니예요?"

바닥에 떨어진 벌집에선 잔뜩 화가 난 벌들이 왱왱거리며 밖으로 나왔다. 주위 몇몇 인부들이 잽싸게 도망쳤다. 하지만 벌들은 그리 멀리까지 쫓아가지 않았다. 신기하게도 벌들은 공격을 멈추고 레하 주위를 빙빙 맴돌았다. 그때 유모 레하가 두 팔에 안고 있던 숄 안에서 뭔가가 꼼지락거렸다. 프란시스코와 그의 일꾼들은 깜짝 놀랐다. 레하는 그 보자기 꾸러미를 다시 감싸 안더니, 마치 어린애를 달래듯이 그것을 살살 흔들어 대는 게 아닌가.

"유모, 그 속에는 또 뭐가 있어요?"

그때 그 보자기 꾸러미가 사정없이 움직이더니 느닷없이 아이 울음소리가 터져 나왔다.

"도련님, 이 아기는 배가 고파요." 유모 레하가 말했다. 그녀는 계속해서 몸을 앞뒤로 흔들며 아이를 어르고 있었다.

"내가 좀 봐도 될까요?"

그녀가 숄을 펼쳤다. 역시 아기였다. 모두 흠칫 놀라 한 발자국씩 뒤로 물러섰다. 몇몇은 성호를 그었다.

5

두 천사와 개구쟁이

　　••• **아기가 어떻게 태어나는가**에 대한 환상 따위는 내겐
결코 없다. 다리 밑에서 주워 왔다, 혹은 파리의 황새 이야기˙ 같은
유치한 것은 통하지 않는다. 그런 것은 그저 호기심 많은 아이들에게
해 주는 허무맹랑한 이야기일 뿐이다. 난 처음부터 알고 있었다. 우
리 엄마는, 대부분의 그 시대 여인들이 그랬던 것처럼, 나를 속이는
일이 없었다. 엄마는 나를 낳기 위해 얼마나 많은 시간 동안 산통을
치렀는지 이야기하곤 했다. 내가 엄마 말을 잘 듣지 않으면, 내게 그
산고(産苦)를 기억하도록 했다. 그렇다. 만약 할 수만 있었다면, 엄마
는 내가 못된 짓을 할 때마다 출산 때의 그 고통을 내게 요구했을 것
이다.

　우리 엄마는 좋은 여자였다. 진심이다. 엄마는 단지 내가 어디서 나
왔는지를 설명할 수 없었을 뿐이다. 육체적인 측면에 대해 하는 말

˙ 황새가 아기를 데리고 온다는 서양 전설―역주

이 아니다. 그녀는 매우 똑똑했고, 부부 관계에 있어 친밀함의 결과는 아이들이라는 것도 잘 알고 있었다. 문제는 그녀가 나를 임신했을 때는 이미 그녀의 가임기가 끝났을 때였다는 것이다. 내 두 누나들은 이미 결혼했고, 엄마는 이미 할머니가 돼 있었다. 엄마는 나의 임신에 기절초풍했다. 서른여덟 살이라는 믿을 수 없는 나이에 자기가 임신했다는 사실을 알면 어느 여인이 놀라 자빠지지 않을 것인가. 결혼한 두 딸에게 뭐라고 할 것인가. 엄청 당혹했으리라고 짐작이 간다. 리나레스의 사교 클럽에 있는 친구들 앞에서는 더 힘들었을 것이다. 그리고 리본과 레이스로 장식된 두 명의 공주님들을 낳은 후에 진흙과 머릿니, 까무잡잡한 피부의 두꺼비 같은 사내아이가 태어났을 때 느꼈던 엄마의 절망을 나는 이해한다.

이렇게 나는 우리 엄마가 이미 할머니가 되었을 때, 엄마의 아들로 태어났다. 엄마는 나를 많이 사랑했고 나도 엄마를 많이 사랑했다. 하지만 우리에겐 문제가 있었다. 엄마는 내가 레이스나 리본이 어울리지 않게 되자, 나를 스페인 도련님처럼 만들려고 했다. 그것도 자기가 직접 만든 옷으로 말이다. 그러나 나는 전혀 도련님 스타일이 아니었다. 엄마는 마드리드의 최신 패션 잡지들을 흉내 냈다. 거기에 나오는 자수 양복을 내게 입히려고 했다. 나는 전혀 스페인식에 어울리지 않는데도 말이다.

난 천하의 개구쟁이였다. 옷은 항상 음식물이나 흙 또는 개, 소, 말의 배설물로 더럽혀져 있었다. 그게 엄마를 낙담시켰다. 내 무릎은 항상 상처로 까져 있었다. 금발 머리는 늘 진흙이 묻어 뻣뻣했다. 으레 코는 콧물이 매달려 있었다. 내 이니셜이 수놓아 있는 손수건은 엄마가 매일 내 호주머니에 넣어 주라고 하녀들에게 지시했던 것인데, 코를 닦는 일을 제외하곤 모든 일에 유용했다. 비록 나는 기억하지 못하지만, 사람들은 내가 유모들이 해 주는 닭이나 소의 간 요리보다는 딱정벌레 먹는 것을 더 좋아했다고 한다. 닭이나 소의 간 요리들은 내 양 볼이 홍조를 띠도록 우리 엄마가 유모들에게 시킨 것이었다.

나는 지금 아이들의 아버지이자 할아버지이자 증조할아버지이다. 내가 다루기 쉬운 아이는 아니었음을 인정한다. 함부로 할 수 있는 아이는 더더욱 아니었다. 그 시절 내가 즐겨 쓰던 말은 딱 세 가지였다.

"아냐."

"내가 혼자 할게."

"공평하지 않아."

엄마는 고개를 절레절레 흔들었다. 그뿐인가. 난 겨우 걷기 시작할 때, 달리겠다고 나서다가 무릎이 깨지기 일쑤였다. 또한 달릴 수 있게 되자 보이는 나무마다 기어 올라가 속을 썩였다. 한 마디로 엄마는 나를 당해 낼 수 없었다. 엄마는 자기가 너무 늙었다고 느꼈다. 거의 완벽했던 두 딸과 함께 이미 엄마로서의 일을 다 해 버렸다고 생각했다.

엄마는 눈에 넣어도 안 아픈 여자아이가 있었다고 말하곤 했다. 이건 말해야겠는데, 큰 누나 카르멘은 아름다웠다. 큰누나가 어렸을 때 엄마는 누나의 금발을 곱슬머리로 해 줬다. 사람들은 누나를 천사나 인형처럼 예쁘다고 말했다. 그런 찬사에 엄마는 마냥 즐거워했다. 더 커서 누나가 몬테레이로 공부하러 갔을 때, 적어도 마을 사람들 절반은 상실감에 마음이 무너져 내렸다. 누나가 결혼을 할 때도 그랬다. 그만큼 큰 누나의 미모는 마을 거리에서 전설로 남았다. 엄마는 수년 동안 카르멘을 짝사랑했던 이들의 수많은 연애편지를 보관했다. 그것은 누나가 결혼하기 전과 후에 받은 것으로 유치한 시구절과 영원한 사랑을 맹세하는 내용으로 된 것들이었다. 누구라도 그 편지들이 엄마에게 쓰인 거라고 여겼을 것이다. 엄마는 그 많은 편지 쪼가리를 기회만 되면 트로피처럼 내세우며 자랑했다.

또한 엄마는 귀에 넣어도 아프지 않은 여자아이가 있었다. 둘째 누나는 예쁘기도 했지만 그보다는 천사의 목소리로 유명했다. 엄마는 우리 집을 찾아오는 사람들 앞에서 작은누나 콘수엘로에게 노래를 시켰다. 그녀의 감미로운 목소리는 늘 청중의 환호와 찬사를 받았다. "천사의 목소리를 가졌군!" 하나같이 이구동성으로 말했다.

나는 천사들이 노래하는 걸 들어 본 적이 없다. 비록 작은누나가 천사의 목소리를 가진 건 사실이지만 말이다. 그러나 그녀가 악마의 기질을 감추고 있다는 사실을 아는 이들은 별로 없었다. 분명 둘째 누나는 최악의 순간에도 감미롭고 부드러운 목소리를 잃지 않았다. 그렇게 그녀가 하는 모든 말은 순수시처럼 들렸다. 그녀는 내게 말하곤 했다. "내게 다가오지 마, 이 더러운 코흘리개야. 역겹다고." 하지만 이 말조차 엄마의 귀에는 천사의 말처럼 들렸다. 엄마는 작은누나에게 지금 동생에게 무슨 말을 해 주고 있느냐고 묻곤 했다. 그럴 때마다 작은누나는 "요정 이야기를 해 주고 있어요."라고 상냥하게 대답했다. 나는 그녀의 마술에 걸리지 않은 소수의 사람 중 하나였다. 둘째 누나가 우리 집을 방문할 때 왜 내가 그날 하루를 밖에서 보내려고 하는지 엄마는 이해하지 못했다. 엄마가 나를 몬테레이에 심부름을 보내면, 왜 내가 큰누나 집에만 머무르는지 엄마는 도저히 알 수 없었다. 엄마는 우리 관계를 원만하게 하려고 "네 누나는 너무 착해. 너무 예쁘고, 너무 상냥하지."라고 말하곤 했다.

그렇게 우리 가족에는 두 명의 천사가 있었고, 그 외에 남자아이도 하나 있었는데, 그게 나였다. 엄마는 다른 사람들에게 나를 말할 때면 마치 잘못이라도 한 것처럼 "얘는 사내 녀석이에요."라고 말을 흐렸다. "막내 꼬마죠."라고도 했다. 엄마는 한 번도 내가 자기가 꿈꿔오던 아들이라고 말한 적이 없었다. 엄마는 결코 그런 말을 하지 않았을 것이다. 아니면 그럴 생각을 해 보지도 못했을 것이다. 엄마는 늘 나를 볼 때마다 "아이고, 하느님!"이라고 말했다. 집안 복도나 마당, 식당이나 주방에서 엄마와 마주칠 때면, 엄마는 언제나 긴 한숨을 내쉬며 "아이고, 하느님!"이라고 탄식했다.

"머리카락 좀 봐라."

"콧물이 이게 뭐니."

"옷 좀 봐라."

"아이고, 더러워라."

"왜 이리 촌스럽니."

"햇볕에 탄 것 좀 봐."

"이러고 있기에는 내가 너무 늙었구나. 아이고, 하느님!"

얼마 안 가 엄마의 한숨이 짧아졌다. "아이고, 하느님!"이라고 했다가 나중에는 그냥 "아이고!"라고 했다. 더 시간이 지난 뒤에는 그마저도 하지 않고, 그냥 한숨만 내쉬었다.

나는 항상 시끄러웠고 목소리가 날카로웠다. 내 몸은 진드기와 벼룩, 이의 피난처였다. 나는 고아 소년처럼 머리를 박박 밀 수밖에 없었다. 엄마는 늘 탐스러운 금발 머리의 아들을 만들고 싶었다. 하지만 그 꿈은 사라졌다.

만일 내가 전적으로 엄마의 돌봄 아래 있었다면, 나는 누나들보다도 더 많은 리본을 사용했으리라. 그런 운명에서 집안 환경이 나를 살렸다. 내가 태어났을 때는 이미 할아버지였고, 사위들에게 물려주기 위해 은퇴한 우리 아빠는 내가 비록 늦둥이지만 외동아들이 소심한 사람이 되는 것을 바라지 않았다. 아빠는 엄마에게 딸들의 양육에 대해서는 아무런 의견을 내세우지 않았다. 하지만 사내아이인 내가 태어난 후로는 내 양육에 대해 엄마와 맞서기 시작했다. 아빠는 우리 시대, 우리 땅에서는 섬세하거나 나약한 이들이 설 자리가 없다는 사실을 잘 알고 있었다. 주변에 전쟁이 일어나고 때로 그 전쟁은 우리를 찾아오기도 했으니 말이다.

나는 우리 엄마가 그 어떤 것에도 겁먹는 것을 본 적이 없다. 엄마의 그런 성격에 아빠와의 그런 대립은 감당하기 힘들었으리라. 엄마는 아빠를 사랑하고 있었다. 이는 거의 마흔이 된, 나이 많은 할머니가 된 여인에게는 드문 일이었다. 엄마는 내 직접적인 양육에서 한 발자국 물러서기로 했다. 하지만 아빠도 문제가 있었다. 아빠는 나를 제대로 교육하고는 싶었지만, 시간도 없었고 떠맡을 준비도 돼 있지 않았다. 일단 아빠는 사내아이에게 무엇을 어떻게 가르쳐야 할지를 몰랐다. 더구나 타마울리파스(Tamaulipas)의 목장들과 누에보 레온(Nuevo León)의 과수원들을 감독하고 관리하느라 눈코 뜰 새 없이 바빴다.

어쨌거나 나는 나만을 위한 일꾼들을 많이 가지고 있었다. 내 유모인 폴라는 나를 요리사 마티에게 넘기곤 했는데, 마티는 세탁부인 루피타에게 나를 인계했다. 루피타는 나를 정원사인 마르틴과 있게 했고, 마르틴은 나를 시모노피오와 함께 놀도록 했다. 시모노피오는 날이 어두워져 누가 나를 찾을 때까지 나를 다른 사람에게 맡기지 않았다.

6

미스터리

· · · **시모노피오가** 우리 가족에게 온 것은 돌이킬 수 없는 사건이었다. 가족의 분수령이라고 할까. 그것은 나중에 생사의 갈림길이 되었다. 비록 우리는 그것을 뒤늦게야 깨달았지만 말이다. 우리 아빠는 그를 처음 보았을 때 자신이 했던 반응에 대해 평생 심하게 자책했다.

내 생각에는 아빠가 아무리 여행을 많이 하고, 많이 배웠으며, 많이 계몽되었다고 해도, 미신에서 완전히 벗어나지는 못했던 것 같다. 어쩌면 그날의 상황이 그렇게 만들었는지도 모른다. 흔들의자는 비어 있었고, 유모는 실종됐고, 유모의 죽음에 대한 확신, 집 근처에서 시작해 점점 더 먼 덤불로의 수색, 그리고 이후에 있었던 그녀의 발견과 갑자기 입을 뗀 그녀, 앞치마에 둘러싸인 벌집의 맹렬한 벌떼들, 유모의 숄과 꿀벌들로 뒤덮인 일그러진 얼굴의 갓난아기.

첫인상은 항상 너무 중요한 것이다. 시모노피오는 우리 부모님과 신부님의 반대에도 불구하고 레하가 고집을 부려 세례를 받았다. 그러나 그의 첫인상은 좋지 않았다. 농부들은 하나같이 농장주인 아빠에게 그 괴물을 길옆 아나카우이타 나무 아래에 그냥 내버려 두라고 말했다.

"신께서 원하시는 일을 성취하기 위해서죠, 세뇨르. 이 아이는 악마이니까요." 안셀모 에스피리쿠에타는 주장했다. 이에 아빠는 말했다. "그건 터무니없는 생각이야. 에스피리쿠에타, 이곳에서 우리는 그런 걸 믿지 않아요."

당시 우리 아빠는 이미 마음이 차분해져 있었다. 아빠는 여행을 많이 하고, 많이 배웠으며, 계몽된 사람으로서의 이성을 믿었다. 미신적인 생각을 털어 내고 그 미스터리에 집중했다.

아빠는 레하에게 부드럽게 물었다. 그리고 레하가 토해 낸 몇 마디 단어들로 그 아기를 어떤 상황에서 발견해 냈는지 이해했다. 다른 이들은 그 노파가 어떻게 그 높은 산에 있는 다리까지 걸어갔으며, 또 어떻게 그 다리 아래에서 그 아기를 발견해 냈는지 이해하지 못했으리라. 레하는 그저 "그 아이의 우는 소리를 들었어요, 그 아이의 우는 소리를 들었어요."라고 연신 말했다. 그게 어떻게 가능할까. 다리는 수 킬로미터나 떨어져 있고, 아기의 울음소리는 힘이 없었을 텐데 말이다. 미신을 믿는 이들이든 교양 있는 이들이든 이것은 불가능하다는 사실을 알고 있었다.

그것은 대단한 미스터리였다. 레하가 아기를 발견하기 직전 돈 테오도시오와 세탁부인 루피타가 같은 곳을 지나면서도 아기 울음소리를 듣지 못했다. 그런데 그 노파가 어떻게 아이 울음소리를 들었단 말인가? 이 질문에 대한 답변, 믿을만한 답변은 있을 수 없었다.

농장 인부인 레오카디오는 사람들에게 "나는 점심시간에 아내가 내 옆에서 말하는 소리도 못 들어요."라고 말했다. 하지만 아무도 부정할 수 없는 사실이 하나 있었다. 나무토막처럼 움직이지 않던 그 노파가 불행한 아기를 구하기 위해 자신의 작은 세상을 포기했고, 그녀의 날개 달린 친구 꿀벌들과 함께 그 아기를 데려왔다는 것이다. 우리 아빠가 그 갓난아기의 몸을 뒤덮고 있는 꿀벌들을 털어 내려고 하자, 레하가 황급히 이를 막아섰다.

"내버려 둬요, 도련님." 그녀는 아기를 다시 감싸 주면서 말했다.

"하지만 유모, 아이를 쏘면 어떻게 해요?"

"그렇게 하려고 했다면, 벌써 그랬을 거예요." 난처하게 된 우리 아버지는 일꾼들에게 유모 레하를 수레에 실으라고 했지만, 레하는 그 아이에게 매달렸다. 사람들이 아기를 빼앗아 버릴까 두려웠던 것이다.

"내 아기예요."

"그래요, 유모, 유모 아기예요." 아빠는 그녀에게 말했다. "그리고 우리와 함께 갈 거예요."

"벌집도요."

아빠는 아무 말 없이, 그러나 아주 조심스럽게 그 벌집을 다시 앞치마로 덮어 수레 위에 올렸다.

7

낙인찍혀 세상에 온 아이

··· **프란시스코 모랄레스는** 자기가 유모에게 대답한 것이 분명하지 않다고 느꼈다. 그는 유모에게 "우리와 함께 갈 거예요."라고 말했다. 그랬다. 그런데 왜지? 이미 낙인찍혀 세상에 들어온 아이에게 우리는 무엇을 해 줄 수 있을까? 그의 머릿속에선 많은 생각이 스쳐 지나갔다. 하지만 아이를 버리는 것은 그의 선택지가 아니었다. 수레를 끌고 오면서 인부들이 수군거렸다. 특히 가장 최근에 고용된 안셀모 에스피리쿠에타의 말이 귀에 걸렸다. "악마가 이 아기에게 입을 맞추지 않았을까? 아기가 악마와 계약을 하지는 않았을까? 이 아기가 악마 바로 그 자신이 아닐까? 혹시 신의 형벌이 아닐까?" 무지한 미신의 소산들이었다. 아기는 겨우 숨이 붙어 있었다. 입은 달려 있지만 그것은 갈라진 틈새 구멍이나 마찬가지였다. 과연 단 하루만이라도 살아 낼 수 있을까. 또 무슨 말을 해야 이 아이의 수명에 대한 주위 사람들의 편견을 극복할 수 있을까.

마을 근처에서 그는 에스피리쿠에타에게 의사를 모셔올 것을 지시했다. 어차피 누군가 닥터 칸투에게 늙은 유모와 이 가여운 아기의 왕진을 부탁해야 했다. 이 불쌍한 아이와 이미 미신에 휩싸여 있는 일꾼들 간에 거리를 두기 위한 목적도 있었다. 미신에 솔깃한 이 남부 출신 일꾼들의 머리에 더 많은 환상을 집어넣을 필요는 없었다.

"그리고 악마의 입맞춤 같은 얘깃거리는 꺼내지 말게나, 응? 마법 이야기 같은 것은 하지 말자고. 유모가 도움이 필요한 아기를 하나 발견한 거야. 그게 전부라고. 알겠지, 안셀모?"

"네, 주인님." 안셀모 에스피리쿠에타가 말했다.

하지만 안셀모는 마을의 칼갈이 후안을 보자, 그에게 말하고 싶은 충동을 이기지 못했다. "절대 비밀로."하고 말이다. 놀라운 소식이 있는데, 유모 레하가 어쩌구 저쩌구…. 꿀벌들이 어쩌구 저쩌구, 마법에 걸린 아이가 어쩌구 저쩌구. 그러면서 그는 당시에 떠올랐던 온갖 종류의 불길한 예감들과 함께 장광설을 펼쳤다.

"얼마나 재수 없는 일이 불어 닥칠지 자네는 알게 될 걸세."

소문은 안셀모가 의사를 만나기도 전에 순식간에 퍼졌다. 리나레스 마을 전체가 시모노피오의 불행에 대해, 그리고 모랄레스 가문과 그 후손들에게 생길 수도 있는 불운에 대해 알고 있었다.

닥터 칸투는 신중하면서도 전문적인 식견이 있는 의사였다. 멍텅구리들과 미신을 믿는 이들의 질문 앞에서 시간을 지체하지 않았다. 즉시 모랄레스의 부름에 달려갔다. 그런데 그는 관을 싣고 가는 수레 뒤를 따라 농장에 들어가고 있었다. 그는 고개를 갸웃거렸다. 그는 이미 노파와 아기가 죽지 않았다는 사실을 알고 있었기 때문이다.

농장에 도착했을 때 그는 레하를 발견했다. 그녀는 여느 때처럼 흔들의자에 앉아 있었다. 그녀 주위엔 집안사람들과 하인들이 에워싸고 있었다. 그 노파가 자신의 붙박이 자리에서 움직였다는 사실이 그가 볼 때는 충분히 놀랄 만한 일이었다. 그렇게 나이 많은 노인이 가파른 길을 따라 모험에 뛰어들었다는 사실이 믿기지 않았다. 더구나 아무런 상처도 없이 돌아왔다는 사실은 더욱 믿기 어려웠다. 게다가 두 팔에 살아 있는 아기를 안고 산에서 내려왔다니. 하지만 이 모든 사실을 프란시스코 모랄레스가 말했다면 믿을 수밖에 없었다.

"누가 죽었나요?"

"아니요. 죽은 사람은 없습니다." 프란시스코가 대답했다.

"그럼, 관은 왜 있지요?"

마침 마르틴과 레오카디오가 무거운 관을 들고 서서 지시를 기다리고 있었다. 의사는 의아했고, 프란시스코는 황당해했다. 베아트리스는 '아차!' 하고 놀랐다. '관이라니!' 그녀는 유모의 실종 동안에 준비했던 것들을 깜빡 잊고 있었다. 레오카디오에게 마을에 가서 관을 하나 가져오라고 지시했던 것이다. 이제 프란시스코가 그녀를 뜨악하게 바라보았다. "그러니까…. 긴급 상황을 대비한 거예요." 베아트리스는 마르틴에게 두꺼운 천으로 그 관을 덮어 눈에 잘 띄지 않는 헛간에 보관하라고 지시했다.

닥터 칸투는 아기부터 보자고 말했다. 하지만 두꺼운 가죽 장갑을 끼지 않고서는 아기에게 접근할 수 없었다. "의사 선생님, 온통 꿀벌 천지예요." 실뭉치로 된 숄을 풀었을 때 그는 비로소 사람들의 말을 이해했다. 꿀벌 수백 마리가 아기의 작은 몸을 배회하고 있었다. 그는 어떻게 하면 아기를 놀라게 하지 않고 곤충들을 쫓아낼 수 있는지 고민했다. 다행히 그것은 레하가 해결했다. 레하의 피부는 가죽 껍질이나 마찬가지였다. 벌들의 쏘임에도 무감각했다. 그렇긴 하지만 아예 처음부터 벌들은 레하를 쏘지도 않았다. 이런 사실을 닥터 칸투가 알 리 없었다.

이유가 무엇이든, 레하는 아주 침착하게 벌들을 자극하지 않고 털어냈다. 아기도 가만히 있었다. 주위를 맴돌던 꿀벌 몇 마리가 천장 구석에 철사로 매달아 놓은 벌통으로 들어갔다. 아기는 그 모습을 눈으로 좇았다. 의사는 그런 아이를 보고 놀랐다. 아기의 잘린 탯줄에서 피가 나고 있었다. 의사는 그것을 실로 봉합했다.

"모랄레스씨, 이 아기는 누군가가 죽으라고 버려두었군요. 운명에 맡겨 두지도 않은 거죠. 아이는 피를 흘려 죽을 수도 있었어요. 실은 과다 출혈로 죽었어야 했지요."

아이는 피 흘려 죽지 않았다. 마치 탯줄이 열린 호스와도 같았는데도 말이다. 또한 모든 과학적 논리에 반하듯, 벌에 쏘인 자국도 하나 없었다. 자연에 노출됐음에도 불구하고 그 아이가 짐승에게 먹히지 않거나 죽지 않았다는 건 분명했다. 이런 요소들이 조합되어 시모노피오를 둘러싼 미스터리는 더욱 깊어졌다.

"아이는 놀랍게도 건강합니다."

"하지만, 선생님, 그 입은요?" 베아트리스가 걱정스레 물었다.

아래쪽 턱뼈는 완벽하게 형성됐지만, 위턱뼈는 입가에서부터 코까지 벌어져 있었다. 아이에게는 입술이 없었고 앞쪽 잇몸도 구개(입천장)도 없었다.

"악마가 녀석에게 입을 맞춘 거지." 에스피리쿠에타가 말했다.

"악마의 입맞춤 같은 건 말도 안됩니다." 의사가 단호하게 대답했다. "이건 일종의 기형입니다. 손가락이 없거나 더 많은 손가락으로 태어나는 것처럼, 종종 발생하는 거지요. 슬프지만, 자연스러운 겁니다. 하지만 이와 똑같은 경우를 본 적은 없군요. 책에서 본 적은 있지만 말이에요."

"고칠 수 있나요?"

"아뇨."

그 아이는 평생 그렇게 살 것이었다.

"이런 아이들은 오래 살지 못합니다. 젖을 먹지 못해 배고파 죽지요. 그리고 혹 어떤 기적이 일어난다고 해도, 호흡기를 통해 액체가 들어가기 때문에 질식해 죽게 되지요. 안된 일입니다만, 사흘 이상을 살지 못할 겁니다."

프란시스코는 페드로 신부에게 사람을 보냈다. 만일 이 아이가 죽게 된다면, 신의 뜻대로 세례를 받을 필요가 있기 때문이다. 하지만 신부보다 젖이 나오는 염소가 먼저 도착했다. 유모 레하는 미지근한 염소젖과 벌집에서 뚝뚝 떨어지기 시작한 벌꿀로 찻잔 하나를 채워 달라고 했다. 그러고는 염소젖과 벌꿀이 섞인 혼합액에 자기 숄의 끄트머리를 적셨다. 그리고 한 시간 이상에 걸쳐 그 천을 짜내며 아이가 잠들 때까지 한 방울 한 방울씩 아이에게 먹였다.

사제가 그 희망 없는 아이에게 세례를 주고 기름을 부어 주기 위해 기름과 성수를 가지고 서둘러 도착했다. 그때 아이는 다시 깨어나 하얗고 달콤한 물방울을 기다리며 입을 벌리고 있었다. 아이는 이미 깨끗하게 씻겨져 있었고, 부드러운 기저귀를 찼으며, 모랄레스 가문의 여자아이들이 세례식 때 사용했던 흰 가운을 입고 있었다. 그것은 베아트리스가 궤짝 하나에서 꺼내 입힌 것이다. 아이가 언제든지 죽을 수 있기에 서둘렀다. 예식은 수유의 중단 없이 시작됐고 하얀 방울은 축복의 방울이 됐다. 결국 시모노피오는 한편에 유모 레하를 그리고 다른 한편에 프란시스코와 베아트리스를 둔 채 자신의 몸과 마음을 구원하게 된 것이다.

8

전쟁과 꿀벌 소년

··· **그날 그는 수확한** 옥수수를 모두 잃었다. 최고의 풍작은 아니었지만, 곤충과 전염병에도 불구하고 꽤 성공한 한 해 농사였다. 그는 밤새 수확한 옥수수 한 알 한 알 어루만지며 기뻐했다. 그것은 마치 굼실굼실 품안의 어린 자식들 같았다. 하지만 그들은 그의 한 해 곡식들을 몽땅 빼앗아갔다. 한때 옥수수밭은 곤충과 전염병이 훑고 지나갔다. 하지만 그는 다시 정성스럽게 물을 줘 옥수수를 살려 냈고, 옥수수는 언제 그랬냐는 듯 부드럽고 즙이 많아져 탐스럽게 익었다. 추수는 4월의 따가운 햇볕 아래에서 마쳤다. 그 해처럼 때로 4월의 추수는 7월의 수확량보다 못할 때가 있었다. 바로 그때 그들이 득달같이 달려들었다. 그리고 그들은 시장에 내다 팔기 위해 담아 놓은 마지막 옥수수 상자까지 가져갔다.

"이건 군대를 위한 거요." 뒤돌아서서 가기 전에 그들이 그에게 말했다.

프란시스코 모랄레스는 옥수수 상자들이 수레에 가득 실려 사라지는 것을 멍하니 바라봤다. 한 해 뼈 빠지게 농사지어 거둔 옥수수가 그렇게 허망하게 사라지고 있었다. "그래 이건 군대를 위한 거야" 그는 혼자 중얼거리며 위스키 한 잔을 따랐다. 그렇게라도 스스로 달랠 수밖에 없었다. 그들은 그가 당장 저녁에 먹을 옥수수 한 알도, 새로운 종자를 살 단 1페소도 남겨 두지 않았다. 그건 군대를 위한 거지, 그래. 그런데 그 많은 군대 중 어느 군대를 위한 거란 말인가? 그 전쟁에서 군대는 하나였다. 다만 그 군대는 끝없이 분열했다. 그것은 마치 대학 시절 한 러시아 친구가 그에게 보여 주었던 시계 모양의 러시아 목각 인형 같았다. "그건 '마트료시카'야. 한번 열어 봐." 러시아 친구가 그에게 말했다. 그는 '마트료시카' 몸의 한 패인 부분을 당겨서 열었다. 놀랍게도 그는 그 안에서 똑같은 게 하나 더 있는 것을 보았다. 다음에 또 하나가 있고, 그 다음에도 또 하나가 있고, 그렇게 열 개의 같은 인형들이 들어 있었다.

그 혁명 군대들이 그에게는 그렇게 느껴졌다. 하나의 군대에서 또 다른 군대가 나오고, 그 또 다른 군대에서 또 다른 군대가 나오고…. 모두 '도찐개찐' 비슷한 군대였고, 저마다 한 나라의 정규군이라는 터무니없는 환상을 갖고 있었다. 그래서 그들은 누구든지 짓밟아 버릴 수 있는, 누구든지 죽여 버릴 수 있는, 누구에게든 국가의 반역자라고 선포할 수 있는 권리가 있었다. 그들은 수없이 프란시스코의 땅을 통과했다. 그때마다 프란시스코는 그들이 러시아 인형처럼 작아지고 있다고 느꼈다. 병력의 수도 그랬고 신뢰성과 정의감도 그랬다. 인간다움에 있어서도 그랬다.

그 한 해 수확물은 그 전쟁이 그들에게서 빼앗아 간 최소의 것이었다. 그들은 베아트리스의 아버지를 잃었는데, 그 군대들 중 하나가 몬테레이로 가는 도중 그를 사로잡아 배신자로 기소했다. 베아트리스의 아버지가 펠리페 앙헬레스 장군에게 저녁 식사를 제공했다는 것이 그 이유였다. 장군은 젊은 시절 그의 친구였고 그 지역에 새로 부임한 주지사였지만 단명하였다. 문제는 그가 해임된 카란사 대통령의 정적이었다는 것이다.

전쟁은 그들에게서 평화와 확신 그리고 가족을 빼앗아 갔다. 도적 떼들은 리나레스를 지나면서 사람들을 죽이고 보이는 여자마다 닥치는 대로 데려갔다. 예쁘든 추하든, 젊든 늙었든, 부자든 가난하든, 그들은 개의치 않았다.

프란시스코는 그런 일이 근대에 일어나고 있다는 게 도저히 이해할 수 없었다. 근대는 이성을 바탕으로 하는 시대였다. 하지만 근대는 전쟁과 함께 물거품이 되고 있었다.

이제 그의 딸들은 유년기를 벗어나기 시작했다. 그녀들은 젊었고 아름다웠으며 부유했다. 어느 때고 그 도적 떼가 프란치스코의 딸들을 데려갈지 몰랐다. 프란시스코와 그의 아내는 아이들을 수녀들이 운영하는 기숙 학교에 보냈다. 그렇게 딸들은 몬테레이에서 안전하게 보호되고 있었다. 그렇지만 딸들과 떨어져 살아야만 하는 프란시스코 부부는 적잖이 허전하고 쓸쓸했다.

군대가 마을을 지나갈 때 몸을 숨기지 못한 남자들은 징집되었다. 그들은 더 이상의 질문도 설명도 없이 전쟁터로 끌려갔다. 프란시스코는 인부들 중 두 명을 그렇게 잃었다. 그들을 잊기가 쉽지 않았다. 그는 그들을 코흘리개 시절부터 알고 있었다.

다행인지 불행인지 그 또는 그와 같은 남자들은 징집 대상에서 제외됐다. 1917년, 명성 있고 부유한 이들은 아직 뭔가를 위한 고려 대상이었다. 전쟁은 그들의 육체를 요구하지는 않았다. 하지만 전쟁은 그들의 주변을 맴돌며 그들에게 윙크하곤 했다. 때로는 그들의 옥수수 이상의 것을 요구하며 협박하기도 했다. 그날 그들에게서 강탈해 간 옥수수는 얼마 못 가 바닥이 날 것이다. 그들의 탐욕을 결코 만족시켜주지 못할 것이다.

전쟁에 참여하는 군대들은 이제 땅과 자유를 요구했다. 모든 군대가 땅과 자유를 외치며 싸웠다. 프란시스코와 같은 지주들은 그런 십자 포화로부터 피할 곳이 없었다. 새로운 농지 개혁은 지주들로부터 땅의 몰수를 뜻했다. 이는 모든 파벌들이 자신의 공약처럼 지지하는 주장이었다. 지주들의 땅은 법령에 따라 누군가에게 양도될 것이다. 땅을 위해 한 번도 땀 흘려본 적이 없는 누군가에게, 한 번도 땅을 이해해 본 적이 없는 누군가에게 말이다. 그것은 그들이 그의 집 현관문을 두드릴 때 고분고분하게 땅을 건네줘야 한다는 것을 말한다. 마치 자신의 수확물을 떠나보냈던 것처럼 말없이. 그렇게 하거나 아니면 거부하다가 죽거나.

프란시스코는 저들이 자기 옥수수를 가지러 왔을 때 감히 저항하지 못했다. 그의 명성도 눈앞의 총알로부터는 방패가 될 수 없었다. 그것 때문에 죽을 수는 없었다. 그는 자기 조상들이 물려준 땅을 애지중지했으나 그보다 더 소중한 것은 자신과 가족의 목숨이었다. 그렇다고 장차 내 땅을 빼앗아 가는 것을 두고만 볼 것인가. 그는 좌절한 채 자문했다.

지금까지 그가 자기 땅을 위해 했던 유일한 일은 자기 나름대로 땅을 쪼개는 것이었다. 그는 땅의 일부를 믿을 수 있는 친구들의 이름으로 등록했다. 그러나 그런 방법은 충분하지 못했다. 나머지 땅들을 베아트리스와 딸들의 이름으로 등기할 합법적인 방법이 없었다. 그러기엔 땅이 너무 넓었다. 그래서 그는 지금 사무실에 앉아 한낮인데도 위스키 잔을 홀짝일 뿐이었다. 평소보다 이른 시간이었다.

"프란시스코?"

베아트리스가 남편을 불렀다. 하지만 프란시스코는 깊은 생각에 빠져 있었다. 베아트리스는 그가 이미 많은 것을 잃었고 또 앞으로 모든 것을 잃게 되리라고 생각했다. 도저히 빠져나갈 방법이 없었다. 그렇다고 그가 술에 취해 사는 걸 받아들일 수는 없었다. 합법적인 강도질을 어떻게 막을 수 있단 말인가?

"…. 그래서 안셀모는 그것들에게 비눗물을 좀 뿌리려고 해요."

역시 프란시스코는 반응이 없었다. 그는 위스키를 마실 것이다. 항상 그랬듯이 한 잔을. 비록 술 한잔에 해답이 있는 것은 아니다. 그냥 술 한잔 마시고 일어나 사탕수수밭 사이를 어슬렁거릴 것이다. 한 걸음 한 걸음을 내딛기 위해 힘을 내리라. 그리고 필요하다면 모든 사탕수수 줄기를 쓰다듬으리라. 그것이 그가 적자를 벗어나기 위한 유일한 속임수였다.

"…. 시모노피오."

"뭐라고?"

"'말해요.'라고 해야지. '뭐라고?'가 뭐예요? 당신 엄마가 그렇게 가르쳤나요? 대체 무슨 생각을 하고 있어요?"

프란시스코는 가장으로서의 무거운 책임감과 주위의 먹구름처럼 밀려오는 불안감에 지쳐 있었다. 그때 아내의 지청구 소리에 퍼뜩 정신을 차렸다. 내가 무슨 생각을 하고 있었지? 오후 내내 앉아서 뭘 했지? 몬테레이에 가서 부동산을 사 놓을까? 아직 딸들이 젊을 때 인생을 즐기는 게 낫지 않을까? 전쟁은 그에게서 수확물뿐 아니라 시간도 빼앗아 갔다. 이미 계획했던 일들도 빼앗아 가 버렸다. 아내와 딸들을 위해 더 많은 시간을 보내고 싶었다. 아차, 그러고 보니 그에게 시간이 남아 있었다. 그날 그들은 모든 것을 빼앗아 갔지만, 시간은 남겨 놓았다. 빈털터리 상태의 희한한 하루를 그에게 남겨 놓은 것이다. 지켜야 할 옥수수도 없고, 배송하거나 넘겨주어야 할 상품도 없었다. 이젠 안타까워할 이유가 없었다. 그날에는 전쟁에도, 개혁에도 더 이상의 시간을 사용하지 않을 참이었다. 빼앗긴 옥수수도 그만 생각할 것이었다. 위스키는 맘만 먹으면 언제든지 마실 수 있었다. 사탕수수밭도 언제든지 갈 수 있었다. 그날은 다른 방식으로 시간을 보내고 싶었다.

"프란시스코, 당신에게 말하고 있잖아요!"

"말해요, 말해요, 말해요. 우리 엄마는 이렇게 말하라고 나를 가르쳤지." 그는 반쯤 마신 위스키를 테이블 위에 놓았다. 그리고 아내를 다정하게 껴안고 미소 지었다.

"아이, 여보…."

"음…. 말해요."

"아이, 참! 그만해요! 안셀모가 꿀벌들을 죽이기 위해 비눗물을 뿌리려고 한다는 말을 해 주려고 왔어요. 꿀벌들이 악마의 전령이래요. 횡설수설 무슨 바보 같은 소리를 하는데, 난 잘 모르겠어요. 말을 그치지를 않아요. 난 안셀모가 하는 말이 무슨 뜻인지 전혀 이해를 못하겠다구요."

"그러지 말라고 그에게 전해요."

"벌써 그렇게 말했어요! 그런데 안셀모가 내 말을 듣는다고 생각해요? 그렇지 않아요. 당신이 가 봐요. 불쌍한 유모 레하를 두고 왔는데, 흔들의자에 앉아 지팡이를 휘젓고 있었어요. 화가 나 있죠. 눈까지 떴다니까요!"

"그럼 시모노피오는?"

"시모노피오는 안셀모가 오면 자리를 피해요. 그 녀석이 어디에 숨는지 모르겠어요."

프란시스코는 수년 동안 안셀모 에스피리쿠에타와 이야기를 나누어 보았다. 하지만 그가 믿는 미신을 어쩔 수는 없었다. 그는 그 문제에 있어서 무력감을 느꼈다. 프란시스코는 전쟁과 농장일로 인해 시모노피오에게 시간을 많이 낼 수 없었다. 하지만, 오늘은 시간이 얼마든지 있었다. 그 녀석을 위해 그의 꿀벌들을 보호하리라. 그 꿀벌들은 그와 함께 왔고 그의 것이었다. 시모노피오에게는 그를 돌봐 줄이들과 대부모들이 있었다. 하지만 꿀벌들의 보호자는 프란시스코 자신뿐이라는 생각이 들었다. 꿀벌들을 죽이는 것은 그 아이를 죽이는 것과 같았다. 그 아이를 고아로 만들어 버리는 것이었다.

꿀벌들은 레하의 헛간 지붕을 덮고 있었다. 그래서 아무도 감히 그곳에 다가가려 하지 않았다. 하지만 벌들은 아무도 해치지 않았다. 사람들도 대부분 시모노피오 주위에 벌들이 있는 것에 익숙해 있었다. 벌들은 시모노피오에게만 관심이 있는 듯 했고, 시모노피오 역시 벌들에게만 신경을 집중하는 듯 했다. 그의 삶은 벌들이 옆에 있기에 아주 힘들 것이었다. 그렇다면 벌들이 없으면 어떻게 될까? 벌들은 시모노피오와 함께 왔었다. 이유가 있을 터였다. 그들을 그냥 평화롭게 내버려 두리라.

"갑시다."

그날은 시모노피오의 날이었고, 꿀벌들의 날이었다. 땅을 빼앗기지 않을 방법은 다른 날 생각해 내리라.

9

침묵의 소리

· · · **유모 레하의** 발아래에서 그리고 자기를 감쌌던 꿀벌들의 벌통 아래에서, 시모노피오는 세상을 배웠다. 아기 시절 시모노피오는 꿀벌 하나하나를 정확하게 구분할 줄 알았고, 벌떼가 일찍 벌집을 떠나 오후에 제시간에 맞춰 돌아온다는 사실도 깨달았다. 그는 벌떼의 일정에 맞춰 삶을 살았다. 시모노피오는 낮에 내내 꿀벌 친구들을 따라 온통 정원을 쏘다니며 놀았다. 꿀벌들은 지칠 줄 몰랐고, 시모노피오는 눈을 감고도 꿀벌들이 어디에 있는지 알 수 있었다.

레하는 곧바로 나무 조각처럼 움직임 없는 삶으로 복귀했다. 하지만 말없이 그리고 끊임없이 그 아이를 지켜보았다. 이제 늙은 그녀는 아이에게 자신의 젖을 먹일 수는 없었다. 그러나 그 꿀벌 소년에게 염소젖과 꿀을 먹여야 한다는 사실을 첫날부터 알고 있었다. 처음에는 천에 적셔서 주었고, 그다음에는 숟가락으로, 나중에는 찻잔으로 주었다.

레하는 처음 며칠 동안 그 아기에게 누군가 접근하는 것을 허용하지 않았다. 악의를 가진 누군가가 아이에게 해를 끼칠까 두려웠다. 또한 좋은 뜻을 가진 사람이라도 아이를 조심스럽게 다뤄야 했다. 시모노피오는 보통 아이들과 달랐다. 일반 아이처럼 젖을 먹였다간 자칫 질식하여 죽을 수도 있었다. 아기에게 접근이 허용된 여자들은 베아트리스와 유모 폴라, 그리고 세탁부 루피타였다.

레하는 베아트리스가 아기에게 뭔가를 먹이려 했다면 절대 허락하지 않았을 것이다. 다행히 베아트리스는 그러기엔 너무나 바빴다. 그녀는 딸들을 돌보지 않을 때면, 늘 클럽에서 사회 행사에 참여하곤 했다. 만일 할 수만 있었다면, 베아트리스는 시모노피오를 내향적이고 책 좋아하는 소년으로 만들려고 했을 것이다. 레하는 그런 사실을 누구보다도 잘 알고 있었다. 시모노피오는 그런 것에 어울리지 않았다. 시모노피오는 야생적인 아이였다. 산과 들에서 뛰어놀아야 했다. 물론 베아트리스가 아이를 보거나 안아 주려 할 때도 있었다. 그럴 때마다 베아트리스는 레하가 있는 흔들의자까지 가야만 했다.

폴라는 늙었고 참을성이 있었다. 그리고 루피타는 비록 젊었지만 후덕했다. 두 여자만이 시모노피오의 기형적인 입 틈새로 음식물을 넣어 줄 수 있었다. 그것을 레하는 본능적으로 알아차렸다. 이들만이 마지막 숟가락까지도 서두름이 없이 아이에게 음식을 먹이리라. 유모 폴라와 루피타는 선의든 악의든 시모노피오를 죽이지 않을 터였다.

시모노피오가 여느 정상적인 아이처럼 움직일 수 있게 된 다음부터는 그 자신이 다른 이들에게 다가갔다. 얼굴엔 늘 그만이 가진 특유의 미소를 띠었다. 차차 모랄레스 가의 부근에 사는 이들은 아이의 흉측한 얼굴을 보아도 놀라지 않았다. 점점 아이에게 친근감과 애정을 표현하기 시작했다. 나중엔 그의 얼굴의 결함을 잊을 정도였다. 그들은 아이가 멀리서 다가오면 마음을 열고 환대했다. 시모노피오는 부드럽고 누구에게나 친절했다. 날마다 노동에 지친 일꾼들에게 최고의 친구였다.

시모노피오는 살아남았고 먹는 일에 능숙해졌다. 하지만 세월이 흐르면서 그가 의사소통을 완벽하게 할 수 없다는 사실이 분명해졌다. 혀끝으로 만드는 자음들은 동굴 같은 그의 입에서 달아나 버리곤 했다. 에네(ñ), 카(k), 헤(g), 호타(j), 쿠(q) 같이 입의 저 아래에서 발생하는 소리들과 모음들을 발음할 수는 있었다. 하지만, 그와 대화를 하는 이들의 인내에는 한계가 있었다. 그들은 모든 것을 말할 수 있었기에, 아기 시모노피오가 자기들을 흉내 낸 소리들이 귀에 거슬릴 수밖에 없었다. 아기 시모노피오의 말 더듬는 소리, 그리고 발음하려고 하지만 제대로 소리가 나지 않는 단어들이 불편하기 짝이 없었다. 결국 사람들은 아이의 말을 전혀 이해할 수 없게 되자, 그들은 아이가 신체적인 결함뿐 아니라 정신적인 결함까지 있다고 여겼다. 아이도 자신들의 말을 이해할 수 없다고 생각하기에 이르렀다. 가엾은 시모노피오. 일부 착한 사람들은 그를 이렇게 부르기 시작했다. 가엾은 시모노피오는 꿀벌들과 시간을 보내 바보가 됐어. 혼자 웃고, 말할 줄도 모르고, 노래 부를 줄도 모른다니까.

그러나 그렇지 않았다. 한때 루피타는 시모노피오에게 노래를 가르쳐 주려고 했다. 만약 그랬다면 그 노래를 신나게 불렀을 것이다. 비록 '간장 공장 공장장은 장 공장장이고, 된장 공장 공장장은 강 공장장이다' 정도의 발음은 그의 능력 밖이었지만 말이다. 시모노피오는 사람들과 자기 꿀벌에 대해 이야기하는 것을 좋아했을 것이다. 왜 꿀벌들의 이야기를 사람들이 못 알아듣는지 이야기했을 것이다. 할 수만 있었다면, 그는 꿀벌들이 자기 귀에 들려주는 이야기를 말해 줬을 것이다. 꿀벌들은 산속의 진귀한 꽃들과 먼 곳에서의 만남들을 이야기했다. 돌아오지 못한 꿀벌 여자 친구들에 대해서도 말했다. 오늘은 햇볕이 강렬하게 불타오르지만, 내일엔 태풍의 먹장구름이 태양을 가릴 것이라고 귀띔하기도 했다. 그때 시모노피오는 "루피타, 잠시 후에 비가 올 텐데 왜 빨래들을 널고 있어요?", "내일 비가 올 텐데 왜 마당에 물을 뿌리죠?"라고 물었을 것이다.

눈을 감으면 불가능한 이미지들이 수없이 떠돈다. 시모노피오는 그런 이미지들을 뚜렷이 볼 수 있다. 어느 일들이 발생했을 때도 그 시작부터 끝까지 파노라마처럼 눈앞에 펼쳐진다. 그런데 왜 사람들은 그것을 보지 못하는가? 그들은 도대체 무엇을 보는가? 세상엔 듣고 보고 냄새 맡을 게 무궁무진하다. 왜 사람들은 귀와 눈, 코를 막는가? 그것은 내게만 들리고, 다른 이들은 듣지 못하는 소리인가? 만약 나의 입이 내 마음이 보내는 신호에 복종하지 않는다면, 어떻게 사람들과 대화를 할 수 있을까? 나의 입에서 거위 울음소리와 코맹맹이 신음만 나온다면, 어쩌란 말인가? 그는 할 수 없기에, 그렇게 하지 않았다. 시모노피오로선 가장 간단한 단어를 말하는 것조차 엄청난 노력이 필요하다. 하지만 그런 사실을 아무도 이해하지 못한다면, 또 아무런 관심이 없다면, 입을 닫고 있을 수밖에 없었다. 유모 레하는 여전히 흔들의자에 앉아 있었다. 늘 그녀와 시모노피오를 만나게 해 준 그 길을 바라보고 있었다. 그녀의 발은 꼼짝도 하지 않았다. 그렇게 그 발아래에서, 시모노피오는 '침묵의 예술'을 터득했던 것이다.

10

댄스 축제

· · · **베아트리스 코르테스는** 리나레스 사교클럽의 연례 성토요일 댄스 축제 위원회 의장이다. 그녀는 그 지위에 해당하는 자리에 앉아 있었다. 몇 달 동안 그녀는 그녀가 청소년기와 젊은 시절 그토록 즐겼던 그 전통을 재개해야 한다고 주장했다. 전쟁이 없던 예전, 연례적 댄스 축제는 살티요(Saltillo), 몬테레이(Monterrey), 몬테모렐로스(Montemorelos), 왈라우이세스(Hualahuises)의 명문가 사람들에게 거부할 수 없는 행사였다. 이 댄스 축제를 중심으로 리나레스 지역 호스트들의 여러 대농장과 목장들에서는 며칠에 걸친 이벤트들이 펼쳐졌다. 너도나도 이 축제를 즐겼다. 기혼자인 어른들은 젊은 시절의 우정을 되살렸고, 젊은이들은 서로를 알게 되거나, 혹 운이 좋으면 평생의 사랑을 발견했다.

처음 리나레스 지역 사회의 귀부인들은 이 행사의 조직에 참여하기를 거부했다. 그러나 베아트리스는 옛 전통을 되살리는 게 얼마나 중요한 일인지 귀부인들을 설득했다.

"오지 않을 거야."

"모두 도중에 강도를 당할까 봐 두려워하고 있어."

"아무도 오지 않을 거야."

"사람들은 오지 않을 거야."

그들은 한목소리로 말했다. 그들의 말이 맞을지도 몰랐다. 그러나 베아트리스는 한번 해 봐야 했다. 하나의 전통이 완전히 죽어버리는 데 얼마의 시간이 걸릴까? 아마 그 댄스 축제가 그랬듯 8년도 안 걸릴 것이다. 그 전통은 죽은 듯했지만, 아직 숨이 붙어 있었다. 그녀는 성토요일의 댄스 축제를 부활시킬 것이다. 젊은 딸들을 위해서라도 반드시 되살릴 것이다. 어떻게 한 기성세대가 그다음 미래 세대에 맞설 수 있는가? 어떻게 그들의 두 눈을 똑바로 바라보며 '너희들에게 물려줄 수 있었던 귀한 전통을 죽게 내버려 뒀어.'라고 말할 수 있겠는가?

베아트리스는 허술한 여자가 아니었다. 그녀가 살리고 싶었던 것은 몇 편의 댄스곡이나 예쁜 드레스가 아니라, 다음 세대의 정체성, 즉 자기 딸들의 뿌리와 소속감이었다. 약탈에 대한 두려움으로 인해 조만간 그녀는 두 딸을 몬테레이 사그라도 코라손 학교에 보낼 계획이었다. 그녀는 첫째 딸 카르멘과 둘째 딸 콘수엘로에게 그들이 태어난 고향에 대한 추억을 심어 주고 싶었다. 그것은 조상이 물려준 집에서 청춘을 보내면서 그 아이들이 두고두고 벼려야 하는 유대감이기도 했다.

베아트리스는 댄스 축제 되살리기가 거의 불가능함을 누구보다도 잘 알고 있었다. 그 지역에서는 음식도 돈도 귀해지고 있었다. 하지만 그녀는 혼자서라도 이 일에 매달릴 필요가 있었다. 그녀는 스스로 자신을 구원해야 했다. 그녀에게 그 댄스 축제를 조직하는 것, 새로운 자선 단체에 가입하는 것, 마을에 있는 모든 종류의 사회 활동과 자선 활동을 고안하고 관리하는 것은 곧 구원을 의미했다. 부족한 것들은 어떻게 할 수 없었다. 전쟁을, 학살을 막을 수도 없었다. 그녀가 할 수 있는 것은 어떻게 하든 정신을 온전하게 유지하는 것이었다. 이를 위한 유일한 방법은 가족과 마을이 필요로 하는 일에 온 힘을 쏟는 것이었다. 계속 바느질하거나 매년 댄스 축제를 계획하는 것이었다.

베아트리스는 그 행사 이름을 '연례 댄스 축제'라고 부를 예정이었다. 하지만 '연례'라는 명칭과는 달리 아이러니컬하게도 그 행사는 전쟁 발발 몇 달 후인 1911년 이후부터 열리지 않고 있었다. 게다가 그 행사를 주관할 리나레스 사교 클럽은 아직 사무실조차 없었다. 사교 클럽은 1918년 10월 현재 베아트리스 인생과 닮은꼴이었다. 잠재력은 대단한데, 이뤄 놓은 것은 별로 없었다. 그것은 마치 거대한 약속들이 있는 미완성 인생 같은 것이었다. 인생은 베아트리스에게도 위대한 것들을 약속했었다.

그녀는 요람에서부터 자신이 특권층 가족의 일원이라는 것을 깨달았다. 그녀의 가족은 대지에서 열심히 일한 노동의 산물로 유지되었다. 그녀는 가족 내에서 자신의 위치가 견고하다는 것도 알고 있었다. 아버지는 특별히 다정하고 세심한 사람이었다. 어머니는 다감하지는 않았지만 매우 교양 있고 의연했다. 치명적 역병에 걸리지만 않는다면, 자기의 삶은 길 것이고, 또 살 만한 가치가 있었다. 리나레스와 그 일대의 상류층 사람들을 알게 될 것이고, 그들과 우정도 쌓을 것이다. 명문가의 딸들과 학교 동문이 될 터이고 또 같은 학부모가 될 것이다. 또 그녀들은 베아트리스의 딸들의 대모가 될 것이고, 함께 늙어서 손주들로 가득 찬 노년을 즐길 것이다. 물론, 손주들을 보기 전에 많은 자녀가 있을 것이다. 그리고 자녀들이 있기 전에는 이 상적인 남자와의 결혼이 있을 터였다. 그 이전에는 구혼자들로 가득 찬 청춘을 보냈으리라. 남자들은 그녀의 마음에 들기 위해 그녀가 참 석하는 파티에 참석하려고 애를 태웠으리라.

그녀는 일찌감치 자기가 어떤 부류의 남자와 결혼할 것인지를 알 았다. 아마도 지역 명문가의 남자이리라. 그들은 많은 자녀를 낳을 것 이고 대부분은 죽지 않고 살아남으리라. 그건 확실했다. 그리고 그녀 는 자기 남편 옆에서 많은 성공과 좌절을 겪으리라. 서리와 가뭄, 홍 수도 있으리라. 그렇다고 하더라도 분명 극복할 수 있으리라.

그녀는 살면서 인생이 그녀에게 했던 모든 약속이 실현되었고 또 실현되리라는 확신이 있었다. 그것은 정확히 투자한 노력과 일한 시 간에 비례했다. 인생에서는 단지 잠재력만이 거저 주어지는 것이었다. 커다란 성취 뒤에는 반드시 그만한 비용이 뒤따랐다. 그래서 베아트 리스 코르테스는 착한 딸이나 좋은 친구가 되려고 노력했다. 모범생, 현모양처, 자애로운 귀부인, 훌륭한 기독교인이 되기 위해 무진 애를 썼다.

하지만 그녀가 아무리 노력해도 할 수 없는 일이 있었다. '무기를 내려놓고 일터로 돌아가라'고 어리석은 사람들을 설득할 수는 없었 다. 무수히 쏟아지는 총알의 궤적을 바꿀 수도 없었다.

베아트리스는 지역 사회 여자들에 둘러싸여 있었다. 그녀들은 모두 전통 보존에 관심 있는 척했다. 그들은 축제 준비에 필요한 꽃과 초 대장, 홍보 등을 이야기했다. 하지만 정작 그녀들은 썩어서 버린 수확 물을 생각하고 있었다. 곡식을 거둬 봤자 그것을 살 사람도 없었고, 그걸 옮길만한 운반 수단도 없었다. 댄스 축제는 6개월 후에 열릴 수 도 있었다. 그러나 그녀들 중 누구도 그때까지 살아 있으리라는 보장이 없었다. 여자들은 적군의 폭력적인 방문과 그에 따른 사망 통지 등을 생각하고 있었다. 또 이제 막 성인이 된 아들들도 생각했다. 만약 전쟁이 계속된다면 언젠가 끌려갈 수도 있었다. 그녀들은 또한 딸들을 생각했다. 딸들은 일평생 장래를 약속할 남자를 갖지 못할 수도 있었다. 그런 남자들은 모두 가슴이나 머리 또는 최악의 경우 복부에 총알을 맞아 죽으리라. 5년이나 10년 후 어느 댄스 파티에서 만날 운명이었을 한 청년이 사라지는 것이다. 한 여자의 배에 생명을 잉태시키는 대신, 선인장 벌판에 구더기 가득한 자양분이 될 것이다.

어릴 적 소녀들은 "엄마, 나는 누구랑 결혼하게 될까요?"라고 묻는 소꿉놀이를 좋아했다. 베아트리스도 어려서 엄마 그리고 사촌들과 함께 그런 놀이를 하곤 했다. 사실 여자의 삶에서 이것보다 더 중요한 미지수가 어디 있겠는가?

"나는 누구와 결혼하게 될까?"

"분명한 건 내가 잘생긴 남자와 결혼할 거라는 거야. 부지런하고 용감하고 가문 좋은."

이제 베아트리스는 자신의 사춘기 딸들이자 이 혁명기의 딸들과 그런 놀이하는 걸 꺼렸다. 그녀는 딸들의 신랑에 대한 꿈에 장단을 맞추거나 어떤 약속도 하고 싶지 않았다. 정작 만나기로 한 날에, 그 신랑이 살아서 약속 장소에 도착하리라는 확신조차 할 수 없는 상황이었다.

베아트리스는 자기가 운이 좋다고 느꼈다. 프란시스코 모랄레스는 인생이 그녀에게 약속했던 남자였다. 유년기와 사춘기에 상상 속에서 바랐던 바로 그 남자였다. 그녀가 바랄 수 있는 모든 것이었다. 잘생겼고, 가문 좋고, 성실했고, 용감했다. 교양 있고 재산도 많았다. 그 당시에는 전쟁도 없었고, 약혼 기간을 혼란스럽게 하거나 복잡하게 할 어떤 갈등의 징후도 없었다. 그들은 축제와 댄스 파티에 함께 참가했고, 야외에서 시간을 보내기도 했다. 그리고 결혼했다. 그들은 서로에 만족스러워했고, 부족할 게 없었다. 그들의 인생과 미래는 안전해 보였다. 거기까지 인생은 약속을 지켰다. 1년 뒤에 첫 딸 카르멘이, 3년 뒤에는 둘째 딸 콘수엘로가 태어났다. 평화롭게 꿈꾸던 시절이었다.

전쟁 이전은 평화롭고 경이로운 시대였다. 모든 것이 가능했다. 손으로 만질 수 있는 인생의 모든 약속과 함께 하는 시절이었다. 베아트리스는 그 시대를 사는 여자인 것이 행운이라고 여겼다. 자기 딸들이 새로운 세기의 여자가 되는 것이 대단한 행복이라고 생각했다. 철도 시스템은 거리를 단축했고 물건과 사람들을 대량으로 옮기고 있었다. 증기선은 대서양을 가로질러 몇 주 안에 유럽에 도착했다. 전신은 아주 멀리 떨어진 사람에게 바로 그날 일어난 가족의 탄생이나 사망 소식을 알게 해 주었다. 예전에는 수개월이 걸리던 일이었다. 전기는 밤에도 활동할 수 있도록 했고, 전화는 멀리 떨어진 사람에게도 소곤댈 수 있도록 해 주었다.

세상은 요지경이었다. 문명의 발달과는 반대로 사람들은 거꾸로 가고 있었다. 서로 멀어지려고 안간힘을 쓰고 있었다. 우선 멕시코 혁명이 그랬고, 제1차 세계 대전이 그랬다. 제1차 세계 대전은 끝나는 듯하더니 그 여진이 계속되고 있다. 이제 러시아인들이 전쟁을 집안으로 끌어들여 형제와 형제가 싸우고, 신하가 왕에 총부리를 겨누고 있다. 차르와 황후, 그들의 네 딸과 어린 왕자가 7월에 비밀스럽게 살해됐다. 그들의 시체조차 어디에 있는지 알 수 없다.

베아트리스의 나라에서도 가족 전체가 사라지고, 여자들이 납치당했다. 사람들이 안에 있는 데도 통째로 불살라진 집도 있었다. 서로 적대적인 멕시코 군인들 사이의 전쟁이야 그렇다 치더라도, 최악의 사실은 그 전쟁이 평화로운 사람들의 삶까지 무참하게 파괴했다는 것이다. 그 보통 사람들은 아이들이 무럭무럭 자라 평범한 사회의 일꾼이 되는 것을 바랐다. 그 이후에는 어떻게 될지 하느님만이 아실 것이지만 말이다. 그 자녀들을 기르기 위해 가족과 함께 열심히 일했을 뿐이다.

혁명전쟁이 발발했을 때 베아트리스는 자신의 작은 세계, 그 단순한 삶에서 안전하다고 느끼고 있었다. 그녀는 자신이 아무도 건드리지 않으면, 누구도 자기를 건드리지 않을 거라고 여겼다. 혁명은 그녀에게서 멀리 떨어져 있는 그 무엇처럼 보였다. 주시할 필요는 있지만, 먼 곳에 있었다.

연방 정부는 비다우리(Vidaurri) 주지사의 독립 시도에 대해 가혹한 처벌을 가했다. 누에보 레온 주의 주민들은 이 전쟁의 추이에 상대적으로 거리를 두고 싶어 했다. '하늘이 무너져도 솟아날 구멍이 있겠지'라고 베아트리스도 생각했다. 그러나 이제 그녀는 스스로 자신을 속였다는 사실을 깨달았다. 그녀는 그 전쟁을 자기 것으로 여기지 않으면, 전쟁이 그녀와 그녀의 가족을 건드리지 않으리라고 찰떡같이 믿고 있었다.

처음 그녀에게도 '유효 참정권과 비 재선'의 원칙을 지지할 만큼의 젊음과 이상이 있었다. "유효 참정권, 재선 없음"이라는 구호는 우아해 보였다. 역사적 가치가 충분하다고 생각했다. 분명 멕시코는 쇄신을 위해, 20세기라는 근대에 완전히 진입하기 위해 그것이 필요했다. 종신 대통령인 디아스의 축출과 함께 상식이 세상을 지배할 것이고, 전쟁은 곧 종식될 것이며, 평화가 돌아오리라고 생각했다. 결국, 그 역사에서 유일하게 현명했던 이는 포르피리오 디아스 대통령 자신이었다. 그는 권력에서 손을 뗐다. 지킬 수 없는 것은 지킬 가치가 없다는 것을 깨닫고, 대치 몇 달 후에 가방을 꾸려 망명을 떠났다. 그것은 모든 이들이 바라던 결말, 모두가 염원하던 승리였다. 그것을 마침표로 그 드라마는 끝났어야 했다.

그러나 아니었다. '혁명'이라고 불리는 그 광대놀이의 주연 배우들은 자신들이 의결했던 시나리오의 긴 대사들을 손쉽게 까먹었다. 배신과 총격이라는 대화와 독백이 난무했다. 원본 대본은 망각 속으로 사라져 버렸다. 일부는 전쟁을 기회로 남의 땅과 부를 얻으려 했고, 또 다른 이들은 높은 자리에 앉고 싶어 했다. 아무도 평화를 위해 노력하지 않았다. 총을 쏘지 않고 대화로 새로운 세상을 만들자고 외치는 사람이 없었다. 그러기는커녕 순진한 이들을 부추겨 무기를 들게 했다. 그리고 그들을 반미치광이나 다름없는 전쟁광들이 지휘했다. 그 지휘관들은 최소한의 윤리나 군사적 예의조차 없었다. 그들은 무차별적으로 사람들을 죽였다.

베아트리스의 멕시코 혁명전쟁에 대한 자기기만은 1915년 1월에 끝이 났다. 그날 무장 투쟁은 그녀의 집까지 침략하여 거칠고 파괴적인 불청객으로 그녀의 삶에 남았다. 그들은 현관문을 두드렸는데, 그녀의 아버지 마리아노 코르테스는 순진하게도 그 문을 열어 줬다.

그 후 아버지의 행적은 열차 승객들의 증언으로 들을 수 있었다. 아버지 마리아노 코르테스는 허둥지둥 사위와 작별한 후 기차에 올랐다. 일등칸의 다른 몇 안 되는 승객들에게 인사를 한 후, 그는 자기 자리에 앉았다. 얼마 후 대대 병력이 알타 언덕에서 기차를 세우기 위해 선로를 봉쇄했다. 당시 그는 차분하게 책을 읽고 있었다. 군인들의 선로 봉쇄는 승객들을 목표로 한 것이 아니었다. 오직 마리아노 코르테스 한 사람을 죽이기 위한 봉쇄였다. 아버지는 적과의 내통

혐의로 기소되었다. 조국의 배신자로서 즉결 처분 대상이었다.

"나는 누구도 배신하지 않았고, 당신들은 나를 그렇게 판단할 자격이 전혀 없습니다. 하지만 나를 죽여야 한다면 아내가 나를 알아볼 수 있도록 얼굴이 아닌 가슴에 총을 쏴 주시오."

그들은 기차 승객들 앞에 아버지를 세워 놓고 가슴과 배에 여섯 발의 총을 쐈다. 그렇게 그들은 그 죄수의 마지막 소원을 들어줬다. 아버지 마리아노 코르테스는 시체가 되어 귀가했다. 장례식 때 사람들은 그의 얼굴을 알아볼 수 있었다.

마을에서는 아직도 홀로 군대 앞에 선 채 죽음을 맞이했던 그녀의 아버지 이야기를 하곤 했다. 배짱이 얼마나 두둑했던가! 그의 마지막 유언에는 아내에 대한 사랑이 얼마나 사무치고 넘쳤던가!

살과 뼈로 된 그의 몸을 실은 수레가 도착했을 때, 그들 중 누구도 시신 가까이 다가오지 않았다. 아버지는 온몸에 총알구멍이 숭숭 뚫려 있었다. 그 구멍으로 피를 흘려 무기력하게 축 늘어져 있었다. 거기에 무슨 낭만 따위가 있었겠는가? 존엄 따위가 어디에 남아 있었겠는가?

아버지 마리아노 코르테스의 죽음은 베아트리스에게 깊은 쓸쓸함과 허무감을 안겨 주었다. 때론 순해 빠진 아버지에 대해 불쑥불쑥 분노와 증오가 치밀어 오르기도 했다. 사람들은 그녀에게 위로의 말들을 건넸다. 들을수록 처참했다. 하지만 그것들이 선의에서 나온 것임을 받아들여야 했다. 만일 그녀가 아버지를 사랑했다면, 그녀는 아버지의 죽음을 받아들였으리라. 주교가 진혼 미사에서 그녀 아버지의 죽음이 하느님의 계획이었다고 말했다. 하느님은 감당할 만한 사람에게, 가혹한 시험으로 축복의 증표를 주신다고 말했다. 그녀는 선한 가톨릭 신도였다. 그런데도 그녀는 그때만큼은 주교의 얼굴을 정면으로 바라볼 수 없었다. 나아가 그녀는 장례식에 참석한 부자들과 상류층 사람들을 의심과 분노의 시선으로 바라보고 있었다. 그들은 그녀가 앞으로 친하게 지내야 할 사람들이었다. 아마도 그들 중 누군가가 아버지를 밀고했으리라. 사람들은 보통 아버지가 앙헬레스 장군과의 저녁 식사 때문에 죽었다고 말했다. 장례식에서 애도하는 이들은 하느님이 그를 데려간 건 그가 성자였기 때문이라고 덕담했다. 그처럼 좋은 사람은 없었다고, 그래서 하느님은 그를 필요로 했다고 말했다. 하느님은 하늘에서 또 다른 천사를 필요로 했으며, 돌봐 줄 천사가 있으니 모랄레스 가문에게는 기쁜 일이라고 덧붙였다. 베아트리스는 속으로 말하곤 했다.

"우리 아버지는 이 전쟁의 총질로 돌아가신 거지, 저녁 식사나 하느님 때문이 아니야. 앙헬레스 장군을 기념하는 저녁 식사를 밀고한 배신자가 죽인 거야. 그 기차를 수색하라고 명령한 자가, 아버지를 총알받이가 되도록 세워 놓은 자가 그분을 죽인 거야. 아빠와 함께 그 저녁 식사에 초대받지 못한 야비하고 속 좁은 인간이 그 일에 대한 보복으로 아빠를 죽인 거야. 그 비열한 총잡이가 아빠를 죽인 거야. 그리고 결국 아빠의 순진함과 온순함이 아빠를 죽인 거야."

전쟁은 남자들의 싸움이요 폭력이다. 여기에 하느님은 개입할 틈이 전혀 없다. 도대체 아버지의 의미 없는 죽음에서 누가 무엇을 얻었는가? 아무도 얻은 게 없었다. 전쟁은 배신자로 추정되는 이가 죽었다고 하루아침에 끝나지 않았다. 꽉 박힌 여섯 발의 탄환이 모자라기도 하듯, 카란사의 군인들은 다가와 아버지의 시신을 발로 찼다. 정황상 그들은 카란사의 군대였다. 마치 그 껍데기 같은 시신의 총알구멍들을 통해 영혼이 영원히 빠져나갈 것을 확신하는 듯했다. 그리고 그들은 아버지의 시신을 그곳에 내팽개쳐 두고 떠났다. 그때부터 코르테스 가문과 모랄레스 코르테스 가문의 사람들에게 삶은 회복될 수 없는 것으로 변했다. 그들은 크게 패배한 이들이 돼 버렸다. 거의 4년 후, 베아트리스의 어머니인 신포로사는 고통의 포로가 되어, 또 다른 보복들을 두려워하고 있었다. 남편을 잃은 그녀는 외동딸과 살고 있었다. 자신의 가사(家事)와 자신을 돌보는 능력까지 이미 상실한 상태였다. 아들들인 에밀리오와 카를로스는 인생이 그들에게 했던 약속을 뒤로하고 살해당한 아버지의 일들을 하고 있었다. 베아트리스도 시들어 가고 있었다. 그녀는 자기 어머니와 남편을 돕기 위해 자신의 고통을 감추고 있었다. 그녀는 스스로 두려움과 의구심, 의심들을 만들어 내고 있다는 사실을 깨달았다. 더 나쁜 것은 그녀가 평생을 지니고 있었던 자기 자신에 대한 절대적인 확신을 잃었다는 것이다. 도무지 지금 그녀의 삶은 베아트리스 코르테스가 살아야 했을 삶 같지가 않았다. 어쨌거나 날마다 해는 떠올랐다가 졌다. 삶은 계속되고 있었다. 봄이 가면 여름이 오고, 여름이 가면 가을과 겨울이 왔다. 순환은 멈추지 않았다. 베아트리스 코르테스의 슬픔과 꺾여 버린 그녀의 희망에도 불구하고 말이다.

아버지가 처형된 지 4년에 됐을 때도 마을 사람들은 마리아노 코르테스의 품위 있는 죽음을 칭송했다. 그러나 한순간에 아버지를 잃은 딸에게 그것은 위로가 되지 못했다. 베아트리스는 날마다 "나는 성숙한 여인이고, 아내이며 엄마야. 우리 아빠에 얽매이지 않아. 나는 내 가족이 있고, 우린 행복해."라고 다짐했다. 그러나 머리가 말을 하는 것과 가슴의 고통은 별개의 문제였다.

부부는 정신과 육체가 하나라는 말은 거짓말이다. 여자가 아무리 남편을 사랑한다고 해도 그런 일은 베아트리스에게 전혀 통하지 않았다. 그녀는 프란시스코를 사랑했다. 프란시스코는 그럴 자격이 있었기 때문이다. 베아트리스는 이 세상 어디에 가든지 자신의 부모님과 함께했다. 그곳이 학교든, 외국 여행이든, 신혼여행이든, 남편과의 잠자리든, 자녀를 낳을 때든 말이다. 그녀는 자신의 아빠, 엄마와 영원 공동체라고 믿었다. 비록 부모가 자기를 떠난다고 해도 그녀 자신은 그 부모를 결코 떠날 수 없다고 생각했다.

베아트리스 부부는 저녁 잠자리에 들기 전 앞으로 어떻게 살 것인가에 대해 의견을 나누곤 했다. 그때마다 프란시스코는 땅과 가문의 전통, 우정 같은 것들을 모두 포기해 버리자는 제안을 했다. 무(無)에서 다시 시작해 보자는 말이다. 급격히 성장하는 신흥 도시 어딘가에 땅을 사서 처음부터 새롭게 가문을 일구어 보자는 것이다. 그때마다 베아트리스는 남편에게 말했다. "프란시스코, 이제 그만하고 자요." 그녀에게 땅과 가문은 부모나 같았다. 그것을 버린다는 것은 아빠와 엄마를 버린다는 것을 뜻했다.

11

마지막 작별 인사

··· **"베아트리스,** 대체 무슨 생각을 하고 있어? 우리가 고른 꽃이 맘에 안 들어?" 이모 레푸히오 모랄레스의 목소리가 생각에 잠겨 있는 그녀를 깨웠다.

"네? 아! 네…. 맘에 들어요. 카네이션은 늘 예쁘지요." 그녀는 이렇게 대답했지만, 주문한 꽃을 제때 받을 수 있을지는 알 수 없었다.

"주문 시간은 충분해요. 지금은 10월이고요." 메르세데스 가르사가 연신 잦은 기침을 해 대며 띄엄띄엄 말했다. 그녀의 목소리는 힘이 없는 데다가 잔뜩 쉬어 있었다.

"그런데 만일 주문한 꽃이 제때 오지 않으면요?" 언제나 그렇듯 분명하고 직선적으로 레푸히오 모랄레스가 되물었다.

"안 오면, 안 오는 거지요. 하여튼 어떤 색깔로 주문할까요?" 루차 도리아가 반문했다. "빨간색은 어떨까요?" 메르세데스 가르사가 물었다.

"아뇨. 빨강은 안돼요. 아무거나 뭐든 다른 색깔로 하세요." 베아트리스가 단호하게 말했다. 그녀는 붉은 피와 닮지 않은 색깔을 원했다. 그런 가운데 메르세데스의 기침은 끊임없이 터져 나왔다. 베아트리스가 메르세데스에게 말했다. "괜찮아요? 아주 안 좋아 보여요."

"오늘 아침 몽둥이로 얻어맞은 듯한 생태로 일어났어요. 아무래도 감기에 걸린 것 같아요. 임신한 몸으로 돌아다니다 보니 피곤했어요. 집으로 가는 게 좋겠어요. 가서 좀 잘래요."

모두 그 생각이 좋겠다고 말하고는 그녀와 함께 자리에서 일어났다. 거리에 나왔을 때, 베아트리스는 시모노피오가 광장의 벤치에 앉아서 걱정스러운 듯 자기를 기다리고 있는 걸 보고는 놀랐다. 그 아이는 집을 나갈 때 어디 가는지, 몇 시에 돌아올 건지 아무에게도 말하지 않았다. 그 아이는 마을을 산책하는 것을 좋아하지 않았다. 가만히 한 자리에 멈춰 있는 것도 싫어했다. 그렇다고 다른 사람들과 어울리지도 않았다. 사람들이 자신을 그리 반기지 않는다는 사실을 본능적으로 알고 있었다. 시모노피오는 사람들이 자신의 면전에서 자기 외모를 조롱하기까지 한다고 의심했다. 베아트리스는 이런 시모노피오의 생각을 알고 있었다.

그런데 시모노피오는 그녀가 여기에 있는지 어떻게 알았을까? 시모노피오가 그녀에게 다가와 급히 한 손을 잡더니 자신을 따라오라는 시늉을 했다. "너 몸이 아주 뜨겁구나." 베아트리스가 그의 이마에 손을 대면서 말했다. "열이 있어." 시모노피오는 다른 사람은 신경 쓰지 않고 몸을 돌려 그녀만을 바라보았다. "어디 몸이 안 좋니?" 베아트리스가 놀라서 다시 물었다.

"아이, 베아트리스. 당신의 인내심과 기독교적 사랑은 대단해요."라고 메르세데스 가르사가 기침 섞인 목소리로 끼어들었다. 그러나 베아트리스는 그녀의 말을 무시했다. 주변의 다른 부인들도 수군거리며 가세했다. "어휴, 이 불쌍한 아이의 입 좀 봐. 하지만 두 눈은 어찌나 아름다운지." 한 부인이 시모노피오를 자신의 마스코트처럼 쓰다듬으려 했다. 시모노피오는 이를 허락하지 않았다. 그러면서 베아트리스의 손을 집요하게 끌어당겼다. 베아트리스는 무리에서 몇 발자국 떨어지게 되었다.

"이 아이는 절대로 아프지 않아요." 베아트리스가 그들에게 말했다. 그리고 시모노피오에게 "가자, 빨리 가자."며 서둘렀다. 아울러 고개를 돌려 학창 시절 친구 메르세데스 가르사에게 "쾌유를 빈다."고 말했다. 하지만 그녀는 이미 멀어진 후였다. 메르세데스는 이미 모퉁이를 돌아섰기 때문에 그녀의 말을 듣지 못했다.

12

스페인 독감

··· **남자든 여자든** 누군가는 그 1918년의 10월에 죽은 첫 번째 사람이 돼야 했다. 메르세데스 가르사도 그중 하나였다. 그녀도 얼마든지 첫 번째 희생자가 될 수 있었다. 그녀는 클럽 귀부인들과 모임을 마친 후 집에 돌아왔다. 하녀에게 계피차 한 잔을 달라고 했고, 잠시 누워 쉬겠다고 말했다. 그녀는 점심 식사 때도 일어나지 않았다. 하지만 아무도 놀라지 않았다. 밤이 되자 그녀의 남편이 농장에서 돌아왔다. 남편은 우선 배가 고팠고 은근히 아내의 보살핌도 기대했다.

"아, 세뇨르. 마님이 좀 안 좋아요. 지금 침실에 누워 계세요." 요리사가 그에게 알려 주었다.

안방 문은 굳게 잠겨 있었다. 문을 아무리 두드려도 메르세데스는 대답하지 않았다. 세르히오 가르사는 안뜰로 난 침실 창문을 넘었다. 아내가 침대 한편에 누워 있었다. 옆 테이블에는 다 마시지 않은 계피차 찻잔이 보였다. 그리고 여행 가방들이 반쯤 열린 채 흩어져 있었다. 부부가 텍사스주의 이글 패스(Eagle Pass)로 여행 갔을 때 썼던 것들이었다. 이는 지극히 드문 일이었다. 메르세데스는 성격이 깔끔해서 무엇이든 정돈돼 있지 않으면 견딜 수 없어 했다. 게다가 최근 그녀는 매일 재봉사를 찾아가 자신의 임산부용 드레스 만드는 것을 훈수했다. 자신이 굳이 옷감으로 집안을 어지럽힐 필요가 없었다. 옷감은 시장에서 자신이 직접 고른 것으로 무척 마음에 들어 했다. 가르사는 한눈에 모든 상황을 파악할 수 있었다. 이제 확인만 남았다. 그는 천천히 아내에게 다가가 그녀의 몸에 손을 댔다. 아내의 몸은 차가웠다. 닥터 칸투는 30분 후에 도착했다. 그리고 가르사가 이미 알고 있는 것을 재확인해 주었다.

"선생님, 사인이 뭡니까?"

"심장 마비요." 의사는 확신에 찬 목소리로 말했다. 하지만 사실 그는 사인을 모른다고 하고 싶었다. 그는 거짓말을 좋아하지 않았다. 언뜻 보기에 그녀는 독살되지 않았다. 곤충에 쏘이거나 불량배에게 공격을 당하지도 않았다. 하지만, 아침에 멀쩡했던 여자가 어떻게 오후에 죽을 수 있단 말인가? 한 가지 분명한 것은 그녀가 심장 마비로 죽었다는 사실이었다. 하기야 틀린 말은 아니었다. 심장이 먼저 멈추지 않고서야 이 세상 그 누가 죽었다고 할 수 있겠는가?

"이제 뭘 해야 할까요?" 홀아비가 된 가르사가 멍한 상태로 물었다. 일단 장례식을 치르고 시신을 묻어야 했다. 가르사는 적잖이 당황스러웠다. 그녀의 죽음은 흔한 경우가 아니었다. 그런 위치 또는 그런 나이의 여성이 죽었다는 것은 이례적인 일이었다. 더구나 그녀의 죽음은 미스터리했다. 장례식에서 사람들은 눈물지었고, 홀아비를 동정했다.

"그녀는 천사였어요. 그게 아니라면 성녀였지요. 하느님은 하늘에서 그녀가 필요했던 거죠. 하느님은 늘 가장 선한 이들을 데려가니까요. 그녀는 최고였어요."

그녀의 남편을 포함한 그 누구도 메르세데스 가르사가 어떤 일에 최고였는지 분명하게 말할 수 없었다. 하지만 하느님의 지상 명령이라도 되는 듯, 다들 죽은 이에 대해서는 최고라고 말해야 했다. 사람들은 그녀가 어려서부터 성질 고약하고 거만한 사람이라는 것을 알고 있었다. 집안의 고용인들을 함부로 대하는 사람인 것도 알고 있었다. 비록 그날에는 그녀가 죽었기에 그 어떤 못된 짓도 용서가 됐지만, 그녀는 천사도 아니었고 성녀와도 거리가 멀었다.

그것이 프로토콜이었다. 내일은 또 다른 날이 될 것이다. 그것은 적어도 장례식 분위기가 이어지는 동안 계속되리라. 그렇게 리나레스의 상류층 귀부인들은 "얼마나 아름다운 애도였던가!", "장례 절차가 참 감동적이었어!", "고인은 얼마나 아름다운 모습으로 갔는지!", "고인을 어찌나 정결하게 보냈는지!" 같은 멘트들을 날리고 있었다.

상가(喪家)에는 그해 중 가장 많은 사람의 발길이 이어졌다. 고인이나 그녀의 남편과 관계가 있던 이들은 거의 빠지지 않았다. 심지어 칼갈이 아저씨도 얼굴을 내밀었다. 비록 고인이 그에게 잔금을 줄 일이 있었는데도 말이다. 그렇다고 메르세데스 가르사의 죽음에 대한 궁금증이 사라진 것은 아니었다. 오히려 시간이 지날수록 그 궁금증은 커져만 갔다.

"어떻게 죽은 거지?"

"누구도 감기에 걸려서 죽진 않잖아, 안 그래?"

"그녀가 살아 있는 걸 마지막으로 본 사람이 누구였어?"

"그녀의 상태가 좋지 않았을 때 누가 그녀를 도와주었더라?"

"누가 그녀의 가장 친한 친구였지?"

"그녀를 집까지 부축해서 데려가야 했어. 그리고 계피차가 아니라 최고급 차를 마시도록 해야 했어. 그 잘못과 책임은 누가 져야 할까?"

"그 남편은 얼마나 힘들까!"

"그 불쌍한 아이들은 누가 돌보나?"

"그 남편이 재혼하는 데 얼마나 걸릴까?"

사람들은 묵주 기도 사이사이 얼굴을 가까이 한 채 속삭였다. 그렇지 않으면 아주 몰상식하거나 인성이 나쁜 것으로 평가되기 때문이었다.

결국 메르세데스 가르사의 그 불쌍한 아이들과 어떤 방법으로도 위로할 수 없는 홀아비 남편만 남게 되었다. 사람들의 두 눈과 손수건은 마를 겨를이 없었다. 세르히오 가르사의 오른손도 심한 통증에 시달렸다. 조문객들과 악수를 너무 세게 한 탓이었다. 손뿐만 아니라 두 다리와 몸 전체도 함께 아팠다. 심장의 통증이 온몸으로 퍼져서 그랬는지도 모른다. 그렇게 1918년 10월 메르세데스는 첫 번째로 죽었다. 하지만 그녀만이 유일하게 죽은 것은 아니었다.

이튿날 닥터 칸투는 세뇨르 가르사 집으로부터 또 긴급 호출을 받았다. 이번에는 세르히오 가르사의 상태가 좋지 않았다. 환자는 고열에 거의 의식이 없었다. 헛소리까지 하고 있었다. 숨 쉬는 것도 힘들어 보였다. 그의 폐에는 물이 가득 차 있었고, 그의 입술과 다리는 보라색으로 변해 있었다. 급성 폐렴이었다. 하지만 그 원인은 알 수 없었다. 세뇨르 가르사는 젊었고, 건강했으며, 힘도 좋았다. 그가 환자를 위해 할 수 있는 일은 거의 없었다. 그런 닥터 칸투에게 또 다른 환자가 긴급 왕진을 요청했다. 그날과 그다음 날, 그리고 이후의 3개월 동안, 닥터 칸투는 단 하루도 쉴 수 없었다. 하지만 그에겐 환자들을 도울 만한 의학적 지식이 없었다. 그것은 독감 같았지만, 보통의 정상적 독감이 아니었다. 여태까지 본 것과는 전혀 달랐다. 그 질병의 감염 속도를 깨닫는 데 이틀이 걸렸다. 그리고 리나레스 지역의 놀라운 사망률을 알리기 위해 주지사 니세포로 삼브라노에게 전보를 치는 데 또 이틀이 걸렸다.

몬테레이도 이미 상황은 같았다. 주지사는 즉각 대응은커녕 마냥 꾸물대고 있었다. 수도 멕시코시티로부터 지침이 오기만을 기다렸다. 전염병은 누에보레온주뿐만 아니라 미국과 국경을 접하고 있는 거의 모든 주에 퍼져 있었다. 그 전염병의 이름을 부르는 데에는 더 많은 시간이 걸렸다. 그들은 스스로 병명을 부여할 만한 능력조차 없었다. 전 세계에 그 전염병이 퍼진 뒤에야 비로소 사람들이 부르는 이름을 그대로 사용할 수 있었다. 갓 태어나 세례명을 받은 그 병의 이름은 '스페인 독감'이었다.

어떤 면에서 처음으로 죽은 메르세데스 가르사는 행운아였다. 수백 명의 조문객이 장례식에 참석해 그녀에게 작별 인사를 했으니 말이다. 그녀의 안타까운 장례식은 그녀의 죽음 뒤에 이어진 죽음들이 아니었다면, 수년 동안 사람들의 집단 기억 속에 머물렀을 것이다. 그녀가 죽은 사흘 뒤에 그녀의 남편이 죽었다. 그땐 아무도 그의 장례식에 참석할 정도의 건강이나 기력이 남아 있지 않았다. 아예 갈 생각조차 할 수 없었다. 그 이후의 죽음은 더 말할 필요도 없었다. 그때 즈음에는 가르사 부인의 문상에 참석했던 이들의 삼분의 일이 이미 그 독감으로 누워 있었다.

세르히오 가르사가 죽음의 고통에 처해 있을 때, 페드로 신부는 종부 성사와 성체 배령을 하기 위해 그에게 달려왔다. 그리고 나중에 그는 세뇨르 가르사를 아내와 같은 구덩이에 넣기 전, 관 *끄트머리*

에서 의례적인 말 몇 마디, 필요한 최소의 몇 마디만을 던졌다. 유일한 증인은 무덤 파는 일을 하는 비센테 로페스였다. 정오 미사에 가기 위해 서두르던 그 사제는 무덤을 덮는 것도 보지 않고 그곳을 떠났다. 비센테 로페스는 "뭐하러 흙으로 덮는대? 내일이나 모레 자식들도 묻힐지 모르는데…"라며 무덤을 흙으로 채우지 않고 가 버렸다. 비센테 로페스는 예언자가 아니었다. 하지만 그는 동물적 감각으로 알고 있었다. 가르사 아이들도 이미 죽은 아빠, 엄마와 같은 증상을 겪고 있다는 걸. 안타깝지만, 그 아이들에게 희망이 없다는 걸 알기 위해 의사가 될 필요까진 없었다.

주인의 시신이 땅에 묻힐 때, 하인들은 그 집안에 대한 봉사와 충성이 끝난 것으로 생각했다. 그들은 살기 위해 각자의 길을 떠났다. 몇몇은 라 페타카의 어떤 마녀가 가르사 가문을 저주했다고 생각했다. 그래서 단 1분도 그 집에 머무르려고 하지 않았다. 저주의 힘이 자신들에게 미칠까 봐 두려웠다. 하지만 한 하녀는 끝까지 남았다. 그 하녀는 갈 곳이 없기도 했다. 그러나 그녀는 미신보다 헌신을 더 중요하게 여겼다. 그녀는 고아가 된 아이들의 유모였다. 아이들의 조부모나 다른 친척들은 감염된 집에 들어올 만한 건강 상태도 아니었고 또 그럴 만한 용기도 없었다.

그 무렵 비센테 로페스는 닥터 칸투보다 더 바빴다. 처음에 의사는 하느님의 뜻에 따라 가가호호를 방문하는 일로 분주했다. 하지만 현실의 벽은 너무도 높았다. 마녀의 저주 때문이든, 의사가 말하는 전염병 때문이든, 매일 죽어 가는 이들이 너무도 많았다. 우선 넘쳐나는 시신을 어떻게 처리하느냐가 문제였다. 비센테 로페스는 하루에 아침 일찍 한 번씩 마을 시신들을 거뒀다. 자신의 자녀 하나와 함께 리나레스 거리를 수레를 끌고 돌아다녔다. 시신들은 침대 시트에 둘둘 말려 각자의 집 앞에 내던져 있었다. 처음에 귀족들은 늘 그랬듯이 개인적으로 특별하게 장례 서비스를 요구했다. 하지만 그들은 곧 그런 요구가 부질없음을 깨달았다. 그 이후 그들도 시신에 그의 이름과 독실한 가톨릭 신도였다는, 성모께서 함께 하신다는 메시지 정도만을 남겼다. 그리고 그를 어느 가문의 가족묘나 납골당에 모셔 달라고 했다. 언젠가부터 거리에는 시신 앞에서 통곡하는 사람이 사라졌다. 그러기엔 집에서 돌봐야 할 환자들이 더 시급하고 중요했다.

비센테 로페스는 아침엔 시체들을 수거하고, 나머지 시간엔 부자들의 가족무덤을 팠다. 그리고 가난한 이들의 시체는 공동 구덩이에 내던졌다. 공동묘 구덩이는 점점 커지고 있었다. 다행히 밤이나 이른 아침에 죽은 사람은 비교적 신선한 상태로 묘지에 도착했다. 하지만 낮에 세상을 떠난 이들은 어김없이 다음날까지 기다려야 했다. 그런 시신들은 썩고 험악하게 변형됐다. 그것은 부자의 몸이든 빈자의 몸이든 예외가 없었다. 살아 있는 가족들은 그런 시신을 꼼짝없이 지켜봐야만 했다. 그렇다. 모든 인간은 죽을 때 평등하다. 로페스는 스스로 고개를 끄덕였다. 그는 자신도 모르게 거리의 철학자가 되어 가고 있었다.

가르사 집안의 아이들은 운이 좋게도 밤에 죽었다. 그중 하나는 전염병으로 죽었다. 다른 아이는 베개 밑에서 질식해 죽었다. 유모가 사랑의 결단력으로 짧은 시간 동안 아이 얼굴을 꽉 눌러 버린 것이다. 그 비밀은 무덤까지 가져가리라. 그 아이의 유모는 자신의 영혼에 남아 있는 마지막 열정을 다해서 간절히 하느님께 바랐다. 그 일로 인해 자신이 너무 큰 대가를 치르지 않도록. 그토록 사랑하는 아이의 고통을 더는 눈 뜨고 볼 수 없었음을 이해해 주시기를.

로페스는 길거리에 가만히 누워 있는 그녀를 발견했다. 하얀 수의에 아무렇게나 싸여 있었다. 그는 두 아이의 시신을 차례대로 수레에 실었다. 그리고 유모의 차례가 됐을 때, 영혼이 떠난 육체의 섬뜩한 차가움을 예상했다. 하지만 뜻밖에도 그녀의 몸엔 온기가 남아 있었다.

"이 상태로는 당신을 데려갈 수 없어요!"

그녀는 흐릿한 두 눈을 뜨더니 "나를 데려가 줘요."라고 말했다.

"하지만, 아줌마, 당신은 아직 살아 있어요…. 왜 여기 누워 있는 겁니까?"

"지금 죽고 싶어요. 더 있다 죽지 않으려고요. 죽으러 밖으로 나오지 않으면, 안에서 죽을 텐데, 그럼 누가 내 시체를 밖으로 꺼내 주나요? 이제 아무도 없는데…."

그 유모는 숨이 붙은 채로 묻어 주길 바라며 로페스를 기다리고 있었다. 그런 예는 그 유모 말고도 또 있었다. 전염병 고통으로 죽어가는 아이들이 그런 경우였다. 엄마들은 창자가 끊어지는 아픔으로 밤을 꼬박 새우며 필사적으로 아이 곁을 지켰다. 하지만 동이 트고 곧 시신 수거 수레가 지나갈 시간이 되면, 결단을 내려야 했다. 아이의 숨이 한 가닥 남아 있더라도 아이를 밖으로 데려와 수의를 입혀야만 했다. 아직 부패하지 않은 상태로 묘지에 데려가는 것 말고는 아이를 위해서 해 줄 것이 아무것도 없었다. 어떤 엄마들은 아이들을 보내면서 '성모님이 함께 하신다'는 말을 건넸다. 수의에 작은 동전을 달아 보내기도 했다.

비센테 로페스는 더는 묻거나 확인하지 않았다. 죽은 사람이든 산사람이든 모두 데려갔다. 그는 숨이 붙어 있던 상당수가 묘지에 도착하기도 전에 죽는다는 사실을 경험을 통해 알고 있었다. 일부는 조금 더 오래 숨이 붙어 있었다. 그런 사람들은 공동묘 구덩이 옆에 놓아두었다. 시간과 질병이 그들의 삶을 끝내주도록. 그는 그들을 궁극적인 안식으로 인도할 수 있었다. 하지만 살아 있는 이들을 마지막으로 등 떠미는 것은 별개의 일이었다. 그럴 수는 없었다. 그러나 혼자 죽게 내버려 둘 수는 있었다. 신의 뜻에 맡길 수는 있었다.

그는 시체들이 구덩이에 들어갈 준비가 됐는지 하루에도 여러 번씩 확인했다. 그는 더 큰 구덩이를 파거나 낮에 죽은 시체들을 구덩이에 던지면서, "준비됐어요?"라고 소리치곤 했다. 그럴 때면 반드시 누군가는 "아뇨, 아직 아녜요."라고 대답했다. 그렇게 차례로 그들은 죽어 나갔다. 그들 중 한 사람, 항상 같은 그 한 사람은 자기가 계속 거기에 살아 있다고 대답하곤 했다. 그는 자기가 신의 부름을 받거나 자신의 수호천사가 그를 도우러 올 거라고 믿었다. 그는 그 순간을 놓치지 않기 위해 온 신경을 집중하고 있었다. 그는 자신의 영혼이 언젠가 육체를 포기하리라고 생각했다. 그때까지 끈질기게 기다리기만 하면 된다고 믿었다. 하지만 시간의 흐름이라는 것은 지루하기 짝이 없었다. 언제 신의 부름이 있을지 알 수 없었다. 점점 그 기다림에 지쳐 갔다. 비센테가 시체 던지는 걸 관찰하는 일에도 갈수록 무심해졌다. 그는 자신의 등짝을 찌르는 돌멩이의 아픔을 느끼기 시작했다. 배고픔을 느끼기 시작했다. 나중에는 구운 고기를 곁들인 맛있는 강낭콩 요리에 대한 갈망이 그를 사로잡았다. 온갖 벌레들은 그의 몸을 기어 다니며 살을 물어뜯었다. 그는 무심히 시체 처리 전문가 비센테가 오가는 모습을 보며 시간을 보냈다. 애써 그가 구덩이에 던지는 시체들의 수를 세려고 노력했다. 하지만 어느 정도 세다 보면 앞의 숫자를 까먹기 일쑤였다. 다시 하나, 둘, 셋…. 시작해야만 했다. 어머니는 "우리 아들, 하느님이 함께 하시기를.", "나중에 거기서 보자."라고 말했다. 그렇게 마지막으로 아들에게 신의 축복을 빌었다. 그는 어머니가 둘러 주었던 수의를 고쳐 입고 또다시 고쳐 입었다. 그리고 생각했다. 어머니가 자기 아들을 죽은 것으로 여기면, 자식도 그걸 받아들여야 한다고. 그것 말고 무슨 방법이 있겠는가?

그는 전염병 때문에 정신이 멍한 상태로 묘지에 도착했다. 수레가 어떤 길로 왔는지도 기억하지 못했다. 그는 구덩이 가장자리에 눕혀졌다. 그리고 사흘 뒤 열이 사라졌고 정신이 또렷해졌다. 그는 잠자는 동안 시체 구덩이에 굴러떨어질까 걱정했다. 그는 본능적으로 그 시체 구덩이 가장자리로부터 조금씩 멀어졌다. 자칫 잘못하다간 그 시체 구덩이에 떨어져 목이 부러지거나 진짜로 죽을 수도 있었다. 종종 무덤 파는 비센테가 "죽었냐?"고 물었다. 그는 "아니요!"라고 대답했다. 처음에는 그 대답에 힘이 없었지만, 나중에는 더 힘 있게 말했다. "아직 안 죽었어요."

사흘째 되는 날 그는 온 힘을 다해 소리쳤다.

"나 아직 여기 있어요. 물 좀 마실 수 있을까요?"

그는 자신의 주변 사람들이 시도 때도 없이 죽어 가는 과정을 지켜보았다. 그들은 각자 서로 다른 방식으로 죽어 갔다. 어떤 사람은 침묵 속에서, 또 어떤 사람은 기침과 질식, 탄식 속에서 눈을 감았다. 그러나 한순간이라도 지루해 하거나 배고파하는 사람은 없었다. 그건 확실했다. 만일 그들에게 어떤 소망을 바랄 여유나 분별력이 있었다면, 그들은 가능한 한 빨리 고통이 끝나기를 바랐을 것이다. 그렇다. 잘 죽든 잘못 죽든, 죽을 땐 지루해 할 시간이나 힘이 없는 법이다. 그는 다시 일어섰다. 죽는 데 시간을 낭비하지 않기로 했다.

"가렵다는 건 몸이 낫고 있다는 신호야."라고 그의 어머니는 항상 말했다. 그도 어머니에게 말하고 싶었다. 지루하다는 건 몸이 나아지고 있다는 신호라고. 사실, 그 또한 몸이 가려운 걸 느꼈다. 아주 심하게 온몸이 가려웠다. 벌레들은 대부분 죽은 사람들을 갉아먹었다. 하지만 일부 벌레는 따뜻한 살과 신선한 피를 찾았다. 그것들은 그를 산채로 빨아 먹고 있었다. 그는 일어서서 수의를 벗어 털고는 조심스럽게 접었다. 다리가 후들거렸다. 며칠 만에 처음으로 걸었다. 그는 천천히 조심스럽게 발을 떼었다. 힘이 없기도 했지만, 굳이 무덤 파는 이를 놀라게 하고 싶지도 않았다. 뜻밖에도 비센테 로페스는 그를 보고도 무덤덤하기 짝이 없었다. 얼굴빛 하나 변하지 않았다.

"이제 나를 놀라게 하는 것은 이 세상에 아무 것도 없다오."

그는 도움을 받아 수레에 올랐다. 이번에는 비센테 로페스가 그를 마을에 있는 그의 집으로 데려다주기 위해서였다. 로페스는 며칠 전부터 입맛을 다시던 술집조차 들르지 않았다. 술이라도 마셔야 이 지옥 같은 현실을 이겨낼 수 있을 터였다. 무덤 구덩이에서 빠져나온 그는 어머니를 놀라게 하고 싶었다. 자신이 직접 "아들이 다 나았다!"는 희소식을 전하고 싶었다.

"다른 사람을 통해서가 아니라, 내가 말해서 알게 하려고요. 돈 비센테, 엄마의 반응을 상상할 수 있겠어요?"

"아무렴."

어머니의 반응을 상상할 시간은 없었다. 문을 열고 그를 본 그의 어머니는 큰소리로 비명을 질렀다. 그만 바닥에 주저앉아 버렸다. 다른 가족들도 놀라 자빠졌다. 창문으로 바라본 이웃들도 하나같이 입을 다물지 못했다. 어머니는 아들이 이미 구더기가 가득한 푸른 시트에 싸여 있으리라고 생각했다.

엄마와 아들의 극적인 만남은 짧았다. 이번엔 어머니가 그 무덤 구덩이에 들어갈 차례였다. 비센테 로페스는 언제나 실용적이었다. 그는 자신 수레의 유일한 왕복 손님이었던 그에게 말했다. "자네 엄마를 수레에 싣는 걸 도와주겠나?" 이에 거의 천국 문턱까지 갔다가 온 아들이 말했다. 그는 비센테만큼이나 실용적이고 무덤덤했다. 해탈한 사람 같았다. "네. 불쌍한 엄마, 이제 엄마 차례군요." 그는 그가 걸쳤던 푸른 침대 시트 수의로 어머니를 감쌌다. 수의는 자신이 지난 사흘간 사용으로 더러워져 있었다. 조금 안타까웠지만 어쩔 수 없었다. 어머니도 이제 그런 것에 마음을 쓰지 않을 터였다. 엄마와 아들의 눈물겨운 해후 소식은 순식간에 퍼졌다. 짧은 만남에 긴 이별. 이웃들이 그 일을 증명했다. 나중에는 그 소식을 공유했다.

당시에 연방 정부는 모든 모임 장소를 폐쇄하도록 명령했다. 성당의 문도 닫혔다. 극장과 영화관, 술집도 영업이 금지됐다. 가엾은 페드로 신부는 아무도 하느님의 집을 폐쇄할 권리가 없다고 주장했다. 신도에게 성체 배령을 거부할 권리는 더욱 없다고 말했다. 그리고 끝내 그 명령에 거역했다. 그러나 미사의 참석자는 매번 줄어들었다. 페드로 신부는 사흘 전 첫 미사에서 사도 신경을 암송하던 도중 죽었다. 몇 안 되던 미사 참석자들은 성호조차도 긋지 않고 성당을 뛰쳐나왔다. 그의 시신은 무덤 파는 이가 그곳에 들를 때까지 하룻낮, 하룻밤을 꼬박 기다려야 했다. 그때까지 그의 젊은 조수 에미그디오 신부가 성당 입구에서 시신을 지켰다. 그렇게 시체 수거 수레의 익숙한 소리가 성당에 가까워질 때까지 시신 곁을 떠나지 않았다. 그 후부터 에미그디오 신부는 겁에 질려 성당 문들을 잠갔다. 누군가 문을 두드리며 기도해 달라고 요청을 해도 그는 성당의 틈새 하나 열어 주지 않았다.

그는 그 당시 성당에서 기도했던 유일한 사람이었다. 성당 문을 꽁꽁 닫아건 그의 행동은 올바른 것이었다. 그렇다고 예외가 없는 것은 아니었다. 누군가 미친 듯이 주먹으로 문을 두드릴 땐 한편으론 놀랍고 또 한편으론 적잖이 두려웠다. 그럴 때 그는 문 틈새를 살짝 열고 밖을 바라보았다.

"기적이 일어났어요, 신부님! 기적이 일어났어요!"

"무슨 기적인데요?"

신부는 '전염병이 끝났다!'는 소리를 학수고대하고 있었다. 내친김에 그가 문을 활짝 열어주었다.

"나사로가 부활했어요!"

13

나사로의 부활

　　••• **나사로 데 헤수스 가르시아가** 부활했다는 소식은 순식간에 리나레스에 구름처럼 퍼졌다. 비센테의 수레에서 왕복 여행을 했던 그 행운아. 그가 세례를 받은 날부터 사람들은 그를 이렇게 불렀다. 어떤 이들은 그 소식을 곧 사실로 받아들이고 두 귀를 쫑긋 세웠다. 물론 개중에는 그저 하나의 이야깃거리나 호기심의 대상 정도로 보는 사람도 있었다. 이와는 반대로 또 어떤 사람들은 '그런 기적은 거짓'이라고 말하는 것조차 금기시할 정도로 이를 신봉했다. 그들은 이 지옥 같은 세상에 이 같은 복음의 희소식이 퍼지기를 간절하게 고대했었다. 어떤 이들은 오늘날까지도 자기 큰할아버지나 증조할아버지가 직접 목격한 것이라고 사실성까지 부여했다. 리나레스 역사상 가장 끔찍했던 시기의 어느 날, 하느님의 은총으로 나사로가 부활했다는 것이다.

　　그날 뉴스가 마을 전체에 퍼지면서 나사로의 명성은 신의 지위까지 도달했다. 젊은 신부 에미그디오는 '리나레스 교구 소속 신도의 생명 귀환은 신의 용서 표시'라고 공포했다. 하느님은 정의로운 자들에게 죄인들의 값을 치르게 했다면서 그 증거로 이미 가난한 이들을 그토록 많이 벌하셨다고 말했다. 그 전염병은 그 이름이 가리키는 것처럼, 스페인 사회주의자들과 성당으로부터 점점 멀어지는 배교자들의 탓이라고도 했다. 그런 다음 그는 감동에 휩싸인 채 우체국 직원의 집으로 달려갔다. 그는 우체국 직원 중 유일하게 살아 있었다.

"알바로. 우체국 문을 열어 주세요. 급하게 보낼 전보가 있어요."

그 우체국 직원은 처음에는 거부했다. 또 몬테레이 우체국에 그 전보를 받을 누군가가 있는지도 몰랐다. 신부는 영생에 대한 약속으로 그를 설득했다. 그렇게 신부는 대주교에게 자기 생의 첫 전보를 보낼 수 있었다.

긴급 마침표 리나레스에 기적 발생 마침표 나사로가 부활했음 마침표 내가 직접 확인했음 빠른 응답 바람 마침표

에미그디오 신부는 그 전보가 제대로 수신인에게 갈지 알지 못했다. 몬테레이 우체국도 문을 닫았을 가능성이 컸기 때문이다. 그러나 그날 우연히도 삼브라노 주지사는 몬테레이 우체국 전신수(電信手)에게 특별 업무를 요구했다. 그것이 행운인지 불운인지는 나중에 두고 보리라. 그날까지의 공식 사망자 수를 알리는 전보를 보내라는 것이다. 그런 와중에 그 전신수는 그 희소식을 받았다. 드디어 희소식이었다! 그는 그 소식을 즉시 수신인인 대주교에게 보냈다.

리나레스의 대주교 프란시스코 플란카르테 이 나바레테는 몬테레이에서 그 메시지를 받았다. 그는 즉시 다음날 감사 미사를 열겠다고 공지했다. '나사로의 부활'이 그의 설교 제목이 될 참이었다. 2년 뒤

인 1920년에 그가 죽었을 때, 그의 소지품에서 하지 못한 설교 원고와 손 글씨 편지 한 통이 발견되었다. 그 편지 내용엔 그 기적을 증명해 줄 특사 파견에 관한 내용이 담겨 있었다. 로마 교황청에 공식 요청해 달라는 것이다.

리나레스에서는 그 기적의 날에 다시 살아난 자의 몸을 만져 보려는 사람들로 들끓었다. 이웃들은 분명 나사로가 죽어서 수의를 입고 있는 것을 보았다. 그들은 안전하게 창문 뒤에서, 지금은 세상을 떠난 어머니가 그에게 마지막으로 축복하는 것을 보았다. 사람들은 죽은 아들에 대한 어머니의 축복보다 그 죽음을 증명하는 것은 익히 없음을 잘 알고 있었다. 나사로 자신도 그렇게 생각했다. 그리고 이웃들은 비센테 로페스가 나사로의 시체를 수레 가득한 다른 시체 더미 위에 던지는 것을 보았다. 그때 가르시아 부인은 자기 아들을 위해 마땅히 해야 할 애도를 했다. 부활절용 큰 초에 불을 붙였고, 집안의 문들을 닫아걸었다. 그때, 나사로는 죽었었다. 많은 이들이 그렇게 증언했다. 그런데 지금 그가 무덤에서 돌아왔다. 숨을 쉬고 걸으며 말을 하고 있다. 세상 사람 중엔 반드시 의심 덩어리가 있기 마련이다. 이들은 그 널려 있는 증거 앞에서조차 고개를 갸웃거린다. 그 어떤 사실도 확실치 않다고 말한다. 그럴 땐 돌아온 나사로의 몸에서, 부패한 지 사흘쯤 된 시체의 악취가 진동했다는 사실을 말해 준다. 그러면 비로소 그들은 나사로의 부활을 받아들였다.

나사로는 자기의 소생이 사람들에게 커다란 기쁨을 준다는 사실에 행복했다. 그가 그렇게 다른 이들의 주목을 받아 본 적은 단 한 번도 없었다. 사람들은 자신을 '나사로'라고 감격에 겨워 불렀다. 떨리는 손으로 여기저기 자신의 몸을 어루만졌다. 사람들은 "그대가 돌아왔구나!"라고 말했다. 나사로는 "그래요. 제가 돌아왔어요."라고 대답했다.

사람들은 그가 하늘에서 돌아왔다고 생각했다. 하지만 나사로는 자신이 '무덤 구덩이에서 살아 돌아왔다'는 뜻으로 한 말이었다. 사람들은 나사로를 나사로라고 생각하지 않았다. 하나같이 그 유명한 메시아를 떠올렸다. 이를 나사로는 도저히 이해할 수 없었다.

호기심에 가득 찬 순례자들이 나사로를 에워쌌다. 이때 한 이웃 남자가 그들 틈새로 길을 내며 다가왔다. 그는 나사로가 알고 있던 소녀의 아버지였다. 나사로는 소녀에게 편지를 썼었다. 하지만 그 편지는 끝내 부치지 못했다. 소녀의 아버지가 나사로를 좋아하지 않았기 때문이다. 결국 짝사랑으로 끝났다. 소녀의 아버지는 나사로를 힘껏 껴안더니 울음부터 터뜨렸다. 나사로가 말했다. "돈 루이스, 예전에 제가 따님인 루스에게 연애편지를 썼어요." 그는 그 말을 듣더니 더 크게 울었다. 그때 동생 미겔 가르시아가 저쪽에서 손가락 신호를 보냈다. 검지로 자신의 목을 긋는 시늉을 했다. 그의 딸 루스는 죽은 것이다.

혹 나사로가 대담하게 편지를 보냈었다면, 루스가 그 편지를 받고 그를 받아 주었더라면, 나사로가 병에 걸리지 않았더라면, 그녀가 죽지 않았더라면, 그는 그의 장인이 되었을지도 몰랐다. 그가 나사로의 두 눈을 뚫어질 듯 바라보았다.

"거기서 그 아이를 봤는가?"

"에…. 음…. 그런 거 같아요." 그는 분명히 구덩이에 있는 소녀의 시신을 보았다.

"그 아이가 행복해 보였나?"

뭐 이런 황당한 물음이 있을까? 무덤 구덩이 시신의 표정에 무슨 행복감 따위가 있단 말인가! 나사로는 그곳에서 급히 도망쳐야겠다고 생각했다. 집 안으로 피한 뒤, 문부터 잠가야겠다고 생각했다.

"엉…. 모르겠어요. 많은 시신이 포개져 쌓여 있었어요." 나사로가 말했다. 그러면서 동생에게 그곳을 빠져나갈 수 있게 도와 달라는 눈짓을 보냈다. 그 병적인 이웃 아저씨로부터 도망갈 수 있도록 말이다.

　나사로는 악취를 씻어 내기 위해 목욕부터 해야 했다. 똥오줌 냄새는 약과였다. 시체 썩는 냄새가 온몸에서 악머구리 끓듯 맴돌았다. 다리 근육은 간당간당 금세 무너질 듯했다. 앉거나 누워야 했다. 당장 뭐라도 먹고 싶었다. 허기부터 좀 가셔야 제정신을 차릴 수 있을 터였다. 도대체 나사로가 없었던 사흘 동안 사람들에게 무슨 일이 일어났던가? 사람들은 왜 다들 미쳐 버렸을까? 사람들은 에미그디오 신부가 전신 사무실에서 돌아와 묵주 기도를 인도할 때까지 밖에서 그를 맞이해야 한다고 고집했다. 그러나 나사로의 동생 미겔 가르시아는 집 안에서 신부를 기다리자고 말했다. 형 나사로가 극도로 피곤하니 쉬어야 마땅하다고 말했다. 나사로는 그렇게 간신히 집 안으로 들어갈 수 있었다. 하지만 문을 닫기도 전에, 이제는 누군가의 장인이 될 수 없는 돈 루이스가 울먹이며 고래고래 고함을 쳤다.

　"네가 그 아이를 데려왔다면!"

14

난 살아 돌아왔다!

··· **닥터 칸투는** 나사로의 집에서 불과 몇 블록 떨어진 곳에 있었다. 하지만 나사로가 돌아왔다는 소식은 아직 듣지 못했다. 그날도 그는 질긴 슬픔 속에서 하루를 시작했다. 슬픔은 그의 가슴 속에 뱀의 똬리를 틀고 들어앉아 떠나지 않았다. 전염병은 마지막 생존자를 끝장낼 때까지 그 광란을 멈추지 않을 것이다. 그 마을과 그 나라, 그리고 전 세계의 상황이 그랬다. 감염된 자는 누구도 살아남지 못했다. 지금까지 그는 일부 다른 이들처럼 목숨이 붙어 있었다. 이러다가 자신이 마지막 생존자가 될지도 몰랐다. 생각만해도 그건 끔찍하고 두려운 일이었다.

닥터 칸투는 현대의 기적을 믿지 않았다. 그는 친한 친구들에게 자신은 신·구약 성경에 언급될 정도의 기적만을 믿는다고 말했다. 테페약 언덕의 성모 출현이 그 대표적이라고 할 수 있다. 그걸 믿지 않으면 그건 멕시코 사람이 아니리라. 성모는 미심쩍어 하는 사람들을 위해 자신의 방문 증거를 그곳에 선명하게 남겨 놓았다. 그가 볼 때, 과

달루페 성모는 기적의 시대 마지막을 장식했다. 그는 어느 순간 의심 많은 예수의 제자 도마가 되어 있었다. 그것은 자신의 과학과 인간 본성에 대한 해박한 지식에서 비롯됐을 것이다. 의학의 위대한 발전 으로부터 영향을 받았으리라. 그는 현대의 눈부신 제약과 백신 기술 이 언젠가 인간을 죽음으로부터 자유롭게 해 줄 거라고 믿었다. 마지 막 시대에 그가 기적이라고 생각했던 것들은 결코 성당의 교리 문답 에서 나온 게 아니었다.

하지만 사람들이 속수무책으로 떼죽음을 당하고 있었다. 과학과 의학에 대한 그의 믿음이 커다란 시험대에 올랐다. 그의 이성적이고 합리적인 확신은 불과 며칠 사이에 산산조각이 나 버렸다. 그저 사람 이 죽어 가는데 지켜볼 수밖에 없었다. 끝내 무력감에 지쳐 버렸다. 육체보다는 정신적 피곤이 더욱 컸다. 그는 하느님이 자신에게 약간 의 은혜를 베푸시기만 해도, 다시 신성한 기적을 믿을 준비가 돼 있 음을 느꼈다.

그는 젊은 시절 의사가 되기로 마음먹었을 때 이미 알고 있었다. 친 구든 낯선 이들이든, 자신이 수많은 사람의 임종을 보게 되리라는 것을. 인간은 모두 죽는다. 이것은 인생이 모두에게 공평하게 베풀어 준 유일한 보증서다. 서서히 죽든, 갑자기 죽든, 죽는 건 모두가 똑같 다. 그는 자신이 아이들과 젊은이들, 그리고 노인들의 죽음을 보리라 는 사실을 기꺼이 받아들였다. 그들의 마지막 순간에 함께 하리라고 다짐했다.

스페인 독감은 사람들의 삶에 소리 없이 들어왔다. 그렇게 파릇파 릇한 생명들을 송두리째 뽑아 버렸다. 닥터 칸투는 두꺼운 옷과 마 스크, 보호 장갑, 머리 스카프 등으로 무장했다. 머리끝에서 발끝까 지 온몸을 가리고 마을을 돌아다녔다. 감염자들과 피부 접촉은 절대 금물이었다. 환자들은 너무 큰 절망과 고통에 빠져 있었다. 어떠한 위로나 희망의 말을 건넬 수도 없었다. 또 방호복 때문에 삶의 벼랑 끝에 서 있는 그들에게 따뜻한 위안조차도 건넬 수 없었다. 그들은 그가 오는 것이 자신들에게 사형 선고를 내리기 위한 것임을 알고 있었다.

독일인들이 새로 발명한 아스피린을 처방할 수 있었으면 좋았을 것이다. 하지만 그것은 약효는 좋았으나 너무 비쌌다. 게다가 제1차 세계 대전으로 인한 품귀 현상으로 구하려고 해도 구할 수조차 없었다. 전쟁 이전에 미국에서는 쉽게 구할 수 있었다. 하지만 언젠가부터 독일군이 바이엘 아스피린을 통해 세균 공격에 나섰다는 소문이 나돌았고, 그 이후 아스피린은 국경 저 너머에서도 팔지 않았다. 물론 그 약품이 반드시 스페인 독감 특효약이라는 보장도 없었다. 문제는 또 있었다. 사람들이 방역 지침에 시큰둥하다는 것이었다. 페드로 신부마저도 이 전염병이 성당에 퍼질 수 있고, 성스러운 예배 시간도 예외가 없다는 사실을 받아들이지 않았다. 전염병은 장소도 예식도 성직자도 존중하지 않는다. 멍청한 고(故) 페드로 신부님은 어디에 있든지 그런 사실을 알아야 했다.

전염병 시체들은 마을마다 쌓여 갔다. 닥터 칸투는 처음으로 하느님에게 기적을 구했다. 이런 상황에선 진실로 기적만이 리나레스의 주민들을 구할 수 있으리라. 물론 하느님의 응답을 기대하지는 않았다. 더욱이 즉각적인 응답은 꿈에도 바라지 않았다. 그때 그는 서둘러 걷는 한 무리의 사람들을 만났다. 그들은 나사로의 기적을 보러 간다고 말했다.

"의사 선상님, 참말이여유. 그 사람 죽었었는디 시방은 무덤에서 돌아왔시유. 그것도 살아 있는 사람들에게 보내는 소식을 가지고 말예유."

닥터 칸투는 단순한 시골 사람들의 황당무계한 말에 이미 익숙해져 있었다. 많은 경우, 그들은 단순한 일도 뭔가 엄청난 사건으로 바꿔 버렸다. 간단 명확한 것조차 너무 자세하게 설명함으로써 초점을 흐리기 일쑤였다. 요점만 분명히 하면 될 텐데, 사소한 것들에 너무 집착하다 보니, 나중에는 뭐가 뭔지 혼란스러웠다. 닥터 칸투는 그들과 합류했다. 거기서 그는 무엇을 보게 될지 몰랐다. 하지만 최근 몇 주 동안 계속 일어나고 있는 비극과는 다른 일이 펼쳐지기를 바랐다. 그것으로 충분하리라. 그들이 도착했을 때, 나사로는 자기 집으로 들어간 후였다. '리나레스의 부활한 자, 나사로'는 보이지 않았다.

"우리는 그를 만졌어요, 의사 선상님. 지금 선상님을 보는 것처럼 분명하게 그 사람을 보았다니까요. 냄새를 맡아 봤는데, 완전히 시체 냄새가 났어요, 선상님. 썩은 내 같은 거였는데…. 그런 건 속일 수가 없지요. 안 그래요? 그 냄새는 곧 가실 거라고 생각했지요. 왜냐하면 나사로 엄마 도냐 첼라가 쉴 새 없이 여기저기 수증기와 세제를 뿌리면서 다녔으니까요. 그런데 그녀의 처방은 소용이 없었어요. 그 불쌍한 나사로 엄마는 나사로를 이렇게 천으로 감싸서 거리에 내놓고는 하늘을 향해 울부짖었죠. 무덤 파는 이가 나사로를 묘지에 데려갔는데, 그때 그의 몸은 아직 썩지는 않았었죠. 그렇게 딱 사흘을 죽어 있었어요. 예전의 나사로처럼요. 꼭 그랬어요! 하지만 이 사람은 우리 마을 사람이죠. 리나레스의 나사로! 그가 오늘 돌아왔어요. 그런데 제일 먼저 일어난 일은 나사로가 집에 도착하자마자 그의 엄마가 죽은 거예요, 선상님. 분명 하늘에서 그들을 서로 바꾼 거지요. 도냐 첼라는 성녀였어요. 그녀가 어떻게 아들을 위해 영혼을 드렸는지 보세요…. 진짜 성녀였다니까요. 그리고 그 부활한 나사로가 선량한 돈 루이스에게 저곳에서 그의 딸 루시타를 보았다고 말했어요. 하느님이 그 아이 루시타를 그 성스런 영광 중에 데리고 있다고요. 모든 광채 가운데 있었겠지요. 왜냐하면 여기로 오기 전에 나사로는 그녀가 행복하게 있는 모습을 보았다니까요. 지금 죽은 사람에 대해 나사로에게 물어보려고 사람들이 줄을 서고 있어요. 그렇지만 지금 당장은 사람들에게 문을 열어 주지 않고 있어요."

닥터 칸투는 의사의 이름을 걸고 가르시아의 집 현관문을 정중하게 두드렸다. 그리고 갓 목욕을 한 나사로가 자리에 누워서 구토하고 있는 것을 발견했다. 그의 동생 미겔은 형 나사로에게 그 전날 요리한 양념 염소 고기를 다시 데워 주었다. 그 음식 냄새는 나사로를 역겹게 했다. 하지만 그는 먹어야 한다는 사실을 알고 있었다. 그렇게 나사로가 두 번째 수저를 들었을 때 그의 배가 요동치기 시작했다. 헛구역질이 나오더니 뱃속에서 토사물이 쏟아졌다.

"나사로, 음식을 안 먹은 지 며칠이나 됐나?"

"기억이 안 나요, 선생님. 묘지에서의 사흘은 기억나는데, 아프기 시작하고 얼마의 시간이 지났는지는 기억에 없어요. 확실히 아주 오래 됐지요. 몸이 너무 말라서 옷들이 너무 커졌거든요."

"그렇게 오랫동안 음식을 먹지 않았으면, 처음부터 단단한 음식으로 시작하면 안 되네. 구운 빵과 만사니야차(茶)로 먹기 시작하게. 그것도 천천히 먹어야 되네. 빵도 작은 조각으로 먹고, 차도 조금씩 마셔야 하네. 자네 배가 음식에 익숙해지도록 말이야."

미겔은 차와 빵을 만들기 위해 염소 고기가 담긴 접시를 가져갔다. 누군가 집요하게 현관문을 두드렸다. 미겔이 주방으로 가는 길에 문을 열어 주었다. 에미그디오 신부였다. 닥터 칸투는 고개를 끄덕여 인사했다.

"우리 마을에서 일어난 나사로의 기적을 알리기 위해 대주교님께 전보를 보내고 오는 길입니다."

닥터 칸투는 그 대화를 이어가고 싶지 않았다. 다만 나사로의 입으로 그 이야기를 듣고 싶었다.

"나사로, 무슨 일이 있었나? 밖에서는 자네가 돌아왔다고 하더군."

"맞습니다, 선생님. 사실은 따분했었는데 돌아오니 좋네요."

"따분했었다고?" 에미그디오 신부가 꽤 화가 나서 물었다.

"그렇다니까요. 상상해 보세요. 그냥 점점 많아지는 시체 보는 일이 내가 매일 했던 일이었어요. 그래서 우리 엄마가 내가 멀쩡한 걸 보면 얼마나 좋아하실까를 생각했지요. 그런데 보시다시피 지금 나는 여기에 있고, 엄마는 저기에 있죠."

"자네 혼자 오기로 결심했단 말인가?"

"물론 하느님과 그분의 천사들이 도우셨죠." 신부가 끼어들었다.

"신부님, 저는 천사들이 내게 나타나 내가 어디로 갈지 말해 주리라고 생각했어요. 그 말씀을 듣기 위해 집중하고 있었어요. 그런데, 그렇지 않았죠. 그래서 나 혼자 결정했어요. 누가 더 있겠어요? 나중에 무덤 파는 비센테가 나를 수레에 올려 주고 이곳에 데려다 주었지요."

"그가 자네를 무덤에서 꺼내 주었는가?"

"아, 아뇨. 그는 나를 무덤 구덩이에 던지지 않았어요. 그는 좋은 사람이죠. 그렇게 하지 않았을 거예요. 생각해 보세요. 그는 나를 준비되지 않은 다른 사람들과 함께 구덩이 가장자리에 놓아두었어요."

"준비되지 않았다고?"

"숨이 붙어 있어 구덩이에 들어갈 준비가 되지 않았다고요. 하지만 다른 사람들은 모두 나중에 무덤 구덩이에 들어갔어요. 허나 나는 그렇지 않았죠. 나를 불러 주기를 기다리고 기다렸어요. 나는 이미 우리 엄마의 마지막 축복을 받았었거든요. 그런데 아무 일도 일어나지 않았어요. 참으려고 했지만, 시간이 지나니까 지치더라고요. 그래서 일어나서 돈 비센테를 만나기까지 걸어갔죠. 그래서 그가 나를 수레에 올려서 데려온 거예요."

"사람들 말로는 자네가 이웃인 돈 루이스에게 그의 딸을 봤다고 했다던데…."

"아, 돈 루이스요. 나를 그렇게 바짝 껴안고 있는데, 내가 그분께 무슨 말을 할 수 있겠어요? 선생님, 저는 수많은 시체를 보았는데, 그 소녀를 보았는지는 하느님이 아시겠죠. 하지만 아마도 보았겠죠. 사실 돈 루이스에게 그의 딸 루시타가 몇 시에 죽었는지, 무슨 요일에 죽었는지, 그녀의 침대 시트 수의가 무슨 색깔이었는지를 묻는 건 고통스러웠어요. 그는 내게 그의 딸을 보았는지를 물었고 나는 그런 것 같다고 대답했죠. 그런데 그다음에는 나보고 왜 그녀를 데려오지 않았냐고 하더군요. 하지만 그 무덤 구덩이에 누가 들어가겠어요? 아마 미친놈도 그런 짓은 하지 않을 겁니다. 거기 썩고 냄새나는 시신들 사이에서 이웃 여자애를 데리러 간다는 건 그럴 수 없죠. 아무리 내가 그녀를 좋아했다고 해도 말입니다. 만일 루스가 죽었다면 있어야 할 곳에 있겠죠. 안 그래요? 신부님, 무슨 생각을 하세요? 사실 죽은 아이가 아빠를 찾아 여기저기 다니면 안 되잖아요?"

"나사로, 자네는 자네 어머니를 만나러 돌아왔잖아. 생각해 보게."

"저야 그랬죠. 맞아요, 신부님. 하지만 루스는 아니죠."

"그런데 돌아올 때 큰 빛을 보았는가?"

"낮에는 빛을 보았는데, 밤에는 아무런 것도 보이지 않아요. 그래서 내가 그곳에서 사흘이나 있었다는 걸 알게 됐죠. 빨리 돌아왔더라면 좋았겠지만, 시간이 많이 지체됐죠. 처음에는 내가 많이 아팠거든요. 나중에 지루해졌을 때, 몸 상태가 좋아졌다는 걸 깨달았죠. 그래서 일어나 걸어간 거죠."

"나사로랑 같군."

"그게 나죠. 어떻게 다른 사람이 될 수 있겠어요?"

"나사로 가르시아. 한 가지를 분명하게 해 주게." 닥터 칸투가 끼어들었다. 그를 그대로 내버려 뒀다가는 같은 이야기를 다람쥐 쳇바퀴 돌듯 반복할 것 같았기 때문이다. "자네는 스페인 독감에 걸렸었나?"

"맞아요, 선생님. 금세 숨이 막혀 죽을 것 같았어요."

"고열과 몸살도 있었고?"

"지금은 하늘에서 평화롭게 안식하실 우리 불쌍한 엄마가 아무리 노력을 해도 열이 떨어지지 않았어요. 아무런 생각조차 할 수 없었어요. 또 온몸이 너무 아파서 움직일 수도 없었고, 숨 쉬기도 힘들었어요. 머리와 두개골, 뇌가 너무 아파서, 그것들을 다 끄집어내고 싶었어요. 우리 엄마가 머리에 붙여 준 고약도 아무 소용이 없었죠. 그러자 엄마가 내게 말했죠. '아들아, 방법이 없다. 돈 비센테가 지나가고 있으니 이제 가거라.'라고. 사실 그때 제가 유일하게 원했던 건 죽는 것뿐이었어요."

"그때가 자네가 죽었던 때군."

"아녜요, 신부님! 내가 심심했었다고 말하지 않았나요?"

"그럼, 자네가 죽어서 돌아온 게 언제인가?"

"내가 죽었었다고 누가 그래요? 나는 죽었었다고 말한 적이 없는데."

"하지만 돌아왔잖은가!"

"그래요. 신앙이 있었기에 무덤 구덩이에 갔던 거죠. 우리 엄마가 나한테 가라고 했고, 그래서 갔어요. 엄마는 내 침대 시트로 나를 둘러쌌고 너무 많이 움직이게 하지 않으려고 했어요. 하지만 사흘째 되는 날 기다림에 지쳐서 돌아온 거죠.”

“그럼, 분명히 하게나. 자네가 아팠는가?”

“그럼요, 선생님.”

“수레에 실려 묘지에 갔었고?”

“네, 선생님. 무덤 파는 사람이 나를 수레에 실어 올렸어요.”

“하지만 자네는 살아 있는 상태로 갔던 거지.”

“그렇죠.”

“자네는 산 채로 갔던 거지? 자네 어머니가 숨이 붙어 있는 자네를 매장하라고 보낸 거지?”

“돈 비센테는 날 묻지 않았어요, 신부님. 그는 계속해서 ‘아직 살아들 있는가?’라고 물었죠. 그러면 나는 항상 ‘그렇다’고 대답했어요. 다른 불쌍한 사람들은 서서히 조용해졌고 준비가 돼 있었지요.”

“구덩이에 들어갈 준비 말이지. 다시 말하면, 죽은 거지?”

“네, 선생님. 그러나 나는 아니었죠. 아무리 시간이 지나도 죽지 않았어요. 그래서 일어설 수 있게 됐을 때, 여기로 돌아온 거죠. 그런데 신부님, 왜 그러세요? 왜 그런 얼굴을 하고 계세요?”

방금 들은 사실들은 에미그디오 신부에게 마치 얼음물 양동이를 뒤집어쓰는 것같이 느껴졌다.

“그렇다면 결국 기적은 없었다는 말이군요! 대주교에게 무어라고 말해야 할까요? 밖에서 기다리고 있는 모든 이들에게 무슨 말을 할까요?”

“신부님, 사람들에게는 나사로가 죽은 적이 없었기에 부활한 것이 아니라고 말하세요. 그러나 이제 우리에게는 그 독감에서 살아남은 첫 번째 생존자가 있다고, 그리고 그것이 최고의 기적이라고 말하세요, 에미그디오 신부님. 그런 다음 아직 전염병이 안 끝났으니, 사람들에게 귀가하라고 하세요." 닥터 칸투는 신부에게 나름 최선의 위로 말을 건넸다.

나사로 가르시아가 약간의 차와 구운 빵 조각을 조심스레 먹었다. 그리고 잠시 후 그 음식물은 가스로 배출되어 나왔다. 그 트림 소리는 먹은 음식량에 비해 상당히 컸다. 게다가 트림과 함께 나온 분비물이 신부의 사제복에 흔적까지 남겼다. 신부가 너무 나사로 곁에 다가간 게 탈이었다. 성직자라고 해도 견딜 수 없는 것들이 있는 법이다. 신부는 체면을 구겼을 뿐아니라 혐오감을 느꼈다. 신부는 뒤를 돌아 거리로 나갔다. 나사로의 집에 몰려왔던 사람들도 모두 돌아갔다.

그날 닥터 칸투의 기분은 매우 좋아졌다. 그는 스스로 속지 않고 진실에 눈감지 않았다. 물론 '생존자' 나사로의 기적이 감염과 죽음의 종식을 의미하지는 않았다. 여전히 많은 이들이 거리에 모였고, 가까운 거리에서 이야기들을 나누었다. 그런 행동은 전염병에 날개를 달아 주는 거나 마찬가지였다. 이대로라면 전염병이 얼마나 더 계속될지 알 수 없었다. 하지만 이제 그 마을 혹은 그 주(州), 멕시코 전체나 전 세계에 적어도 몇 명의 생존자가 있다는 게 확인되었다.

그날은 에미그디오 신부 평생 최악의 날이었다. 그는 그날을 성당 벽 뒤에서 두려움에 떨며 시작했다. 그는 성당 문을 열지 말았어야 했다. 하지만 어쩔 수 없이 신도들의 흥분에 감염돼 버렸다. 그는 어려서부터 하느님의 기적을 맹목적으로 받아들였다. 그런 그에게 나사로의 기적은 엄청난 행운이었다. 평소 그는 자신이 그런 기적을 접할 자격이 있다고 생각하지 않았다. 하지만 오늘 그는 분명 한때 기적의 기쁨을 느꼈다고 믿었다. 성경의 주요 인물들이 하느님의 위대함을 증언할 때 느꼈을 기쁨을 자신도 누렸다고 확신했다. 그는 그런 일에 참여했을 뿐 아니라, 열정의 선동자로서 사람들을 선두에서 이끌었다. 우쭐대며 리나레스의 대주교에게 전보를 쳐서 그 기적을 알렸다. 하지만 이제 그는 자기 삶의 두 번째이자 마지막 전보를 쳐야 했다. 그 기적이 잘못된 것임을 머리를 조아려 알려야 했다. 그리고 거리로 나가 흉조(凶鳥)처럼 모든 것이 오해였음을, 나사로가 죽지 않았으니 부활할 수도 없었노라고 발표해야 했다. 이에 많은 이들이 그를 저주했다. 그가 사제로서 성스러운 위치에 있음에도 아랑곳하지 않았다. 어떤 이들은 그가 아무것도 아닌 일로 소란을 일으켰다고 욕했다. 또 다른 이들은 그를 배신자 유다라고 비난했다. 나사로의 부활에 대한 믿음에 찬물을 끼얹었다는 이유였다. 그런 무리 중에 우체부 알바로가 있었다. 하지만 신부는 어쩔 수 없이 그에게 또 다른 은혜를 구해야만 했다.

"알바로 미안해요! 전보를 새로 보내야 해요." 신부는 실망의 빛이 가득한 알바로에게 말했다. 신부는 멋쩍고 얼굴이 화끈거렸다. 하지만 전신 메시지를 새로 작성했다. 그리고 서둘러 그곳을 떠났다.

긴급 마침표 리나레스에서 실수가 있었음 마침표 나사로는 죽지 않았었음 마침표 부활하지 않았음 마침표 단지 스스로 회복된 것 뿐임 마침표 용서 구함

누에보 레온 주지사가 기다리고 있던 멕시코시티로부터의 답신은 아직 도착하지 않았다. 전신수 알바로는 부활의 기적을 굳게 믿고 있었다. 그런 그에게 신부의 새로운 전보 내용은 재앙이나 마찬가지였다. 그를 우울의 시궁창에 빠지도록 했다. 그런 판에 굳이 나쁜 소식을 급히 전할 필요는 없었다. 그 전보를 하루쯤 기다렸다가 대주교에

게 보낸다고 한들 세상이 무너질 일은 없었다.

에미그디오 신부 역시 우울했다. 하지만 '나사로가 부활하지 않았다'는 사실을 대주교에게 알려야만 했다. 그것은 성직자로서의 의무였다. 그렇게 그는 그 사건을 분명하게 매듭지었다. 그리고 성당의 문들을 단단히 걸어 잠갔다. 매우 피곤한 하루였다. 신부는 자신도 모르게 침대에 누웠다. 그 밤이 에미그디오 신부가 살아온 생의 마지막 밤이 될 줄은 그 자신조차 몰랐다. 신부는 그날 그 실패한 기적을 축하하기 위해 성당 밖으로 나갈 때, 이미 뜨거운 열정에 온몸이 달떠 있었다. 그러다가 한순간 그 뜨거움이 스페인 독감의 고열로 바뀌어 버린 것이다. 다행히도 그의 고통은 메르세데스 가르사의 고통만큼이나 아주 짧았다.

그날, 부활한 나사로는 '좋은 날'이었으리라. 먹고 쉬고 힘을 되찾았으니 말이다. 그러나 그때부터 그는 세상의 유일한 사람이 되었다. 왜냐하면 나사로처럼 무덤 구덩이에서 살아 돌아온 사람은 없었기 때문이다. 이제 그는 사람들로부터 나사로라는 세례명으로 불렸다. 이 별명은 바람처럼 빨리 퍼졌다. 그의 동생을 빼놓곤, 그 누구도 나사로의 본명이 무엇인지 알려고조차 하지 않았다.

나사로는 악명이었다. 나사로의 남은 생애 동안 그를 찰거머리처럼 따라다니며 괴롭혔다. 당장 나사로와 함께 살겠다는 여자가 없었다. 여자들은 전 생애는커녕 단 하룻밤도 그와 함께하고 싶어 하지 않았다. 부활 이전 나사로는 '착하지만 쓸모없는 사람'이라는 이미지가 있었다. 하지만 그런 평판조차 파트너 찾기에 걸림돌은 되지 않았을 것이다. 부모들이 아무리 반대해도 그런 타입의 남자에게 빠지는 여자들은 늘 있기 때문이다. 그런 말들은 바람 속으로 날아가 버리니 말이다. 나사로는 분명 다시 살아났다. 곧 건강과 외모도 되찾았다. 그러나 그 누구도 나사로의 '무덤 구덩이 이미지'는 떨쳐 내지 못했다. 하나같이 질겁을 하며 고개를 저었다. 죽었던, 그래서 썩어 악취가 진동하던 나사로! 여자들은 몸서리를 쳤다. 공동묘지에서 썩어 구더기가 기어 다녔을 그의 몸을 떠올렸다. 마을에서 가장 못생긴 셀레도니아 그라헤다라고 예외는 아니었다.

나사로는 자신의 불행과 악명에 대해 익히 알고 있었다. 그렇지만 결혼을 갈망했다. 그는 근처 마을의 신부에게 부탁해 볼까 하는 생각도 해 봤다. 하지만 그에 대한 소문은 그의 생각보다 훨씬 빨랐다. 어디에도 자신을 받아 줄 여자는 없었다. 간단하게 한두 스텝의 춤사위조차 나누려고 하지 않았다.

15

시체를 탐하는 들개떼

··· **나사로가 회복된 이후 몇 년 동안,** 내 생각에는 그가 죽을 때까지였던 것으로 기억한다. 그를 보면 신자든 불신자든 사람들은 '리나레스의 부활자, 나사로'라고 불렀다. 그리고 그의 뒤를 졸졸 따라갔다. 그 말에는 그를 조롱하려는 의도가 다분히 포함돼 있었다. 개중에는 그에 대한 경건한 존중의 표시일 수도 있었다. 그건 그를 대하는 사람의 신앙심에 달려 있었다. 그의 이름은 신약 성서에 나오는 유명 인물과 같았다. 그것이 사람들의 호기심과 신비감을 지속시키는 데 도움이 되었다. 나는 나사로를 기억한다. 물론 그가 갓 부활했을 때는 아니다. 그때부터 내가 태어나기 전까지는 몇 년의 시간이 흘렀다. 그리고 그 후 과거의 나사로가 어떤 사람이었는지에 대해 별로 남은 게 없을 때였다. 당시 그에게 남은 유일한 것은 '그 순수한 전설뿐'이었다.

육체적으로 그에게 비범한 것은 하나도 없었다. 나는 그저 그가 조용한 사람이었다고 기억한다. 서두르지 않고 쉬엄쉬엄 걷는 사람이었다. 키가 매우 컸다. 비록 아이들에게는 모두의 키가 커 보이지만 말이다. 그의 눈동자가 갈색이었는지, 검정이었는지, 초록이었는지 헷갈린다. 그의 코가 납작코였던가 아니면 매부리코였던가? 그것도 모르겠다. 나는 그가 지나가는 것을 경이롭게 바라보곤 했다. 나는 어려서부터 옛날이야기를 듣거나 모험 소설 읽기를 좋아했다. 가장 감동적 이야기 중 하나가 성경의 나사로의 죽음과 회복 이야기였다. 내게는 적어도 그랬다.

사실 나사로가 무덤 구덩이에서 살아 돌아온 것만큼 대단한 모험이 어디 있겠는가? 나는 당시 친척의 과수원이나 몬테레이보다 더 먼 곳을 여행해 본 적이 없었다. 나사로는 저승길에 다녀온 사람이다. 그는 무궁무진한 이야깃거리를 가지고 돌아왔을 것이다. 나는 모든 것을 알고 싶었다. 강*을 건넜었나요? 카론*을 봤어요? 연옥의 영혼들과 싸워 봤어요? 하느님의 얼굴은 어땠던가요? 그럴 때마다 우리 엄마는 한숨을 길게 내쉬었다. 내가 그를 찾아 나설 때마다 나를 주저앉혔다. "그따위 엉뚱한 생각은 하지도 마라. 요 허무맹랑한 녀석, 도대체 그게 있을 수 있는 일이니?"

수년 후 난 엄마에게 나사로를 불러 달라고 졸랐다. 나사로가 나를 보러 오도록 부탁 좀 해 달라고 매달렸다. 당시 난 이미 모험의 세계를 잊고 있었다. 그런데도 난 나사로에게 딱 하나 묻고 싶은 게 있었다. "그 무덤 구덩이에서 살아 돌아오기 위해선 무엇을 해야 하는가?" 그때 엄마는 평생에 내게 했을 얼마 안 되는 거짓말의 하나를 해야 했다. "얘야, 아무리 나사로를 찾으려고 해도 보이지 않더구나.

---

* 사람이 죽으면 건너게 된다는 그리스 신화의 스틱스 강을 의미 ─ 역주
* 사자(死者)들에게 스틱스 강을 건너게 해주는 뱃사공 ─ 역주

알아보니 그는 한동안 리나레스를 떠났다더구나!", "그가 돌아오면 찾으러 갈 거죠? 그렇죠?"

어릴 적 나사로에 대한 나의 유치하고 부질없는 집착은 끈질겼다. 엄마는 나와의 그 지겨운 줄다리기가 그리 쉽지 않았을 것이다. 몇 년 후 엄마는 농담 반, 슬픔 반의 어조로 나사로에 대한 이야기를 자세히 말해 주었다. 아마도 닥터 칸투가 엄마에게 했던 바로 그 어조였을 것이다. 엄마는 나사로의 이야기만 한 것이 아니었다. 문득 자신의 인생에서 사라져 버린 사람들의 이야기도 하나둘 꺼내기 시작했다. 그들은 1918년의 그 마지막 몇 달 동안 또는 그 이후에 갑자기 그리고 영원히 기억에서 지워진 사람들이었다. 아마도 그 시간은 엄마에게 눈 깜짝할 순간이었으리라.

엄마는 종종 "우리가 소녀였을 때, 메르세데스와 나는 떡갈나무 구멍에 숨곤 했지. 그 애의 동생 루이사가 우리를 찾지 못하도록 말이야."라고 말했다. 그러나 메르세데스를 마지막으로 언제 보았는지는 말하지 않았다. 그분의 장례식에 참석할 수 없었다는 말도 하지 않았다. 어떻게 그분의 가족 전부가 사흘도 채 되지 않아 사라졌는지, 입을 굳게 다물었다. 엄마는 또 레푸히오 이모가 얼마나 영리했고 신중했는지 이야기했다. 하지만 정작 그 신중함이 필요할 때, 왜 카드 게임에 빠졌는지 침묵했다. 이모는 절친인 레메디오스와 암파로 그리고 콘셉시온을 초대해 게임을 즐겼다. 그녀들은 그 시기를 이용해 40일 동안이나 카나스타 카드 게임 토너먼트를 했다. 그들은 나이가 꽤 많은 미혼이었다. 앞으로도 모두 결혼하지 않을 게 분명했다. 그녀들은 돌아가면서 자신의 집에서 카나스타 카드 게임의 개인 토너먼트를 열었다. 아예 밖에 나오지 않는 날도 많았다. 하루나 며칠의 두문불출은 흔한 일이었다. 그녀들에게 스페인 독감은 훌륭한 핑곗거리였다. 자신들이 가장 좋아하는 것을 할 수 있는 또 다른 기회였다. 더욱이 쓸데없이 카드 게임이 중단될 염려도 없었다.

이미 그때 즈음에 그녀들은 가르사 집안사람들의 감염과 죽음을 알고 있었다. 가르사 사람들은 모두가 아는 것처럼 텍사스의 이글패스로 여행을 떠난 적이 있었다. 그녀들은 카드 게임 사이사이에 말했다. "소와 목동들의 마을에서 그들이 어떤 부류의 사람이나 오염 물질과 접촉했는지 누가 알겠어?" 레푸히오 이모는 딱 그 정도의 전염병 인식에 머물러 있었다. 섬세하고 점잖은 자신의 친구들이 여행용 가방에 바이러스를 묻혀 옮길 수 있다는 생각은 꿈에도 하지 못했다. 더욱이 그녀들이 카드와 함께 바이러스를 분배하고 있었을 거라고는 상상도 하지 못했다. 그녀들은 이틀 후에 발견됐다. 모두 자기 자리에 앉은 채 카드를 움켜쥐고 있었다. 게임이 끝나기도 전에 죽어버린 것이다. 시신들을 발견한 남자는 카드 게임 기록장을 살펴보았다. 게임 점수에서 레푸히오와 레메디오스 팀이 한참 앞서고 있었다. 하지만 그게 무슨 의미가 있을까. 그녀들의 마지막 게임은 모두가 패자였는데 말이다.

스페인 독감의 위기가 가장 심각했던 3개월 동안, 리나레스와 전 세계의 생존자들은 씻을 수 없는 상처를 입었다. 치유될 수 없는 흉터와 채울 수 없는 구멍이 생겼다. 오늘날 그 독감은 스페인과 아무런 관련이 없다고 알려져 있다. 스페인은 단지 제1차 세계 대전에 참전하지 않아, 그 병의 전염성을 세계에 처음 알린 나라일 뿐이라는 것이다. 스페인이 맨 처음 세상에 알려서, 그 병명이 스페인 독감이 된 것이다. 전문가들은 그 병이 맨 처음 어디서부터 비롯된 것인지 규명하고자 했다. 미국 캔사스나 텍사스의 미군 부대, 혹은 보스턴이 유력 후보지로 떠올랐다. 1918년 봄, 그곳으로부터 전쟁 중이던 유럽으로 전파됐고, 같은 해 가을엔 멕시코 북부로 퍼졌다는 것이다. 전세계적으로 그 전염병 바이러스로 인한 사망자는 2천만 명에서 5천만 명에까지 추정됐다. 멕시코에서만 30만 명에서 50만 명의 사람들이 죽었다. 그 수년 전엔 황열병이 멕시코 전역을 휩쓸었다. 황열병과 스페인 독감 사망자가 멕시코 혁명 기간 중 총에 맞아 죽은 사람보다 더 많았다.

그럼에도 불구하고, 1919년 1월 멕시코 리나레스에서는 이런 데이터가 별로 흥미를 끌지 못했다. 사람들의 부재는 숫자나 통계로 측정되지 않기 때문이다. 그것은 고통으로 측정된다. 마을 사람들은 대대로 쌓아 온 일상의 삶으로 돌아가고자 했다. 하지만 우체부와 정육업자, 칼 가는 사람과 그들의 모든 가족이 죽어 버린 뒤였다. 이제 거리에는 쓰레기 청소부도 우유 배달부도 없었다. 무덤 파는 사람인 비센테 로페스와 그의 아들 중 두 명도 사라졌다. 식료품과 담배 가게 주인도 죽었다. 그 세 아들도 아버지 뒤를 따랐다. 홀로 남은 젊은 딸은 어디서부터 시작해야 할지 몰랐다. 하지만 그 일을 물려받아야 했다. 수많은 농부와 몇몇 농장주들도 사라졌다. 사교 클럽의 귀부인들은 자기 클럽에서 개최할 행사 음악이나 꽃 때문에 고민하지 않았다. 리나레스 사교 클럽의 정관에 서명했던 많은 설립 멤버들이 보이지 않았다. 그들이 그토록 바라던 건물의 건설도 물 건너갔다. 대성당 주임 신부의 자리는 공석이었다. 여자 초등학교 교장의 자리도 마찬가지였다. 최고의 목수는 아직 자신의 아들과 견습생 훈련을 마치지도 못한 채 자리를 떠났다. 사라진 아이들의 학교 책상에는 펼쳐지지 않은 책들과 백지상태의 노트들이 놓여 있었다. 학교 수업은 중단되었고, 친구들과의 우정도 끝났다. 젊은 홀아비들은 아내 없이 사는 법을 배워야 했다. 과부들은 아이들 양육과 생계 걱정에 한숨을 내쉬었다. 가슴에 자식을 묻은 부모들과 부모 잃은 고아들의 슬픔이 천지에 가득했다.

마을 사람들은 시체 수거 수레가 매일 아침 지나가는 것에 익숙했다. 멀쩡했던 지인들 또는 사랑하는 이들이 그 죽음의 수레에 실려가는 것에 숙달돼 있었다. 이들에게 충격은 서서히 밀려왔고, 체념은 더 쉬운 일이었다.

우리 엄마, 아빠는 '꿀벌 소년' 시모노피오가 살렸다. "그는 그가 만들어 낸 열병으로 우리를 구했지." 엄마는 몇 번이나 이렇게 말했다. 시모노피오는 한 번도 아팠던 적이 없었다. 그는 단순한 감기에 걸린 적조차 없었다. 그날 시모노피오는 우리 엄마인 베아트리스를 만나러 사교 클럽으로 찾아갔다. 엄마가 클럽의 부인들과 막 모임을 끝내려던 참이었다. 시모노피오는 그때부터 열이 조금씩 오르더니 경련을 일으켰고, 의식을 잃기에 이르렀다. 닥터 칸투는 그가 왜 갑자기 아프게 됐는지 종잡을 수 없었다. 그날 아침에도 그 아이는 멀쩡했다. 늘 그랬듯 활기찼다. 의식을 잃은 시모노피오는 호흡기가 부어오르지도 않았고, 폐에서 나는 소리도 깨끗했다. 신장과 간도 모두 정상적으로 움직이고 있었다. 그는 구토도 하지 않았고, 설사도 없었다. 관절도 붓지 않았었다. 의사는 한때 소아마비를 의심했다. 하지만 우리 엄마는 그의 걸음걸이에서 아무런 이상함도 발견하지 못했다. 물론 다른 많은 가능성이 남아 있었다. 잠열이나 복막염 또는 수막염 등이 그런 것들이었다.

의사는 검사를 위해 소년의 오른쪽 복부를 열었다. 만일 복막염이라면 아이를 위해 할 수 있는 것이 아무것도 없었다. 몸의 절개는 환자가 무슨 이유로 죽어 가는지 알기 위해서였다. 만약 수막염이라 해도 징후가 별로 좋지 않았다. 의사는 환자에게 수분을 계속 공급해 주라고 말했다. 우물물에 적신 차가운 수건으로 열을 내리도록 했다. 알코올에 담가 두었던 천으로 아이를 덮어 주라고 말했다. 우리 엄마, 아빠가 미국 여행에서 사 두었던 바이엘 아스피린을 줄 수도 있었다. 만일 갈아서 물에 녹인 그 약을 시모노피오가 삼킨다면, 고열과 통증, 붓기를 가라앉히는 데 도움이 되었을 것이다.

"경련이 또 일어나는 것은 피해야 합니다. 고열이 그를 죽일 수 있는 다른 질병의 표지일 수도 있어요."

닥터 칸투가 그날 밤 집에 도착했을 때, 긴급 메시지 하나가 그를 기다리고 있었다. 그렇게 그는 메르세데스 가르사의 죽음을 알게 됐다. 그녀의 장례를 위해 가장 먼저 달려온 이들은 그녀의 부모와 형제자매들이었다. 새벽 2시쯤 그녀의 시신은 깨끗이 씻겨지고 수의가 입혀졌다. 거실의 열린 관에 누워 조문객 맞이할 준비를 끝냈다. 그때, 다른 친척들과 친구들, 지인들이 도착했다. 모두 홀로 남겨진 그녀의 남편과 함께 밤을 보낼 채비가 되어 있었다. 동이 틀 무렵, 몇몇 사람들은 좀 쉬거나, 아침 식사를 했다. 몸을 추스르기 위해 잠깐 자리를 뜨기도 했다. 그사이 이미 새로운 조문객들이 밀려들고 있었다.

그렇게 조문객들이 오가고, 미사와 기도가 이어졌다. 하지만 그 자리에 우리 엄마, 아빠는 없었다. 그분들은 시모노피오의 곁을 지키고 있었다. 그 아이를 위해 그날 밤을 꼬박 새우며 기도했다. 그 아이는 열이 조금 내려서 우리 부모님들이 조금 쉬려고 하면, 열이 난데없이 다시 올랐다. 경련이 동반되어 모든 이들을 놀라게 했다. 우리 부모님들은 메르세데스가 죽었다는 소식을 듣고 깊은 슬픔으로 기도를 했다. 하지만, 시모노피오 곁을 떠날 생각은 하지 않았다. 그 아이는 누구의 아들도 아니지만 모든 이들의 아들이었다. 큰 기쁨을 가져온 그들의 대자(代子)였다.

유모 레하는 잠시도 시모노피오 곁을 떠나지 않았다. 의외로 그녀는 침착했다. 그리고 시모노피오에게 끊임없이 수분을 공급해 주고 있었다. 그것은 마치 그 아이가 그녀의 두 팔에 들어올 만큼 작았을 때, 꿀 섞은 젖을 아이의 입에 방울방울 떨어뜨려 주던 것과 흡사했다. 부모님은 그녀가 더 편하게 있도록 그녀의 흔들의자를 가져오도록 했다. 혹시라도 그녀가 잘못될까 봐 걱정스럽고 불안했다. 아울러 확실하게 일어날 일, 즉 아이의 죽음에 대해 그녀에게 설명해 주고 싶었다. 하지만 그녀는 놀라울 정도로 평정심을 유지하고 있었다. 당시에는 병자를 돌보는 일은 대부분 여자가 할 일이었다. 그런데도 우리 아빠는 시모노피오의 곁에서 멀리 떨어지려고 하지 않았다. 그런 와중에도 농장은 돌아가야 했다. 그럴 때마다 아버지는 일꾼들에게 지시를 마친 후 즉시 돌아왔다. 우리 엄마는 환자를 위해 아빠가 할 수 있는 일을 부탁했다. 아빠가 그 아이를 위해 뭔가 돕는다는 뿌듯함을 갖도록 했다. 염소젖이나 찬물이 필요하면, 엄마는 아빠에게 부탁을 했고, 아빠는 엄마를 위해 일꾼들에게 지시를 내렸다. 약이 더 필요하면, 아빠는 소중한 1밀리그램도 낭비되지 않도록 주의하면서 조심스레 아스피린을 갈았다.

부모님은 메르세데스의 장례 다음날에야 전염병이 퍼진 것을 알았다. 바야흐로 리나레스와 몬테레이에 기이하고도 치명적인 전염병이 나돌고 있었다. 이미 메르세데스의 장례식에 참석했던 많은 사람이 그 병에 쓰러지고 있었다. "혹시 시모노피오도 그 병에 전염된 것은 아닐까?" 우리 엄마, 아빠는 잠시 그렇게 생각했다.

"하지만 어디서 전염됐을까?"

"내가 사교 클럽에서 모임이 있던 날, 그 애가 나를 광장 벤치에서 기다리고 있었거든요. 아마 메르세데스에게서 전염된 것 같아요."

"아뇨. 아이에게 이미 열이 있었다는 것을 기억해 봐요. 게다가, 그랬다면 우리도 이미 감염됐을 거예요."

우리 아빠는 대농장의 일꾼들이나 그 가족에게 어떤 일로도 리나레스에 가지 말라는 엄격한 지시를 내렸다.

"만일 가게 되면, 돌아오지 않는 게 낫다."

아버지는 안셀모 에스피리쿠에타에게 대농장 입구에서 경비를 서도록 지시했다. 또한 농장에서 나가기를 원하는 이는 나갈 수 있으나, 그 누구도 농장에 다시 들어올 수 없다고 명령을 내렸다. 닥터 칸투까지도 말이다. 에스피리쿠에타에게는 필요할 경우 소총을 발사할 수 있는 권한도 주어졌다. 시모노피오의 열은 계속해서 일종의 미스터리로 남았다. 하지만 전염병이 아닌 것은 분명해 보였다. 아버지는 모든 가능성에 대비하고 싶어 했다. 그래서 민간 전통 치료법을 써 보기로 했다. 당신의 외할머니에 따르면 그것은 폐질환에 확실한 효과를 보증했다. 그는 천 조각에 겨자를 두껍게 발라 그것으로 시모노피오의 가슴을 감쌌다.

"프란시스코, 뭐 하는 거예요?"

"시모노피오를 위해 겨자 습포를 하는 거요."

아빠는 할머니의 겨자 습포를 기억해 냈다. 그건 매우 불쾌한 방식이었다. 하지만, 그것이 시모노피오의 가슴에서 나쁜 것들을 흡수해 주기를 바랐다.

"내가 돌아올 때까지 그대로 둬요."

주지사인 삼브라노와 공중 보건 당국이 멕시코 북부 전체에 걸쳐 검역에 나섰다. 학교를 포함한 모든 공공시설의 폐쇄도 명령했다. 우리 아빠는 기차로 누나들이 있는 몬테레이에 갈 계획이었다. 그러나 철도 서비스 역시 중단돼 있었다.

"도로가 폐쇄되기 전에 자동차로 가겠소. 아무도 농장 밖으로 나오게 하지 마시오." 아버지는 거듭 강조했다. 그 당시에는 도로 사정이 끔찍했다. 지금처럼 넓고, 포장되어 있으며, 중간에 구덩이가 없는 도로는 꿈도 꾸지 못했다. 그만큼 자동차 이동은 기차보다 훨씬 더 시간이 걸렸다. 그러나 기차 운행은 금지됐다. 아무도 아빠의 결심을 꺾을 수는 없었다. 그는 두 딸 카르멘과 콘수엘로를 데리러 몬테레이로 가기로 마음먹었다.

아빠는 그날 아침 자동차 창문을 꼭 닫은 채 리나레스 도로를 달렸다. 마치 모든 생명이 끝나버린 유령 마을을 가로지르는 듯했다. 거리는 황량했다. 각 집 앞마다 천에 싸인 시체 더미가 던져져 있었다. 그중 몇몇은 친한 친구들의 집이었다. 주인 잃은 개들이 거리를 쏘다니고 있었다. 보통 이런 개들은 사람들의 발길질이나 몽둥이찜질을 겁내기 마련이었다. 하지만 이제는 예의 그 경계심을 찾아볼 수 없었다. 여기저기 시체 더미에 코를 박고 킁킁대기 바빴다. 인육의 성찬을 즐기는 데 그리 오랜 시간이 걸리지 않을 터였다. 그때 아버지는 차를 세웠다. 그는 자동차 문을 열기 전, 가슴 깊숙이 공기를 들이마셨다. 그렇게 자신의 폐를 자동차 안의 깨끗한 공기로 가득 채웠다. 그리고 숨을 꾹 참은 채 좌석 아래에서 22구경 소총을 꺼내 들었다. 곧바로 개들을 향해 세 발을 쏴 명중시켰다. 나머지 다섯 마리의 개들은 총소리에 놀라 도망쳤다. 폐에 보관된 공기가 떨어져 가고 있었다. 가슴의 압박감 속에서도 잠시나마 만족감을 느꼈다. 하지만 그들은 다시 돌아올 것이다. 썩은 살의 달착지근한 냄새가 놈들을 유혹할 것이다.

아빠는 자동차 안에서 비센테 로페스를 보았다. 아빠가 만난 이들 중 유일하게 살아 있는 리나레스 주민이었다. 그는 모퉁이를 돌아 반쯤 찬 시체 수거 수레를 끌며 다가오고 있었다. 그가 손짓 인사로 아는 체를 했다. 그리고 아빠가 개들에게 먹히지 않도록 지켜 준 그 시체들을 거뒀다. 죽은 개들도 수레에 올려놓았다. 아빠는 계속해서 갈 길을 갔다. 그곳으로부터 전속력으로 멀어졌다. 아빠는 그 개의 시체들이 어떻게 될까 궁금했다. 제발 인간 시신과 한 구덩이에 들어가지 않기만을 바랐다.

몬테레이로 가는 길은 원래 길고 험난했다. 하지만, 아빠는 가엾은 시모노피오와 누나들의 안전에 온 정신이 팔려 있었다. 아빠는 누나들이 이미 감염 위험에 노출되어 있다는 걸 짐작하고 있었다. 기숙사는 여러 사람이 공동으로 생활하는 곳이었다. 하지만 그건 중요하지 않았다. 가족 중 누군가가, 또는 모두가 죽어야 한다면, 함께 죽으리라고 생각했다. 아빠가 도착했을 때, 사그라도 코라손 학교에는 몇 명의 학생들만이 남아 있었다. 아빠는 누나들에게 짐을 꾸릴 시간조차 허용하지 않았다. 다른 이들과 작별 인사도 할 수 없었다. 교복을 입고 있던 누나들을 그대로 자동차에 태워 출발했다.

첫째 누나 카르멘은 예상대로 아빠의 결정에 순순히 따랐다. 차분하게 자동차 뒷좌석에 앉아 있었다. 반면 둘째 누나 콘수엘로는 돌아오는 내내 한숨과 불평을 쏟아 냈다. 불쌍한 아버지의 귀를 뜨겁게 만들었다. "무슨 이유로요? 몰라요. 아무렇게나 되라지요." 그녀는 늘 자신이 불만족스러울 수밖에 없는 동기와 이유를 찾아냈다. 자동차에 갇혀 있던 아빠는 도망갈 곳이 없었으리라. 그렇게 콘수엘로는 투덜거리면서 침통한 얼굴로 집에 도착했다. 문제는 카르멘이었다. 사실 카르멘은 화가 잔뜩 나 있었다. 아빠가 다른 여자애들 다루듯이 함부로 자신들에게 '리나레스로 가자!'고 일방적으로 명령을 했다는 게 그 이유였다. 카르멘은 침묵이라는 채찍질로 아빠를 괴롭혔다. 그 상황에서 아빠는 불난 집에 기름을 부었다. 아빠는 누나들에게 '전 가족이 필요한 짐을 꾸려, 라 플로리다 농장에서 한 계절을 지낼 것'이라고 말했던 것이다. 그것은 당분간 사람들이 죽어 나가는 리나레스 근처에서 살지 않겠다는 뜻이었다. 어린 딸들이 시체가 나뒹구는 동네에서 살지 않도록 하고 싶었다. 그러려면 인구 밀집 지역에서 벗어나야 했다. 전염병이 그 농장에까지는 미치지 못하리라. "아빠, 얼마나 오랫동안 있을 건가요?", "필요할 동안이지. 사람이 죽어 나가지 않을 때까지. 아프지 않을 때까지." 누나들도 어느 정도 재앙 속에서 살아가는 것에 적응돼 있었다. 하지만 아무리 재난이라 하더라도 갑자기 백팔십도 삶이 바뀌는 것엔 견디기 힘들었다.

사람들은 전쟁 없는 시절을 거의 기억할 수 없었다. 그렇지만 매년 심어야 할 농작물을 심었고, 거둘 것은 거뒀다. 비록 굶주린 군인들이 약탈해 갈 위험이 있었지만 말이다. 우리 부모님은 전쟁보다 더 나쁜 건 없다고 늘 말씀하셨다. 놀라운 건 그 전쟁 속에서도 서로 결혼을 했고, 아이를 낳았고, 세례를 주었다. 축제도 있었고, 야외 나들이도 있었다. 우유는 어김없이 집에 배달됐고, 여자아이들은 간식을 함께 먹기 위해 오후에 친구들을 만났다. 그것이 우리 누나들이 알고 있던 삶이었다. 그 어떤 이유로도, 심지어 사랑하는 할아버지의 죽음으로도 중지될 수 없는 삶이었다.

당시 우리 누나들 나이에는 고통과 죽음이 낯설었다. 비록 4년 전에 할아버지 마리아노 코르테스의 난폭한 죽음을 겪었는데도 불구하고 그땐 마냥 철부지였다. 사춘기 시절 그들의 이해 수준은 '할아버지는 이미 할아버지였기에 죽은 것'이었다. 노인은 죽는 것이 자연스러운 것이기에 죽은 것이었다. 반면, 그들이 볼 때, 젊은이들은 영원히 살 것이었고, 전염병이 침범할 수 없는 면역의 땅에 사는 존재들이었다. 당시 누나들에게 마리아노 할아버지의 죽음은 아득히 먼 과거의 일이었다. 몬테레이나 리나레스 친구들과의 이별도 마찬가지였다. 앞으로 친구들과 만나지 못하고 보내야 할 날들이 과거 할아버지의 죽음처럼 아득하게 느껴졌다. 그것은 순전히 아버지의 명령 때문이었다. 누나들은 자기들끼리 불평하면서 심하게 다투었다. 그녀들은 아버지를 두려워했다. 게다가 아버지는 온갖 가능성을 나열하며 누나들에게 겁을 잔뜩 주었다. 이를테면, 젊고 예쁜 여자들을 납치해 가려고 산적 같은 군대가 오리라는 게 그 대표적인 예였다. 실제 아버지는 이를 피하기 위해 딸들을 몬테레이의 수녀들이 운영하는 기숙 학교로 보냈다. 또 언젠가 합법적인 방법 혹은 무력으로 그들에게서 땅을 빼앗아 갈 날이 오리라는 내용도 있었다. 물론 스페인 독감에 대한 위협도 빠질 리가 없었다. 하지만 아버지가 했던 엄포 중 아무 일도 일어나지 않았다.

우리 아버지는 단호했다. 누나들은 친구들에게 인사조차 하지 못했다. 광장 산책도, 파티도 못했다. 아버지는 시골 농장에서의 피난 생활이 따분하리라는 것을 잘 알고 있었다. 그곳에서는 하루나 이틀 산책이 전부일 터였다. 그러나 아버지는 딸들이 그 지루함을 극복하리라고 생각했다. 잘하면 그 전염병에서 살아남을 수 있으리라고 예상했다. 아빠는 딸들이 자동차에서 내릴 때, 라 플로리다 농장에서는 실컷 책을 읽을 수 있으리라고 말했다.

"너희들이 그렇게 좋아하던 그 소설까지도 읽을 수 있단다. 그 '언덕'에 대한 소설 말이다."

아버지의 말은 딸들에게 받아들여지지 않았다. 딸들은 『폭풍의 언덕』뿐 아니라 신간 소설 『엠마』조차도 챙겨오지 못했다. 아빠는 그녀들에게 짐을 꾸릴 시간도 주지 않았다. 아빠가 다시 자신이 가지고 있는 책 중에 재밌는 것을 빌려주겠다고 말했다. 역시 그녀들은 콧방귀도 뀌지 않았다. 누가 『두 도시 이야기』에 흥미를 느낀단 말인가? 아빠는 딸들의 반응에 기분이 상했다. "디킨스의 그 소설에는 죽음뿐 아니라 로맨스도 있는데…." 그때 의식을 잃었던 시모노피오의 귀에 어렴풋이 아빠의 목소리가 들렸다. 아빠가 딸들을 데리고 막 방으로 들어오고 있었다. 그와 동시에 시모노피오가 깨어났고 고열에서 벗어났다. 그것이 다였다. 한순간 그의 몸에서 불타는 고열이 타올랐지만, 그다음 순간 언제 그랬냐는 듯 훌훌 털고 일어났다. 아빠는 뛸 듯이 기뻐했다. 할머니의 지혜 덕분에 나은 것이다. 그는 소년에게 재발 방지를 위해 몇 시간 더 안정을 취하라고 지시했다. 그런 다음 그는 가족의 이동을 준비했다.

아빠가 리나레스 마을 사람들을 위해서 손쓸 일은 아무것도 없었다. 다만 자신이 데리고 있던 인부와 노동자들은 구할 수 있었다. 아빠는 지난 이틀 동안 리나레스를 방문하지 않았다면, 자신의 가족과 함께 이주를 환영한다고 그들에게 말했다. 그렇게 그들은 운 좋게도 가족과 함께 리나레스의 병든 공기와 멀리 떨어진 그 농장에서 충분히 머물 수 있었다. 그래도 남자들은 사탕수수와 다른 농작물들을 재배하기 위해 매일 두 농장 사이를 오갈 것이다. 하지만 리나레스를 방문하거나 그 주민들과 접촉하지 않을 것이다.

아빠가 인부들에게 연설을 마쳤을 때 루피타가 그를 기다리고 있었다.

"유모 레하 말이, 시모노피오가 그 작은 가슴에 천을 감고 있는 것을 참지 못한다네요."

"그래도 참아야지."

우리 가족은 다음날 라 플로리다 농장으로 이사했다. 모든 노동자도 함께였다. 지금 돌이켜 보면 그 전염병이 석 달 동안 유행했다는 것을 알고 있다. 하지만, 천으로 모든 가구를 포장하던 그날, 크고 작은 문들을 열쇠로 잠그던 그날, 우리 가족은 언제 다시 그곳에 돌아올지, 혹 돌아올 수나 있을지 알지 못했다. 그 집은 한 번도 빈 상태로 있어 본 적이 없었다. 우리 가족이 다른 농장에서 며칠 보냈던 때를 포함해서 말이다. 그때가 그 집을 버려둔 첫 번째였다.

몇 년 후 엄마는 마지막 문의 빗장을 걸 때, 눈물이 날 만큼 그녀의 가슴이 조여 왔다고 말했다. 그땐 숨겼지만 고통스러운 눈물이었다고. 많은 사진과 누나들의 어린 시절 옷들, 할머니로부터 물려받은 다기 세트, 아빠와 단 한 번의 유럽 여행에서 샀던 영국 도자기, 싱어(Singer) 재봉틀 같은 추억들도 버려졌다. 하지만 그녀의 눈물은 집이나 그런 물건 때문이 아니었다. 그 집은 거기에 채워진 모든 물건과 함께 그들을 기다리고 있을 것이다. 그냥 집과의 이별 자체가 고통이었다. 그렇게 버리고 가는 것 자체가 아픔이었다. 그것은 리나레스 마을 사람들과 두 남동생, 사촌들 모두와 친척들과의 이별을 뜻했다. 또한 사교 클럽의 회원들, 가족의 친구들을 떠나는 것이었다. 리나레스에서의 삶에 활력을 불어넣어 주었던 사람들과의 이별이었다. 그들이 마침내 돌아올 수 있었을 때, 과연 누가 그곳에 남아 있을 것인가?

열쇠로 문을 잠근 뒤, 그들은 집에 등을 돌리고 뒤돌아보지 않았다. 누나들은 이미 자동차 안에서 기다리고 있었다. 가족들은 물론 할머니도 함께 했다. 다른 자동차들에는 가사 도우미들과 들에서 일하는 일꾼들, 그리고 그들의 가족이 있었다. 단지 안셀모 에스피리쿠에타와 그의 가족만이 그 자동차 한 대와 네 대의 수레, 한 대의 픽업트럭으로 구성된 카라반 행렬에서 찾아볼 수 없었다. 에스피리쿠에타는 아빠로부터 농장 입구를 지키라는 명령을 받았다. 그 누구도 농장 출입을 허용하지 말라며 총까지 주었다. 그런데도 그는 아내에게 담배 심부름을 시켰다. 리나레스 중심가의 식료품 상점에 보냈다. 흡연 중독에 견딜 수 없었으리라. 다행인 것은 에스피리쿠에타 일가가 비사교적이었다는 것이다. 나머지 다른 일꾼들 가족들과 관계가 원만하지 않아, 늘 거리를 두고 있었다. 농장의 다른 사람들과 접촉이 없었으므로 전염병 감염 위험은 거의 없었다. 그렇다고 그들을 데려가는 것은 현명한 처사가 아니었다. 에스피리쿠에타 가족은 라 아미스타드 농장에 남겨질 것이다. 아빠는 그들에게 행운과 건강을 기원했다. 그러나 에스피리쿠에타는 순순히 수긍하지 않았다.

"주인님은 우리 가족을 데려가지 않으면서 시모노피오는 데려가네요. 그는 환자예요. 그는 우리에게 그 질병을 가져온 녀석이라고요."

"아직도 그 소린가? 시모노피오는 다른 병에 걸렸던 거고 이제는 다 나았네. 자네는 그 전염병의 위험에 대해 알고 있었고 내 명령을 따라야 했네. 자네는 자네 아내가 밖으로 나가도록 하면 안 되었네. 그런데도 자네는 아내를 마을에 담배 심부름을 시켰지. 만약 자네가 내 지시를 따랐다면, 그녀가 돌아올 때 총으로 쐈어야 했네."

"그랬다면 주인님이 나가서 따님들과 함께 돌아왔을 때 주인님도 내가 총으로 쐈어야 했죠."

아빠는 에스피리쿠에타의 하극상에도 아무런 응답을 하지 않았다. 그저 한낱 일꾼의 무례한 언행이라고 치부해 버렸다. 엄마는 두고두고 '이때 아빠가 너무 지나치게 참았다'고 말했다.

"안셀모, 상황은 계속해서 더 나빠질 거네. 여기 농장에 자네는 충분한 식료품들을 가지고 있잖은가. 자네와 자네 가족을 위해 담배는 잊어버리게. 상황이 이런데, 계속해서 자네가 담배를 피우면 모두를 죽게 할 거네."

이윽고 아버지는 몸을 돌려, 사람과 식량을 실은 카라반을 이끌고 갈 자동차에 올랐다. 시모노피오는 우리 가족의 자동차 뒤에 있는 첫 번째 수레에 앉았다. 며칠 만에 처음으로 마시는 바깥공기였다. 아빠는 드디어 그에게 겨자 습포 떼는 것을 허락했다. 그러나 여행 동안에는 누워 있어야 한다고 그에게 말했다. 마르틴이 트리니다드와 함께 수레를 운전했다. 시모노피오 옆에는 유모 레하가 있었다. 그녀는 늘 그렇듯 두 눈을 감은 채 아무 말이 없었다. 폴라와 루피타 그리고 물론 그 흔들의자도 함께 갔다.

농장에 가는 도중 내내, 엄마와 아빠는 그 전염병과 갑작스러운 시모노피오의 회복에 대해 이야기했다. 아마도 그 토론은 수년 동안 계속될 것이다. 그래도 그분들의 궁금함과 그 미스터리는 풀리지 않을 것이다. 엄마는 늘 스페인 독감이 리나레스를 공격했을 때, 그 설명할 수 없는 고열이 시모노피오에게 발생한 것은 우연이 아니라고 주장했다. 시모노피오의 고열이 엄마를 마을에서 나오게 했고, 친구인 메르세데스 아줌마의 밤샘 추도식에 불참하도록 했으며, 감염 초기 며칠 동안 리나레스 마을에 들어가지 못하도록 했다는 것이다. 마찬가지로 시모노피오의 회복도 그녀에게 아주 신비롭기만 했다.

"당신이 돌아와서는 리나레스를 떠난다고 말했을 때, 그 아이가 열이 셋은 듯이 사라지더니 깨어났어요. 후유증도 없고 멀쩡한 상태로 말예요."

"기적이었죠."

할머니 신포로사는 "아이고, 내 딸아! 어떻게, 어떻게 그럴 수 있니?"라며 쉴 새 없이 맞장구를 쳤다. 그때 누나 콘수엘로가 "이제 제발 그만들 해요! 토론은 그만요. 도대체 그게 뭐가 중요하다고!"라며 짜증을 냈다.

　아빠는 엄마 말에 반박할 어떤 주장도 생각해 내지 못했다. 그렇다고 엄마에게 동의하고 싶지도 않았다. 분명한 것은 시모노피오는 신비로운 아이라는 것이다. 그 아이는 도저히 토론으로 설명과 이해가 불가능했다. 그렇다. 시모노피오의 출생, 그리고 그가 우리 집에 오게 된 기이한 상황들부터 이해할 수 없었다. 꿀벌들이 그를 따라다니는 것도 설명이 불가능했다. 시모노피오는 보통 아이가 아니었다. 그렇게 아빠는 농장으로 가는 내내 겨자 습포로 자신이 그 아이의 생명을 구했음을 뿌듯해 했다.

16

겨자 습포

··· **전염병이 죽음을 몰고** 리나레스에 도착한 날, 시모노피오는 매우 일찍 그리고 차분하게 잠을 깼다. 그의 꿀벌들도, 반짝이는 태양도, 구름 한 점 없는 하늘도 다가올 일에 대해 그에게 경고하는 것은 아무것도 없었다. 그날은 그냥 아름다운 가을날이었다. 평범한 10월의 그런 날 말이다.

시모노피오는 모랄레스 가문의 소녀들이 곧 집으로 돌아와 오랫동안 머물 것이라고 예감했다. 그것은 그녀들에게 분명 좋은 경험이 되리라. 아울러 붉은 말이 웅덩이를 헛디뎌 다리가 비틀어지리라고 예상했다. 그는 그 웅덩이를 흙으로 메우기 위해 잽싸게 달려 나갔다. 다행히 늦지 않게 제때에 도착할 수 있었다. 만일 붉은 말이 다친다면, 결코 회복될 수 없었으리라.

시모노피오는 그날 그 정도의 선행에 만족했다. 그렇지 않았다면 그는 꿀벌들의 꽁무니를 따라 천방지축 산속을 뛰어다녔으리라. 또 루피타가 옷 빨래를 하루에 두 번씩이나 하게 만들고 싶지도 않았다.

그렇게 그녀의 하루를 망치고 싶지 않았다. 루피타는 노래를 부르며 빨래를 하고 있었다. 시모노피오는 그런 그녀를 묵묵히 지켜보았다. 루피타는 온통 마르틴에 신경 쓰느라 빨래는 뒷전이었다. 그 바람에 방금 빨아 놓은 빨래가 흙바닥에 떨어지곤 했다. 마르틴은 루피타에게 어울리는 사람이 아니었다. 그가 나쁜 사람이라서 그런 게 아니었다. 시모노피오는 그녀가 그를 원하면 원할수록 그와는 잘 될 수 없다는 사실을 알고 있었다. 그날 시모노피오는 루피타에게 자신이 빨래 바구니를 들어주겠다고 말했다. 그녀는 소년에게 너무 무거운 짐이라며 고개를 저었다. 하지만 시모노피오는 그녀의 관심을 딴 곳으로 돌리기 위해 계속 고집을 부렸다. 그렇게 루피타로 하여금 마르틴의 존재에 집중하지 못하도록 할 참이었다. 주의를 흩어 놓아야 그녀가 꿈꾸던 남자를 잊을 수 있으리라. 그게 그녀를 행복으로 이끌 수 있는 길이었다. 결과적으로 땅바닥에 떨어진 옷을 한 번 더 빨 필요도 없을 것이었다. 그때 시모노피오는 불길한 징조를 느꼈다. 깨끗한 셔츠와 더러운 속옷 사이에서 먹구름이 피어올랐다. 앞으로 다가올 나쁜 일이 파노라마처럼 눈앞에 펼쳐졌다. 즉시 시모노피오가 돌아섰다. 지금 당장 루피타가 문제가 아니었다. 그녀는 당분간 운명에 맡길 수밖에 없었다. 그런 시모노피오의 행동에 루피타는 깜짝 놀랐다.

"시모노피오, 갑자기 어디를 가니?"

시모노피오는 마을 광장을 향해 달렸다. 평소에 거의 다니지 않는 길을 멈추지 않고 달렸다. 그의 대모 베아트리스가 그곳에 있었다. 그녀는 사교 클럽 모임에 참가하고 있었다. 지나가는 사람들이 자기를 바라본다는 걸 알았지만, 신경 쓰지 않았다. 그는 대모를 그곳에서 데리고 나와야 했다. 그녀를 데리고 마을로부터 빠져나와야 했다. 그렇게 해야 대모를 살릴 수 있었다. 그가 느꼈던 긴박함은 컸다. 밖에서 대모를 기다리는 동안에도 그는 그 불길한 것의 정체가 무엇인지 몰랐다. 큰 화재일지 아니면 군대의 무차별 학살일지. 그러나 사람들로 가득 차 있는 광장 주변을 바라보면서 뭔가 끔찍한 것이 다가오고 있다는 것을 알 수 있었다.

귀부인들이 그 건물에서 나오는 것을 보고 그는 알았다. 그 임신 중인 미인은 몸속에 죽음을 지니고 있었다. 그녀 몸 자체가 전부 독이었다. 접촉하는 생명마다 죽게 될 참이었다. 더구나 그녀는 죽어서도 사람들을 죽이는 독이었다. 바로 그날 말이다. 그는 보았다. 광장에, 거리에 퍼져있는 죽음을 보았다. 그는 시체들이 하나둘씩 수레 가득 차곡차곡 쌓여 있는 것을 보았다. 그 시체들은 집 밖으로 던져졌다. 그는 거리의 들개들이 인육 잔치를 벌이는 모습을 보았다. 모랄레스 가족이 하나둘씩 죽어 가는 것을 보았다. 그들과 함께 아직 태어나지 못한 생명의 싹들이 사라지는 것을 보았다. 하지만 그는 그것을 막기 위해 무엇을 해야 할지 알지 못했다.

시모노피오가 대모 베아트리스에게 다가갔을 때, 그의 몸은 이미 뜨겁고 땀에 젖어 있었다. 바로 그때 비로소 시모노피오는 자신의 뜨거운 열이 많은 생명을 구하리라는 것을 알았다. 그는 그렇게 했다. 즉, 그는 자신이 아프도록 내버려 두었다. 지금 라 플로리다 농장으로 향하는 카라반 행렬은 모두 살아날 것이다. 그의 대부와 대모, 그의 딸들, 할머니, 유모 레하, 유모 폴라, 마리와 마르틴, 그리고 나머지 모든 일꾼과 그 가족들은 모두 안전할 것이다. 만일 시모노피오를 내버려뒀더라면, 그는 이미 라 플로리다 농장에서 그들을 기다리고 있었을 것이다. 그는 산의 모든 지름길을 알고 있었다. 꿀벌들이 그에게 가르쳐 주었다. 그렇게 시모노피오는 아파야만 했다. 그래야 대모 가족과 농장 사람들을 구할 수 있었다. 이제 그는 그 대가를 치를 차례였다. 바로 휴식이었다. 그것은 참으로 불필요하고 귀찮은 거였다.

시모노피오는 자신이 깨어날 때, 대부 프란시스코의 얼굴에 안도감과 만족감이 번지는 것을 보았다. 대부는 자기가 시모노피오를 고쳤다면서 자랑스럽게 말했다. 시모노피오는 그의 말에 토를 달지 않았다. 사랑의 표현을 무안하게 해서는 안 될 것이었다. 겨자 습포가 그의 가슴을 불태워 버리는 것 같았다. 시모노피오는 손짓으로 그것을 벗겨 달라고 애원했다. 하지만 대부는 자신의 처방에 뿌듯해하고 있었다. 시모노피오는 그를 이해했다. 자신이 몇 시간 더 참아야 한다는 것을 알았다. 그렇다. 겨자 습포 처방은 시모노피오에게 적용됐다. 하지만 정작 그 처방은 대부에게 도움이 됐다. 대부의 마음속 고통과 번민을 덜어 주었다.

17

빈집 청소

· · · **프란시스코 모랄레스는** 타마울리파스(Tamaulipas)에 있는 가축 목장들을 감독하지 않을 때도, 다른 곳에 있는 농장들 관리에 여념이 없었다. 몇 주가 지났지만 라 플로리다 농장에는 아직 감염자가 발견되지 않았다. 과감하게 모든 걸 두고 떠나오길 잘했다. 아무리 생각해도 자신의 결정이 올바른 것이었다. 그렇지만 집에서 멀리 떨어져 생활한다는 것은 누구에게도 쉽지 않았다. 그의 장모는 리나레스에 버려두고 온 다 자란 두 아들을 생각하지 않기 위해 부엌에서 나오지 않았다. 그녀는 크렘 브륄레를 완벽하게 만들기 위해, 쉴 새 없이 그것을 젓고 또 저었다. 손을 바꾸어 가면서 커다란 나무 숟가락으로 저었다. 결코 다른 사람에게 그 일을 양보하지 않았다. 원을 그리는 그 순환 운동이 그녀를 기진맥진하게 했다. 팔과 어깨, 목의 근육에 경련이 와 밤마다 주물러야 했다.

그래도 그녀는 쉬지 않고 손으로 저었다. 남의 도움을 받지 않고 혼자서 요리를 했다. 그녀는 그 일이 자기를 거의 최면에 걸리게 했다고 말하곤 했다. 그녀의 정신은 그 일로 인해 거의 마취 상태 아래 있었고, 모든 것을 잊을 수 있었다는 것이다. 그녀는 두 아들도, 죽은 남편도 모두 잊고 살았다. 그녀는 과거에 가능했던 것과 장래에 가능할 일 모두를 잊어버렸다. 두 팔은 피곤했지만, 그 작업은 영혼을 편안하게 해 주었다.

프란시스코는 장모의 그런 마음을 충분히 이해했다. 그저 염소젖과 흑설탕이 부족하지 않도록 해 드리는 게 최선이었다. 그래서 매일 2리터의 크렘브륄레가 만들어졌다. 도냐 신포로사는 그것을 오후에 일꾼들의 아이들에게 나눠 주었다. 아이들은 그녀의 배려 덕분에 그 간식 시간에 익숙해졌고 조금씩 뚱뚱해졌다.

카르멘과 콘수엘로는 여러 단계의 마음 상태를 겪었다. 그들은 때로는 만족해했고, 때로는 슬퍼했다. 또 때때로 아무 이유 없이 울곤 했다. 또 어느 때는 화가 나서 서로 소리를 지르기도 했다. 그러다가는 언제 그랬냐는 듯 둘이 배꼽을 잡고 웃기도 했다. 최악의 상황은 이 모든 심경의 변화가 하루 동안에 일어날 경우였다. 프란시스코는 매 순간 딸들의 감정 변화에 일희일비할 수는 없었다. 그보다는 차라리 암소들의 그을린 고기와 털 냄새를 맡는 것이 낫다고 생각했다. 그는 될 수 있으면 딸들에게 휘말리지 않으려고 노력했다.

아내 더 베아트리스는 대단했다. 그녀는 사춘기 딸들이 폭발할 때에도 놀라거나 당황하지 않았다. 대신 딸들이 다른 데 신경을 쓰도록 과제를 주었다. 작은 애에게는 읽는 법을 가르치고, 큰아이에겐 산술을 가르쳤다. 딸들이 그 일을 끝내면, 둘 모두에게 음악 수업을 하도록 했다. 기대했던 대로 카르멘은 수업을 통해 참을성이 많아졌고 변덕이 줄어들었다. 하지만 콘수엘로는 그렇지 않았다. 카르멘이 잠시 한눈이라도 팔라치면, 잽싸게 어디론가 사라졌다. 그 아이는 인내심이 모자랐다. 앞으로도 그러리라.

프란시스코는 딸들을 이해하려고 노력했다. 그 애들을 이렇게 만든 것은 단지 지루함 때문만은 아니었다. 그의 딸들은 그러한 시골 생활에 익숙하지 않았다. 그들은 석유램프가 아닌 전깃불 아래에서 책을 읽으며 일과를 마치는 습관이 있었다. 하지만 이곳 라 플로리다 농장은 전기가 들어오지 않았다. 그러니 딸들은 매일 하던 활동을 한 시간 일찍 끝내야 했다. 또한 집에는 아이스박스가 있었다. 아이들은 겨울에도 음료수에 얼음을 넣어 마셨다. 라 플로리다 농장엔 아이스박스도, 전기도 없었다. 그런 것들은 값비싼 사치품들이었다. 라 아미스타드 농장의 집에만 가능했다. 전기는 공공 영역에서 시작해서 점점 사적 영역으로 확대되고 있었다. 프란시스코도 곧 하인들의 방과 일꾼들의 집에 전기를 들이려고 생각하고 있었다. 하지만, 주방은 그 계획의 마지막 대상이었다. 틈만 나면 딸들은 리나레스라는 화려한 현대로 돌아가자고 졸라댔다. 하지만 그럴 수는 없었다. 그럴 때마다 그들은 라 플로리다 농장의 전기 설치를 요구했다. 그러기엔 비용이 엄청났다. 일단 라 플로리다 농장에 전기를 설치하는 것은 그의 계획에 없었다.

베아트리스는 항상 태평스러워 보였다. 하지만, 프란시스코는 그것이 아침에 해가 뜰 때마다 그녀가 쓰는 가면이라는 것을 알고 있었다. 밤마다 그는 그녀가 잠을 못 이루고 침대에서 뒤척이는 소리를 들었다. 어느 순간 그녀는 자는 딸들을 살펴보러 일어나 집 안을 한 바퀴 돌았다. 현관의 걸쇠들을 확인했다. 불이 켜져 있는 초나 오일 램프가 없는지, 장작 난로는 완전히 꺼졌는지를 살폈다.

아침이 되면 베아트리스는 마치 간밤에 아무런 걱정 없이 단잠을 잔 사람처럼 행동했다. 그녀는 프란시스코와 함께 아침 식사를 했고,

카르멘과 콘수엘로를 깨워서 그들이 할 일을 하도록 했다. 그녀는 매일 빈틈없이 하루를 계획했다. 집 안 곳곳 청소는 물론이고, 부엌에 부스러기 하나라도 떨어져 있지 않도록 했다. 그러는 사이사이 유모 레하를 보러 가기도 했다. 유모 레하도 낯선 환경에 쉽사리 적응하지 못하고 있었다. 그녀의 흔들의자도 새로운 장소, 새로운 풍경과 따로 놀고 있었다. 유모 레하는 거의 먹지를 않았고, 흔들의자는 거의 움직이지 않았다. 베아트리스는 걱정스러웠다.

베아트리스는 틈만 나면 유모 레하를 찾았다. 그래야만 했기 때문에 계속 갔다. 한 가지를 끝내고 또 다른 일을 하러 갔다. 하루 모든 일을 끝내고 오일 램프 불빛 아래에서 자수를 놓는 것 외에 다른 할 일이 없을 때까지. 정신이 방황할 여력을 주지 않아야 했다. 생각이 많아지지 않도록 육신을 굴려야 했다. 폭발할 힘이 없도록, 몸을 바쁘게 움직여야 했다.

프란시스코는 아내의 시치미떼기에 감사했다. 그로 인해 매일 아침 자신도 가면을 쓸 수 있었다. 미소를 지으며 인사를 나눌 수 있었다. 라 플로리다 농장 일을 그녀에게 맡길 수도 있었다. 그러는 동안 그는 주변이나 타마울리파스 같은 먼 곳까지 업무를 보러 다닐 수 있었다. 그것은 그의 장모가 크렘브륄레를 휘젓는 일이나 마찬가지였다. 농장과 숲은 그에게 적잖은 위안을 주었던 것이다.

베아트리스를 위로해 주는 것은 아무것도 없었다. 그녀는 온종일 바빴지만, 그 무엇도 그녀에게 평온함을 가져다주지 못했다. 그녀는 자신의 일꾼들도 떠나온 집을, 소박하지만 자신들의 소유였던 집을 그리워하고 있다는 것을 알고 있었다. 그들은 라 플로리다 농장에서 '한 지붕 아래 여러 가족'이 살고 있었다. 그 집은 크고 독립적인 열두 개의 방으로 된 건물이었다. 한 가족이 방 하나씩 차지해 개인의 사생활은 거의 없었다. 하지만 그 방들조차 가득 차 버렸다.

　남자들은 낮 동안 라 플로리다 농장이나 라 아미스타드 농장에서 열심히 일했다. 겉으론 모든 게 정상으로 돌아온 것 같았다. 그들은 자신과 가족이 마을로부터 먼 곳에서 망명 생활을 하고 있다는 사실을 잊어버렸다. 그래서 아내들의 우울함을 이해하지 못했다. 진정한 압박감을 느낀 것은 아내들이었다. 낮 동안 그녀들에게는 사생활도 휴식도 주어지지 않았다. 그들은 부엌과 화장실을 함께 사용해야 했다. 또 아이들이 집 안팎을 난장판 만들며 어지럽혀도 견뎌야 했다. 그들은 순번을 정해 교대로 농장의 모든 이를 위해 요리를 해야 했다. 그들의 땅에서 재배되지도 않고, 공급받기도 어려운 식료품들도 관리해야 했다. 이를테면 소금이나 후추, 흰 밀가루, 쌀, 콩, 감자 등 창씨 형제들에게 구입한 것들이었다.

　프란시스코는 생필품을 대량으로 조달했다. 하지만 그 망명 기간이 얼마나 될지 아무도 몰랐기에, 식량 소비는 신중하게 이루어져야 했다. 배고픔에 대한 염려는 없었다. 하지만 밀주가 문제였다. 일꾼들은 사탕수수 추출물을 발효시켜 술을 만들어 먹었다. 낡은 구리 국자 증류기를 이용해 만든 아구아르디엔테˙가 바로 그것이었다. 베아트리스가 남편에게 말했다.

　"부인들이 불만을 얘기하고 있어요, 프란시스코. 특히 부양가족이 없는 총각들에 대해서 말이예요. 잠을 자지 않는대요. 특히 레오카디오가 그렇대요. 그는 술을 많이 마실뿐더러, 제대로 마시는 사람이 아니래요."

　여자들은 밤중에조차 목욕하러 나갈 수가 없었다. 득시글거리는

˙ 알코올 도수가 높은 술 – 역주

술꾼들이 두려워서였다. 그들은 기혼이든 미혼이든 가리지 않았다. 프란시스코는 금주가는 아니었다. 그는 때로 맥주 한 병쯤 마시곤 했었다. 몬테레이 맥주 회사에서 생산되는 '카르타 블랑카'가 그가 좋아하는 맥주였다. 리나레스에 얼음 공장이 지어진 후에는 차가운 것을 선호했다. 이따금 특별한 일이 있으면 텍사스 여행 때 사 온 스카치위스키도 한 잔씩 즐겼다. 그러나 그의 일꾼들이 빚어 먹는 아구아르디엔테의 알코올 도수는 식도를 태우고 배를 불붙게 할 수 있었다. 그 술은 조금만 마셔도 누구나 이성을 잃게 했다. 그래서 그 센 알코올을 근처에 사는 사람들과 함께 마신다면, 그것은 재앙을 불러일으킬 것이었다.

그는 남자들의 사기에 영향을 미치리라는 것을 알면서도 그 증류 장치를 압수했다. 그런 모든 풍기문란에 대해 해결책을 내놓는 게 바로 그의 할 일이었다. 그는 일꾼들을 이 농장 저 농장의 일로 정신없이 바쁘게 했다. 일꾼들은 그것에 익숙해 있었다. 그것은 그들에게 일상의 일부였다. 일이 끝날 때쯤이면 그들은 파김치가 되어 있었다. 라 플로리다 농장으로 돌아갈 때면 단지 일찍 잠자리에 들어야겠다는 마음밖에는 없었다. 그다음 날에는 더 많은 일이 자신들을 기다리고 있었다. 문제를 일으킬 여력도 없었다.

프란시스코가 일상의 노동을 면제해 준 유일한 사람은 안셀모 에스피리쿠에타였다. 그와 다른 일꾼들과의 분리도 계속됐다. 그것은 그가 집에 남아 있도록 하기 위해서였다. 카라반이 떠난 지 일주일 후, 그의 아내가 쓰러져 죽었다. 불행은 거기서 멈추지 않았다. 당시 그의 자녀 중 네 명이 이미 죽었거나 죽어 가고 있었다. 단지 아버지와 장남, 그리고 막내딸만이 살아 남았다.

프란시스코는 같은 질병이 왜 어떤 이들은 공격하고 다른 이들은 용서하는지 알지 못했다. 안셀모는 가족의 비극을 피할 수도 있었다. 그의 아내가 병에 걸린 것은 프란시스코가 에스피리쿠에타에게 경고를 한 일주일 후였다. 그것은 그가 주인의 말을 귀담아듣지 않았음을 뜻했다. 그는 임신한 자기 아내를 다시 마을로 담배 심부름 보냈다.

프란시스코 모랄레스는 인생을 살아오면서 단 한 번도 "그것 봐. 내가 그렇게 말했잖아."라고 말하는 부류가 아니었다. 사실 그는 그런 식의 말을 혐오했다. 이미 벌어진 일이었다. 그런 말을 해 봐야 아무 소용이 없었다. 잘못을 바로잡을 방법이 없을 때, 그렇게 말하는 것은 순전히 언어의 낭비였다. 그는 누군가를 다그치며 "마을에 가지 말라고 자네에게 말했잖은가! 그놈의 담배가 사람들을 죽일 거라고 말하지 않았나?"라고 질책하고 싶은 마음이 전혀 없었다. 죄책감에 시달리고 있을 사람에게 해야 할 말이 아니었다. 그가 할 수 있는 것은 안셀모의 집 근처에 음식이 든 상자를 두고 오는 것뿐이었다. 첫날엔 바이엘 아스피린도 가지고 갔지만, 그다음 날 그 약들이 땅에 버려져 젖어 있는 것을 발견했다. 그는 그토록 귀중하고 비싼 약이 버려진 것을 보고 슬펐다. 그리고 다시는 그 약들을 놓고 오지 않았다.

프란시스코는 그냥 한 사람, 절망에 빠진 한 가족을 돕고 싶을 뿐이었다. 하지만 그것은 험담이 되어 돌아왔다. 에스피리쿠에타는 일에 대한 열성이 부족했다. 노력이 보이지 않았다. 게다가 그의 생각을 제대로 표현하지도 못했다. 그의 말 속에는 가시 같은 그 무엇이 포함돼 있었다. 프란시스코는 아마도 에스피리쿠에타가 자기 아내를 때렸으리라고 생각했다. 그는 누구에게나 친절한 시모노피오가 에스피리쿠에타를 피해 다니는 것을 알고 있었다. 아내 베아트리스가 그를 거북하게 생각하는 것도 알고 있었다.

이제 줄어든 그의 가족과 함께 안셀모 에스피리쿠에타를 쫓아내야 했다. 그런 생각을 할 때마다 프란시스코는 아주 힘들었다. 동정심이 그의 결단을 망설이게 하곤 했다. 만일 가장을 내쫓는다면, 그의 아이들은 집도, 직업도, 수입도 없이 남겨지리라. 아무런 희망 없이 말이다. 만일 그를 쫓아낸다면, 그 일대에서는 아무도 그에게 일자리를 주지 않으리라. 누가 봐도 그만한 이유가 차고 넘쳤다. 그를 쫓아낼 순 없었다. 적어도 지금은 말이다. 바닥에 떨어진 사람에게 어떻게 발길질할 수 있을까? 프란시스코는 시간을 되돌릴 수도, 그에게 아이들과 아내를 돌려줄 수도 없었다. 다만 그를 위해 할 수 있는 것은 일자리와 얼마 되지 않는 평온을 계속 제공해 주는 것이었다.

프란시스코는 누군가가 자기 곁에 있는 것을 느꼈다.

"시모노피오, 여기서 뭐하고 있니?"

그날 프란시스코는 라 플로리다 농장을 떠나, 일꾼들을 픽업 트럭에 태우고 일하러 가던 참이었다. 날마다 그에게는 할 일이 태산 같았다. 리나레스에서의 사회생활은 멈춰 버렸지만, 시골에서의 삶은 죽음과 애도 속에서도 멈추지 않았다. 매일 젖소들과 염소들은 젖짜 줄 사람을 기다렸다. 채소와 과일나무들은 물을 주고 수확할 사람을 기다렸다. 아마 일꾼들을 걸어서 보낼 수도 있었을 것이다. 라 플로리다 농장과 라 아미스타드 농장 사이는 거리가 그리 멀지 않아 그렇게 할 수도 있었다. 그러나 프란시스코는 일꾼들의 힘을 그날의 작업에 써야지 길에서 허투루 낭비하면 안 된다고 생각했다. 비록 길은 가파르지 않았지만, 가을이었음에도 그늘이 거의 없고 무더웠다. 걷는 시간에 차라리 일하는 게 더 나을 것이었다. 그는 기꺼이 일꾼들의 왕복 여정을 담당했다. 휘발유 구하기는 쉽지 않았다. 가격도

싸지 않았다. 하지만 인력을 낭비하기보다는 차라리 연료에 돈을 쓰는 쪽을 택했다.

갑자기 그의 곁에 소년이 나타났다. 소년은 방금 병에서 회복했는데 놀랍게도 혼자였다. 아이는 숨이 차지 않았다. 저번처럼 오느라 몸이 뜨거워진 것 같지도 않았다. 프란시스코는 시모노피오가 집에서 멀리 떠나는 걸 좋아한다는 걸 알고 있었다. 하지만, 그렇게 멀리까지 탐험하러 나올 줄은 몰랐다. 그는 아이에게 그렇게 멀리까지 나오지 말라고, 산속에서 길을 잃을지 모른다고, 곰들에게 잡아먹힐지도 모른다고 말하고 싶은 충동을 느꼈지만 꾹 참았다. 프란시스코는 쓸데없이 힘을 낭비하는 걸 좋아하지 않았다. 마찬가지로 말을 마구 쏟아 내는 것도 싫어했다. 시모노피오는 이미 그 누구의 도움 없이도 그의 곁에 와 있었다. 그런 판에 그의 잔소리가 무슨 소용이 있으랴. 그 순간 프란시스코는 번개처럼 깨달았다. 짐승에게 잡아먹히는 위험은 이미 시모노피오의 초기 삶에서 사라졌다는 걸, 그 아이는 지구 반대편까지 걸어간다고 해도 결코 길을 잃지 않으리라는 걸. 그리고 뭔가가 더 있었다. 바로 시모노피오에게는 우연이란 없다는 거였다. 그가 그곳에 있다면 그건 반드시 무슨 이유가 있으리라.

"나를 찾고 있었니?"

시모노피오는 그에게 그들이 꽁꽁 문을 잠그고 떠났던, 라 아미스타드 농장의 집까지 따라오라는 신호를 보냈다. 프란시스코는 그곳을 떠난 후 한 번도 그 집에 들어가 본 적이 없었다. 더욱이 혼자서는 다시 돌아가고 싶은 마음도 없었다. 그는 좀 머뭇거렸지만, 호기심이 생겼다. 시모노피오가 자신을 그곳에 데려간 데는 충분한 이유가 있을 터였다. 이윽고 아이가 길을 내줬고, 그는 뭔가에 이끌리듯 그 집에 빨려 들어갔다. 당초 그는 그 빈집에서 자신이 끔찍한 압박감을 느끼리라고 예상했다. 그래서 그는 아내 베아트리스, 두 딸과 동행이 아니라면 그곳에 한 발자국도 들이지 않으려 했던 것이다. 하지만 그는 겁에 질리거나 멈칫하지 않았다. 그가 그토록 두려워했던 압박감도 느껴지지 않았고, 위축감이나 두려움 같은 것도 없었다. 그 사실이 그를 놀라게 했다.

그는 빈집 안을 조심스럽게 둘러보았다. 그 집은 4주 동안 방치됐었고, 모든 게 두꺼운 천으로 덮여 있었다. 문득 '집은 주인의 기력을 먹지 못하면 죽게 된다'는 말이 떠올랐다. 그는 마야나 로마, 이집트인들 같은 고대인들도 그랬을지 모른다고 생각했다. 그들이 집을 버렸을 때, 어떤 재난으로 인해 마을을 두고 떠나 다시 돌아오지 않았을 때, 그들의 집과 마을, 사원은 죽었으리라. 그렇게 서서히 시들어 결국 폐허가 되었으리라. 그의 심장이 쿵쾅거렸다. 그렇다. 지금 리나레스에서 그들에게 일어나고 있는 것과 유사한 일들이 고대에도 있었을 것이다. "이곳을 떠나자. 페스트가 왔으니." 그리고 몇 년 또는 한 세대가 지난 후에는 아무도 그 원래 정착지를 기억하지 못했으리라. 그렇게 그들의 집들은 조금씩 작은 먼지 가루가 되어 그 주인인 흙으로 돌아갔을 것이다. 너는 흙이니 흙으로 돌아갈지라. 이는 그것이 로마인이든 마야인이든, 리나레스인이든 모두에게 마찬가지였다. 살아 있는 세포에게도 적용되는 분명한 사실이었다. 하지만 그것을 거꾸로 볼 수도 있을 것이다. 무너져 내린 벽돌 더미는 한 가문을 마지막까지 지켜 주는 울타리이기도 하다는 사실이다. 가령 이 빈집만 해도 모랄레스 가문의 여러 세대 사람들의 꿈과 희망을 지켜 주었다. 그는 이것을 죽게 내버려 두지 않으리라.

"시모노피오, 나를 좀 도와주겠니?"

청소와 빨래, 먼지 제거 등은 아이가 책임져야 할 일이 아니었다.

그는 집안 청소부터 해야겠다는 충동을 느꼈다. 비록 어디서부터 시작해야 할지, 집안의 여자들이 청소 도구를 어디에 보관하는지도 몰랐지만 말이다. 빈집에선 기묘한 냄새가 났다. 단 한 번도 맡아보지 못한 냄새였다. 아마도 그것은, 죽은 고기가 해체되는 과정에서 내뿜는 달착지근한 냄새처럼, 죽어 가던 벽돌이 남겨 놓은 냄새였으리라. 먼지는 바닥과 난간, 커튼, 장식용 천, 문과 창문 등을 하얗게 덮고 있었다. 가구들을 가리고 있는 시트들 역시도 그 미세한 흙에 덮여 있었다. 초대받지 않았는데도, 먼지는 문지방 틈으로 집요하게 스며들어 자리를 틀고 앉았다. 그렇게 문명의 흔적과 추억을 덮고 있었다.

시모노피오는 비누와 기름, 천, 깃털 빗자루 등이 어디에 있는지뿐만 아니라 그 사용 방법까지도 알고 있었다. 그는 프란시스코에게 빗자루를 찾아 주었다. 프란시스코는 모랄레스 가문에서 청소 일에 시간을 사용하는 첫 번째 남자가 될 것이었다. 그때까지 그건 여자들이나 하는 일이었다. 그 후 프란시스코는 일주일에 한 번씩 시모노피오와 함께 빈집 청소에 나섰다. 단 한 번도 빼먹지 않았다. 시모노피오도 어김없이 현장에 나타났다. 프란시스코는 그 청소 일에서 놀랍게도 평안과 위로 그리고 도전 의식을 느꼈다. 먼지는 패하지도 지치지도 않는 강적이었다. 거의 군사 작전 식으로 치열하게 맞설 수밖에 없었다. 군대는 프란시스코와 단 한 명의 병사로 구성됐다. 그만큼 피와 땀으로 적들을 물리쳐야 했다. 적들은 조금씩, 소리도 없이, 다시 돌아오곤 했다. 그렇게 프란시스코 모랄레스의 미래를 끝장내려고 했다.

18

싱어 재봉틀

··· **사실 시모노피오는** 그 집의 끔찍한 상태를 보여 주려고 우리 아빠를 그 빈집으로 이끈 것은 아니었다. 내 생각에, 시모노피오는 청소일에 아무런 이견이 없었다. 그런 일 또는 다른 일을 자기 대부와 함께 하는 것에는 더욱 그랬다. 하지만 그의 의도는 따로 있었다. 우리 아빠에게 싱어 재봉틀을 가져가도록 하려던 것이었다. 그 것은 시모노피오에겐 너무 무거웠다. 그 재봉틀은 엄마에게 소중하기 그지없었다. 그 강요된 망명지에서 엄마의 분별력을 유지하기 위해선 그게 필요했다. 그 대단한 일은 순전히 시모노피오의 아이디어였다. 나중에야 우리 아빠는 그 사실을 고백했다. 비록 그 아이가 말하려 고 했던 것을 깨닫는 데 시간이 좀 걸렸지만 말이다. 그 집을 처음으 로 갔을 때, 시모노피오가 특별히 재봉틀을 가리키자 아버지는 빗자 루로 그것을 닦았다. 두 번째 방문에서 시모노피오는 천과 실과 단추 를 상자에 담아 픽업 트럭이 있는 곳까지 가져갔다. 그 무거운 기계 를 트럭에 싣고 라 플로리다 농장까지 운반해야 한다는 사실을 아빠

에게 알리기 위해서였다.

그것은 최초의 가정용 재봉틀 중 하나였다. 요즘 재봉틀처럼 실용적이거나 가볍지 않았다. 엄청 무거웠다. 일단 한번 모퉁이 자리에 고정되면 그 쇳덩어리는 두 번 다시 움직이지 않았다. 무게가 1톤이라는 소리는 과장이리라. 정확한 무게를 재 본 적은 없지만, 보통 사람이 함부로 힘자랑할 대상은 아니었다. 우리 아빠는 대자(代子)의 본능을 신뢰하는 법을 배웠던 것 같다. 마침 아빠는 엄마의 내적인 상태에 대해 염려하고 있었고, 마침내 그것을 엄마에게 가져다 주기로 했다. 사실 엄마는 그 재봉틀을 간절히 원하고 있었다. 카르멘과 콘수엘로에게 바느질을 가르쳐 주고 싶었다. 계절마다 그에 맞는 옷을 바느질하면서 시간을 보내고 싶었다. 아빠는 그 깜짝 선물이 엄마를 행복하게 해 줄 것이라고 믿었다.

여자들은 결코 이해할 수 없는 대상이다. 이걸 이해하려면 내 나이쯤 되어야 하리라. 나는 여자들만의 배타적인 미로가 있다고 생각한다. 그리고 여자들이 허락할 때만, 그녀들이 우리를 초대할 때만, 남자들은 그 바깥에서 슬쩍 엿볼 수 있을 뿐이다. 그렇지 않으면, 그 미로는 우리에게 영원한 미스터리로 남으리라.

엄마는 밀랍으로 양초를 만들고 있었다. 그 밀랍은 시모노피오가 때때로 줬던 것을 모아 뒀던 것이다. 아빠는 엄마를 트럭으로 데리고 갔다. 그곳엔 시모노피오와 그 기계 싣는 것을 도와준 일꾼들이 있었다. 모두 엄마의 얼굴에 놀라움과 감동, 감사의 꽃이 활짝 피리라고 생각했다. 하지만 아니었다. 엄마는 그들이 가지고 온 재봉틀을 보더니 아무 말도 하지 않았다. 그리고 곧 뒤돌아서서 뚜벅뚜벅 가 버렸다. 엄마는 울면서 가고 있었다. 몇 년 후 엄마는 내게 그날 터져 나왔던 그 많은 눈물을 어디에 담아 두고 있었는지 모르겠다고 말했다. 엄마는 늘 그날을 '내가 이유 없이 울었던 날'이라고 말했다.

물론 엄마는 외할아버지가 돌아가셨을 때도 울었다. 하지만 그것은 신중하고 위엄 있으며 긍지에 찬 울음이었다. 비통함이 없지는 않았지만, 극적으로 폭발한 울음은 아니었다. 내가 엄마를 알아서 하는 말인데, 엄마는 외할아버지 장례식 때 수놓은 손수건을 가지고 갔을 것이다. 엄마는 늘 울음이라는 불편하거나 부끄러운 진실을 보이지 않기 위해 신경 쓰는 사람이었다. 그만큼 평소 엄마의 울음은 우아했다. 누가 봐도 보편타당한 눈물이었다.

하지만 울음에서 시작해 울음으로 끝날 때가 있었다. 나무와 금속 덩어리인 자신의 재봉틀을 보고 울음을 터트렸던 그 사람은 그녀일 수 없었다. 그녀도 그런 자신을 인정할 수 없었다. 마음 한편에서 그런 그녀에게 물었다. "울음바다에 빠진 당신은 도대체 누구죠? 사람들의 구경거리가 되지 않을까, 신경 쓰이지 않나요?"

우리 엄마는 어떻게 해야 할지, 말없이 어리둥절해 있는 그 아이와 남자들이 있는 곳을 떠났다. 그들은 엄청난 노력을 기울여, 부속이 떨어지거나 페달을 기울어뜨리지 않고, 그 기계를 늘 있던 집 안 한쪽 구석에서 트럭으로 운반했었다. 그런 다음 일부는 걸어서 가고, 일부는 트럭에 올라타 재봉틀이 흔들리는 것을 붙잡았다. 그들에겐 아직 재봉틀을 트럭에서 내려 새로운 구석 자리에 놓는 일이 남아 있었다. 기꺼이 그렇게 할 마음의 준비가 돼 있었다. 그들은 아무도 그 재봉틀을 다시 원래의 자리에 갖다 놓고 싶은 마음은 없었다.

"어떻게 할까요, 주인님?"

"가서들 쉬게나. 내일 한번 보자고. 시모노피오, 너도 그렇게 해라. 걱정하지 말고, 간식 먹으러 가거라."

우리 아빠는 곧바로 엄마에게 가지 않았다. 차분하게 저녁 식사하라는 말이 들리기를 기다렸다. 그때쯤이면 아내의 기분이 많이 가라앉으리라. 아빠는 엄마를 부부 침실에서 발견했다. 그녀는 바느질하거나 자수를 놓을 때 사용하는 소파에 앉아 있었다. 어두워지고 있었지만, 그녀는 방을 밝히기 위해 아무것도 하지 않았다. 아빠는 가장 가까운 곳에 있는 오일 램프를 켰다. 그들은 그렇게 그곳에 머물러 있었다. 저녁 식사가 차가워지는 것은 중요하지 않았다.

닥터 칸투는 이따금 간단한 메모를 적어 라 아미스타드 농장 입구에 남겨 두었다. 아빠가 그곳을 방문할 때 볼 수 있도록 말이다. 그날까지 아빠는 세 개의 메모를 받았다. 처음 두 개는 매우 짧고 격려와는 거리가 멀었다. 하지만, 세 번째 메모는 조금 더 길고 매우 이상스러웠다. 그 의사는 포화 상태가 된 묘지와 부활에 실패한 사람을 언급했다. 그리고 한 생존자 이야기도 덧붙였다. 하지만 거기까지였다. 다급해서인지 설명을 제대로 하지 않았다. 더 이상 닥터 칸투에게 자세한 답변을 들을 수는 없었다. 칸투로선 그들에게 메모를 보내는 정도가 최선이었다. 우리 아빠는 그것으로 단념해야 했다. 닥터 칸투는 환자들과 사망자들을 살피는 데에 눈코 뜰 새 없이 바쁠 것이다. 사망자 명단을 작성하거나, 또는 누구누구의 죽음에 대해 일일이 기억할 시간조차 없을 것이다. 오죽하면 메모의 앞에서 언급한 사망자 이름을 뒤에서 다시 처음처럼 언급했을까. 그런 마당에 친구나 친척들의 운명이 어떻게 됐는지 물을 수는 없었다.

우리 아빠는 마리오 칸투의 산만함에 감사했다. 그는 알 수 없는 게 오히려 감사했다. 자신의 처남들이 아직 살아 있다고 결론을 내릴 수 있었다. 하지만 그런 결론은 사실과 얼마든지 달라질 수 있었다. 우리 엄마도 그저 걱정만 하게 만드는 그 소식들을 받는 것이 더 좋은지, 모든 상황에 캄캄한 채로 있는 것이 더 나은지 몰랐다. 하지만 엄마가 트럭 위에 있는 재봉틀을 보았을 때, 엄마는 억제되고 감춰졌던 모든 고뇌가 밖으로 쏟아져 나왔다. 엄마는 그것들을 나오도록 내버려 두었다. 이 재봉틀은 엄마에게 몇 시간이고 평온한 노동을 허락해 주었었고, 재봉실의 가장 볕이 잘 드는 곳에 자리 잡고 있어, 엄마가 죽은 뒤에도 다른 곳으로 옮기지 않을 것이었다. 엄마는 세상의 종말이 왔다고 생각했다. 그들이 최후의 생존자라고 생각했다. 이제 결코 예전에 알았던 삶으로 돌아가지 못하리라. 봄에 열리는 무도회를 위해 꽃을 주문할 기회가 없으리라. 딸들의 무도복을 만들기 위해 주문했던 옷감들은 이젠 배달되지 않으리라. 옷감과 꽃, 소년들이 없다면 그녀의 딸들은 신랑감을 찾지 못하리라. 옷감이 없으면, 재봉틀을 사용할 일도 없으리라. 그녀에게는 베틀이 없었고, 있다 해도 베틀을 사용할 줄도 몰랐다. 그녀는 묘지에 가져갈 꽃조차 없었다. 만일 묘지가 포화 상태라면, 모두 죽어 버렸다면, 그들의 형제들은 누가 묻었을까? 누가 살아 있는 마지막 사람을 묻어줄 것인가? 닥터 칸투가 메모에 남겼던 그 부활한 사람이? 그녀의 이 모든 상념은, 그녀가 픽업 트럭의 그늘에 있던 그 오후의 짧은 순간에, 주마등처럼 스쳐 지나갔다.

아빠는 아내의 미로를 살짝 엿볼 수 있었다. 무슨 기분인지 짐작할 수 있었다. 아빠는 "세상의 종말은 아니다."라고 말했다. 엄마는 그 말에 이내 잠잠해졌다. 그건 아빠가 임시방편으로 꺼낸 말이었다. 아내가 감정에 요동치는 모습을 보고 싶지 않았던 것이다. 아마도 아빠는 그 작은 소동을, 자기 아내의 감정 폭발을 결코 이해하지 못했을 것이다. 그러나 엄마는 항상 아빠를 아주 잘 이해했다.

엄마는 어두워진 부부 침실에서 이제 평온한 상태로, 안락의자에 앉아 있었다. 삶에 대한, 새 옷과 미래의 사위들과 손주들에 대한 희망으로 가득 차 있었다. 남편과 일꾼들과 시모노피오가 목격했던 그 발끈함은 보이지 않았다. 분별력이 있어야 할 위치로 돌아온 것이다. "부끄럽지 않나요?" 그 나이 엄마는 이미 인생에서 많은 것을 배웠다. 그 어떤 고통이나 부끄러움도 그녀를 멈추게 할 수는 없었다. 우리 엄마는 안락의자에서 벌떡 일어났다. 앞치마를 벗고, 얼굴에 찬물을 끼얹었다. 그리고 아빠에게 말했다.

"어서요. 저녁 식사를 가져오라고 하자구요."

19

엄마의 바느질

··· **다음 날,** 엄마의 안도감을 위해, 싱어 재봉틀은 비록 일시적인 위치였지만 새로운 구석에 자리를 잡았다. 그곳은 우리 누나들이 로맨스 소설을 읽던 방이었다. 그러나 재봉에 마땅한 옷감이 없었다. 불쌍한 우리 아빠는 들에서 일하는 사람이었다. 바느질에 대해서는 아무것도 몰랐다. 옷감에 대해서도 마찬가지였다. 날이 저물어갈 때, 아빠는 집에 와서 엄마를 위해 새로운 제안을 했다.

"아빠가 내 재봉실에 있던 모든 것을 내게 가져 왔단다."라고 엄마는 말하곤 했다. "옥양목과 여름 옷감, 겨울 직물로 가득 찬 상자들을 가지고 왔지. 또 실도 전부 가지고 왔어. 깃털과 구슬, 장식 조각들도 말이야. 낡아서 누렇게 돼 수녀원에 보내려고 했던 커튼까지 가지고 왔다니까! 침실 하나에 그 모든 것을 보관했는데, 재봉실에는 그것들이 다 들어갈 수 없었어."

하지만 세상의 모든 옷감을 가지고도 우리 엄마가 어쩔 수 없는 일이 있었다. 바로 누나들이 재봉일에 흥미를 갖도록 하는 거였다. 라 플로리다 농장으로 오기 전, 누나들은 바느질에 전혀 관심이 없었고, 엄마는 딸들에게 바느질 가르치는 것을 단념해야만 했다. 그러나 상황이 바뀌었다. 아빠 말대로 이제 딸들을 포로로 잡아 놓았다. 어쩌면 딸들이 그 현대적 새로운 기계에 흥미를 느낄지도 몰랐다. 결과적으로 엄마는 또다시 딸들의 마음을 잡는 데 실패했다. 이번에는 누나들의 문제가 아니었다. 엄마는 자신이 훌륭한 재봉사임과 동시에 최악의 선생님이라는 것을 깨달았다. 좋은 선생님이 되는 데 필요한 인내심이 부족했다. 엄마는 자신의 싱어 재봉틀에 다른 사람이 앉아 있는 것 자체가 기분 나빴다. 비록 그 다른 사람이 자기 딸들이거나 아빠가 데려온 다른 학생이라고 해도 말이다. 엄마는 딸들에게 가봉에서부터 재봉틀 페달 밟는 리듬, 바늘 바꾸는 법 등을 가르치려고 했다. 그러나 딸들의 동작은 한없이 굼뜨기만 했다. 이때 훌륭한 선생님이라면 꾹 참고 기다렸을 것이다. 하지만 엄마는 끝내 참지 못하고 "내가 해 볼게."라며 나섰다. 그렇게 엄마는 자기가 모든 일을 다하고 나서 딸들에게는 "아이, 참 예쁘게 잘했구나!"라고 말했다. 결국 엄마는 스스로 결론을 내렸다. 자신의 딸들은 그저 양말을 꿰매거나 단추 다는 일 정도만 잘할 거라고.

우리 엄마는 그 재봉틀이 자신의 생명은 아니더라도 '적어도 자신의 분별력을 돌아오게 했다'는 사실을 인정했다. 그리고 그것에 대해서는 아버지보다 맨 처음 아이디어를 낸 시모노피오에게 더 고마워했다. 시모노피오는 재봉질이 엄마를 평온하게 하리라는 것을 알고 있었다. 시모노피오의 제안은 전적으로 옳았다. 할머니가 크렘브륄레를 만들기 위해 계속해서 우유를 저음으로써 평온함을 찾았다면, 우리 엄마는 그 재봉틀의 드르륵, 드르륵, 드르륵 소리가 주는 평화가 필요했다. 몇 시간이고 드르륵, 드르륵, 드르륵거리는 소리가 말이다.

엄마가 딸들에게 재봉일을 가르칠 때, 딸들이 내는 재봉틀 리듬의 변화가 엄마를 불안하게 만들곤 했다. 재봉틀은 엄마의 것이었고, 드르륵, 드르륵, 드르륵 소리를 내며 작동해야 했다. 드륵르, 드륵르, 드륵르 소리가 아니라 말이다. 나는 라 플로리다 농장 집에 임시로 놓인 그 기계를 본 적이 없다. 그러나 때때로 내 인생의 리듬은, 내가 엄마의 자궁에 있을 때부터 어른이 된 다음에도, 그 드르륵, 드르륵, 드르륵 소리에 토대를 두고 있다고 상상한다.

내 마음, 당신의 자동차, 시간···. 모든 것이 그 리듬에 맞춰 전진하고 낡아 간다. 드르륵, 드르륵, 드르륵. 재봉틀의 드르륵, 드르륵, 드르륵 리듬에 맞춰, 그 전염병으로부터의 망명 동안 우리 엄마는 누나들을 위한 무도복을 만들었고, 다른 동료 망명자들을 위해 필요한 옷들을 제작했다. 엄마는 두 벌의 치마와 그것에 어울리는 블라우스 외에도 마르가리타 에스피리쿠에타가 일요일에 입을 드레스를 재봉했다. 마르가리타 에스피리쿠에타는 불행한 가정의 자녀들 가운데 유일한 생존자였다. 또 자투리 옷감으로는 그 아이에게 인형을 만들어 주었다. 그 인형은 너무 예쁘고 너무 가지고 싶어 하는 것이어서, 곧 다른 일꾼들의 어린 딸들을 위해서도 열두 번 정도 반복 작업을 해야만 했다.

아직 여유 시간과 걱정이 많았기 때문에 엄마는 계속 바느질을 했다. 친구 딸들의 사이즈를 상상하며 그녀가 모으고 있던 스페인산 오간데 블라우스가 그 아이들에게 잘 맞기를 바라면서 말이다. 또 그 아이들에게 그 옷이 유행 지난 것이거나 너무 유치해 보이지 않기를 바랐다. 또 가장 실용적인 옷감을 사용해 모든 치수의 치마와 블

라우스를 만들었다. 다시 수업이 재개될 때 자선학교˙ 여학생들에게
줄 옷이었다.

　나중에 엄마는 만일 그들의 망명이 더 길어졌다면, 준비된 옷감이
소진될 때까지 계속해서 그 일을 했을 거라고 고백했다. 비록 실과
옷감의 조합이 어색하거나 취향에 맞지 않더라도 말이다. 꼭 필요한
경우라면, 옷들을 다시 만들기 위해 오래된 옷이나 새 옷의 실까지
도 풀었을 거라고 말했다. 이제 새 옷이 필요 없는 사람도 있었다. 엄
마는 그런 생각조차 하지 않았고, 또 그런 생각하기를 거부했다. 그
렇게 엄마에게는 생각할 시간도, 슬퍼할 만한 시간도 없었다.

˙ 빈민층 자녀들을 위한 무료 교육 기관―역주

20

앙심을 품다

··· **언덕 꼭대기**에서 안셀모 에스피리쿠에타는 자동차와 수레의 행렬을 바라보고 있었다. 그는 자신의 고용주와 그의 가족이 그날 귀가한다는 말을 들었다. 그들은 전염병을 피해 라 플로리다 농장으로 망명을 떠났었다. 에스피리쿠에타 가족만 남겨 두고 말이다. 그들이 버리고 떠났던 라 아미스타드 농장은 에스피리쿠에타가 지키고 있었다. 고용주는 언제 오는지 에스피리쿠에타에게 정확한 시간을 말해 주지 않았다.

그는 나무에 기대앉아 몸을 떨며 그들을 엿보고 있었다. 그의 옷은 아침의 얼어붙은 바람으로부터 그를 보호하기에 충분하지 않았다. 그는 거기에 계속 머물러 있었다. 앙심을 품은 채, 추위를 참으며, 고용주 가족의 귀환을 지켜보고 있었다. 차라리 모른 체하고 집에서 이불이나 뒤집어쓰고 있을 걸 그랬나? 그는 따뜻한 남부 지방 출신이었다. 그곳에선 우기 때나 이불을 좀 덮었다. 보통 허리케인의 계절이 아니면 특별할 정도의 기후 변화가 없었다. 그러니 많은 옷을 지닐 필요가 없었다. 북부 지방 사람들은 얇은 옷과 두꺼운 옷, 그리고 더 두꺼운 옷, 짧은 소매 옷, 긴 소매 옷, 면 옷, 양모 옷을 입어야 했다. 그리고 아침마다 오늘은 어떤 옷을 입을 것인지 결정해야 했다. 동이 틀 때 따뜻했다가 정오 무렵에는 갑자기 겨울 날씨처럼 차가워질 수 있기 때문이었다.

그해가 그곳에서 지내는 첫 겨울은 아니었다. 에스피리쿠에타는 이미 8년 전에 추운 북부 지방으로 올라왔다. 그런데도 그는 여전히 추위를 이해하지 못하고 있었다. 도대체 추위는 어디에서 왔는가? 누가 왜 그것을 보낸 것일까? 한순간 추위가 사라질 땐, 그들은 어디로 가는 것인가? 어디에 숨어 있을까? 추위는 어떻게 사람의 살과 뼈에까지 스며들어올까? 아무리 이불을 뒤집어써도 추위는 스멀스멀 잘도 파고든다. 그것이 바깥에서, 아마도 산의 나무들 근처에서 시작했다면, 때로는 몸 전체를 점령하며 끝나는 듯했다. 하지만 추위는 금세 살을 잘근잘근 저미고 씹으며 파고들었다. 마치 그의 해골을 해체하려는 것처럼, 그를 떼어 내고, 그 조각조각을 땅에 뿌리려는 것처럼.

에스피리쿠에타는 삶에 쫓겨 그 존재조차도 몰랐던 북부 지방에까지 이르렀다. 이제 그는 항상 북쪽 위에 또 북쪽이 있다고 확신하고 있었다. 이곳은 그가 그리워하던 곳이 아니었다. 그는 이전의 삶을 모두 버렸다. 그리고 이곳에 어쩔 수 없이 머무르게 됐다. 이곳은 노동과 작열하는 태양, 건조한 바람, 흩어지는 구름, 얼음의 땅이었다. 나아가 지금은 질병과 죽음으로 가득 찬 죽음의 땅이 되었다.

아내의 조산만 아니었더라면, 이 땅을 그저 스쳐 지났으리라. 딸아이가 아내의 배 속에서 강하게 발길질하며, 예정보다 일찍 나오려던 참이었다. 바로 그때, 에스피리쿠에타 가족은 그곳을 지나고 있었다. 마침 그들은 못 쓰는 땅을 보았고, 안셀모가 자신의 가족을 증인으로, '내 땅'이라고 셀프 주장하며, 그곳에 정착했다. 그와 그의 철든 아이들은 막대기와 나뭇가지를 들고 에스피리쿠에타 가문의 첫 번째 집짓기에 나섰다. 그토록 절실하게 찾았던, 땅과 자유를 가지게 된 것이다.

"곧 벽돌집을 지을 거야. 곧 보게 될 거다."

그들은 자기 소유의 담배밭과 가축들을 갖게 되리라고 믿었다. 그 작은 땅에서 안셀모 에스피리쿠에타는 처음으로 자기 시간의 주인이 되었다. 자기 의지와 자기 운명의 주인이 되는 게 무엇인지 가슴 벅차게 느꼈다. 그때까지 그는 형벌의 삶을 살았다. 저임금과 제대로 감사받지 못하는 일을 하며 살았다. 그는 남부에서 혁명적인 공기를 가슴 깊숙이 들이켰다. 그리고 땅과 자유는 스스로 찾아야 한다는 것을 깨달았다. 소문에 북부 지방에선 누구든 부자가 될 수 있다고 했다. 게다가 북부엔 아직 주인 없는 땅이 많다고 했다. 그래, 북부 지방으로 가자!

이제 그는 다른 이들의 뜻대로 살지 않기로 했다. 기다리며 인내하지 않기로 했다. 물론 그 위험성은 엄청났다. 그의 고용주가 도망친 그들을 체포할지도 몰랐다. 기차를 타고 남의 눈에 띄지 않게 갈 가능성도 희박했다. 하지만 그는 고분고분 몽둥이 찜질을 견디며 노예처럼 하루를 이어가는 삶을 포기했다. 그보다는 차라리 자신이 죽거나 자식들과 아내가 죽는 걸 보기로 했다.

처음 몇 주 동안, 안셀모 에스피리쿠에타는 그곳이 그토록 갈망하던 북쪽 나라의 어느 한 곳이라고 생각했다. 그는 자신이 나리이자 주인이라고 느꼈다. 이제 그의 아이들은 그가 작업 감독 앞에서 모욕을 당하거나 구타당하는 모습을 절대 보지 않을 것이었다. 그들은 누구 앞에서도 한쪽 옆으로 공손하게 비켜설 필요가 없을 것이다. 누군가가 지나가도록 길을 양보하지도 않을 것이다. 그들은 열외가 될 필요도 없을 것이고, 적게 가질 필요도 없을 것이며, 날마다 콩을 세지 않아도 될 것이다.

그 북쪽 지방에는 배고픔도 없고, 빈곤도 없을 터였다. 그러나 꿈과 현실은 하늘과 땅만큼이나 달랐다. 그곳에 정착한 지 며칠이 지나자, 이제 그들에게는 나눌 수 있는 콩알 한 알조차 남아 있지 않았다. 모두 그 어느 때보다 더 배가 고팠다. 배고픔은 참으로 지독하고 잔인했다. 그들의 몸은 한 번도 느껴보지 못한 고열을 경험했다. 게다가 근처를 다 뒤졌지만, 물을 찾아낼 수 없었다. 남부에서 살았던 그들은 '물은 항상 땅을 적시기 위해 관대한 하늘에서 떨어진다'고 믿었다. 때론 지하 깊은 곳에 있는 물을 퍼내야 한다는 것을 몰랐다. 그들은 오늘 비가 안 오면 내일은 분명히 오리라고 생각했다. 그러나 그토록 타는 목마름으로 기다리던 비는 감감무소식이었다. 이제 먹을 것은 물론 한 방울의 수분도 얻을 수 없으리라는 걸 깨달았다. 함정과 창으로 토끼와 주머니쥐를 죽일 수 있었다. 하지만 그것들은 에스피리쿠에타 가족 전체에 충분한 식량을 공급해 주지 못했고 물을 대체할 수도 없었다. 굶주림과 갈증은 그들의 새로운 주인이 되었다. 그 어떤 채찍질보다 더 빠르게 그와 그의 자식들을 굴복시켰다. 아내가 이제 더는 젖이 나오지 않는다고 말했다. 바로 그날 안셀모 에스피리쿠에타는 그들에게 다가오는 수레바퀴 소리를 들었다. "안셀모, 배고파 죽게 내버려 두는 것보다, 차라리 이 갓난아이를 눌러 죽이는 게 낫겠어요." 그러나 그는 다른 많은 이들과 다른 게 한 가지 있었다. 그것은 그의 모든 자녀가 살아남았다는 것이었다. 그는 이를 자랑스러워했다. 그는 단 한 명의 아이도 설사병이나 열병, 또 다른 병으로 잃지 않았다. 그 누구도 배고파서 죽게 하지 않았다. 이는 앞으로도 그렇게 하리라고 스스로 다짐하고 있었다. 말발굽 소리와 무거운 마차의 바퀴 소리가 점점 가깝게 들려왔다. 그는 아이들에게 황톳길 양쪽에 위엄있는 자세로 정렬하도록 지시했다. 이미 먼지 가루가 그의 가족들을 하얗게 뒤덮고 있었다.

몇 년이 지난 지금, 그는 자신이 왜 그 마차 행렬을 그렇게 맞이했는지 그 이유를 정확히 설명할 수 없다. 당시 그는 그저 가족을 구하고 싶었다. 그는 자신이 천신만고 끝에 얻었다고 생각한 땅을 지키고 싶었다. 그 땅을 지나가는 마차의 경로를 막고 싶었고, 마차의 사람들에게서 뭔가를 빼앗고 싶었다. 하지만 이러한 그의 공격적 의도는 정작 상대에겐 반대로 비쳤다. 그가 공격하려는 이들의 눈엔 그가 자비를 구하는 행동으로 해석되었다. '그건 순전히 그들의 대표자인 기사의 오만함 때문'이라고 안셀모 에스피리쿠에타는 생각했다.

그 첫날, 프란시스코 모랄레스는 자신의 길을 막고 있는 그 애절한 무리를 힐끗 보았다. 그들로부터 한순간도 목숨의 위협 따윈 느끼지 않았다. 물 한 모금을 위해 사람을 죽일 만큼 절망적인 존재들이라는 생각도 없었다. 그들은 난민 무리나 마찬가지였다. 마른 흙먼지를 뒤집어쓰고, 튀어나온 광대뼈에, 갈색 피부가 새하얗게 변해 있었다. 입술은 갈증으로 인해 두껍고 하얀 백태가 끼어 있었고, 두 눈은 돌출돼 있었다. 그들은 한 마디로 남루한 거지떼에 불과했다. 그들은 허락도 없이 자신의 땅에 움막을 짓고 살았지만, 그는 그것을 자기 땅을 소유하려는 의도나 소유권 침해로 생각하지 않았다.

안셀모는 곧 이 몸집 큰 금발 백인 남자가 움막이 세워진 땅과 이를 짓기 위해 사용했던 모든 막대기와 모든 돌의 진짜 주인이자 영주라는 사실을 깨달았다. 그 순간 비굴하게도 안셀모는 처음의 공격 의도를 자신도 모르게 잊어버렸다. 그의 정신은 그토록 여러 번 굽신거리며 절하도록 훈련됐으며, 다시 그렇게 하고 있었다. 그는 그들을 도울 준비가 돼 있는 그 대단한 영주의 존재에 무릎을 꿇었다. 순식간에 모든 것을 제압당했다. 그랬다. 그러나 그는 그 무엇보다도 생존 본능에 복종한 것이다.

"당신들은 길을 잃었나요?", "예, 길을 잃었습니다." 안셀모는 물 몇 모금을 마시며 대답했다. "그 아기 때문에 가다가 멈춰 우리를 기다린 거요?", "네, 아기 때문에요." 그는 자기 아이들을 바라보면서 말했다. 아이들은 벌써 물을 마시고 있었다. "밭일을 좀 할 줄 알아요?", "조금 할 줄 압니다.", "남쪽에서 왔어요?", "예, 남쪽에서요. 아주 더 남쪽에서요.", "머물 곳이 있소?" 그는 이미 그 촉촉이 젖은 혀로 인해 감사함을 느끼고 있었지만, 아직 몸에 힘이 있을 때 지었던 그 초라한 움막을 보면서 대답했다. "아뇨.", "일자리가 필요해요?", "네, 주인님. 일자리가 필요합니다."

네, 주인님. 네, 주인님. 그 이후로 그들은 살아야겠다는 의지와 그 사람들의 뜻하지 않은 친절함의 포로가 되었다. 그렇게 때때로 불로 된, 또 때로는 얼음으로 된 이 북쪽 지방에 머물렀다. 그들은 안셀모의 것이라고 생각했던 땅을 빼앗아 가면서 헛된 희망만을 주었다. "그건 좋은 생각이 아니야.", "그 지방 말도 못하면서 왜 가려고 하나?"라면서 그들이 더 북쪽으로 가려는 것을 말렸다.

스페인어는 안셀모의 모국어가 아니었다. 그는 원주민어로 말하고 들었다. 안셀모는 남쪽에서 살 때 농장 주인과 대화해 본 적이 없었다. 관리자들과만 얘기했는데, 그들은 안셀모가 알아듣도록 원주민어를 쓰다가도 갑자기 스페인어로 말하곤 했다. 이 북쪽 지방 농장주인 프란시스코 모랄레스의 말도 빠르고 쉽지 않았다. 단어들은 그의 한쪽 귀로 회오리바람처럼 들어왔다가, 똑같은 빠르기로 다른 쪽 귀로 빠져나갔다. 그는 단지 그의 마음을 찔렀던 말들만 붙들어 둘 수 있었다.

모랄레스는 그에게 방이 두 개인 집을 제공했다. 자신을 데려가는 사람들이 도중에 말했다. "그건 아주 기본적인 집이고 오랫동안 비어 있었어. 게다가, 멀어. 하지만 없는 것보다는 낫지."

다른 노동자들의 집은 좀 더 최근에 지어졌다. 작은 토지도 주어졌으며 옹기종기 모여 있었다. 하지만 안셀모의 집은 농장의 구획 바깥에 자리 잡고 있었다. 하지만 에스피리쿠에타는 그런 것에 신경 쓰지 않았다. 그 집을 보았을 때, 그는 그 집이 생각보다 훨씬 좋고 크다고 생각했다. 그는 그 집이 시원하고 어두웠기 때문에 산속의 야생 동물이 그곳에 둥지를 틀 수 있다는 사실을 깨달았다. 하지만 다시 거주 가능한 곳으로 만들기 위해 그것을 청소하는 것은 쉬운 일이었다. 두 창문 모두에 덧문이 없었지만, 기회가 되면 나무를 잘라 덧문을 만들면 그만이었다. 외딴집도 아쉬울 게 없었다. 에스피리쿠에타는 이웃과 함께 사는 것에 아무런 관심이 없었다. 이웃이 있으면 그의 행동을 체크하고, 아이들과 아내에 대해 이러쿵저러쿵 말이 많기 마련이었다. 그들은 남부에서 여러 사람의 틈에서 부대끼며 살았다. 이 집은 그들에게 그들이 원하는 대로 살 수 있도록 기회를 주었다. 게다가, 그 집은 그가 일할 들판에 세워져 있었다. 그가 들에서나 집에서 일할 때 아이들과 항상 가깝게 거리를 유지할 수 있었다.

그는 사람들이 다음 날 아침 일찍 일하러 오라고 말했을 때, 그의 고용주가 공정한 사람이며 급여를 후하게 주는 사람이라는 것을 알았다. 첫 급여로 가족에게 할당된 땅에 뿌릴 첫 씨앗을 사리라. 그들 또는 누구든지 집을 수선하고 들판 일에 필요한 연장을 빌려주리라.

모랄레스가 일꾼에게 땅을 주겠다고 약속했지만, 그 땅은 일꾼의 땅이 아니었다. 집을 주겠다고 약속했지만, 그 집은 일꾼의 집이 아니었다. 가을 추수기마다 집세를 내기 위해 일꾼들은 고용주의 땅과 자신의 땅에서 두 배나 일해야 했다. 그런 식으로 평생 일하며 조금씩 저축을 한다면, 죽기 직전에야 비로소 자식들에게 집을 물려줄 수 있을 터였다. 안셀모 에스피리쿠에타에게는 그럴 만한 인내심이 없었다. 땅 주인이 되기 위해 왜 등이 활처럼 굽을 때까지 일해야 한단 말인가? 왜 평생 고용주에게 허리 굽혀 인사하는 삶을 살아야 한단 말인가? 그 고용주가 남쪽 사람이든, 북쪽 사람이든 그에게는 마찬가지였다. 그는 그런 삶을 살지 않기 위해 자신과 가족의 생명을 걸고 남쪽 지방을 버리고 떠나왔다. 새로운 삶을 위하여 그는 주저하지 않고 어린 시절의 언어와 그가 태어나는 걸 보았던 습기 찬 땅을 버렸다. 왜 그가 때로 얼어붙고, 때로 불타는 이 땅에서 인내하며 기다려야 하는가?

처음 며칠 동안, 베아트리스 부인이 몇 주 동안 먹을 수 있는 식료품과 헌 옷가지들을 보내 주었다. 기꺼이 그들은 그것을 받아들였다. 그들의 옷가지는 깊은 어둠 속에서 담배 농장을 도망쳐 나올 때 입고 나오던 것뿐이었다. 또한 베아트리스는 그들에게 이, 벼룩, 진드기에게 물린 데 바르는 로션과 비누를 보냈다. 이런 것도 받아들일 수밖에 없었다. 안셀모는 "그들은 자기 주변에 냄새나고 더러운 이들이 사는 것을 원치 않는군.", "그래서 우리를 멀리 떨어진 집에 보낸 걸까?"라고 중얼거렸다.

나중에는 최악의 모욕이 그를 자극하였다. 에스피리쿠에타의 아이들에게 학교 교육 비용을 내주겠다는 제안이었다. 딸들은 여자아이들을 위한 자선 학교에 다닐 것이고, 아들들은 남자 자선 학교에 다닐 것이다. 고용주의 부인은 "둘 다 좋은 학교들이에요."라며 그들을 안심시켰다. 모랄레스 가문의 딸들도 같은 학교에 다니고 있었다. 그들은 그 학교를 '콜레히오(학교)'라고 부르고 있었다. 그들은 상류층 아가씨들이 다니는, 수업료를 낼 능력이 되는 이들의 코스를 밟고 있었다. 안주인은 안셀모에게 자식들의 글자와 숫자를 배울 기회에 대해 말했다. 그러나 세뇨르 모랄레스가 없었기에 안셀모는 공손함을 버리고 이야기에 종지부를 찍었다.

"아뇨, 부인. 내 아이들은 거기 가지 않을 겁니다. 뭐 하려요? 무슨 쓸모가 있다고? 씨 뿌리고 추수하는데 우리는 사내 녀석들이 필요합니다. 또 제 딸아이들을 가르쳐서 뭐가 좋겠어요? 더 좋은 하녀가 되라고요? 그 애들은 여기 남아서 뭔가 일을 하는 게 낫죠."

베아트리스 부인은 당황한 채 서둘러 그곳을 도망치듯 빠져 나왔다.

수년이라는 시간의 흐름도 안셀모 에스피리쿠에타로 하여금 땅과 자유에 대한 열망을 잊게 만들지는 못했다. 조금씩 그 지역에도 그런 사상이 들려오기 시작했다. 그러나 농장과 마을의 일꾼들은 그 말을 이해하지 못하는 듯했다.

"왜 그들은 우리에게 땅을 공짜로 주고 싶어 하는가? 우리가 사지도 않은 땅을."

그들은 지주가 제공한 땅에 자신들은 농사를 지을 수 있으면 그만이었다. 그렇게 조금씩 번 돈으로 자식을 교육하고 가족들이 먹고살면 만족했다. 농장주가 지을 땅을 좀 더 준다거나, 급여를 올려 주면 더 바랄 나위가 없었다. 안셀모가 볼 때는 너무 많은 생각과 지나친 연민, 그리고 부족한 매질이 그들을 길들여 순응하도록 만들었다. 안셀모는 평생 맞았던 채찍질과 몽둥이찜질로부터 그것이 사탕발림이라는 것을 배웠다. 좋은 대우도 그를 속이지 못했다. 그것은 그저 더 잔인한 통제의 방법일 뿐이었다.

안셀모는 매일매일 힘과 리듬만을 요구하는 작업인 사탕수수 자르기를 하면서, 사탕수수를 심거나 수레에 실으면서, 처음부터 그래왔듯, 자신에게 스스로 약속했다. 그날이 남을 위해 일하는 마지막 날이 될 거라고, 자기를 기다리고 있는 땅을 찾아, 가족을 데리고 혹은 가족 없이, 그곳을 떠날 거라고. 그곳이 어딘지는 알지 못하지만 찾아 나서서 발견할 것이고, 그리고 그곳을 지켜 내리라고. 라 아미스타드 농장과 라 플로리다 농장 사이, 그들이 수 주 동안 자기 땅인 그곳을 지켰던 것보다 더 잘 지켜낼 것이었다. 거기에 담배를 심을 것이다. 그것은 그가 가장 잘 아는 농작물이었다.

하지만 배가 부르게 되자, 감사함과 배신이 그의 의지를 굴복시켰다. 또 그 때문에 아이들을 데리고 가든 놓고 가든, 그곳을 떠나는 게 점점 힘들어졌다. 몇 년이 지난 후에도 그는 여전히 야망이 남아 있었다. 그 얼어붙은 곳에서 기다리며 있었다. 하지만 그곳은 그로부터 시간과 부, 힘과 가족을 빼앗아 갔다. 전염병이 그의 아내, 그리고 아이들 대부분을 덮쳤다. 사랑하는 가족들은 그 얼어붙은 지옥에서 종말을 맞이했다. 이제 그는 거의 모든 것을 잃었다.

안셀모는 이 모든 게 시모노피오 때문이라고 생각했다. 그 아이가 태어난 날에 있었던 모든 끔찍한 예언들이 실현됐다고 확신했다. 그가 온 며칠 후에 전쟁이 시작됐고, 그 후로부터 비참한 일들이 계속 일어났다. 그 많은 이들이 병에 걸려 죽었는데, 특히 안셀모의 가족이 죽었다. 그것은 시모노피오가 가져온 재앙 때문이었다. 안셀모는 고용주에게 경고를 했었다. "그 아이는 악마가 보낸 아이라서 우리에게 재앙만 가져올 겁니다. 두고 보세요." 그런데 그 거만한 작자가 그의 말에 귀를 기울이지 않았다. 글자도 모르는 안셀모 에스피리쿠에타가 뭘 알았겠는가? 일찍이 안셀모는 한밤중의 불꽃 속에서 늙은 무당들의 대화를 들으며 배웠다. 그렇다. 사람은 살면서 배운 것만을 알 뿐이다.

안셀모는 오랜 시간 동안 고용주 일행의 귀환을 지켜보았다. 그 건강한 이들의 수레와 마차 행렬에서 시선을 떼지 않았다. 나무에 기대 구부린 자세를 유지하느라 몸이 저리고 아팠다. 간신히 바닥으로부터 몸을 일으켰다. 그러면서 안셀모 에스피리쿠에타는 주먹을 불끈 쥐며 다짐했다.

"그들이 그 저주받은 아이를 데리고 떠났던 것을 결코 잊지 않으리라!"

"그리고 나와 우리 가족을 비루먹은 개들처럼 죽으라고 내버렸던 것도 잊지 않으리라!"

21

엄마 품을 떠난 딸들

··· **석 달의 유배 기간은** 베아트리스 코르테스 데 모랄레스의 삶에 굵직한 흔적을 남겼다. 그녀를 크게 변화시켰다. 때로 그 시간은 그녀에게 자신의 인생에서 가장 좋았던 때로 느껴졌다. 마치 드라마의 여주인공과 도플갱어(자기 분신)인 '벙어리 관객'처럼 말이다. 이들은 이름과 외모는 같은데 성격과 기질이 정반대였다.

베아트리스는 딸들에게 다가갈 수 없었다. 몬테레이의 수녀들에게 딸들의 양육을 맡긴 이후로 딸들을 잃어버린 거나 마찬가지였다. 이제 딸들과 함께 있지만 때는 이미 늦었다. 아이들은 다 커버렸다. 더는 그의 보호가 필요 없었다. 에티켓이니 뭐니 그런 거 없이, 딸들과 친구처럼 지내고 싶었다. 하지만 그건 한참 물 건너간 뒤였다.

유배 기간 그 집에서 책을 읽을 때, 딸들과 함께 사용하는 재봉실에 들어갔을 때, 그녀는 딸들이, 어린 소녀들이 그렇듯이, 귓속말을 주고받는 것을 보곤 했다. 또 그녀가 들어오는 걸 보면 딸들은 즉시 침묵했다. 딸들은 어렸을 때 그랬던 것처럼, 자신들의 대화에 그녀를 끼워 주지 않았다. 그녀가 있다는 사실을 알게 되면, 킥킥거리거나 짜증 난 얼굴로 그 자리를 피하곤 했다.

베아트리스는 이제 딸들과 모르는 사람처럼 돼 버렸고, 관계를 회복할 방법도 알지 못했다. 그녀는 그들과 간단한 대화조차 어떻게 시작해야 할지 몰랐다. 딸들은 그녀와 함께 있기를 원하지 않았다. 그녀와 말하고 싶어 하지도 않았다. 그래도 다행인 것은, 부득이하게나마, 함께 살고 있다는 사실이었다. 하지만 그것조차 '참을성 연습'으로 끝나 버렸다. 딸들은 바느질을 원하지 않았다. 그거야 그럴 수 있었다. 딸들은 원래 바느질을 좋아하지 않았기 때문이다. 하지만 농장 인부 가족의 아이들에게 음악과 독서, 게임 등을 가르쳐 줄 수는 있었다. 저녁 식사 후에 노동자 가족들을 위해 노래를 불러 주거나 책을 읽어줄 수도 있었다. 딸들은 그렇게 하지 않았다. 자기들끼리 있기만을 원했다. 그렇다고 그들 사이가 절대적으로 평화로운 것도 아니었다. 가끔 서로 싸우거나 다른 사람에게 화를 폭발하곤 했다.

베아트리스는 딸들과의 화목을 위해 그럴듯한 화젯거리를 꺼내기도 했다. 그때마다, 카르멘과 콘수엘로는 놀란 눈으로 엄마를 바라보았다. 마치 "무슨 자다가 봉창 두드리는 소리를 하는 거예요?"라고 묻는 듯 말이다. 딸들은 대화 주제와 기분, 관심사를 아찔한 속도로 바꿨다. 그 속도는 베아트리스가 도저히 어떻게 따라갈 수 없었다. 딸들에게 한두 시간 전에 일어난 일은 흘러간 과거사일 뿐이었다. 다시는 기억하거나 보고 싶어 하지 않았다. 그렇게 베아트리스는 지쳐 의기소침해졌고, 또한 늙어 갔다.

그녀의 불안은 딸들만의 탓은 아니었다. 죽음의 벼랑 끝에 몰린 리나레스 사람들에 대한 걱정도 있었다. 밤마다 그녀는 제대로 잠을 이루지 못했다. 자다, 깨다를 되풀이하면서 집안 문단속에 신경을 곤

두세우기 일쑤였다. 물론 이 집도 다른 오래된 집처럼 삐걱거렸다. 하지만, 라 아미스타드 농장에서 밤에 나는 삐걱거림 같지는 않았다. 냄새와 크기, 복도, 색깔이 모두 달랐다. 낮에는 그게 그다지 중요하지 않았다. 그러나 밤에는 달랐다. 그녀는 매일 밤 리나레스로 도망치고 싶었다. 그녀가 결혼 생활을 시작했던 그 침대에 눕고 싶었다. 뜻밖에 그 욕망은 광적으로 불타올라, 자신도 어떻게 해야 할지 당황했다.

밤마다 베아트리스는 라 플로리다 농장의 복도들을 조용히 배회했다. 바느질에 매달리고 싶었지만, 밤이 너무 깊었다. 대신 초저녁에 잠가 두었던 빗장들을 확인하고 또 점검했다. 그녀는 켜져 있는 오일 램프가 없는지, 딸들 침실의 램프가 괜찮은지를 수차례에 걸쳐 확인했다. 딸들에게 이불을 덮어 주고, 눈썹을 쓰다듬어 주었으며, 얼굴에서 머리카락을 치워 주곤 했다. 그러고 나서는 침대 발치에 앉아 딸들이 잠자는 모습을 바라보았다.

밤의 고독 속에서 그녀는 딸들과 만나곤 했다. 그녀가 그들을 이해하게 된 것이 그때였다. 불평도 하지 않고 도망치지도 않은 채, 딸들이 그녀와 같은 공기로 숨을 쉴 때 말이다. 가끔 너무 밝은 달빛이 방해하기도 했지만, 그 어둠 속에서 딸들은 그녀의 보호 아래 몸을 웅크린 채 자고 있었다. 때로 그녀는 딸들 옆에 눕기도 했다. 때때로 그렇게 그들의 숨소리에 휩싸여 잠깐 잠이 들기도 했다. 잠잘 때 살짝 벌어진 딸들의 입에서 또는 그들의 부드러운 숨소리와 코 고는 소리에서 그녀는 어린 시절의 딸들을 느낄 수 있었다. 밤에 꿈 사이에서 그들은 도망치지 않았고 엄마에게 투덜대지도 않았다. 그들은 다시 그녀의 것이었다.

먼동이 틀 때 그녀는 하루를 시작했다. 눈을 뜨면 맨 먼저 간밤에 그토록 신경 쓰며 불이 꺼졌는지 확인했던 오일 램프 중 하나에 불을 붙였다. 밖은 아직 어두웠다. 불을 켠 다음엔 손에 가위를 들고, 자신의 싱어 재봉틀 페달을 밟았다. 집안의 그 누구도 그녀의 옷감 일이나 새로운 프로젝트, 새로운 패턴으로 옷을 만드는 걸 방해할 수 없었다. 그녀는 늘 그랬듯 미소로 남편을 맞이했다. 그런 다음 남편과 함께 아침 식사를 했고, 그를 현관에서 배웅했다. 그에게 좋은 날을 기원하고, 그에게 은밀한 축복을 보냈다. 가족의 행복을 위해 하느님 앞에서 약속하고 간절하게 구했다. 하지만 그녀는 그것을 자기 마음속으로만 구했다. 프란시스코가 그걸 아는 게 싫었다. 만일 그녀가 프란시스코를 위해 하느님에게 그렇게 간구하는 것을 안다면, 그는 자기 아내가 겉으로 보이는 것처럼 강철 인간이 아니라는 것을 깨달을 것이기 때문이다.

시모노피오는 그것을 알았다. 아침에 문이 열릴 때 그는 항상 거기에 있었다. 그녀가 남편에게 작별 인사를 하는 동안 시모노피오는 그녀를 뚫어지게 쳐다보곤 했다. 그런 다음 그는 약간의 밀랍이나 벌꿀이 담긴 단지 같은 선물을 가지고 그녀에게 다가갔다. 그 덕분에 베아트리스는 자신의 커피를 달콤하게 해 주는 꿀맛에 익숙해져 갔다. 그것은 그녀 일상의 일부가 되었다. 커피잔에 조금씩 꿀을 붓는 것으로 그녀는 어느 정도의 평온함을 얻었다. 유배지에서의 낯선 일상을 이어갈 힘과 의욕도 얻었다. 그렇게 그녀는 무심한 딸들과 마음에 상처받은 하녀, 아들의 피부 발진에 놀란 하녀를 대할 수 있었다. 시모노피오는 그녀를 관찰했고, 베아트리스는 그 아이가 그녀 자신도 몰랐던 것들까지 알고 있다고 느꼈다. 그녀에게 싱어 재봉틀을 가져다주는 아이디어를 제안한 것도 그였다. 그는 재봉틀이 그녀를 행복하게 해 줄 거라고 믿고 있었다. 적어도 그녀의 절망을 달래줄 거라고,

그녀의 정신 상태를 정상으로 돌이켜 줄 거라고 꿰뚫고 있었다.

때때로 그녀는 그에게 말하고 싶었다. "시모노피오, 네 눈에 뭐가 보이는지 말해 줄래? 나를 자세히 보면, 어디까지 보이는지 말해 봐. 내 몸 어디까지, 내 영혼 어디까지 보이는지 말이야." 그렇다. 시모노피오 앞에서는 프라이버시라는 게 필요 없었다. 시모노피오의 두 눈에는 편견도 비난도 없었다. 시모노피오는 원래의 시모노피오였고, 그의 모습 그대로의 그였다. 그냥 그를 받아들이기만 하면 됐다. 그가 그녀를 받아들였던 것처럼 말이다.

몇 주가 지나면서 날씨가 추워졌다. 기온이 떨어지면서 시모노피오가 그녀에게 선물하는 것이 뜸해졌다. 꿀벌들이 몸을 숨기고 활동이 둔해졌기 때문이다. 시모노피오는 선물하지 못함으로 그녀에게 '침묵의 사과'를 건넸다. 베아트리스도 역시 침묵의 응답으로 '괜찮다'며 그를 안심시켰다. 그녀는 잉여분을 조금씩 병에 보관해 왔기에 두세 달쯤 먹을 꿀을 가지고 있었다. "시모노피오! 그때 즈음에는 네 꿀벌들이 네게 다시 꿀을 선물해 주지 않겠니?"

비록 날씨가 추워져 동무 꿀벌들이 나타나지 않았지만, 시모노피오는 매일 산길을 쏘다녔다. 어느 잠 못 이루는 밤에 베아트리스는 그 꿀벌들은 시모노피오에게는 단순한 우연이나 호기심 이상이라고 결론 내렸다. 꿀벌들은 그와 동행했고, 그를 안내했고, 그를 돌봐 주었다. 그런데 이렇게 추운 날씨에 시모노피오는 누가 돌봐 주는가? 수호천사인 꿀벌 없이 혼자 다니지 않는가? 그녀는 걱정이 되었다. 꿀벌들이 없으면 시모노피오가 보호받지 못한다. 그렇다고 시모노피오를 꼼짝하지 못하도록 묶어둘 수도 없었다. 그는 가만히 있지를 못했다. 그를 집 근처에 붙들어 두기 위해 일거리를 주면, 그는 그 일을 기꺼이 했다. 그러나 시모노피오의 시선엔 야생에 대한 그리움이 가득했다. 결국 그녀가 그를 위해 할 수 있는 유일한 것은 멋대로 나가 놀도록 내버려 두는 것이었다. 그가 언덕 위의 나무들 사이에서 길을 잃기 위해 멀어져 갈 때마다, 그의 뒤에 대고 은밀한 축복을 보내는 것뿐이었다. 다행히 그녀는 그가 잘 먹고 따뜻하게 입고 있는 것을 확인했다. 그의 배낭에 약간의 음식을 가지고 다니는 것도 확인했다.

몇 달이 지났다. 딱 석 달이었다. 리나레스를 떠나는 것이 어려웠다면, 돌아오는 것은 더 힘들었다. 예기치 않았던 일이었다. 그것이 과연 가능할까? 프란시스코가 그녀에게 인플루엔자에 의한 감염자와 사망자가 현격히 줄어들고 있다고 말했다. 그 소식을 듣는 순간, 이상하게도 그녀의 바느질 의욕이 사라져 버렸다. 라 아미스타드 농장으로, 그리고 곧 리나레스로 돌아갈 날이 다가왔다. 리나레스의 현실로 돌아가서 시체들을 세고 애도할 순간이 다가왔다. 교육을 위해 다시 낯선 이들에게 딸들을 돌려줄 때가 다가왔다. 그녀의 재봉실 구석의 옷들을 살아 있는 이들에게 나눠줄 때가 왔다.

출발 이틀 전에 그녀는 카르멘이 혼자 울고 있는 것을 보았다. 왜 가장 차분하고 침착한 우리 딸이 혼자 울고 있을까? 베아트리스는 깜짝 놀라 딸 곁에 앉았다. 딸이 훌쩍이며 내뱉는 단어 조각들을 이어 맞추기가 쉽지 않았다. 그녀는 딸의 친구 마리케타 도밍게스의 사촌이 너무 미남이라는 말로 이해했다. 9월 초, 몬테레이의 사교 클럽에서의 댄스파티 때 처음으로 만났다. 가득 찬 댄스 파트너들. 안토니오 도밍게스와 함께한 두 곡의 왈츠와 레모네이드 한 잔. 비록 그때가 단 한 번의 만남이었으나, 그가 그녀에게 그리고 그녀가 그에게 보냈던 러브 레터들. 그녀는 흐느끼는 카르멘의 입술에서 나오는 말을 말없이 듣기만 했다. 딸은 아직 어린아이였다. 얼마 전까지만 해도 인형을 가지고 놀았다는 생각이 머릿속에 떠올랐다. 그녀는 딸이 실컷 울도록 내버려 두었다. 마음 한편에선 "그것 봐라. 연애 소설을 그렇게 많이 읽으니까 너한테 무슨 일이 생기는지."라고 말하고 싶은 충동을 느꼈다. 하지만 그 말 역시 지그시 참았다.

베아트리스와 프란시스코는 서로 간의 친구들을 통해 그 소년의 집안을 알고 있었다. 몬테레이에 살았지만, 딸의 친구 마리아 엔리케타(마리케타)는 사그라다 코라손 학교 기숙사에서 생활했다. 마리케타는 몬테레이 집에서 얼마든지 학교에 다닐 수 있었다. 그런데도 그녀는 부모와 떨어져 기숙사 생활을 했다. 베아트리스는 그것을 이해할 수 없었다. 하지만, 그녀의 딸들이 마리케타와 우정을 쌓는 것에 기뻐했다. 마리케타는 주말 마다 자기 집에 카르멘과 콘수엘로를 초대해 그녀의 가족과 함께 점심을 했다. 때론 딸들을 몬테레이 사교 클럽의 특별 이벤트에 데리고 갔다.

"그런데 그 사촌 안토니오 도밍게스는 아직 만나지 못했니?"

안토니오 도밍게스는 MIT에서 이제 갓 공학 학위를 받았다. 그런데 최근 2년 동안 몬테레이에서 얼굴을 볼 수 없었다. 그는 선량하며 미남에, 부지런했으며, 가문이 좋았다. 그런 그가 카르멘에게 결혼 요청을 한 것이다.

"그런데 이제 그는 죽었어요!"

"그걸 어떻게 아니?"

"몰라요. 하지만 느낄 수 있어요. 3개월째 그에게서 편지가 없어요!"

"팬데믹 상황이라 아무도 편지를 주고받지 못한다. 우편 서비스가 중단됐어. 카르멘, 너도 알지 않니?"

"알아요. 하지만 그들은 몬테레이에 남았어요. 우리처럼 갈 곳이 없었어요. 그가 병에 걸렸으면 어떡하죠? 그가 죽으면 어떡하죠? 그가 벌써 나를 잊었다면 어떡하죠?"

"이봐라, 카르멘, 나는 그가 건강하게 잘 있을 거라고 보장 할 수는 없다. 하지만 내가 확실하게 말할 수 있는 건, 만일 그가 건강하다면 너를 잊지는 않았을 거란 거야. 그리고 너에게 약속하마. 가능하게 되면, 마리케타에게 메시지를 보내 네가 잘 있다는 걸 알도록 말이야. 나머지 것들은 두고 보자구나."

카르멘은 어머니와의 대화 후 차분해졌다. 베아트리스는 침실로 달려가 문을 걸어 잠갔다. 호흡을 가다듬고 거울 앞에 서서 자신의 얼굴을 바라보았다. 마치 그곳에서 해답을 발견할 것처럼. 그녀는 카르멘과의 대화를 통해 비로소 딸들을 이해할 수 있었다. 딸들의 귓속말과 종잡을 수 없는 감정 변화, 그들의 공모를 받아들일 수 있었다. 카르멘은 3개월 동안이나 소리 없이 연인과의 이별을 견뎌 왔다.

거울은 베아트리스에게 아무런 대답을 주지 않았다. 어떤 희망이나 약속도 없었다. 대신 엄마는 아빠에게 아무런 말도 하지 않겠다고 카르멘에게 맹세해야 했다. 베아트리스는 그것에 마지 못하는 마음 반, 흔쾌한 마음 반으로 동의했다. 그녀는 비밀 간직 같은 것을 좋아하지 않았다. 더욱이 프란시스코에게는 말이다. 그러나 동시에 '카르멘이 그토록 앞서서 남자친구를 염려하는 마음은 무엇일까? 그리고 그 문제의 로미오가 감염으로 죽었다면 어쩌란 말인가?'라는 생각이 들었다. 물론 미래의 장모가 예비 사위의 죽음을 바란 것은 아니었다. 그러나 카르멘의 계획은 한순간에 물거품이 돼 버릴 가능성이 있었다. 베아트리스의 남편은 이미 충분한 걱정으로 짓눌려져 있었다. 농장일만으로도 걱정거리는 태산이었다. 딸의 연애 소식은 리나레스로 돌아가 적당한 때와 방법을 모색할 터였다. 그때까진 이 새로운 골칫덩이를 그에게는 아껴 두는 게 현명하리라.

당분간 베아트리스는 딸의 연애에 있어 새로운, 그리고 완고한 공범자로 남아 있었다. 식사 테이블에 앉았을 때, 음식을 한 입 한 입 먹는 사이에, 카르멘은 그녀에게 공범의 시선을 보냈다. 또 비슷한 방식으로 반응할 것으로 예상되는 이들에게도 작은 미소를 보냈다. 문제는 베아트리스가 딸들의 신호를 이해하지 못했다는 것이다. 그래서 그녀는 때로 "많이 미안하구나. 나는 그런 말을 이해하지 못해서."라고 대답하고 싶었다. 이제는 그렇지 않다. 베아트리스는 카르멘에게 "내가 그걸 말했던 걸, 그걸 배웠던 걸 기억하는데, 언제 잊어버렸는지 모르겠다. 아마도 계속 사용하지 않아서 그러거나, 그게 단지 젊은 여자아이들만 접근할 수 있는 언어라서 그런지. 나는 잘 모르겠구나."라고 말하고 싶었다. 그러나 그녀는 이제 막 딸과 맺게 된 희미한 매듭이 끊어지는 게 두려워 아무 말도 하지 않았다.

젊었을 때, 베아트리스는 늙어 가는 기분이 어떤 건지에 대해 늘 생각했었다. 그녀는 구석에 몸이 쪼그라들고 소심해져 있는 자기 어머니를 관찰했다. 그리고 어느 날씨 좋은 날 아침에 일어나, 노년의 출발 선언하는 자신의 모습을 상상하곤 했다.

"지금부터 내 노년이 시작되는 거야. 오늘부터 내 뇌는 새로운 생각을 견딜 수 없을 것이고, 내 옷에 대한 취향은 변하지 않을 것이며, 내 헤어스타일은 그대로 유지될 거야. 젊었을 때 기쁨을 주었던 소설들을 향수를 가지고 읽고 또 읽을 것이며, 다음 세대가 나 대신 뭔가를 결정하도록 내버려둘 거야. 이젠 내가 늙은이의 언어를 사용하니, 다음 세대를 이해하지도 못하고, 그들에게 가르쳐 줄 것도 없지. 나는 모든 이들의 친구가 될 거야. 비록 누구의 친구도 아닌 것과 별로 차이는 없지만 말이야."

그녀는 늙기엔 너무 젊었다. 그러나 결혼을 앞둔 딸을 둔 엄마는 다르다. 세월이 흘러갔다는 사실을 인정할 수밖에 없다. "서른세 살에 나는 늙기 시작했다." 그것은 남편과 공유하기 어려운 또 다른 소식이 되리라. "프란시스코, 전해 줄 소식이 뭐냐 하면 오늘부터 우린 늙었다는 거예요." 아니지. 그에게 딸의 연애 소식을 전하는 것은 그리 쉽지 않을 터였다. 그것은 그녀의 새로운 짐이었다. 지난 이틀이 영원처럼 느껴졌다. 라 아미스타드 농장에 첫발을 딛자마자, 처리해야 할 일이 많았다. 그들은 다시 돌아오고 있었다. 그랬다. 농장으로 가는 도중에 베아트리스는 자기들이 10월 이전의 생활로는 돌아가지 못하리라고 생각했다. 모든 것이 바뀌었다. 그들은 마치 신세계에서처럼, 삶을 탐험해야 할 터였다. 이제 걱정했던 것들은 생생한 삶의 현실이 되리라. 그때 그녀는 망명자들의 마차 행렬에 다시 머리를 돌려 망명지로 돌아가라고 하고 싶었다. 만일 그렇게 해서 스페인 독감 이전 삶, 어린 딸의 유치한 연애 사건 이전의 삶으로 돌아갈 수만 있다면 말이다.

그녀는 감히 그렇게 하지 않았다. 예전의 베아트리스는 그 어떤 문제에 대해서도, 어떤 책임에 대해서도 피하지 않았다. 그때 그녀는 그것이 새로운 도전의 하나라고 생각했다. 예전의 베아트리스를 회복하는 것, 그녀를 감싸고 있는 독기를 빼내는 것 말이다. 이제 곧 새로운 헤어스타일과 새로운 유행이 세상에 나타날 것이다. 바로 그 새로운 유행이나 흐름에 베아트리스의 도전이 달려 있었다. 물론 젊었을 때 읽었던 소설에 대한 향수는 때때로 그녀에게 허용될 수 있는 사치였다. 하지만 늙음은 그녀의 손주가 그녀를 베아트리스 할머니 이외의 호칭으로 부르는 것을 허용하지 않으리라. 티타, 마네 또는 노나라고 부를 수 없으리라. 만일 그것이 가능하다면, 그녀는 예전의 것과 새로운 것으로 갈라진 두 개의 의식을 다시 복구시킬 것이었다. 그것은 다시 하나가 될 것이고 최근 발견했던 그 두 개의 의식은 뒤에 남겨 놓으리라. 문제는 그 두 개의 의식 중 어느 것이 베아트리스를 정의하는 싸움에서 우위에 설 것인가였다. 새로운 베아트리스는 예전의 의식에 대해 특별함을 느꼈다. 그녀의 성격에는 그것을 회복하는 어떤 성질들이 있었다. 그러나 그녀는 예전의 의식이 다시 나타나 새로운 의식을 무효화하는 것을 바라지 않았다.

집에 도착해서 우리 엄마가 처음 한 일은 눈물 한 방울 흘리지 않고 라 아미스타드 농장의 집으로 들어간 것이었다. 집 상태를 파악한 그녀는 즉시 자기 어머니와 딸들, 하녀들에게 청소를 지시했다.

"시트를 걷어내요."

"집 안에서 털지 말고."

"가구들을 옮겨 줘요."

"먼지떨이 좀 가져와요."

"콘수엘로, 불평 좀 하지 마라."

"접시와 프라이팬 좀 닦고, 침대보 좀 바꿔요."

"모든 게 다 더러워서, 먼지 때문에 숨이 막혀 죽을 거 같네요."

그녀는 프란시스코가 "집 상태가 매우 좋고 먼지도 별로 없다."고 반복해서 말하는 것에 놀랐다. 그녀는 "경이롭게도 가구와 바닥에는 먼지가 거의 없다."고 그에게 말했다. 그리고는 "하지만 안락의자들 아래와 침대 밑, 접시와 집기들을 봤어요?"라고 반문했다. 이에 프란시스코는 화가 난 듯한 몸짓으로 밖으로 나갔다. 베아트리스는 그런 그를 이해할 수 없었다. 어쩌면 예전에 그와 함께 먼지나 청소에 관해 이야기해 본 적이 없기 때문이리라. 그녀의 어머니는 결혼 전에 그녀에게 "남편한테 집안일에 대해 말하지 말아라. 그런데 관심이 없으니까."라고 말했었다. 베아트리스는 항상 그 조언을 염두에 두었고, 프란시스코가 걸레나 빗자루, 먼지떨이를 보관하는 장소나 알고 있는지 궁금했었다.

청소팀이 조직되자, 그녀는 자기가 재봉했던 옷가지들의 보관 상자를 열었다. 블라우스와 치마의 치수가 정확하기를 바랐지만, 비록 그렇지 않다고 해도, 별문제 없이 수선할 수 있었다. 그녀는 그 모든 것을 그녀가 만들었던 천 인형과 함께 가방 하나에 넣었다.

22

방문

··· **안셀모 에스피리쿠에타는** 귀환 행렬을 기다리고 있지 않았다. 그녀는 이 사실에 적잖이 놀랐다. 그는 왜 코빼기도 보이지 않았을까? 그녀는 애도를 표하기 위해 그의 집을 방문할 참이었다. 날씨는 추웠고 그의 집은 멀었다. 땅은 마른 것처럼 보였다. 그녀는 옷을 따뜻하게 입었다. 에스피리쿠에타의 집에 걸어가기로 마음먹었다. 몇 걸음 걷다가 그녀는 시모노피오가 곁에서 걷고 있는 것을 발견했다.

"너는 내가 에스피리쿠에타의 집에 가고 있는 걸 알고 있었구나, 그렇지? 싫으면 가지 말아라."

시모노피오는 멈추지 않았다. 베아트리스는 놀랐지만, 그의 동행이 고마웠다. 그 홀아비를 여자 혼자의 몸으로 만난다는 게 좀 꺼림칙하던 차였다. 멀리서부터 안셀모의 죽은 아내 하신타 에스피리쿠에타의 손길이 필요하다는 게 느껴졌다. 비록 베아트리스가 집이나 그런 거에 까다로운 기준을 가진 사람은 아니었지만 말이다. 그들의 집은 그 어느 때보다 슬퍼 보였고 또 방치돼 있었다. 집을 가꾼 흔적이 거의 없었다. 쪽 창문들은 쪽문이라기보다는 오히려 고정된 나무판에 가까웠다. 햇빛과 바람을 막아 주는 기능을 제대로 하지 못하고 있었다. 게다가 사방에 쓰레기와 그릇들이 널려 있었다. 흙덩이가 있는 곳에서는 잡초가 무성했다.

베아트리스는 하신타 부인을 처음 볼 때부터 깊은 연민을 느끼고 있었다. 그녀는 굶어 죽기 직전이었다. 의심이 많았으며, 아이들로 넘쳐났다. 한마디로 희망이 없었다. 베아트리스는 그녀의 남편에게 일자리를 주고, 그 가족에게 집을 주면, 그녀의 짐이 좀 덜어지리라 생각했다. 그러나 일자리와 땅을 주고, 대우를 잘해 주어도, 에스피리쿠에타 부인의 마음을 누그러뜨리지 못한다는 사실을 곧 깨달았다. 베아트리스는 에스피리쿠에타 가족이 라 아미스타드 농장에 있는 게 불편했다. 그녀는 그 가족을 받아들이기 위해 자기 자신과 싸웠다. 기독교 사랑에 대한 그녀의 신념에 어긋나지 않으려고 무진 애를 썼다. 하지만 안셀모의 무례한 매너와 아내의 천박한 태도, 그리고 그 두 사람의 불만에 가득 찬 시선이 그녀를 불편하게 했다. 솔직히 베아트리스는 그들로부터 칭찬이나 감사의 말을 듣고자 한 게 아니었다. 하지만, 에스피리쿠에타 부부는 새로운 삶, 새로운 친구들에 대해 감사의 마음이 전혀 없었다.

가끔 프란시스코는 에스피리쿠에타에게 특별한 집안일을 맡기자고 제안했다. 그때마다 베아트리스가 그 제안을 거절했다. 프란시스코는 고개를 갸웃거리며 아내를 이해할 수 없다는 눈으로 바라보았다. 그녀는 "가비노가 할 수 있을 때 해요. 아니면 트리니다드가 할 수 있을 때 하던지요. 급할 거 없으니 기다리죠."라고 말했다. 그녀는 두 딸과 시모노피오 근처에 에스피리쿠에타가 있는 것을 원치 않았다. 그 남자가 집에 들어와 자신의 물건에 스치는 것조차 원치 않았다.

비록 이례적이고 어쩔 수 없는 피난 상황이긴 했지만, 라 아미스타드 농장에 아무런 감독자도 없이 에스피리쿠에타 가족만 남겨 두었을 때도 그녀는 긴장했다. 물론 그녀는 낮엔 열쇠 없이 그 집에 들어갈 수 없다는 사실을 알고 있었다. 하지만, 잠 못 이루는 기나긴 밤에는 에스피리쿠에타가 맨발로 온 집안을 돌아다니며, 눈과 손으로 집안을 구석구석 뒤지는 모습이 머릿속에 떠올랐다. 그녀는 그가 자기 서랍을 열고, 자기 마음대로 부부 침대에 누워있는 것을 상상하기도 했다.

그녀는 프란시스코에게 그를 쫓아내라고 부탁을 할까 여러 번 생각했다. 하지만, 자기가 좋아하지 않는다는 이유만으로 누군가를 내쫓으라고 하고 싶지 않았다. 지금 그녀는 살았을 때도 불행했고, 죽어서도 불행한 그 사람들의 집에 가고 있었다. 그 가족은 그런 일을 겪고 커다란 상실감을 가지고 있을 터였다. 그리고 이제 그들이 쫓겨나는 걸 볼 수도 없었다. 시모노피오는 집이 보이지 않는 곳에 있기로 했다. 덤불 뒤에 있는 돌 위에 앉아서 그녀를 기다렸다. 베아트리스는 당황해하지 않았다. 예전부터 안셀모 에스피리쿠에타가 근처에 있으면, 시모노피오가 사라진다는 걸 알고 있었다. 마치 자신이 버려졌던 날, 에스피리쿠에타가 이야기한 것을 알고나 있는 것처럼 말이다. 에스피리쿠에타가 자신에게 가지고 있는 악의를 느끼고 있는 듯 했다. 그의 터무니없는 미신을 말이다.

"금세 올게."

겨울 오후의 어스름한 빛 속에서 그 집은 세피아 빛 사진에 지나지 않는다는 인상을 받았다. 집의 단조로운 잿빛 속에는 그 어떤 밝은 색도 끼어들 틈이 없었다. 그 집의 침묵과 어두움에 다가가면서 베아트리스는 집이 텅 비어 있을 거라고 생각했다. 에스피리쿠에타 가족

중 살아 남은 이들이 제 발로 걸어서, 늘 바랐던 것처럼 아마도 북쪽으로, 영원히 떠나 버렸으리라고 생각했다. 아무와도 작별하지 않고, 아무에게도 알리지 않고 말이다. 만약 그렇다면 라 아미스타드 농장과 리나레스 마을 공동체에서 에스피리쿠에타 가족의 실종 수수께끼는 오래오래 계속될 것이다. 그것은 전설의 좋은 재료가 되리라. 많은 자식의 죽음으로 절망한 나머지, 살아 남은 몇 안 되는 자식들을 죽인 어느 아버지의 이야기로 전해지리라. 어쩌면 자기가 이미 파 놓은 구덩이들 전부를 메워야 한다는 광기에 사로 잡혀 생매장했는지도. 그렇게 아버지가 살아 남은 일가족을 데리고 사라졌다는 전설로 남을지도 모른다. 나중에 사촌 친구의 애인, 친구의 언니, 선생님의 할머니 등의 증인들은 그 남자가 끊임없이 그 일대를 돌아다니며 그 가족을 찾아다닌다고 확인해 줄 터였다. 길에서 만나는 살아 있는 사람들 탓을 하면서 돌아다니리라. 자신의 불행의 원인이 바로 자기 자신이라는 사실을 기억하지 못하거나, 기억하고 싶어 하지 않으면서 말이다. 다른 많은 전설과 마찬가지로 이 전설은 세대와 지리적 경계를 초월하며 시공간을 넘나들리라. 갈수록 부풀려지고 덧붙여져 터무니없는 이야기가 되리라. 그래서 결국 인간들의 집단의식은 그 이야기의 기원과 주인공의 이름을 잊고, 그것이 모두 자기 거라고 믿게 될 것이리라. 치아파스에서 과나후아토를 지나 텍사스에 이르기까지.

그녀는 발끝에서 머리까지 오싹함을 느꼈다. 그녀는 자신의 상상력이 풍부하지 않다는 사실을 알고 있었다. 그런 생각은 어린 시절 자신을 그토록 놀라게 했던 라 요로나(흐느끼는 여인)의 전설과 거의 같았다. 그곳에 자식들을 잃고 그 아이들을 위해 영원히 울부짖으며 정처 없이 떠도는 운명의 한 여인 말이다. 문득 그녀는 두려웠고 온몸에 소름이 돋았다. 그녀는 응답이 없기를 기다리며 문을 두드렸다.

23

사자와 코요테

••• **시모노피오는** 길고 짧은 길과 넓은 길, 좁은 길 등 거의 모든 경로를 알고 있었다. 그는 동물이 다니는 길과 사람이 다니는 길을 알았다. 몇몇 경로들은 그가 꿀벌을 따라다니며 궁리해 낸 것들이었다. 벌들은 사람이 낸 오솔길을 따라가는 법이 거의 없었다. 그렇다고 시모노피오가 모든 길을 다 아는 것은 아니었다. 어떤 길은 끝까지 가지 않았고, 벌들이 회귀한 지점까지조차 가지 않은 길도 있었다.

그에게는 그때까지 단 하나의 금지 경로가 있었다. 그 이유는 알수 없었다. 그냥 맹목적으로 싫었다. 바로 안셀모 에스피리쿠에타의 집으로 가는 그 오솔길이었다. 그에게 안셀모는 원한이 가슴에 사무친 남자로 느껴졌다. 그가 자기에게 다가올 때마다 맨 먼저 꿀벌들이 요란하게 동요했다. 근처에 틀림없이 에스피리쿠에타가 있다는 신호였다. 시모노피오에게 어서 도망치라고 경고해 주는 것이었다. 그 오솔길에서 에스피리쿠에타와 마주치는 것을 피하라고 주의를 주는 것이었다. 하지만 때때로 시모노피오는 에스피리쿠에타의 집 근처 교차로에 멈춰 있곤 했다. 왼쪽길이 에스피리쿠에타의 집으로 곧장 가는 길임을 알면서 말이다. 왠지는 몰라도 그는 금지된 것, 미지의 것에 호기심을 느끼곤 했다. 물론 그는 늘 벌들의 의견에 순종했다. 더구나 그곳은 벌들조차도 피하는 산속이었다. "그리로는 가지 마. 좋을 게 없어." 벌들은 그에게 상기시켜주곤 했다.

시모노피오가 갓 태어났고, 에스피리쿠에타가 농장에 갓 도착했던 그 첫 만남부터 그는 에스피리쿠에타의 적대감을 알고 있었다. 기억하는데 어떻게 모를 수 있겠는가? 늙은 꿀벌은 젊은 꿀벌에게 성공과 실패 경험 모두를 알려 준다. 승리를 반복하고 실패를 피하라는 뜻이다. 꿀벌들이 그에게 에스피리쿠에타의 이야기를 해 주었을 수도 있다. 그 첫날을 잊지 않도록 말이다. 또는 에스피리쿠에타가 시모노피오에게 보내는 시선이 그것을 말해 주기도 했을 것이다. 그의 시선은 강렬하고, 무거우며, 어둡고 불길했다. 에스피리쿠에타와 시모노피오 사이에는 아직 바람조차 알지 못하는 이야기가 있다. 그것은 시모노피오가 태어난 날부터 시작된 일이며, 아직 일어나지 않은 이야기이기도 하다. 그것은 꿀벌 덕분에 멈춰서 정지 상태에 있는, 그러나 죽거나 끝나지는 않은 이야기이다. 그것은 끈기 있게 기다리던, 있었으면 하는 이야기이기도 하다.

시모노피오는 에스피리쿠에타와 자신의 이야기를 확실하게 알고 있었다. 그는 이야기를 들은 게 아니라 보았다. 자신의 이야기 또는 타인의 이야기를 보았다. 그것을 위해 자기 마음의 모퉁이를 주의 깊게 바라보는 것으로 충분했다. 몇몇 이야기들은 처음부터 끝까지 매우 분명하게 보았다. 그 기원과 전개가 어슴푸레하게 보이는 이야기들도 있었다. 예고도, 통보도 없이 실체가 없는 것에서 현실이 된 이야기도 있었다. 신비롭게도 그 이야기들은 그냥 일어났다.

전체적으로 또는 부분적으로 '미리 본 미래의 일들'이 있었다. 너무도 소망해서 참을성 없이 기다리던 그런 일들이 있었다. 생각만 해도 소름이 돋는 일들도 있었다. 그런 일들은 일어나지 않는 편이 나았을 것이다.

프란시스코 모랄레스는 남몰래 집 청소를 하는 동안 그에게 이야기를 들려주었다. 시모노피오는 항상 그의 말을 주의 깊게 들었다. 그것은 일방적인 대화에서 말이 어눌한 그가 잘할 수 있는 일이었다. 시모노피오와의 모든 대화는 늘 그의 침묵으로 끝나기 마련이기 때문이었다. 게다가 대부 프란시스코는 이야기를 통해 자신의 마음을 환기할 필요성이 있었다. 시모노피오는 열심히 그의 말에 귀를 기울였다. 비록 그것들이 어려서 들었던 이야기들이었지만 말이다. 시모노피오는 노래나 말로 하는 이야기를 좋아했다. 그보다 더 매혹적인 것은 없었다. "이건 전설이야."라고 프란시스코는 그에게 말하곤 했다. "그리고 이것은 우화이지."

전설과 우화, 그는 비야세카 장터의 이야기꾼 솔레단 베탕쿠르의 이야기를 좋아했다. 그녀는 외워서 생생하게 이야기를 했다. 그는 매년 빠짐없이 리나레스 교외의 천막에서 그녀의 이야기를 들었다. 그녀는 매번 새로운 이야기로 구성된 완벽한 레파토리를 가지고 오는 건 아니었다. 여러 번에 걸쳐 그녀는 같은 이야기를 했다. 그렇지만 그 이야기들을 새롭고 신선하며 더 극적으로 만들었다. 놀라운 일이었다. 먼지떨이를 손에 쥔 그의 대부는 그녀와 매우 비슷한 이야기를 했다. 하지만 그의 이야기 방식과 목소리는 새롭고 신선했다.

시모노피오는, 흰 종이 위에 검은 단어들로 된, 책에 인쇄된 이야기도 알고 있었다. 하지만 그는 이런 이야기들에 관심이 없었다. 일단 인쇄가 되면 지워지지도 않고, 변화를 줄 수도 없었다. 모든 독자는 해당 페이지에 기재된 단어들의 순서를 따라가야 했다. 그저 아무런 대책도 없이 동일한 결과에 도달할 때까지 말이다. 하지만 입으로 전해진 이야기는 단어들이 자유롭게 변화할 수 있다. 등장인물과 스토리, 결말들도 얼마든지 바뀔 수 있었다.

시모노피오가 좋아하는 이야기는, 프란시스코가 그에게 해 주었던, 빛의 땅에 사는 사자와 코요테에 대한 우화였다. 시모노피오는 그의 대부가 그에게 제안한 것처럼 용감한 사자가 되고 싶었다.

"우화에서 동물은 미덕과 결점 등 인간의 특성을 가진단다. 우화를 아는 사람은 가젤이나 쥐가 되는 것을 선택할 수 있지. 그러나, 시모노피오, 나는 네가 사자가 돼야 한다고 생각한다. 코요테를 조심해야 한다는 사실만 기억하거라."

시모노피오는 그의 대부가 자기를 그런 장엄한 인물과 비교한 것에 행복했다. 어떻게 하면 이야기 속의 사자가 될 수 있을까? 어떻게 하면 대부의 기대에 저버리지 않을까? 더구나 대부의 이야기는 한 번도 기록되지 않은 이야기였다. 이 사실이 그를 더욱 기쁘게 했다.

급기야 시모노피오는 이야기의 소유자가 되었다. 머릿속으로 이야기를 자유자재로 바꾸고 변화를 주었다. 편의에 따라 인물들을 첨가할 수도 제거할 수도 있었다. 인물들에게 자기 주변 사람들의 특징을 부여할 수도 있었다. 그리고 그는 사자였다. 비록 그는 서로 다른 수천 가지의 이야기를 만들었지만 언제나 그는 사자였다. 코요테도 항상 똑같았다. 아무리 애를 써도, 가장 솜씨 있는 이야기에서조차 그 사자를 뺄 수가 없었다. 사자가 있는 곳에는 항상 코요테가 있을 수밖에 없었다.

그 우화는 단지 하나의 꾸며 낸 이야기에 불과했다. 하지만 시모노피오가 마음속에 간직하고 있던 이야기들, 그가 직접 보고 알게 된 이야기들도 있었다. 비야세카와 그의 대부의 이야기들은 그 변화의 가능성이 무궁무진했다. 이야기에 생명력과 자유가 꿈틀거렸다. 시모노피오는 자기가 본 실생활의 이야기들도 마찬가지라고 생각했다. 그것들도 글로 기록되지 않았기 때문에 얼마든지 생명력을 가질 수 있었다. 그는 비록 침묵할 수밖에 없지만 좋은 이야기꾼이 되어야겠다고 생각했다. 솔레닫이 비야세카에서 했듯, 그 이야기들에 생명을 불어넣어야 할 책임 말이다. 웅덩이를 메움으로써 말 한 마리의 생명을 구할 수 있다면, 그는 그렇게 했다. 전염병을 피하도록 하여 인간의 여러 생명을 구할 수 있다면, 그는 서슴지 않고 그렇게 했다. 그는 그 미래의 이야기를 멈출 수가 없었다. 어떤 것을 이야기할지를 고를 수도 없었다. 솔레닫이나 프란시스코 모랄레스가 했던 것처럼, 시간을 가지고 계획을 세울 수도 없었다. 하기야 미래의 이야기들을 어떻게 완전히 알 수 있겠는가? 그러나 비록 적었지만 어떤 미래의 이야기는 바꿀 수 있었다.

시모노피오는 자신의 미래 이야기를 알고 있었다. 그와 코요테 사이의 잠재적 이야기도 보고 있었다. 하지만 그는 여전히 무엇을 해야 할지 몰랐다. 시모노피오는 두려움이 자기를 지배하도록 내버려 두는 소년이 아니었다. 그는 매일 산책길에서 야생의 곰들과 퓨마를 만나곤 했다. 그때마다 그는 그 동물들을 바라보며 "나는 사자야, 너는 네 길을 가렴. 나는 내 길을 갈테니."라고 말했다. 그날 이전에 그는 금지된 그 오솔길을 걸어 본 적이 없었다. 그 오솔길을 만든 사람은 질투와 고통으로 가득 찬 사람이었다. 그 오솔길에서 그와 부딪히는 것보다는 곰과 퓨마를 만나는 게 훨씬 나았다. 그는 어떤 면에서는 에스피리쿠에타의 영토를 침범하기 위해 대모의 경호원 자격이라는 완벽한 평계를 가지고 있었다. 그것이 그를 기쁘게 했다. 마침 그것을 금지할 꿀벌들도 없었다. 저 가슴속에서 꿈틀대던 호기심을 충족시킬 수 있었다. 에스피리쿠에타가 사는 그곳에는 과연 뭐가 있을까? 거기에는 뭐가 부족할까? 왜 꿀벌들은 그곳을 피하라고 했을까?

그가 그 땅의 진원지로 향하면서 발걸음마다 느낀 것은 에스피리쿠에타의 시선에서 느꼈던 것과 같은 것이었다. 그곳에는 불안함과 불행만이 있었다. 그 땅은 신음하고 있었다. 바람은 불며 산소를 가져왔지만, 세포 저 너머 뭔가를 독살하기도 했다. 그곳에서의 생활은 무겁고, 위험하고, 어두웠으며 불길했다. 호기심이 충족되자, 시모노피오는 앞으로 에스피리쿠에타가 차지하고 있는 땅 한 치도 밟지 않으리라고 결심했다. 자기 꿀벌들처럼. 이전에는 한 번도 가 본 적이 없는, 결코 허용되지 않았던, 교차로 너머로 한 걸음 내딛는 것조차 쉽지 않았다. 그의 가슴이 무겁게 짓눌렀다. 본능적으로 그의 몸이 그곳 공기로 숨쉬기를 거부했다. 그의 꿀벌들이 평생 그에게 준 가르침을 떠올렸다. 앞으로 일어날, 그 위험을 생각했다.

자기가 보호하고 있는 베아트리스를 놀라게 하지 않으려고, 그를 거의 마비시킬 것 같은 그 두려움을 감춰야 했다. 시모노피오는 길 가는 내내 자기 대모를 주의 깊게 지켜보면서 동행했다. 그가 그런 것처럼, 대모도 걸을 때 가슴이 답답하지나 않았을까? 그녀의 얼굴이 창백해지지 않았나? 그 집에 가까워질수록 그녀의 발걸음이 느려졌던가? '만일 그렇다면 가던 길을 멈추고 돌아서리라.'고 시모노피오는 생각했다. 그러나 그렇게 하지 않았다. 베아트리스 코르테스는 분명한 목적이 있었다. 그 어느 것도 그녀를 멈출 수 없었다. 그 무엇도 그녀를 두렵게 하지 않았다. 그래서 불안했음에도 불구하고, 시모노피오는 코요테 소굴을 피해야겠다는 강한 의지와 함께 몸을 숨기며 계속 걸었다. 그는 그날에는 미래를 터뜨리지 않겠다고 스스로에게 약속했다.

시모노피오는 꿀벌들이 없으니, 마치 장님이 된 듯했다. 두 눈은 볼 수 있는 것에만 한정됐다. 그렇다. 평소 보통 사람들은 근시안과 귀머거리로 산다는 것을 깨달았다. 꿀벌들이 없어서, 시모노피오는 언덕 저 너머에 있는 것들을 볼 수도, 들을 수도 없었다. 꿀벌들이 없어서, 그는 시선을 앞에 두면서 뒤를 보지도 못했고, 저 위에서 세상을 관찰하지도 못했다. 꿀벌들이 없어, 시모노피오는 더할 나위 없이 달콤한 꽃가루 향기를 맡을 수도 없었다. 그의 주변에 훨훨 날아다니는 벌떼가 없자, 그가 세상으로부터 받던 정보는 선형적이었다. 벌들은 그가 감각을 느끼기 시작한 때부터, 세계를 있는 그대로의 모습인 구(球)의 형태로 받아들이도록 알려 줬다. 이제 그가 아무리 원해도 벌들에게 오라고 할 수는 없었다. 벌들은 벌집 속에서 서로의 체온을 나누면서 숨어 있었다. 특히 그 해와 같이 그렇게 혹독한 겨울에는 더욱 그랬다. 물론 겨울이 왔다고 꿀벌들이 꼭 겨울잠을 자야 했던 것은 아니었다. 벌집은 창고의 지붕 아래에서 갈수록 더 커지고 번창하고 있었다. 벌들은 그곳에서 밀랍 육각형 구조를 채우고 있었다. 벌써 그렇게 수개월이 지나갔다.

시모노피오는 그들을 자주 방문했다. 그는 벌들의 윙윙거림으로 살아 있는 벌집에 두 손을 얹었다. 견고한 구조를 하고 있었다. 벌들은 벌집에서 나오지 않고 그를 환영했다. 벌들은 그의 외로움을 위로하며 그에게 물었다. "우리가 필요하니?" 시모노피오는 자신이 벌들을 부르면 그곳이 어디든 달려오리라는 확신이 있었다. 그가 부르면, 벌들은 묻지도 않고 어느 곳이든 올 터였다. 하지만 그것은 벌들에게 커다란 비용을 치르게 하는 것이리라. 날씨가 차가워서, 대부분 꿀벌이 죽을 것이므로. 그날 그곳에서 그는 두려움을 느꼈지만, 그의 꿀벌들의 희생을 요구하기에는 충분하지 않았다. 아직 벌들을 부를 날은 아니었다.

시모노피오는 덤불 뒤에 있는 돌 위에 앉아, 멀리서 그녀를 지켜보며, 대모가 일을 마치기를 기다리고 있었다. 시모노피오는 에스피리쿠에타와 마주할 두려움을 받아들였다. 언제, 어디서, 어떻게 그를 만날지는 알 수 없었다. 하지만, 그것이 그를 고통스럽게 한 것도 사실이었다. 그 집 작은딸이 수줍어하며 문을 열어 주었을 때, 그날, 그 남자는 집에 없는 것 같다고 생각하며 시모노피오는 안도의 숨을 쉬었다. 오긴 오겠지만, 그날은 사자와 코요테의 날이 아니리라. 그러나 그날이 언젠간 오리라는 것을 알고 있었다. 시간이 해결해 주리라. 그 날짜는 미루지 못하리라. 그리고 시모노피오의 손실은 크고 돌이킬 수 없으리라. 그는 그 미래의 이야기가 모든 이들의 삶을 바꿀 거라고 확신했다.

시모노피오는 에스피리쿠에타와의 만남을 피해 다님으로써 조금씩 그 날짜를 늦추는 데 성공한다면 그렇게 했을 것이다. 그가 두렵지 않을 만큼 강해졌다면 그와 만났을 것이다. 그 피할 수 없는 미래 이야기의 요소들과 단어들을 바꿀 수 있다면 그렇게 했을 것이다. 육체적, 정신적, 영적으로 성장하는 데 필요한 시간이 주어진다면 기다렸을 것이다. 그리고 그 시간 동안 그가 상상했던 힘 센 사자로 변한다면, 그는 계속해서 필요한 만큼 그를 피했을 것이다. 시모노피오는 그것이 일어나지 않으면 좋았을 이야기 중 하나라고 생각했다.

"이 자식, 여기서 뭐하고 있는 거냐?"

갑자기 거칠고 폭력적인 목소리가 들렸다. 시모노피오는 깜짝 놀라 뒤를 돌아보았다. 에스피리쿠에타가 빠르게 자기에게 다가오고 있었다. 그는 손에 몽둥이를 들고 있었다. 그는 금방이라도 내려치려는 듯 달려들었다.

24

산 자는 무덤 곁에서도 밥을 먹는다

··· '때때로 우리 앞에, 눈앞에 계속 있었고 끊임없이 만나던 누군가가 없을 때, 비록 그가 안 보인다고 해서 그가 이 세상에 존재하지 않는 것은 아니지만, 어쩌면 우리 없이는 그가 존재하지 않는 건 아닐까?'라는 생각이 들 때가 있다. 우리의 물리적 영향력 없이 과연 그가 계속 존재할 수 있을까?

당신은 어떤지 모르겠는데, 나한테는 그랬다. 지금도 계속 그런 일이 일어난다. 바로 지금, 도심의 우리 집에서 내가 멀어지는 동안, 이제 거의 점심 식사 시간이고 음식이 차려진 것을 알고 있는데, 내가 거기 없어도 국물이나 스튜는 여느 때처럼 끓고 있다고 생각하는 것이 나를 힘들게 한다. 그 음식들은 내가 있을 때 항상 풍기던 것과 똑같은 냄새를 내며 우리 집에 퍼져 나가는데, 내가 없을 때도 똑같은 맛을 낼 것이다.

물론 이런 현상은 누군가가 길모퉁이 가게에 우유를 사러 나가는 정도로는 일어나지 않는다. 그건 너무 짧은 시간이다. 당신에게도 그런지 나는 모르겠다. 하지만 적어도 나한테는 이런 일이 일어난다. 누군가가 떠나갈 때나 작별이 있을 때, 또는 공백기가 있을 때 그렇다. 당신이 공백기라 부르기를 원한다면 그렇게 부르겠다.

타지에서 공부하다가 휴가를 맞아 돌아올 때, 내가 없는 동안 우리 엄마가 안락의자의 커버를 바꾸거나, 내가 어려서나 청소년기에 읽던 책들을 동네 아이들에게 기증한 것이 매우 낯설었다. 나중에 내 아이들이 타지에서 공부할 때, 내가 계속 존재한다는 것을 상기시켜 주기 위해 날마다 나는 전화를 했다.

우리는 매일매일의 규칙적인 일상 세계 속에서 산다. 배고프면 먹고, 이가 썩으면 이를 치료하고, 배가 아프면 정원 한구석에 심어 놓았던 쑥으로 만든 차를 마시고, 전구가 수명을 다하면 갈아 끼우고, 전기 요금이 두 배가 나오면 두 배를 내고, 때로는 서로 싸우지만 대체로 잘 지내고, 오랜 친구들과 함께 저녁 식사를 하기 위해 모이거나 새로운 친구를 사귄다. 당신이 없어도 이 모든 일은 일어난다.

물론, 나는 안다. 그들은 나를 잊지 않을 것이고, 나 역시 그들을 잊지 않을 것이다. 나는 조금 전 우리가 차를 탈 때보다 조금 더 늙었다. 나는 노인은 아니지만, 내 나이에는 원하는 것을 말할 권리가 있다고 생각한다. 바로 이것이 내가 말하고 싶어 하는 것이다. 내 추억, 내 인상들이 나와 함께 온다는 것. 당신의 것은 모르겠다. 내 현실은 내가 가는 곳에, 나와 함께 간다. 그것을 재창조하고 펼칠 능력을 뒤에 남긴다.

나는 그와 똑같은 방식으로 우리 부모님이 시간이 멈춘 화석화된 마을로 돌아갈 생각을 했으리라고 생각한다. 브리가둔˙ 같은 마법의

˙ 시간이 흐르지 않는 마법의 마을─역주

마을로 말이다. 그러나 그렇지 않았다. 그들이 없어도 생명과 죽음은 계속 자기 갈 길을 갔다. 리나레스로 돌아갈 때까지 아빠는 엄마에게 고백하지 않았다. 누나들을 데리러 몬테레이에 간 그날, 마을을 가로지를 때 느꼈던 그 고뇌를 말이다. 고립돼 있던 3개월 동안, 아빠는 엄마를 걱정하게 만들지 않으려고 그 말을 아꼈다. 그러나 이제 돌아오면서, 상황이 달라졌다. 그 경험이 자신을 소름 끼치게 했다면서 몇 날 밤 잠을 자지 못했다고 고백했다. 눈을 감으면 텅 빈 거리와 인육에 굶주린 개들이 떠올랐고, 돌길 위를 지나는 장의차와 말발굽 소리를 들었다고 말이다. 아버지는 닥터 칸투의 산발적인 편지 몇 통을 받아 본 후, 드물지만 리나레스에도 생명이 지속되고 있음을 알았다. 그러나 이전처럼 살아 있는 사람들로 가득한 거리를 상상할 수는 없었다. 오랜 세월 동안 나는 생각했다. 전염병이 창궐한 후 조상들이 살았던 도시를 마지막으로 보았을 때, 아버지는 내가 지금 설명하려는 것을 직접 증명했다는 결론을 내렸다. 그것은 당신이 어떤 장소에서 떠나고, 누군가와 작별을 하면, 곧바로, 남겨둔 존재는 당신의 부재에 의해 마비된다는 것이다. 아버지는 리나레스를 마지막으로 지나면서, 그것이 세상의 종말이라고 생각했다. 적어도 자기의 세상은 끝났다고 생각했다. 모든 소리, 냄새와 보통의 풍경들이 한순간 사라졌다. 그때 아버지는 길가에 던져진 모든 시체가 일상적인 일을 하다가 갑자기 쓰러져 버린 거라는 원시적인 느낌을 받았으리라고 나는 확신한다.

아마도 그들이 돌아왔을 때 느꼈던 첫인상은 잿빛 리나레스에 대한 것이리라. 그들을 맞이했던 1918년 12월은 흐리고 추위에 얼어붙어 있었다. 거리를 걷는 사람들은 애도의 검은 옷을 입고 있었다. 아마 그들은 사정상 고인들과 작별하기 위해 무덤까지 가지는 못했을 것이다. 우리 할머니가 말씀하신 대로, 당시 돈 있는 사람들은 하느님이 원하시는 대로 제대로 된 상복을 입을 줄 알았다. 그들은 일 년 내내 검은 옷을 입어야 했다.

도저히 이해하기 어려운 애도도 있었다. 사람들은 남편과 아내, 부모와 자식 또는 친구를 잃어 검은 옷을 입고 다녔지만, 마치 아무 일도 일어나지 않은 것처럼 일상생활을 했다. 아마도 그들은 자신들이 살아 있음에 행복해했던 것 같다. 나 역시 그랬을 것이다. 사실이다. 전염병이 가져온 새로운 현실에서 사람들은 자신에게 정직했다. "우리 누나가 죽었어. 근데 부끄럽지만, 내가 죽지 않아서 참 다행이야." 라고 말하는 것처럼 말이다. 사람들은 현실을 담담하게 받아들였다. 비록 다른 사람들 앞에서 그렇게 말할 수는 없지만. 나는 그들이 사랑하는 사람을 잃었을 때 느꼈을 고통을 폄하하고 싶지는 않다. 누군가를 잃어 본 우리는 산 자들의 회복이 고통스럽다는 것을 알고 있다. 삶은 아무도 기다려 주지 않는다. 우리를 그 상황에 맞춰야 한다. 당신 주변의 많은 사람이 아무런 대책 없이, 이해할 수도 없이, 갑자기 죽어 버린다고 상상해 보라. 마치 누군가가 눈에 보이지 않는 유독 가스를 살포한 것처럼 말이다. 나는 그런 가스 공격을 모르고 지나갔던, 운 좋은 파리도 있다고 상상해 본다. 이미 그 유해 물질이 사라져 버렸다면, 생존한 파리들은 무엇을 할 것인가? 다시 자기 삶을 살 것이다. 만일 당신이 파리라면, 계속 날아다니며 성가시게 굴 것이다. 만일 당신이 그 당시의 리나레스 주민이라면, 작물을 가꾸러 밭으로 가는 걸 그만두거나 가축들 때문에 목장에 가는 걸 그만두지 못했을 것이다. 아마 처음 며칠 동안은 상점 문을 닫았을 거지만, 당신의 필요와 당신에게 물건을 파는 사람들과 사는 사람들의 필요가 있기에 다시 문을 열 것이다. 비록 집에 병자 또는 시체가 있어도 말이다. 만일 당신이 그 당시에 살았다면, 식료품을 사러 거리로 나서는 일을 회피하지 못했을 것이다. 단 하루도 기저귀나 속옷을 빨지 않을 수 없을 것이다. 비록 두 시간 전에 어머니를 묘지에 보냈어도 말이다. 이 위기 상황 가운데 당신의 어금니가 아프고, 손톱은 균에 감염되어 있으며, 가벼운 또는 심각한 위장 장애가 있다면 어찌할 것인가. 애써 참으려 했겠지만, 결국 당신은 의사에게 갈 수밖에 없으리라. 의사를 찾아낼 수 있었다면 말이다.

사람들은 아직 물건을 살 아이들이 남아 있기를 바라면서, 그렇게 염소젖이나 호루라기, 요요, 팽이 등을 팔기 위해 광장으로 나왔다. 전염병이 끝난 걸 알고, 새로운 무덤 파는 사람은 기독교인을 매장하라는 부름을 받아 즐거이 달려갔다. 이제 그는 자기가 행복한 죽음을 맞이한 사람에게 간다는 것을 알았다. 그는 아마 행복하면서도 설명이 쉬운 심근 경색으로 죽었을 것이다. 전염병이 물러간 지금, 그런 것은 평범한 죽음이었다. 만일 부모가 한 아이를 잃었지만, 먹여 살려야 할 다른 아이들이 있다면, 그렇게 그들은 일터로 돌아가야 했다. 더 말할 것도 없었다. 메르세데스 가르사와 그녀의 가족이 병에 걸려 죽었을 때 받았던 최초의 관심과 연민은 그 3개월 동안 누구도 받지 못했다. 남편을 잃었다고 미망인에게 음식을 가져다줄 여자도, 갓 고아가 된 아이들의 눈물을 닦아줄 사람도 없었다. 스페인 독감의 유행이 끝났을 즈음에 누군가를 잃지 않은 리나레스 주민은 아무도 없었다. 애도라는 게 아무런 의미도 없었다. 기껏 애도를 해 봐야 사그라진 고통의 불길을 휘저어 일으킬 뿐이었다.

우리 부모님이 집으로 돌아와 모두에게 애도를 전할 준비가 돼 있었을 때, 아무도 그것을 원치 않았다. 이미 주제가 바뀌어 버린 것이다. 사람들은 이미 그 역사의 페이지를 넘겨 버린 상태였다. 그들은 살아 남았다. 그 낯익은 우편배달부와 상점 주인, 우리 누나들과 시모노피오에게 세례를 주었던 페드로 신부가 없어도, 이제 그들에 대해 함께 얘기할 사람이 없었다. 그리고 단지 "그래, 그 사람이 더 나았어." 또는 "이 신부가 더 말씀을 잘 전하지."라는 대답만 오고 갔다. 리나레스에 머물렀던 이들은 누구나 열 명, 스무 명이 대책 없이 쓰러지는 것을 보았다. 그들이 그걸 슬퍼했던 것은 분명하다. 그러나 그들의 죽음으로 인한 빈자리부터 채워야 했다. 그런 긴급함이 그들을 실리적인 사람들로 만들었다. 예를 들면, 그들을 "푸줏간 주인인 돈 아테노헤네스가 죽었네. 주께서 그와 영광 중에 함께 하시길. 그러나 또 다른 푸줏간 주인을 빨리 보내 주시길. 아멘."이라고 말하도록 만들었다. 슬픔과 고통보다 더 그들은 고기와 식료품, 미사, 날이 잘 선 칼을 필요로 했다. 삶이란 이런 것이다.

이 모든 일을 갑자기 맞게 된 부모님은 이런 일을 이해하기 힘들었다. 실리적인 사람이 되는 것도 어려웠다. 예를 들어, 딸을 묻은 지 석 달도 채 안 되는 엄마, 그러나 이제 다시 임신한 지 두 달이 되는 우리 엄마보다 더 젊은 여자를 조문하며, 함께 슬퍼하는 것도 힘들었다. 자랑하는 것은 아니지만 우리 엄마는 기품 있고 선한 사람이었다. 그런 엄마에게 그런 상황에서 어떻게 하는 것이 올바른 프로토콜인지를 알 수 없었다. 그들은 사랑하는 사람들과 갑자기 이별해야만 했다. 닥터 칸투의 짧은 메모에서 이 남자 또는 저 여자의 사망 소식을 전해 들었지만, 어쨌든 그들은 떠나갔고 그들과 함께 그들의 현실도 함께 가버렸다. 그들은 이성적인 방법으로 그 사망이 의미를 이해했다. 그렇지만 우리 가족의 삶은 라 플로리다 농장에서 고립돼 있었다. 의식은 옛날 그대로 거의 변함이 없었다. 그러다가 갑자기 돌아와서 친구들과 친척, 지인의 부재를 알게 되었다. 그것은 쌓였던 모든 고통을 한꺼번에 느끼는 것과 같았다. 남겨졌던 이들이 한 방울씩 당했던 고통을, 준비 안 된 이들은 소나기 맞듯 경험했다.

모든 것으로부터 고립된 이들은 자신들이 없을 때 전쟁도 사라져 버렸다고 생각했다. 그러나 그렇지 않았다. 전염병이 아무리 치명적이라고 해도, 그것 역시 폭력을 중지시킬 수는 없었다. 그 석 달 동안 엄청나게 많은 리나레스 주민들이 죽었다. 하지만 그 사망은 그 지역 인구 지표에 큰 영향을 미치지 못했다. 날마다 촌에서 전염병 사망자보다 더 많은 가족이 몰려들었다. 약탈과 부녀자 납치, 징병으로부터 안전한 삶을 찾아 왔다. 부모님이 이전 생활로 돌아왔을 때, 사라진 친구들과 지인들이 남겨 놓은 구멍으로 가득 차 있었다. 반면 또 한편으로는 새롭고 낯선 얼굴들의 조각들도 가득했다.

우리 할머니는 대박이 터졌다. 라 플로리다 농장으로 갈 때 걱정스레 남겨 놓았던 두 아들이 죽지 않고 생존해 있었다. 아무런 일이 없이 거뜬하게 삶을 이어가고 있었다. 할머니는 때때로 받는 소식을 통해 아들들이 살아 있음을 알았다. 이를 당신이 크렘브륄레를 준비하면서 날마다 드렸던 그 많은 기도의 결과로 돌렸다. 아들들은 그런 위기 속에서도 땅을 잘 가꾸었다. 게다가 사랑에 빠질 정도로 용기와 힘도 지니고 있었다. 할머니는 에밀리오 삼촌이 이미 약혼한 것을 알았다. 카를로스 삼촌은 이미 결혼한 상태였고, 할머니에게 손주를 안기는 길에 들어서 있었다. 이번에는 가문의 성을 가진 첫 손주였는데, 이런 일은 하느님이 원하시는 순서대로 일어나지는 않았다.

할머니가 이전 시대의 여자 같았다면, 그녀의 성격이 둥글어지기 이전이었다면, 형편없고 정욕을 다스리지 못한 행동이라며 즉시 작은 아들인 카를로스 삼촌의 귀를 잡아당겼을 것이다. 할머니는 온전한 남자처럼 행동하라고, 결혼해서 그 아가씨를 책임지라고 지시했다. 그리고 한동안 눈에 띄지 않는 먼 곳에 가서, 리나레스의 입방아들로부터 떨어져 살라고 그들을 내보냈다. 예정보다 일찍 태어나는 손자에 아무도 의문을 제기하지 않도록. 마리아 델 라 루스 가르사의 아버지는 자기 딸에 대한 의무를 이행하라고 우리 할머니에게 요구할 필요조차 없었다. 신포로사 할머니는 마땅히 해야 할 일을 했다는 사실에 감사했다. 카를로스 삼촌은 교양 있는 남자 또는 신사로서, 그녀의 가족이 사는 집에 가서 청혼을 했고, 결혼을 위해 신부에게 사람을 보냈다. 성당에서 신부는 조촐한 예식을 통해 그들의 결혼을 승인했다. 결혼식에는 카를로스의 형인 에밀리오만이 참석했다.

결혼식을 급히 서둘렀기에 소동이 있었다. 선의를 가지고 있는 이들은 그토록 많은 이들이 죽어 가는 가운데 신랑 어머니도 참석하지 않는 결혼은 참 보기 딱하다고 말했다. 사람들은, 하느님의 뜻대로, 일 년 동안 애도를 해야 했고, 그 때문에 모든 사회 행사들은 중단되어야 했다. 결혼식처럼 흥겹고 상서로운 것에는 특히 그랬다. 삐딱한 시선으로 보는 사람도 있었다. 이들은 그 커플의 뻔뻔함에 대해 이러쿵저러쿵 흉보기 바빴다.

우리 할머니는 친구들 모두가 머릿속으로 계산을 하면서 새 손주가 언제 태어날 것인지를 묻는다는 걸 알면서도, 그런 일에 신경 쓰지 않았다. 할머니는 손자가 태어나기 전에 아들을 먼 곳에 보냄으로써, 시기가 맞지 않는 임신을 숨길 필요가 없었다. 가족들은 가까이에 머물러야 했다. 그녀가 배웠던 것처럼, 누구에게 무슨 일이 생길지 모르기 때문이다. 그녀의 삶은 오래전부터 뒤처져 있었다. 이 새로 태어날 손자는 그녀에게 그건 그리 중요하지 않음을 깨닫게 해 주었다. 삶은 계속되는 것이다.

돌아온 첫날, 엄마가 에스피리쿠에타의 집으로 조문 갔을 때, 아빠는 이것을 시내에 나갈 기회로 삼았다. 아빠는 그 거리의 활기찬 모습에 깜짝 놀랐다. 자신이 딸들을 데리러 지나칠 때보다 조금 나아졌으리라고 생각은 했지만, 예상을 훨씬 뛰어넘었다. 아빠는 우체국 밖에서 시장인 카를로스 타메스 씨를 만났다. 우체국에는 사람들이 끊임없이 들락거리고 있었다. 아버지는 우체국이 업무를 보느냐고 시장에게 물었다. "일부 업무만 보고 있습니다."라고 그가 대답했다. 인력은 있지만, 아직 재조직 중이었다. 편지와 전보는 스스로 처리해야 했다. 시장은 "수레가 필요할 겁니다."라며 서둘러 그 자리를 떠났다.

그것은 아빠가 우체국에 들어서기 전까지, 거기서 무엇이 자신을 기다리는지 보기 전까지, 그리고 집에 돌아오기 전까지는 이해할 수 없었다. 그만큼 불길하고 비밀스러운 메시지였다. 아마도 그때까지 아빠 인생 최악의 순간 중 하나였으리라.

엄마의 노력과 오래도록 수고한 덕분에 밤이 되자 아빠는 다시 차분해졌다. 엄마는 아빠의 이례적이고 갑작스러운 분노의 분출을 달래고 있었다. 그 바람에 에스피리쿠에타의 집을 방문한 일에 대해선 잠시 잊고 있었다. 그로 인한 자신의 끓어오르는 분노는 지그시 누르고 있었다.

그녀는 남은 생애 동안 이를 한탄하리라. "내가 왜 그 일이 일어나도록 내버려 두었을까?", "해결책이 있었는데, 나는 왜 그에게 그것을 이야기하지 않았을까?" 인간은 시간이 흐른 다음에만 완벽한 것이 보인다. 그래서 우리는 삶을 그 많은 '했었더라면'이라는 가정으로 채운다. 어쨌든 그 당시에 아빠의 분노는 엄마의 분노보다 더 활활 타올랐다.

25

딸의 연애편지

··· **그 작은 우체국에** 들어갔을 때, 프란시스코 모랄레스는 그 안의 복작거림과 새로운 얼굴들에 놀랐다. 새로운 관리자는 아는 사람인 듯했지만, 예전의 우편배달부들은 없었다. 나중에서야 그 새로운 관리자가 예전 쓰레기 수거 팀장이라는 것을 알았다. 그렇다. 성장 도시를 위해서는 도시의 모든 구역과 거리를 꿰뚫고 있는 사람이 필요할 것이다. 그런 사람을 우편배달부의 관리자로 임명하는 게 효율적일 것이다. 그의 전임자는 20년 동안 근무하다가 죽었다. 아마도 누군가의 치명적인 재채기나 오염된 편지에 감염돼 죽었을 것이다. 자수 손수건을 꺼낼 겨를도 없이 말이다. 그의 뒤를 이어 부하 직원들도 차례로 무덤으로 갔다. 그중 하나인 알바로는 에미그디오 신부의 요구로 두 통의 전보를 작성하러 나왔다가 죽었다. 알바로는 이야기하는 사람에 따라 영웅 또는 바보로 평가된다.

이제 우체국 직원들은 하나같이 신참들이었다. 그들은 효과적으로 편지를 처리하고 분류하는 업무에 익숙하지 않았다. 그들은 거리는 알고 있었지만 편지 발신자의 세련되거나 조악한 손 글씨를 읽어야 했다. 게다가 도착했거나 보내야 할 편지들로 홍수를 이루고 있었다. 그들은 종이 바닷속에 가라앉는 듯한 느낌을 받았다. 어디에서부터 시작해야 할지를 몰랐다. 그들에게는 갑자기 3개월 치의 축하와 조문, 사망 통보, 중단된 사업, 임종 직전의 고백 등이 주어졌다. 가족과 친구들로부터 소식을 받은 리나레스 주민들의 절망이 이 초보 우편배달부들의 혼란에 더해졌다. 주민들은 서로 먼저 편지를 받아 보거나 보내기 위해 필사적으로 몸싸움을 했다. 그 좁은 공간에서 서로 밀치며, 고함을 치고 욕설을 퍼부어 댔다.

프란시스코는 하루 이틀쯤 기다렸다가 다시 오기로 마음먹었다. 그 바글거리는 사람들 속에 한 발자국도 들여놓고 싶지 않았다. 가려고 막 뒤돌아섰을 때, 우체국장이 부르는 소리가 들렸다.

"돈 프란시스코! 잠깐만 기다리세요! 당신에게 온 편지가 있습니다. 음, 몇 통 되지요. 그리고 아마도 저쪽에 있는 편지 더미 속에 몇 통 더 있을 겁니다. 하지만 당신 집으로 온 편지들은 이미 가득 찼어요. 가져가세요. 공간을 좀 확보하게요. 이봐, 꼬마! 돈 프란시스코에게 온 편지를 가져오거라." 호아킨 볼라뇨스가 자기 조수에게 말했다. 그리고 다시 프란시스코에게 말했다. "그 편지들은 몬테레이에서 온 것인데, 문제가 생기지 않도록 별도의 자루에 넣어 보내온 겁니다."

그 소년은 흰 옥양목 자루를 들고 돌아왔다. 그것은 베갯잇 같았는데 정사각형의 고급 종이들로 채워져 있었다. 내용물을 보호하기 위해 매듭으로 묶여있었다. 아마도 거기서 서너 통의 편지를 애타게 기다리고 있었을 사람들도 그 광경을 신기하다는 듯 바라보았다. 누가 저렇게 할 말이 많았단 말인가? 누구에게? 왜?

"모두 내게 온 겁니까?"

"음, 정확히 말하면, 당신 것은 아니지요. 그러나 당신 딸들의 것입니다."

"내 딸들이요?"

"당신 딸 중 하나의 것이지요."

"아닐 걸요. 뭔가 착오가 있었을 겁니다."

"그렇지 않아요. 편지들을 하나하나 확인했는데, 글씨가 아주 분명했어요. 여든아홉 통의 편지인데, 모두 세뇨리타 카르멘 모랄레스 코르테스에게 온 거고요…"

프란시스코는 사람들의 수군대는 말을 듣기 전에 얼른 그 자루를 가지고 나왔다. 사람들이 무슨 말을 할지 안 들어도 뻔했다. 굳이 들을 필요가 없었다. "카르멘 모랄레스에게 온 연애편지래. 누구한테서 온 걸까?", "그런데 그녀가 답장을 할까?"

그는 그날 계획했던 일들을 처리할 요량으로 광장 근처에 자동차를 주차했다. 서둘러 자동차에 우편물 자루를 넣은 후, 차에 올랐다. 종이 냄새와 잉크 냄새가 코를 찔렀다. 남은 일들은 잊어버렸다. 그 대신 곧바로 집으로 차를 몰았다. 도대체 그 많은 편지를 쓴 녀석이 누구일까? 알고 싶어 조바심에 견딜 수 없었다. 이제 그의 딸의 이름이 입에서 입으로 전달되리라. 그는 매우 화가 나 있었다.

그가 집에 도착했을 때, 카르멘도 콘수엘로도 집에 있지 않았다. 딸들은 쌍둥이 아르디네스의 집에 놀러 갔다고 유모 폴라가 알려주었다. 또 베아트리스가 에스피리쿠에타의 집에서 아직 돌아오지 않았다고 덧붙였다. 그는 혼자서 편지를 하나하나 살펴보았다. 그것들은 모두 카르멘 앞으로, 모두 같은 발신자에게서 온 것임을 확인했다. 안토니오 도밍게스 가르사라는 녀석이었다. 편지 스탬프를 보니 꽤 많은 돈이 들었으리라. 프란시스코는 그것들을 몽땅 불태우고 싶었다. 딸에게 더 알아보고 싶지 않았다.

벽난로는 불이 붙어 있었다. 조금씩 모든 편지에 불을 붙이고 그것들을 천천히 불에 태우는 건 아주 간단하리라. 한 통 한 통씩 편지를 뜯어 안토니오란 녀석이 자기 딸에게 뭐라고 지껄였는지 읽는 것도 손쉬우리라. 그러나 그는 그렇게 하지 않았다. 그럴 필요를 느꼈지만 말이다. 다른 사람에게 온 편지는 절대로 뜯지 않고, 허락 없이 읽지 않는다고 그는 자신에게 다짐했다. 그는 교양 있게 그 편지들을 뜯지 않을 것이다. 그 대신에 뭔가를 발로 걷어차고 싶었다. 예를 들면, 안토니오 도밍게스 같은, 발로 걷어찰 단단한 뭔가를 말이다. 그러나 바닥에 쌓아 놓은 편지 더미를 걷어차는 것에 만족해야 했다.

쉴 새 없는 발길질로 인해 편지 봉투들이 사방으로 날아 그의 집무실에 흩뿌려졌다. 유모 폴라가 핫초코를 그에게 가져온 것이 그때였다. 프란시스코가 집에 있으면 오후마다 그렇게 하는 것이 겨울 시즌의 관례였다. 유모는 문가에서 감히 한 걸음 더 내딛지 못했다. 그 향기 나는 핫초코를 가져왔다는 말을 한마디도 할 수 없었다. 그녀는 베아트리스 부인이 늦지 않게 돌아오기만을 바랐다. 서둘러 문을 닫고 주방으로 돌아갔다. 누군가는 뭔가를 해야 했다. 프란시스코 모랄레스는 얼굴이 벌게진 채 씩씩거렸다. 방안 전체를 휘저으며 분노의 춤을 추고 있었다. 그녀는 그런 프란시스코 모랄레스를 이해할 수 없었다. 그녀는 부인을 부르기 위해 누군가를 급히 보내야 했다.

"마르틴!"

마르틴은 안셀모의 집으로 이어지는 길을 달려갔다. 운이 좋으면 집으로 돌아오고 있는 도냐 베아트리스를 만날 것이다. 그렇지 않으면 그곳까지 그녀를 찾으러 가리라. 마르틴은 길의 절반도 가지 않아 베아트리스를 만났다. 그녀는 시모노피오와 함께 오고 있었다. 겨울의 이른 어스름 속에서, 그는 그 둘이 손을 붙잡고 빠른 걸음으로 오는 모습을 알아보았다. 시모노피오는 자기 대모를 따라오고 있었다. 뭔가 걱정스러운 모습이었다. 그들에게 다가가는 일 분 동안, 마르틴은 그들이 '왜 그럴까?'하고 궁금했다. 도냐 베아트리스 역시 우울한 표정을 하고 있었다. 왼손으로는 시모노피오를, 오른손에는 막대기를 들고 있었다. 시모노피오가 베아트리스를 기분 상하게 하거나 화나게 하지는 않았을 것이다. 베아트리스는 참을성이 많고 온화한 사람이었다. 도대체 이 집에 지금 무슨 일이 일어나고 있는 걸까? 집으로 돌아온 지 몇 시간이 지나지도 않았는데. 모든 게 엉망진창 혼돈 속으로 빠져들고 있었다. 아직 그 누구도 집으로 돌아온 기쁨조차 즐기지 못했는데 말이다.

"세뇨라 베아트리스! 폴라 말이 돈 프란시스코가 발작을 일으키고 있다고 했습니다!"

베아트리스는 아무것도 묻지 않았다. 그녀는 막대기와 시모노피오의 손을 놓고, 거추장스러운 속치마를 양쪽으로 들어 올렸다. 그리고 걷는 속도를 두 배로 했다. 만일 마르틴이 그녀의 발목을 볼 수 있었다고 해도, 그건 그녀에게 상관없었다. 가능한 한 빨리 집에 도착하는 것이 우선이었다. 집에 도착하자 폴라가 같은 말을 하며 그녀를 맞이했다. 프란시스코가 발작을 일으켰단다. 자기 집무실에서.

"이제 아무 소리도 들리지 않네요."

"그렇게 혼자 있도록 내버려뒀어요?"

"주인님의 거친 숨소리와 화난 말소리 때문에 겁이 났어요. 그래서 차라리 문을 닫고 마님을 부르러 간거죠."

"의사를 불러요, 폴라. 빨리. 서둘러요."

집무실의 닫힌 문 앞에서 베아트리스는 망설였다. 무슨 일이 일어날지 두려웠다. 아직 살아 있을까? 그리고 만일 살아 있다면, 발작을 일으킨 뒤의 그를 위해 무엇을 해야 할까? 그녀는 두 눈에 눈물이 차오르는 걸 느꼈다. 그녀는 애써 마음을 추스르고 안으로 들어갔다.

그녀는 그가 바닥에 널브러져 있는 모습을 상상했지만, 그렇지 않았다. 그는 안락의자에 앉아 몸을 기울이고 있었다. 등은 그녀를 향해 있었다. 그녀는 조심스럽게 그에게 천천히 다가갔다. 그는 두 눈을 감고 있었지만, 눈썹은 찌푸린 상태였다. 땀을 흘리고 있었지만 숨을 쉬고 있었다. 얼굴은 완전히 시뻘게져 있었다.

그녀는 이전에 발작 일으킨 사람을 본 적이 없었다. 그를 어떻게 도와야 할지 전혀 알지 못했다. 그를 눕혀야 할지, 그대로 내버려 두어야 할지 판단이 서지 않았다. 또 그에게 말을 걸어야 할지, 그가 깨어나도록 몸을 흔들어야 할지 알 수 없었다. 아니면 그가 자기 방법대로 적당한 시간에 감각을 되찾는 것이 더 나은지 확신이 서지 않았다. 그에게 물을 주어야 할까? 안 주는 게 더 좋을까? 암모니아 냄새를 맡게 할까?

그녀는 용기를 내어 남편의 얼굴을 살짝 만져 보았다. 프란시스코가 갑작스레 눈을 떴다. 그것이 베아트리스를 놀라게 했다.

"왜 그래요?"

놀람과 안도 사이에서 머뭇거리던 베아트리스가 화를 냈다.

"당신이 죽어 가는 줄 알았는데 이게 뭐예요!"

"당연히 아니지. 누가 그렇게 말했어요?"

"아, 그만둬요. 당신이 건강하면 됐어요. 그런데 왜 이곳이 이렇게 엉망이 돼 있죠? 무슨 일이 있었어요?"

남편이 죽지 않았다는 안도감으로 인해 한숨을 쉬면서, 베아트리스는 바닥에 흩어져 있는 편지봉투들을 발견했다.

"리나레스 사람들이 합의 본 바에 의하면, 카르멘에게 온 연애편지들이오."

"아. 리나레스 사람들이 뭐라고 해요?"

"어떨 거 같아요? 여든아홉 통의 편지는 아무도 모르게 올 수 없어요, 베아트리스."

"그렇게나 많아요?"

베아트리스는 편지들을 모아 정리하기 시작했고, 프란시스코는 움직이지 않은 채 그런 그녀의 모습을 바라보고 있었다. 편지들은 좀 손상되었고, 어떤 것은 발에 밟힌 자국이 있었지만 뜯긴 것은 하나도 없었다. 한 통도 훼손되지는 않았다. 편지는 모두 안토니오 도밍게스에게서 온 것들이었다. 그녀는 놀란 것 같지 않았다.

"카르멘이 몬테레이에 애인이 있는 걸 이미 알고 있었잖아요?"

"며칠 전에야 알게 됐소."

베아트리스는 딸의 로맨스에 대해, 그리고 그 사랑에 빠진 남자 가문의 사회적 위치 등에 대해 자기가 알고 있는 것을 남편에게 말해주었다.

"당신에게 곧 말하려고 했어요. 비밀이 아니었어요. 그냥 미루고 있었던 거죠, 그게 다예요. 적당한 시간이 올 때까지 말예요. 이제 카르멘과 함께 약혼에 대해 이야기해야 해요."

"꿈도 꾸지 말라고 해요! 그 애는 그렇게 어려서 결혼하지는 않게 될 거요. 게다가, 그 녀석은 누구란 말이요? 건달이거나, 한량이거나 어린 여자애들을 유혹하는 놈일테지…"

"그렇지 않아요! 명문가의 자제라고 내가 이미 말했잖아요. 게다가 나는 그가 카르멘 같은 아이에게 장난질을 칠 거라고는 생각하지 않아요. 하지만 리나레스 출신이 아니라서, 결혼하게 되면 몬테레이에서 살테죠. 생각해 봐요. 우리가 뭘 할 수 있을까요? 우리가 얼마나 우리 딸애를 자주 볼까요? 게다가 지금 당장 결혼할 수도 없잖아요. 카르멘은 학교를 마쳐야 하고 적어도 일 년은 애도 기간을 가져야 해요."

"한 사람이 죽을 때마다 일 년 동안 애도하면 더 좋겠군"

"나는 그렇게 생각하지 않아요. 생각해 봐요. 그렇게 된다면, 우리는 절대로 할머니, 할아버지가 될 수 없을 거예요. 그리고 나는 할머니가 되고 싶어요. 비록 손자들이 멀리 떨어져 산다고 해도 말예요. 그렇게 빨리는 아녜요. 게다가 우리는 할머니 할아버지가 되는 것에 적응하기 위한 시간이 필요해요. 우리가 늙었다고 생각할 시간 말예요. 안 그래요? 사실, 딸이 결혼할 생각을 한다는 게 내게는 얼음물을 끼얹는 것 같아요. 나는 우리 인생에 있어서 지금 단계에 적응도 제대로 못하고 있는데, 벌써 우리 엄마와 같은 다음 단계에 접어드니 말예요. 그리고 힘들어요. 늙어가는 건 쉬운 게 아니죠."

"먼저 그 구애자 녀석이 우리 마음에 드는지 봅시다. 그런 다음에 결혼이 이루어지겠지. 그다음이 손자들이고. 아직 빠진 게 많이 있소."

"내가 늙어 할머니가 되면, 당신도 할아버지가 되는 거예요. 그걸 알아야 해요."

"나는 절대로 늙지 않을 거요. 내가 늙지 않으면, 당신이 늙도록 내버려 두지도 않을 거요." 프란시스코는 아내를 당겨서 자기 무릎에 앉히며 말했다.

카르멘은 기분이 좋아 호들갑을 떨며 자기 물건을 찾으러 방에 들어와서 그들을 보았다.

"저에게 많은 편지가 온 것이 사실인가요?"

"누가 그러더냐?"

"집으로 오는 길에 시내에서 사람들이 그러던데요. 제일 먼저 도냐 에우페미아가 그랬어요. 자기가 편지로 가득 찬 자루가 3개나 있는 것을 보았다고요. 그리고 다른 사람들도 그랬고요. 모두 누가 보낸 것인지 알고 싶어 하고요."

"도냐 에우페미아라⋯. 베아트리스, 내가 이미 리나레스 전체가 그 유명한 편지들에 대해 알거라고 당신에게 말했지요. 3자루라니 쯧! 쯧!⋯. 한 자루가 왔다. 한 자루뿐이야. 그리고 카르멘, 너는 그 안토니오라는 녀석에게 분명히 말해 주면 좋겠다. 그놈 때문에 네가 이곳 모든 이들의 입에 오르내리는 걸 내가 좋아하지 않는다고. 그리고 네가 편지를 읽은 후에 검토할 수 있도록 네 엄마에게 넘기거라. 녀석의 어투와 의도가 올바른 것이면 좋겠구나. 그리고 답장을 하게 되면, 그것도 네 엄마에게 읽어 주어야 한다. 사람들이 너를 오해하거나 더 많은 험담을 하지 않도록 말이다. 만일 네가 내 말에 따르지 않는다면, 지금 당장 이 편지들을 불태우고 이 일을 잊도록 하겠다."

카르멘은 재빨리 동의했다. 그리고 첫 번째 편지를 뜯어보기 전에, 우선 날짜별로 편지들을 정리했다. 유모 폴라는 용기를 내어 방에 들어와 의사의 도착을 알렸다.

"얼마나 창피한지 모르겠네요. 공연히 그분을 오게 했어요! 당신이 죽었다고 생각했지 뭐예요. 모든 게 오해였다고 그분에게 말해야겠어요. 마음 가볍게 돌아갈 수 있도록 말예요."

"아니요. 들어오라고 해요. 몸을 많이 움직여서 등이 아프군. 움직이질 못하겠어."

베아트리스는 짓궂은 눈빛으로 남편을 바라보았다.

"절대로 늙지 않겠다고 방금 나한테 약속하지 않았나요?"

26

풋풋한 사랑

··· **그녀의 아버지가** 아스피린과 온수 습포제 처방을 통해 그 흥분에서 회복되는 동안, 카르멘은 어머니 앞에서 편지를 큰 소리로 읽었다. 베아트리스는 그들이 양갓집 아가씨에게 보여야 할 품위를 유지했을 뿐 아니라 진실하고 열정적이며 예의 바른 사랑을 하고 있다는 것을 인정하지 않을 수 없었다. 처음 편지들에서 안토니오는 카르멘에게 약속을 했고 또 카르멘의 언약을 요구했다. 그는 자기가 그녀의 부모에게 편지를 쓸 수 있도록 그녀의 동의를 요구했다. 그것은 약혼 기간을 시작하는 허락을 얻기 위한 것이었다. 마지막 편지들에서도 그는 계속해서 자신의 사랑을 약속하고 있었다. 하지만, 사랑하는 여인의 침묵과 길어지는 부재로 낙담하고 있었다. 그의 고뇌는 점점 깊어졌다. 처음엔 카르멘과 함께하는 장밋빛 미래가 물 건너가는 게 아닌가 하고 생각했다. 그러다가 어쩌면 카르멘이 전염병으로 인하여 이 세상에 없을지도 모른다는 상상에까지 이르렀다.

그는 그녀에게 자신이 필사한 노래들을 바쳤다. 영문학에 나오는 어느 고대 시인의 시들을 스페인어로 서투르게 번역해 보냈다. 그는 또 대담하게도 그 컬렉션에 자신이 직접 쓴 시도 포함했다. 그의 시는 유치찬란했지만, 그 내용만은 뜨거웠다. 베아트리스는 그 수준을 떠나 안토니오가 직접 쓴 것이 더 마음에 들었다. 그것이 더 질적으로 훌륭해서가 아니라 그의 헌신이 잘 드러났기 때문이다. 베아트리스는 아직 자신의 딸이 연애하기에는 너무 어리다는 확고한 신념을 갖고 있었다. 하지만 그녀는 카르멘이 그 청년에게 불러일으킨 그 감동에 깊은 감명을 받았다. 만일 누군가가 딸을 사랑한다면, 그 딸의 어머니는 그저 자신의 딸이 평생 사랑을 듬뿍 받기를 바랄 것이다. 그렇게 시구절과 사랑의 굳은 맹세로 안토니오 도밍게스는 자신의 장모가 될 여인의 마음을 사로잡아 버렸다. 편지의 페이지가 거듭될수록 베아트리스는 반대 의견과 결혼의 장애물들을 잊게 되었다. 그녀는 장래의 사위를 개인적으로 만나지 못했지만, 만나고 싶었고 그에 대한 모든 것이 알고 싶어졌다. 그녀 눈으로 직접 그 예비 사위가 자기 딸에게 느끼는 사랑과 존경을 보고 싶었다. 전쟁은 끝날 것이고, 딸과 사위의 몬테레이 신혼집 방문도 갈수록 쉬워질 것이다. 그렇게 세월이 흐르면 손자들도 계속해서 자신들을 초대할 것이다.

그 청년은 날짜에 대해서는 말하지 않고 약속만을 이야기하고 있었다. 열여섯 살 이전에 결혼하겠다는 말이 없어서 다행이었다. 베아트리스는 카르멘이 열일곱이 될 때까지는 기다려야 한다고 생각했다. 하지만 만일 그 젊은 연인들이 더 일찍 결혼하겠다고 고집한다면 어쩔 것인가. 만약 그들이 그렇게 고집한다면 반대하기가 힘들 것이라는 생각이 들었다.

베아트리스는 전쟁과 전염병 그리고 사람들의 죽음을 통해 많은 걸 배웠다. 그중 하나가 인생은 결코 보증서를 내주지 않는다는 것이다. 아무리 계획을 세워도, 예상하지 못한 일들이 그 계획들을 망쳐 버릴 수 있었다.

카르멘은 안토니오 도밍게스의 편지를 계속 읽었다. 그 청년은 카르멘에 대한 헌신을 약속하고 있었다. 이때부터 베아트리스의 마음이 봄바람처럼 부드러워졌다. 냉소주의라는 단단한 껍질이 스르르 벗겨지기 시작했다. 이제 아무것도 그녀의 견해를 바꾸지 못하리라. 그녀는 오랜 시간 동안 인생이 뭔가를 약속해 주지 않는다고 생각했다. 그녀에게 그것은 일종의 사실이었다. 그런데 지금은 비록 인생이 뭔가를 약속해 주지 않아도, 때로 인생은 기회를 제공해 준다고 생각하고 싶었다. 마침내 베아트리스는 카르멘의 미래에 희망을 보았다. 그들의 풋풋한 출발과 열정이 무궁무진한 삶의 가능성을 펼쳐 보이리라는 믿음이 생겼다. 그래서 그녀는 카르멘이 열여섯 살에 결혼하든 열일곱 살에 결혼하든 그런 것은 중요하지 않다고 결론을 내렸다. 중요한 것은 기회를 놓치지 않고 포착하는 것이다. 그녀는 어릴 때 엄마와 했던 '나는 누구와 결혼할까'라는 놀이를 떠올렸다. 물론 커서 실제 결혼하기 전까지는 그 물음에 구체적으로 답을 할 수는 없었다. 그런데 이제 답이 있었다. 베아트리스는 자기 딸에게 "여기 있구나. 벌써 왔네. 이것은 삶이 네게 베풀어 주는 것이란다. 기회를 놓치지 말아라."라고 말하고 싶었다.

베아트리스 모랄레스 데 코르테스는 딸이 읽어 주는 편지의 구절에서 희열을 느꼈다. 과거의 슬픔과 고통 그리고 탄식을 까맣게 잊었다. 젊은 청춘의 미래 약속들을 흐뭇하게 바라보았다. 카르멘에겐 고통보다 더 많은 즐거움이 있으리라. 그녀는 믿기로 결심했다. 엄마가 자기 딸을 위해 무엇을 더 바랄 수 있겠는가? 오랜만에 처음으로 그녀는 죽음과 질병, 전쟁이 끝이 아니라고, 아무것도 방해하지 못한다고 생각했다. 누가 뭐래도 삶은 계속되는 법이다. 그 속엔 즐거움도 있다.

당연히 여든아홉 통의 편지를 한곳에 앉아 한꺼번에 몰입해서 읽을 수는 없었다. 그들은 저녁 식사를 하고, 그다음 뭔가를 다시 먹기 위해 편지 읽기를 중단했다. 카르멘의 답장은 어머니의 고집으로 그 다음 날까지 기다려야 했다. "이 늦은 시간에 네가 엉뚱한 말을 할지 누가 알겠니?", "나도 듣기에 지쳤다. 이제 자러 갈 시간이다."

다음날 마르틴이 카르멘의 편지를 우체국으로 가져갔다. 그 편지에는 적절한 정보가 신중하게 실려 있었다. '나는 살아 있어요. 당신 편지를 받았어요. 언제 몬테레이로 돌아갈지 모르겠어요. 그리고 우리 엄마 아빠는 당신과 교제하도록 허락하셨어요.' 마르틴은 편지 한 통을 가지고 갔는데, 아홉 통을 더 가지고 돌아왔다. 그중 한 통만이 안토니오 도밍게스에게서 온 것이었다. 나머지 편지들 역시도 카르멘을 향한 사랑의 메시지들이었다. 모랄레스 가족들은 놀랐다. 그것들은 리나레스의 청년들이 쓴 것이었다. 그들은 그 전날 몬테레이에서 편지들이 온 것을 알고, 그녀의 접근 통로가 열렸음을 알아챈 것이다.

그들에 대한 카르멘의 답장은 친절했지만 단호했다. '고마워요. 그런데 전 사귀는 사람이 있어요.' 그러나 모두가 단념한 건 아니었다. 몇 년 후까지도 답장 받지 못하는 편지들은 계속 올 것이다. 그리고 베아트리스는 그 편지들을 영원히 보관할 생각이었다. 비록 그녀의 딸은 약혼했지만, 젊은 사랑을 어떻게 귀히 여기지 않는단 말인가? 그것이 원하는 것은 단지 그 사랑을 알리는 것뿐인데 말이다. 더구나 좋은 소식이라곤 눈 씻고 찾아봐도 거의 없는 세상에서 그것이 뭐든 무슨 대수란 말인가?

27

젊은 연인들

••• **우리 누나 카르멘은** 즉시 결혼하지 않았다. 많은 논의 끝에 부모님은, 그 로맨스에도 불구하고, 우리 누나들이 사그라도 코라손 학교로 돌아가야 한다고 결정했다. 인플루엔자 감염이 유행했던 석 달 후에도, 전쟁의 상황은 나아지지 않았고, 약탈은 여전했다. 남자들은 징병의 위험이 계속됐고, 여자들 또한 납치돼 순식간에 사라질 수 있었다. 아마 다른 주에서는 이런 상황이 더욱 심각했을 것이다. 그렇다고 누에보 레온 주가 예외라는 의미는 아니다. 우리 부모님은 리나레스가 카르멘과 콘수엘로에게 위험이 더 큰 곳이라고 생각했다. 누나들이 기숙 학교에 머물며 수녀들과 함께 있는 게 더 나을 거라고 믿었다. 게다가 그곳에는 카르멘을 지켜줄 구혼자도 한 명 있지 않은가?

부모님에게 누나의 연애 관리는 그리 간단한 문제가 아니었을 것이다. 연인들이 서로 적당한 거리를 유지하며, 최고로 적절한 방식으로 사랑을 유지할 수 있도록 고난도의 전략을 생각해야만 했다. 카르멘은 이따금 그 예비 사위의 사촌인 여자 친구와 함께 기숙 학교에서 외출할 수 있었다. 하지만 그게 사랑하는 젊은 연인들에게 충분할 리 없었다. 부모님은 명문가의 여자가 부모도 없는 자리에서 애인을 만나는 게 남들 눈에 그리 좋게 보이지 않으리라는 걸 알고 있었다.

그래서 아버지는 엄마의 반대에도 불구하고 그때가 몬테레이에 집을 한 채 장만하거나 지을 때라고 엄마에게 말했다. 카르멘의 연애 관리도 할 겸해서 말이다. 사실 아버지는 오래전부터 리나레스를 떠날 기회를 엿보고 있었다. 전쟁의 직격탄을 피하고, 시골 생활의 불편에서 벗어나자는 이유였다. 게다가 몬테레이의 발전 가능성도 염두에 두었다. 아버지가 엄마에게 말했다.

"거기에 살러 가자는 건 아녜요. 당신이 그걸 원치 않는다는 걸 알고 있어요. 우리 딸들 근처에 있기 위한 거지. 카르멘이 당신의 감독 하에 안토니오를 볼 수 있도록 말예요. 서로를 잘 모르고 결혼하면 안 되니까 말예요. 게다가 그건 투자로써도 좋은 기회가 돼요."

그의 마지막 이유는 아마도 그들의 조상들이 들으라고 한 말이었을 것이다.

"하지만 당신이 필요한 트랙터와 일꾼들의 집, 그리고 전기 장치는…."

"저축해 놓은 게 있지. 이런 일에 쓰려고 한 게 아니라면, 저축이 무슨 소용 있단 말이오? 그리고 벌써 땅을 사느라 저축해 놓은 것을 좀 사용했소."

곧 일어날 변화에 대해 엄마가 걱정하는 틈을 타, 마침내 아빠는 큰 무리 없이 그 부동산 구입에 대해 엄마에게 알렸다. 엄마는 화를 내지 않았다. 그러자 아빠는 계속해서 그 계획을 엄마에게 설명해 주었다. 누나들은 엄마가 그 도시에 있을 때 그 집에 머물 수 있을 것이고, 무도회에 가기 위해 몬테레이 사교 클럽의 회원이 될 참이었다. 누나들은 그 계획에 환호했다. 문제는 우리 엄마가 할아버지가 총살을 당한 이후 한 번도 몬테레이에 가 본 적이 없다는 것이었다. 엄마가 반대한 것은 그 도시가 아니었다. 거기까지 가는 여행이었다. 엄마는 기차 여행의 위험에 대해 두려워했다. 아빠가 시간이 더 걸리더라도 자동차로 보내 주겠다고 말을 했지만, 그것이 엄마를 마음 놓도록 하지는 못했다. 기차나 자동차나 엄마에게는 마찬가지였다. 아빠는 엄마의 두려움을 비난할 수 없었다. 그것은 뿌리 깊은 것이었다. 아빠는 아무 일도 일어나지 않을 거라고, 위험하지 않을 거라고 보장할 수 없었다. 그것은 마치 리나레스에 머문다면 안전할 거라고 보장할 수 없는 것과 같았다.

우리 누나들은 아주 예뻤는데, 특히 카르멘이 그랬다. 그러나 이것은 우연이 아니었다. 누나들은 엄마의 미모를 물려받았다. 엄마는 결혼할 나이의 딸이 있음에도 불구하고 여전히 미인이었다. 아빠는 누나들만큼이나 엄마도 납치를 포함한 위험이 일어날 수 있음을 알고 있었다. 그래서 카르멘의 연애는 가족 전체가 몬테레이의 새집에서 안전하게 살 가능성을 열어 주었다. 적어도 아빠가 멀리 떨어져 농장들에 있을 때라도 말이다.

엄마는 아빠 곁에서 떨어져 일주일 이상을 보내지 않겠다고 맹세했다. 그리고 그 맹세를 지켰다. 아빠는 명문가들이 모여 사는 사라고사 거리의 고급 주택가 집을 구입했다. 그 집은 크기는 적당했지만, 매우 현대적인 설비가 갖춰져 있었다. 욕실과 주방에 수돗물이 나오고, 전기 시설이 완벽하게 갖춰졌다. 처음에는 이것이 엄마에게 일종의 사치처럼 여겨졌지만, 거의 즉시 익숙해졌다.

이렇게 해서 카르멘과 안토니오는 대체로 관례적인 구혼 기간을 보닐 수 있었다. 엄마가 몬테레이에 있을 때, 그들은 몬테레이의 사교 클럽에서 춤을 추었다. 집에서 엄마와 함께 저녁 식사도 했다. 아빠가 그곳에 들르면, 신랑은 가족 모임에 엄마 아빠를 초대했다. 엄마가 몬테레이에 없고, 누나가 기숙사에 남아 있는 경우도 있었다. 그때 그들은 서로를 그리워하며 그들의 삶을 연합해 줄 일, 즉 1920년 봄에 있을 일을 성급하게 계획하며 하루에 적어도 두 통의 편지를 썼다.

결과적으로 그들은 카르멘이 열여덟 살이 된 1921년 봄까지 결혼하지 못했다. 1년 전부터 결혼식은 완벽하게 준비돼 있었는데도 말이다. 1920년 5월 신랑 신부가 성당에서 약혼한 지 얼마 후에, 안토니오의 어머니인 세뇨라 도밍게스가 급성 간염으로 눈을 감았다. 그래서 안토니오는 적어도 1년 동안 애도 기간을 가져야 했다. 하느님이 원하시는 대로, 결혼식을 연기했다.

"이봐요, 프란시스코. 나한테 약속 하나 해 줘요." 엄마는 사위의 애도 기간 중 아빠에게 말했다. "만일 내가 올해 죽으면, 카르멘과 안토니오의 결혼을 연기하지 말아요. 이대로 계속된다면, 그 애들의 인생 전부는 슬픔으로 꽉 찰 거예요. 삶은 아무도 기다려 주지 않고, 죽음은 우리 모두를 데려갈 거예요. 결혼을 시키세요, 지체하지 말고. 애들이 원하면, 좀 분별 있는 식으로요. 잔치를 크게 하지는 말고. 분별 없이 호화롭게 잔치를 하면 내 기분이 상할 거예요. 하지만, 내가 분별없이 죽어 버려서, 나 때문에 그 애들이 결혼도 못하고 늙어버리면 내가 더 힘들 거 같아요."

"무슨 얼토당토않은 그런 말을 해요. 당신은 평생 한 번도 분별이 없었던 적이 없었어요. 그리고 당신이 왜 갑자기 죽어요? 그런 생각은 하지도 말아요."

28

유모의 침대

··· **시모노피오가** 베아트리스 모랄레스 데 코르테스와 함께 에스피리쿠에타 가족에게 애도를 표하러 간 날, 그는 돌아와 자기 유모의 침대로 피신했다. 시모노피오는 평생 유모 레하와 유모 폴라의 침실에서 평화롭게 잠을 잤다. 처음에는 버들가지로 만든 광주리에서 자다가, 나중에는 요람을 사용했다. 그러다가 그가 네 살이 됐을 때 사람들은 그에게 급히 나무 침대를 하나 만들어 주었다.

어느 날 밤 그의 대모가 유모 폴라를 찾아 들어왔다가 시모노피오가 공처럼 웅크린 채 자려는 모습을 보았다. 그녀는 그의 이마를 쓰다듬어 주고 이불을 잘 덮어 주려고 다가왔다.

"야, 시모노피오! 너 좀 봐라. 언제 이렇게 많이 컸니? 이제 너한테는 요람이 작구나. 여기서 계속 잠을 자다가는 달팽이처럼 말려서 자라겠어."

이틀 후 밤에 잠자러 들어간 시모노피오는 자기 요람 자리에 레일이 없는 큰 침대가 놓여 있는 것을 발견했다. 그는 달팽이로 변하고

211

싶지 않았다. 다리를 쭉 뻗고 자는 것은 좋아했지만, 그를 요람 안에 있도록 해 준, 그렇게 자신을 보호해 준 요람 가장자리의 나무 막대들이 그리웠다. 첫날 밤에는 잠을 잘 수 없었다. 그날 이후로는 잠을 잤지만, 허공으로 떨어지는 느낌에 갑자기 놀라 깨어나곤 했다. 시모노피오는 바닥에 떨어지는 것을 두려워하지 않았다. 그가 무서워한 것은 허공에 빠지는 것, 끝없이 추락하는 것이었다.

그 후 몇 달 동안 그는 한밤중에 담요와 베개를 가지고 몰래 유모 레하의 침대로 가곤 했다. 유모 레하의 침대에서 그는 레하의 따스한 품과 낯익은 침대 사이에서 깊이 잠들 수 있었다. 잠결에 레하는 아이가 침대로 기어들어 오는 걸 알고 있었다. 아이는 그녀가 자기를 내쳐서 다시 자기 침대로 보낼까 봐 두려워했다. 그러면서도 한편으론 그녀를 깨우지 않으려고 애를 썼다. 그녀는 한 번도 아이를 내쫓지 않았다. 보통 때보다 더 손발이 저리고, 일어나 움직일 때는 절로 신음이 나와 평소보다 더 이른 아침에 침대에서 눈을 뜨더라도 그녀는 개의치 않았다. 그녀는 낮이든 밤이든 누군가를 그렇게 가까이 두는 일에 익숙하지 않았다. 하지만, 만일 그녀가 그 아이조차 챙길 수 없다면, 그녀의 누추한 인생이 무슨 의미가 있겠는가?

시모노피오는 잠을 자는 동안에도 활동적인 아이였다. 때때로 레하는 그 아이가 깨어 있을 때와 마찬가지로 꿈속에서도 꿀벌들을 따라다닌다고 생각했다. 아이는 달리는 것 같이 다리를 움직였고, 날아다니는 듯이 두 팔을 휘저었다. 게다가 그는 단단하고 탄력 없는 벽보다, 나무처럼 딱딱한 그녀의 살가죽과 몸을 더 좋아했다. 레하의 품을 자꾸 파고들었다. 그렇게 밤 동안 시모노피오는 레하의 침대에서 자신의 영역을 조금씩 확장했다. 그리고 마침내 레하는 침대 가장자리 끝 좁은 공간으로 밀려나, 제대로 몸을 쉴 수 없었다. 레하는 허공을 두려워하지 않았다. 그녀가 무서워한 것은 딱딱한 바닥이었다. 바닥에 떨어져 유리컵이 깨지듯, 자기 뼈가 산산조각이 날까 봐 두려웠다.

유모 폴라가 레하의 침실 상황을 모를 리가 없었다. 몇 달이 지나도 상황이 개선되지 않자, 그녀는 어느 날 밤 시모노피오에게 옷을 입히며 말했다.

"이제 유모 레하의 침대에 잠자러 가지 말아라. 레하는 아주 나이가 많아서 온몸이 아프단다. 시모노피오, 네가 무엇을 무서워하는지 모르겠지만, 이제 너는 다 큰아이잖아. 여기서 너는 아무 일 없이 안전할거야. 내가 매일 밤 이 방을 축복하거든. 여기에는 마녀도 유령도 들어올 수 없단다. 네 침대는 아주 낮아서 그 아래에는 괴물도 들어갈 수 없어. 괴물들은 아주 커다랗거든. 그리고 밤에 일어나 돌아다니는 인형들도 없지. 그것들을 다 창고에 넣어 버렸거든. 그러니 편하게 잘 자거라."

그가 두려워해야 할 이런 존재들은 시모노피오에게 나타나지 않았으리라. 하지만 그 방이 매일 밤 축복을 받았다는 사실은 그를 안심시키기에 충분했다. 그는 그들을 두려워하지 않았다. 그를 계속해서 두렵게 한 것은 침대에서 떨어져 바닥으로 나가는 길을 발견하지 못하는 것이었다. 떨어지고 또 떨어지고 끝도 없이 떨어져서 깨어나지 않는 것이었다. 그러나 유모 폴라의 말이 맞았다. 그는 용감해져야 했다.

시모노피오는 용감했고 창의적이었다. 그는 자기 유모의 보호를 받으며 잠자는 것이 거부되자, 의자 하나를 끌어 자기 침대 가장자리에 붙였다. 그의 요람처럼 완벽한 보호는 안 됐지만, 의자의 높은 등받이는 효과적이었다. 어둠 속에서 그의 졸린 두 눈이 착시하는데 충분했다. 평안한 잠을 자는 데는 몇 주가 더 걸렸다. 하지만 유모 레하를 괴롭히는 일은 두 번 다시 없었다. 어느 화창했던 날의 취침 시간에 그는 침대에 의자를 대는 걸 깜빡 잊었다. 그걸 계기로 조금씩 그의 숙면을 방해하던 두려움을 잊게 되었다. 그리고 시간이 지남에 따라, 자신이 잠들기 위해 한때 유모 레하가 곁에 있어야 했다는 사실조차 까마득히 잊게 되었다.

베아트리스가 시모노피오의 손을 놓고 마르틴보다 앞서 달려가던 날, 시모노피오는 길 한가운데에서 몸을 움직이지 못하고 홀로 서 있었다. 그는 대부인 프란시스코의 건강을 걱정하지는 않았는데, 그는 자기에게 뭔가 불길한 일이 벌어졌음을 알고 있었다. 길 가운데 얼어붙듯 서서 시모노피오는 떨어지는 것을, 바닥에 걸리지 않고, 끝없이 추락하는 것을 두려워했다. 그는 자신의 무모함 때문에, 가서는 안될 곳을 갔기 때문에, 코요테와 있던 자신의 '미래 이야기'가 시작됐다고 확신했다. 그런데 이를 바로잡기 위해 무엇을 해야 할지 몰랐다.

시모노피오는 덤불 뒤에 있는 바위에 앉아서 대모가 조문을 끝내고 나오기를 기다리고 있었다. 그 순간 그는 갑자기 무슨 소리를 듣고 뒤를 돌아보았다. 그 사내가 몽둥이를 든 채 자기를 때리려고 달려들고 있었다. 재빨리 몸을 움직여, 그가 휘두르는 몽둥이의 첫 번째 공격은 피할 수 있었다. 하지만 그를 영원히 피할 수는 없었다. 그는 에스피리쿠에타의 불량한 시선에서 시모노피오를 죽일 때까지 괴롭힘을 멈추지 않으리라는 것을 알았다.

베아트리스가 비명을 지르자 그 사내가 멈췄다. 그녀는 손에 봉제 인형을 든 채 화가 잔뜩 나 있었다. 시모노피오는 그 인형이 베아트리스가 에스피리쿠에타의 딸아이에게 주기 위해 바느질한 것임을 알아보았다. 조용한 눈을 가진 인형이었다. 그녀는 그들 가까이 다가왔

214

다. 그녀는 마치 벌집을 지켜 내고야 말겠다는 꿀벌의 마음만큼이나 결연한 모습이었다. 시모노피오는 그녀가 자기 옆에 있어 기뻤다.

"무슨 일이에요? 어떻게 그럴 수가 있어요?"

베아트리스가 매질을 중단시켰지만, 에스피리쿠에타가 분노를 억제했다거나 막대기를 내려놓았다는 뜻은 아니었다. 베아트리스는 시모노피오와 그 사내 사이에 섰다.

"제가 알고 싶은 게 그겁니다. 어떻게 이 재수 없는 놈이 감히 제집에 올 수가 있죠? 이놈이 우리에게 불행을 던져 주기 위해 얼마나 많이 왔었나요?"

"왜 그런 생각을 해요?"

"아내가 죽었습니다. 그리고 아이들도 죽었구요."

"내가 그래서 온 거예요. 위로하려고요." 스스로 마음을 진정시키면서, 그리고 너무 많은 것들을 잃은 그 남자에 대한 연민의 감정을 회복하면서 베아트리스가 말했다.

"마님의 위로가 제게 무슨 소용이 있을까요? 그게 필요한 사람에게 가서 주세요. 제가 볼 때, 이놈이 제 가족을 죽였어요. 저는 위로도 동정도 바라지 않습니다. 내게 남겨진 얼마 안 되는 아이들이 살기를 원하지요. 내게서 데려간 이들이 돌아오길 원하죠. 무덤에서 돌아온 그 사람처럼 말예요."

"안셀모, 당신의 고통과 절망을 이해해요. 하지만 어떻게 시모노피오에게 잘못이 있다고 생각할 수가 있어요? 온 세상을 덮친 질병이었어요."

"불행이 우리를 덮칠 거라고 제가 말했잖아요. 이놈이 도착한 다음부터 제 논밭은 한 번도 다른 곳에서 나오는 만큼 수확이 없었어요. 그리고 다른 어느 가족도 그렇지 않은데 우리 가족은 희한하게 죽어 버렸고요. 왜 나한테만 이런 일이 생길까요?"

"안셀모, 엄청나게 많은 사람이 죽었어요. 전 세계에서 말예요."

"그럴 수도 있지만, 당신들은 아무도 그렇지 않잖아요."

"이모와 고모들, 친척들, 친구들이 죽었어요. 그리고 당신 가족도요, 안셀모."

"아무도 안 죽은 거죠."

그런 식으로는 대화가 될 수가 없었기에 베아트리스는 좀 더 부드러운 주제로 내용을 바꾸고 말투도 바꿨다.

"그런데, 당신 어린 딸에게 주려고 몇 가지를 가져 왔어요. 뭐 더 필요한 게 있으면 말해 줘요. 원하면 그 아이를 학교에 등록시킬 수도 있어요…"

"아뇨. 거기서는 하녀가 되는 것만 가르치잖아요. 우리 애는 누구의 하녀도 되지 않을 거예요. 제가 정작 뭘 필요로 하는지 아세요? 마님의 동정심은 그걸 필요로 하는 자에게 가져가세요. 마님에게 바라는 건 아무것도 없어요. 아니면, 인형이 내 딸애의 엄마 자리를 대신해 줄 거라고 생각하세요? 마님의 꼬마도 데려가고 다시는 내 땅에 발을 들여놓지 말라고 하세요. 다음번에는 놈을 죽여 버릴 거니까요."

베아트리스는 숨이 막혔고 안색이 변해 있었다. 그러다가 조금씩 숨을 내쉬었다. 시모노피오는 인형을 쥐고 있는 그녀의 손이 가늘게 떨리는 것을 보았다.

"그리고 내가 당신에게 경고하는데, 이 아이에게 가까이하면, 아주 안 좋은 일이 생길 거예요. 애를 쳐다보지도 않는 게 좋을 겁니다. 아시겠어요? 그리고 한 가지 더 말을 하겠는데, 잘 들으세요. 이 땅은 절대로 당신 것이 아녜요."

베아트리스는 그 단호한 말에 더는 그를 상대하지 않았다. 그녀는 시모노피오의 팔을 힘껏 붙들고는 뒤도 돌아보지 않고 빠르게 집을 향했다. 그녀는 한 손으로 시모노피오를 붙잡고 갔다. 잠시 그 존재를 잊고 있었던 자기 오른손에 들고 있는 봉제 인형처럼, 시모노피오는 그녀의 뒤에서 날아오는 듯한 기분을 느꼈다. 그녀의 호흡은 정상으로 돌아오지 않았다. 얼굴엔 용기와 분노가 이글거리고 있었다. 지금 상황이라면 코요테인 에스피리쿠에타조차도 감히 그녀에게 맞설 수 없으리라고 생각했다. 길이 넓어지자 베아트리스는 마르가리타 에스피리쿠에타를 생각하며 그렇게 오랜 시간 동안 공을 들인 그 인형을 기억해 냈다. 그리고 주저하지 않고, 그것을 숲에 던져 버렸다. 그런 다음 그녀는 자신의 빈손에 들고 갈 단단한 막대기 하나를 발견했다.

"걱정하지 말아라, 시모노피오. 아무 일 없을 거다. 그는 감히 그러지 못할 거야." 그녀는 시모노피오를 안심시키기 위해 일정한 간격으로 이 말을 반복했다. 그러나 속도를 늦추지도, 막대기를 놓지도 않았다. 그들은 길에서 아무런 위험에 처하지 않았다. 단지 프란시스코 모랄레스의 발작 소식을 전하는 마르틴을 만났을 뿐이다. 이제 시모노피오는 겨울 산속 한가운데 멈춰 서 있었다. 대모도 꿀벌들도 없었고, 버려진 나무 조각 하나만이 있었다. 그것은 그날 시작된 그 이야기에서 자신을 지키는데 전혀 도움이 되지 않았다. 그는 숨을 제대로 쉴 수 없었다. 그것은 두려움 때문이었다.

그렇게 한 번으로 끝나지 않으리라. 그의 다가오는 미래 이야기는 몽둥이 매질로 끝나지도, 또 그날 끝나지도 않을 것이었다. 그는 그걸 확신했다. 그러나 그것이 언제 끝날지는 모르기에 그는 두려움에 떨었다. 그는 통제할 수도 없고, 균형도 없이 확실한 바닥도 찾지 못한 채 끝없이 추락하는 느낌을 받았다. 그렇다. 그를 그 허공의 나락에서 지켜 주었던 것은 유모의 따스한 침대였다. 그는 곧장 그녀를 만나기 위해 달려갔다.

29

내 땅이야!

··· **이 땅은 당신 것도 아니고** 앞으로도 결코 그렇게 되지 않을 거예요. 절대로. 당신 것. 안돼요. 당신 것은 아니죠.

안셀모가 그 악마 아이를 몽둥이로 때려죽이려던 순간 갑작스레 끼어든 그 늙은 여자에 의해 방해받았다. 그러나 그가 무엇을 할 수 있겠는가? 농장주의 아내를 무시할 수 있을까? 그녀 앞에서 그 애를 죽일 수 있을까? 그러고는 싶었지만, 그는 바보가 아니었다. 그럼 그 다음에는 무엇을 할 수 있을까? 그는 잠시 행동은 멈추었지만, 그러고 싶은 마음은 거두지 않았다. 그렇게 그는 자기 땅을 지키면서, 그 여자가 악마 아이를 데리고 갈 때까지, 거기에 멈춰 서 있었다.

그의 가슴은 여전히 분노에 불타고 있었다. 어느 정도 시간이 지나서야 서서히 흥분을 가라앉힐 수 있었다. 자신의 한쪽 손엔 몽둥이가 쥐어 있었다. 딸 아이가 집에서 신이 난 모습으로 뛰쳐나오고 있었다. 그 아이는 그가 한 번도 보지 못했던 빛나는 시선으로 이미 가버린 후원자를 찾고 있었다. 아마도 모랄레스 부인이 주었던 블라우스와 치마를 입고 그것을 보여 주려는 듯했다. 그 모습에 그는 자기 손에 박혀 있는 거친 질감이 부풀어 오르는 듯했다. 몽둥이의 무게가 새삼스레 느껴졌다. 자선과 선물이란 가진 자들의 위선일 뿐이었다. 이른바 '양심의 가책'의 산물이었다. 그런데 그런 따위를 받고 딸아이가 좋아 하다니! 그는 딸 아이를 사정없이 때렸다. 그리고 그 새 옷을 벗도록 했다. 당장 집에 들어가서 코말*을 덥히도록 했다. 코말이 덥혀지자, 그는 아이에게 고추 요리를 시켰다. 구운 고추의 뜨겁고 매운 연기가 솟아올랐다. 안셀모 에스피리쿠에타는 폐와 눈이 따끔거리기 전에 얼른 집을 나왔다. 하지만 딸 아이는 집 안에 갇혀 고추의 매운 연기로 고통을 받고 있었다. 눈물을 흘리며 내보내 달라고 애원했지만 소용없었다. 이는 안셀모 부모가 모욕을 당했다고 느꼈을 때, 안셀모에게 벌주던 방식이었다. 에스피리쿠에타는 꽁꽁 얼어붙은 집 밖으로 나갔다. 그는 그렇게 벌을 줌으로써 딸아이의 마음속에 있는 가난하고 비천한 근성이 사라질 것으로 확신했다. 그는 땅바닥에 떨어져 있는 치마와 블라우스를 주워 들었다. 그리고 주책을 부리며 참견한 그 늙은 여자가 내려간 오솔길을 따라갔다. 그는 길이 넓어지는 지점에 이르러 그 옷들을 덤불에 던져 버렸다.

"내 땅이야."

그의 땅이었다.

---

* 멕시코 토르티야를 만드는 흙판—역주

30

꿀벌과의 동행

··· **시모노피오는 코요테와 만났던** 그 얼어붙은 겨울의 남은 밤들을 유모 레하의 따뜻한 침대 속에서 보냈다. 밤에 그녀가 침대에 이르는 소리가 들리면, 그는 그녀를 따라 침대 속으로 들어갔다. 그는 쫓겨날 것이 두려워, 항상 몰래 그리고 소리 없이 베개와 담요를 가지고 갔다. 이는 그가 의식하지는 못했지만, 이미 네 살에 완벽하게 습득했던 기술이었다. 잠이 드는 데는 많은 시간이 걸렸다. 침대가 좁기도 했지만, 머릿속으로는 자신이 현재 빠져 있는 그 수렁에서 탈출구를 모색하려고 애썼기 때문이었다. 그러다가 결국 잠이 들었는데, 그의 어린 몸이 그걸 요구했기 때문이다. 머릿속이 양보한 것이다.

유모 레하는 여느 때와 마찬가지로 자신의 침묵을 고수하고 있었다. 허락 없이도 고집스레 자기를 찾아오는 시모노피오에게 그녀는 아무 말도 하지 않고 아무것도 묻지 않았다. "네가 두려워할 사람은 없단다." 같은 말은커녕, "무슨 일 있니?", "왜 그렇게 두려운 얼굴이야?"라는 말도 하지 않았다. 시모노피오는 그녀가 알고 있다고, 자기에게 뭔가 대단한 일이 일어났음을 직관하고 있다고 믿었다. 그래서 자기에게 한 번도 두려워하지 말라고 하지 않았으리라. 두려움의 대상도 없다고 말해 주지 않았으리라. 그녀는 누워서 깨어 있었으나 움직이지 않았다. 시모노피오는 그녀가 밤마다 침대에서 무엇을 하는지 알았다. 시모노피오가 아침 첫 햇살에 눈을 뜰 때면, 침대는 차가워져 있었다. 유모는 이미 그곳에 없었다. 그녀는 다시 영원한 자기 자리로 가서, 창고의 돌출 지붕 아래, 그 흔들의자에 앉아 있었다.

시모노피오는 대모인 베아트리스가, 특히 추울 때는 유모 레하가 집 밖에서 시간을 보내지 못하게 해야겠다고 말하는 소리를 들었다. 바깥 날씨 때문에 그 나이의 노인은 죽을 수도 있다는 것이다. 그러나 그 나무처럼 단단한 노파를 설득할 수는 없었다. 그녀는 날씨나 다른 요소들의 변화에 신경 쓰지 않았다. 귀가 들리지 않고, 말도 못하고, 눈으로 볼 수는 없지만, 감시자로서 자기 자리를 비어 두지 않는 것만이 그녀에게는 중요했다. 베아트리스가 마르틴과 유모 폴라에게 그녀를 자기 자리에서 들어 올려 따뜻한 부엌으로 옮겨 놓으라고 말했을 때, 유모 레하는 뜻밖의 단호함으로 반응했다. 그녀는 힘껏 자기 지팡이를 흔들어 마르틴의 다리를 정통으로 때렸다. 폴라의 경우, 레하는 어떻게 해서든 폴라를 때리려 하지 않았지만, 자기를 설득하러 그녀가 가까이 오는 게 느껴지면, 레하는 큰 원을 그리며 지팡이를 휘둘렀다.

아무것도 또 누구도 수십 년 동안 그녀가 해 온 일상을 바꾸도록 설득할 사람은 없었다. 시모노피오도 마찬가지였는데, 그 역시 유모 레하를 걱정하고 있었다. 그는 곧 열 살이 될 것이었다. 이제 더는 아이가 아니었다. 그는 자기가 밤에 그녀를 귀찮게 한다는 걸 알고 있었다. 하지만, 에스피리쿠에타의 땅에서 있었던 일은 그를 두려움에 떨게 했다. 그는 누군가로부터 보호받고 싶었다. 적어도 깊은 잠에 빠져 있는 동안만이라도.

그는 용기를 다시 회복하면서 시간을 보냈다. 추위는 계속됐다. 그의 꿀벌들은 아주 조금 밖에 나오지 않았다. 나오더라도 창고 지붕 아래 구조물 근처에 머물러 있었다. 벌들은 날개를 조금 펴는 연습을 하러, 아마도 본능적으로 나왔을 것이다. 시모노피오 역시 그들 없이는 아무 데도 가고 싶지 않았다. 우선은 그랬다. 그는 며칠 동안 집 근처에서 놀았다. 사람들은 시모노피오가 계속해서 집 근처에서 어슬렁거리는 것을 보고 고개를 갸웃거렸다. 평소라면 이미 바람처럼 사라져 산속 어딘가를 탐험하고 있었을 것이기 때문이다.

시모노피오는 유모 레하를 따뜻하게 해 줘야겠다고 생각했다. 어쩌면 그녀의 딱딱한 피부가 추위를 느끼지 못하는지도 모른다. 하지만 분명 레하 자신도 모르는 사이에 그녀의 몸속은 곳곳이 얼어 터져 나갈 것이다. 유모 레하는 아직 죽을 때가 아니었다. 그녀는 살아야 할 만큼은 충분히 살아야 했다. 문제는 그녀가 자신의 몸 보호에 전혀 무관심하다는 것이었다. 우선 유모 레하는 낮 동안에 따뜻하게 지내야 했다. 춥지 않아야 했다. 시모노피오는 그녀를 위해 불을 피웠다. 그것은 사람들의 마음을 적잖이 안심하게 했다. 불을 꺼뜨리지 않고 불씨와 함께 그가 사랑하는 노인이 살아 있도록 애를 썼다. 연기가 꿀벌들의 집에 들어가지 않도록 신경을 썼다. 시모노피오는 추위가 사라질 때까지 매일 장작불을 피웠다. 꿀벌들이 아늑한 보호소에서 문제없이 나올 때까지 온종일 불을 지폈다. 그가 다시 집에서 벗어날 만큼 스스로 튼튼하다고 느낄 때까지 불에 매달렸다.

시모노피오는 알고 있었다. 자신에게 시간이 얼마 남지 않았다는 것을. 그는 유모의 침대로 돌아온 밤부터 자신에게 주어진 휴식이 짧다는 걸 본능적으로 느끼고 있었다. 유모 레하의 곁에 장작불을 지펴준 첫날부터 머지않아 잔인한 세상이 그를 찾으러 오리라고 생각했다. 곧 그것을 맞기 위해 세상으로 다시 나가야만 했다. 사람들은 모두 그가 유모 레하를 세심하게 잘 돌보고 있다고 칭찬했다. 그러나 그것은 시모노피오가 자신의 건강을 돌보는 시간이기도 했다. 시모노피오는 추위가 더 계속되었으면 하고 바랐다. 그 휴식기가 조금만 더 연장되었으면 했다. 동시에 그는 그런 일에는 소망이 소용없음을 깨달았다. 추위는 때가 되자 어김없이 사라졌다. 평온의 시간이 끝났다. 이제 그는 커다란 실수에 맞닥뜨려야 했다.

시모노피오는 유모 레하의 곁에 앉아 있었다. 두려움이 마치 그가 지펴 놓은 장작불의 연기처럼 그를 사로잡았다. 겨울의 끝은 그가 자신의 두려움에 허락했던 기한의 마지막이었다. 유모 옆에서 따뜻하고 안전하게 잠을 자는, 장작에 장작을 얹는, 마지막 기한이었다. 시모노피오는 첫 번째 꿀벌이 봄의 자유를 만끽하기 위해 벌집을 나서기 전, 베개를 들고 담요를 접어야겠다고 결심했다. 유모의 체온과 보호를 떠날 결심을 했다. 괴물과 동물, 인형들에 맞서 유모 폴라가 밤마다 하는 축복을 두고 떠날 것이었다. 누군가의 도움으로, 또는 도움 없이 침대를 옮기리라. 유모 레하의 창고를 청소하리라. 그곳은 꿀벌들 때문에 아무도 사용하지 않았다. 그곳에서 잠을 자고, 잠에서 깨어나고, 성장하고, 강해지리라.

처음에 프란시스코와 베아트리스 모랄레스는 그렇게 외지고 조악한 곳에서 시모노피오가 잠을 자는 것에 반대했다. 그 건물은 창고로 지어졌다고 일리 있게 주장했다. 그 누구의 침실로도 사용되어서는 안 된다고 말했다. 그토록 사랑하는 아이의 침실로는 더더욱 안

된다고 말이다. 그 아이는 유모 레하만 허락을 했었더라도 도착한 날부터 주인이 사는 집에 데리고 가서 잠을 재웠을 것이다. 아이가 이상하고 못생겼다고 콘수엘로가 화를 내도 그들은 신경 쓰지 않았을 것이다. 시모노피오가 창고로 잠자리를 옮기기 위해, 자기 침대를 움직일 때마다, 베아트리스 또는 프란시스코는 일꾼을 보내 침대를 다시 자기 자리에 놓게 했다.

"안 된다, 시모노피오. 거기서 자면 안 돼. 유모들과 자기 싫으면 우리 집으로 오려무나."

그들은 꿀벌이 어떻게 유모 레하의 창고 서까래를 점차 점유해 나갔는지 그에게 설명했다. 그것은 제때 문제를 처리하지 않았기 때문임을 그들은 덧붙였다. 그리고 지금은 너무 늦었다고, 몇 년 동안 두려움 때문에, 아무도 그 창고에 들어가려고 하지 않는다고 말했다.

"시모노피오, 네가 어떻게 거기서 자겠다는 거니?"

예상했던 아이의 침묵 대신, 그의 대답은 분명했고 논리적이었다.

"그 공간에 저보다 더 잘 맞는 사람이 있을까요?" 베아트리스와 프란시스코는 고개를 끄덕일 수밖에 없었다. 그 말은 누구도 부정할 수 없는 사실이었다. 만일 그들이 끝까지 반대했더라도, 유모 레하가 이를 막았을 것이다. 물론 아무도 그녀가 움직이거나 말하거나 어떤 일에 관심을 보이는 것을 보지 못했다. 하지만 주인 부부가 끝까지 시모노피오의 침대 옮기는 것을 막았더라면, 유모 레하는 자기 방에서 자신이 사랑하는 아이의 침대를 옮기기 위해 무슨 일이라도 했을 것이다.

그들은 조건을 내세웠다. 첫째, 그곳으로 이동하기 전에 시모노피오는 창고를 청소해야 한다. 둘째, 욕실을 짓고 침실의 자연 채광과 환기를 위해 창문 하나를 내야 한다.

시모노피오는 기꺼이 동의했다. 그는 유모 폴라가 창고로 보낸 야
행성 인형들이 있는 곳에 침대를 놓고 싶지는 않았다. 청소는 그가
할 것이었다. 창문은 원할 때 만들면 될 것이다. 그는 즉시 이사하고
싶었다. 결단력을 잃기 전에 그는 곧장 창고로 가서 문을 열려고 했
다. 하지만 창고문은 수년 동안의 방치로 녹슬고 부풀어 올라 시모
노피오 혼자의 힘으로는 열 수 없었다. 그는 마르틴에게 도와 달라고
해야만 했다.

"내가 너와 함께 있으면, 꿀벌들은 나를 공격하지 않을 거야, 시모
노피오."

그의 꿀벌들은 그가 있든 없든 누구를 공격 한 적이 없었다. 하지
만, 그런 사실을 마르틴에게 분명하게 설명할 방법이 없었다. 그리고
어떤 면에서 미래에 있을 일을 위해서는, 좀 안 됐지만, 사람들이 그
렇게 오해하는 게 더 편리할 수도 있었다. '시모노피오의 방에 가까이
가지 말아요. 벌에 한 방 또는 수 천 방을 쏘여서 죽을 수 있어요.'

그는 유모 레하와 함께 창고의 돌출 지붕 그늘 밑에 앉아서 지냈
다. 바람과 꿀벌들이 가르쳐 주는 인생의 교훈들을 배우면서 많은 시
간을 보냈다. 그러나 그날 문을 수리한 뒤, 시모노피오는 자신이 선택
했던 공간에 처음으로 들어갔다.

창고는 수년 동안이나 닫혀 있었다. 묵은 냄새가 코를 찔렀다. 창문
을 낼 필요가 있다는 건 사실이었다. 바닥은 단단했고 먼지들로 하얗
게 덮여 있었다. 그리고 두 군데 구석에는 그의 벌들이 모아 놓은 꿀
들이 떨어져 쌓여 있었다. 그것들은 수년에 걸쳐 단단한 화석처럼 굳
어 있었다.

시모노피오는 그 어떤 것에도 당황하지 않았다. 그는 온종일 문을
열어 두고 산에 있는 수목들의 신선한 향기를 들어오게 했다. 그렇게

일터에서 돌아오는 일꾼들의 냄새와 쟁기의 윤활유 냄새, 바닥에 흘려진 등유 냄새, 깨진 화병, 썩어 버린 밧줄 냄새를 가시게 했다. 빈자루와 흙이 가득 담긴 자루 냄새, 나무 비계들과 녹슨 철 냄새들로 찌든 공기를 깨끗하게 했다. 유모 레하의 흔들의자의 삐걱거리는 리듬에 맞춰, 그는 창고 안에 있는 모든 것을 바깥으로 끌어냈다. 그녀는 여느 때처럼 길과 언덕을 바라보며 창고 밖에서 그와 함께 했다. 하지만 부드럽게 종유석과 석순 모양으로 굳어진 호박색 꿀은 그 구석에 그대로 두었다.

창고 마지막 선반에는 천 조각 같은 게 있었다. 가까이 다가가서 보니 그것은 커다란 상자였다. 그는 혼자 힘으로는 그 상자를 옮길 수가 없었다. 다시 마르틴에게 도와 달라고 부탁했다. 마르틴은 그것을 보자마자 만지지 말라고 경고했다. 왜 그럴까? 시모노피오는 마르틴을 이해할 수 없었다. 그것은 매우 훌륭한 상자로 보였다. 혹시 유모 폴라가 밤의 인형들을 넣어둔 상자가 아닐까? 그 창고의 내부는 매우 어두웠다. 그는 금방이라도 인형들이 상자를 뛰쳐나오지 않을까 두려웠다. 시모노피오와 마르틴은 레오카디오도 그 작업에 참여시키는 데 성공했다. 그들 셋은 10년 동안 완전한 어둠 속에 있던 그 무거운 상자를 한낮의 빛 가운데로 끄집어냈다. 의도하지 않았지만, 레오카디오와 마르틴은 여주인의 지시로 그들이 매우 조심스럽게 그 상자를 가져다 놓았던 날을 기억했다. 그들은 소름이 돋았다. 반면 시모노피오에게는 상자가 매우 아름답게 보였다. 만약 아무도 그것을 필요로 하지 않는다면, 자기가 뭔가를 보관하기 위해 그 상자를 쓰면 좋겠다고 생각했다. 만일 인형들이 그곳에 보관돼 있지 않다면 말이다.

그것은 그의 용기에 대한 첫 번째 시험이었다. 상자를 열고 그다음에는 그 안에 있을지도 모르는 거주민들을 퇴거시키는 것 말이다. 그가 과감하게 그것을 열려고 하자, 마르틴이 그를 막았다.

"열지 말아라. 이건 죽은 아이를 위한 거야. 만일 우리가 상자를 열면, 그것을 채워 넣어야 할 거야."

마르틴은 그 아이에 대해 더는 말하지 않았다. 그것은 시모노피오에게 말하기에 별로 좋은 이야기가 아니라고 생각했다. 그는 상자를 덮고 다시 레오카디오에게 도움을 요청하여 그것을 다른 창고의 가장 깊숙한 곳에 숨겨 놓았다. 아무도 볼 수 없는 곳에.

시모노피오는 죽음에 대해 알고 있었다. 그는 앞으로 일어날 일에 대한 그의 이야기와 이미 일어난 일들에서 죽음을 자주 보았다. 그러나 죽은 사람을 위한 상자를 본 적은 한 번도 없었다. 그때 그는 그 상자를 원치 않았다. 그리고 마르틴도 그것을 원치 않았던 것은 잘한 일이었다. 그 상자는 그들 둘 중 그 누구를 위한 것이 아니었다. 그는 나머지 하루를 청소하는 데 보냈다. 그날 밤, 침대를 정리하고 자리를 잡았을 때, 대모인 베아트리스가 그의 노력의 결실을 보러 왔다.

"적어도 옷장과 의자가 필요할 거야. 그리고 너한테는 즉시 창문이 필요하단다. 냄새가 안 좋구나! 적어도 창문과 욕실을 만들 때까지는 집에 와서 자지 않을래?"

그는 그 제안에 감사했지만, 받아들이지는 않았다. 그는 그날 밤이 그가 새 침실에서 보내는 첫날이기를 고집했다. 비록 대모의 말이 옳았지만 말이다. 문을 닫자, 수년간 밀폐돼 있던 불쾌한 냄새가 다시 밀려왔다.

낮에는 문을 열어 부지런히 환기를 했다. 그가 사용했던 오일과 비누 냄새로 인해, 그는 악취를 쫓아 버렸다고 생각했다. 하지만 밤이 되어 문을 활짝 열어 놓고 자는 것은 좋은 생각이 아니라고 생각했다. 비록 밖에는 레하가 아직 있었지만, 처음으로 혼자 자는 시간이었다.

그는 두려움을 느꼈다. 유모 폴라가 축복할 때 무슨 말을 하는지는 몰랐기에 그는 자신만의 축복의 말을 만들어야 했다. 하지만 그 축복의 말들이 마녀들과 다양한 동물들, 괴물들, 인형들을 다른 곳으로 쫓아 버렸는지는 알 수 없었다. 또는 그 말이 그를 코요테로부터 보호해 줄 것인지도 알 수 없었다.

그래서 그는 아주 조심스럽게 문을 닫았다. 그러자 나쁜 냄새가 다시 그의 코를 파고들었다. 그렇다. 냄새들도 한곳에서 오랜 세월 거주하다 보면, 다른 곳으로의 이주를 꺼리리라. 혼이 사라질 때까지 밖에서 길을 잃고 헤매고 싶지 않으리라. 이제 그 냄새들은 벽의 다공성 석고와 천장의 오래된 대들보에 매달려 있었다. 그리고 시모노피오가 조만간 그 냄새들을 해결하지 못하면, 침대 시트와 베개, 매트리스가 자신들의 영원한 은둔처로 적합하다는 사실을 발견할 것이다.

시모노피오는 여전히 깨끗한 냄새가 나는 침대에 지친 채 누워 있었다. 하지만 잠을 이룰 수 없었다. 어둠 속에서 후각은 더 날카로워지고 나쁜 냄새는 더 고약해졌다. 시모노피오는 그 침투하는 냄새를 없애는 데 온 정신을 집중했다. 그는 조금씩 냄새들 하나하나를 구별했고, 그것들을 무시하며, 마지막 냄새에 이르기 위해 코를 길들였다. 그 마지막 냄새는 그때까지 다른 냄새들을 맡는 데 방해했다. 그것은 그의 꿀벌들이 천장의 대들보 사이에 지은 커다란 벌집에서 나는 달콤한 향기였다.

그는 이제 위안을 느꼈다. 바로 그것이 그가 자기 피부에 지니고 다니는 그 냄새였다. 꿀벌들은 그가 있는 것을 기뻐했고 그를 환영해 주었다. 그 역시 벌들과 함께, 침실을 장식하는 굳은 꿀의 모습처럼,

그곳에 속해 있었기 때문이었다.

당분간 그는 최근에 자신을 공격했던 두려움에서 벗어나 있었다. 두 눈을 감고 코뿐 아니라 귀도 열었을 때, 그는 자신을 덮고 보호하는 천장을 통해 꿀벌들이 일으키는 진동을 들었다. 그리고 그곳에 머물기로 한 것은 잘한 일이라고 생각했다.

시모노피오는 꿀벌들과의 동행으로 안정감을 찾았다. 코요테인 에스피리쿠에타에 대한 끊임없는 기억으로부터 쉴 수 있었다. 막대기를 들고 있는 에스피리쿠에타는 근거 없는 원한과 위협, 그의 죽어가는 땅과 함께 했다. 시모노피오는 그와의 사이에 일어날 일을 위해 성장할 시간, 힘을 키울 시간이 있음을 알았다. 그리고 그 창고에서 자는 것은 좋은 출발점이었다. 그는 매일 꿀벌들과 여정을 함께 할 계획이었다. 꿀벌들이 무엇을 찾으며 또 어두워 집으로 돌아올 때까지 무엇을 하는지 알고 싶었다. 아마도 매일 조금씩 더 멀리 가리라. 벌들에 인도되어 땅끝까지 도달하리라.

그는 자신의 축복이 얼마나 효과적이었는지에 대한 의심을 조금씩 잊었다. 왜냐하면 '꿀벌들의 보호를 받으며 자는 것보다 더 좋은 축복이 무엇이란 말인가?'라고 생각했기 때문이다. 그렇게 시모노피오는 그의 리듬과 호흡에 맞춰 두려움을 극복해 나갔다. 그 살아 있는 천장 아래에서 잠자고 꿈꾸며 성장했다.

31

기다림

··· **시모노피오는 다음날** 여행을 시작했다. 그는 봄날 동안 매일 보물을 찾아 나섰다. 처음으로 여행을 떠나기 전, 그는 곧바로 그 보물을 찾을 수는 없으며, 보물이 있는 곳까지 가는 데 시간이 오래 걸리리라는 걸 알았다. 그리고 그의 노력이 필요하다는 것도 미리 알았다. 그러한 여정에 필요한 힘과 대담함은 하루아침에 얻어지는 것도 아니고, 원한다고 그렇게 되는 것도 아니었다. 예전에 그가 조금씩 정복해 갔던 근처의 길들은 수월했다. 하지만 지금은 훨씬 더 멀리 가야 했고, 새로운 오솔길과 새로운 장소들을 발견해야만 했다. 새로운 길도 개척해야 했다. 석 달 동안 산속 탐험을 안 한 표시가 컸다. 예전에는 익숙했지만, 그간의 잃어버린 시간으로 인해 그만한 대가를 치러야 했다.

벌들의 길은 사람들의 길과 달랐다. 벌들은 사람의 길이 있거나 없거나 신경 쓰지 않고 덤불과 가시들 위를 날아다녔다. 산속의 구덩이들은 그들에게 문제가 되지 않았다. 오르막길도 그들을 지치게 하지 않았다. 시모노피오처럼 두 발 동물에게 어렵고 힘든 길인 협곡들에도 벌들은 무관심했다. 비가 오면, 벌들은 물을 털어 냈다. 집으로 돌아오는 길에 추워져도, 벌들은 그날의 끝에는 봄의 꿀로 가득 차 있는 따뜻한 벌집으로 돌아가리라는 것을 알고 있었다. 그들은 두려워하지 않았고, 아무것도 그들의 목표에서 그들을 엇나가게 하지 못했다. 죽음만이 그들을 막을 수 있었다. 벌들은 매일의 임무를 완수하다가 죽는 것에 대해 크게 신경 쓰지 않았다. 벌들은 하루 만에 왕복 여행을 마쳐야 했기 때문에 죽음을 기다릴 시간이 없었다.

시모노피오는 인간이기에 또 어리기에 통행이 가능한 길을 발견하거나 만들어야 했다. 발걸음이 느려질 수밖에 없었다. 게다가, 그는 피곤했고, 뭔가에 부딪혔으며, 넘어져 무릎이나 손을 다쳤다. 비에 옷을 흠뻑 적시기도 했다. 여름의 무더위와 갈증으로 탈진했다. 산속의 가시덤불은 억세게 그를 붙들었고, 그의 발목은 돌에 걸려 접질렸다.

갑작스러운 어둠이 멀리서 다가왔을 때, 두려움이 그를 엄습했다. 그는 단번에 돌아서서 집으로 돌아왔는데 기진맥진한 상태였다. 그는 눈짓으로 유모 레하에게 설명했다. "오늘은 안 되겠어요. 아직 안 돼요." 그녀는 눈으로 그에게 말했다. "계속해봐." 그러고는 다시 눈을 감았다. 그리고 다음 날 아침에 흔들의자에서의 움직임으로 다시 그에게 작별 인사를 했다.

그 봄과 여름, 가을이 가는 동안 조금씩 그의 두 발은 민첩해졌다. 그의 속도는 더 빨라졌으며 방향 감각은 더 예리해졌다. 자신감은 회복되었고 조금씩 더 커갔다. 매일 매일 끊임없이 운동함으로써 그와 꿀벌들과의 유대감은 끈끈해졌다. 벌들이 물방울을 떨쳐 내듯 그는 두려움을 점점 떨쳐 냈고, 더 강해졌다.

그는 여전히 시간이 있고, 그 시간이 자신에게 유리하다는 것을 알

왔다. 만일 그 봄이나 여름에 도달하지 못한다면, 다음번이나 그다음에 그렇게 될 것이었다. 결국 그렇게 될 것이었다.

벌들은 끈질기게 기다리고 있었다. 그들은 그가 자신들과 함께 여행을 마칠 준비가 될 때까지 수년 동안 기다렸다. 길의 끝에서 중요한 무언가가, 벌들이 늘 그와 공유하려고 했던 무언가가, 그에게 이해시키려고 했던 무언가가, 그를 기다리고 있었다. 곧 그는 그것을 볼 것이었다. 곧 그는 알게 될 것이었다.

32

아이가 사라지다!

••• **엄마는** 시모노피오가 자기만의 공간을 가질 수 있도록 허락한 것을 즉시 후회했다. 그 아이는 낮 동안에는 산속으로 사라져 버리기 시작했다. 갈수록 그 시간이 길어지더니, 어느 날 밤엔, 목욕하러도, 저녁 식사하러도, 잠자리에 들러도 오지 않았다. 놀란 부모님은 야간 수색을 위해 일꾼들을 불렀다. 사람들은 밤에 시모노피오가 라 플로리다 농장까지 갔기를 바라면서 몇 시간 동안 그 농장으로 가는 길을 조사했지만, 별 결실이 없었다. 아버지는 그날 밤 실망과 근심 가득한 채 돌아왔다. 시모노피오의 흔적은 그 어느 곳에도 없었다.

"아무런 흔적이 없어."

그날 밤 부모님은 잠을 못 이루었다. 어두웠기 때문에, 그들이 할 수 있는 일은 아무것도 없었다. 그들은 씻었고, 옷을 갈아입었고, 불을 껐다.

"녀석은 내일 찾게 될 거요. 두고 봐요." 아빠는 엄마를 위로하며 말했다.

엄마는 비관적이었다. 그때가 밤이었고 그 밤이 영원하리라고 생각했기 때문이다. 엄마는 시모노피오가 협곡의 바닥에서 다리가 부러져 겁에 질린 채, 표범과 불곰들에 둘러싸여 있는 상상을 했다. 엄마는 두 눈을 감을 때마다 그들이 그토록 사랑하는 그 아이가 완전한 무방비 상태에서 어두운 밤과 맞서고 있는 것을 보았다. 그 밤은 엄마에게보다는 시모노피오에게 더 길었을 것이 분명했다. 그래서 결국 엄마는 자는 척을 그만두고 커피를 마시기 위해 부엌으로 향했다. 엄마는 집안의 모든 불을 켜고 쪽문과 커튼을 열었다. 만일 시모노피오가 길을 잃었다면, 멀리서라도 그 불빛을 보고 집으로 돌아오는 길을 찾으리라. 커피를 마시고 싶다는 핑계로 말이다. 이는 새빨간 거짓말이다. 엄마의 커피 만드는 솜씨가 형편없다는 사실을 아빠만큼 잘 아는 사람은 아무도 없으리라. 아빠도 침대에서 일어났다. 아빠는 시모노피오가 길을 잃은 게 아니라는 것을 알았다. 시모노피오는 결코 길을 잃을 아이가 아니었다. 그는 그것을 확신했다. 시모노피오는 항상 다른 사람의 도움이나 안내자 없이도 그가 있는 곳에 올 수 있었다. 만일 아빠가 옥수수밭에 있으면, 그는 옥수수밭에 왔고, 사탕수수밭에 있으면, 사탕수수밭에서 그를 찾아냈다.

그 불면의 밤 이전에, 아빠는 시모노피오가 유모 레하를 돌보겠다고 결정한 이후부터 그가 그리워졌다고 엄마에게 말했다. 예전 시모노피오가 이곳저곳 나타나는 거에 익숙하지 않았을 때, 덤불 숲에서 나오는 그를 보고 물었다. "시모노피오, 여기서 뭐하니?", "어떻게 여기까지 왔어?", "내가 있는 곳을 어떻게 알았니?" 그러나 곧 그런 어리석은 질문을 그만두었다. 시모노피오는 절대로 그에게 대답하지 않을 터였다. 사실 아빠는 시모노피오의 그 예고 없는 방문이 좋았다.

그의 일과에서 아마도 가장 기분 좋은 일부분이 되기 시작했다. 그런데 언젠가부터 시모노피오가 아빠를 찾지 않았다. 시모노피오는 한동안 집 근처에 머물더니, 나중에는 벌들과 함께 숲속 탐험에 열중했다. 이후, 시모노피오는 집 근처에선 볼 수가 없었다. 아빠는 시모노피오가 왜 자기를 만나러 오지 않았는지 이해하지 못했다. 그날 밤, 아버지는 사랑하는 그 아이를 찾지 않았다. 아버지가 찾고 있었던 건 생명 없는 그의 몸이었다. 집 안에 켜진 불빛은 일종의 전기 낭비였지만, 엄마에게서 희망이나 선의(善意)를 앗아갈 수는 없었다. 며칠 후 그는, 그때까지 아이가 나타나지 않자, 엄마에게 아이가 죽었을 거라는 생각이 든다고 고백했다. 그게 아니라면, 무엇이 시모노피오가 집에 와서 저녁 식사를 하고, 잠자리에 드는 것을 방해한단 말인가?

아빠는 새벽에 수색을 계속하기 위해 모든 숙련된 사람들을 불러 모았다. 그리고 얼굴에 찬물을 뿌렸다. 엄마는 거실에서 잠이 들었다. 나는 거기에 없어 엄마에게 제안하지는 못했지만, 엄마가 바느질에 열중했더라면 밤을 더 잘 샐 수 있었으리라고 생각한다. 대신 그녀는 시모노피오에 대한 걱정과 아빠에 대한 놀라움 사이에서 밤을 보냈다. 아빠는 찡그린 표정 하나 없이 그 쓴 커피를 거듭 마셨다. 아빠는 그녀를 깨우지 않고 현관문을 열었다. 그가 어스름 속에서 처음 본 것은 현관에서 그를 기다리고 있는 시모노피오였다.

당신은 자녀가 있나요? 없다고요? 언젠간 당신이 아이를 갖게 되어, 그 아이가 갑자기 사라지거나 모험에 뛰어들 때가 있을 것이다. 그때 그 아이의 아버지가 무엇 때문에 '녀석을 잡기만 하면, 목을 매달아 버릴 거야.'라거나 '나무에서 내려오면, 놈을 죽여 버릴 거요.'라고 말하는지 이해하지 못할 것이다. 온화한 어머니의 입술에서조차 그런 말이 나올 수 있다. 부모가 어떻게 그런 험한 말을 할 수 있을까? 만약 당신이 자녀가 없다면 이해하기 힘들 것이다. 더구나 어릴 땐 더욱 그 말을 이해할 수 없으리라. 더구나 내가 그 일을 저지른 아이라면 더욱 그럴 것이다.

커다란 사랑에서 커다란 폭력 충동이 나올 수 있다. 자식이 죽었다고 생각했는데 그 아이가 이웃집에서 재미있게 놀고 있는 걸 봤을 경우 아빠의 마음엔 분노가 끓어오른다. 이를 이해하기 위해서는 부모가 되어야 한다. 선인장 위에 넘어져 아이 엉덩이에 가시가 잔뜩 박혀 있는 것을 본 부모의 고통 뒤엔 폭력이 숨겨져 있기 마련이다. 이를 이해하고 용서하기 위해서는 아이로 인해 두려워했던 적이 있어야 한다. 또는 모험에서 아무 상처 없이 자기 발로 돌아온, 이 경우의 시모노피오처럼 말이다.

당신이 부모라면 왜 우리 아빠가 첫 번째로 한 일이 시모노피오의 두 팔을 붙들고 흔드는 것이었는지를 이해할 것이다. 아빠는 그의 팔이 부서질 때까지 멈추지 않으려 했고, 그의 귀가 먹을 정도로 소리를 질러 댔다. 그러나 아빠의 이런 두세 가지 거친 행동 뒤, 그 흔듦은 포옹으로 변했다. 강한 포옹으로. 엄마는 포옹하고 있는 그들을 발견했는데, 즉시 엄마도 아빠와 같은 충동을 느꼈다. 그러나 엄마는 그 충동을 억제했다. 이미 그 자리가 아빠로 채워져 있었기 때문이다. 또 여러 잔의 커피를 마시며 하룻밤을 새웠기에 방광을 비우러 화장실로 달려가야 했기 때문이다.

33

광대 공포증

··· **내가 말했듯이**, 우리 엄마는 그녀의 대자(代子)가 창고로 이사하라고 허락한 것을 후회했다. 아빠도 마찬가지였으리라. 재봉틀 사건 이후 아빠와 시모노피오는 은밀한 동지였다. 그런데 어떤 동기에서 시모노피오가 그 자리를 포기했는지 알 수 없었다. 아무에게도 알리지 않고 종종 3일간이나 사라져 버리는지 아무리 이해하려고 해도 이해할 수 없었다. 아빠와 포옹한 그 날, 시모노피오는 다시 집을 나갔다. 그들은 그의 침대에 담요 하나가 부족한 것을 발견했다. 지금은 침실로 바뀐, 헛간 밖에 있는 그녀의 영원한 자리에서 유모 레하는 요지부동 두 눈을 감고 있었다. 부모님은 이를 시모노피오가 뭘 하고 있는지 레하가 알고 있다는 표시라고 생각했다. 유모 레하는 전혀 불안해 보이지 않았다. 그렇다고 부모님은 걱정을 안 할 수가 없었다. 한번은 엄마가 "내일 12시 기차를 타고 딸애들을 보러 몬테레이로 가자꾸나."라고 시모노피오에게 말했다. 하지만 다음날 동이 틀 때, 시모노피오는 이미 자기 침대에 없었다. 엄마는 그가 밖으로

나가지 않게 하려고 무진 애를 썼다. 엄마가 몬테레이에 가거나 아빠가 목장에 갈 때, 엄마는 항상 시모노피오와 함께 가자고 했다. 하지만, 시모노피오는 언제나 사라짐으로써 자신의 뜻을 표시했다. 몬테레이로의 다음번 여행을 위해 엄마는 말했다.

"어서, 시모노피오야, 나랑 같이 가자. 코끼리와 광대들, 사자가 나오는 서커스를 한대. 내가 너를 데리고 갈게."

그것이 시모노피오가 초대를 수락한 유일한 때였다. 그것은 저항이 불가능한 유혹이었다. 그러나 예정보다 일찍 돌아와야 했다. 시모노피오는 자기 꿀벌들에서 멀리 떨어져 잠자는 것을 못 견뎠다. 게다가 내 추측에는, 우리 누나들이 곁을 내주지 않았을 것이다. 카르멘은 사랑에 빠져있어서 다른 아무것도 다른 누구도 생각할 수가 없었다. 콘수엘로는…. 콘수엘로이기 때문이었으리라. 그녀 역시 그즈음에 사랑에 빠져 있었다. 평소 그녀는 시모노피오를 한 번도 친절하게 바라보지 않았다. 도시의 새로운 것들에 당황해하고 있는 그에게 단 1초의 시간도 할애하지 않았고, 친절한 말도 건네지 않았다.

서커스 구경을 위해 시모노피오는 몬테레이에서 이틀을 기다렸다. 처음에 코끼리가 나왔다. 관객들이 환호하며 박수를 쳐댔다. 하지만 시모노피오는 슬픈 표정이었다. 그의 얼굴은 갈수록 풀이 죽었다. 코끼리는 시모노피오가 그때까지 본 것 중 가장 큰 동물이었다. 그러나, 나중에 그가 나에게 말한 바에 의하면, 그 동물은 아무리 크다고 해도 죽어 가고 있다는 사실이 그를 충격에 빠뜨렸다. 코끼리는 거의 움직이지 않았다. 그 색깔은 원래의 색깔이 아니었고, 예상보다 더 많은 갈비뼈가 드러났다. 그 코끼리는 죽어 가고 있었다. 그런데도 아무도 그걸 알아차리지 못하고 있었다. 사람들은 코끼리에게 한쪽 다리를 들어 올리라고 요구했다. 그다음에는 다른 쪽 다리를 들라고 했다. 앙상한 등 위에선 한 여자가 온갖 재주를 피웠고, 사람들은 그녀와 함께 코끼리에게 공연장을 한 바퀴 돌라고 했다. 그리고 나서는 그 코로 공을 잡고 다시 조련사에게 던져 주면서 뒷다리 두 개로 균형을 잡게 했다. 다음으로 조련사와 함께 사자가 나왔다. 조련사는 채찍과 횃불을 들고 있었다. 조련사는 횃불에 불을 붙여 사자에게 불의 고리를 뛰어넘도록 했다. 조련사는 사자가 벤치에서 벤치를 뛰어넘으며 포효하도록 했다. 하지만 그 모든 것은 가짜였다. 사자의 두 눈에는 맹렬함에 대한 기억조차도 없었다. 그 맹수는 살아 있었고, 몸을 움직였으며, 약간 으르렁거렸다. 조련사가 채찍으로 요구하는 걸 마지못해 시늉은 냈지만 내면은 죽어 있었다.

시모노피오의 두 눈에 눈물이 가득 찬 건 그때였다. 광대들이 무리를 지어 나왔다. 키가 큰 이부터 난쟁이까지 다양한 체구의 열 명이 넘는 광대들이었다. 젊은이, 광대 공포증에 대해 들어 본 적이 있나? 그것은 비이성적이고 과도하게 광대를 무서워하는 것이지. 시모노피오는 즉시 광대 공포증에 사로잡혔다. 그들은 시모노피오 가까이에서 걸으며 사람들의 입장권 가격에 상응하는 동작을 취했는데, 그건 통상 광대들이 하는 일이었다. 그 우스꽝스러운 모습의 광대들을 보자 울음을 터뜨렸다. 홀쩍이는 것도 아니었고, 눈물만 흘리는 것도 아니었다. 그것은 격정적인 오열이었다. 불쌍한 우리 엄마는 그때까지 시모노피오가 눈물 한 방울이라도 흘리는 것을 본 적이 없었다. 광대 공포증이란 말도 들어본 적이 없었다. 그러니 우리 엄마가 얼마나 놀랐겠는가. 지금 그런 용어가 존재한다는 걸 안다면, 그 공포의 고통을 즐기는 광대를 가리키는 용어도 있어야 한다고 나는 생각한다. 그 광대들은 누가 먹잇감인지 귀신같이 찾아냈다. 시모노피오 같은 아이를 척 보면 알아내는 특별한 레이더를 가지고 있었다. 특히 그들을 가까이에서 보기 위해 온전히 1페소를 지불한 부자일 경우에는 더욱 그랬다.

그 이야기를 기억할 때, 엄마는 그 광대들이 시모노피오를 향해 똑바로 갔었다고 말했다. 그리고 자신은 어떻게 해야 할지 몰랐었다고 덧붙였다. 시모노피오를 달래야 할지, 그 소동에 대해 다른 관객들에게 사과를 해야 할지, 또는 아이에게서 떨어지라고 양산으로 그 광대들을 때려야 할지 말이다. 엄마는 양산을 선택했고, 울음을 멈출 수 없었던 시모노피오와 함께 즉시 그곳에서 나왔다. 달랠 길 없는 시모노피오는 그 밤 내내 그리고 그다음 날 엄마가 "참내, 그만 울어라, 시모노피오. 지금 출발하면 리나레스 행 기차를 탈 수 있단다."라고 말할 때까지 울었다.

돌아오는 길에 알타를 지나가고 있을 때, 엄마는 그곳이 알타인지 모른 채, 시모노피오를 위로하던 독백의 실마리를 잃어버렸고 침묵하게 되었다. 물론 엄마는 총살을 당한 할아버지에게서 아무것도 남아 있는 게 없다는 것을 알고 있었다. 만일 뭔가가 남아 있더라도, 엄마는 그것을 찾아내려 할 이유가 없었다. 또 할아버지에게서 남은 무언가가 총살 당한 그 자리에 계속 있기를 원치 않았다. 농장들이나 집의 서재처럼 할아버지가 좋아했던 장소가 있는데, 왜 그곳에서 찾아내려 하겠는가?

몬테레이로 가는 기차가 알타를 지날 때마다 그녀는 수평선에 숨어서, 예전에 여러 번 그랬던 것처럼 기차를 공격할 준비가 되어 있는 군대를 보게 될까 두려웠다. 하지만 그러면서도 자꾸만 창밖을 내다보게 되는 건 어쩔 수 없었다. 수년 후 엄마는 이상한 매혹에 끌려 그렇게 하곤 했었노라고 내게 고백했다. 당신 아버지의 흔적이 있는지를 확인하기 위해서, 분명코 폭력에 대한 말 없는 목격자이자 어쩔 수 없이 뿌려진 피를 받아 냈던 수목들과 대지, 그 자체에 축적돼 있을 증오와 공포의 전율을 느끼기 위해서 말이다.

엄마는 아무것도 보지 못했고, 안도감을 느꼈다. 그 누구도 여행을 방해하지 않았다. 아버지는 전술적인 용어로써 알타 언덕이 매복에 완벽한 장소라고, 그래서 적에게 치명상을 가하기 위해 이쪽저쪽 군대에 의해 이용되었다고 엄마에게 설명했다. 많은 충돌의 무대였지만, 엄마는 거기서 폭력의 어떤 흔적도 발견하지 못했다. 그녀가 볼 때, 나무들은 다른 것들처럼 계절에 따라 너무 건조하거나, 너무 푸르렀다. 그 잎사귀들의 모양은 변하지 않았고, 감춰진 뿌리들은 피와 인간의 체액으로 수분을 공급 받아 어떤 변화도 겪지 않았다. 그녀는 항상 그곳에서 창문을 통해 그 언덕을 볼 것이다. 그렇게 그녀는 자기 아버지의 부재가 불러온 그 아득한 그리움을 놓지 않으리라. 문득 시모노피오가 그녀의 손을 부드럽게 잡았다. 그녀의 상념과 우울함으로부터 그녀를 끌어냈다.

리나레스 땅으로 돌아왔을 때, 그들은 마치 몬테레이를 방문한 적이 없었던 것 같았다. 시모노피오는 탐험가로서의 새로운 일상으로 돌아왔다. 사람들이 그에게 가지 말라고, 뭔가 안 좋은 일이 일어날지 모른다고 아무리 말해도 그는 아무 말 없이 산속으로 사라져 버리곤 했다. 아빠는 그 아이가 자기가 있는 곳에 오기를 계속 기다렸다. 하지만 며칠이 지나도 시모노피오는 나타나지 않았다. 그리고 몬테레이로 그 아이를 데려가려는 엄마의 계획이 실패한 것을 보고, 아빠는 그를 타마울리파스에 갈 때 데려갈 생각을 했다. 시모노피오가 원하는 것이 야외에서의 모험이라면, 그런 것은 가축 목장에 많았기 때문이었다.

그 초대가 시모노피오를 흥분시키긴 했다. 하지만, 그는 그 제안도 받아들이지 않았다. 부모님의 실수는 시모노피오가 머릿속에 정해진 목적지도 없이 방황하고 있다고 생각한 것이었다. 나중에야 그들은 그가 어디에 가는지, 무엇을 찾는지를 알게 됐지만, 그것은 수개월 후의 일이었다.

그들은 시모노피오가 좋아할 거라고 생각하면서 마르틴이 그의 외출에 동행하도록 했다. 그러나 시모노피오를 뒤따라가려고 할 때마다 그는 실패해 돌아왔다.

"우리 둘이 가고 있었는데, 갑자기 내가 뒤돌아서 보면, 그 녀석은 없어져 버린다니까요."

그러자, 비록 땅을 살리기 위해 애써서 매우 바빴지만, 아버지가 그와의 동행을 제안했다. 그러나 시모노피오는 그를 빤히 바라보기만 했고, 아버지는 그가 그걸 원치 않는다는 걸 이해했다. 엄마는 당신들이 유모 레하에게 '그가 혼자 다니지 않도록 설득하려고까지 했다'고 내게 말했다. 그러나 그것도 성공하지 못했다. 유모 레하가 두 눈을 질끈 감아 버렸기 때문이었다. 유모 레하는 그 일에 연루되기를 원치 않았다. 다른 도리가 없어진 부모님은 이를 시모노피오와 그의 탐험을 그냥 내버려 두는 게 최선이라는 신호로 받아들였다.

다른 방법이 없게 되자, 아버지는 시모노피오에게 가볍고 쉽게 포장할 수 있는 슬리핑 백을 선물해 주었다. 또 자신의 할아버지가 어려서 그에게 준 주머니칼 하나도 그에게 주었다. 그리고 불을 피우기 위한 부싯돌 하나와 물통 하나도 그에게 주었다. 만일 그 아이가 밖에서 밤을 보내겠다고 고집을 부린다면, 그들이 할 수 있는 최소한의 것은 장비를 잘 갖춰 주는 것이었다.

"앞으로는 네 침대의 담요를 가지고 다니지 말아라, 알았지?"

시간과 노력에도 불구하고 그들은 걱정을 완전히 그만둘 수는 없었다. 한번은 그가 자신의 캠핑 장비에 마체테°를 추가하는 것을 보았지만, 그들은 아무 말도 하지 않았다. 이제 그들은 자기들끼리 의견을 나누지도 않았다.

다음에 엄마가 기차를 타고 몬테레이로 돌아갈 때, 알타를 지나게 되자 언제나 그랬듯 차창으로 갔다. 그녀는 당신의 아버지를 보지 못했다. 또 매복 중인 군대도 보지 못했다. 나무들은 늘 같았고 땅도 마찬가지였다. 그 파노라마에서 평소와 다른 유일한 게 있었다. 저 멀리 바위 위에 멈춰 서 있는 시모노피오를 본 것이었다. 그는 그곳에서 그녀에게 손을 흔들었다. 거의 구름에 닿을 듯한 큰 원을 그리며 인사를 했다. 앞으로 그녀가 그곳을 통과할 때마다 같은 일이 일어나리라. 어떻게 시모노피오는 집에서 그렇게 먼 곳까지 걸어갈 수 있었을까? 시모노피오는 어떻게 그녀가 언제 기차를 타고 그곳을 통과할지 알았을까? 엄마는 그걸 알려고 하지 않았다. 시모노피오에 대한 것은 설명이 없었다. 처음으로 엄마가 기차 차창을 통해 시모노피오가 바위에 서 있는 모습을 본 이후, 엄마는 당신의 아버지도 군대도 두 번 다시 찾지 않았다. 움직이는 차창에서 엄마는 시모노피오만을 찾았다. 그녀가 그를 발견하게 되면 그녀의 두려움과 아버지에 대한 그리움은 한순간에 사라져 버렸다.

• 풀 베는 용도의 큰 칼—역주

34

악마

   ··· **"아무도 그를 찾을 수 없을 때,** 그 악마 녀석은 어디로 갈까요?"

그 아이의 존재가 안셀모 에스피리쿠에타는 시종 못마땅했다. 주인 부부의 응석받이 꼬마가 누리는 그 좋은 삶이 그를 배 아프게 했다. 그 아이는 그의 딸보다 불과 두 달 후에 태어나서 농장에 도착했다. 그의 딸에게는 아무도 뭔가를 해 주지 않았다. 규칙적인 음식도 없었고, 따뜻한 침대도 주어지지 않았다. 그의 딸은 어린 여자아이의 얼굴밖에 없었고 아무것도 얻지 못했다. 그런데 악마와 입맞춤을 한 얼굴의 그놈은 각종 옷에서부터 자유로운 시간까지 모든 걸 가졌다.

그 녀석에게는 부족한 게 없었다. 그 아이가 자신의 방을 원한다면, 어떤 거로 할지를 결정하면 그냥 그에게 주었다. 그가 길을 잃으면, 사람들은 그를 찾아 나섰다. 악마는 결코 길을 잃지 않는다는 것을 이해하지 못했다. 그들은 악마는 숨어 지낸다는 걸, 계획을 세우고 기다렸다가 매복한 뒤, 사람들을 놀라게 한다는 걸 모르고 있었다.

안셀모 에스피리쿠에타는 농장주를 이해하지 못했다.

"그는 책을 많이 읽었고, 교육을 잘 받았겠지만, 그 더러운 녀석이 사라져서 무엇을 하는지 물어보지 않으면 그게 무슨 소용이 있겠는가?"

그리고 이제 그는 거의 모든 시간을 보이지 않는 곳에서 보내고 있었다. 안셀모는 의심을 품고 있었다. 그는 그 아이가 온종일 자기 주변을 맴돌고 있다가 해 질 무렵에 집으로 돌아올 때, 자기 뒤를 밟는다고 생각했다. 어린아이의 몸에 붙어 있는 저 악마는 스스로 매우 영리하고 은밀하게 행동한다고 생각했다. 안셀모는 때때로 자신의 발소리에 따라 느리거나 서두르는 발소리를 들을 수 있었다. 끈질기게 그를 따라오던 발걸음들은 그가 가던 길을 멈추면 따라 멈추곤 했다. 그러면 에스피리쿠에타는 그에게 "나와라, 악마야!"라고 외쳤다. 하지만 그 악마는 그를 만나러 나오지도 얼굴을 보여 주지도 않았다. 그러다가 안셀모가 다시 걷기 시작하면, 그 악마도 조심스럽게 발걸음을 다시 옮겨 놓았다. 그렇게 악마는 집까지 그의 뒤를 따라왔고, 그들의 잠을 밤새도록 방해하고 평온함을 도둑질해 갔다. 악마가 그렇듯이, 놈은 절대로 모습을 드러내지 않았다. 그러나 안셀모는 쪽문이 흔들릴 때마다, 그리고 그에게 남은 두 아이가 자면서 내뱉는 신음에서, 그리고 그의 집 주변에서 흔들리는 나뭇가지에서 놈을 느꼈다. 매일 밤 경계를 늦춘다면, 아이의 몸에 있는 악마가 그의 숨통을 끊으러 오리라는 것을 안셀모는 알고 있었다. 이미 그의 아내와 다른 자녀들에게 한 것처럼 말이다.

안셀모 에스피리쿠에타는 모랄레스 가의 그 입양된 아이가 밤이고 낮이고 늘 가까이 있음을 느꼈다. 모두가 알다시피 악마는 잠을 자지 않았다. 그래서 그는 들판이나 사탕수수밭에 나갈 때 그리고 매일 아침 집을 나설 때면 그를 찾아보곤 했다. 바로 모랄레스 가문의 사람들이 수색대를 조직한 그 밤에도 그는 아이의 악마적인 존재를 느꼈다. 사실 그 명령을 받았을 때, 안셀모는 기뻐했다. 안셀모가 아는 한, 만일 악마가 길을 잃어버린다면, 그 악마는 앞으로도 계속 길을 잃을 거였다. 그는 아이를 찾는 데는 관심이 없었다. 그는 단 일 분도 밤에 아이를 찾는데 투자하지 않으리라고 결심했다. 그러나 그 아이가 자기 집에 와서 자기를 놀라게 할 수도 있다는 생각에 이르렀다. 그는 금세 마음을 고쳐먹었다. 그 아이를 제거할 좋은 기회가 왔다.

집합 장소에 도착해서 그는 사람들이 그 어두운 밤에 산에 올라가는 것을 무서워한다는 것을 알아차렸다. 게다가 사람들은 "산 짐승들이 아이를 이미 먹어 치워 버렸으면 어떻게 할텐가?"라고 말했다. 에스피리쿠에타도 어둠 속에서 산속으로 가는 것이 두려웠다. 하지만, 그 아이를 찾아내려는 의욕이 더 컸기에 두려움을 꾹 참았다. 가급적 혼자서 찾아내고 싶었다. 그 아이는 살아 있었다. 그는 이를 확신했다. 짐승들조차도 그를 잡아먹기는커녕 그에게 발톱을 들어 올리지도 못할 것이었다. 다리 아래서 갓 태어난 그 아이가 버려진 그 밤, 바로 악마가 아이에게 입맞춤으로 낙인을 찍어 버렸던 그 밤에 짐승들이 범접조차 하지 못했다면, 이번에도 그렇게 하지 못할 것이다.

그래서 두려워하며 또는 두려움 없이 안셀모는 가서 악마의 이름을 불렀다.

"어디에 있니? 시모노피오? 나오거라!"

그러나 그 귀신 들린 아이는 나오기를 원하지 않았다. 안셀모는 알고 있었다. 그는 아이가 자신의 말을 들었고, 가까이 있다는 걸 알았다. 자신의 온몸에 소름이 돋은 게 그 증거였다. 그러나 그 악마는 매우 약아서 그의 눈에 띄지 않도록 계속해서 몸을 숨기고 있었다. 만일 안셀모 에스피리쿠에타가 자신을 찾아낸다면 그가 자신을 죽이리라는 걸 알았기 때문이었다.

35

땅

   ··· **프란시스코는 아침에** 보내려고 계획한 최종 수표에 방금 서명했다. 그는 숨기고 싶었지만, 평소보다 더 세게 말의 고삐를 잡았기 때문에, 서명할 때 손을 떨었다. 타마울리파스 농장에 있는 가축들을 검사한 후 돌아오는 길에 요란한 천둥소리와 함께 폭풍을 만났다. 그 때문에 겁 많은 그 말을 통제하느라 애를 먹었다.

  그는 진심 어린 사과를 하늘에 보내며 수표에 서명했다. 그는 아버지와 그가 알았던 조상들과 알지 못했던 조상들이 하늘에서 영원을 만끽하고 있기를 바랐다. 하느님이 그를 소환할 때, 그는 알지 못했던 조상들을 보게 되리라. 그러나 그 순간, 공식적으로 자기 이름을 썼던 축축한 잉크 위에 모래를 묻혔다. 아버지가 언짢게 자신을 바라보고 있는 것 같았다. "네 명의 아이 중 너만 유일하게 살아 남았단다. 그런데 너는 일을 제대로 못하는구나." 프란시스코는 구름 위에서 아버지가 자기에게 소리치고 있는 모습을 상상했다. 그래서인지 하늘에서부터 천둥과 번개가 내리쳤다. 그는 계속 말을 타고 여행하고 있었다. 번갯불이 여러 번 간발의 차이로 그를 빗겨 갔다. 머리털이 쭈뼛 거렸다. 프란시스코는 멈추지 않았다. 세상은 살아 있는 사람들의 것이었고, 때로 살아 있는 자들은 새로운 정보를 기반으로 결정을 내려야 했다. 그의 아버지처럼 죽은 사람들은 정보에 대해 아무것도 몰랐다. 그들은 그것이 나타나기 전에 떠나는 행운을 누렸다. 그의 아버지는 황열병이 데려갔지만, 프란시스코는 살아 남았다. 독감도 그를 당해낼 순 없었다. 오만함이란 죄를 짓고 싶지는 않았지만, 그는 이미 세상 저편에 있는 누군가의 견해에 따라 살 수는 없었다.

그러나 그는 한 가지에 동의했다. 여러 세대의 희생 후 얻게 된 분수 넘는 사치를 위해 그는 자금을 함부로 사용해서는 안 되었다. 예를 들어, 카르멘의 결혼식 비용을 위해 은행에 예금한 돈은 한 푼도 건드리지 않기로 했다. 결혼식은 그의 재력과 시류에 맞춰 거행될 것이었다. 품위 있으면서도 친밀한 행사가 될 것이었다. 다른 귀부인들은 기성복을 사거나 침모에게 옷을 짓도록 했지만, 베아트리스는 대단한 훈련이라도 하는 듯, 계속해서 자신과 딸들의 옷을 지었다. 마찬가지로, 모랄레스 가족이 다른 사람들이 하듯 최신 모델의 고급차를 타고 돌아다니는 것을 아무도 보지 못했다.

프란시스코가 볼 때, 자기가 최근에 돈을 낭비하지 않은 것은 분명했다. 물론 그는 몬테레이의 집과 새 땅을 사기 위해 은행에 가지고 있던 금의 도움을 받았다. 그러나 그것이 그가 '죽은 자는 무덤으로 가고, 산 자는 즐기라'는 철학을 채택했음을 의미하지 않았다. 도대체 그가 무엇을 즐긴단 말인가? 그에게는 온통 걱정뿐이었다. 다만 그가 새로운 부동산을 매입함으로써 정신적 안정을 조금 얻은 건 사실이었다. 그 비용은 그만한 가치가 있었다.

그는 자신의 부를 박탈당할 수도 있다는 위협 속에서 사는 모랄레스 가문 최초의 사람이었다. 하지만, 상속 재산의 1헥타르도 잃지 않으리라고 다짐했다. 적어도 가만히 그렇게 두고 보지만은 않을 것이다. 이제 그는 여러 해 전부터 그토록 사고 싶었던 새 트랙터를 살 계획을 세웠다. 그리고 시모노피오의 꿀벌들을 위해 네 개의 나무 벌통도 주문했다. 그는 가족 금고의 돈으로 그 모든 걸 살 참이었다. 수대에 걸쳐 물려 내려온 모랄레스 가문의 비옥한 대지가 최근에 생산해 낼 수 없었던 돈으로 말이다. 그리고 그 모든 걸 미국에서 살 참이었다. 미국 말고 다른 곳이 어디 있겠는가?

미국의 『농민 연감(Farmer's Almanac)』에는 농업 분야의 최신 정보와 가장 진보적인 기술이 광고되고 있었다. 그것은 가뭄과 강렬한 더위를 견디기 위해 오클라호마에서 만들어진 옥수수 종자였다. 충분한 관개 시스템의 부족 또는 물의 부족으로 인해 한 번도 사용하지 못했던 땅에 그 혁신적인 씨앗을 심을 예정이었다. 『농민 연감』 같은 호에 존 디어(John Deere)는 강력한 모터가 달린 신형 트랙터를 광고했다. 이 신형 트랙터는 노새로 쟁기질을 하던 시간의 절반만으로도 더 넓은 지역을 경작할 수 있을 것이었다. 그는 자기 땅을 더 생산적으로 만들 계획이었다.

프란시스코 모랄레스는 땅을 놀리는 것을 좋아하지 않았다. 그것은 아버지와 할아버지에게서 배운 또 다른 습관이었다. 그들은 "땅에 씨를 뿌릴 수 없다면, 물을 주고 비옥하게 해서 수확할 수 없다면, 땅을 팔아 버리는 것이 낫다."고 말했다.

말처럼 그렇게 간단하다면, 그는 이미 크고 넓은 땅을 팔았을 것이다. 그러나 경제 불황 속에서, 전쟁과 개혁, 유휴지에 대한 신법(新法)의 출현이라는 불확실성 사이에서, 누가 땅을 사려고 할 것인가?

카란사 대통령은 그 법령을 연기하려고 했다. 그러나 그의 장군들인 델 라 우에르타와 오브레곤, 카예스는 대지주들의 이익을 보호하려 한다며 카란사 대통령을 기소한 후, 1920년 5월에 그를 암살했다. 그리고 임시 대통령으로서 델 라 우에르타는 새로운 법을 통과시켰다. 이제 씨를 뿌리지 않은 땅은 정부에 의해 압류될 수 있었다. 리나레스의 어느 거주자에게나 양도될 수 있었다. 그러면 그 땅을 양도받은 자는 일 년 동안 땅을 경작하고, 일 년 뒤에는 법적 소유주에게 수확물의 일정 비율을 주어야 했다. 그 비율은 소작 시스템을 통해 미리 정해질 예정이었다.

프란시스코는 오래전부터 그런 법의 필요 없이, 소작제를 해 오고 있었다. 그는 땅의 여러 조각을 부지런하고 신뢰할 수 있는 사람들에게 맡겨 오고 있었다. 그들은 아내를 위해 자신의 삶에 성실한 기혼 남성들이었다. 그가 선발한, 그리고 아무도 그에게 선발을 강요하지 않은 신뢰할만한 이들이었다.

그는 다른 누군가가 그러한 방식으로 자신의 땅을 차지하고 있다는 것을 알고도 신경 쓰지 않았고, 파트너십 형성의 진정한 장점을 보았다. 그 땅은 그런 방식이 아니라면 경작되지 않고 방치될 것이었다. 그는 또한 수확량의 50%를 받고, 씨앗과 용수(用水), 소작인의 거처까지 제공했다. 그 50%는 다른 방법으로는 그도 소작인도 가질 수 없었다.

그는 시스템을 남용하고 다른 사람의 땅을 차지하려는 사람과는 맞서 싸웠다. 낯선 누군가가 마땅한 이유 없이 땅을 차지하려고 하면 결단코 나서 맞섰다. 그는 자기 땅을 보호하기 위한 전략의 하나로 가족의 토지 일부를 농업 자산이 없고 신뢰할 수 있는 친구들의 이름으로 등록했다. 그들은 비록 실제적이지 않고 형식적이지만, 법적으로는 소규모 토지의 소유주로서 행세할 명예로운 이들이었다. 또 카르멘이 결혼하자마자, 그는 사위인 안토니오에게 다른 대지의 명목상의 소유주로 등록하도록 할 참이었다. 구두 동의로 재산에 대한 책임과 사용권은 계속해서 프란시스코와 그의 가족에게 귀속될 것이었다. 그렇게 해서 비밀스러운 방식이지만 완전히 합법적으로, 정부의 변덕스러운 정책에 의해 자기 토지를 빼앗길 위험을 희석시켰다. 프란시스코는 정부당국과 그의 재산을 탐내는 이들보다 한 발 더 앞서 나가고 있었다.

그의 대책은 오래가지 못했다. 문제는 유휴지에 대한 새로운 법률에 있었다. 이제 유휴지의 토지가 얼마나 작은지는 중요하지 않았다. 만일 개간되지 않았다면, 압수되어 그 땅에 대한 진정한 애정도 지식도 없는 어떤 낯선 사람이 그 땅을 차지할 수 있었다. 프란시스코가 사물을 보는 방식에 의하면, 그 법은 위장된 몰수 행위였다. 그 이유는 분명했다. 법에 의하면, 유휴지의 소유는 1년 동안 신청인에게 허용된다. 하지만 일단 땅을 소유하게 되면, 누가 그에게 그 땅을 포기하도록 강제하겠는가? 그에게 그 땅을 허용한 정부가 그렇게 하겠는가? 그렇다고 그 땅을 법적 소유주에게 다시 반환하겠는가?

그가 사물을 보는 방식에 의하면, 그 법은 농업 개혁이라는 이름으로 앞으로 밀려올 조치들의 전조에 지나지 않았다. 프란시스코는 정부의 호의를 바라보고 있는 걸 좋아하지 않았다. 새로운 시장(市長) 이사악 메디나는 공개적인 농지법 찬성론자였다. 그는 새로운 법을 집행하기 위해, 리나레스의 사유 재산을 감독하는 협동조합을 결성했다. 문제는 그 위원회의 위원 세 사람이 편파적 심사자들이라는 것이다. 이는 리나레스의 모든 사람이 잘 알고 있었다. 그들의 판단 기준은 사실에 기초한 것이 아니라 변덕과 개인적인 이권 또는 그들 친구의 이권에 기초하리라는 게 불 보듯 뻔했다. 그렇게 대농장을 농장주에게서 빼앗아 갈 것이 확실했다. 그 변덕스럽고 탐욕스러운 심사자들의 법령에 따라 아무런 이유 없이 부동산을 빼앗길 게 두려웠다. 새로운 법을 핑계로 하지만 사실은 탐욕에 의해 추동된 것이다. 프란시스코는 농장주로서 땅을 감독했다. 하지만 그 심사자들은 누가 감독했던가? 그들을 임명한 시장이 그들을 감독했을까?

그렇지 않았다. 프란시스코는 부모로부터 물려받은 그 땅, 자기 딸들의 가족에게 물려주려던 그 땅의 운명이 그 사람들의 자비에 놓여 있기를 원하지 않았다. 프란시스코가 볼 때, 땅을 소유하기 위한 소작인들의 폭동, 또는 자기 재산을 보호하거나 회복하기 위한 농장주들의 폭동이 일어날 수 있었다. 리나레스에서 긴장감이 느껴지기 시작했다. 협동조합이 검사를 위해 방문할 때마다 사탕수수 농장주들은 그것을 위협으로 간주했다. 농지법 찬성론자들은 토지 주위를 독수리처럼 어슬렁거리기 시작했다. 그들 손에는 하나같이 허가증이 쥐어져 있었다. 산 라파엘 농장주가 불법적이고 폭력적인 습격을 당한 후, 농장주들 사이에서는 자신들의 이권을 지키기 위해 군사들을 조직하고 그 비용을 지불해야 한다는 의견이 나왔다.

프란시스코는 자신이 평생 고용인들을 유지하고 그들을 신뢰하면서 토지를 임대할 수 있었던 것이 행운이라고 느꼈다. 가장 최근의 소작인은 10년 전에 도착했는데, 프란시스코는 그에게 다른 소작인들과 같은 조건을 제시하는데 주저하지 않았다. 비록 그를 잘 알지 못했지만, 프란시스코는 에스피리쿠에타가 거느리고 있는 많은 가족이 그의 가장 좋은 소개서라고 생각했다. 프란시스코가 생각할 때, 그런 부양가족이 있는 사람은 자신에게 제공되는 그런 훌륭한 기회를 포기하거나 소홀히 여기지 않을 것이다. 그런 사람은 충실하고 성실하리라고 생각했다. 그는 자신이 착각하지 않았다고 생각했다. 에스피리쿠에타는 매우 유능한 농부도 아니었고 또 그렇게 되지도 않을 터였었다. 물론 그는 계속해서 그 누구와도 잘 지내지 않았다. 아마도 거의 모든 가족이 사망한 이후 더욱 그랬을 것이다. 하지만 묵묵히 자기에게 요구된 것을 처리했고 실수 없이 일했다.

프란시스코는 모든 기대를 접고 포기했는데, 때로는 그것이 누군가에게 기대할 수 있는 최선이었다. 그는 자신이 지정해 준 땅에서 에스피리쿠에타가 계속해서 풍부한 수확을 거두지 못하고, 임대료를 내지 못하는 거에 거의 신경 쓰지 않았다. 프란시스코는 토질이 아주 좋지 않고, 용수(用水)가 충분하지 않았고, 씨앗이 좋은 품종이 아니었다는 에스피리쿠에타의 불평과 변명을 참을성 있게 받아 주었다. 그는 숨을 깊이 들이쉬고는, 무능하지만 믿을 수 있는 이가 땅을 차지하는 것이 욕심 많은 이방인이 차지하는 것보다 더 낫다는 사실을 되뇌곤 했다.

만일 다른 상황이었더라면, 그는 이미 에스피리쿠에타에게 땅을 비워 달라고 요구했을 것이다. 그러나 프란시스코에게는 여전히 타마울리파스와 리나레스, 그리고 그 주변에 유휴지가 있었다. 그는 그 땅들을 필요에 따라 놀리고 있었다. 폭력적인 상황으로 인해 관개 장치나 신형 트랙터에 투자하는 것을 자제하고 있었다. 또 다른 땅들도 유휴 상태로 있었다. 그 땅들은 신혼 때 매입했다. 베아트리스와의 사이에서 낳을 많은 아이를 위해 땅을 가져야겠다고 생각했다. 많은 아이가 생기지는 않았지만, 그 대신 전쟁이 일어났고, 전쟁과 함께 그 농장들에서 뭔가 새로운 일을 시작하려는 모든 의욕이 사라져 버렸다. 카르멘은 곧 결혼할 것이고, 콘수엘로도 몬테레이에서 곧 약혼할 예정이었다. 아마도 리나레스에는 정착하지 않을 딸들에게, 뭐하러 그 많은 땅 관리의 짐을 지운단 말인가?

새로운 농업 협동조합과 그 조합의 의심스러운 판정들로 인해, 더 많은 부동산을 놀릴 필요는 없었다. 그래서 그는 기대를 접어 포기하고 안셀모 에스피리쿠에타가 지금 있는 곳에서 그대로 남아 있는 게 더 낫다고 생각했다. 전염병으로 인한 죽음과 전쟁 뒤에, 몬테레이의 산업이 제공하는 일자리까지 더해져서, 농촌의 인력이 갈수록 줄어들었다. 그만큼 신뢰할 수 있는 사람들도 더욱 드물었다. 질병으로부터 몸을 피하려고 그가 부재한 3개월 동안, 도망 나온 인근 시골 사람들이 리나레스에 정착했다. 그들은 산적들이나 군인들의 폭력으로 인한 극심한 빈곤 속에서 자신의 집을 떠난 난민들이었다. 그들에 대해 할 수 있는 유일한 말은 절망적이라는 것뿐이었다. 만일 누군가가 그의 경작지를 빼앗거나 그것을 포기하게 만든다면, 자신 역시 그렇게 절망할 것이라고 프란시스코는 생각했다. 아마도 프란시스코는 그들 중 일부에게 임시적인 일을 제공할 수 있을 것이다. 하지만 그들에게 자신의 소유지에 정착할 기회를 주고 싶지는 않았다. 때가 되어 농지 개혁이라는 그늘의 보호를 받으면 그들은 그곳을 차지하려고 하리라는 사실을 그는 알고 있었다.

그 주제는 최근 며칠 동안 그의 마음을 사로잡았는데, 드디어 그는 해결책을 찾아냈다. 다음 날 보낼 편지들 사이에 리나레스로 가는 것이 있었다. 그것은 채소를 사서 마을의 시장에 내다 파는 중국인 세뇨르 창에게 하는 일종의 제안을 담고 있었다. 내 땅에서 직접 채소를 재배하시겠습니까? 프란시스코는 그가 자신의 제안을 수락하리라고 확신했다. 그를 오랫동안 관찰했는데, 그는 부지런한 아버지이자 남편이었다. 명예롭고, 정직해 보였다. 프란시스코는 세뇨르 창 역시 그 좋은 기회를 자신의 것으로 만들기를 바라며, 자신이 제시하는 이점들을 그가 이해할 것이라고 믿었다. 그는 외국인이었기에 개혁 정책의 수혜자가 될 가능성이 없었다.

채소 재배는 너른 경작지나 대규모 투자가 필요하지 않았다. 그의 아버지가 중국인에게 땅을 빌려주었다며 저주를 퍼붓는다고 해도 그렇게 해야 할 것이었다. 프란시스코는 자신의 재산을 지키기 위해, 정부가 자기 땅을 해체하도록 하지 않기 위해, 땅을 분할 해야만 하는 아이러니를 생각했다.

잠 못 이루는 밤, 때때로 농지를 더 생산적으로 만들려는 정부의 시도가 거꾸로 농촌을 전염병처럼 죽여 버릴 거라는 생각이 들었다. 미래는 몬테레이 같은 도시에 있다고 생각했다. 농촌을 죽게 내버려 둔다면, 나라가 어떻게 살아 남을지 상상할 수 없었다. 그 많은 변화에도 불구하고, 철강 도시들의 부흥과 기술의 진보, 그 놀라운 근대화의 경이로움에도 불구하고, 변하지 않는 게 있었다. 그것은 농촌이든 도시든 사람은 날마다 먹거리가 필요하다는 것이었다. 따라서 누군가는 계속해서 식량을 생산해야 했다. 만일 정부와 그 망나니들이 괴롭히지만 않는다면….

그는 봉인된 봉투를 책상에 남겨 두었다. 피곤했다. 잠옷으로 갈아입으러 갔지만, 격정은 계속되었다. 그렇게 많은 생각을 가지고 잠을 이룰 수 있을까를 염려했지만, 잠을 자려고 시도할 것이었다.

최근에 그는 다름 아닌 밀모 은행의 소유주가 서명한 편지 한 통을 받았다. 그는 프란시스코의 계좌에서 이루어진 비정상적인 인출에 놀라면서, 프란시스코 모랄레스 가문의 사람들이 자금을 다른 은행으로 이체하고 있다는 사실에 두려워하고 있었다. 프란시스코는 그렇게 느꼈다. 그 편지와 베아트리스의 점점 더 빈번해지는 반대, 그리고 일부 친구들의 몰이해에도 불구하고, 그리고 무엇보다도 그의 아버지가 그날 밤, 하늘에서 보냈던 천둥소리에도 불구하고, 프란시스코는 트랙터와 관개 시스템 확장에 투자하는 대신 도시의 집과 땅에 투자한 것을 후회하지 않았다. 아이러니하게도 그가 몬테레이에서 사 놓은 모든 토지는 나대지로써 경작되지 않았고, 정부에 있는 그 누 구의 관심도 끌지 않았다.

이제 다시 시선을 농지로 돌리고, 그 지역에서 처음으로 트랙터를 살 때였다. 만일 정부가 농업 생산성을 원하면, 그것을 그들에게 줄 참이었다. 그는 아침에 라레도로 여행했다. 파트리시오 밀모의 편지 와는 상관없었다. 하늘에서 천둥과 번개가 계속됨에도 불구하고, 은 행 계좌를 더 줄여야 할 때였다. 그는 작물에 더 적은 인건비를 사용 하고, 더 많은 수확을 위해 자신의 농지에서 트랙터를 움직였다. 그 리고 그는 필요한 등유와 휘발유의 높은 비용을 충당하기 위해 유휴 시간에는 다른 농장에 트랙터를 빌려줬다. 그는 마지막 천둥소리를 들었다.

"알아요. 아빠, 아빠는 아빠 일을 하세요. 제 일에 신경쓰지 말고요."

그리고 그 밤의 정적 속에 그는 잠이 들었다.

36

폭풍 전야

··· 처음에는 모두 우리 아빠를 괴짜라고 생각했다. 왜 그렇게 신형 기계에 투자하는가? 그건 한 쌍의 노새와 쟁기 역할밖에 하지 못하는데. 왜 더 비싼 개량 종자에 매달리는가? 씨앗이라는 게 별 차이도 없는데. 그러나 결국 아버지가 옳았다. 그 기계로 밭을 갈아 지역 내 최고의 수확량을 거뒀다. 옥수수뿐 아니라 사탕수수까지도 경작했는데 대성공이었다. 사람들은 트랙터를 빌려 쓰기 위해 예약을 하고, 자기 순서를 기다려야 했다.

몇 년 후, 엄마는 아빠가 처음 트랙터를 다룰 때의 모습을 기억하며 웃었다. 아빠는 손에 트랙터 사용 설명서를 들고 가장 유능한 농부를 훈련시켜 그를 책임자로 선임하려고 했다. 하지만 아빠는 그 강철로 된 괴물을 너무 좋아했다. 핸들을 놓는 데 몇 달이 걸렸다. 게다가 비싸고 복잡한 기계였다. 아빠는 자기 외의 다른 사람은 오작동 없이 그 기계를 제대로 제어하기 힘들 거라고 주장했다. 엄마의 생각은 달랐다. 하루의 일과가 끝날 때마다 아빠가 엔진에서부터 마지막

볼트까지의 모든 것을 직접 닦을 필요는 없었다. 아빠가 직접 기계에 기름을 칠하거나, 아기에게 하는 것처럼 매일 밤 커버를 덮어둘 필요는 없었다. 엄마는 아빠에게 말했다.

"쟁기를 쓰다듬는 데 시간을 보내는 것 외에도 당신은 할 일이 많아요. 게다가 당신의 말까지도 당신을 그리워하고 있어요. 그 말은 운동 부족으로 뚱뚱해 지고 있다니까요."

그의 아내가 말했듯이 아빠는 마지못해 자기 운명은 밭 주변에서 트랙터를 따라 인생을 보내는 게 아니라는 걸 수긍했다. 그는 마침내 농장 일꾼 중 한 사람이 그 기계를 운전하게 될 거라고 선언했다. 그러는 동안 프란시스코는 몬테레이에 대체 투자 계획을 계속 진행했다. 카르멘의 결혼 일정도 계속됐다. 시모노피오의 잠적 행각도 수그러들었다.

겨울이 시작될 때, 아빠는 시모노피오를 타마울리파스의 목장으로 여러 번 초대했다. 아빠는 그 며칠씩의 목장 생활이 시모노피오의 방황을 멈추게 했다고 생각했다. 그곳에서 아빠는 일 년 전부터 보지 못했던 이전의 시모노피오의 모습을 보았다. 그 동반자 소년은 활기차고 재미있는 아이였다. 때때로 그는 우리 아빠를 보러 왔지만, 일을 감독하고 돌아오는 길에서만 그와 합류했다. 그는 몇 시간 동안 사라지기도 했지만, 이제 며칠 동안 없어지지는 않았다. 아빠는 그 아이가 왜 우울한지 그 이유를 알지 못했다. 그러나 자기 양아들이 끊임없이 고독하고 위험한 방황의 골짜기에서 벗어난 것에 대해 만족하고 안도했다.

우리 엄마는 시모노피오의 변화가 충격적이었다고 내게 말하곤 했다. 시모노피오의 변화는 꿀벌들이 사는 새로운 잠자리로 옮긴 뒤부터 급격하게 이루어졌다. 그 아이는 한 번도 장난꾸러기였던 적은 없었다. 하지만 그 아이의 시선에는 오랜 시간 동안 단지 아이만이 가질 수 있는 순진무구의 반짝임이 있었다. 그것은 모든 사람에 대한 맹목적인 믿음 또는 순수함의 시선이었다. 물론 그 순수한 반짝임은 누구나 어른이 되는 과정에서 조금씩 잃어 가기 마련이다. 그런데 시모노피오는 그것을 섬광과 같이 한순간에 잃어버렸다.

만약 언젠가 내가 시모노피오가 그랬던 것처럼 침묵이나 돌연한 잠적으로, 또는 내가 하는 것처럼 장광설을 통해, 나를 설득하려는 우리 엄마 아빠에게 가출할 것이라고 선언한다면, 그분들은 내 허리춤을 붙들고 "나가기만 해 봐라, 가만두지 않을 테다."라고 으름장을 놓았을 것이다. 그러면 나는 재빨리 내 그 어떤 계획도 포기했을 것이다. 그만큼 나는 늘 상대적으로 평범한 아이였다. 비록 돌아가신 우리 엄마는 '평생 속을 썩여 놓고 네가 평범하다고?'라고 하겠지만 말이다. 비록 평범한 아이였지만, 그런 나도 놀라운 모험들과 인생에 대한 각종 다양한 계획이 있었다. 세상을 바꾸고 불의를 영원히 뿌리 뽑아 버릴 아이디어들을 가지고 있었다. 그런데 나는 배고픔의 첫 신호 앞에서 그 생각들을 포기했고 잊어버렸다. 친구 집으로 놀러 오라는 초대 때문이었는지, 아빠나 엄마의 엄한 질책 때문이었는지는 잘 모르겠다.

시모노피오는 결코 한 번도 평범한 아이였던 적이 없었다. 우리 엄마는 꿀벌들의 호흡과 체액 아래서 자는 것이 시모노피오의 성격을 바꾸었다고 생각했다. 그래서 레하를 통해서는 성공할 수 없음을 알고는, 시모노피오에게 다시 집으로 들어올 것을 설득하라고 아빠에게 집요하게 말했다. 아빠는 엄마의 말을 들었으나 엄마의 요구대로 하지는 않았다. 마치 자식이 성인이 됐음에도 계속해서 자식의 인생을 챙겨 주려고 하는 엄마처럼 보였기 때문이다. 게다가 열 살짜리 아이의 눈길엔 그 누구에게서도 본 적이 없는, 흔들리지 않는 지혜와 결단력이 우러나고 있었다.

그렇게 그들은 그의 변신을 존중했다. 그가 타마울리파스에로의 초대를 받아들였다면, 그들로서는 더 좋은 일이었다. 만일 수락하지 않는다면, 그들은 오라고 여러 번 말하겠지만 그를 내버려 둘 거였다. 만일 그가 꿀벌의 지붕 아래서 계속 살기를 원한다면, 그렇게 하도록 허락할 터였다. 우리 아빠는 시모노피오의 꿀벌들을 위해 미국에서 양봉 상자를 주문했다. 그리고 그 양봉 상자들의 장점을 설명하며 시모노피오를 설득했지만 끝내 실패했다. 그 소년은 몸짓을 통해 고마워하면서 그 선물을 받긴 했다. 그러나 그는 집에서 멀리 떨어진 곳에 그 상자들을 버렸다. 여전히 꿀벌들은 창고 앞에 있는 그의 침실의 다락에서 소년과 함께 방을 나눠 쓰고 있다. 우리 아빠는 무슨 생각을 했을까? 그 새집 양봉 상자들을 들여놓으면, 꿀벌들이 10년 동안 살았던 거처를 떠나리라고 생각했을까? 그렇지 않았다. 꿀벌들을 움직이려면, 시모노피오가 요청해야만 했는데, 그는 결코 자기 의지로는 그렇게 하지 않을 터였다.

어쨌든, 내가 말했듯이, 우리 부모님은 그 양아들에 대해 조금 덜 걱정하면서 그해 겨울을 평화로이 보냈다. 시모노피오가 상대적으로 가까운 곳에 머물렀기 때문이다. 그들은 좀 휴식을 취했다. 그렇다고 시모노피오가 들과 산, 언덕들을 쏘다니고 싶은 욕망을 버린 건 아니었다. 그건 오산이었다. 봄에 꿀벌들이 첫 비행을 함과 동시에 시모노피오는 사라졌던 것이다.

37

꿀벌들의 향기

   ··· **몇 주 전부터** 그는 뼈와 근육, 코에서 그것을 느꼈다. 겨울의 끝이었다. 하루 전날 그의 꿀벌들은 흥분되고 열광적인 분위기였다. 윙윙 날갯짓으로 그에게 봄이 왔음을 알려 주었다. 내일이야, 내일, 내일이라고.

  내일 그들은 매년 봄처럼 다시 외출할 거였다. 내일은 겨울이 끝날 터였다. 내일 그들의 일상생활과 시모노피오의 여행이 다시 시작될 것이다. 그 전 겨울만큼 고독한 겨울은 아니었다. 그다지 춥지 않았기 때문에, 꿀벌들은 서두르지 않았다. 단지 시모노피오와 함께 더 많이 나가고 싶어 했다. 시모노피오와 꿀벌의 공동체 생활은 봄에 이루어지는 여행에 달려 있었다. 꿀벌들은 공기의 압력 없이 날아다녔다. 자유롭게 멈췄으며, 원할 때 집으로 돌아왔다. 꿀벌들은 그 일이 끝났다는 것을 알고 있었다. 그들은 또한 그 일이 그들을 곧 다시 부를 것이고, 기꺼이 그 부름에 달려갈 것을 알고 있었다. 그렇게 꿀벌들은 가을과 이듬해 봄 사이에, 다음 세대를 위해 몸으로 벌집을 따뜻하게 유지하는 것 이외에, 절대적으로 시모노피오에게 헌신했다.

그해 겨울, 시모노피오도 가만히 있지는 않았다. 그는 시간이 흐른다고 에스피리쿠에타가 제기하는 위험이 줄어들지 않는다는 것을 알고 있었다. 그 위험을 제외하거나 무시하는 건 중대한 실수라는 것을 느끼고 있었다. 전년에 했던 여행은 그리 도움이 되지 못했다. 그 남자의 두려움을 잊는 것이 여행의 목적은 아니었다. 오히려 그 반대였다. 그는 그 두려움을 키웠고, 그것이 성장하도록 양분을 주었다. 그는 삶이 아무리 행복해도, 그 두려움의 무게를 잊을 수가 없었다. 에스피리쿠에타가 코요테라는 사실을 알고 있는 유일한 사람으로서 갖는 책임감에서 벗어날 수 없었다. 그렇게 시모노피오는 스스로에 대한 만족이나 기쁨에 빠지지 않도록 마음을 다잡고 있었다. 시모노피오가 처음이자 유일하게 그의 땅을 밟았던, 그날 이후, 그는 코요테를 다시 보지 못했다.

시모노피오는 자신의 우발적 사라짐으로 대부(代父)가 안타까워하는 게 가슴 아팠다. 그래서 이전 해의 봄, 계획에 없던 캠프를 차려놓고 대농장에서 멀리 떨어져 보냈던 첫날 밤, 그 가족이 너무 놀라 자기를 찾기 위한 수색대를 조직했던 거에 그는 미안한 마음을 가지고 있었다.

그날 밤, 시모노피오는 근처에서 야영을 했다. 그는 혼자서 첫 밤을 보내면서 자신의 용기를 시험하고 싶었지만, 너무 멀리 가지는 않았다. 대담함에 실패했을 경우, 언제든지 집에 돌아갈 수 있다는 안도감이 필요했기 때문이다. 그는 침대 외에서는 잠을 자 본 적이 없었다. 어쩔 수 없이 잠을 못 이루고 있었다. 그때 멀리서 사람들의 발소리를 들었다. 그리고 다급한 목소리들을 듣게 되었다. 그들은 시모노피오의 이름을 부르고 있었다. 대부는 구조대원들에게 한 방향 또는 다른 방향으로 흩어지라고 외쳤다. 그 대부의 목소리는 절망감이 묻혀 있었다. 그 사람들의 그룹 속에 침묵하고 있는 에스피리쿠에타가 없었다면, 그는 즉시 프란시스코에게 대답했을 것이다. 그러나 그는 에스피리쿠에타를 보고 싶지 않았다. 그와 맞서고 싶지도 않았다. 그의 거칠고 잡아먹을 듯한 시선이 자기에게 꽂히는 것을 원하지 않았다. 그래서 그는 덤불 속에 숨었다. 캠핑의 흔적들을 지우며 침묵을 지켰다. 이윽고 그는 사람들이 멀어지는 걸 보았다. 곧이어 에스피리쿠에타가 그 무리로부터 돌아왔다. 자신이 숨어 있는 덤불과 몇 걸음 떨어진 곳에 멈춰 서더니 시모노피오의 이름을 외치며 나오라고 외쳤다. 시모노피오는 두 눈을 감았다. 시모노피오에게는 끝날 것처럼 느껴지지 않던 잠깐의 시간 동안, 에스피리쿠에타는 움직이지 않고 귀를 기울이고 있었다. 그러는 동안 시모노피오는 감히 숨조차 쉴 수 없었다. 다행히 코요테는 다른 사람들과 마찬가지로 그날의 수색을 중단하라는 명령에 따랐다.

시모노피오는 밤새도록 그의 은신처에서 움직이고 싶지 않았다. 동이 터 사람들이 다시 그를 찾기 시작하기 전, 그는 스스로 집으로 돌아왔다. 대부가 그를 봤을 때 참았던 눈물을 흘리고 싶었지만, 시모노피오는 울음을 참았다. 비록 완벽하게 포용할 수는 없었지만, 그는 자기 팔로 대부를 두르고, 프란시스코 모랄레스의 몸에 평화로움이 돌아오는 것을 느낄 때까지 그렇게 머물러 있었다. 시모노피오는 자신의 의도를 대부에게 설명하고 싶었다. 그러나 꿀벌들과 함께 여행의 끝까지 가는 것이 자기와 모든 사람에게 왜 그렇게 중요한지 설명할 방법이 없었다. 비록 그가 단어들을 올바르게 발음할 수 있다고 하더라도 여전히 그를 이해시키지 못할 터였다. 탐험이 보류된 겨울에도 휴식은 그에게 사치였다. 그는 자신이 얻은 것을 잃고 싶지 않왔다. 그의 두 발이 길가의 모든 돌을 잊지 않게 하려고 노력했다. 마찬가지로 길이 그를 잊지 않게 하려고 그는 애썼다. 그는 또한 차분히 보낼 수 있는 며칠은 스스로 허용했다. 프란시스코 모랄레스와 함께 목장을 방문하기 위한 며칠을. 그렇게 그 목장에서 하루가 끝나면 대부를 환영하기 위해 길가에 나가 맞이했다. 그는 또한 대모를 위해 먼 거리를 여행했다. 그녀를 그토록 슬프게 했던, 그녀의 아버지가 죽은 언덕에서 기차 속 그녀에게 손을 흔들었다. 그 땅은 여전히 분쟁을 한탄하고 있었다.

시모노피오가 창고의 새 창을 열어 두고 인내심으로 버티자, 더운 여름 동안의 악취가 사라졌다. 겨울 동안, 창문을 닫아 둘 수밖에 없었을 때는 벌집의 향기만 지속되었다. 그것은 시모노피오로 하여금 꿀벌들과 같은 공기를 호흡하고 있다는 느낌, 꿀벌들과의 공동체에 둘러싸여 보호 받는 듯한 위안을 느끼게 했다. 거기서 그는 평화롭게 그리고 깊이 잠을 잤다. 그리고 거기서 그의 몸은 자라났다. 그는 바지 때문에 자신의 성장을 알았다. 낡은 부츠 안의 아픈 발가락처럼, 바지는 저절로 줄어든 것처럼 보였다. 그의 대모는 시모노피오를 위해 새 구두를 가지고 오거나 새 바지를 짓기 위해 그의 몸의 치수를 재러 그의 방에 왔다. 그때마다 그의 대모는 "아이, 시모노피오! 이렇게 자라면 한 달 안에 나보다 키가 커지겠다."라고 말했다.

몸이 자라는 것은 그에게 기쁨을 주었다. 다른 사람들이 그것을 알아차리는 것은 그를 즐겁게 했지만, 그가 더 원했던 것은 코요테가 그것을 아는 것이었다.

또 다른 봄이 시작되자 그는 다시 길을 나섰다. 더 커지고 더 튼튼해진 그의 몸은 더 짧은 시간에 더 먼 거리를 다녔다. 대모가 몬테레이를 오가는 것을 볼 수 있는 곳까지 가는 것은 이제 그에게 힘든 일이 아니었다. 그는 단지 그녀의 기차 여행을 보기 위해, 그녀가 그를 보도록 그곳에 서 있었다. 그녀가 여행하는 날이 아니라면, 그는 뒤도 돌아보지 않고 그 장소를 지나쳤다. 그는 조금씩 자신의 벌들에게 격려를 받아 발전하고 있었다. 벌들은 그에게 "계속 가, 순둥이, 이제 얼마 남지 않았어."라고 말했다. 그는 대책 없이 밤을 혼자 보내곤 했다. 꿀벌들은 밤에 벌집 밖에서 살아남는 방법을 몰랐다. 시모노피오는 멀리 나와 보내는 밤에는 야영지를 아주 잘 선택했다. 그는 다른 동물들에게 그 장소를 자신이 차지했다고 경고하기 위해 그의 대부가 그에게 준 부싯돌로 불을 피우곤 했다. 저녁으로 그는 부드러운 귀리와 꿀을 섞어 먹었다. 그는 수통의 물을 마신 다음, 침낭이 그의 살 냄새를 지켜 주는 누에고치라고 상상하며 그 안에 들어갔다. 그러면서 그는 마치 부적인 것처럼 대부로부터 받은 낡은 주머니칼의 반들반들한 손잡이를 쓰다듬었다. 그는 덤불 사이를 뚫고 길을 내며 나갈 때 날이 넓은 긴 칼을 계속 사용했다. 그러다가 그는 자기 기억 속에 간직해 둔 이야기들, 특히 그가 사자였음을 상기시켜주는 이야기들을 기억하며 또는 재생산하면서 잠이 들었다. 그의 상상 속의 사자는 사나운 사자였다. 몬테레이의 서커스를 방문했을 때 보았던 영혼이 죽어 버린 그 슬픈 사자가 아니었다.

다음날 그는 자신의 탐험을 지속하기 위해 준비되고 결의에 찬 상태로 잠에서 깨었다. 그 특별한 날, 휴식으로 포만감을 느꼈던 그의 몸이 그를 깨운 게 아니었다. 그는 불확실하지만 저항할 수 없는 매력적인 향기 때문에 잠에서 깨어났다. 아마도 그 향기는 산뜻한 아침 바람이나 꿀벌들 날개의 도움으로 날아왔을 것이다. 그는 알아차렸다. 바로 그 향기가 꿀벌들의 장거리 여행을 가능하게 한다는 것을. 그것은 그들의 보물이었다. 그는 그것을 처음으로 보고 만져 보기에 가까운 거리에 있었다.

노련한 야영자와는 달리, 그는 긴 칼을 제외한 장비들을 그 자리에 그대로 두었다. 긴 칼은 필요하리라. 그는 긴 여정의 끝에 도달하기 위해 서둘렀다. 그는 뾰족한 칼날이 진자처럼 움직이는 것에 집중했다. 그렇게 리듬의 최면 속에서 덤불 사이로 길을 내면서 나아갔다. 앞을 가로막던 가시나무가 없어질 때까지 갔다. 꿀벌들의 보물만이 거기서 그를 기다리고 있었다.

'이것 봐. 만져 봐. 냄새 맡아 봐. 가져 가. 가져 가. 빨리.'

시모노피오는 순순히 따랐다.

38

약혼식

　　••• **부활절 마지막 며칠**이었다. 프란시스코는 축제의 마지막 주 동안 화창한 날씨에 감사했다. 리나레스의 사교 클럽에서 춤을 춘 후, 그들은 축제를 카르멘과 안토니오의 성당 인터뷰를 하는 기회로 삼았다.

　　그날 그들은 신랑 약혼자의 가족, 그리고 특히 성당에서의 서약을 위해 몬테레이에서 온 증인들에게 점심을 제공했다. 성당에서의 서약은 좀 더 이른 시간에, 그러나 차질이나 불쾌한 사건 없이 진행되었다. 고인이 된 페드로 신부의 후임으로 새로 온 페드로 신부는 최근 살티요를 떠나 부임해 왔다. 그는 그해 여름 결혼식을 진행하는데 아무런 장애가 없음을 선언했다. 그 사적인 모임과 예식의 증인들에 대단히 만족스러워했다. 프란시스코는 그를 파티에 초대했는데, 그는 이를 흔쾌히 수락했다. 사실 리나레스에선 귀족 또는 그들이 말하는 '상류 사회' 가족의 동의나 지원 없이는 아무것도 얻을 수 없었다. 신임 페드로 신부는 리나레스에 갓 부임했지만, 이런 사실을 직감적으로 깨달았다. 그래서 그는 사람들을 알 수 있는 자리라면 어떤 것이라도 마다하지 않았다. 게다가 그는 도냐 이네스가 자신을 위해 날마다 준비하는 맛없는 음식을 먹는 거에 싫증이 나 있었다. 그날 그는 모랄레스 코르테스 가문에서 도냐 마틸데의 음식을 먹을 터였다.

카르멘의 약혼식은 몬테레이에서 열렸다. 그동안 프란시스코와 베아트리스는 딸의 장래 시부모들과 좋은 우정을 쌓았다. 이제 집 옆의 호두나무 그늘 아래 테이블에서 그들은 식사를 하고 대화를 나누며 완벽한 날씨를 즐겼다. 그리고 커피를 마시고 설탕에 절인 호박과 도냐 신포로사가 이 행사를 위해 정성껏 만들었던 호두를 곁들인 크렘 브륄레를 맛보았다. 대화는 유쾌하게 흘렀고, 아무도 서둘러 오후를 끝내고 싶어 하지 않았다.

신혼을 앞둔 그 젊은이들은 해맑게 웃었다. 젊었을 때만 웃을 수 있는 방식으로 웃었다. 꼰대들의 너털웃음 소리를 희미하게 만들며 근심이라고는 전혀 없이 자유분방하게 웃었다. 프란시스코는 부러운 듯 그들을 바라보았다. 잠시라도 그렇게 자유로워지고 싶었다. 그 순간은 누가 봐도 완벽했다. 맛있는 음식과 시원한 맥주, 얼음과 위스키, 완벽한 날씨 그리고 좋은 배석자들이 있었다. 하지만 그 찬란한 봄날에 프란시스코는 자신의 땅 상당 부분을 잃을 위기에 처해 있었다. 그 위기는 빠르게 다가오고 있었다.

그는 좋은 호스트가 되기 위해 최선을 다했다. 대화에 참여했고 적시에 웃었다. 그리고 신부와 신랑을 위해 진심 어린 건배를 제안했다. 미래의 사돈에게 감사의 말을 했다. 그는 음식에 대한 베아트리스의 노력에, 그리고 디저트를 요리한 딸의 미래 시어머니에게 덕담을 했다. 그리고 심지어 자선 학교 지원을 요청하는 신참 페드로 신부의 요구까지도 참을성 있게 들었다.

"많은 아이가 시골 학교에 가지 않도록 하려는 겁니다. 세뇨르 모랄레스. 시골 학교에서 정부가 아이들에게 가르치는 것은 하느님과 그의 계명을 잊으라는 것이니까요."

페드로 신부는 모랄레스 코르테스 가문이 고용인들의 모든 자녀에게 장학금을 주어 성당의 자선 학교에 다니게 한다는 사실을 알고 있었다.

"예, 신부님. 한번 두고 봅시다…."

프란시스코 모랄레스는 교육을 대단히 신봉하는 사람이었다. 사실, 그는 거기서 신부에게 기부를 약속하고 싶었다. 그러나 그럴 수 없었다. 그는 자신이 곧 새로운 프로젝트에 전념할 기회나 있을지 자신할 수 없었다. 돈이 있을지도 몰랐고, 자기 땅이 있을지도 몰랐다. 그날 자기 집 옆의 거대한 호두나무 그늘에 앉아 있던 프란시스코 모랄레스는 아무것도 몰랐다. 베아트리스는 때때로 그를 쳐다보았다. 그녀는 눈으로 남편에게 묻곤 했다. "무슨 일 있어요?" 남편도 눈으로 대답했다. "걱정하지 말아요. 아무 일 없으니까." 그러나 프란시스코의 눈은 끊임없이 뭔가를 갈망하고 있었다. 무의식적으로 젊은이들의 시끄러운 테이블로 향하고 있었다.

그날의 주인공은 누가 뭐래도 약혼한 젊은이들이었다. 그런데 그들에게 관심을 주지 않은 이들도 있었다. 바로 콘수엘로와 안토니오의 동생 미겔이었다. 그들은 서로를 바라보며 사랑을 키우고 있었다. 프란시스코는 그들도 그렇게 부러웠다. 그는 베아트리스와 사랑을 나눌 때 오갔던 시선들을 기억했다. 그 젊은 연인 시절의 시선들은 아직도 새록새록 간직되고 있었다. 물론 그동안 전쟁이 삶에 끼어들었고, 일상을 간섭 했다. 문득 프란시스코는 자신의 눈짓으로 베아트리스의 시선을 부르고 싶었다. 하지만 베아트리스는 안토니오의 어머니와 카르멘의 결혼식 준비에 대해 논의하고 있었다.

프란시스코는 언뜻 시모노피오가 다가오는 것을 보고 놀랐다. 그들은 며칠 동안 서로 보지 못했다. 수백 마리의 꿀벌이 그의 주위를 맴돌고 있었다. 그는 누더기 차림에 긁힌 자국과 진흙투성이의 몸으로 다가오고 있었다. 머리카락은 흙이 묻어 뻣뻣했다. 하지만 걸음걸이는 활달했고, 커다란 미소가 환하게 빛났다.

프란시스코의 두 눈에서 시모노피오의 두 눈으로 메시지가 전달됐다. "왔구나. 네가 돌아왔어." 그리고 시모노피오의 두 눈에서 프란시스코의 두 눈으로 답신이 갔다. "예, 제가 돌아왔어요."

몬테레이의 귀부인들은 아이가 몰고 온 둥근 구름을 보고 금세 그것이 무엇인지 알아차렸다. 하나씩 비명을 지르고 그를 멀리했다. 저마다 공중 공격의 희생자인 듯 몸을 부채질하기 바빴다. 방문객들은 모랄레스 코르테스 가문의 대자(代子)에 대해 알고 있었다. 하지만, 아무도 그에 대해 알려 주지는 않았다. 소년은 꿀벌 떼에 둘러싸여 있었다. 그런데도 베아트리스와 프란시스코가 아무렇지도 않게 소년에게 다가가는 걸 보고 충격을 받았다.

"조심해요!" 일부는 그들 뒤에서 소리쳤다. 베아트리스는 뭔가를 설명하기 위해 뒤돌아보았지만, 프란시스코는 그들을 무시했다. 꿀벌이 시모노피오의 주변을 윙윙거리거나 그의 얼굴이나 팔다리를 기어 다니는 건 아주 일상적이었다. 그러나 그날처럼 그렇게 많은 벌로 둘러싸여 있는 일은 이례적이었다. 아마도 그날에는 꿀벌들 전부에 둘러싸여 있었으리라. 마치 전체 무리가 그의 특이한 귀가에 합류한 것처럼 보였다. 그렇게 많은 숫자는 누구에게나 위협이 될 거였다. 하지만, 프란시스코는 시모노피오의 꿀벌들을 알고 있었고, 꿀벌들도 그를 알고 있었다. 그들은 그를 받아들였다. 꿀벌들은 그를 해치지 않을 것이다. 그는 주저하지 않고 소년에게 다가갔다. 멀리서 콘수엘로가 불평하는 소리가 들렸다. 콘수엘로는 입양된 아이의 예상치 못한 출현에 대해, 자기 애인과 나머지 젊은 하객들에게 연거푸 사과하고 있었다.

"아이고! 쟤를 좀 보세요! 창피해 죽겠어요!"

프란시스코는 베아트리스가 하객들에게 상황을 설명하고 둘째 딸의 호들갑을 통제하도록 내버려 두었다. 그때 꿀벌들은 소년의 호위를 중단했다. 그게 프란시스코가 다가섰기 때문인지 시모노피오의 무언의 메시지 때문인지 알 수 없었다. 어쨌든 환영 퍼레이드를 끝낸 꿀벌들은 갑자기 한마음으로 움직이듯, 동시에 완벽한 조화를 이루며 날아가 버렸다. 단지 한 마리만 남았다. 그것은 시모노피오의 목덜미에 앉아있었다.

"가서 인사하고 싶니?"

시모노피오가 고개를 저었을 때 프란시스코는 놀라지 않았다. 사실 그는 거기서 그를 보게 된 거에 더 뜻밖으로 생각했다. 그가 며칠 동안 보이지 않았기 때문만이 아니라, 시모노피오는 낯선 사람들 앞에 나서기를 싫어했기 때문이었다. 그런데 지금 그곳에 그가 있었다. 게다가 그의 시선에는 환한 미소가 피어올랐다. "괜찮아."라고 프란시스코가 말했다. 그것은 질문이 아니었다. 시모노피오는 자신의 배낭 안에 있던 걸 모두 꺼내면서 고개를 끄덕였다. "뭘 가지고 온 거니?" 시모노피오는 침낭을 꺼내 바닥에 펼쳐 놓고, 그 위에 단단히 묶인 묶음을 펼쳤다. 그는 헝겊에 싸인 무언가를 꺼내 대부에게 건넸다. "열어 볼까?" 시모노피오는 프란시스코의 두 눈을 진지하게 바라보며 고개를 끄덕였다. 그것이 무엇이든, 그 작은 묶음의 내용물은 그의 대자에게 매우 중요한 것이리라. 프란시스코는 숨을 참으며 헝겊에 있는 매듭을 조심스럽게 풀었다. 문득 처음으로 시모노피오를 보았던 날을 기억했다. 비록 지금 눈앞에 있는 묶음보다 조금 더 컸지만, 당시 프란시스코는 두 개의 비슷한 묶음을 열었다. 그것은 갓 태어난 시모노피오와 꿀벌이 가득한 벌집이었다. 그래서 프란시스코는 이번에도 조심스럽게 그 묶음을 열었다. 그 내용물은 속이 빈 오렌지 껍질의 반쪽 두 개였다. 너무 오래되어 딱딱한 가죽 껍질처럼 변해 있었다. 시모노피오는 이를 헝겊으로 칭칭 묶어 둥근 공 모양을 만들었다. 프란시스코는 그 껍질 반쪽들을 조심스럽게 떼어놓았다. 그러자 그 안에 있던 것이 바닥에 떨어졌다. 그것은 섬세하고 부드러운 흰색 꽃 이파리 같은 거였다. 백양목처럼 눈부시게 고왔다. 프란시스코는 그걸 다시 주워 담으려고 하지 않았다. 그저 눈으로 바라볼 뿐이었다. 잠시 후 신비롭고 향기로운 내음이 프란시스코의 온몸을 감쌌다. "신부를 위한 꽃이로구나!" 도밍게스 부인이 기뻐하며 말했다. 이제 꿀벌들이 가 버리자, 그녀는 호기심으로 소년에게 다가와 배낭 안에 있는 것들을 보고 싶어 했다. "시모노피오, 카르멘에게 줄 꽃을 가져온 거니? 오렌지 꽃을?" 감동과 놀라움으로 베아트리스는 시모노피오에게 다가왔다. 그 꽃은 인근에서는 볼 수 없는 귀한 꽃이었다. "어디서 찾은 거니?"

그러자 프란시스코가 말했다. 그는 꽃들이 산들바람에 춤추는 모습을 넋을 잃고 바라보고 있었다. "신부를 위한 꽃이 아녜요. 이 꽃들은 내게 주는 겁니다." 그는 꽃잎을 상하게 하지 않으려고 조심하면서 꽃 한 송이 한 송이를 세심하게 집어 들었다. 그는 시모노피오가 건네줬을 때와 똑같이 꽃 꾸러미를 고정했다. 그리고 그걸 안고 아무 말 없이 집 안으로 들어갔다. 하객들은 그를 이상한 시선으로 바라보았다. 꿀벌 소년도 그의 뒤를 따라 들어갔다.

39

고귀한 선물

··· **프란시스코는 베아트리스가** 하객들을 잘 접대하리라고 생각했다. 하지만 그 하객들은 호스트가 그들을 버리고 집 안으로 가 버렸다는 사실에 매우 혼란스러워했다. 프란시스코는 좋은 매너를 매우 소중히 여겼다. 호스트가 음식과 하객들을 내팽개치고 가 버린다는 건 최악의 취향임을 알고 있었다. 그러나 시모노피오가 그에게 꽃을 가져 왔다. 그날까지 프란시스코는 그보다 더 좋은 선물을 받아 본 적이 없었다.

그는 서재 책상 앞에 앉아 조심스럽게 대자의 선물을 다시 열어 보았다. 유감스럽게도 그는 꽃들이 땅에 떨어지면서 멍이 든 걸 보았다. 꽃들은 시간이 지남에 따라 죽어 가고 있었다. 꽃들이 분해되는 게 보였다. 프란시스코는 그걸 막기 위해 아무것도 하지 않았다. 이 꽃들을 포함해서 모든 생명체는 죽는다고 그는 생각했다. 그것들을 물에 담그는 건 불가피한 소멸을 지연시킬 뿐이리라. 그것은 중요하지 않았다.

시모노피오는 대부를 위해 그 꽃들을 생명으로부터 뽑아냈다. 프란시스코는 시모노피오의 뜻을 잘 이해했다. 그 꽃들은 자기 운명을 완수한 것이다. 그는 시모노피오를 바라보았다. 시모노피오는 그의 앞에 서서, 대부가 머릿속의 온갖 망상과 쓰레기들을 몽땅 털어내기 바랐다. 프란시스코의 머릿속 톱니바퀴는 산화물과 거미줄로 잔뜩 녹슬어 있었다. 그것은 수년간의 전쟁과 불확실성, 습관 및 낡은 전통으로 찌들대로 찌든 결과였다. "시모노피오, 몬테모렐로스까지 걸어서 걸어갔다 온 거니? 산을 통해서?" 대답이 필요 없었다. 이미 알고 있었기 때문이었다.

세뇨르 조셉 로버트슨이 지난 세기말에 그 나무들을 심었다. 그는 철도 건설을 위해 왔는데, 독특한 생각의 소유자였다. 어느 날 그는 미국 캘리포니아로부터 화물차 몇 대에 오렌지 나무를 가득 싣고 왔다. 그는 그곳 사람들처럼 사탕수수나 옥수수, 밀을 심지 않았다. 대신 그가 화물차에 싣고 온 오렌지 나무를 심었다. 몬테모렐로스 일대가 바로 그곳이었다. 사람들은 그를 '미쳐버린 괴짜 양키'라고 불렀다. 그는 신경 쓰지 않았다. "사람들은 계속 그렇게 손가락질 했단다." 프란시스코는 시모노피오에게 말했다. "이곳에 있는 우리 모두 그렇게 했지. 언제나 그래왔던 것처럼, 똑같은 방식으로 똑같은 것을 심었지. 그런데 지금 우리 처지가 어떤지 봐라. 모든 걸 잃어버릴 지경이야. 반면, 그는…. 맞아, 이제 그는 늙었지. 그렇지만 아마도 그가 30년 전에 심은 나무들은 아직 거기에 있고, 그가 죽어도 여전히 거기에 있을 거란다."

시모노피오가 그에게 선물로 준 꽃들을 피워 낸 오렌지 나무는 약 30년 동안 땅을 사용하고 있었다. 마찬가지로 그 30년 동안 그 오렌지 나무 주인은 새로운 작물을 심을 걱정이 없었다. 해마다 땅을 정리하거나 작물을 회전시킬 필요가 없었다. 그 나무들은 거기 계속 머물러 있었다. 열매를 맺기 시작해도 해마다 열매는 다시 매달렸다. 게다가 프란시스코는 그 오렌지들을 먹어본 적이 있었는데, 맛이 기가 막혔다.

프란시스코는 오렌지 나무 과수원을 시작하기로 결정했다. 자신의 나무들이 열매 맺을 때면 오렌지 시장도 열리리라 확신했다. 그의 계획에는 의심의 여지가 없었다. 30년 전 이미 몬테모렐로스에서 성공이 입증됐지 않았는가. 그곳에서 멀지 않은 그의 땅도 오렌지에 적합하리라. 그의 머릿속 생각들을 실천하는 게 쉽지도, 비용이 적게 드는 것도 아니었다. 그러나 그 문제들에 대한 답은 자신의 대자가 가져온 작고 하얀 꽃들이 가지고 있다고 그는 확신했다.

"시모노피오, 나는 내일 캘리포니아에 갈 거다. 나랑 같이 갈래?"

40

농지 개혁

··· **기차의 움직임은** 그녀를 잠들게 하고 있었다. 그녀는 자지 않으리라 다짐했다. 공공장소에서 그렇게 하는 건 매우 나쁜 취향에 속했다. 그녀는 그저 잠시 눈을 감으며, 조금 쉴 뿐이라고 생각했다. 베아트리스 모랄레스는 자신이 왜 그렇게 피곤한지 몰랐다. 아마도 잦은 몬테레이 나들이가 그녀를 지치게 했으리라.

그녀의 두 딸은 이미 결혼했다. 이제 약혼이다 뭐다 해서 몬테레이로 가야 할 일은 없어졌다. 그 의무감에서 해방된 것이 즐거웠다. 물론 그녀는 손자들을 보기 위해 앞으로도 몬테레이에 다닐 거라는 걸 알고 있었다. 그러나 집안일을 제쳐 둔 채 꺼림칙한 마음으로 기차에 오르는 일은 없으리라. 리나레스는 자신과 안성맞춤이었다. 때로 시간은 눈 깜빡이는 것처럼 순식간에 지나갔다. 그녀의 딸들은 어른이 돼버렸고, 자신들의 삶을 위해 떠나 버렸다. 이제 리나레스에서는 모든 것이 변했다.

카르멘의 결혼식 그리고 그 후에 있었던 안토니오의 동생인 미겔 도밍게스와 콘수엘로의 결혼식을 방해하는 것은 아무것도 없었다. 두 신랑의 어머니가 그들이 결혼하는 모습을 보기 전에 죽은 것이 아쉬웠다. 하지만 그건 어떻게 할 수 있는 일이 아니었다. 두 결혼식은 매우 신중하고 엄격하게 치러졌다. 대단히 품위 있고 우아하면서도 간결한 행사였다. 특히 두 결혼식은 리나레스 지역의 전통 축제 기간에 치러졌다. 그 덕분에 몬테레이에서 온 하객들이 리나레스에 대단히 좋은 인상을 가지고 돌아갔으리라. 카르멘의 결혼식은 8월의 비야세카(Villaseca) 축제 기간에, 그리고 콘수엘로의 결혼식은 그 일년 반 뒤인 부활절 주간, 영광의 토요일 무도회 이후에 치렀다.

그녀는 한때 리나레스의 축제들이 다시는 열리지 않으리라고 생각했다. 그때 그녀는 그 전통들을 딸들이 경험하도록, 그 축제들이 이어지도록 하는 게 자신이 할 일이라고 생각했다. 이제 전통 축제는 다시 돌아왔다. 하지만, 그녀의 딸들은 다른 곳에서 자기들의 삶을 살고 있었다. 물론, 딸들은 축제를 즐기기 위해 방문하기도 할 것이고, 아마 자기 아이들도 데려올 것이리라. 그러나 그 아이들에게 축제는 낯설 것이다. 딸들에게 그 축제들은 그저 마지막 세부 사항까지 완벽하게 진행되도록 그 축제들을 조직하며 많은 시간을 투자했던 어머니와 고향을 기억할 때 떠오르는 하나의 에피소드에 불과하리라. 그녀들은 리나레스 사람들의 상복을 시골 마을의 헛짓거리로 기억하리라. 그 상복은 사순절 내내 늘 입었던 복장이었는데도 말이다. 리나레스 사람들은 영광의 토요일에 춤을 추는 것을 열망했다. 그날 마을의 상류 사회는 봄의 화사한 의상과 댄스 슈즈를 신었다.

때로 지금처럼 베아트리스는 딸들에 대한 추억에 휩싸였다. 역사가 달랐다면 달라질 수도 있었겠지만, 딸들은 이제 몬테레이에서 남편 그리고 이미 태어났거나 곧 태어날 아이들과 함께 행복해 보였다.

카르멘은 방금 그녀에게 두 번째 출산을 기다리고 있다고 알려 왔다. 콘수엘로는 이미 임신 넉 달째였다. 콘수엘로가 어머니로서 어땠을지는 미스터리로 남아 있다. 베아트리스는 콘수엘로가 모성 본능을 발휘한 걸 본 적이 없었다. 비록 남의 집 아이라도 아기에 대해 여자가 느끼는 애정을 전혀 볼 수 없었다. 길에 아기가 있을 때도, 또 가까이에 조카가 있을 때도, 그녀는 관심이 없었다. 그녀의 관심은 오로지 친구들과 책, 그리고 자기 남편이었다. 베아트리스는 그녀가 자기 아이를 가지면 변화될 거라고 기대했다. 반면, 카르멘은 참을성 있는 어머니임이 입증됐다. 그녀와 유모들을 바쁘게 했던 그녀의 첫 사내아이는 이제 10개월이 됐다. 그 아이는 잠시도 가만히 있지를 못했다. 나부대기를 좋아해 쉬지 않고 함께 놀아 줘야만 했다. 베아트리스는 그 아이를 돌보는 베이비시터들의 고충을 지켜보았다. 자신이 그 아이를 돌보지 않아도 되는 걸 다행으로 생각했다. 그녀는 손자의 뒤를 따라 다닐 힘이 없었다. 게다가 최근에 그녀는 너무 피곤했다. 그래서 카르멘을 방문할 땐 저녁 식사 후에만 아이를 맡겨 달라고 부탁했다. 어느 날 아이가 온종일 활발하게 움직여 극도로 피곤했다. 그렇게 흔들의자에서 둘 다 잠들 때까지 인내하며 아이를 안고 있었다.

그녀의 삶은 리나레스에 있었다. 프란시스코 근처에. 프란시스코는 이제 새로운 오렌지 과수원과 목장 일로 너무 바빴다. 예전에 때때로 그랬던 것처럼 몬테레이로 여행할 시간이 없었다. 그녀는 손자들 때문에라도 몬테레이에 자주 가고 싶지 않았다. 아이들은 할아버지 할머니를 만나러 리나레스에 와야 하리라. 그게 정상이었다.

이상하게도, 리나레스에 있는 동안에 그녀는 딸들을 걱정하며 그리워했고, 딸들과 함께 몬테레이에 있을 때는 리나레스에 있는 자신의 생활과 사람들을 그 이상으로 그리워했다. 마치 불완전한 절반의 삶을 사는 것 같았다. 딸들과 헤어질 때마다 기분이 좋지 않았지만, 프란시스코에게서 멀어질 때는 기분이 더 나빠졌다.

그녀의 어머니도 몬테레이까지 동행하기로 동의하면서 여러 번 똑같은 말을 했다. 어머니는 리나레스의 기차역에서 고집불통의 그녀와 헤어질 때 또 한마디 더 했다. "딸아, 네가 있을 곳은 네 남편과 함께 있는 곳이야." 자기 어머니가 그렇게 말했을 때 베아트리스는 불같이 화를 냈다. 그만큼, 그녀는 그 말에 동의했음을 인정해야 했다. 그녀는 석 달 동안의 피난 생활 후, 삶은 그 어떤 것 앞에서도 멈추지 않는다는 사실을 알았다. 리나레스와 프란시스코에게서 멀어지는 기차에 오를 때마다, 그녀는 자기가 침입자처럼 자기 가정의 바깥에 남겨질 것이라는 불쾌한 느낌에 시달렸다. 작은 창문의 닫힌 틈새를 통해서만 집의 내부를 들여다볼 수 있는, 훔쳐보는 여자처럼 말이다. 그녀는 서로 멀리 떨어져 있을 때, 그녀가 변하고 정반대 방향으로 그가 변하여, 다시는 서로를 만나지 못하게 될까 봐 두려웠다. 언젠가는 그들이 서로의 목소리, 말의 의도, 시선, 침대에서 체온을 인식하지 못할까 봐 두려웠다.

그래서 베아트리스는 가능한 한 드물게 몬테레이에 갔다. 점점 더 적게. 그녀는 자기가 남편의 일을 도와줄 수 없다는 것을 알았다. 남편은 일에 점점 더 열중하였다. 그러나 그녀는 그를 위해 할 수 있는 최소한의 일이 있었다. 그를 기다리다가 밤에 그를 맞이하고, 저녁 식사를 함께하는 거였다. 그와 가깝게 잠을 자면서 그와 자신의 체온을 나누는 거였다. 그렇게 그의 근심과 염려를 잊게 만드는 거였다. 그는 그녀가 생각한 것보다 더 많은 걱정을 하고 있었다.

그들이 직면한 변화는 프란시스코에게는 전혀 쉽지 않았다. 비록 그 자신이 그 변화들을 받아들이기로 했지만 말이다. 카르멘과 안토니오가 결혼을 발표하고 시모노피오가 이상한 선물을 했던 그 날, 베아트리스는 하객들과 함께 집 안으로 들어간 프란치스코를 기다렸다. 일을 끝내고 즉시 돌아오리라고 생각했다. 하지만 몇 분이 지났지만, 프란시스코도 시모노피오도 나오지 않았다. 베아트리스는 걱정하기 시작했다. 더 곤혹스러운 것은 남편의 비정상적이고 무례한 행동에 대해 변명할 만한 게 고갈됐다는 것이었다. 그녀가 그를 찾아 집 안에 들어갔을 때, 그녀는 우체국 전보 메시지들을 쓰고 있는 그를 발견했다.

"뭐하는 거예요? 프란시스코. 손님들이 있잖아요."

"알아요. 하지만 그들은 떠나지 않을 것이고 난 좀 급해서 그래요."

"뭐가 그리 급하죠?"

"농지 개혁을 이기기 위해서는 서둘러야 해서요."

그런 대답은 베아트리스를 당황하게 했다. 그냥 꽃송이 몇 개일 뿐인데, 그게 어떻게 그에게 영감을 줄 수 있었단 말인가? 그것들이 어떻게 연방법 극복에 도움을 줄 수 있단 말인가? 프란시스코는 메시지 작성에 집중하고 있었다. 그에게 물어볼 수도 없었다. 그녀는 분노로 씩씩대며 나가 버렸다. 물론 그녀는 밖으로 나가서는 감정을 숨기고 새로운 열정으로 하객들에게 남편이 왜 그러는지 변명하기에 바빴다.

"프란시스코가 사과를 전합니다. 그는 자신의 농장 중 하나에서 긴급 상황에 대한 소식을 받았거든요. 하지만 여러분들은 집에서처럼 편하게 즐기십시오."

호스트의 친절한 인사로 인해 파티는 중단 없이 계속되었다. 떠나기를 가장 꺼리는 사람은 새로 부임한 신부인 페드로였다. 그는 베아트리스에게 그녀의 남편이 언제 돌아올 것인지 시도 때도 없이 물었다.

"모르겠어요, 신부님. 그 사람에게는 때로는 묻지 않는 것이 가장 좋습니다."라며 그녀는 분노를 표출했다.

시간은 영원한 것처럼 보였지만, 오후 간식 시간이 되었다. 즉석 만찬으로 변했던 오찬이 드디어 끝났다. 날이 어두워지자 사람들은 응접실로 갔다. 그리고 그 후에는 다시 배가 고파져서 남은 음식을 데워 먹기 위해 식당으로 자리를 옮겼었다. 그들 모두는 라 플로리다 농장에 있는 캠프에 초대되었기 때문에 다음날 다시 만날 터였다.

"프란시스코가 우리와 함께 갈 수 있을지 모르겠어요. 이런 게 이 사업의 불편한 점이죠."

그녀가 미리 사과해 둔 건 잘한 일이었다. 그날 밤 프란시스코는 그녀에게 다음날 라레도로 떠날 거라고 알려 주었다. 거기서 며칠 머물며 캘리포니아 여행을 준비한 다음 텍사스주의 산 안토니오에서 기차를 타고 출발할 것이었다.

"무슨 목적으로 거기까지 가죠?"

"오렌지 나무를 좀 살 거요."

남편의 결정은 늘 즉흥적이고 빨랐다. 그리고 이전에 취해 왔던 가부장적인 신중함과 보수성을 단번에 뒤집어 버렸다. 그런 역동성과 결단력이 때로 베아트리스를 당황하게 했다. 그러나 베아트리스는 결국 자신을 통제하고 그의 말에 귀를 기울였다. 그녀는 남편의 말에 동의했고, 나중에는 그가 옳을 수도 있음을 받아들이곤 했다. 남편은 전격적으로 몬테레이의 집과 땅을 사들였다. 또 최신형 신형 트랙터를 미국에서 매입했다. 처음엔 터무니없어 보였지만 나중에는 그의 판단이 옳았다.

이제 베아트리스는 의구심을 드러내지 않고, 적확하고 현명한 질문을 하면서, 남편의 계획에 귀를 기울일 터였다. 대단한 의지력을 발휘하며, 내심 그녀가 하고 싶은 질문을 억제하면서 말이다. '당신의 오렌지 나무들이 열매를 맺는 동안, 우리는 어떻게 살아갈까요?'

프란시스코가 그녀에게 설명했던 내용은 그들의 삶을 바꿀 터였다. 그는 오렌지 나무들을 여러 단계에 걸쳐 사들일 계획이었다. 그것도 상당한 투자였기 때문이다. 그런 다음 그는 자기 땅에 있는 사탕수수들을 모두 뽑아 버릴 참이었다. 베아트리스가 비명을 질렀다. 그는 계속해서 말했다.

"올해로 사탕수수 심는 게 끝났소. 다시는 사탕수수를 심지 않을 거요. 우리는 수십 년 동안 오렌지 나무들을 재배할 거니까 말이오. 이제 당신도 알게 될 거요."

그랬다. 사탕수수는 3년마다 다시 심어야 했다. 그리고 그해 사실상의 식수 기간이 지나 버렸다. 이제 모랄레스 가문은 사탕수수를 생산하지 않을 것이었다. 이 소식은 베아트리스의 배에 일종의 묵직한 느낌을 주었다. 슬픔이 짜르르한 심장 부분에도 그 느낌이 약간 공유됐다. 그녀는 사탕수수에 둘러싸여 평생을 보냈다. 그녀의 아버지, 그리고 지금은 그녀의 형제들도 그 땅에서 사탕수수를 재배했다. 그녀는 푸른 사탕수수에 둘러싸여 성장했다. 그녀는 밤마다 셀 수 없이 많은 사탕수수 가지들 사이에 들어가 잠이 들었다. 사탕수수밭을 여행하는 바람의 휘파람 소리를 들으며 꿈을 꿨다. 강풍이 불면 사탕수수들이 성난 파도처럼 출렁거렸다. 나중에 사탕수수의 소리 없이 잠드는 건 어떤 걸까?

프란시스코는 그에 만족하지 않았다. 그는 바로 그해에 사용하지 않은 땅에 오렌지 나무를 심겠다고 말했다. 적어도 그는 당장 그런 시도를 하리라.

"그럼 당신은 오렌지 나무 수백 그루를 살 건가요?"

"우리는 수천 그루를 살 거요. 올해에만 말이오. 그리고 우리 땅 전부를 채울 때까지 조금씩 더 살거요."

"그럼 옥수수는요?"

첫 번째 오렌지 나무가 열매를 맺기 시작할 때까지 그는 옥수수들을 제거하지 않을 계획이었다. 한 푼의 수입도 없이 투자하는 어리석음을 범하지 않을 터였다.

"조만간 그 옥수수들도 없어질 거요, 베아트리스. 우리 땅의 풍경은 조금씩 바뀌겠지. 십 년 정도 걸릴 거요."

넓은 땅은 대부분 예전처럼 남아 있었다. 하지만 그 주변의 풍경은 바뀌고 있었다. 구식의 베아트리스는 어떤 종류의 변화에도 두려움을 갖고 있었다. 때로 남편에 대한 항의의 표시로 피부에 소름이 돋았다. 하지만 베아트리스는 신식이 되었다. 천이 발목 위로 올라오고, 전체적으로 더 적은 천과 적은 비용을 사용하는 드레스를 입는 매우 근대적인 여인이었다. 그녀는 무조건 남편을 지지했다. 변화의 좋은 면을 보려고 노력했다.

카르멘과 안토니오가 성당에서 언약한 지 한 달 후, 프란시스코와 시모노피오는 두 대의 철도 차량에 어린 오렌지 나무 묘목을 신고 돌아왔다. 사람들은 프란시스코에게 다가가 그를 설득하려고 했다.

"이건 미친 짓이네. 이 나무들이 뭘 생산해 낼지도 자네는 모르지 않는가. 사탕수수 전부를 뽑아내고, 나중에 자네의 옥수수들도 모두 제거할 텐가? 프란시스코, 자네 아버지가 뭐라고 하겠는가?"

"세상은 살아 있는 자들의 것이라고. 그렇게 말하실 겁니다."

실제 프란시스코의 아버지가 무덤에서 놀라 자빠지시지나 않을까 베아트리스는 상상했다. 그러나 그것이 그를 멈추게 하지는 않았다. 그리고 그녀는 그가 옳다는 걸 인정했다. 변화하는 세상에서 낡은 습관에의 집착은 버려야 한다. 비록 자기 재산이 새로운 혁명에 타격을 받는 것처럼 보이더라도 말이다. 사탕수수 소리가 들리지 않아 밤에 잠들기 힘들더라도 말이다.

이제 후퇴는 없었다. 프란시스코가 예측한 대로, 오렌지 나무들은 리나레스의 토양에 빠르게 뿌리를 내렸다. 비록 첫해에는 열매는커녕 꽃도 피우지 않았다. 열매를 맺는 데는 삼 년까지도 걸릴 수 있었다. 하지만 그다음 해에는 베아트리스의 남동생들을 포함한 많은 사람이 프란시스코의 논리에 굴복되어 그의 계획을 따랐다. 프란시스코가 다양한 시기에 과실을 내는 다양한 품종의 오렌지 나무들을 더 주문했을 때, 다른 이들도 그와 똑같이 그렇게 했다.

투자 자금이 부족하거나 과실수 재배의 거부로 어려움을 겪은 사람들이 아직도 있었다. 그의 정원에서 일하는 부인들이 그랬다. 그러나 결국에는 최근 발표된 헌법의 농업 개혁 예외 덕분에 가장 완고한 이들조차도 설득되었다. 그것은 과실수를 심은 모든 토지는 몰수에서 제외되었다. 왜 과실수는 되고 사탕수수는 안 될까? 발표된 수정안에는 설명이 없었지만, 그 이유가 곧 밝혀졌다. 나중에 대통령이 될 플루타르코 엘리아스 카예스 장군이 헤네랄 테란 옆 마을에 있는 솔레닷 델라 모타 농장을 이제 막 구입했다. 이 농장은 그때도 그랬지만 앞으로도 오렌지 재배만 할 예정이었다.

프란시스코에게는 그 이유가 중요하지 않았다. 그는 자신의 편의에 따라 맞춤법을 제정하는 정치인의 뻔뻔함에 대해 언급하거나 불평하지 않았다. 그는 자신의 재산을 빼앗으려는 정부의 계획보다 한발 앞서 행동했다. 그것이 그에게 커다란 만족감을 주었다. 만일 리나레스와 인근에 사는 모든 이들이 그 법 덕분에 자기 재산을 빼앗기지 않았다면, 그것은 더 좋은 일이었다.

타마울리파스의 땅이 그 과일에 적합하지 않음을 안타까워했지만, 프란시스코는 가축 목장을 소홀히 하지 않았다. 또 미국 캘리포니아에서 구한 책들에서 오렌지 재배법을 공부하는 데 몸과 마음을 바쳤다. 그는 오렌지 나무를 심기 위해 파야 할 구덩이 사이의 거리를 직접 측정했다. 그러고는 일꾼들이 심어 놓은 나무들 하나하나를 관리 감독했다. 하루 일을 마치면 집에 돌아와서 욕실에서 몸의 땀과 흙먼지를 씻어 냈다. 그리고 저녁 식사 후에도 곧 씨앗에서 자랄 오렌지 나무 접목 방법을 연구했다. 그는 다른 경작자로부터 나무들을 계속 구매하고 싶지 않았다.

오랜 시간 만에 처음으로 베아트리스는 프란시스코가 동기 부여된 모습을 보았다. 그는 자신의 상속 재산을 구하기 위해 올바른 길을 가고 있다고 확신하며 행복한 나날을 보내고 있었다. 그녀는 모든 것들이 그렇게 되기를 바랐다. 그러나 그렇게 되지 않았다. 방향을 바꾼다고 모든 문제가 손쉽게 해결되는 것은 아니었다. 프란시스코는 오만하지 않았다. 승리주의자가 되는 것은 그의 본성에 맞지 않았다. 프란시스코는 현실주의자였다. 농업 개혁주의자들은 여전히 그의 농장 주위를 맴돌고 있었다. 그는 가족의 전 재산을 다 보호할 수는 없었다. 그는 몇 년이 더 걸리리라고 예상했다.

어느 날 밤, 그는 침대에 누워서 그녀에게 말했다.

"일단은 내가 이기는 것처럼 보이는 경주에 있는 기분이야. 하지만 그건 아주 길고 비용이 많이 들어가는 경주지. 그래서 누군가 내 뒤를 바짝 추격하고 있는 느낌이야. 그런데 이제 나는 지쳐가고 있어요."

"피곤하면, 내게 말해요. 내가 당신을 도와줄게요."

41

나무 감별사

••• **그녀는 자신의 안식처 리나레스**로 돌아가고 있었다. 그 녀는 아주 고단했다. 기차의 리드미컬한 흔들림이 그녀를 곯아떨어지 게 했다. 그녀가 리나레스와 몬테레이 사이의 철도 여행을 시작한 이 래 처음 있는 일이었다. 검표원이 그녀의 좌석 곁을 지나갔을 때도 알지 못했다. 검표원은 단골 승객인 그녀를 알아보고는 자도록 내버 려 두었다. 기차가 몬테모렐로스에 멈췄을 때도 그녀는 이를 알아차 리지 못했다. 그곳에서는 승객들이 우르르 수선을 떨며 오르내렸다. 그녀는 기차가 알타 언덕길을 통과하고 있다는 걸 깨닫지 못했다. 그 녀는 시모노피오가 그 언덕에 없었다는 걸 알아차리지 못했다. 또 그 녀는 자신의 배 속에서 부드럽지만, 지속적인 움직임이 있다는 사실 도 느끼지 못했다. 리나레스에 도착하자, 검표원은 그녀를 깨웠다.

"도착했습니다, 부인."

한동안 정신이 멍했다. 우선 자신이 공공장소에서 잠들었다는 사 실에 놀라고 부끄러웠다. 그녀는 핸드백을 집어 들었다. 짐꾼 하나가

짐 나르는 걸 도와주었다. 고마웠다. 지금의 그녀라면 짐을 그 자리에 그대로 두었으리라. 그녀에게는 아무것도 옮길 힘이 없었다. 어서 집에 가서 침대에서 잠들고만 싶었다.

그녀는 자신의 몸이 걱정되기 시작했다. 처음에 그녀는 자신의 만성 피로가 나이 때문이라고 생각했다. 자기 또래 여성의 정상적인 신체적 상황 탓이라고 여겼다. 할머니가 되면 아무래도 사회 활동에 흥미가 떨어지고, 몸도 둔해지지 않겠는가. 그러나 그녀보다 나이가 좀 더 많고 적은 여러 친구들 중 그 누구도 그녀처럼 기운이 쇠퇴해 보이지는 않았다.

그녀는 배 속에 매듭 같은 것이 있는 것을 느꼈다. 그녀의 할머니 중 한 명은 악성 빈혈로 젊은 나이에 죽었다. 그녀는 자기가 그 질병을 물려받지 않았기를 바랐다. 하지만 이미 자신에게 초기 증상이 나타난 게 아닌가 두려웠다. 그녀는 다음날 의사를 만나기로 약속했다. 프란시스코에게 걱정 끼치는 게 싫었지만, 계속 모른 체할 수는 없었다. 나쁜 소식이라면 시간을 낭비하지 말고 하루라도 빨리 맞서야 했다.

기차에서 내릴 때, 그녀는 시모노피오가 활짝 미소를 지으며 자신을 기다리고 있는 걸 보고 놀랐다. 그는 아직 채 열두 살이 되지 않았지만, 자세히 보니 지난 한 주 동안 더 많이 자란 것 같았다.

"어휴, 넌 무얼 먹기에 풀처럼 빨리 자라니?"

시모노피오가 그녀에게 다가왔다. 그랬다. 그는 열두 살에 이미 그녀보다 키가 더 커버렸다. 베아트리스는 뿌듯한 기분을 느꼈다. 갓 태어난 시모노피오가 목도리와 벌에 둘러싸여 도착한 게 어제 일처럼 여겨졌다. '이제 그를 한번 봐 보세요. 남자가 다 됐다니까요.'

놀랍게도 시모노피오는 프란시스코의 캘리포니아 여행 초대를 수락했다. 베아트리스는 시모노피오가 그렇게 긴 여행을 견뎌낼 수 없을 거라고 걱정했다. 그러나 시모노피오는 무사히 돌아왔다. 더구나 대부와의 여행을 통해 예전 모습으로 돌아온 듯했다. 야생의 방랑자 시절과 완전 딴판이었다. 때로 그의 성숙한 시선이 너무 어색할 정도로 말이다. 그것은 마치 시모노피오 안에 갇혀 있던 한 죄수가 한순간에 그에게서 탈출한 것 같았다.

프란시스코는 캘리포니아 여행 중 베아트리스에게 전보와 편지를 보냈다. 그를 통해 그녀는 시모노피오가 여행에서 새로운 삶을 즐기고 있음을 알고 있었다. 시모노피오에겐 낯선 언어도 장애가 되지 않았다. 그는 말하지 않고도 이해했다. 그는 어디를 가든 프란시스코와 함께 했다. 어린 수목들이 있는 과수원들을 이곳저곳 돌아다녔다.

첫째 날, 과수원에서 일하는 사람들은 그 남자가 소년에게 너무나 고분고분하다는 사실에 놀랐다.

"저 아이가 당신을 위해 나무들을 선택하도록 내버려 둘 건가요?"

"물론이요, 여러분들이 그를 잘 안다면, 그 이유를 알게 될 겁니다."

프란시스코는 모든 거래에서 그랬듯이, 나무들은 값을 지불하는 사람의 소유라는 확신으로 그 여행을 시작했다. 그는 분명 값을 지불할 것이고, 자기 땅에 그 나무들을 심을 것이고, 그가 이득을 취할 거였다. 그러나 시간이 지남에 따라, 시모노피오가 흥분하는 것을 보고는 그에게 다른 생각이 떠올랐다. 비록 아내 이외의 그 누구와도 공유하지 않을 것이지만 그에게는 나쁘지 않은 생각이었다. 즉, 오렌지 나무들은 시모노피오와 꿀벌들의 소유라는 거였다. 사실 나무들이 뭘 원하는지, 어떤 나무들이 북쪽 대륙에서 남쪽 지방까지 긴 여행을 견뎌낼 것인지, 어떤 나무들이 새로운 토양에 잘 적응할지, 그리하여 꽃을 피우고 열매를 맺을지, 시모노피오보다 더 잘 아는 사람은 없었다.

그는 시모노피오가 나무를 고르도록 내버려 두었다. 시모노피오는 잎이 무성하고 튼튼해 보이는 나무들을 지나쳐 버렸다. 그리고, 얼핏 보기에 약하고 잎이 없는 나무들 앞에 멈춰 서서 표시를 했다. 프란시스코는 시모노피오를 내버려 두었다. 시모노피오는 자기가 무엇을 하고 있는지 알고 있었다. 프란시스코는 그를 믿기에 양키들이나 일꾼들의 이러쿵저러쿵하는 말에 신경 쓰지 않았다. 그곳 사람들은 프란시스코의 대자와 같은 이를 본 적이 없었다. 그는 과수원을 방문한 첫날부터 마치 평생 친구인 듯 캘리포니아의 모든 꿀벌을 매혹시켰다. 그래서 얼마 지나지 않아 그는 '꿀벌 유혹자'로 불리게 되었다.

꿀벌들은 시모노피오를 한 번 보기만 해도 그가 친구라는 걸 알았다. 수백 마리의 꿀벌들이 자신의 일상을 팽개치고 그에게 달려갔다. 너도나도 환영의 표시로 시모노피오의 몸을 덮거나 그 위에 앉았다. 과수원 주인들은 놀라 졸도할 지경이었다. 이렇게 갑작스럽고, 예상치 못한 일은 평생 처음이었다. 프란시스코는 과수원 주인들을 진정시키는 데 신경 써야 했다. 혹시라도 그들이 고압 호스로 소년과 소년의 몸에 있는 벌들을 씻어 낼지도 모르기 때문이었다.

"기다려 보세요. 저걸 보시오."

놀랍게도 시모노피오가 두 팔을 들기만 했는데도, 모든 꿀벌이 삽시간에 날아가 버렸다. 그 이후 시모노피오는 혼자였던 적이 없었다. 그는 과수원에서 매일 아침부터 자신과 여생을 함께할 나무들을 골랐다. 꿀벌들은 어김없이 그를 만나러 나왔다. 꿀벌들도 농장 일꾼들처럼 일과가 끝나기 전에 완수해야 할 작업 할당량이 있는 듯했다. 과수원 방문자와 온종일 보내는 것도 그 임무 중의 하나인 듯했다.

저 꿀벌들이 시모노피오에게 어떤 나무가 좋은지 알려 주는 걸까?

아니면 시모노피오가 단지 직관적으로 그런 걸 아는 걸까? 프란시스코는 스스로 묻고 스스로 대답했다. 그리고 금세 그만두었다. 그런 질문들과 이유는 중요하지 않았다. 시모노피오는 그에게 그런 걸 설명할 준비가 돼 있지 않았다. 그 역시도 그런 걸 이해할 준비가 돼 있지 않았다.

중요한 것은 시모노피오가 나무들을 잘 고르리라고 그가 믿었다는 것이다. 그리고 시간은 그가 옳았음을 증명했다. 남동쪽으로의 긴 여행을 했던 모든 나무 중 단 두 그루만이 도중에 죽었다. 멕시코의 흑토(黑土)에 이식한 후에는 단 한 그루의 나무도 죽지 않았다. 비록 열매를 맺는 것은 여전히 약속에 불과했지만, 이제 나무들은 무럭무럭 자라고 있었다.

1922년 12월, 그들이 캘리포니아 여행을 다녀온 지 2년 후, 기차역에서 수화물을 가지고 있는 모든 일등석 및 이등석 승객들, 그리고 배낭과 새장을 든 삼등석 승객들은 한 소년을 보고 놀라움을 금치 못했다. 베아트리스는 시모노피오가 웃으면서 자기를 껴안기 위해 다가오고 있다고 생각했다. 하지만, 그것은 그녀의 착각이었다. 그는 그녀에게 다가와 그녀의 배에 두 손을 얹었다. 그는 그녀의 두 눈을 바라보았다. 그의 미소는 더 환해졌다.

42

잉태

• • • 이제 거의 다 왔다. 아직 이야기하지 않은 것들도 많이 있으나, 지금까지 이야기한 것들도 적지 않다고 나는 생각한다. 내 나이가 된 사람은 시간이 잔인하고 변덕스러운 주인이라는 것을 깨닫는다. 더 많은 시간을 원할수록, 그것은 더 빨리 사라지는 것처럼 보인다. 그 반대도 마찬가지이다. 시간으로부터 슬쩍 빠져나가고 싶어 하는 만큼, 꼼짝도 하지 못하게 된다. 우리는 시간의 노예이다. 당신이 원한다면, 꼭두각시라고 말해도 좋다. 그리고 시간은 자기 마음대로 우리를 움직이거나 마비시킨다. 예를 들어, 오늘은 이 이야기의 끝에 도달하고 싶다. 그 때문에 더 많은 시간을 가지기를 원하고, 시간이 천천히 지나가기를 바란다. 반면, 당신이 조용히 음악을 듣거나, 다른 생각을 할 경우엔, 이 노인이 입 다물고 있기를 원할 것이다.

어쨌든 내가 아는 것, 내가 결론을 내린 걸 말하게 해 주기 바란다. 시간이 빠르게 가든 느리게 가든, 그건 상관없으니까. 당신은 늘 더 많은 시간을 원할 것이다. 이제 나는 우리 엄마도 많은 일에 더 많은 시간을 원하셨으리라고 생각한다. 틀림없다. 그러나 그 순간에는 그 날 접한 소식들을 소화할 시간이 필요했다. 한 생명이 우주로부터 나에게 온다는 것. 그건 어마어마한 일대 사건이었다. 하지만 그 소식을 남편과 딸들 그리고 온 세상에 알리기 위해선 시간이 필요했다. 언제가 적당한지, 어떤 방식으로 알리는 게 좋을지, 약간의 유예 기간이 있었으면 도움이 됐을 것이다.

불쌍한 엄마. 상상해 보라. 이제 두 딸은 어른이 되었고 둘 다 어머니가 되었다. 그래서 그녀는 할머니가 되었다. 이 사실을 그 두 딸이 감당해야 할 텐데, 그 딸들 얼굴을 어떻게 볼 것인가.

삶과 시간은 다른 결정을 했다. 가장 먼저 그 소식을 들었던 우리 아빠는 기뻐했다. 그는 사내아이가 태어날 거라고 예상했다. 우리 누나들은 그다지 기뻐하지 않았다. 카르멘은 "아이고, 엄마!"라고 말했다. 덜 신중하고 캐묻기 좋아하는 콘수엘로는 방법과 이유, 시기 등을 캐물었다. 엄마는 말했다.

"봐라, 콘수엘로야. 임신한 지 넉 달이 됐을 때, 너는 그 방법과 이유를 알지 못했잖니? 그러니 나도 그걸 너에게 설명하지 않을게. 언제 임신했냐고? 그건 네가 상관할 바가 아니야."

43

오렌지 꽃이 벙글다

··· 그해 봄, 시모노피오는 집에서 멀리 떨어지고 싶지 않았다. 며칠 전, 첫 번째 오렌지 꽃봉오리가 갑자기 나타났다. 이제는 모든 나무가 입이라도 맞춘 듯, 일제히 싹을 틔우고 있었다.

시모노피오는 그런 어린나무들에 인내심을 가지고 기다려야 한다는 사실을 알고 있었다. 꿀벌들은 여전히 그전에 알고 있던 꽃이 있는 곳까지 멀리갔다. 가끔 그도 벌들과 함께 나들이를 나갔다. 과수원의 새싹들은 아직 황금색 꿀을 따기엔 긴 시간을 기다려야 했다. 꿀벌들의 인내심은 무한했다. 그들은 수년 동안 나무를 기다렸고, 마침내 나무가 도착했다. 또 나무들이 꽃을 피울 때까지 기다렸고, 마침내 나무가 꽃을 피울 때가 거의 다가왔다. 나무들은 한순간에 첫 번째 꽃이 벌어지리라. 그리고 과수원 전체가 향기와 금가루, 금빛 액체로 가득 채워지리라. 그 첫 번째 꽃이 벙글면, 꿀벌들과 시모노피오의 장거리 여행은 영원히 종지부를 찍으리라. 그건 시모노피오에게는 다른 무언가의 신호이기도 하리라.

가까이에 머무를 시간이었다. 아기가 올 때까지 계속 기다릴 때였다. 시모노피오의 인내심은 한계에 이르렀다. 그는 꿀벌보다도 더 유심히 새싹을 관찰했다. 첫 번째 꽃잎이 벌어졌을 때, 자신은 머물러 있지 않을 거였다. 그랬다. 그는 달려 나갈 거였다. 첫 번째 꽃은 곧 그 아이가 아장아장 걸어 나옴을 뜻했다. 그는 근심하며 기다렸다. 과수원을 둘러봤다. 조심스럽게 새싹을 어루만지며 새싹에게 속삭였다. '어서 꽃을 피워, 삶이 너를 기다리고 있어. 꽃을 피워 줘. 생명이 올 수 있도록.'

오렌지 나무에 첫 싹이 돋았다. 프란시스코 모랄레스는 그의 모든 희망이 이루어지리라고 믿었다. 시모노피오 역시 나무들을 하나씩 어루만질 준비가 돼 있었다. 나무들에 시선을 떼지 못하고 있었다. 물론 그런 게 아무 소용이 없음을 알고 있었다. 꽃은 때가 되면 필 것이었다.

"시모노피오, 나가서 놀아라. 여기에는 네가 할 일이 없구나."

그러나 그 소년도, 그도 자리를 떠나지 않았다. 그들은 걸었고, 주변을 배회했다. 관개 시설을 검사했고, 모든 나무의 뿌리가 부드러운 흙으로 잘 덮여 있는지, 곧게 자랐는지, 감염이 없는지 확인했다. 그들은 이미 여러 번 검사했었던 것들을 검사하고 또 검사했다. 시간은 더디고 느리게 흘러갔다. 닥치는 대로 일감을 찾아 일부러 바쁘게 지냈다. 나무들 한 줄을 조사하고 돌아서서, 그다음 줄을 조사하려는 참에, 그들은 드디어 그것을 보았다. 그것은 라 아미스타드 과수원의 첫 번째 오렌지 꽃이었다. 시모노피오는 프란시스코에게 꽃 냄새를 맡을 시간조차 주지 않았다. 시모노피오는 갑자기 그의 소매를 잡아끌고 달렸다. 프란시스코는 혼란스러웠다. 잠시 그를 따라갈지 망설였다. 아주 잠시만 말이다. 만일 자신이 시모노피오를 잡아끌었다면, 시모노피오는 그렇게 했을 것이다. 이유를 묻지 않고 말이다.

44

붕어빵 아이들

· · · 사람들은 6월을 기다렸지만, 나는 4월에 태어났다. 조산은 아니었다. 예정일에 태어났다. 우리 엄마가 임신 사실을 알았을 땐 이미 3개월이나 지나 있었다. 엄마는 콘수엘로 누나의 결혼식 즈음에 나를 임신했다.

내가 한가롭게 그걸 계산했던 건 아니다. 그건 콘수엘로가 그렇게 했다. 그녀는 언제나 내게 그 사실을 상기시켜주었다. 내가 아주 어렸을 땐 내가 아무것도 모르니까 나를 골탕 먹이려고 그랬다. 소년 시절에는 나를 괴롭히기 위해 그랬다. 나중에 어른이 됐을 때는, 친근한 농담조로 그 이야기를 했다. 그녀가 결국 우리를 용서했다. 나에 대해서는 내가 태어난 것을, 엄마 아빠에 대해서는 나를 낳은 걸 용서했다. 우리는 그녀가 늙었을 때야 비로소 누나와 남동생으로서 스스럼없이 지내기 시작했다.

분명히 밝히는데, 우리는 그런 말을 하지 않았다. 하지만 개인적인 내 생각으로는, 늦둥이 남동생이 태어나는 것이 여러 가지 이유에서 그녀를 괴롭혔을 것이다. 만일 나의 출생이 누나들의 생애 초기였다면, 그녀들은 완전히 놀랐을 것이다. 아마도 '황새가 오늘 우리에게 무엇을 가져왔는지 보세요'라는 말을 하고 다녔을 것이다. 사람들이 캐묻지 않을 것을 기대하면서 말이다. 다음날 학교에 가서 친구들에게 '황새가 자기들에게 사내아이 하나를 놓고 갔다'고 말했을 것이다. 그 말을 듣는 친구 중에는 그녀들을 동정하고, 일부는 기뻐하며, 또 다른 이들은 황새가 자기들 집에도 와 주었으면 하고 바랐을 것이다. 그러나 친구들은 더 이상의 질문은 하지 않았을 것이다.

하지만 나는 누나들이 이미 결혼한 성인이 된 이후에 태어났다. 그런 미스터리는 이미 케케묵은 것이었다. 누나들은 분명 바보가 아니었다. 게다가 실망스럽게도, 이미 할아버지 할머니가 된 그들의 부모가 그들이 없을 때, 어떤 일을 즐기는지 분명해졌다. 누나들은 친구들의 호기심 어린 질문과 악의적인 논평에 화가 났으리라. 하지만 그것만으로 그녀가 나에 대해 느낀 분노를 정당화하기에 충분하지 않을 수 있다. 분노 유발 원인은 다른 데도 있었다. 그건 엄마가 잠시 착각을 한 건데, 엄마의 출산 예정일과 콘수엘로 누나의 출산 예정일이 같다고 누나에게 알려준 거였다. 누나의 반응은 안 봐도 뻔했다. 그 때문에 엄마가 누나의 출산 준비와 출산 그리고 출산 후 몇 주 동안 누나를 간호해 줄 수 없다는 사실을 알았을 때를 말이다.

엄마는 우리가 화해하기 전에 돌아가셨다. 콘수엘로는 그 '유쾌한 원한'을 연장하고 즐기는 방법을 알고 있었다. 어느 날 그녀는 나를 받아들이기로 했던 것 같다. 그렇게. 더 늦지 않게. 나는 늦게라도 하는 것이 안 하는 것보다 낫다고 생각한다. 그때 즈음 그녀는 할머니가 되고 있었다. 할아버지 할머니도 자신의 삶이 있었다. 그녀가 그랬던 것처럼 경제적인 여유가 있다면 부부 생활을 즐길 수 있었다. 그녀도 그런 걸 이해할 나이가 된 것이다. 그때까지 그녀는 나이 들어 부부 생활 하는 걸 증오했었다. 그렇게 수십 년 동안 부모님을 비난했었다.

나는 우리가 화해했을 때조차도 그런 누나가 어떻게 자기 남편 그리고 자녀들과 좋은 관계를 유지할 수 있었는지 이해하지 못했다. 몬테레이의 모든 남자 중에서 그녀는 또 다른 우리 매형인 안토니오의 동생, 미겔과 사랑에 빠졌다고 내가 말했었다. 그랬다. 형제들과 자매들이 결혼한 것이다. 이른바 이중 결혼, 겹사돈이다.

이중 결혼의 결과는 어린 시절의 나를 매우 혼란스럽게 했다. 젊은 부모들만이 어느 아들이나 어느 딸이 누구의 자식인지 확실하게 알았을 것이다. 아마 대단한 집중력을 발휘하면 할아버지 할머니들도 그랬을 텐데. 모두 성(姓)이 같은 도밍게스 모랄레스였다. 이는 학교에서까지 복잡한 문제를 만들어 냈다. 뿐만 아니라 카르멘의 일곱 아이와 콘수엘로의 여섯 아이는 모두 같은 피부색에 코와 입까지 같은 모습으로 태어났다. 같은 틀에서 나온 듯이 말이다. 붕어빵처럼. 그들 중에는 단 한 쌍의 쌍둥이도 없었지만, 나에게는 그들이 쌍둥이 사촌들인 것처럼 보였다.

나는 누나들 아이 중 누군가보다는 어리고, 누군가와는 동갑 나이였다. 내가 몬테레이 누나 집이라도 방문하면, 사람들은 내가 누나의 아이 중 하나라고 생각했다. 또 우리가 너무 닮아서, 내 엄마는 틀림없이 우리 누나 중 하나라고 생각했다. 나는 누나들과 한 번도 오랜 시간을 함께 살지 않았다. 사람들은 설마 누나들에게 나 같은 남동생이 있으리라고는 생각하지 못했다. 그러니 누나들이 몬테레이에 있는 나의 엄마라고 생각했다. 진짜 우리 엄마는 리나레스에서만 엄마였다. 누나들은 리나레스에서만 누나들이었다.

지금은 비논리적이라는 걸 알지만, 나는 그때 세 살에서 다섯 살 정도의 아이였다. 아이들은 때로 어른들이 줄 필요가 있다고 생각하는 것보다, 더 많은 설명이 필요하다. 예를 들어, 네 살 정도의 감수성이 예민한 나이였을 때, 나는 레메디오스 이모가 엄마에게 말하는 것을 들었다. "맙소사, 베아트리스. 프란시스코는 오늘 밤 잠자리에 들면 죽어 버릴 거야."

그 말은 나에게 끔찍한 공포를 안겨 주었다. 그 전 달에 아버지와 단기 계약을 한 노동자 하나가 과수원에서 일하다가 실제로 죽었다. 바로 그렇게 말이다. 한순간 그는 나무에서 열매가 잘 익었는지 살펴보기 위해 팔을 뻗었는데, 그다음 순간에는 땅에 누워 입을 벌린 채 눈을 뜨고 있었다. 눈 하나 깜빡이지 않았다. 그는 죽은 채로 떨어졌다. 그날 시모노피오는 자기와 함께 오렌지 열매들을 보러 가자고 나를 불렀다. 사실 내 기억에 더 남는 건 그 죽은 사람이다. 난 아주 가까이서 그를 보았다. 게다가 그것은 며칠 동안 어른들 사이의 주요 대화 주제였다. 그는 죽은 채 떨어졌다.

이모는 우리 아빠가 잠자리에서 죽을 거라고 예고했다. 나는 네 살 때 그 말을 듣고 트라우마에 떨었다. 난 그 나이에 '죽는다'라는 표현에 많은 의미가 있다는 걸 알았다. 사람들은 내가 그 나이에 그걸 알았으리라고 어떻게 상상할 수 있었겠는가?

그날 아빠는 내가 생각하기에 처음으로 큰 오렌지 수확물을 하나하나 살펴보고 있었다. 그래서 나는 아빠가 밤늦게까지 귀가하지 않으리라는 걸 알고 있었다. 임박한 죽음에 대해 아빠에게 알릴 방법이 없었다. 시모노피오도 없어서 나를 도와줄 수 없었다. 그는 밖을 쏘

· 대단히 피곤하다는 의미 —역주

다니는 데 열중했다. 나는 아빠를 찾아 모든 과수원을 찾아 헤맬 수 없다는 것을 알았다. 그 나이에는 어떤 거리도 내게는 어마어마하게 느껴졌기 때문이다. 모든 길이 끝도 없었다. 뒤를 돌아볼 때마다 걸어온 거리는 똑같아 보였다. 만일 나 혼자서 모험을 했다면 아무것도 얻지 못한 채 길을 잃었을 것이다. 나는 내가 할 수 있는 것은 기다리는 것뿐임을 알았다.

나는 그날이 내 인생에서 가장 긴 날 중 하나였다고 생각한다. 나는 아빠가 도착하는 것을 보기 위해, 자리에서 거의 움직이지 않고, 내내 입을 다물고 있었다. 아빠에게 잠자리에 들지 말라고, 의사에게 연락하라고, 나를 껴안아 주거나 고해를 하라고 알려 주어야 했다. 그러나 내게는 아빠에 대한 믿음이 있었다. 만일 몸을 구하지 못한다면, 영혼이라도 구원받기 위해 무엇을 해야 할지 아빠는 알고 있다고 믿었다.

내 걱정을 덜기 위해 왜 나는 엄마에게 가지 않았을까? 아마 나는 그때 엄마를 어느 정도 이모의 공범이라고 생각했던 것 같다. 이모가 죽음의 예고를 했을 때, 엄마는 웃으며 대화 주제를 바꿨다. 그것이 내게는 노골적 배신행위로 보였다.

마침내 아버지가 도착했을 때, 이미 나는 지쳐서 그의 침대에서 잠들어 버렸다. 수면이 현관 옆에서 지키고 있던 나를 쓰러뜨렸다. 아빠의 손이 내 이마에 닿아 나는 잠에서 깨어났다. 부모님들은 자녀에게 열이 있는지를 확인하기 위해 항상 그렇게 한다. 희한한 것은 내가 부모님의 침대에 누워 있었다는 것이었다.

나는 말을 잃었고, 두 눈을 통해서 온몸의 수분이 빠져나왔다. 4년 동안 습득했던 어휘들이 결정적인 순간에는 하나도 나오지 않았다. 단지 눈물과 흐느낌뿐이었다. 마침내 중간이 끊어지는 토막 단어들이 나오기 시작했다. 하지만 불쌍한 아빠는 내게 무슨 일이 있었는지 이해하는 데 오랜 시간이 걸렸다. "나는 죽지 않았어. 여기 있잖니."라고 아빠는 나를 안심시켰다. 그러나 나는 "아빠, 잠자리에 들면 죽을 거야!"라고 말했다.

나는 이제 아빠가 나를 이해하기 위해 들어갔을 '단어의 미로'를 상상한다. 비로소 아빠와 엄마는 그것을 이해하게 됐고 나중에 내 오해를 풀어 주었다. 나는 물론 엄마를 용서했다. 비록 이모는 고운 시선으로 바라보지 않았지만 말이다. 이모는 영원히 내 관심을 잃었다. 내가 했던 오해 때문이 아니라, 수년이 지난 후에도 이모는 그 일화를 되풀이했기 때문이다. 이제 나는 이모를 좋아한다는 사실을 밝혀야만 하지만, 그때 나는 이해를 하지 못했다. 그 일 때문에 사람들이 나에 대해 웃는 것이 싫었다. 그런 일이 처음이나 마지막이 아니었기 때문이었다. 시간이 되면 나중에 말하리라. 젊은이, 속도를 좀 늦추시게. 너무 빨리 가고 있다네.

45

형!

··· **좋아.** 나는 4킬로그램에 허파의 힘을 다해 울면서 태어났다. 엄마의 계산대로면 조산이었다. 1923년 4월의 그 화요일, 엄마는 두려움과 놀람 사이에서 나를 맞이했다. 조산아는 생존 가능성이 낮다고 엄마는 생각했다. 배 속에 입주자가 있다는 사실을 알게 된 후, 얼마 안 되는 몇 달 동안, 그녀는 아이에게 진한 애착을 느끼고 있었다. 그렇다. 엄마가 나를 만들었다는 생각을 하면서 말이다.

난 의사조차도 태어나자마자 죽어 버릴 것을 두려워했을 정도로 허약했다. 하지만 나중에는 몸무게가 완벽해졌다. 엄마는 한숨 돌릴 시간조차 없었다. 사람들이 나를 엄마의 두 팔에 안겨 주었을 때, 엄마는 내 참브리타˙ 뜨는 걸 끝내지 않았다는 사실을 깨달았다. 이미 완성해 놓은 것들은 두 딸이 태어날 때를 기준으로 한 것들이었다. 크기가 작아서 나한테는 맞지 않을 터였다. 또 엄마는 요람에 페인트

˙ 뜨개질한 갓난아이의 윗옷

칠을 아직 새로 하지 않았다는 걸 기억했다. 매트리스에 쌓여 있는 먼지들을 아직 털어내지 않고 있다는 것도 깨달았다. 또 요람용 광주리조차도 여전히 창고에 있었고, 갓난아기의 생활에 필요한 기저귀와 기타 도구들은 서랍장에 아직 정돈돼 있지도 않았다.

"다음 주에 시작하려고 했지!"

"걱정하지 말아요." 출산 후 아빠가 엄마에게 말했다. "아이가 벌거 벗지는 않을 거요. 시모노피오가 이미 자기가 갓난아이였을 때 사용했던 옷들을 다 꺼내 놓았으니까. 분명, 그 옷들이 아기에게 맞을 거요. 루피타가 이미 빨래를 하고 있어요."

"헌 옷을요?"

아빠는 시모노피오의 뒤를 따라 달려왔다. 비록 지금은 남자들도 해야 할 일이 있지만, 그 당시 출산은 오로지 여성들의 일이었다. 당시에 남자들은 분만 장소에 들어가지도 못했다. 그래서 시모노피오는 아버지가 유쾌한 상태를 유지하도록 했다. 또 일거리를 지시하며 침착할 수 있도록 했다. 그렇게 아버지를 바쁘게 했다. 시모노피오는 임산부에게 일어날 수 있는 모든 문제도 해결했다. 그는 뭔가를 알았을 것이다.

"요람용 광주리를 이미 꺼내서 씻고 있어요. 폴라는 이미 기저귀들을 제자리에 놓고는 방을 청소하고 있지요. 요람을 준비할 시간은 있으니 걱정하지 말아요."

"아기 방에 아직 페인트칠을 하지 않았어요!"

아마 그때 처음으로 아버지는 내 양육 방침을 확고히 했을 것이다.

"베아트리스, 우리 남자들에게 그런 것들은 중요하지 않소."

아빠의 말은 지극히 옳았다. 나는 내 방에 흰색 칠이 돼 있는지, 얼룩이 져 있는지, 누렇게 됐는지, 한 번도 신경 쓰지 않았다. 사람들이 내가 아무런 준비 없는 상태에서 태어났다고, 그래서 처음에는 헌 옷을 입었고, 침대 시트까지도 다른 이들의 것을 사용했다고 말할 때도 나는 신경 쓰지 않았다.

내가 도착한 이 혼란스러운 세상에서, 내가 처음부터 분명히 알았던 것은, 시모노피오가 언제나 말한 것처럼, 그가 바로 우리 형이라는 거였다.

46

무산자의 침묵

··· **안주인은 이제 막 출산을 했다.** 안셀모 에스피리쿠에타
는 모든 이들이 왜 그렇게 즐거워하는지 몰랐다. 세상에 나온 그 아
들과 함께 프란시스코 모랄레스는 더 많이 생산하려고 할 것이다. 가
지고 있던 땅을 지키려 할 것이고, 모든 걸 소유하려 할 것이리라. 자
기는 더 많은 것을 차지하고, 모두에게는 덜 주려고 하리라.

그 농장주는 아무 말도 하지 않았고, 앞으로 무슨 계획이 있는지
도 다른 사람들과 나누지 않았다. 그냥 명령만 했을 뿐이다. 옥수수
를 심게. 옥수수를 뽑아 버리게. 사탕수수를 잘라 버리게. 그걸 뽑아
버리게. 이제 웅덩이를 파고 나무를 심게. 만일 나무들로 땅을 채워
놓아 농장주가 땅을 망치게 된다면, 안셀모는 아무것도 할 수 없었
다. 그는 가만히 있었다.

안셀모는 장님도 귀머거리도 아니었다. 무관심한 척 질문을 하지
않았지만, 그의 주변 사람들은 수군댔고, 어떤 이들은 비판적이었다.
그랬다. 그러나 또 다른 이들은, 좋은 뜻에서든 나쁜 뜻에서든, 자기

소유지에 대해 권리가 있다고 믿었다. 농장주들은 농업 개혁주의자들을 쫓아내기 위해 조직을 만들었다. 하지만 일부 사람들은 머지않아 법이 말을 하고, 무기가 말을 할 것이라고 확신했다. 그들은 무산자들이었다.

바람을 타고 여행하는 악마의 부름에 잠 못 이루다가 집을 나선 어느 날 밤, 안셀모는 자기 집 근처에서 야영하고 있는 한 무리의 남자들을 발견했다. 그들은 화톳불을 피우고 있었다. 그들은 그가 따뜻한 불가에 다가오도록 내버려 두었다. 아마도 그들은 그에게서, 그가 그들에게서 보았던 것과 똑같은 열정의 눈빛을 보았던 것 같다. 그들은 그에게 양식과 음료를 주었다. 그리고 따뜻한 우정으로 맞이했다.

그들은 같은 장소에 두 번 야영하지 않았다. 스스로 방어할 힘이 없었다. 그들은 지주들이 자신들을 발견할까 봐 두려워했다. 그래서 농장들의 외딴 지역을 은밀하게 돌아다녔다. 대부분 농장은 이제 과수원으로 바뀌었다. 그들은 또한 산속에서 동굴들을 발견했다. 아가피토 트레비뇨(Agapito Treviño)*가 총살당하기 전, 법망을 피해 도망다닐 때 그 동굴들을 사용했던 것으로 짐작됐다. 안셀모는 그 트레비뇨가 누군지 몰랐다. 동굴에 가 보는 것에도 관심이 없었다. 하지만 그들이 근처에 있을 때면 항상 그 무산자 친구들을 보러 갔다.

그는 그들에게서 그 지역의 누구에게서도 느끼지 못한 동료애를 느꼈다. 그들과 함께 그는 죽은 가족 이야기를 할 수 있었고, 아무 말 없이 몇 시간 동안 앉아 있을 수 있었다. 그렇게 앉아 그들의 노래를 듣거나, 그들이 앞으로 가질 땅, 그들의 많은 자녀에게 필요한 땅 이

---

* 19세기에 멕시코 몬테레이를 중심으로 활동했던 의적. 그는 강탈한 물건들을 동굴에 숨겨 두고 가난한 이들에게 나눠 주었다고 한다 —역주

야기를 나눴다.

"나는 아들만 하나 있지요." 그는 첫날 자신에게는 딸도 하나 있다는 사실을 잊고 그들에게 말했다.

"친구, 그럼 하나 더 만드시오. 사람들은 그걸 아주 간단한 것처럼 하지요."

그의 머릿속에는 세탁부 루피타가 그에게 아이를 만들어 주는 모습이 스쳐 지나갔다. 그는 오랫동안 그녀를 보지 못했다. 그는 그녀를 좋아했다. 그녀는 들판에 나오지 않았다. 게다가 이제 아무도 에스피리쿠에타에게 저택에서 할 일을 부탁하지 않았다. 그러나 그는 젖은 옷 바구니를 허리에 끼고 빨래를 말리러 걸어가는 그녀를 자세히 기억했다. 바구니에서 옷을 집어 올리기 위해 팔을 들어 올릴 때마다, 그녀의 치마가 들리며, 그녀의 가느다란 발목과 풍만한 가슴이 드러났다. 그녀의 블라우스는 그 가슴에 착 달라붙어 있었다. 그는 곧 그녀를 찾아낼 계획을 세웠다. 그녀와 함께 완전히 새로운 가족을 만들고, 자신의 땅을 가질 거였다. 그 땅은 새 아내만큼이나 비옥하리라.

그 전에 할 일이 많았다. 그래서 이제 안셀모는 주변에서 일어나는 모든 일에 세심한 주의를 기울였다. 농장주 프란시스코 모랄레스가 뭔가를 계획하고 있었다. 아직 그것이 무엇을 의미하는지 정확하게 이해하지 못했다. 하지만 새로운 아들의 출생과 조금씩 새로운 농작물을 경작하는 것은 우연이 아니었다. 안셀모는 사람들이 그에게 "나무 심을 구멍을 파 주게."라고 말하면, 고개를 들지도 않고 그 일을 했었다. 그러나 그는 입술 사이로 몰래 그가 유일하게 기억하는 노래, 용광로 같은 더위 속에서 그가 배웠던 노래의 후렴구를 불렀다. 그의 의식과 소망은 결코 그 노래를 버리지 않았다.

이제 황금 독수리가 날아올라
분홍 방울새는 불안했네. 그때가 오리라
노새가 고삐를 잡을 날이…

프란시스코 모랄레스는 작업을 지휘하다가 몇 번 그에게 물어보았던 적이 있었다.
"뭘 그렇게 중얼거리고 있나?"
그럴 때면 안셀모는 노래를 중단하고 "아무것도 아닙니다, 주인님."이라고 대답했다.
지금은, 법처럼, 그리고 지금은, 무기처럼, 안셀모 에스피리쿠에타는 입을 다물고 있었다. 지금은.

47

아기

··· **그토록 많은** 기다림과 기나긴 길을 걸은 후, 마침내 삶은 있어야 할 자리로 돌아왔다. 이미 꽃들이 피었고, 열매는 곧 그 뒤를 따를 터였다. 이제 수년 동안 기다리던 사내아이도 태어났다. 하지만 시모노피오는 계속 기다려야 했다. 아직 그에게는 그 아기를 안는 것이 허용되지 않았다. 아기는 아주 작았다. "그건 여자들 일이야." 또는 "우리는 누군가가 아이를 안는 걸 원하지 않는단다."라고 사람들은 그에게 말하곤 했다. 그러나 아기가 잠잘 때 아기의 요람 옆에 앉는 것은 허용해 주었다. 그건 그랬다. 사람들은 그가 아기와 단둘이 남아 아기가 자는 동안 아기를 지켜보고, 관찰하게 해 줄 만큼 그를 신뢰했다. 아기는 이전 주인의 체취와 벌꿀 향기가 가득 스며든 옷을 입고 잠을 잤다. 아기 옷의 전 주인은 시모노피오였다.

시모노피오는 생후 몇 시간 동안 아기에게 주었던 꿀을 주지 않았다. 그러나 매일 어린 아기가 입을 벌리고 우는 틈을 이용해 작은 로열 젤리를 아기의 혀 아래에 조심해서 놓았다. 시모노피오는 아기가 그걸 좋아한다는 걸, 그것이 아기를 튼튼하게 해 준다는 걸 알고 있었다. 만족스러워진 아기는 팔다리를 점점 더 힘차게 움직이고, 휴식을 취할 때는 침착하고 깊은 호흡을 했다. 울 때는 엄청난 폐활량을 보였다. 아기가 침대에 있을 때마다, 단 한 순간도 놓치고 싶지 않았기에, 시모노피오는 프란시스코 주니어에게서 눈을 떼지 않았다.

그렇게 그는 아기의 외모와 표정을 기억했다. 정수리의 가마에서부터 거의 보이지 않는 눈썹 사이에 형성된, 가늘고 섬세한 머리카락에 이르기까지 아기의 특징을 새겼다. 사람들은 신생아는 주변 세상에 관심이 없고, 주의를 집중하지도 않는다고 생각했다. 하지만 시모노피오는 아기가 잠에서 깨어나 울 때, 어떤 노래가 아기를 달래 주는지 터득했다. 어떤 말을 해야 아기가 두 눈을 뜨고 주의를 집중하며, 무감각과 졸음에서 벗어나는지를 알았다. 그렇게 시모노피오는 아기의 작은 얼굴에서 그가 자라서 될 소년의 모습과 그들이 함께 할 길들, 그리고 그들 사이에 만들어질 새로운 이야기들을 미리 보곤 했다.

시모노피오는 요람의 갓 칠한 막대기들 사이로 작은 프란시스코 주니어의 행동을 관찰하면서, 인내심을 모두 끄집어내려고 노력했다. 아기는 잠을 자면서도 가만히 있지 않았다. 그는 아기를 팔에 안고 싶었다. 그 유혹은 매우 강했다. 그에게 아기를 맡겨 주어야 했음을 그는 알고 있었다. 문제는 그가 그것을 이해한 유일한 사람, 그 아기가 그의 책임이 되리라는 걸 안 유일한 사람이었다는 것이다.

그날은 올 것이고, 그는 참고 또 참으며, 그걸 기다리리라. 우선은, 그들이 혼자 있을 때, 그는 거의 아기의 귀에 대고 세상에 대해, 산속의 꽃들에 대해, 그리고 창문에 붙어 윙윙거리는 꿀벌들 이야기를 해 주곤 했다. 코요테 이야기는 나중에 할 거였다. 그는 아기가 무서워하는 걸 원치 않았다. 코요테 이야기는 아기가 좀 더 컸을 때, 시모노피오가 그것과 다른 것들로부터 아이를 돌봐 주리라는 걸 이해할 때까지 기다렸다가 해 줄 거였다.

48

자연 학교

··· **우리 엄마는 오랫동안** 나를 완전히 정상적이지 않다고 생각했다. 그렇게 나에게 고백했다. 나는 그때가 내 첫째 아이가 태어났을 때였던 것으로 기억한다. 즉, 나는 완벽한 상태로 태어났지만, 엄마에게는 내 정신 능력에 대한 의구심이 남아 있었다. 사실 그런 것이 나를 불쾌하게 하지는 않았다. 아기가 태어나면 누구든 가장 먼저 하는 일이 의심하는 일이라고 생각한다. 손가락을 세어 보고, 귀를 검사하고, 배꼽과 호흡을 걱정한다. 그리고 스스로 묻는다. '내 아이가 과연 정상일까?' 다시 말해서, 한순간 세상을 다 가진 듯 기쁨이 넘치다가도, 놀랍게도, 불안과 불확실성의 망령이 고개를 든다. 나의 첫 아이가 태어났을 때, 우리 엄마는 그렇게 나를 위로하기 위해, 예전에 가졌던 자신의 의구심을 고백했다.

"아이고, 아들아, 걱정할 게 없단다. 네가 태어나고 나서 첫 3년 동안 나는 네가 반편이라고 생각했단다. 그런데 지금의 너를 보아라."

그때 나는 내 아기가 인지적 결함을 가지고 있을지 모른다는 생각을 하지 않았다. 그저 손가락이 여섯 개 있는지 또는 다른 신체적 결함이 있는지에만 신경을 썼다. 그랬기에, 엄마의 말은 이미 혼란스러운 내 머릿속에 더 많은 생각을 넣어 주기만 했다. 그런데 왜 엄마는 내가 지적 능력이 열등하다고 생각했을까? 내가 엄마에게 그 얘기를 해 달라고 부탁한 것은 그곳에서도 아니었고, 그때도 아니었다. 나중에 내 아들의 몸에 빠진 것이나 더 있는 게 없다는 것을 알았을 때였다. 정상이라고 확신하며 마음의 평화가 왔을 때 엄마에게 그걸 요구했다. 의사가 말했던 것처럼, 정상적인 신생아라면 마땅히 해야 할 것을 내 아기가 했을 때 말이다.

닥터 칸투는 우리 엄마에게도 그녀의 아들이 지극히 정상이라고 말했다. 조산아지만 미숙아는 아니라고 말했다. 열 달 된 아이가 이곳저곳 기거나 걸음마로 돌아다니다가, 부딪혀 이마에 혹을 달고 사는 게 흔히 있는 일이라고 말이다. 나중에, 두세 살 때의 의사소통 능력이 어느 정도 기대됐을 때, 모든 사람이 알고 있듯 남자아이들은 말을 배우는 데 시간이 더 오래 걸리기 때문에, 나의 말이 어눌하다는 건 전혀 이상하지 않은 일이라고 그 의사는 말했다.

"하지만, 선생님. 걔는 말하고 싶지 않은 게 아니에요. 떠버리처럼 쉬지 않고 뭔가를 지껄이고 다닌다니까요. 단지 아무도 그가 무슨 말을 하는지 이해할 수 없다는 게 문제죠!"

사실 우리 엄마는 나를 입 다물게 할 방법이 없다는 말을 하고 있었다. 사실 나는 너무 논쟁적이고 말이 많아서 아빠는 내가 커서 대단한 변호사가 될 거라고 확신했다. 엄마는 그걸 의심했다. 만일 엄마나 유모들이 내가 말한 내용을 이해할 수 없다면, 그 어떤 판사가 내 말을 이해할 수 있겠느냐는 것이다.

사실 나는 형제간의 언어를 말하고 있었다. 그것은 시모노피오와

나 외에는 아무도 이해하지 못하는 말이었다. 시모노피오는 너무 오랫동안 침묵을 유지했기에, 그가 벙어리가 아니라고 생각하는 사람은 아무도 없었다. 그런데 그는 벙어리가 아니었다. 한 번도 그랬던 적이 없었다. 내가 태어나기 전에 그는 자신의 이야기와 노래를 친구로 삼았고, 산속에서 자기 혼자 그 이야기들을 말하고 혼자 노래를 불렀다. 그 이야기들과 노래들은 사람들이 그에게 스페인어로 얘기하고 불러주었던 것들과 같은 것들이었다. 하지만, 그의 불완전한 입에서는 그만의 방식으로 나왔던 것뿐이다. 나는 요람에서부터 모국어와 동시에 그의 언어를 배웠다. 그는 내 앞에서는 침묵하지 않았다.

왜 처음 내 안에서 형제어가 모국어보다 더 큰 비중을 차지했을까? 난 잘 모르겠다. 하지만, 아마도 시모노피오가 내 귓가에 해 주었던 말들이 엄마나 유모들이 내게 해 주었던 말보다 더 감동적이었기 때문이 아닐까? 누군가의 아슬아슬한 모험 이야기가 '목욕할 시간이다', '잠 잘 시간이야'라는 이야기보다 훨씬 흥미로울 것은 틀림없다. 그런 이야기들은 나처럼 활동적인 아이에게 따분하기 그지없었다.

이건 모두 내 추측이다. 나는 언제 내가 스페인어가 아니라 시모노피오어(語)를 말하기로 했는지 기억하지 못한다. 내가 기억하는 것은 '나는 사람들이 말하는 것을 다 이해하는데, 왜 그들은 나의 말을 이해하지 못하는가!' 도저히 이해할 수 없었다는 것이다. 내가 어린 아이였다는 사실을 이해해 주길 바란다.

세 살 생일이 지난 즈음, 나는 시모노피오가 쓰는 말 이외에는 단 한마디도 하지 않았다. 아빠도 걱정하기 시작했다. 사람들은 내가 시모노피오와 깊이 있는 대화를 나누는 것을 보았다. 시모노피오는 나보다 더 어렸을 때 이해되지 않는 말이지만 말을 하려고 했었다. 그걸 나중에야 알았다. 그리고 지금은 그의 영향으로 내가 그를 따라 하고 있다는 걸 알아차렸다.

언젠가 엄마는 내가 아버지가 되었을 때, 나에게 고백했다. 시모노피오에게 내가 제대로 말하는 법을 배울 때까지는 나를 멀리해 달라고 부탁했었다고. 시모노피오도 엄마의 부탁에 순종하려고 했었으나 내가 그것을 허락하지 않았다고. 나는 어디든 그의 뒤를 따라다니며 그의 관심을 끌려 했다. 그건 나도 기억한다. 며칠 아니면 몇 달, 몇 시간의 공허함. 그때 난 잘 이해하지 못했지만 시모노피오가 나한테 화가 나 있다고 생각했다. 그는 늘 하던 것과는 달랐다. 아침에 잠에서 깰 때 그는 나를 기다리고 있지 않았다. 내가 두 팔을 벌려 그에게 다가갈 때, 기대했던 대로 즉시 나를 안아 주지 않았다.

이미 말했듯이, 나는 아기 때도 전혀 차분하지 않았다. 주변 사람들이 자기 할 일을 제대로 끝내지 못하게 했다. 귀찮아진 사람들은 나를 이 사람 저 사람의 품에 떠넘겼다. 그러다가 나는 시모노피오의 품까지 갔는데, 그는 나를 흔들어 재워 주었다. 그리고 나중에 내가 좀 더 자랐을 때는 나를 안고 들판을 다니며 자기 이야기를 해 주었다.

그는 내 인생의 흥미로운 부분이었다. 나는 그에게서 나무에 오르는 법과 동물과 곤충의 흔적을 구별하는 법을 배웠다. 개울의 시원한 물에 발을 적시며 시냇물에 돌 던지는 법을 익혔다. 맨발로 개울을 건너거나 강을 헤엄쳐서 건너는 동안 그의 등에 원숭이처럼 매달리는 법을 깨우쳤다. 그가 내게 요구할 때, 덤불 아래나 바위 뒤에 숨어, 아무 소리도 내지 않고 쥐 죽은 듯 있는 법을 배웠다. 집 근처 산길에서 소리를 내지 않거나 넘어지지 않으려면, 어느 곳을 발로 디뎌야 할지도 배웠다. 독초를 가려내는 법도 알게 되었다. 그가 만들어 준 고무줄 새총으로 조준하는 법도 익혔다. 그리고 그 새총을 새들이나 토끼들에게 사용하지 않는 법을 배웠다. 그때 나는 그럼 새 총은 무엇 하러 만들었냐고 물었지만 말이다. 나는 또 꿀벌들을 내 몸쪽으로 유도하는 법을 배웠다. 때로 의학적인 목적으로도 사용했지만, 오후에 유모 레하의 발아래 머물면서 벌꿀과 로열젤리를 즐기는 법을 배웠다. 나는 그와 함께 비야세카 장날에도 갔다. 삼등석 천막 구석에서 움직이지 않고 장날 풍경을 즐겼다. 그를 그토록 불편하게 만드는 사람들의 시선들로부터 몸을 숨긴 채, 큰 북을 치는 밴드의 음악도 감상했다. 일등석이나 이등석 천막에서는 더 은밀하고 조심스러웠다. 시모노피오에 의하면, 거기서는 사람들의 시선이 더 부담스럽기 때문이다. 그렇게 우리는 경이로운 마릴루 트레비뇨(Marilú Treviño)의 노래를 들었다. 그는 시모노피오가 좋아하는 곡 '라 엔레다데라(La enredadera)'나 '라 티시카(La tísica)'를 기가 막히게 불렀다. 나는 이 노래를 들을 때부터 그 곡에 빠져들었다. 침대 아래에서 개가 구슬피 우는 동안, 죽어 가는 소녀의 모습을 떠올리며 가슴속에 공감했다.

그는 내게 자신의 이야기를 하는 동안 듣는 자세도 알려 주었다. 그것은 아무것도 묻지 않고, 이야기의 결말을 미리 알려 달라고 하지 않으면서, 조용히 잠자코 있는 거였다.

"왜냐하면, 프란시스코, 이야기의 결말은 그래야 할 때만 얘기하는 것이고, 그 전에 하면 안 된단다. 입 다물고 앉아 있어. 그렇게 하지 않으면 유명한 만담가인 솔레닫 베탕쿠르(Soledad Betancourt)가 비야세카에 올 때 그녀의 이야기를 들으러 널 데려가지 않을 거야."

이 으름장 앞에 나는 즉시 순종했다. 그는 또한 그의 창고 지붕 위에 있는 별들을 함께 바라보다가 잠드는 법을 가르쳐 주었다. 날씨가 따뜻한 날의 해 질 무렵에는 부모님이 나를 밖에서 그와 함께 머물 수 있도록 허락해 주었다. 또 나는 새의 노래 속에서 아침 인사와 짝꿍에게 하는 인사, 위험 신호 등을 알게 되었다. 눈으로 벌들을 쫓아가는 법을, 그리고 벌들이 떠나 버린 것인지 다시 돌아올 것인지를 알게 되었다. 어떤 나무가 먼저 열매를 맺을지도 알았다. 오렌지들이 익어서 먹을 수 있는지 한 번 보고도 알 수 있었다. 익지 않은 오렌지들을 함부로 자르지 않는 법을 배웠다.

한순간에 나는 이 모든 걸 잃어버렸다. 우리 둘이 잃어버렸다. 시모노피오는 빈손으로 남았고, 나는 집에서 나에게 부과된 일을 해야 했다. 그는 기꺼이 희생할 준비가 되어 있었다. 그것이 나를 위한 것이라고 확신했기 때문이다. 그러나 나는 그런 상황을 몰랐다. 시모노피오가 내 인생에서 사라지는 걸 받아들일 수 없었다.

어느 날 나는 낮잠 시간에 그를 찾아 나섰다. 그는 집과 정원의 경계를 표시해 주는 호두나무 아래에 있었다. 그는 언제나처럼 주위에 몇 마리의 꿀벌들이 날고 있었다. 나는 내가 아무런 경고나 주의 없이 그의 몸 위로 몸을 던졌던 기억이 난다. 그는 갑자기 두 눈을 떴는데, 놀라지는 않았다.

"과수원에 가요." 내가 말했다.

"안 돼. 너는 여기 있어야 해."

"왜요?"

"너는 다른 사람들처럼 말을 잘 해야 되니까."

나는 놀라서 집으로 돌아갔다. 그게 다야? 말을 잘하는 거? 엄마는 그날 기적이 일어났다고 확신했다. 엄마는 평온한 낮잠을 자다가 깜짝 놀라 깨어났다.

"엄마. 아빠를 찾으러 시모노피오와 함께 과수원에 가고 싶어요."

잘 발음된 이 완벽한 문장에서 나는 처음으로 '엄마'와 '아빠'라는 단어를 말했다. 그들이 이해하는 언어로 말이다. 그날 오후 나는 스페인어와 시모노피오어(語)를 제대로 구별하는 법을 깨우쳤다. 물론 그날 오후에 우리는 아무런 방해 없이 아빠를 찾으러 갔다. 그렇다고 시모노피오는 엄마가 그에게 요구한 침묵으로 돌아가지 않았다. 자기 발음법으로 나를 가르치는 것을 중단하지 않았다.

나는 그의 통역자가 되었다. 사실 시모노피오가 내게 말했던 것은 거의 모든 게 나만을 위한 거였다. 제대로 이해하기 위해서는 그 현장에 있어야만 했다. 그래도 다른 이들에게 유용한 것들도 있었다.

"아빠, 시모노피오가 그러는데, 내일 비가 올 거라고 꿀벌들이 말했대요."

하늘이 완전히 맑아도 상관없었다. 시모노피오는 여러 달 동안의 가뭄이 끝날 것이라고 확신했다. 우리는 그를 믿어야 했다. 반드시 그렇게 될 것이기 때문이었다. 어김없이 다음날에는 비가 왔다. 아빠가 그 예보에 회의적이었는지, 완전히 수용했었는지는 기억나지 않는다. 나는 그 메시지를 옮긴 후 곧바로 비가 오리라고 생각하면서 달려 도망쳤기 때문이다.

그것은 내 기억 속의 첫 번째 비였다. 그것이 그 나이의 좋은 점이다. 마치 처음인 것 같은 사건을 새록새록 여러 번 되살려 낼 수 있다. 세 살이 되었을 무렵, 나는 이미 그 몇 달 전에 여러 번 비가 내리는 것을 보았을 것이다. 그 나이에 수개월은 끝없는 시간으로 느껴진다. 머릿속은 우연한 무언가에 대한 기억을 쉽사리 붙들지 않는다. 아마 엄마는 내가 비를 맞으며 놀러 나가는 것을 허락하지 않았으리라. 이제 나는 엄마를 상상할 수 있다. 아프니까 이 아이는 젖지 않아야 해요.

치과 의사와의 약속이나 생일처럼 간단명료한 일은 때때로 잊어버린다. 그런데 얼굴에 튕기는 차가운 비 한 방울의 느낌을 어떻게 그토록 오래 기억할 수 있는지 희한하다. 내 삶에서, 비가 내릴 때마다, 나는 그날을 기억한다. 비가 내리기 전의 압박감과 그 침묵을 말이다. 차갑고 굵은 빗방울들은 순식간에 내 속눈썹과 머리카락들로 스며들었다. 비에 젖은 들판의 향기는 똑같지 않다. 집 안의 열기에서 젖은 옷의 시원함으로의 순간이동. 모든 물이 시내와 개천에서 만나 강의 한쪽에 도달하기까지, 그 물이 최고의 길을 발견하는 것을 보고 듣는 것. '몸이 아프게 되니까 물에 들어가지 말아라. 신발과 옷도 버리게 될 거야'라는 엄마의 경고를 신경 쓰지 않고 흘려버리는 것. 머릿속에는 하나의 목표가 주는 놀라운 흥분이 있었다. 그것은 시모노피오가 내게 한 약속 때문이었다. 그는 젖은 땅 밖으로 두꺼비들이 나오는 곳으로 나를 데려가 주겠다고 했다. 그 두꺼비들은 가뭄으로부터 연약한 피부를 보호하기 위해 몇 달 전에 그 안으로 들어갔다.

몇 시간 후, 나는 진흙투성이에 젖은 몸으로 돌아왔다. 사람들은 그런 나를 집에 들여보내지 않았다. 루피타가 내 옷을 벗기고 빨래터에서 나를 목욕시켰다. 내가 그 모험에서 입었던 옷이 어떻게 됐는지는 모른다. 엄마 말이 옳았다. 내 신발은 수선할 수 없을 정도로 걸레가 됐다. 일꾼들의 아이들에게 줄 선물로도 사용할 수 없었다. 말을 듣지 않는 아이에게 엄마가 했던 그 장광설을 기억한다. '몸이 아프게 될 텐데, 그때야 알게 되겠지. 망가진 네 신발을 좀 보렴. 내일 뭘 신고 다닐거니?' 엄마는 신발을 쓰레기통에 버리면서 한숨을 내쉬었다. 너무 길고 크게 내쉬어서 내게는 황소의 콧김 소리 같았다.

우리 엄마는 당신의 훈계에 극적인 요소를 첨가하는 방법을 아주 잘 알고 있었다. 나는 지금까지도 내 귀에서 어떤 소리가 가장 크게 울리는지 모른다. 그 죽을 것 같은 엄마의 한숨인지 아니면 금속 쓰레기통 바닥에 내 신발이 닿을 때 들렸던 단호한 충격음인지.

엄마의 예언과는 달리 그날 밤 나는 아프지 않았다. 그러나 피곤해서 거의 초주검이 됐다. 나는 내 추억에 만족하며 깊이 잠을 잤다. 침대 옆 탁자, 한 상자 안에 내가 입양한 두꺼비가 나를 위해 울고 있었다. 그 녀석은 세상에 등장하는 순간, 갑작스러운 자유로 혼란스러워했다. 자, 여기서 돌아갑시다. 천천히, 거의 다 왔습니다.

49

짝사랑

   ··· **15년 이상 그녀를 원했다.** 5년 이상 그녀를 찾았고, 바라보았고, 기다렸지만, 그녀는 계속해서 그에게 인사조차 하지 않았다. 그가 있는 방향으로는 미소조차 보내지 않았다. 그는 그녀를 바라보곤 했고, 그럴 때마다 그녀가 어떻게 자기를 외면하는지 알았다. 언제나 다른 방향, 다른 곳을 바라보았다. 그녀의 시선이 그를 향한 적은 한 번도 없었다. 수년 동안, 그는 많은 것이 악마가 그녀에게 행한 영향력 때문이라고 생각했다. 그 악마가 도착한 날부터 그녀는 그의 성장을 도왔다.

   그 악마를 붙잡는 게 문제였다. 그는 그걸 알고 있었다. 에스피리쿠에타는 그렇게 하려고 했다. 그를 찾아다녔고, 집중했고, 계획을 세웠다. 그는 그 악마가 농장주와 함께 어디에 있는지 알고 있었다. 이제 그에게 맡겨진 어린아이와 함께 어디에서 산책하고 있는지 알고 있었다. 그래서 그는 놈을 만나기 위해 서둘러 나가곤 했다. 문제는 한 번도 그가 성공하지 못했다는 것이었다. 그가 도착할 때면, 악마는 이미 떠나고 없었다. 두 지점 사이의 길에서 그를 기다리면, 그는 절대로 나타나지 않았다. 마치 그가 있는 게 예감되면, 다른 길이 새로 만들어져 그를 인도하는 것 같았다.

악마는 악마였지만, 여자는 그저 여자였다. 무엇이 문제일까? 무슨 장애물이 가로막고 있을까? 어떤 저항이 가능할까? 뭔가 있었다. 그는 그걸 느꼈다. 에스피리쿠에타는 결코 여러 여자의 남자였던 적이 없었다. 경험상 여자들에게는 눈길 한 번이면 충분하다는 걸 알고 있었다. 그런데 그녀에게는 그렇지 않았다. 그녀는 그를 바라보지도 않았다. 그렇다면 무엇이었던가? 시선을 딴 데로 돌리면서 그녀는 무엇을 보았던가?

그날 밤 안셀모가 있었던 자리는 그녀가 어디를 바라보는지 완벽하게 볼 수 있도록 해 주었다. 그녀는 마치 자기 시선의 힘으로 사랑의 메시지를 보내려는 듯했다. 나 여기 있어요, 내게로 와요. 그러나 그것은 짝사랑이었다. 에스피리쿠에타는 단번에 그걸 알아차렸다. 무뚝뚝한 그 남자는 그녀를 외면하면서 의도적으로 다른 곳을 바라보았다. 그녀가 그곳에 없을 때도, 시선이 마주치지 않을 때도, 그는 항상 다른 방향을 바라보고 있었다. 여자는 그걸 이해하지 못하는 듯했다. 그녀는 전혀 포기할 기색을 보이지 않았다.

안셀모 에스피리쿠에타는 이 배은망덕한 여자가 그 늦둥이 아이에게 헌신하는 것을, 자기를 속이는 것을 참아 왔다. 그러나 그녀의 커다란 두 눈이 단 한 번일지라도 다른 남자를 바라보는 건 용서할 수 없었다. 악마는 악마였지만, 남자는 그저 남자일 뿐이었다. 만일 그녀가 남자를 하나 찾는다면, 안셀모로 충분하리라. 그는 이미 그녀에게 충분할 정도로 많은 시간과 노력을 쏟아부었다. 그는 그녀가 쉬는 날, 마을에서 돌아올 때 그 길에서 그녀를 기다렸다. 그녀가 밤에 어둠 속을 걸어갈 때, 그녀를 뒤쫓았다. 그녀가 비야세카에 있는 악단의 천막에 가서 춤을 추고 오는 것을 고용주 부부가 허락한 날이었다. 그녀가 누군가가 함께 춤을 추자고 청하기를 기다리는 동안, 그 역시 비록 멀리서지만 그녀를 보기 위해 티켓을 구매했다.

그녀는 갈수록 함께 춤을 추자는 요청을 덜 받았다. 그녀가 노래의 리듬에 맞춰 몸과 몸을 닿고 싶은 그 남자는 결코 그녀에게 춤을 요청하지 않았다. 그렇지만 그녀는 자신의 시선으로 사랑의 메시지를 그에게 보내려고 최선을 다했다. 에스피리쿠에타는 몇 년의 세월이 멀어지고 있었지만, 그녀도 마찬가지였다. 그리고 그 속도는 매우 빨랐다. 그가 서두르지 않는다면 그녀는 더는 그에게 쓸모가 없을 터였다. 그는 땅을 원했고 그 땅을 아이들로 채워 줄 아내가 필요했다. 그는 땅을 갖게 되기까지 기다리는 것에 지쳤다. 그녀가 자기를 때때로 스쳐 가는 그림자가 아닌, 남자로 보아주기를 기다리는 것에도 지쳤다. 그날 밤 처음으로 그는 그녀에게 춤을 청했다. 비록 그녀가 그토록 좋아하는 초티스˙ 스텝에 대해 하나도 몰랐지만 말이다. 그의 목소리가 들렸을 때 그녀는 애써 시선을 피하려 노력했다. 그녀는 그가 그곳에, 자기 앞에 서 있는 것을 보았다. 하지만, 그의 눈을 쳐다보지 않았고, 그의 약간 애원하는 그의 목소리를 건성으로 날려 보냈다. 또 "춤추고 싶지 않다."고 대답했을 때 자기가 그에게 준 굴욕감을 신경 쓰지 않았다. 대신 재빨리 자신을 황홀경에 빠지게 하던 지점으로 눈을 돌렸다.

그 무심한 두 눈의 작은 움직임으로써, 그녀는 에스피리쿠에타에게 무력감이 들도록 만들었다. 그녀는 그에게 '아무것도 없음'을 깨닫게

˙ 남녀가 함께 추는 춤의 일종 ─ 역주

했다. 땅도, 아내도 없고, 그런 걸 얻을 재산도 없음을 말이다.

에스피리쿠에타 친구 중 몇몇, 즉 아이들로 가득하고 가장 순종적인 이들은 이미 땅을 얻었다. 좋은 토질의 땅을 달라고 많은 압력을 행사하여 지주들이 양보했다. 그러나 좋은 땅은 아니었다. 물이 적고 토질이 별로인 우알라우이세스에 있는 땅이었다. 이제 그 친구들은 자신의 가난한 농장을 가지고 있었다. 그들은 무엇이든 참아 냈다. 반면 그는 아무 선물에나 반응하지 않았다. 아직 말을 하지 않고 있었지만, 땅을 차분하게 기다리는 안셀모 에스피리쿠에타의 인내는 끝에 달하고 있었다. 그 땅을 오렌지 나무들과 꽃들이 계속해서 포위해 오고 있었다. 그가 패하고 있는 것 같은 시간과의 전쟁이었다. 안셀모는 자기가 매일 밟고 다니는 땅의 가치를 알고 있었다. 그건 그의 것이었다. 그 땅은 그가 일구었기에 그가 차지할 자격이 있었다. 마치 그토록 오랜 시간 동안, 너무나도 오랜 시간 동안 그녀를 그렇게 갈구했음으로, 그 여자를 차지할 자격이 있는 것처럼 말이다.

그날, 여자에 대한 그의 인내심은 결말에 도달했다. 이미 습관이 된 것처럼, 라 아미스타드 농장으로 가는 어두운 길로 루피타의 뒤를 따라갔다.

5.0

일어날 일은 일어 나리라!

••• 시모노피오는 놀라서 깨어났다. 아직 동이 트지 않았지만, 끝없이 떨어지는 끔찍한 느낌이 깊은 잠에서 그를 끄집어냈다. 그는 매일 밤 깊이 잠드는 걸 무서워했다. 그는 자신이 너무 깊이 잠들었을 때, 나쁜 일들이 일어난다는 걸 알고 있었다. 그 나쁜 일들은 그가 갑자기 눈을 뜨는 첫 번째 경고 순간에는 어렴풋이 안갯속에 있었다.

그의 마음은 두려움에 사로잡혀 갑자기 소용돌이쳤다. 프란시스코 주니어? 아니군. 그는 숨을 깊게 쉬고 안심했다. 프란시스코는 사촌 집에 자러 갔다. 그는 무사했다. 시모노피오는 알 수 있었다. 아마도 그 때문에 그날 밤 긴장을 풀고 편하게 잠들었으리라. 그 아이는 걱정하지 않아도 되었다. 그렇다면 그것은 무엇일까? 그를 깨운 것은 무엇인가?

그는 이제 어린아이가 아니었다. 거의 열여섯 살이었다. 유모의 품으로 몸을 피할 나이는 지났다. 그걸 스스로 받아들일 수도 없었다.

수년 전, 그는 잠들었을 때 '끝없는 나락으로 떨어지는 꿈'이 두려웠다. 그건 전혀 근거 없는 두려움이 아니었다. 그것은 의식이 없는 상태-내적인 시선이 잠들어 있어 무기력하기에-, 그가 취약한 상태에 있을 때 무언가가 발생한다는 확신을 주었다. 그는 아주 어렸을 때부터, 불이 꺼지고 눈을 감고 깊은 잠을 자도, 세상은 아무것도 멈추지 않는다는 것을 깨달았다. 아무것도 멈추지 않는다. 일어날 일은 일어나리라. 최소한의 고려도, 아무런 경고도 없이. 아침의 첫 번째 빛을 기다리지 않고, 목격자도, 파수꾼도 없이. 잠의 포로가 된 파수꾼이 경계를 포기했으므로.

많은 훈련과 끈기에도 불구하고, 시모노피오는 때때로 실패했다. 그럴 때마다 자신의 감각을 포함해 모든 걸 잊기 위해 잠을 잤다. 때때로 또는 대부분 경우, 아무 일도 일어나지 않았다. 시모노피오는 죄책감이나 후회를 느낄 필요가 없다는 사실에 감사하며 잠에서 깨어났다. 그러나 다른 것들이 있었다.

그것은 밤의 어둠과 아침의 첫 번째 빛 사이에서 망설이는 새날과 같았다. 시모노피오는 세상의 모든 걸 알지는 못했다. 그 알지 못하는 걸 안다는 게 괴로웠다. 특히 이런 상황에서, 깊은 잠에서 고통스럽게 깨어난 충격 이후, 자기 마음이 평소처럼 쉽게 세상의 에너지와 연결되지 않는다는 게 가슴 아팠다. 그의 유일한 확신은 뭔가 일어났다는 거였다. 그런데 그게 도대체 무엇이란 말인가?

그는 어둠 속에서 침대에서 일어났다. 그는 세면기의 차가운 물로 얼굴을 적셨다. 그는 옷을 입었다. 그런 다음 기름 램프에 불을 붙였다. 그는 나가야 한다는 걸 알았다. 어디로 가야 하는지도 알았다. 모든 것이 시작된 곳, 유모 레하의 길을 따라. 그는 그것을 확신했다. 그러나 거기서 무엇을 발견할지는 몰랐다.

51

복수와 고해 성사

··· **루피타의 장례식은** 이미 지나가 버렸지만, 고통은 그렇지 않았다. 그 비극 이후에 그녀의 가족이 다시 정상 생활로 돌아올 수 있을지 베아트리스는 자문했다. 그녀는 그것을 의심했다. 그녀의 딸들은 남편의 호위를 받으며, 자기도 모르게 사랑했던, 그 젊은 여성의 장례식에 참석하기 위해 왔다. 이제 너무 늦었지만, 딸들은 자신들보다 불과 몇 살 나이가 많은 루피타가 언제나 기꺼이 베풀어 주었던 모든 호의에 감사했다. 루피타는 그녀들에게 단 한 번도 '노'라고 말한 적이 없었다. 그녀들이 잠에서 깨어났을 때, 루피타는 이미 상당량의 집안일을 마친 뒤였다. 그녀는 하던 일을 멈추고 카르멘과 콘수엘로에게 아침 인사를 했다. "아가씨들, 뭐 필요한 거 있나요?"

이제 그녀들은 루피타의 인사에 답하지 않고 몇 번이나 그녀를 지나쳤을지를 안타까워했다. 그녀에게 감사하지 않으면서 얼마나 여러 번 그녀의 호의를 받았는지 후회했다.

이제 그녀들은, 아마도 처음으로 죽음의 진정한 의미를 깨달았다.

자신들이 황폐화되었음을 느꼈다. 돌아갈 수 없다. 제때 말하지 않은 것은 절대로 미래에도 말하지 않으리라.

카르멘과 콘수엘로는 시체의 상태로 인해 매우 짧았을 수밖에 없었던 애도식에 참석하지는 못했다. 하지만, 애도 미사와 매장식에는 제시간에 도착했다. 소나무로 만든 수수한 관이 서서히 깊은 웅덩이 아래로 내려졌다. 어설픈 신참 인부들이 양쪽 끝에서 관을 붙들어 매고 있는 밧줄의 균형을 못 맞췄다. 어떤 때는 발이 더 빨리 내려갔고, 다른 때는 이를 만회하기 위해 머리가 내려갔다. 이를 본 사람들이 웃음을 참느라 창자를 움켜잡았다. 그것은 끔찍한 일이었는데, 새로 부임한 페드로 신부까지도 축복의 시간에 자기 목소리와 평정을 찾기 위해 진땀을 흘렸다. 다른 말소리들이 들리지는 않았지만, 그렇다고 조용하지도 않았다. 마치 종지(終止)가 정해지고 음색이 설정되어 아무도 감히 그 무시무시한 합창단의 하모니를 깨뜨리지 못하는 것처럼, 울음소리는 유사한 중얼거림으로 자리 잡았다.

그날 무덤 주위에는 울지 않아 마른 눈들이 몇 개 있었다. 프란시스코는 울지 않았다. 베아트리스도 울지 않았다. 시모노피오도 마찬가지였다. 그는 어디로 가는지, 언제 돌아오는지도 알리지 않고 사라져 버렸다.

나중에 재봉실의 안락의자에 앉아 베아트리스 모랄레스는 딸들의 통곡을 들었다. 이미 그녀는 딸들의 울음소리를 듣는 것에 지쳐 있었다. 그녀들은 엄마와 함께 있어야 한다고, 애도 중에 엄마를 돌봐야 한다고 생각했다. 베아트리스는 딸들이 젊기에 수다를 통해 고통과 공포를 털어 버리려는 걸 이해했다. 그러나 베아트리스는 침묵을 원했다. 그녀는 눈물 없는 건조한 눈을 원했다. 불타서 건조해 버린 두 눈을 말이다. 그녀는 복수를 원했고, 복수가 실천될 때 주요 증인이 되고 싶었다.

불가능하다는 걸 그녀는 알고 있었다. 복수는 여성의 일이 아니었다. 그녀도 알았다. 그래서 스스로 설득하기 위해 그 말을 여러 번 반복했다. 그녀는 여자이기에, 그 모든 사건의 변두리에 머물 것이다. 무사히. 그리고 그녀는 여자이기에 그걸 받아들이리라. 여자임에도 불구하고, 비록 영혼이 이미 더럽혀졌지만, 두 손을 더럽히지는 않을 거였다.

그녀는 이미 새로 온 페드로 신부에게 고백을 했다. 애도 기간 중 휴식을 취하다가 집에서 그렇게 했다. 식탁 위에 놓인 관 옆에 서서 평정을 유지해야 했다. 무엇보다도 그녀는 침착함과 체념, 그리고 절대적인 믿음으로 가장했다. 그동안 복수와 살인 충동이 그녀를 갉아먹고 있었다.

그녀는 재봉실의 어스름한 가운데 신부 옆에 앉아서 고해를 했다. 고해 신부의 익명성도 보호대도 없었다. 고해 신부의 직접적인 눈길로부터 그녀를 보호해 주고 분리해 주는 그물망도 없었다.

"신부님, 저를 바라보지 마세요. 제발⋯."

그녀는 연약한 그 순간에 아무도 자기를 보는 걸 원치 않았다. 하지만 고해라는 방법이, 이전에는 전혀 경험하지 못했던, 자기 몸의 폭력적인 아드레날린을 깨끗이 하는데, 도움이 될 거라고 생각했다. 그 폭력성은 그녀를 병들게 하고 놀라게 했다. 그녀의 정신과 마음에서 나오는 기본적인 것들을 발견하도록 했다. 예전에 그녀는 기독교 미덕의 모범이 되고자 노력했다. 귀부인이 되기 위한 훈련에 애썼다. 그러나 그것은 효과가 없었다.

"모랄레스 부인, 잊지 마세요. 예수 그리스도께서는 우리에게 원수까지도 용서하라고 요구하신다는 것을요. 참회를 위해 매일 주기도문으로 열 번 기도하십시오. 네. 그들을 위해서요. 그들도 용서해 주십시오."

"네, 신부님. 네, 신부님. 그렇게 하죠."

애도의 장소로 돌아가기 전, 신부가 자리를 떠난 후, 베아트리스는 몇 분을 더 있었다. 애도하러 가기 전 조금 진정하는 게 필요했다. 그 고해는 그녀에게 도움이 되지 않았다. 그 잔인한 행동을 용서할 수 없었다. 당연히 살인자 또는 살인자들을 위해 주기도문으로 열 번 기도하지 않을 거였다. 그것이 진실이었다. 그녀는 진실을 받아들였다. 만일 그녀가 신부의 지시에 따라 루피타의 살인자들을 위해 기도하는 척한다면, 그녀의 위선을 가장 먼저 보실 분은 그리스도 자신일 거였다. 베아트리스는 '그분'을 속이려 함으로써, 더 낮은 곳으로 떨어지고 싶지는 않았다.

새로 발견된 복수의 충동에서 벗어나는 데는 수년이 걸릴 거였다. 그녀는 악을 위해 기도하는 것은 거부했으나, 그녀 자신을 위해서는 기도할 거였다. 그녀는 자신의 싱어 재봉틀을 자기 고해 신부로 만들 거였다. 그녀는 그렇게 할 수 있었고 또 그렇게 하고 싶었다. 기도하리라. 재봉질하면서 기도하리라. 고해하면서 바느질하리라. 바느질하면서 고해하리라. 자신의 재봉틀 페달 위에 놓여 있는 두 발의 리듬에 맞춰, 옷감 위에 있는 양손이 쏠리는 소리에 맞춰 기도하며 고해하리라. 그녀는 자신의 잘못을 고백할 것이었다. 자신이 지키지 못한 약속에 대한 용서를 구하며 기도할 것이었다.

52

지켜 주지 못해 미안해!

··· **루피타는 16년 전,** 예전에 베아트리스의 집에서 일했던 이모의 손을 잡고 왔다. 그녀의 이모는 조카를 위해 안전한 일자리를 찾고 있었다. 그때는 남자들을 파괴하고, 그와는 다른 방식으로 여자들을 파괴하는 전쟁 직전이었다. 열두 살의 그녀는 이미 그 정도의 어린애는 아니었다.

"여기서 우리가 그 아이를 잘 돌볼게요, 소코로. 걱정하지 말아요."

여기서 우리가 그녀를 잘 돌볼게요. 걱정하지 말아요, 잘 돌볼테니. 여기서. 내가. 우리가. 프란시스코가. 유모들이. 그러나 어느 날 밤엔 그녀 곁에 아무도 없었다. 그날 밤 아무도 그녀를 지켜 주지 못했다. 그리고 그녀는 가 버렸다. 그녀는 억지로 가 버렸다. 그들은 그녀가 살아 있는 동안 그녀를 고문했다. 눈으로 그녀의 꿈을 찢어 버렸다. 그녀의 입에서 웃음을 날려 버렸다. 그녀의 영혼이 그녀의 기공(氣孔)을 통해 달아날 때까지 그녀를 압박했다. 그녀의 삶을 파괴했다.

누군가가 그랬다. 그들은 누가 그랬는지 몰랐다. 아직 살인의 욕망이 조금 혹은 많이 지배하고 있는 그 언덕에서 누군가 있을 수 있었다. 그 언덕에는 도둑 떼가 여전히 난리를 치고 있었다. 그들은 언덕 사이를 은밀하게 배회하고 있었다. 땅 주인의 허락도 받지 않았다. 비록 그들이 인정하긴 싫어했지만, 또는 그들을 불편하게 했지만, 그곳은 엄연한 사유지였다.

그 화요일 아침, 사람들은 아무런 다급함이나 문제없이 평소대로 일어났다. 없어진 사람도 없었다. 프란시스코는 여느 때와 마찬가지로 동이 트자마자 일하러 가 버렸다. 베아트리스는, 언제나 그랬던 것처럼, 그날 아침의 이례적인 고요함을 즐기며 더 많은 시간을 보냈다. 프란시스코 주니어는 처음으로 사촌 코르테스의 집에서 잠을 자기 위해 그곳으로 떠났다. 그렇지 않았다면, 집은 이미 시끌벅적한 열기에 가득 차 있을 터였다. 그녀는 콘차 이모의 말을 잘 듣는다는 조건 아래 늦둥이 아들의 외박을 허락했다.

"그리고 난간 아래로 미끄럼 타는 건 안 된다. 알았지? 지난번에 무슨 일이 있었는지 봤잖아."

그가 사촌들을 따라 하거나 사촌들이 그를 따라 하다가, 아이는 이마를 꿰매야 하는 상처를 입었다. 그때 그녀가 그를 붙잡고 있는 동안, 아이는 소리치면서 원망의 말을 해 댔다. 그래서 나중에 그들은 의사와 간호사, 그리고 콘차에게 사과해야 했다. 콘차는 그때 넷째를 임신한 상태였다.

"걱정하지 마세요. 운이 없었지요. 우리 아이들도 똑같이 놀아요."

콘차는 한 번도 인내심이나 차분함을 잃지 않았다. 그때 베아트리스는 그녀의 주변이 혁명가들처럼 소리를 지르면서 달리는 아이들로 둘러싸여 있는 것을 상상했다. 내가 그런 것보다는 그녀가 그런 게 낫다. 베아트리스는 한숨을 쉬었다.

베아트리스는 침실을 나와 부엌으로 향했다. 집에서 아침의 일상적인 소리가 들리지 않는 것이 이상했다. 거기서 그녀는 주방 담당인 마티와 이야기하는 유모 폴라를 보았다.

"무슨 일이죠?"

"마님께서 루피타를 심부름 보냈나요?"

아니었다. 베아트리스는 전날 저녁 루피타에게 '사촌 딸의 성인식 축하 행사에 참석하는 것'을 허락해 준 이후로 그녀를 보지 못했다.

"마티 말이 오늘 아침에 일어났을 때 그녀가 여기에 없었다네요."

"누가 그녀를 납치해 갔나 봐요, 마님." 루피타와 같은 방을 사용하는 마티는 그녀를 기다리지 않고 잠을 잤다. "그녀가 돌아오면 늘 제가 그 소리를 듣거든요. 그녀는 기차 소리보다 더 큰 소리를 내니까요. 그런데 오늘 눈을 떴을 때, 이미 날이 밝았는데도 루피타가 없었어요."

파티에 가기 위해 서둘러 침대에 두고 간 옷은 여전히 거기에 있었다. 루피타는 밤에 돌아오지 않은 것이다.

"마르틴을 보내 사촌이나 친구들과 함께 있는지 그녀를 찾아보세요. 아마 거기서 잠들었을 거예요."

마르틴은 루피타 없이 혼자 돌아왔다. 마르틴은 루피타가 11시 전에 사람들과 헤어졌다는 소식을 가지고 왔다. 그녀의 사촌이 좀 더 춤을 추자고 했는데도, 그녀는 더 머무르지 않았다고 한다. 매우 고단해서 자고 싶어 했다는 것이다. 마르틴도 그곳에서, 먼발치에서나마, 그녀를 보았다. 자정 즈음에 라 아미스타드 농장으로 돌아가려고 그녀를 찾았을 때 그녀는 이미 그곳에 없었다. 그는 집으로 돌아오는 길에도, 그녀를 보지 못했다. 아무도 그녀를 보지 못했다.

"마르틴, 가서 세뇨르 프란시스코에게 이 사실을 알리세요."

그렇게 해서 비야세카 인근과, 또한 댄스 파티장과 집 사이의 일반적 경로를 따라 세밀한 수색이 시작되었다.

"그녀는 납치당했어요."라며 마티는 반복해서 말했다. 그녀는 자기가 그렇게 말할 때마다 왜 사람들이 자기 입을 다물게 하는지 이해하지 못했다. 시간이 지나면서 마티의 말이 그 불쌍한 실종자에게 가장 좋은 운명인 것처럼 보였다. 그녀가 했던 말은 점차 바람이 됐다. 그녀가 죽은 것보다는 차라리 납치당하고 임신하는 게 나았다.

정오 즈음에 시모노피오가 도착했다. 지저분한 상태였다. 눈물이 흘러내린 자국을 제외하곤 산속의 흙먼지가 그의 얼굴을 덮고 있었다. 그때는 이미 눈물이 말라 있었다. 베아트리스는 루피타가 이제 실종된 게 아님을 깨달았다. 시모노피오는 쉬려고 하지도, 달콤한 초콜릿을 마시려 하지도 않았다. 그는 돌아서서 차고 방향으로 멀어졌다. 프란시스코가 그를 찾아갔을 때, 시모노피오는 이미 수레를 준비하고 있었다. 아무도 그에게 질문하지 않았다.

마르틴은 그 시체를 거두기 위해 다른 남자들과 함께 가기를 거부했다. 그는 그녀를 그렇게 보고 싶지 않다고 말했다. 그때 베아트리스는 몇 해 전에 프란시스코가 그 고용인에게 했던 경고를 기억했다. 마르틴은 루피타와 시시덕거리고 있었다. "조심해, 마르틴. 같은 집에서 일하는 여자들과는 그러지 마요. 무슨 말인지 알겠지?" 프란시스코가 말했다.

그 이후로 그와 루피타는 그런 문제가 없었다. 하지만, 이제 베아트리스는 그가 그녀에게 구애하도록 허용했다면 어땠을까 생각했다. 그랬다면 아마도 루피타는 그날 밤 혼자 나가지 않았으리라. 그녀는 이미 자신의 가족을 이루었으리라. 바로 그 시간에 가족을 위한 식사 준비를 하고 있었으리라. 그러나 그녀의 그러한 자책은 아무 의미가 없었다. 지금 그런 일은 일어나지 않으리라.

마르틴은 주방에 앉아 움직임 없이 넋을 놓고 있었다. 원래 시모노 피오를 위해 준비된 초콜릿을 폴라의 권유로 먹으며 멍하니 있었다. 유모 폴라는 그를 위로하기 위해 노력했지만, 소용없었다. 그는 계속 조용히 울고 있었다.

베아트리스는 자기 눈과 입에서 눈물 젖은 언어들이 나오기 전에 그곳을 나왔다. 그런 것들은 위로가 되기는커녕 주방의 분위기를 더 어둡게 할 것이기 때문이었다. 그녀는 유모 레하를 찾아 나섰다. 아마 도 그녀와는 함께 앉아서 아무 말도 하지 않는 게 가능하리라. 그녀 가 도착했을 때, 유모 레하는 자신의 흔들의자에서 떠나 있었다. 그 흔들의자는 그 주인의 모습과 체중을 그리워하며 혼자 움직이고 있 었다. 베아트리스는 놀라서 그녀의 어두운 방에서 그녀를 찾기 시작 했다. 그녀는 언제나처럼 두 눈을 감고 아무 소리 없이 누워 있었다. 어떻게 알았는지는 모르지만, 그 유모가 무슨 일이 있었는지 알고 있 다는 것은 분명했다. 흔들의자에서 즐겼던 햇살과 공기에서 멀어져 침묵하고 있는 게 바로 그 증거였다. 거의 숨조차 쉬지 않는 것처럼 누워 있는 것은 그녀가 슬픔을 표현하는 방법이었다. 언제나처럼 홀 로, 그러나 그녀를 부르고 있던 산들에서 멀어져서 말이다. 그들에게 등을 돌리면서 그녀는 스스로 질책했다. 그녀는 고통스러워했다.

그렇게 마른 육체가 감당하기에는 지나친 고통이었다.

"레하, 우리 함께 그녀에게 그런 일을 저지른 자들을 찾아내요."

베아트리스는 생각 없이 그런 약속을 했다. 그리고 나중에 그것을 후회했다. 몇 년 전에 했던 간단한 약속도 이행하지 못하면서, 그녀가 무슨 권리로 그런 큰 약속을 한단 말인가? 유모는 그녀의 말에도 아 무런 반응을 하지 않았다. 아마 듣지 못했으리라. 마티도 자신의 침실에서 목 놓아 울고 있었다. 비록 그녀는 훨씬 나이가 많았지만, 열두 살 루피타가 온 이후부터 그녀와 같은 방을 사용해 왔다. 베아트리스는 그 방에 들어가지 않기로 했다. 무엇을 할 수 있단 말인가? 우선 그녀는 준비된 위로의 말이 없었다. 그녀는 프란시스코 주니어가 그날 집에 없다는 것에 감사했다. 누가 그를 돌보았을까? 누가 그에게 그 상황을 설명할까? 그녀는 그럴 기분이 아니었다. 모든 것이 끝나면, 그렇게 할 것이리라. 이삼일 후에 그녀의 목소리가 힘과 안정을 되찾게 되면 말이다. 오늘 그녀는 힘이 있지도 않았고, 안정감도 느껴지지 않았다. 언제나 그랬듯이 그녀는 실용적이었다. 비록 그때는 그렇게 되기 위해 노력을 해야 했지만 말이다. 베아트리스는 그날 필요한 것이 무엇인지 속으로 목록을 작성했다. 모두가 몸을 회복하고 슬픔을 극복하기 위해 바쁜 가운데, 베아트리스는 모든 작업을 직접 하기로 결심했다.

"곧 돌아올 거야."

그렇게 알리고 나서 그녀는 의사를 찾아 갔다. 의사는 병원에 있었다. 급하지는 않았다. 생명이 달린 위급한 일도 아니었고, 시체를 처리하는 일이었다. 그러나 아무튼 닥터 칸투는 즉시 오겠다고 그녀에게 약속했다.

새로 온 페드로 신부를 찾는 것은 그렇게 쉬운 일이 아니었다. 대성당과 모든 성당은 정부의 명령에 따라 8월부터 폐쇄돼 있었다. 이제 사제는, 벌금이 부과되거나 누군가가 위험에 빠지지 않도록, 모랄레스 코르테스 가문을 비롯한 여러 집을 돌아가며 미사를 드렸다. 베아트리스는 그때 신부가 어느 가족과 함께 있는지 알 수 없었다. 어쩔 수 없이 다른 곳을 방문해야 했다. 그래서 그녀는 남동생의 집 문을 두드렸다. 들어가고 싶지 않았다.

"세뇨라 콘차에게 나오라고 전해 줘요. 그럴래요?"

"부인은 자고 있어요."

"나오라고 전해 줘요."

그녀는 콘차에게 루피타의 죽음에 대해 간결하게 알려 주었다. 콘차는 신부가 어디에 있는지 알고 있었다.

"내가 찾아 볼게. 그리고 이 모든 일이 정리될 때까지 프란시스코 주니어를 며칠 더 맡길게."

신부는 자기가 또한 시체를 받고 기름을 부을 것이라고 약속했다. 그건 사소한 일이 아니었기에 베아트리스는 그에게 감사했다. 그 당시 성직자가 되는 것은 위험했다. 특히 군인들이 그가 성찬식 집행하는 걸 보았다면 더욱 그랬다. 거기에서 그녀는 관을 주문하러 갔다. 뭐든 상관없었다. 그날 당장 사용 가능한 것이면 됐다. 지역 경비대에 죽음을 보고하러 가지는 않았다. 그 일은 프란시스코에게 맡길 거였다.

그녀가 집으로 돌아왔을 때, 의사와 신부는 이미 대기하고 있었다. 하지만 남자들이 아직 시체를 가지고 돌아오지 않았다. 나중에 그녀는 그들이 시체를 닦기 위해 우물가에 멈췄다는 걸 알았다. 여자들이 그 끔찍한 일을 하지 않도록 하기 위해서였다. 그들의 노력은 결과적으로 아무런 쓸모가 없었다. 그토록 많은 폭력의 흔적을 지닌 몸을 깨끗하게 할 수는 없었다. 의사는 검사할 수 있도록 주방의 테이블에 담요를 깔고 그 위에 축축한 반나체의 시체를 올려놓으라고 말했다.

"베아트리스, 여기 있고 싶지 않다면 나를 도와줄 다른 사람을 찾아 줘요."

"여기 있겠어요. 그리고 폴라도 그렇게 할 겁니다."

루피타는 라 페타카로 가는 길, 라 아미스타드 농장의 인접 지역에서 발견되었다. 유모 레하가 꿀벌들로 뒤덮인 갓 태어난 시모노피오를 발견했던 그 작은 다리 아래에서 말이다. 그녀는 거기에 던져졌는데, 아마도 범인은 시체가 곤충들이나 동물들에게 먹혀서 발견되지 않기를 바랐을 거였다. 시모노피오가 그녀를 발견했다.

그녀의 댄스 드레스는 너덜너덜 조각나 있었다. 보통 땋은 머리를 했던 루피타의 머리카락은 풀리고 엉켜 있었다. 나뭇잎과 흙덩어리로 가득 차 있었다. 두들겨 맞고 긁힌 그녀의 얼굴은 '사후 경직'의 징조를 보이기 시작했다. 그녀가 평화롭게 자는 척해도 속을 사람은 아무도 없었다. 그녀의 눈꺼풀은 시퍼렇게 멍이 들었다. 그녀의 목에는 무자비하게 목을 조른 살인자의 손자국이 새겨져 있었다. 그녀의 옷을 벗기자, 상체에 남겨진 물린 자국들이 보였다.

"동물 자국인가요?"

"아뇨. 사람의 짓입니다."

"그녀가 생명이 붙어 있을 때 이런 짓을 한 건가요?"

"모르겠어요, 베아트리스. 모르겠어요."

"그들이 그녀를 죽였을 때 그녀는 살아 있었어." 유모 폴라가 울면서 말했다.

"유모, 나가 봐요. 그게 낫겠어요. 걱정하지 말아요. 가서 쉬어요."

그러나 그녀는 나가지 않았다. 비록 나머지 검사 동안 아무도 말하지 않았지만 말이다. 드디어 씻은 후 루피타의 머리카락이 평소의 윤기 나고 깨끗하며 정성스레 빗질한 모습으로 돌아왔다. 마치 아무 일도 일어나지 않은 것처럼, 그 주인이 여전히 살아 있는 것처럼. 그러나 그것은 짧은 착각이었다. 몸은 점점 더 뻣뻣해졌고, 곧 그녀에게 수의를 입히지 않으면, 경직이 없어질 때까지 기다려야 할 거였다.

"폴라, 그녀가 좋아했던 방식으로 머리를 빗겨 줘요. 나는 시트를 가져올게요."

베아트리스는 옷장 문을 열고 최고급 리넨 침대보를 꺼냈다. 그것은 여느 화요일과 마찬가지로 그날 아침 일찍 루피타가 여주인의 침대에 깔았을 침대보였다. 이제 그것은 다른 용도로 사용될 거였다. 그녀가 주방으로 돌아왔을 때, 시모노피오가 거기 있었다. 그는 그녀가 들어오는 것을 보자 급한 표정으로 그녀에게 자기 손에 쥐고 있던 피 묻은 손수건을 건네주었다. 베아트리스는 마음을 다잡았다. 손수건을 펼쳤을 때, 루피타의 죽어 있는 두 눈알을 발견하고는 기겁을 했다. 그녀는 일단 순간적으로 그 선물에 비명을 내지르며 말했다. "네 대부에게는 꽃으로 가득 찬 손수건을 건네주고, 나한테는 이 끔찍한 걸 주니?" 그러나 그녀는 다시 생각했다. 그는 시모노피오였다. 그에게는 병적인 잔인함이 없었다. 그가 무엇을 하든 그는 항상 그것이 옳은 일을 했다. 그리고 이 경우에도 그는 옳았다. 하나의 시체는 불완전하게 묻히면 안 되는 것이다. 베아트리스는 루피타의 손 가까이, 하얀 리넨으로 된 수의의 주름 안에 그녀의 두 눈을 놓았다.

"고맙다, 시모노피오."

그렇게 루피타는 무덤으로 갔고, 완벽한 모습으로 하느님과 함께 하리라. 그날 밤 프란시스코와 베아트리스는 교대로 관 옆에 머물렀다. 프란시스코가 먼저 잠을 자러 갔다. 그들은 함께 머물고 싶어 하는 모든 이들에게 단 빵과 뜨거운 초콜릿을 제공했다. 베아트리스는 소코로의 옆에서 무릎을 꿇고 앉아 묵주만을 바라보았다. 루피타를 위한 묵주 기도와 탄원 기도 이외의 소리는 내지 않았다. 베아트리스는 모든 사람이 묵주 기도의 리듬에 집중했기에, 자기가 루피타의 이모와 마주할 필요가 없다는 점에 감사했다.

프란시스코가 돌아왔을 때 ─휴식으로 완전히 개운한 상태는 아니라고 해도 새벽까지 계속해서 자리를 지킬 준비는 돼 있었다 - 베아트리스는 침실로 갔다. 그녀가 휴식을 취할 차례였다. 그리고 운이 좋으면 그녀의 몸은 그럴 것이지만, 그녀의 영혼은 그러지 못할 것이었다. 그녀의 영혼은 납처럼 무거웠다. 정돈되지 않은 침대를 보고는 온종일 침대가 그 상태로 있었다는 사실을 기억했다. 베아트리스는 옷을 벗었지만 번거롭게 나이트가운을 입지는 않았다. 상관없었다. 아무도 그럴 생각을 하지 않고 화요일이 지나갔지만, 침대보도 바꾸지 않았다. 루피타의 알몸을 감싸고 있던 시트가 생각나서 몸을 떨었다. 그녀는 내일, 내일 그렇게 하리라고 생각했다. 내일 모든 걸 처리하리라. 내일 침대보를 갈고, 딸들을 보리라. 소코로의 두 눈을 바라보리라. 루피타를 땅에 묻으리라. 오늘은 이제 됐어.

그녀는 어둠 속에 누워 있었다. 새로운 부재에 자신을 화해시키지 않았다. 새로운 현실과도 화해하지 않았다. 두 눈을 감자, 침대보의 라벤더 향기가 부드럽고 가볍게 그녀의 코에 닿았다. 루피타의 향기였다. 그녀는 울었다. 그곳, 그 순간에, 그녀는 자신에게 울음을 허락했다.

"하지만 내일은 울지 않을 거야."

53

살인범은 누구인가

··· **시모노피오는 루피타가** 매장된 날 멀리 가지 않았다. 오
렌지 꽃이 피는 계절이었다. 그가 평화를 찾을 수 있는 곳은 그 꽃들
이 있는 곳이었으리라. 그는 날수를 세지 않고 과수원에서 과수원으
로 걸어갔다. 그는 꿀벌 무리와 함께 과수들이 일렬로 서 있는 곳들
사이를 지칠 줄 모르고 걸어갔다가 걸어왔다. 벌들은 낮과 태양 그리
고 꽃들이 불렀지만 그를 떠나기를 거부했다. 해가 지서야 비로소 그
들은 시모노피오 곁을 떠났다. 그와 함께 있어도 어둠에 맞서지는 못
할 터였다. 낮의 끝 무렵에 헤어지면서 꿀벌들은 내일이 더 좋을 거
라고 그에게 말하곤 했다. 내일은 다시 평온해질 거야. 내일 꽃들은
꿀벌들을 위해, 모두를 위해, 여전히 그곳에 있을 거였다.

시모노피오는 알았다. 내일 또는 모레, 죽어 버린 루피타에 대한 기
억을 버릴 것이었다. 그의 손에 있던 그녀의 죽은 두 눈알에 대한 느
낌도. 그가 그녀의 옆에 누워 보냈던 시간에 대한 기억도. 그때 그녀
의 몸은 생명도 없이 차가웠다. 울음 속에서 길을 잃고 있던 그는 그

끔찍한 소식을 알릴 힘도 의지도 없었다. 그는 그 소식을 전해야 한다는 것을 알았다. 기력을 회복하자마자 그렇게 할 거였다. 그는 자기 일이 거기서 끝나지 않으리라는 걸 알았다. 소식을 전하고 시체를 운반한 뒤에는 루피타의 잃어버린 두 눈을 찾아야 했다.

나중에 그는 여전히 이렇게 누워 있었다. 하지만 마침내 차분해졌고, 그곳의 평화를 느꼈다. 루피타는 그 아래에서, 그 다리 아래에서 죽지 않았다. 만약 그랬다면, 시모노피오는 그것을 감지했을 것이다. 그건 분명했다. 루피타는 그녀의 두 눈알이 버려진 곳에서 죽었다. 그녀는 죽은 후 위장하기 위해 그곳으로 운반된 것이다. 범인은 어떤 메시지를 주기 위해서 그랬을까. 더는 이상한 냄새가 나지 않았다. 그는 과거나 미래에 수년 동안 모든 사람이 물어볼 질문-누가 루피타를 죽였는가?-에 대한 답으로 이렇다 할 어떤 것도 발견하지 못했다.

그는 프란시스코 모랄레스의 눈길에서 그 질문을 본 적이 있었다. 그의 대부는 "시모노피오, 뭔가 본 게 있니? 아니면 뭔가를 알고 있니?"라고 물어보기까지 했다. 그러나 그는 고개를 저었다. 사실이었다. 그는 아무것도 몰랐다. 그는 베아트리스의 눈길에서도 그것을 보았다. 게다가 그는 그 두 사람의 시선에서 그 이상을 발견했다. 억누를 수 없이 끓어오르는 그 무엇을 말이다. 그것은 그들을 천둥과 번개, 폭포, 폭풍으로 변화시켰다. 그는 그들이 살인자를 찾아 나설 것을 알았다. 만일 그들이 범인을 찾아내면 그를 당국에 넘기기 위해, 그를 산채로 넘기기 위해, 고군분투할 것을 알았다.

그들은 몇 년 동안 범인을 잡으려 할 것이지만, 결코 잡지는 못하리라. 그때 시모노피오는 누가 루피타를 죽였는지 아무도 밝혀낼 수 없으리라는 것을 알았다. 살해된 처녀를 위해 아무도 정의를 행사하지 않으리라는 것을 감지했다. 그를 제외한 그 누구도 그럴 수 없을 거였다.

언제? 어디서? 그 범인을 어떻게 알아낼 것인가? 그는 몰랐지만, 그렇게 될 것이리라. 때가 되면 말이다.

그날이 오리라

　··· **오늘 고용주의 집**에서 죽은 여자를 묻었지만, 아무도 그
를 초대하지 않았다. 오늘은 일이 없었다. 모두 그곳에 있었고, 그만
이 이곳에 있었다. 오늘 땅은 단지 그를 위해 있었다. 그는 입 다물고
있을 필요가 없었다.

이제 황금 독수리가 날아올라
분홍 방울새는 불안했네. 그때가 오리라
노새가 고삐를 잡을 날이… 오리라
노새가 고삐를 잡을 날이… 오고 또 오리라
노새가 고삐를 잡을 날이… 노새가 명령할…
노새가 명령할… 그가 명령할 날이.

침입자

· · · **프란시스코 모랄레스는** 혼란스러웠다. 그는 평소 모든 종류의 사고에 대비했다. 그 시골의 위험과 전쟁으로부터 보호하기 위해 자기 딸들을 몬테레이로 보냈다. 그런데 자신이 그토록 두려워하던 일이 자기 소유지 고용인에게 일어났다. 그 사건이 터지자 그는 왜 그렇게 놀라고 정신이 없었을까? 아마도 마음 깊은 곳에서 자기에게는 그런 일이 일어나지 않는다고 생각했으리라. 오만하게도 그런 일들은 다른 이들에게 일어난다고 믿어 왔으리라.

루피타는 아무것도 할 줄 모르던 시끄러운 계집아이였다. 그러다가 성숙해져서 자기에게 주어진 일을 잘하는 여자로 변했다. 말소리가 쩌렁쩌렁하고, 수다쟁이 그녀는 항상 노래를 흥얼거렸다. 그녀는 글 읽는 법을 배우는 데 성공했다. 똑같은 열정으로 재봉틀을 사용하는 법을 배우려고 했지만, 그것은 뜻을 이루지 못했다.

"너한테는 참을성이 필요해."라고 베아트리스는 루피타에게 말했다. 사실 베아트리스 자신도 인내심이 부족했다.

"아이고, 세뇨라. 참을성은 차고 넘쳐요. 종이에 직선을 그릴 수 없다면, 어떻게 꽃무늬 옷감에 실로 선을 그릴 수 있겠어요?"

사실 루피타는 인내심이 많았다. 그녀는 프란시스코 주니어를 돌볼 때, 그 인내심을 발휘했다. 그건 쉬운 일이 아니었다. 시모노피오만이 그 아이를 계속해서 즐겁게 해 주는 방법을 알고 있었다. 이제 그녀의 죽음은 모두에게 큰 충격이었다. 죽음은 예전에도 있었고 또 있어 왔다. 그녀를 죽인 것은 총알이 아니었다. 또는 인플루엔자도 말라리아도, 황열병도 아니었다. 여자와 함께하려는 어느 혁명가에 의한 것도 아니었다. 따뜻한 가정과 아이들을 얻기 위한 그런 이들에 의한 것도 아니었다. 그렇지 않았다. 루피타는 프란시스코가 이해할 수 없는 존재, 살인을 위해 살인하는 놈의 손아귀에 빠져 버렸다. 더 좋지 않은 것은 그가 죽인 것이 여자라는 것이다.

그는 여러 번에 걸쳐 과거를 생각했다. 이제 그는 무슨 일이 일어나기 전까지는 아무 일도 일어나지 않은 게 아니라는 사실을 깨달았다. 이제 그는 자신이 경계를 풀었다는 걸 깨우쳤다. 공식적인 무력 분쟁이 완화되면서 자기 가족과 고용인들의 안녕에 대한 걱정을 멈췄다. 대신 자신의 땅과 자산의 안녕에 초점을 맞췄음을 인정했다. 성당의 신자들에 대한 정부의 전쟁조차도 그를 행동으로 이끌지 못했었다. 프란시스코는 가톨릭 성당을 수호하기 위한 새로운 무장 운동 참여를 거부했다. "이제 할리스코 주에 남자는 더 없단 말이냐?" 그의 이모 로사리오는 이렇게 말하곤 했다. 그는 자기가 할 수 있는 일을 했다. 그는 새로 온 페드로 신부에게 은신처를 제공해 주었다. 그는, 비록 은밀하게 했지만, 가톨릭 학교가 수업을 계속할 수 있도록, 성례전을 집행할 수 있도록 돈을 기부했다. 그러나 그것과 전쟁에 참여하는 것은 큰 차이가 있었다.

그의 싸움은 어제나 오늘이나, 그리고 영원히 자기 땅을 위한 것이었다. 그때까지 그의 투쟁은 책과 법, 꽃들에 기반한 것이었다. 하지만 루피타의 죽음은 그를 그 안전한 느낌에서, 그 거짓된 안락함-독창성을 통해 땅을 위한 전쟁에서 이기고 있다는 느낌을 그에게 준-에서 끄집어내버렸다. 누군가 땅을 탐내는 사람들이 있는 한 평화는 없으리라. 안전도 없으리라.

그는 누가 그 처녀를 죽였는지 알았다. 누구의 얼굴도 될 수 있는 그 얼굴을 알지는 못했지만, 그의 의도와 동기는 알고 있었다. 그는 놈의 행방을 알고 있었다. 그는 이 자 또는 저 자일 수 있었다. 그들 모두일 수도 있었다. 그는 루피타의 살인범이 누구와 섞여 다니는지 알았다. 이제 농업 개혁주의자들을 단번에 없애버려야 했다. 프란시스코는 뜻이 같은 사람들과 범죄 현장 근처에서 만나기로 약속했다. 곧바로 그들과 합류하기 위해 말을 타고 갔다.

프란시스코는 지주들이 만든 지역 경비대에 상당한 금액의 돈을 기부했었다. 그 후 어느 정도 마음이 놓인 건 사실이었다. 하지만 그들은 순찰은 했지만, 땅이 너무 넓었다. 모든 지역을 다 지킬 수는 없었다. 프란시스코와 그의 일행의 누군가는 그의 소유지 산에서 차가운 모닥불의 잔해와 갉아 먹은 뼈들, 버려진 토르티야의 단단한 조각들, 부러진 숟가락, 그리고 심지어 하모니카까지도 발견하곤 했다.

농업 개혁주의자들은 사람들을 피해 매일 밤 또는 이틀에 한 번씩 언덕 사이를 옮겨 다녔다. 그들은, 양처럼 안전하고 평온하게 잠들어 있는 사람들의 약탈 계획을 세웠다. 별빛 아래에 마음 편히 자리를 잡은 후, 음식을 먹었고, 사회주의 노래들을 불렀다.

그들의 침입 흔적을 본 후에도 프란시스코는 놀라지 않았다. 그는 항상 '글쎄. 그들은 그냥 여기를 거쳐 지나가는 중이지. 그런데 문제를 일으키지 않고 벌써 가 버렸군. 나를 방해하진 않을거야.'라고 생각했다. 그러나 루피타가 살해된 이후, 그는 그들이 주위를 배회하고 있다는 것을 알았다. 편하게 잠을 이룰 수가 없었다. 그는 아내의 두 눈을 바라보며 "이제 다 끝났소."라고 말할 때까지 다시는 평화롭게 잠들지 못할 거였다.

전날 밤 그는 결정을 내렸다. 농업 개혁주의자들이 다시는 그의 땅을 지나가지 못하리라. 그의 땅에서 그들은 단 하룻밤도 더 보내지 못하리라. 이제 그들은 그의 땅을 베개나 매트리스, 그늘이나 지지대로 사용하지 못하리라. 그의 땅에서는 농업 개혁주의자들이 자신들의 원한을 적실 수 있는 물 한 모금도 없을 거였다.

그가 약속 장소에 도착했을 때, 그의 일꾼들은 모두 그곳에 와 있었다. 그는 말에서 내려 그들에게 군대에서 불법적으로 산 무기와 탄약을 나눠 주었다. 그는 다음번 라레도 여행에서 그것들을 얻을 수 있었지만 기다리고 싶지 않았다. 그의 부하들을 더 잘 무장시킬 필요가 있었다. 7mm 연발 권총은 숙련된 사격수가 아니라고 해도, 윈체스터 30 카빈총보다 훨씬 더 먼 거리에서 명중률이 높았다.

"연습이 필요할 거네. 자네들에게 내가 탄환을 주지. 이제부터 우리 땅에서 들을 수 있는 총소리들은 농업 개혁주의자들을 겁나게 할 테지. 우리 모두 우리의 아내와 땅을 보호하자고. 그런 걸 하지 않는다면, 우리는 아무 쓸모가 없기 때문이지. 그러니 연습을 많이들 하시게. 그리고 침입자가 보이면 쏴 죽이고."

"네, 나리."

프란시스코 모랄레스는 안셀모 에스피리쿠에타가 그렇게 열정적으로 대답하는 것을 한 번도 본 적이 없었다.

56

레포르마

••• **내가 여기서 살았을** 때 리나레스의 모든 거리에는 번호가 매겨져 있었다. 지금은 모렐로스(Morelos)와 아옌데(Allende), 이달고(Hidalgo)등의 이름이 붙어 있다. 마데로(Madero)가와 사파타(Zapata)가는 평행하게 가는데, 두 블록 아래에서 베누스티아노 카란사(Venustiano Carranza)가와 만난다.

그 두 남자*의 길이 인생에서 교차했던 것처럼, 이제 그들은 리나레스의 거리에서 영원히 함께할 운명이다. 저세상에서 우리들의 혁명 영웅들이 그 자리에 만족하고 있는지, 그곳에서 그들의 언쟁과 원한이 해결됐는지, 나는 모른다. 그러나 나의 많은 친척이 자신들의 무덤에서 그런 일에 집착하고 있다고 확언할 수 있다. 특히 레푸히오 이모가 2번가-옛 도로명에 의하면-에 위치한 자기 집 현관문을 통해

---

* 사파타와 카란사를 의미한다. 처음에 이들은 멕시코 혁명의 동지였으나 나중에는 대립하는 입장이었다-역주

나올 필요가 없도록, 그래서 지금은 도로명이 사파타가 된 것을 볼 필요가 없도록, 살아 있지 않은 것에 감사할 것이라는 걸 나는 안다. 신포로사 할머니의 경우는 더 안 좋았다. 할머니 집이 있는 거리는 베누스티아노 카란사라고 명명됐는데, 할머니는 항상 그 사람 때문에 당신이 미망인이 됐다고 그를 탓했다.

여기로 한 바퀴 돌아요. 당신의 왼편에 있는 그 집은 우리 할머니 집이었다. 나중에 할머니가 미망인이 되자, 엄마의 남동생 중 하나인 에밀리오 삼촌이 그 집을 차지했다. 이제 상점으로 뒤덮인 멕시코 도시들의 중심부처럼, 지금은 아주 몰락했지만, 당시에는 가장 크고 예쁜 집 중 하나였다. 나는 거기서 못된 장난질을 하며 사촌인 코르테스 집안 아이들과 많은 시간을 보냈다. 엄마는 항상 나에게 "예의 바르게 행동해라. 그렇지 않으면 사람들이 다시 너를 초대하지 않는단다."라고 말하곤 했다. 나는 그 말이 무슨 뜻인지 이해하지 못했다. 내가 거기서 유일하게 했던 건 내 사촌들을 흉내 낸 것뿐이기 때문이다.

나는 시골에 있는 우리 집에 사는 것을 좋아했다. 리나레스 시내에서 잠을 자고 일어나는 것도 매력이 있었다. 대성당의 종소리, 우편 배달부와 우유 배달부의 호루라기 소리, 칼 가는 사람의 피리 소리를 가까이에서 들을 수 있었다. 그러고 나면 '주 예수를 믿으라!'는 할렐루야들이 현관문을 두드렸다. 문을 열어 준 사람들은 누구든지 짜증 난 침묵과 함께 문을 쾅당! 세게 닫음으로써 대답을 대신했다. 그들이 끝이 아니었다. "지나는 길에 들렀어요." 또는 "안부를 전하려고요."라고 말하면서 아는 귀부인들과 친구들, 숙모들이 잇따라 찾아왔다. 당시 우리의 과제는 어떻게 사람들의 눈에 띄지 않고 밖으로 빠져나갈 수 있느냐였다.

바로 옆집에 사는 이웃들도 있었다. 한쪽에는 세뇨라 멜렌데스가 살았다. 내 사촌들이 맹세하며 말한 바에 의하면, 그녀는 라 페타카의 마녀들처럼, 길에서 자기를 가로지르는 이에게 저주의 눈길을 주며 마술을 부리는 사람이었다.

"프란시스코, 그녀가 네 눈을 바라보지 않도록 해. 그렇지 않으면, 너는 거기 계속 있게 될거야."

이웃에 도사리고 있는 이러한 위협과 위험 앞에서는 누구라도 사촌들 집에 가는 게 매력적이지 않다고 말하리라. 그러나 그렇지 않았다. 마녀 멜렌데스가 자기 집을 나서는 첫 번째 신호를 기다리며, 몇 시간이고 거리 의자에 앉아 구슬 놀이를 하는 건 매우 흥미로웠다. 우리는 어떤 대가를 치르더라도 그녀가 우리를 보는 걸 피하려 했다. 하지만, 우리는 그녀를 몰래 엿볼 기회를 놓치지 않았다. 그리고 그녀를 따라다녔다. 우리 눈에 그녀의 모든 것이 수상했기 때문이다. 그녀가 성당에 들어가면, 주문을 외우러 가는 듯했다. 그녀가 옷감을 사면, 새로운 마녀 복장을 만들려는 듯했다. 그녀가 약국에 가면, 어떤 몰약을 만들기 위해 약초를 구하려는 것으로 생각했다. 그녀는 몸의 한쪽이 힘들게 움직였다. 사촌들 말에 의하면, 악의 세력에 그녀가 헌신한다는 가장 결정적인 증거는 그녀의 얼굴 왼쪽, 심장이 있는 쪽이 다른 사람의 것이라는 거였다.

"한쪽 눈이 깜빡이면 다른 쪽 눈이 안 깜빡이고, 입의 한쪽이 말하면 다른 쪽은 안 움직이는 걸 잘 봐. 봤어? 두 사람이 하나가 된 거라니까."

불쌍한 세뇨라 멜렌데스여! 내 사촌들에게는 자기들 엄마가 때때로 그 이웃을 방문한다거나, 그녀와 같은 성당에 간다거나, 같은 약국을 다닌다거나, 같은 가게에서 옷감을 산다는 게 하나도 중요하지 않았었다. 하나는 마녀였고, 다른 하나는 그냥 그들의 엄마였다.

그녀는, 한편으로는, 이웃집 마녀였다. 다른 한편으로, 코르테스 가문의 집은 프리메이슨의 밀회 장소인 에스트레야 델 수르와 인접해 있었다. 내 사촌은, 왕이 되려는 끝없는 야망으로, 그곳을 기습 공격해 정복하자고 우리를 꼬드겼다. 먼저, 성벽을 기어올라야 했고, 그다음에는, 적의 진지 중심부-원탁과 칼들이 있는 방-에 도달해야 했다. 물론, 그곳이 비어 있을 것을 기대하면서 말이다. 그곳에 먼저 도착한 사람은 왕이 되지 않았다. 왕은 언제나 사촌 형이었는데, 그에게서 왕관을 빼앗을 도리가 없었다. 먼저 도착한 사람은 원하는 검을 선택하고 왕좌 오른쪽에 앉을 수 있었다. 그것은 왕인 내 사촌의 말에 의하면, 더할 수 없이 큰 영광이었다. 막내 중 한 명이었던 나는 제일 먼저 그곳에 도착한 적이 없었다. 검을 들어 올릴 힘도 거의 없었다. 그 문을 통과하자마자 왕이 된 사촌 형은, 사내아이든 계집애든, 우리 사촌 모두를 자신의 기사로 만들어 주었다.

나는 프리메이슨 단원들이 느꼈을 당혹스러움을 상상한다. 아침에 자신들의 은밀한 밀회 장소에 도착해서 거기에 있던 누군가의 검이 다른 이의 검이 있어야 할 장소에 있는 것을 보았을 때 그랬으리라. 또는 어떤 검이 없어진 -우리가 테이블 아래에 두는 것을 잊어버렸기 때문에- 걸 보았을 때도 마찬가지였으리라. 그들은 초대받지도 않은 리시토스 데 오로(Ricitos de Oro)˙가 자신들의 집에 들어온 것을 본 세 마리 곰들과 같은 느낌을 받았을 것이다. 프리메이슨 단원들은 몰래 방문한 사람들이 누구였는지 알아내는 데 오랜 시간이

˙ 리시토스 데 오로라는 소녀가 허락도 없이 곰 세 마리가 사는 집에 들어왔다가 나중에 곰들에 의해 발견되는 내용으로 영국 계관시인인 로버트 사우디(Robert Southey: 1774~1843)의 아동문학 고전인 『곰 세 마리 The Three Bears』의 이야기 -역주

걸리지 않았다. 곧바로 에밀리오 삼촌에게 항의했다. 삼촌은 물론 자기 아들들에게 그런 일을 두 번 다시 하지 말라며 회초리로 그들을 겁주었다.

나는 이렇게 사촌 집에서 아주 재미있게 지내면서도 또한 가장 지루한 시간을 보냈다. 당시 가톨릭 학교는 법령에 따라 문을 닫았다. 그래서 명문가의 자제들은 가정 내에 세워진 비밀 학교에 다닐 수밖에 없었다. 나도 학교 갈 나이가 되어, 남자라는 성별에 의해, 순전히 우연의 일치로, 비밀 학교에 다녔다. 바로 사촌인 코르테스 가문의 집이 우리 학교의 본부였다.

나는 그 때문에 내가 공부에 흥미를 붙이는 데 오래 걸렸다고 생각한다. 같은 장소인데도 학교에 갔을 때는 똑같은 일을 할 수 없었다. 그게 나를 항상 혼란스럽게 했다. 나는 그 집에 습관적으로 놀러 갔다. 거기서는 계단의 난간 손잡이에 올라 소리를 지르며 미끄러져 내려오는 게 완벽하게 허용됐다. 또 엉덩방아를 찧으면서 계단을 내려왔다. 물건 파는 사람들의 다양한 호루라기 소리가 들리면 마음대로 집 안을 들락거렸다. 창자가 꼬였을 때는 부엌을 정신없이 드나들었다. 누구에게 알리지도 허락을 받지도 않고 화장실에 갔으며, 장난감을 찾아 사촌들의 방에 들어갔다. 사촌으로서 나는 무엇이든 할 수 있었다. 그런데 학생으로서 나는 말도 하지 않고, 먹지도 않고, 화장실에도 가지 않은 채, 의자에 앉아 있는 법을 배워야 했다. 선생님이 대답할 시간이나 점심시간 또는 화장실에 갈 시간이라고 말하기 전까지 말이다.

순종하는 건 나한테 쉬운 일이 아니었다. 나는 그 집에서 은신처로 적당한 구석구석을 모두 알고 있었다. 은신처에서 은신처로 이동하며 현관에 도달하는 것은 내게 어려운 일이 아니었다. 그러고는 자유로운 거리로 나와, 라 아미스타드 농장에 있는 우리 집으로 가는 길을 따라 걸었다. 물론 내 의도는 집에 도착하는 게 아니었다. 어떤 일이 일어날지 알고 있었기 때문이다. 나는 즉시 학교로 돌려보내질 것이고, 게다가 용서까지 빌어야 할 것이다. 그래서는 안 됐다. 학교에서 도망 나올 때 내 계획은 오렌지 나무들 사이에서 길을 잃는 거였다. 거기서 온종일 뭘 할 거였냐고? 뭘 할지는 몰랐다. 뭘 먹을 거였냐고?

뭘 먹을지도 몰랐다. 그 무렵 나는 딱정벌레 먹는 취미를 끊었다. 운 좋게도 나무들에는 익은 오렌지들이 있다. 그렇지 않으면 배가 고프리라.

그런데 나중에 집에는 어떻게 돌아갈까? 내 계획은 그다지 정교하지 않았다. 거기까지는 생각하지 못했다. 학교가 끝나는 시간에, 엄마가 나를 데려오라고 시모노피오를 보냈을 때, 무슨 일이 일어날지 나는 전혀 알지 못했다. 나는 아직 배고픔을 느끼지도 못했다. 그럴 기회도 없었다. 탈주자로서의 내 모험은 두 시간 이상을 넘지 못했다. 내가 아무리 숨어도, 시모노피오는, 사람들이 알려주지 않더라도, 내가 어디에 있는지 언제나 알아내곤 했다. 만일 돌아오는 길에 나를 찾지 못하면, 단 한 송이의 꽃을 찾는 꿀벌처럼, 그는 과수원의 나무들 사이를 항해하여 나무에 기어올라 몸을 숨기고 있는 나를 찾아냈다.

그는 선생님의 끝없는 잔소리와 함께 온종일 갇혀서 지루하게 지내는 나의 불만에 설득당하지 않았다. 변함없이 나를 즉시 학교로 데려갔다. 단 한 번의 싫은 표정으로 그는 나를 조용히 만들었다. 순한 어린 양처럼 그를 따라갈 수밖에 없었다. 나는 그가 나를 그렇게,

불쾌하게 바라보는 걸 좋아하지 않았다. 보통 어른들이 말하는 것처럼 같은 어조로 내게 말하는 것도 좋아하지 않았다. 그는 어른이 아니었다. 그는 시모노피오였다.

"혼자 나가지 마. 그건 아주 위험한 거야. 무슨 일이 일어날 수도 있으니까."

"무슨 일이요?"

"어떤 일."

"무슨 일 말예요?"

"네가 코요테와 만나는 거 같은 거지."

그때 즈음 나는 두려움이 무엇인지 알고 있었다. 코요테의 모습은 두려움의 근원이었다. 그래서 여섯 살의 나이로 집 현관문을 혼자 나서는 것은 한걸음마다 용기 있는 행동이었다.

그토록 무서웠는데, 나는 왜 조언을 듣지 않았을까? 왜 나는 몇 번이고 학교에서 도망쳐 나왔던가? 지금 생각해 보면, 내가 도망가 사라지는 일을 계속했던 건 시모노피오가 나를 발견할 걸 알았기 때문이었다. 그것이 내가 원했던 거였다. 비록 쉽게 또 다른 장난질-그 성벽을 나갈 필요 없이 나를 재미있게 해 줄 수 있는-을 같은 곳에서 찾아냈지만, 학교생활은 지루했다. 그때 즈음 나는 야외 활동이 적성에 맞았다. 시모노피오는 나를 자기 벌떼 중의 꿀벌 하나로 만들어 주었다. 그렇다. 나는 가장 굼뜬 벌이었다. 물론, 가장 골치 아픈 벌이기도 했다. 하지만 야외에서 윙윙거리며, 그와 함께 하루를 보내지 않으면, 내 날들은 완전하지 않다고 느껴졌다.

학교에서 나의 실종은 언제나 간파되었다. 처음에 사람들은 자기들 나름 생각나는 모든 은신처에서 나를 찾기 위해 많은 시간을 낭비했다. 그러나 그것이 도주라는 것을 알고는 즉시 우리 엄마에게 '아드님이 없어졌어요.'라는 메시지를 보냈다. 그런 일은 망치질처럼 반복되리라.

엄마는 그 편지를 처음 받았을 때 놀라서 심장이 멎는 듯했다고 한참 뒤에 말했다. 엄마가 학교로 달려가, 그 야무지지 못한 선생님에게 더 많은 정보를 캐묻고 있을 때는, 이미 시모노피오가 내 자리로 나를 데려다 놓은 뒤였다. 이후에 그녀는 학교가 부주의로 잃어버린 나를 시모노피오가 어김없이 발견해 낸다는 사실을 알았다. 그 후, 내가 학교에서 없어졌다는 소식을 차분하게 받아들였다.

내가 처음 사라졌을 때 엄마가 내 엉덩이를 때렸던 것은 기억하지 못한다. 그때 엄마는 시모노피오가 이미 내게 말했던 모든 걸 반복해서 말하고 있었다. 의심 여지없이 아팠지만, 나는 한 번도 맞아서 배운 적이 없었다. 그래서 사촌 중 한 명이 다음 탈출에 자기를 포함시켜 달라고 요청했을 때, 우리는 서로를 격려하면서, 오렌지 나무숲에서 재밌는 시간을 보냈다. 나는 그의 동행으로 인해, 그리고 그는 나의 동행으로 인해 용기를 얻었다. 우리는 기차가 지나가는 걸 바라보기 위해 계속 길을 따라갔다. 그러나 시간이 지체되어 우리는 길 위에 멈춰 섰고, 기차가 오는 소리를 듣기 위해 선로에 귀를 대기도 했다. 조금씩 우리는, 우리도 모르는 사이에, 선로가 여울 위를 지나는 곳까지 나아갔다. 어쩌면 우리 나이 때문일 수도 있었다. 기다리기에 지루해진 우리는 감시 임무를 잊었다. 기차가 다가오고 있다는 것을 깨달았다. 기차는 거의 우리 앞쪽에 있었다. 성난 투우처럼 우리를 향해 돌진해 오고 있었다. 우리는 살아남기 위해 어디로 달려야 할지 몰랐다. 우리는 손을 잡고 다시 한번 서로의 존재로 인해 힘을 얻어 껑충 뛰었다. 대단한 높이에서 뛴 건 아니었지만, 부드럽고 푹신한 선인장 밭에 착지했다. 그렇지 않았다면 한두 군데 뼈가 부러졌을 것이다. 시모노피오가 우리를 발견했을 때-그가 나를 학교로 돌려보내지 않았던 최초이자 유일한 때였다-, 우리에게는 선인장보다도 더 많은 가시들이 꽂혀 있었다. 반쯤 부러진 선인장은 반 대머리가 돼 있었다. 고통스러웠지만, 우리 집까지 걸어가는 것 말고는 다른 방법이 없었다.

그때 엄마가 충동적으로 내 엉덩이를 때린 것을 나는 결코 잊지 못하리라. 엄마는 내가 엉덩이에서 가시를 빼낼 시간조차도 기다리지 않았다. 내 유일한 위로는 나중에 엄마가 가시를 하나씩 빼내면서, 내가 울고 있었던 것처럼, 엄마도 몰래 나처럼 울었다는 것이다.

내 피부가 예전처럼 부드러워지기까지 수년이 걸렸다. 내 고통스럽고, 가시 박힌 학교생활은 그 영광스러운 사흘, 즉 루피타의 죽음 이후 내가 코르테스 사촌집에서 보낸 기간에 아직 모두 드러나지 않았다. 나는 그 사흘 동안에 만 네 살이 될 참이었다. 당연한 일이지만, 아무도 나를 그 비극에 참여시키지 않았다. 나는 그저 나의 체류 기간-원래는 하룻밤을 묵으라는 단순한 초대였다-이 사흘간의 휴가로 연장된 걸 알고 기뻐했었다. 사흘도 매우 짧았지만 말이다.

내가 집에 돌아왔을 즈음에는 모든 것이 지나간 후였다. 꽃들도, 검은 옷을 입은 친척들도 없었다. 불 켠 양초에서 흘러나온 왁스 흔적조차도 없었다. 집은 다시 질서를 되찾았지만, 예전 같지는 않았다. 내가 루피타의 행방을 물어봤을 때, 유모 폴라는 그녀가 적절하다고 생각하는 설명을 하기 위해 엄마에게 달려가서 말했다.

"루피타는 앞으로 우리 집에 없을 거야."

"왜요?"

"그녀의 아빠가 그녀를 불렀기 때문이지. 가족들이 그녀를 너무 그리워하니까 집에 돌아와 달라고 부탁했어."

엄마가 말했기 때문에 그 말을 못 믿을 이유가 없었다. 나는 루피타가 없는 게 좋지 않았지만, 그녀의 가족이 그녀를 보고 싶어 하리라는 걸 이해했다. 그렇게 나는 수년 동안 그러려니 하고 생각했다. 하지만 사촌들의 집에서 사흘간의 휴가를 마치고 돌아왔을 때, 집안의 분위기와 일상이 바뀌었다는 사실은 쉽게 알아차렸다. 루피타가 없을 뿐 아니라, 시모노피오도 사라지고 없었다. 나는 그의 창고에서 그를 찾았지만, 그의 몸도, 그의 온기도 거기에 없었다. 유모 레하와 함께 그를 찾으려 했지만, 그녀는 아무런 대답도 하지 않고 흔들의자에서 몸만 흔들고 있었다. 그가 그날 밤 아빠와 함께 오기를 기다렸지만, 아빠는 혼자 돌아왔고 별말을 하고 싶어 하지 않았다. 나는 과수원 입구-그곳은 그 당시에 내가 아무런 동행자 없이 혼자 갈 수 있던 한계점이었다-까지 그를 찾아갔다. 거기에도 그의 흔적은 없었다. 나는 마르틴에게도 물었지만, 그는 대답하지 않았다. 유모 폴라에게 물어보았을 때, 그녀의 두 눈은 눈물로 가득 차 있었고 엄마를 찾아 달아났다. 루피타처럼 시모노피오도, 내가 없는 동안, 이전에 알려지지 않았던 가족에게 부름을 받았을까 두려웠다. 엄마는 그가 그냥 휴가를 간 것이라고 서둘러 대답했다. "너처럼 말야. 하지만 곧 돌아올 거야. 두고 보거라."

그날 밤과 그 이후의 밤들 동안, 나는 사람들이 열심히 기도하는 것처럼, 나도 열심히 생각을 하면, 그가 내 말을 들을 거라고 믿었다. 그렇게 그의 생각을 하면서 잠이 들었다. 마치 그를 보고자 하는 내 간절한 소망이 먼 거리를 가로질러 그를 부를 수 있을 것처럼 말이다. 시모노피오, 어서 와요.

아무런 소식 없이 며칠이 지났다. 나와 함께 놀아 줄 시모노피오와 루피타가 없었다. 나는 책을 읽어 달라고 하려고, 엄마를 찾았다. 그러나 엄마는 방에 앉아 끝없이 바느질만 하고 있었다. 그걸 보면, 마치 엄마가 군대에 군복이라도 납품하는 듯했다. 내가 아침에 눈을 뜨면, 엄마는 이미 재봉틀 페달을 밟고 있었다. 내가 잠잘 시간이 되었을 때도, 엄마는 여전히 거기에 있었다. 그리고 그러는 동안 엄마는 나를 꾸짖지도, 불만을 말하지도, 이야기를 해 주지도, 쓰다듬어 주지도 않았다. 아침 인사도 밤 인사도 없었다.

유모 폴라와 마티도 도움이 되지 않았다. 때로 그녀들 눈에 눈물이 있는 것을 보았는데, 내가 왜 우느냐고 물어보면, 그녀들은 항상 "방금 양파를 썰었거든."이라고 대답했다. 그래서 수년 동안 나는 양파를 두려워했다.

우리 아빠에게도 이상한 점이 있었다. 아빠는 항상 바빴다. 일과를 끝낸 후, 집에 있을 때도, 내가 볼 때, 아빠는 자기 몸 밖에 있는 듯 했다. 마치 오렌지 나뭇잎들 사이에 자신의 일부를 남겨둔 것처럼. 아빠가 하는 모든 집안일은 그저 기계적으로 하는 것 같았다. 이제 나는 아빠가 그때 큰 근심이 있었다는 걸 알고 또 이해한다. 그러나 그때 나는 아빠가 나에게 이전처럼 관심 가져주지 않는 걸 이해하지 못했다. 나는 아빠의 관심을 받는 데 익숙했다. 아마도 우리는 서로를 많이 보지는 못했지만, 그 적은 시간에 서로를 충분히 이해했었다.

당시 아빠가 자기만의 사색에서 빠져나온 걸 본 적이 있다. 다른 오렌지 재배업자들과 문을 닫고서 토론할 때였다. 그들은 목소리가 컸다. 문 뒤에서 주의를 기울여 들으면, 그들이 하는 말을 이해할 수 있었다.

그 이전에 나는 언제이든, 누구와든, 내가 원하는 대로 노는 거에만 관심이 있었다. 사흘 동안의 부재 뒤, 집의 내 작은 우주는 변해버렸다. 나는 그 이유를 알고 싶었다. 설명해 달라고 엄마나 아빠에게 가는 건 그 당시에는 불가능했다. 어쩌면 루피타가 가족을 찾아 떠나야만 했다는 이야기를 내가 잊어버렸는지도 모른다. 그러나 때로 아이들은 본능적으로 느끼고 안다. 내 부재중에 기념비적인 일이 일어났다.

나는 시간이 남아돌고, 걱정이 많았다. 내 주변에서 일어나는 일에 관심이 많았다. 어른들은 보통 내가 있는 걸 신경 쓰지 않고 이야기를 나누었다. 그 대화 중에 특히, 언제나 반짝이며 나왔던 단어 하나가 있었다. 그것은 바로 '개혁'이었다.

이전에도 사람들은 '개혁'을 말하곤 했다. 그때 나는 별 관심을 주지 않았다. 그것은 전혀 새로운 단어가 아니었다. 솔직히, 이미 내 인생에 또 다른 '이모'는 필요하지 않았다. 그렇게 원치 않는 여자는 더욱 그랬다. 만일 내가 뭔가를 안다면, 그것은 아무도 그런 개혁을 원치 않는다는 것이었다.

그 이전에 나는 그 이유를 이해하지 못했다. 그 많은 이모, 그리고 돌로레스나 레푸히오, 레메디오스, 로사리오, 콘셉시온, 메르세데스와 또 다른 레푸히오처럼 시끄럽고, 꼬집고, 험담을 좋아하고, 장뇌냄새가 진동하는, 친척 여자들 사이에서 왜 항상 '레포르마(개혁)'라고 불리는 이모만 언급이 됐는지.

사람들은 경멸하는 투로 그녀에 대해 말했다. 나는 그걸 들었을 때, '그녀가 무슨 일을 할까?'라고 자문했다. 그러다가 마침내 나는 그녀가 '레포르마'라는 여자를 의미하는 것이 아님을 깨달았다. 나는 그 레포르마(개혁)가 우리의 존재와 우리 아빠의 모든 일을 무효화하

• '개혁'을 나타내는 '레포르마'를 여자 이름으로 상정한 것—역주

려는 것임을 이해했다. 그 개혁이 우리에게서 모든 것-우리의 삶의 방식부터 아마도 생명 그 자체까지-을 빼앗아가려고 한다는 걸 알게 되었다.

그리고 나는 내 생애 처음으로 두려움을 느꼈다.

57

이리 와!

··· **시모노피오는,** 꿀벌들의 일상적인 노래에 둘러싸여, 끝없는 과일나무들 사이를 오가면서, 어느 정도 평화를 찾았다. 또 어느 정도는 이전 일들을 잊어버렸다. 그렇게 시간 개념과 산 아래 삶을 잃어버렸다. 그는 레하에게 말하지 않고 떠났다. 하지만 그녀가 이미 그 사실을 알고 있을 텐데, 굳이 뭘 하러 알리겠는가? 시모노피오는 휴식이 필요했다. 세상으로부터 멀어지는 게 필요했다. 마치 레하가 단지 두 눈을 감는 것으로 그렇게 했듯이. 그에게 그건 그리 간단한 일이 아니었다. 눈을 감으면 수많은 앞으로의 인생이 보였다. 그 많은 이미지를 어떻게 할 것인가. 눈을 감는다고 해결되지 않았다. 그 이미지들을 오래 간직하기 위해선 두 눈을 항상 뜨고 있어야 했다.

그는 자기가 전투에서 이기고 있다고 생각했다. 그러다가 여느 날처럼 귀뚜라미가 울던 밤에, 일종의 불편하고 이해할 수 없으며, 해독할 수도 없는 속삭임이 그의 마음에 다가왔다. 그 속삭임은 전에도 침투를 해 왔었다. 그때는 시모노피오가, 귀라는 동굴 입구에서 쫓아내는 데 성공했다. 윙윙거리는 모기를 날려 버리는 거와 같이 말이다. 그날도 그는 그 소리를 무시하려 했다. 하지만 그 소리는 집요하게 계속되었다. 그것은 자기 소리를 들어 달라고 요구했다. 단지 성가신 소음이 아니었다. 끈질기게 시모노피오의 관심을 요구했다. 뭔가 긴장된 메시지같았다. 시모노피오는 귀뚜라미 소리에 흠뻑 젖어 있었다. 귀뚜라미들은 자기 소리에 심취되어 똑같은 리듬으로 반복해서 노래했다. 메시지를 바꾸지도 않고, 그와 소통하겠다는 의도도 없이. 아무것도 없이. 아무것도 없이.

시모노피오는 그 귀뚜라미 노래 속에 파묻혀 있고 싶었다. 속삭임은 그것을 허락하지 않았다. 그 속삭임은 계속되었다. 그것은 데자뷰처럼 낯설면서도 동시에 친숙했다. 그것은 조금씩 의미를 더하기 시작했다. 집요하게 그의 청각에 구멍을 뚫으려고 했다. 반복된 고집으로 의미를 전달하려고 했다. 마침내 시모노피오는 그 언어를 이해하게 되었다. 그래서 귀뚜라미 소리에 빠졌던 마음의 정기와 심장의 수수께끼, 골수, 눈의 씨앗, 귀의 심장, 코의 필터, 피부의 양피지가 잠시나마 휴식을 취할 수 있었다.

그때 그는 그 목소리를 인식했다. 그때 들었다. 그때 이해했다. 이리 와! 이리 와! 이리 와! 이리 와! 그 속삭임은 귀뚜라미처럼 리드미컬하게 그리고 반복적으로 소리 지르고 있었다. '이리로 오라!' 그 말들은 긴급 요청이었다. 무시하거나 모른 척해선 안 되는 것이었고, 많은 뜻을 담고 있었다.

그것은 그를 부르는 소년의 말이었다. 이리 와, 이리 와, 이리 와, 이리 와. 그는 벌떡 일어났다. 귀뚜라미 연주회를 뒤에 두고 길을 나섰다. 이리 와, 이리 와, 이리 와, 이리 와.

그는 곧 발걸음을 긴급한 리듬에 맞추었고, 곧 빠른 걸음으로 바꾸었다. 그 후에는 점점 더 빠른 속도로 달렸다. 그러나 집으로 돌아오는 길 절반 즈음의 어두워진 길에서, 그 속삭임은 사라져 버렸다. 잠을 자러 간 것이다. 그 침묵은 그의 가슴을 쥐어뜯었다. 그 낭패감은 그의 귀에 우레와 같은 불협화음이 되었다. 숨을 제대로 쉴 수 없었다. 발걸음도 휘청거렸다.

그는 해가 뜨기 전에 라 아미스타드 농장에 도착했다. 문이 잠겨 있었다. 전에는 문을 잠근 적이 없었다. 루피타의 죽음이 보안 강화로 이어졌으리라. 그는 베아트리스의 재봉실 창문을 통해 도둑처럼 안으로 들어갔다. 걸쇠는 강한 바람이나 겨울날에만 고정돼 있었다. 침입자에게는 그리 큰 장애물이 아니었다. 그는 조용한 발걸음으로 침실 복도에 이르기까지 집을 가로질렀다. 하지만 시모노피오는 그만 바닥이 헐렁한 타일을 밟았다. 그 소리에 프란시스코 모랄레스는 누군가가 침입했음을 알았다.

"누구요?"

그의 머리카락은 베개로 흐트러졌고, 줄무늬 잠옷은 마구 구겨져 있었다. 그것은 그의 시선의 날카로움과도, 침실을 나올 때 그의 손에 쥐고 나온 권총과도 어울리지 않았다.

"시모노피오니?"

"어허." 그는 아직 어둠 속에서도 자기 대부를 알아보았다. 그리고 그가 무기를 내리는 것을 보았다.

"이 시간에 뭐하고 다니니?"

시모노피오는 간단한 '어허'보다 더 많은 단어가 필요했다. 그 질문에 답할 방법이 없었다. 자기에게 시간이 필요하다고 어떻게 대답할 수 있을까? 그는 이제 돌아왔고 다시는 떠나지 않을 것이라고, 다시는 그를 혼자 두지 않을 거라고 말할 수 없었다. 비록 그런 말을 했다고 해도, 아버지 프란시스코 모랄레스는 그 메시지를 이해하지 못할 거였다. 그렇게 그는 프란시스코 주니어의 방을 가리키면서 자신의 '어허'를 반복했다.

"걔는 자고 있지. 그 녀석이 어떤지 너도 알고 있잖니…."

"어허."라고 그가 다시 대답하면서, 그에게서 돌아섰다.

"정 그렇다면, 네 마음대로 하렴. 내일 보자."

그가 아이의 방으로 들어가기 위해 뒤돌아섰을 때, 시모노피오의 발이 시끄러운 바닥 타일에 다시 닿았다. 그는 사과하기 위해 돌아섰지만, 프란시스코가 이미 침실 문을 닫은 후였다. 자신의 부주의함으로 대모가 깨어났더라면 시모노피오는 많이 미안했으리라. 그는 그 당시에 그녀가 힘들어하고 있다는 걸 알았다. 쉽게 잠을 못 이룬다고 생각했다. 반면, 프란시스코 주니어에 대해서는 걱정할 필요가 없었다. 그 아이는 꼼짝하지도 않고 계속해서 잠을 자고 있었다. 그는 아이를 흔들어 깨워서 자기가 돌아왔음을 알리고 싶었다. 네가 나를 불러서 내가 왔단다. 며칠 동안 길을 잃어서 좀 늦었지만. 경험으로 시모노피오는 아이가 그렇게 할 준비가 되기 전까지는, 아무것도 또는 그 누구도 그의 눈을 뜨게 할 수 없다는 것을 알고 있었다. 아이는 깊이 잠들어 있었다. 그는 매일 밤 꿈에 몸을 맡겼다.

시모노피오는 4년 전 요람의 갓난아기를 보기 위해 앉았던 바로 그 흔들의자에 앉았다. 이 아이는 이제 아기 침대에서 잠을 자지 않았다. 두 살이 되기도 전에, 더 낮은 침대로 옮겨야 했다. 아이는 요람을 기어올라 도망치려고 고집을 부렸다. 녀석은 때로 엉덩방아를 찧었고, 때로 무릎을 꿇기도 했다. 또 다른 때는 -빈도가 덜했는데, 이 때 그의 어머니는 큰 한숨을 쉬고 나서 하느님과 그의 수호천사 덕분이라고 말하곤 했다- 머리를 부딪치기도 했다.

침대의 나무 막대들은 어렸을 때 시모노피오에게처럼 아기에게는 안전을 위한 게 아니었다. 그 아기는 그것을 자기를 가두는 창살이라고 생각했다.

새로운 날의 빛이 스며들기 시작해 침실을 가득 채웠다. 그 과정은 천천히 시작해서 눈 깜짝할 사이에 끝났다. 시모노피오는 그 아이의 얼굴을 씻겨 주는 느리고 점진적인 빛의 행로를 지켜보았다. 예전의 아기 모습과 미래 어른의 모습을 동시에 떠올렸다. 그렇게 집중한 채 거의 눈을 깜빡이지 않고 있었다. 그는 뼈대 같은 침대 나무 막대들 속에서 아기를 구별해 내는 게 어렵지 않았다. 아마도 추억의 도움을 받았으리라. 그러나 아기의 미래 모습인 어른 남자의 얼굴은 좀처럼 잡히지 않았다. 거기서 그는 미래의 약속을 보았지만, 확신은 없었다.

그는 아이에게 더 많은 걸 가르쳐 줘야 할 때라고 결정했다. 프란시스코 주니어는 이제 아기가 아니었지만, 남자가 되려면 배울 것이 많았다. 그는 침묵 속에서 다시는 그를 혼자 두지 않겠다고 약속했다. 곧바로 아이는 마치 그 약속을 느낀 듯 천천히 눈을 떴다.

"이제 온 거예요?"

프란시스코 주니어는 시모노피오를 보고는 잠시 꿈인지 현실인지 알지 못했다. 그는 아침의 은은한 빛 속에 앉아 있었다. 평소에는 보이지 않는, 눈부신 빛살이 그를 감싸고 있었다.

"그래. 다시는 너를 두고 떠나지 않을 거야."

다른 말을 할 필요가 없었다. 프란시스코 주니어는 그를 믿었다.

58

형을 놀리는 자는 패 준다

   ··· **여섯 살이 되자** 나는 학교에 가야 했다. 내가 원했던 것은 아니지만 선택의 여지가 없었다. 나를 학교에 데려가는 책임을 맡은 사람은 시모노피오였다. 내가 말을 타고 가는 동안 그는 걸었다. 말은 늙고 땅딸막하며 느렸는데, 나는 그를 '번개'라고 부르기를 고집했다. 나는 시모노피오가 나를 자기 어깨에 걸터앉게 하고 싶었을 거라고 확신한다. 내가 어렸을 때 그가 나를 데리고 온갖 곳을 쏘다녔던 것처럼 말이다. 아빠는 그걸 허용하지 않았다.

  "시모노피오, 그러다가 진이 빠져 버릴 거야. 계속 그러면 이 아이는 곧 다리를 질질 끌고 다닐 걸. 다리가 무엇에 쓰이는지 배우지도 못하고 말이야. 그러니 아이가 걷도록 해라."

  그래서 나는 학교를 제외한 모든 곳을 걸어 다녔다. 얼마 지나지 않아 내가 제시간에 도착하는 데 별 관심이 없다는 게 분명해졌다. 지연 전략의 하나로, 나는 내 길을 가로지르는 모든 벌레나 돌을 보기 위해 길을 멈췄다. 시모노피오가 다시 묶도록 슬쩍 내 신발 끈을 풀기도 했다. 어느 때는 나무 그늘 밑에서 지친 몸과 발을 쉬었다.

그래서 번개처럼 빨리 학교에 도착하도록, 아빠는 내가 '번개'를 타고 가는 걸 허용했다. 시모노피오는 학교에 가는 동안 학교생활에서 매우 중요한 것들을 내게 가르치려고 했다. 나는 이미 그 비밀 학교에서 글을 배우고 초급 산수 계산법을 배우고 있었다. 시모노피오는 세상을 듣고 보는 법을 내게 가르쳐 주려고 했다. 나는 꿀벌의 중얼거림을 한 번도 이해하지 못했다. 꿀벌들처럼 향기를 맡지도 못했다. 도로의 휘어진 곳 너머에 무엇이 있는지를 보지도 못했다. 내가 없을 때 엄마가 무엇을 하는지 보려고 집중하지도 못했다. 또 내 시선 너머 내가 보지 못하는 곳에서 코요테가 숨어 나를 기다리고 있는지도 느끼지 못했다. 나는 코요테를 본 적이 없었다. 시모노피오 근처에 코요테가 있음을 느낄 때마다, 우리는 숨어서 움직이지 않았다. 또는 우리의 경로를 바꿨다. 나는 겁을 내면서 그에게 말하곤 했다.

"내가 그를 좀 알아볼 수 있게, 그를 보러 가요."

그는 내 제안을 한 번도 받아 주지 않았다.

"네가 그를 덜 볼수록, 그는 너를 덜 볼 거야."

시모노피오의 강의는 거기서 그치지 않았다. 그는 눈을 감고, 다음 날 무슨 일이 일어날지 떠올리려고 노력했다. 하지만 나는 바로 그날 아침에 먹었던 음식도 거의 기억하지 못했다. 도대체 아직 일어나지도 않은 일을 어떻게 기억한단 말인가. 난 이해할 수 없었다. 그는 내가 태어나는 모습을 떠올려 보라고 말했다. 내 피부의 첫 접촉과 내 귀로 들었던 첫소리들을 기억하라고 말했다. 내 눈에 들어왔던 첫 번째 이미지들을 기억하라고 내게 요구했다. 아무리 노력해도 나는 바로 앞에 있는 것만을 해독하는 데 성공할 수 있었다. "얼마 전에 말 한 마리가 이곳을 지나갔어요."라고 나는 내가 추측한 것을 그에게 말하곤 했다. 나는 그를 속인 적이 없었다. 문제의 그 말이 그 길을 이용했다는 것은 누구라도 알아차릴 수 있었다. 길에선 말똥 냄새가 진동했기 때문이다.

나는 그것이 불쌍한 시모노피오를 낙담시키는 근원이라는 걸 알았다. 그를 기쁘게 만들기 위해 -그와 같이 되기 위해- 나는 집중하려고 노력했다. 하지만 나는 아직 일곱 살도 되기 전이었다. 매우 활동적인 아이였다. 오랫동안 가만히 있는 게 몹시 어려웠다. 특히 창문을 열고 자기 때문에, 밤새 모기들 때문에 피부가 가려워, 참을 수 없었다. 내 엉덩이에 있는 선인장 가시들 때문에 앉는 게 고통스러웠다. 아침으로 먹었던 초리소와 달걀 때문에 속이 좋지 않을 때 힘들었다. 숙제를 안 해서 곧 벌 받을 거라는 걸 알았을 때 견딜 수 없었다. 시모노피오와 함께 모험과 향기, 감동으로 하루 보내기를 갈망했는데, 정작 글쓰기와 산수로 지내야 할 때 참을 수 없었다. 그가 나에게 사자와 코요테의 새로운 이야기를 시작하려 할 때 조바심으로 기다리기 힘들었다. 그가 내게 가르치려고 하는 그 많은 것이 왜 필요한지 도무지 이해할 수 없을 때 더욱 답답했다.

나는 그냥 지나치고 싶은 그 학교가 그토록 빨리 내 눈앞에 나타난다는 사실에 좌절했다. 내게는 '번개'가 비야세카 축제에서 봤던 경주마 같았다. '번개'는 언제나 내가 원하는 것보다 더 빨리 나를 목적지에 도착하도록 했다. 나는 '번개'를 내 빠른 교통수단으로서 중요하게 느꼈다. 하지만, 이제 나는 그가 자랑할 만한 말이 아님을 인정한다. 게다가, 나는 시모노피오와 함께 학교에 도착했다. 그건 내 거만함과 자만심을 더해 주었다. 마을에 살던 대부분 학생은 유모나 엄마의 손을 잡고 걸어서 왔다. 그들은 우리를 보고는 늘 놀라움을 표시했다. 몇 달 동안 나는 그들의 놀람이 나와 시모노피오의 태도 때문이라고 생각했다. 말을 탄 기사는 흠 없이 다녀야 한다고 상상했다. 그래서 나는 항상 허리를 꼿꼿이 펴고, 우아하게 도착하는지를 스스로 확인했다.

시모노피오는 내가 말에서 내리는 걸 도와주고 '번개'에 올라탄 후, 작별 인사도 하지 않고 서둘러 떠나 버리곤 했다. 그는 마을 사람들의 경멸적인 시선에 어렸을 때부터 익숙해져 있었다. 비루먹은 늙은 말과 곱슬곱슬하고 잘린 머리카락을 가진 귀여운 소년이 사람들의 시선-시모노피오 얼굴의 '장애 지도'를 해독하려는, 친절하지도 않고 감추지도 않는-을 막아 줄 정도로 충분하지 않다는 사실을 알고 있었다.

괴물 얼굴을 한 청년과 함께 다니는 게 무섭지 않느냐고 어느 조심성 없는 아이가 내게 물었을 때 나는 놀랐다. 나는 내 충동에 따라 그 녀석이 말을 마치자마자 그놈을 때렸다. 비록 내가 그의 얼굴을 내가 원했던 것만큼 괴물로 만들지는 않았지만, 그의 눈을 퉁퉁 붓게는 만들었다. 그 때문에 나는 나머지 시간 동안 교실 한구석에서 벽의 직물을 살피는 벌을 받아야 했다. 그날은 그 어느 날보다 더 지루했지만, 나는 내가 자랑스러웠다. 나는 내 형을 변호한 것이다. 하지만 학교 당국에 맞서 나 자신을 방어할 방법은 없었다. 여전히 기분이 상한 상태에서 내가 선생님에게 그가 시모노피오의 얼굴이 괴물 같다고 말했다고 했다. 그러나 선생님은 누군가가 진실을 말했다는 이유로 그를 때려서는 안 된다고 대답했다.

진실이라고? 시모노피오가 괴물의 얼굴을 가졌다고? 나는 한 번도 그를 그렇게 본 적이 없었다. 리나레스에 괴물이 있긴 했다. 그러나 그는 아니었다. 내게 시모노피오의 얼굴은 시모노피오의 얼굴이었다. 내가 두 눈을 떠 그를 처음 보았을 때부터 보아 왔던 그 얼굴이었다. 그의 얼굴은 내 것과 달랐고, 우리 엄마 아빠나 누나들의 얼굴과도 달랐다. 그의 모습은 그들의 모습처럼 내게 너무 익숙하고 사랑스러운 것이었다. 나는 그의 얼굴에서 그 어떤 흠이나 놀랄만한 이유를 보지 못했다. 나는 단지 내 형을 보았고 그를 사랑했다.

그때 나는 감히 그에 대해 나쁘게 말하는 사람이 있다면, 다시 주먹을 날리기로 결심했다. 시모노피오 때문이라면 나는 하루나 이틀, 또는 열흘간의 벌을 받을 용의가 있었다.

그것은 나의 첫 싸움이었지만, 마지막 싸움은 아니었다. 학교의 불평은 그치지 않았고, 불쌍한 우리 엄마는 이제 내가 싸우는 것을 막기 위해 무슨 말을 해야 할지 몰랐다. 얼마 후, 엄마는 마르틴이 나를 학교에 데려가도록 시모노피오를 설득하려고 했다. 하지만 그는 단호하게 거절했다. 그는 나를 학교에 데려가는 책임자였고, 그 이외에 다른 사람이어서는 안 되었다. 그가 누군가를 자극하거나, 내가 자기를 위해 싸우게 하도록 하려는 건 아니었다. 그는 내게 "사람들이 나를 안 좋게 보는 건 괜찮으니, 이제 나를 위해서 그만 싸우라."고 말하곤 했다. 그러나 나는 어떤 모욕적인 발언도 그냥 둘 수 없었다. 엄마는 아빠에게 도움을 청했다.

"프란시스코, 프란시스코 주니어에게 이제 싸움 좀 그만하라고 말 좀 해 줘요."

"아니오. 싸울 가치가 있는 싸움도 있는 법이지."

조금씩 아이들은 시모노피오에 대해 수군거리기를 멈추었다. 적어도 내 앞에서는 말이다. 그들은 모두 내 친구를 조롱하면 어떻게 되는지를 알고 있었다. 내 친구가 되고 싶은 아이들은 모두 내 곁에 시모노피오가 있는 것을 받아들여야 했다. 아이들은 그 사실을 곧바로 깨달았다. 새 친구들은 시모노피오의 입보다 눈을 보기 시작했다.

시모노피오는 다른 사람과 함께 있을 때는 그의 침묵 속으로 돌아 갔다. 나 외에는 아무도 그를 이해하지 못했기 때문이다. 그가 말을 하지 않는 건 중요하지 않았다. 그가 함께했기 때문에, 우리는 과수 원에 들어가서 오렌지 나무 줄을 발견할 수 있었다. 그곳엔 땅에 떨 어져 썩고 있는 많은 과실이 있었다. 그것들은 꿀벌들을 -멀리서 우 리 머리카락에서부터 흘러내리는 과일즙에 의해 이끌려 먼 곳에서 온- 눈멀게 했다. 그 과일즙들은 야전 전투를 위한 완벽한 미사일들 이었다. 나는, 다른 아이들처럼, 벌떼들에 겁을 먹고 도망가지 않았기 때문에, 항상 그 게임의 승자였다.

아마도 그것 때문에 나는 용감하거나 무모하다는 -누구의 관점인 지에 따라 달랐다- 평판을 얻었다. 이것은 내가 시모노피오의 평범 하지 않은 모습에 익숙해하며 성장했기 때문이었는데, 벌들에게도 똑같은 일이 일어났다. 나는 꿀벌들과 함께 자랐기에 그들을 두려워 하지 않았다. 아니면 내가 꿀벌들과 함께 자랐기 때문에, 벌들이 나 를 해치지 않았는지도 모른다. 그들은 나를 알고, 나를 받아들였다. 어쩌면 시모노피오를 기쁘게 하기 위해 그랬으리라.

나는 학교에서 아이들과 자유롭게 공유했던 캐릭터들이 전혀 무섭 지 않았다. 그 캐릭터 중 내가 기억했던 것은 라 요로나*(흐느끼는 여 인)와 최근 리나레스에 만들어진 이집트 미라들, 라 페타카의 마녀 들, 인형, 아가피토 트레비뇨의 복수하는 유령, 동굴에 버려진 병사의 복수하는 유령, 알타에서 총살당한 우리 할아버지-할아버지에게 진 심으로 사과한다-의 복수하는 유령 등이었다. 모든 유령은 복수해야

• 남편의 외도로 화가 나서 아이들을 익사시켰지만, 곧 바로 후회하고 울면서 아이들
  을 애도하는 라틴 아메리카의 민속적 인물-역주

했다. 그렇지 않으면 두렵게 하는 그들의 능력이 줄어들기 때문이다. 만일 아이들이 그 지역을 돌아다니는 진짜 괴물들에 대해 알고 싶고, 말하고 싶다면, 나는 그들 모두를 알고 있었다.

친구든 아니든 아이들은 내 말에 열심히 귀를 기울였다. 가장 순진했던 유년기부터 우리는 공포감을 느낄 때 쾌감을 얻는다. 그런 병적 덩어리를 가지고 있음이 분명하다. 엄마는 사교 클럽 모임에서 돌아올 때면 내게 늘 "프란시스코, 이제 그 엉터리 이야기 그만 좀 하거라. 엄마들이 모두 자기 애들이 무서워서 잠을 자지 못한다고 불평한단다."라고 말했다.

그들이 잠을 잤든 안 잤든, 그런 사실은 중요하지 않았다. 나를 잠들지 못하게 하는 건 아무것도 없었다. 아마도 한밤중-아이들이 가장 무서워하는 시간-에 아무도 또는 그 어느 것도 나를 괴롭히지 못한 건 시모노피오 덕분이었다. 그는 내게 시간을 내서 효과 좋은 축복의 말들-수년 전에 유모 폴라가 그에게 가르쳐 주었던-을 가르쳐 주었다. 사실 난 별문제 없이 그리고 다른 잡념 없이 깊은 잠을 잘 잤다. 곯아떨어지기 전에 주기도문을 다 외운 적도 없었다. 유모가 "주여 축복하소서" 이후의 내용을 들어 본 적이 없다. '주여'라는 말을 했을 때, 나는 이미 잠들어 있었다.

이 두 단어가 밤의 공포로부터 나를 보호하기에 충분했을까? 그렇다. 어쩌면 이 두 단어는 내가 모든 괴물 캐릭터들에게 밤의 그 취약한 시간에 나를 방문하지 말라고 경고하기에 충분했을 것이다. 미라들이 내가 잠을 못 자도록 방해할 이유는 없었다. 어쨌든 나는 너무 깊이 잠들었다. 시모노피오가 우리들의 소유지에 산다고 말했던 그 신비한 인형들을 보지 못했다. 그들이 한밤중에 내 위에서 걷거나 춤을 추는 느낌을 한 번도 알아채지 못했다. 어느 흐느끼는 유령 여인이 자기 아이들을 찾아다녔다고 해도, 곧 단념하고 그만두었을 것이다. 나는 안색조차 변하지 않고 그녀에게 대답도 하지 않았기 때문이다. 유령들은 복수하든 아니든 내 머리카락 하나도 움직이지 못했다. 그들은 내 눈 하나도 뜨게 하지 못하고, 자기 에너지를 소진한 후, 다른 기독교인을 놀라게 하려고 가 버렸을 것이다.

59

코요테 이야기

··· 내가 누구와도 공유하지 않은 이야기는 코요테 이야기였다. 아마도 그 이상한 이야기가 끊임없이 진화했기 때문일 것이다. 그리고 아마도 나는 그것을 시모노피오와 나 사이의 사적인 대화처럼 느꼈기 때문일 것이다. 모든 이야기나 전설을 다 알고 있다고 생각하는 전문 이야기꾼인 솔레다드 베탕쿠르도 코요테의 존재와 그 위험에 대해 알지 못했다. 아마 내가 코요테 이야기를 공유하지 않은 것은 그 이야기가 인형들이나 유령, 그리고 다른 존재들의 이야기와는 다르다는 걸 알았기 때문이다. 코요테의 이야기는 단순히 지어낸 이야기가 아니라 실제 이야기였다. 코요테는 그와 나를, 시모노피오가 바로 우리라고 말했던 사자들을 찾고 있었다. 이 실제 괴물을 막을 수 있는 축복은 없었다. 단지 조심해야 할 뿐이었다. 아마도 그는 나의 내면 깊은 곳에서, 내가 밤이든 낮이든, 정말로 두려워했던 유일한 괴물이었기 때문이었을 것이다.

시모노피오 조차도 그를 두려워했다면, 어떻게 내 두려움이 덜할 수 있겠는가? 그리고 마음에서 그것을 떨쳐낼 수 없었던 그 밤들에, '주여 축복하소서'를 계속 반복하는 게 도움이 되지 않는다는 걸 알았다. 나는 내 연속 기도를 '이리 와, 이리 와, 이리 와, 이리 와'로 바꾸었다. 그는 한 번도 실패하지 않았다. 그는 미리 알려 주는 말도 없이 어둠 속에서 내 곁에 도착했다. 그리고 내 침대 옆 바닥에 매트를 깔고 거기에 누웠다. 어떻게든 그의 호흡에 맞추어, 내 호흡을 낮추도록 했다. 그렇게 그는 내 연약한 몸과 코요테 사이에 인간 방패로 지켰다. 나는 방해 없이 평온하고 깊은 잠을 잘 수 있었다.

나는 다시 학교에 돌아왔다. 기꺼이 준비된 친구들에게 무서운 이야기를 퍼뜨릴 수 있었다. 그렇기에 기쁜 마음으로 잠에서 깨어났다. 엄마는 내가 어디에서 그 괴상한 이야기들을 들었는지 물었다. 나는 그것들이 시모노피오가 내게 해 준 이야기라고 말하지 않았다. 솔레닫 베탕쿠르가 비야세카 축제에 오거나 리나레스를 방문했을 때, 시모노피오가 나를 데리고 그녀의 이야기를 들으러 갔다는 말도 하지 않았다. 사람에겐 본능적으로 아는 것이 있다. 이 경우에 내 본능은 그 출처를 밝히지 말라고 소리치고 있었다. 나는 그렇게 했다. 나는 리나레스 방문을 위한 우리들의 탈출이 어쩌면 끝날지도 모른다고 생각했다. 나는 시모노피오에게서 그 즐거움을 빼앗고 싶지 않았다.

진정한 경이로움

··· **시모노피오는** 프란시스코 주니어의 '번개'를 타고 광장
을 가로질러 라 아미스타드 농장으로 돌아오는 길이었다. 그때 한 번
도 들어보지 못했던 소리를 들었다. 소리들과 목소리들 그리고 청각
너머의 생각들까지도 느끼는 사람에게 그것은 놀라운 것이었다. 일종
의 경이로움이었다.

그는 길을 멈췄다. 그는 모든 사물과 사람들 한가운데 멈춰 섰다.
그가 통행을 방해한다거나, 사람들이 자기를 이상한 눈으로 바라보
는 것은 중요하지 않았다. 그는 그 이해할 수 없는 금속성 목소리의
방향을 찾으려고 집중했다. 그것은 때로는 오른쪽으로부터 오는 것
같았고, 때로는 왼쪽에서 나오는 것처럼 보였다. 그 소리는 약국의 벽
에서 메아리를 만들었는데, 그다음에는 광장을 향해 퍼져 갔다. 그리
고 그다음에는 나무들 사이에서 약간 희미해졌다. 그러다가 세뇨르
아브라함의 상점 벽에서 나올 때는 그 힘을 회복했다. 반대편에도 같
은 효과를 일으켰다. 그러고는 같은 길을 통해 돌아왔다. 시모노피오

는 눈으로 그 소리를 따라가려고 했지만, 그 길을 가로지르는 나무들의 잎사귀 하나도 흔들리지 않았다. 그의 눈보다 더 빨리 움직였기에, 그는 그 소리를 포착할 수 없었다.

주변 사람들은 이야기하고, 걷고, 자기 일들에 열중했다. 그런 현상에 그렇게 놀라지 않는 것 같았다. 그만이 그 소리를 들은 걸까? 그런 일은 잇따라 일어났다. 이제 열아홉 살인 지금, 그는 세상의 것과 오직 자신만의 것-세상이 오직 그처럼 준비된 이들과만 공유하는 비밀들인데, 그들은 그 비밀들을 허용하고 해석하고 간직할 준비가 된 이들이었다-을 대체로 구별할 줄 알았다.

이것은 새로운 것이었다. 그는 그것을 어떻게 해석해야 할지 몰랐다. 그것들은 사방에서 그에게 다다랐다. 그는 이해할 수 없는 말들이었다. 반복 리듬으로 위장한 신호였고, 서로 얽혀 있는 빠른 단어들이었다. 그때 그는 사람들이 하던 일을 멈추고 주위를 둘러보며, 시모노피오처럼, 그 소음이 어느 방향에서 오는지 알아내려고 하는 것을 보았다. 그것은 점점 더 오른쪽에서 나오는 듯 했다.

그 소리에 끌린 리나레스 사람들은 자신의 집과 일터에서 뛰쳐나왔다. 성당의 부인들도 묵상을 중단하고 서둘러 나왔다. 공립 학교의 교사들-그리고 비밀 학교의 교사들-은 학생들을 붙잡아 둘 수 없었다. 학생들은 그 현상을 구경하기 위해 흥분 속에 거리로 달려 나갔다. 시모노피오는 군중 속에서 프란시스코 주니어를 발견했다. 신호를 보내 그가 있는 곳에서 움직이지 말라고 지시했다.

시모노피오와 마찬가지로 사람들은 그 소리가 무엇인지 궁금해했다. 얼마 지나지 않아 알게 되었다. 그때, 그 소리의 진원지로 보이는 트럭 한 대가 광장을 향해 모퉁이를 돌고 있었다. 그 트럭에서 큰 북소리가 최대 음량으로 울려 퍼졌다.

그런데 사람 목소리는? 어떻게 그 사람 목소리가 음악에 싸여서도 희미해지지 않고 선명하게 들렸을까? 사실은 이랬다. 그 음악 위에 선명한 목소리는 트럭 바퀴가 돌 때마다 더 뚜렷했다. 시모노피오는 항상 마릴루 트레비뇨의 노랫소리는 거의 신의 목소리라고 생각했다. 그 목소리는 부드러우면서도 악기들 소리 위를 청아하게 넘나들었다. 비야세카 축제 때 노래 부르던 천막의 모든 구석구석에까지 도달했다. 재주가 덜한 다른 음악가들은 이미 신형 마이크를 사용하고 있었다. 그들의 목소리는 금속처럼 딱딱하고 불쾌했다. 비록 광장을 울려 퍼지는 그 목소리보다는 덜했지만 말이다. 그때 시모노피오는 트럭에 탄 남자가 쉬지 않고 소리를 지르는 –노래하는 건 아니었다– 것을 보았다. 그는 원뿔 모양의 휴대용 마이크를 입에 대고 있었다. 자기 머리보다 더 큰 것을 삼키려는 듯한 이상하고 우스꽝스러운 모습이었다. 그는 너무 빨리 그리고 대단한 열정으로 말을 했다. 그가 하는 말 중 몇 마디만 알아들으려고 해도 큰 노력이 필요했다. 그러나 트럭 뒤를 따르는 사람들은 그의 말을 이해하고, 그의 메시지에 열광하는 것처럼 보였다. 트럭이 시모노피오 앞을 지나갈 때에야 그 말은 분명해졌다. 그는 반복해서 계속 말했다.

"단돈 20센타보, 모두 토요일 다섯 시에 라 베르단 물레방앗간으로, 우리 시대 진정한 경이로움 페드로 보니야가 물속에서 노래하는 것을 들으러 오십시오!"

사람들은 이 볼거리 광고에 뜨거운 박수를 보냈다. 게다가 그것은 놀랍고 훌륭한 공연을 약속하고 있었다. 시모노피오는 말 위에서 움직이지 않았다. 그는 만세를 외치거나, 환호하거나, 박수를 치지 않았다. 그는 다른 사람들처럼 트럭을 쫓아가기 위해 움직이지도 않았다. 그 남자의 말을 분명하게 한 번만 들어도 그는 자신의 상상력을 발휘하기에 충분했다. 어떻게 그러한 예술성과 기술이 가능하단 말인가? 대중 앞에서 노래하는 것은 그 자체로 그를 놀라게 할 이유가 되었다. 그는 비야세카 축제 또는 더 작은 소규모 행사의 공연들을 놓치지 않았다. 그러나 강가에서 자기에게 다가오는 물고기 떼를 본 적은 있지만, 물속에서 노래하는 사람은 한 번도 본 적이 없었다. 그때 그는 아무리 애를 써도 그 물고기들이 자기에게 전달하고자 하는 뜻을 듣거나 이해할 수 없었다.

라 베르단 물레방앗간 앞의 강에서, 물에 잠긴 채, 리나레스 사람들 앞에서 노래한다는, 그 진정한 경이로움이라는 페드로 보니야는 누구인가? 물고기들조차 갖지 못한 걸 말하는 한 인간의 재능은 무엇인가?

그 트럭과 그 소란함은 다른 거리를 향해 방향을 바꾸어 멀어졌다. 그러면서 계속해서 사람들을 행사에 초대했다. 그의 앞을 지나갈 때 분명했던 그 목소리는 다시 금속성의 날카롭고 의미 없는 소리가 되어 있었다. 그 소리는 다시 한번 약국에서 반사됐고, 나무들 사이에서 희미해졌다가, 다시 아랍식 천막 상점에서 튕겨 나왔다. 트럭을 따라가지 않은 사람들은 광장을 비우며, 다시 하던 일을 위해 돌아갔다. 부인들은 다시 명상에 빠지거나, 쇼핑 또는 집 청소를 했다. 남자들은 일터로, 교사들은 학생들을 다시 교실로 데려오는 어려운 작업을 수행했다.

그때 시모노피오는 '번개'에 박차를 가하기로 했다. '번개'는 그 소란스러움과 볼거리 사이에서 한 발자국도 떼려 하지 않았다. 그는 말을 돌려 트럭을 따라갔다. 그가 트럭에 가까이 다가갔을 때, 그는 '번개'를 군중의 오른쪽으로 향하게 했다. 그때 그는 그를 보았다. 프란시스코 주니어는 트럭 옆에 올라타고 있었다. 그리고 마치 자기가 쇼의 일부인 것처럼, 걸어오고 있는 사람들에게 손을 흔들며 인사를 하고 있었다. 끝까지 그 인간의 카라반 행렬과 함께할 태세였다.

프란시스코 주니어는 시모노피오가 다가오는 것도 또 자기를 끌어내려 '번개'에 태우기 위해 그의 옆에 온 것도 모르고 있었다. 시모노피오는 자기의 모험이 중단된 소년과 신경전을 벌여야 했다. 다른 한편으로는 두 사람의 무게를 감당하지 않으려는 말과 고삐 싸움을 해야 했다. 한편으로는 코르테스 가문의 집으로 향해야 했고, 두 번째로 15분 이내에 아이를 학교에 돌려보내야 했다.

프란시스코 주니어는 화가 나서 그의 팔 안에서 몸을 흔들고 발을 동동 굴렀다. 그는 트럭과 함께 가지 않으면 모든 걸 놓친다고 생각하는 듯했다. 시모노피오는 그가 선생님과 함께 몇 시간 동안 갇혀 있지 않으려고 어떤 핑계라도 사용하고 있다는 걸 알고 있었다.

"그 공연은 오늘이 아니라 토요일이야. 오늘은 학교 가는 날이고."

"토요일까지는 많이 남았어요."

"닷새밖에 안 남았어."

"많이 남은 거지요. 나는 닷새를 못 기다려요."

"아냐. 너는 기다릴 수 있단다."

시모노피오에게도 그 기다림은 길고도 길었다. 그래도 그는 기다릴 것이고, 프란시스코 주니어도 기다릴 것이다.

"나를 거기에 데려다 줄 거예요?"

"그럼."

"꼭이요?"

"그럼."

시모노피오는 두 사람의 입장권 가격인 40센타보를 모을 수 있으리라고 생각했다. 라 아미스타드 농장 사람들에게 꿀 항아리 몇 개를 팔 거였다. 입장료는 비쌌지만, 일생에 단 한 번뿐인 기회일지도 몰랐다. 세상의 그 어떤 것도 시모노피오로 하여금 진정한 경이로움인 페드로 보니야의 쇼를 포기하게 만들지 못할 것이었다. 그는 그 어떤 물고기보다 더 능숙하게, 아무런 도구 없이 물속에서 노래할 것을 약속했다.

61

이 땅을 떠나게!

··· **프란시스코 모랄레스는** 기분이 썩 좋지 않았다. 최근 에스피리쿠에타는 늘 불만 덩어리였다. 프란시스코는 19년 전에 그에게 땅을 할당해 줬다. 최근 그 땅을 조사하는 날짜를 잡았다. 그때 그는 얼굴이 시종 퉁명스러웠다. 절기에 맞는 씨앗들 또는 그의 권총에 쓸 탄약 상자를 넘겨줄 때도 그랬다. 또는 단지 친절하게 그의 아이들에 대해 인사치레로 물었을 때도 그랬다. 점점 더 말이 없고 무뚝뚝해져 갔다. 그 소작인에게 다가갈 방법이 없었다. 프란시스코는 생산성을 높이는 방법을 찾기 위해, 자신의 모든 소작인 토지에 대해 일상적으로 조사를 실시했다. 하지만 에스피리쿠에타는 그 조사를 항상 미뤘다. 질문에 대답할 때면, 늘 고개를 숙인 채, 그의 눈을 바라보지도 않고, 중얼중얼 뭐라 구시렁댔다.

수년 동안의 보증서는 그 남부 출신에게 아무런 소용이 없었다. 에스피리쿠에타가 차지하고 있는 땅은 라 아미스타드 농장 안에서 오렌지 나무를 심지 않은 유일한 곳이었다. 그가 변화를 거부했기 때문이다. 프란시스코는 그 이유를 이해하지 못했다. 더구나 에스피리쿠에타가 고집하는 옥수수 농사는 해마다 흉년이었다. 때로 그가 농작물에 정성을 쏟지 않은 것 아닌가 의심하기도 했다. 그러나 그가 예고 없이 방문을 할 때마다, 항상 그의 아들-그의 이름이 무엇이었던가? 그는 한 번도 기억하지 못했다-이 땀과 등판의 힘으로 땅을 경작하고 있었다. 그들에게 정해준 관개 시간에 물을 주고 있었다.

에스피리쿠에타의 수확은 좋지 않았다. 그것은 1910년 합의한 임대료 내기에도 충분하지 않았다. 이제 프란시스코는 그의 인내심에 한계를 느끼고 있었다. 처음에는 동정심에서 그리고 나중에는 자신의 땅을 편하게 관리하려고 그런 무능과 생산성 부족을 눈감아 줬다. 그러나 이제 더는 그대로 지켜보고만 있을 수 없었다.

그는 자신의 땅에서 농업 개혁주의자들을 놀라게 하는 데 성공했다고 믿었다. 하지만 그들만이 자신의 가문 재산을 위협하는 건 아니었다. 농업 개혁주의 관리들이 호시탐탐 그를 노리고 있었다. 그들은 프란시스코의 재산 전체를 조사하고 소유권 증서를 확인했다. 그가 몇 년 전에 친한 친구 몇 명에게 해 준 토지 양도의 합법성 여부를 줄기차게 확인했다.

프란시스코는 자신이 괴롭힘을 당하고 있다고 느꼈다. 이제 그는 과수원과 목장에서 서류 작업과 해명을 하는 데 더 많은 시간을 보내야 했다. 타마울리파스에서 그는 이미 목장 하나를 포기했다. 리나레스에서는 그가 체결한 거래를 통해 몰수당하는 것은 피했다. 그가 별 관심 없었던 우알라우이세스의 땅은 점점 더 많이 넘겨주었다.

그는 가능한 모든 방법으로 리나레스에 있는 땅을 지켜 냈다. 과수원들은 점점 더 성공적이었다. 오렌지 나무들은 매우 생산적이었다. 과일 상자들을 전국의 여러 지역과 텍사스-시장은 이곳에서 좋은 가격을 지불했다-까지 보냈다. 군인들이나 산적들의 약탈 피해도 점점 줄어들었다.

그는 큰 안도감과 대단한 자부심을 가질 수 있었다. 상대적으로 짧은 기간에, 거액의 인출로 빈약해진 은행 잔고를 회복할 수 있었다. 비록 그것이 더는 중요하지 않았지만 말이다. 한 해 전인 1928년, 모랄레스 가문이 수 세대 동안 돈을 맡겨 온 밀모 은행이 예고도 없이 파산했다. 어느 날 그는 자신이 가지고 있다고 믿었던 모든 것-수십 년 동안의 저축과 그의 상속 재산-이 물거품처럼 사라졌다는 내용의 매우 형식적인 편지를 받았다. 지금까지도 그의 머리는 여전히 '재정의 수수께끼'-그 연금술-를 이해할 수 없었다. 그 연금술은 금화 10만 페소 이상을 한순간에 휴지 종이 한 장으로 바꾸어 버렸다.

"우리는 다시 시작해야 해요. 이제 우리에겐 아무것도 없소, 베아트리스."

"우리에게는 땅과 힘이 있어요."

"그렇게 생각해요?"

"나는 그렇게 알고 있어요."

"무엇을 할까?"

"당신은 매일 그랬던 것처럼 내일 아침에 일어나요. 그리고 당신이 매일 하는 것처럼 당신의 땅으로 일하러 가세요. 그리고 돈을 가지고 있는 동안, 유용한 일에 그 돈을 사용하려고 했던 것으로 하느님께 감사드리세요. 그리고 나는 여느 때와 마찬가지로 여기서 내 일을 하면서 당신을 기다릴게요."

베아트리스의 말이 옳았다. 모랄레스 코르테스 가족의 삶은 은행 계좌의 손실로 인해 변하지 않았다. 프란시스코는 단 하루도 일을 그만둔 적이 없었다. 그는 부자처럼 살지 않았고, 미래에 사치스럽게 사는 자신을 상상한 적도 없었다.

은행에 돈을 가지고 있는 동안 그 돈을 사용했고, 최근에는 과수원에서 나온 노다지 덕분에 그들은 마침내 다른 회원들과 협력하여 기금을 마련할 수 있었다. 오랫동안 기다려 온 리나레스 클럽 건물의 건설은 이제 큰 진전을 보였다. 그들은 또한 몬테레이에 땅과 집을 가지고 있었다. 그들은 매우 유용한 트랙터를 가지고 있었다. 게다가 지금 프란시스코는 훨씬 더 현대적이고 컴팩트한 모델에 찬탄을 금치 못했다. 그것은 『농민 연감』의 광고에 나왔는데, 그는 그 잡지를 손으로 어루만지면서 신형 모델에 감탄하고 있었다. 비록 이제는 새로워진 재정 환경 때문에 그 트랙터를 사는 건 불가능했지만 말이다. 오렌지라는 금 덕분에 그는 땅의 용도를 대담하게 바꾸었고, 그 투자는 이중의 성과를 거두었다. 오렌지 나무가 작물로 성공했고, 주요 재산의 몰수로부터 그들을 보호해 줬다.

물론 그는 금의 손실을 슬퍼했다. 당연했다. 그는 리나레스와 몬테레이의 채권자 그룹에 합류하여 밀모 은행에 소송을 제기했다. 하지만 법으로 재산 손실에 대해 보상받을 방법을 알 수는 없었다. 그들은 모임을 조직하고, 입에서 나오는 대로 지껄였다. 저주하고, 불평하고, 심지어 어떤 이들은 울기도 했다. 모두 부질없는 일이었다. 프란시스코는 금산(金山) 하나를 사라지게 하는 것이, 그 금산을 다시 나타나게 하는 거보다 훨씬 쉬우리라고 생각했다.

그의 재산은 사라졌지만, 그의 부동산은 그렇지 않았다. 이제 그는 그 어느 때보다 의무뿐만 아니라 자신을 방어해야 할 필요성을 느꼈다. 그래서 에스피리쿠에타에게 늘 보여 주었던 그 아량을 베풀 수가 없었다. 만일 에스피리쿠에타가 오렌지 나무를 심는 데 동의하지 않는다면, 떠나야 할 것이라고, 그에게 통고해야 했다.

그 통고는 그 농부에게 잘 받아들여지지 않았다.

"저는 19년 동안 내 땅에서 일했습니다만, 제가 원하는 건 담배를 심는 겁니다."

프란시스코는 에스피리쿠에타의 입에서 나오는 수많은 단어를 듣고 놀랐다. 게다가, 담배 사업은 그도 처음 듣는 것이었다.

"사탕수수보다 먼저 이곳에 담배를 심었지만 효과가 없었네. 그리고 자네는 우리의 합의를 19년 동안 이행하지 않아 왔지. 이제 하라는 것을 하거나, 아니면 떠나게. 나무 심는 게 자네에게 힘들지는 않겠지. 내가 자네에게 어린나무들을 가져오겠네. 자네는 그걸 심고 돌보게. 오렌지는 잘 팔리네. 그리고 그것이 우리 땅을 빼앗기지 않는 방법이라네. 안셀모."

침묵이 흘렀다.

"여기서 토요일에 보지. 시작하는 걸 돕겠네."

62

사격 연습

• • • "내 땅을 빼앗기지 않으려는 방법이네."

"네. 토요일에 여기서 뵙겠습니다."

물이 필요했지만, 옥수수를 관개하는 대신, 안셀모 에스피리쿠에타
는 권총 사격 연습을 하러 갔다.

63

그 토요일이 왔다

　　··· 나는 그 기다림의 날들을 기억한다.

　내가 트럭에 올라갔을 때, 나는 서커스단과 함께 달아나는 생각을 했다. 진정한 경이로움인 보니야처럼 물속에서 노래하는 속임수를 배우는 상상을 했다. 물론 그렇게 생계를 유지하고 싶었던 건 아니었다. 그러나 만일 누군가가 그렇게 비정상적인 환경에서 노래 부를 수 있다면, 먼저 물속에서 물고기처럼 숨을 쉴 수 있어야 한다고 생각했다. 그리고 아마도 그런 기술은 내게 엄청난 이야깃거리가 되리라. 대단한 모험들이 가득 찼으리라.

　그때까지 얼마나 많은 토요일을 살았던가? 때는 1929년 4월이었다. 계산해 보니 그때까지 내 인생에 364번의 토요일이 있었다. 거의 일곱 살 때, 나는 이미 일곱 번 '영광의 토요일'을 보냈다. 나는 그날들을 특별히 기다렸었다. 전통적으로 사순절의 애도로 시작되는, 영원히 단조로울 것 같던 리나레스에 울긋불긋 다양한 색깔과 행사들이 펼쳐졌다. 특정 토요일들도 있었다. 비야세카 축제가 마을에서 열릴 때, 최고의 경마 대회가 조직되었다. 그런 토요일들이 내겐 특별해 보였다. 다른 토요일들은 농장에서 사촌들과 함께 보냈다. 강둑 웅덩이에서 가능한 한 오랫동안 물속에서 놀았다. 그건 여름의 토요일들이었다. 그렇게 나는 보니아에게서 수중 기술을 배우고 싶은 열망에 사로잡혔다.

그 토요일은 특히 내게는 토요일 중의 토요일이었다. 내 일곱 번째 생일이 수중 쇼와 같은 날이었다. 마을 사람들 전체가 이 행사에 모여들었다. 나는 때로 이 행사가 나를 축하해 주기 위해 조직되었다고 확신하기도 했다. 나는 쇼가 절정에 이르렀을 때, 물속에 있는 보니아의 목소리가 물거품을 통해 분명히 들릴 거라고 상상하곤 했다. "귀빈께서는 앞으로 가까이 오세요."라고. 그러면 나는 거기 맨 앞줄에 있을 것이었다.

그랬다. 기다림은 길었다. 너무나도 간절히 기다려 왔고, 널리 알려졌던, 너무나도 내 것이었던, 그 토요일까지는 길고도 길었다. 그 고문 같은 학교에서의 날들 동안 아무도 -학생들도 선생님들도- 다른 것은 아예 입도 벙긋하지 않았다. 어른들은 불가능하다고 말했다. 불가능하지. 순진한 이들은 "그러나 그렇게 말했잖아!"라고 말했다. "그가 확성기를 통해 말했고 우리 모두 들었는데!" 메가폰으로 말하는 게 일종의 보증인 것처럼 말이다. 그러나 그들 모두는 그 수중 음악회에 참석할 거였다. 낚시 바늘은 던져졌고, 우리는 그 바늘을 물 준비가 된 물고기들이었다.

이틀 전, 광장에서, 거리에서, 모든 사람이 길을 멈춰서서 서로 묻곤 했다. 갈거니? 어느 행사인지 분명히 하기 위해 언급할 필요 없이, 그렇게 말하기만 했다. 언제인지도 언급할 필요가 없었다. 모두 그것을 알고 있었기에 그다음에는 "거기서 볼까?", "몇 시에 갈거니?"라고 말했다.

"음, 5시에 시작하지."

"하지만 우리는 그 전에 도착할 수 있을 거야. 음식을 가지고 말야."

"소풍 가는 거지 뭐."

"토르타와 레모네이드를 가지고 가자."

"그럼 12시에 보자."

"좋은 자리를 맡으러."

좋은 자리를 맡는 것은 중요하리라. 그날은 상점 주인인 아브라함까지도 오후 4시에 가게를 문을 닫았다. 일꾼들은 그날 반나절만 일할 수 있도록 고용주에게 특별 허가를 요청했다. 몇 년 전 마을에서 가장 큰 병원 건물을 차지한 군대 막사는 단 두 명의 군인-징계 중인-만 보초를 세워두고 모두 그 쇼를 보러 갔다. 그리고 가장 회의적인 부모들을 포함한 모든 부모는 그 토요일 아이들의 외출을 거부할수 없었다. 우리 부모님을 제외하고.

내가 기다려야 했던 닷새 동안, 나는 날마다 엄마와 아빠를 설득했다. 하지만 성공하지 못했다. 나는 내 부모님이 한사람에 20센타보 내는 걸 단호하게 거절한 유일한 분들이라고 생각한다. 그들은 행사 주관자가 리나레스 사람들의 순진함을 등쳐먹는 사기꾼이라고 확신하고 있었다. 내 친구들이 모두 거기에 간다거나, 그날이 내 생일이라는 내 간청도, 그분들을 굴복시키지 못했다.

나는 너무 걱정하지는 않았다. 시모노피오와 약속을 했기 때문이다. 그가 나를 데리고 갈 것이리라. 엄마와 아빠가 그걸 보고 싶지 않은 건, 그들의 문제였다.

언제나 그렇듯, 시간은 빠르든 느리든 분명히 흐른다. 모든 날짜는 다가온다. 그렇게 리나레스 전체가 기다리던 그 토요일도 도래했다.

64

아버지와 아들

••• **그녀는 모든 것**에 '예스'라고 말해서는 안 된다고 생각했다. 그 규칙에 따라 규율을 가지고 아이들을 양육했다. 그러나 그 문제의 토요일에 대해서, 베아트리스 코르테스 데 모랄레스는 "안돼, 안돼, 안돼."와 "제발 날 좀 내버려 두렴."이라는 말하기에 이미 지쳐 있었다. 그녀의 말 상대는 일곱 살임에도 불구하고 ─혹은 일곱 살인 덕분에─ 줄기차게 고집을 부리고 있었다.

그래서 최근 닷새 ─그녀에게는 몇 주처럼 느껴졌다─ 동안, 기운이 빠져서 포기하려고도 했다. "어휴, 참나, 그 보니야를 보러 가렴, 그 경이로움, 그 엉터리를 보러 가라고."라며 아들에게 말하고 싶었던 순간들이 있었다. 그러나 그녀의 가족은 그 토요일에 이미 다른 계획이 있었다. 그 계획은 엉터리 사기 쇼와는 달랐다. 옆 마을에서 온 사람에게 시간과 돈을 갈취하지 않았다. 보니야는 리나레스 근처에서 10년을 살면서 속임수로 선한 사람들의 돈을 갈취하는 일만 했다.

그 토요일의 행사는 또 다른 계략일 뿐이었다. 베아트리스는 사람들이 수중 가수의 쇼를 보러 가서 무엇을 볼지는 몰랐다. 그리고 그녀는, 이미 지나간 수년 동안의 힘든 시간 그리고 앞으로 있을 힘든 시간 때문에, 사람들에게는 어떤 형태의 오락이든 필요하다고 생각했다. 의심 많은 사람조차도 그 병적인 호기심에 굴복했음을 어느 정도 이해하고 있었다.

사람들에게 보니야에 대한 관심은 핑계에 불과했다. 보니야가 그들에게 준 핑계로 인해, 사람들은 강변에서 따뜻하고 게으른 봄날을 즐기리라. 나무 그늘에 앉아, 가족과 게임을 하며 웃음꽃을 피우리라. 맛있는 음식, 그리고 우정에 둘러싸여 흥겨운 하루를 보내리라. 하지만 그 수중 노래 공연이 끝날 때, 대단한 야유-베아트리스는 이 야유가 이유 있는 거가 될 걸 알았다-가 있을 거였다. 그 때문에 한 사람에 20센타보는 합당한 가격이었다. 사람들은 하루를 즐기고, 야외에서 이웃·친구들과 함께 지내며, 그럴만한 사람-혹은 그걸 선동한 사람들 자신-에 대해 집단 조롱을 즐길 거였다. 20센타보로 사람들은 수년 동안 그 에피소드를 즐길 수 있다. 그러니 그 돈은 결과적으로 잘 쓴 거였다.

어떤 이유로든, 귀가 얇은 사람들이나 냉소적인 사람들 모두 라 베르단 물레방앗간에서 만나리라. 프란시스코의 일꾼들조차도 반나절의 휴가를 요구했다. 프란시스코 주니어의 부모는 그의 외출은 금지하면서, 고용주로서 일꾼들에게는 휴가를 허락했다. 베아트리스는 그들에게 가지 말라고 설득했지만, 어리석은 일에 20센타보를 쓰고 싶다면 그것은 그들의 선택이었다. 모랄레스 부부는 프란시스코 주니어를 깨우며 말했다.

"오늘 나와 함께 일하러 가야 한다."

"그리고 돌아올 때 생일 케이크를 가지고 기다릴게. 어떻게 생각하니?"

　마침내 그들은 보니야를 보러 가려는 아이의 집착을 침묵시킬 방법을 발견했다. 프란시스코는 그날 자신이 원래 계획했던 것을 달성하지 못했지만, 소규모라도 계획을 계속하고 싶었다. 그는 프란시스코 주니어를 데리고 에스피리쿠에타가 차지하고 있는 땅에 오렌지 나무를 심으려고 했다. 프란시스코는 어린 아들에게 상속 재산이 무엇인지 이해시키고 싶었다. 아들을 땅 문제를 포함한 다른 일에 참여시키는 게 너무 이르다고 생각하지 않았다. 그는 이제 자신의 외동아들과 더 친밀한 관계를 맺을 때라고 생각했다. 그는 아들과의 관계가 소홀함을 느끼고 있었다. 첫째는 아이의 나이가 어린 때문이었다. 또 어려운 시기에 가장이 된다는 건 위험 요소가 많았다. 소작농들과 에스피리쿠에타가 없는 상태에서 ─ 프란시스코는 에스피리쿠에타가 그날 그의 경작지에 없으리라고 생각했다. 그는 프란시스코가 제안한 변화에 저항하고, 다른 사람들처럼 강가에서의 공연에 매력을 느꼈다 ─ 그들 단둘이서 대여섯 그루의 나무를 심고, 나중에 아버지는 아들에게 생일 선물을 줄 예정이었다. 그의 할아버지에게서 내려오는 22구경 소총을 말이다.

　"그래요, 베아트리스. 이제 그걸 사용할 나이가 됐어요. 나와 함께 말이지."

　그는 아이에게 조심하는 법과 조준하는 법, 발사하는 법을 가르칠 뿐 아니라 소총을 사용한 후 관리하고 닦는 방법도 가르쳐 줄 계획이었다. 프란시스코는 이 특별한 선물이 수중 쇼에 합류하지 못한 걸 보상하리라고 확신했다. 그 공연은 실망으로 끝날 터였다. 반면 소총은 아버지와 아들이 함께 시간을 보낼 좋은 기회였다. 그것은 아들의 평생에 남을 공통 관심사였다. 프란시스코는 미래에 아들이 자기 아들들에게 그 보석을 물려줄 때까지, 그 소총이 그와 함께 하기를 바랐다.

프란시스코의 아버지도 어렸을 때 그에게 소총을 주었다. 그렇게 소총 사용법을 배웠다. 프란시스코는 아버지 옆에서 한 남자로 성장했음을 느꼈다. 사격 연습을 하고, 아버지와 함께 목장에 가고, 방울뱀을 막았다. 텍사스에 가축을 팔러 가는 도중 밤에 경비를 서며 보냈다. 흰 꼬리 사슴을 사냥하고, 소금에 절인 그 살코기를 햇볕에 말렸다. 납 냄비에 필터 없이 내린 쓴 커피를 마시며, 말도 별로 하지 - 그의 아버지는 항상 말수가 적었다- 않았다.

그는 자기 아버지가 자기에게 하는 모든 말들을 듣고 외우는 법을 배웠다. 그 말들은 농담으로 하는 말이 아니었다. 프란시스코가 이해하는 데 시간이 걸리더라도 항상 교훈이 있었다. 예를 들면, 그의 아버지는 모자를 쓰지 않고는 햇볕에 나가지 말라고 조언했다.

"그리고 항상 길에서는 그늘진 쪽으로 가거라. 아무도 네게 돈을 빌리려고 하지 않도록 말이다."

그것이 그가 이해하는데 가장 오랜 시간이 걸린 교훈 중 하나였다. 왜 길의 햇볕 쪽을 걸어가는 이에게 돈을 빌려 달라고 하고, 그늘진 쪽으로 가는 사람에게는 그러지 않을까? 조금 더 성숙해서야 알았다. 아버지의 적은 말수에 담긴 풍자에 익숙해진 후 결론을 내렸다. 그늘이 있으면 바보들만 햇볕을 걷는다.

이제 프란시스코 주니어에게 그늘로 길을 걷도록 가르칠 시간이었다. 그의 조부모에 대해, 그의 가족이 노력으로 얻은 것과 다른 사람들 때문에 잃어버린 것들을 가르칠 시간이었다. 그는 그에게 죽음이 얼마나 고통스러운지 이야기해 줄 참이었다. 물론 삶의 즐거움도 빼놓지 않을 것이다. 좋은 회사의 가치와 지주로서 그의 책임하에 있는 사람들에게 그가 빚진 존경과 배려도 일러 줘야 할 것이다. 하지만 좋은 여자 이야기는 더 오래 기다려야 했다.

그는 어디서부터 시작해야 할지 몰랐다. 베아트리스에게 약간 긴장된다고, 혹은 부적절하게 느껴진다고 고백했다. 자기는 자기 아버지만큼 현명하지 않다고.

"수레바퀴를 처음 돌리는 거예요. 거기서 시작하면 돼요. 그리고 오늘 아이에게 모든 것을 가르치려고 서두르지 마세요."

그것은 사실이었다. 그의 아버지에게는 수년이 걸렸다. 그도 자기가 필요한 만큼의 시간이 걸리리라.

프란시스코가 자신의 묘목밭에서 접붙여 성장한 젊은 나무들과 곡괭이, 삽, 천에 싼 소총을 수레에 싣는 동안, 베아트리스는 평화로운 하루를 즐기기를 -폴라와 마티 그리고 새로운 소녀까지도 강으로 공연을 보러 가도록 허락을 구했다- 열망하면서, 다른 것들을 정리했다.

"마티, 감자와 초리소로 달걀 타코를 만들어요. 잘 싸서 포장해서 바구니에 넣고. 온종일 마실 수 있도록 병들에 레모네이드를 많이 넣어요. 그리고 루피…"

루피타가 죽은 지 거의 3년이 지났지만, 베아트리스는 그녀의 부재에 익숙하지 못했다. 그녀의 이름을 부르는 것에도 그랬다. 그래서 새로 온 세탁부에게 뭔가를 지시할 때, 그녀의 입에서는 먼저 루피타나 루우, 룹 등의 말이 나왔다.

그들은 리나레스의 꽤 집안이 괜찮은 처녀를 고용했다. 그러나 베아트리스는 루피타의 죽음 이후, 가슴에 맺힌 응어리가 풀리지 않았다. 그러다 보니 새로 온 하녀에게 익숙해질 수 없었다. 새로 온 그녀는 매우 열심히 일하고 착했다. 프란시스코 주니어에 대해 참을성도 있었다. 하지만 베아트리스는 새 하녀를 좋아할 수 없었다.

그녀는 자신이 불쌍한 레오노르-새 하녀의 이름은 레오노르였다-에게 공정하지 않다는 것을 알았다. 레오노르는 자기가 죽은 하녀를 대체한다는 걸 알았다. 특히 유모 폴라와 마티가 매일 그녀에게 그 사실을 상기시켜 주었다. 때로 숨기면서 또 다른 때는 노골적으로 그렇게 말했다. "아이고, 루피타가 얼마나 보고 싶은지." 또는 "루피타는 옷을 새하얗게 만들었었지."라고 그녀에게 말했다.

"그런데 레오노르." 베아트리스가 이름을 분명하게 고쳐 부르며 말했다. "겨울옷 사이에서 프란시스코가 입을 스웨터를 찾아 줘요. 그가 필요할 테니까. 여전히 그의 사이즈에 맞아야 할텐데. 폴라, 함에서 담요 두 장을 꺼내 수레에 넣어요."

예년대로라면 그녀의 남편과 아들은 춥지 않을 것이었다. 매년 보통 따뜻한 봄 날씨였다. 하지만 그날 날씨는 그들을 놀라게 했다. 프란시스코 주니어의 생일인 그 토요일은 모든 예측과 달리 겨울 날씨로 시작되었다. 바람이 불었고 흐리고 추웠다.

"시모노피오가 어제 나에게 오늘은 추우니 따뜻하게 입으라고 했어요."

"이 녀석아, 그럼 왜 그 말을 어제 안 했니?"

그녀의 아들과 대자는 그녀에게 그런 말을 해 주지 않았다. 그래서 그녀는 가을까지는 열지 않으리라고 생각했던 함에서 옷을 찾으라고 지시했던 것이다. 내년 6월까지 보관하리라고 그녀는 생각했었다. 베아트리스는 집 안에서도 추위를 느꼈다. 그것을 자기 모직 숄을 꺼내는 기회로 삼았다. 베아트리스는 이제 공연 취소가 불가능한 그 수중 가수에 연민을 느꼈다. 야외에서 추위에 떨 관객들에게도 마찬가지였다. 그때 다른 무언가가 그녀의 주의를 끌었다.

"세뇨라, 담요 상자에서 좀을 발견했어요."

집에 바람 잘 날이 없다고 그녀는 생각했다.

"폴라, 나와 함께 가요."

좀은 주의하지 않으면, 몇 주 안에 모든 것을 망칠 수 있었다. 베아트리스는 놀랐다. 그리고 노새가 *끄는* 수레가 천천히 집의 대문을 벗어날 때, 그녀는 훌륭한 주부답게 이미 그 문제를 고민하고 있었다. 그래서 그녀는 프란시스코가 대범하게도 생일을 맞은 자기 아들에게 수레의 고삐를 잡도록 허락한 것을 보지 못했다. 게다가 베아트리스는 그때 즈음 장뇌 증기로 어지러워져서 작별 인사를 하러 나갈 수 없었다.

65

토요일 그날

　　··· **프란시스코 주니어는** 시모노피오에게 함께 보니야를 보러 갈 수 없다고 알리려고 일찍 나갔다.

"우리와 함께 가요, 시모노피오. 같이 일해요."

아이가 자기 없이 처음으로 들판에 나간다는 것을 안 시모노피오는 아이의 제안을 받아들이지 않았다. 그것은 아버지와 아들 단둘이 야외에서 보내는 첫 번째 기회였다. 아이는 자기 아버지와 함께 안전할 것이다. 아이는 평화롭게 자기 일을 할 것이었다. 시모노피오는 세상의 그 어떤 일이 있다고 해도 물레방앗간에서 하는 공연을 놓치고 싶지 않았다. 그런 생각을 했기에 아이의 청을 거절하는 것은 어렵지 않았다.

만일 그에게 제안한 사람이 그의 대부였다면, 시모노피오는 물론 즉시 받아들였으리라. 진정한 경이로움을 못 본다고 해도, 그의 제안을 거절할 이유는 없었다. 그를 위해서라면, 하지 않을 것이 없었다. 그러나 그렇다고 해도, 그는 자신이 온종일 다른 곳에 있고 싶어 하는 걸 알았다. 강가에 있고 싶어 한다는 걸 느꼈다. 그리고 페드로 보니야가 아무런 장비 없이 물속에서 노래하는 걸 보고 싶었다.

시모노피오는 간절히 그날을 기다려 왔다. 그랬다. 그것은 두 번 다시는 없을 행사였다. 그는 약속대로 프란시스코 주니어를 데려가고 싶었다. 그러나 그는 그 아이가 말고삐를 잡고 자기 아빠와 함께 일하러 가게 된 거에 감동했다. 그렇게 부자가 함께 나란히 떠나는 걸 보고 기뻤다. 아마도 그들은 과수원 중 한 곳에 갈 거였다. 그들은 추위를 막기 위해 휴식시간에는 불을 피우리라. 또 그들은 유모 폴라가 수레에 실어 준 담요에 몸을 감싸고, 나무 아래에서 식사를 하리라.

그는 그날 혼자 강가 수중공연에 가면서 아이와의 약속을 어기는 것은 아니라고 생각했다. 시모노피오는 프란시스코 주니어의 시선에서 그것을 보았다. 그 아이는 닷새 동안 다른 것은 생각하지 않고 지냈다. 하지만, 아버지 옆에서 하루를 보내는 특권을 느꼈을 때, 이제 물속에서 노래 부르는 남자의 공연은 그 아이의 머릿속에서 지워져 버렸다.

언젠가 그들과 동행하리라, 그러나 그날은 아니었다. 그날은 다른 그 누구도 아닌, 그들 둘만의 것이었다. 그는 유모 레하에게 모닥불을 지펴 주는 동안, 그들이 수레를 타고 멀어지는 것을 보았다. 그는 아무 말 없이 손을 흔들어 그들에게 작별 인사를 했다. 그들은 둘 다 함께 가는 것을 즐거워하며 그의 인사에 화답했다. 시모노피오는 프란시스코 주니어가 그날을 결코 잊지 못하리라는 것을 알았다. 시모노피오는 강가 공연 내용을 모조리 기억했다가, 나중에 아이에게 이야기해 주겠다고 약속했다.

그가 프란시스코 주니어의 제안을 받아들이지 않았던 것처럼, 그의 꿀벌들은 그의 초대를 받아들이지 않았다. 그래서 그는 혼자 갈 것이었다. 봄이었지만 이후 나흘 동안은 추울 것이었다. 꿀벌들은 해가 다시 나오기를 기다리며 벌통에 머물고 싶어 했다.

시모노피오는 두 프란시스코와는 반대 방향으로 자신만 알고 있는 꿀벌들의 길을 택했다. 그는 라 베르단 물레방앗간에 제일 먼저 도착했다. 보니야의 장남을 제외하면 말이다. 보니야의 장남은 사람들이 야외에서의 하루를 즐기기 위해 일찍 도착할 것을 알고, 20센타보를 내지 않고는 아무도 지나갈 수 없도록 그곳에 자리를 잡고 있었다. 시모노피오는 그에게 기꺼이 돈을 건넸다. 보니야의 그 재무가 놀랍게도, 그의 첫 번째 관중은 차가운 물에 들어가 강을 몇 미터 횡단했고, 그곳에 튀어나온 바위 위에 올라갔다. 시모노피오에게는 다리가 젖는 것쯤은 중요하지 않았다. 추위도 신경 쓰지 않았다. 그곳에서 그는 공연의 좋은 장면들을 즐길 거였다. 프란시스코 주니어와 함께 있었다면 그 자리를 차지할 수 없었으리라. 아이의 몸을 젖게 하고, 물에 젖은 몸의 아이를 몇 시간 동안 내버려 두면 틀림없이 감기에 걸릴 거였다.

그는 항상 배낭에 넣고 다니던, 밀랍으로 봉인된 꿀통을 꺼내서 맛보며 참을성 있게 기다렸다.

66

첫 외출

··· 여러 해가 지났고, 너무나 많은 일이 일어났다. 그날 우리가 어떤 길을 따라갔는지, 또 우리가 가야 할 곳에 도착하는데 얼마나 시간이 걸렸는지 나는 기억하지 못한다. 내가 기억하는 것은 모든 게 내게는 새로웠다는 것이다. 그래서 나는 우리 수레바퀴가 라 아미스타드 농장과 라 플로리다 농장 사이의 길을 밟지 않았다고 확신할 수 있다. 그 길은 말라비틀어져 죽어 가는 나무가 있었다. 그 나뭇가지 중, 유난히 한 가지에서만 잎들이 싹을 텄다. 또 성난 사람- 나는 길을 지나갈 때, 늘 겁에 질려 그가 나를 바라본다고 생각했다-처럼 보이는 거대한 바위가 있었다.

그날의 오솔길들은 이전에는 내가 몰랐던 길이었다. 난 수레 위에서 강 물결을 바라보았다. 지나치는 과수원들에서 일하는 사람들을 보았다. 나는 그 일꾼들이 우리가 다가가는 것을 약간 걱정스럽게 보았다고 생각한다. 고용주의 반나절 휴가 허용이 취소되는 건 아닐까? 그리하여 그들에게 새로운 작업을 부과하지 않을까 두려워하고 있었다. 그러나 우리 아빠는 오랜 시간 멈추지 않고, 그들이 하는 일에 고개를 끄덕이며, 그냥 지나갔다. 일꾼들은 멀어지는 그의 등을 바라보며, 안도했으리라.

어느 시점에서 우리는 우리의 반대 방향으로 걷거나 말을 타고 가는 사람들을 만나기 시작했다. 우리를 제외하곤 모두 강둑으로 가고 있었다. 월요일은 올 것이고, 학교 친구들은 다른 일에 대해서는 말을 하지 않을 것이다. 나보고 왜 수중 노래 쇼에 가지 않았는지 물어보리라. 그러나 이제 그건 중요하지 않았다. 보니야의 경이로움에 대한 신비는 내 머릿속에서 사라졌다. 그 자리엔 새로운 경이로움에 대한 기대가 차지했다. 그것은 수레를 모는 것과 아빠의 일상 업무를 돕는다고 뿌듯함, 그리고 가까운 먼 미래를 위한 아빠의 계획과 견해를 들으며 아빠와 어깨를 나란히 앉아 가는 것이었다.

우리는 아직 아무 데도 도착하지 않았다. 그것도 내겐 중요하지 않았다. 그날 나는 실제로 중요한 건, 목적지가 아니라 여정임을 본능적으로 알았다.

우리는 점심을 먹기 위해 일찍 멈춰 섰다. 이제 강으로 향하는 사람은 만나지 못했다. 까치와 토끼, 그리고 우리를 놀라게 한 작은 동물들을 제외하고는, 우리만이 그 들판에 있는 듯했다. 엄마는 동의하지 않았지만, 나는 초리소를 먹으면 늘 배가 아프다고 엄마에게 불평하고 싶었다. 그러나 나는 그 유혹을 참아 내면서, 감자와 초리소가 들어간 달걀 타코를 먹었다.

내 위장에서 초리소가 야기한 묵직함 때문인지, 목적지와의 근접성 때문인지, 아니면 시모노피오와 멀리 떨어져 그런 것인지, 나는 갑자기 배 속에서 어떤 뒤틀림을 느꼈다. 나는 아빠와 함께 있어 안전하다고 느꼈다. 하지만, 아빠는 모퉁이 길 너머 또는 언덕 너머에 무엇이 있는지 한 번도 예측하지 않았다. 나는 그 사실을 이제 막 깨달았다. 아빠는 우리 앞에 누가 그 길을 걸어갔는지, 또는 우리 뒤에 누가 오는지를 알기 위해 길을 멈춘 적도 없었다. 아빠는 지평선 너머 코요테의 존재를 꿈에도 생각하지 않았다.

"아빠는 코요테를 알아요?"

"누구를?"

"시모노피오를 찾아 따라다니는 코요테요. 그는 사자거든요."

"코요테가 사자라고?"

"아뇨. 시모노피오가 사자라구요. 코요테는 코요테인데, 절대로 그에게 우리를 보여 줘서는 안돼요."

"코요테가 무섭니?"

나는 어떻게 대답해야 할지 몰랐다. 내가 뭔가를 두려워한다는 사실을 인정하고 싶지 않았다. 만일 그렇다면, 아빠가 내게 다시 함께 나가자고 하지 않을 것 같았다. 갑자기 아빠는 나를 이해한 것 같았다.

"그건 오래전에 내가 시모노피오에게 한 이야기야. 그냥 이야기일 뿐이지. 아빠와 함께 있을 때는 아무것도 두려워할 필요가 없단다. 나는 네 아빠잖니."

아빠는 수레를 멈췄다. 우리는 나무를 심을 구덩이를 팔 곳에 도착한 것이다.

"게다가, 보거라."

그는 수레 뒤의 담요 사이에서 내가 본 것 중 가장 작은 소총을 꺼냈다. 22구경이라고, 그의 할아버지에게서 그의 아버지에게로 그리고 이제 우리 아빠에게서 내게로 물려주는 거라고, 아빠는 내게 설명해 주었다. 나는 이제 만 일곱 살이 되었다. 아빠와 함께 나갈 때만, 그리고 매우 책임감 있게 그 소총을 사용할 수 있을 터였다.

나는 생일 선물이 마음에 들었다. 그것이 의미하는 바는 나를 더욱 기쁘게 했다. 그것은 앞으로 많이 있을 아빠와의 외출의 첫 번째라는 것이었다. 나는 모든 걱정을 잊었다.

"구덩이들을 측정하고 파는 것을 도와주렴. 그런 다음에 나무를 심자구나. 이 일이 다 끝나면 네게 탄환을 장전하고 총을 발사하는 방법을 알려 주마."

우리가 구덩이를 다 팠을 때, 아빠는 땀으로 뒤덮였고, 나는 머리부터 발까지 흙 범벅이 돼 있었다.

"엄마가 우리를 야단치겠구나."

"엄마가 아빠한테도 야단치세요?"

67

엄마의 울음

• • • 그 후 무슨 일이 있었는지 기억이 나지 않는다. 사흘 뒤, 나는 혼란스러운 상태로 침대에 있었고, 엄마는 침통한 상태로 울고 있었다. 내 물음에 대답도 할 수 없을 정도로.

"내가 무슨 짓을 했나요? 어떻게 된 거예요?"

엄마는 인생이 우리를 새로운 길로 내보냈노라고 말하고 싶었으리라. 하지만 아무것도 내게 설명할 수 없었다. 그냥 말없이, 하염없이, 울고 있었다.

68

기억이 안 나요

··· **자신의 기억에** 너무나 얽매여 있다는 느낌에도 불구하고, 프란시스코 모랄레스 코르테스는 자신의 일곱 번째 생일에 일어난 일을 기억하기를 거부해 왔다. 그 기다리고 기다리던 토요일에, 그의 아버지와 그가 구덩이를 파고 난 후의 일을, 아직 그가 프란시스코 주니어라고 불리던 때의 일을.

그는 그것을 너무 많이 부정해서, 그것이 사실이라고 스스로 확신했다. "기억이 안 나요."라고 그는 그 자신과 어머니와 할머니, 그리고 그를 돌보는 닥터 칸투에게 말했다. 그러나 또한 평생 자기 누나들과 친척들에게, 옛 학교의 친구들에게, 그리고 나중에는 새 학교의 친구들에게도 말했다. 기억이 안 난다고. 그리고 나중에 아내가 될 애인에게도, 심리학자인 자기 딸에게도, 대모에게도 그렇게 말했다. "기억이 안 나요. 머리를 맞고 정신을 잃었어요."

그의 전 생애 동안, 그의 주변 사람들은 그의 그 독특한 기억의 누락을 인정해 주었다. 일단은 머리에 타격을 받은 것과 그의 어린 나이를 고려해서였고, 또한 단순한 연민 때문이었으며, 마지막으로는 그의 노령에 대한 존중 때문이었다. 그의 어머니는 그날 있었던 세세한 일들을 잊으려 했다. 그래서 살아 있는 동안에 그의 기억 상실을 보호해 주었다.

"그를 가만히 내버려 둬요. 그가 기억이 안 난다고 하면, 기억이 안 나는 거지요. 더군다나, 왜 기억하고 싶겠어요?"

기억의 열쇠

··· **그래.** 프란시스코 주니어, 왜 기억하려고 하니? 네 삶에서 네가 증언했던 것, 그 사건은 되새기지 않는 게 더 나았다. 일곱 살짜리 아이가 그 토요일에, 네 생일, 그토록 기다렸던 그 날에. 생존 본능은 너를 도와 그 몇 분들과 몇 시간들, 그리고 이후의 며칠 동안의 힘든 현실을, 마음의 가장 깊은 곳인 어두운 감옥으로 보내 버렸다. 성공하고 균형 잡힌, 행복한 남자로, 건강한 장난꾸러기 아이로, 빨리 다시 돌아오도록.

너는 그 현실을 죄수처럼 우리에 가두어 넣었지만, 그 열쇠를 버리지 않았지. 그리고 오늘 그것을 풀어 줄 날이 되었다. 그건 너도 알고 있고. 공백을 메워 이야기를 완성할 시간이 도래했다. 전부를. 그러니 심호흡을 깊이 하고 그날의 기억이 드러나게 해. 네 기억을 되살리되, 다른 사람들의 기억도 인정하고 통합해. 비록 불편하고, 고통스럽고, 심장이 멈출 듯할지라도 말이야.

물레방앗간

··· **물레방앗간**에서 가장 멀리 있던 사람들이 침묵을 요구하기 시작했다. 침묵은 파도처럼 퍼져 나갔다. 그곳에는 새로 온 페드로 신부가 성별식을 드릴 때보다 더 깊은 침묵이 이루어졌다. 아무도 기침을 하지 않았다. 속삭이는 사람도 없었으며, 부채질하지도 않았다. 아무도 머리의 베일을 고치지 않았고, 자리에 앉아 지친 엉덩이 위치를 조정하거나 재조정하지도 않았다. 수다스럽거나 장난꾸러기 아이들에게 조용히 하라고 말할 필요조차 없었다.

강변에 있던 사람들은 절대적인 침묵의 중요성을 이해하고 있었다. 새들까지도 이해한 것 같았다. 들리는 건, 강물의 흐름과 물레방앗간의 나무 바퀴 삐걱거리는 소리, 그리고 그 끊임없는 회전으로 분수처럼 쏟아지는 물소리뿐이었다.

물레방앗간은 사용되지 않았다. 하지만 그 바퀴-한 번도 원래 위치에서 이탈하지 않았다-가 작동하지 않는다는 뜻은 아니었다. 강물이 있는 한, 그 바퀴는 수십 년 전에 설치된 이후로 계속해서 돌아갔다. 지금은 사탕수수를 빻는 생산적인 목적 없이 그냥 돌았다.

관리가 되지 않는다면, 언젠가 이 바퀴는 무너져 썩어 버릴 터였다. 그 물레방아 바퀴는 버려진 다음부터 마을 아이들을 즐겁게 하는 데 사용되었다. 아이들은 바퀴가 올라가는 동안에 누가 가장 오래 매달릴 수 있는지, 누가 끝까지 한 바퀴를 돌 수 있는지 경쟁했다. 그것은 이미 한 아이의 생명을 가져간 위험한 것이었다. 그 아이는 거의 한 바퀴를 돌다가 물에서 살아 나오지 못했다. 바퀴 아래 있던 나뭇가지 하나에 갇혀 버렸기 때문이었다. 그날은 추웠고 부모들도 있었기 때문에, 아무도 그런 용맹을 과시하려 하지 않았다.

그날 가족들은 강가에서 식사를 했다. 술을 마시고 이야기를 하고, 웃고, 장난을 치고, 졸기까지 했다.

이제 시간이 되었다. 시모노피오는 그때까지 꿀벌들과의 대화를 그리워했다. 프란시스코 주니어가 오지 못한 걸 안타까워했다. 그렇게 몇 시간 동안 움직이지 않고 있었다. 그는 강 가운데 커다란 바위의 좋은 위치에 자리를 잡았다. 그런데도 그는 기다리면서 자세를 고쳐 앉았다. 갑자기 나이트가운을 걸친 보니야가 나타났다. 그는 그때까지 자기 모습을 드러내지 않았다. 시모노피오는 그가 가운 벗는 걸 껄끄러워 한다는 사실을 알아차렸다. 그가 아무리 대단한 재능이 있고, 물속에서 그걸 보여 준다고 해도, 추위에 면역이 돼 있는 건 아니었다. 아마 그는 병이 들 것을 두려워했을지도 모른다. 하지만 그는 이미 사람들을 수중 음악 공연에 초대했다. 몬테모렐로스의 사람들까지 그곳에 와 있었다. 이제 행사를 취소할 수도, 날짜를 변경할 수도 없었다. 그들은 상당한 돈을 받았고, 이제 그가 약속을 지켜야 했다.

마침내 그는 가운을 벗어 자신의 아들인 회계 담당에게 건네주었다. 그리고 바퀴 앞에서 한번 도약을 하더니, 물로 뛰어가 가라앉았다.

절규

··· **누구도** 그 코리도˙의 첫 음들-그것은 울려 퍼지며 귀에
서 귀로 이동했다-을 알아듣지 못했다. 그건 중요하지 않았다. 보니
야가 노래하고 있었다. 사람들은 그가 물속으로 들어가는 것을 보았
는데, 이제 청중은 그의 목소리를 듣고 있었다. 그의 노래에 귀를 기
울이고 있었다. 어떤 사람은 그가 실패했을 경우, 그 수중 가수에게
던질 썩은 과일과 채소를 준비해 왔다. 그 노랫소리에 그런 부류들을
포함한 모든 사람이 일제히 경탄의 한숨을 내쉬었다. 진정한 경이로
움인 보니야는 물속에서 노래하고 있었다. 모두 그의 노래를 들을 수
있었다. 어떤 사람들은 더 잘 듣기 위해 가능한 한 앞으로 몸을 기울
였고, 조금 더 뒤쪽에 있는 사람들은 더 잘 보기 위해 몸을 일으켜
세웠다.

앉아라, 비켜라. 당신들 때문에 안 들린다. 고함이 막 시작된 음악

˙ 뮤지컬 장르의 일종―역주

회의 분위기를 흐렸다. 그때 좋은 위치를 차지한 이들이 항의하기 시작했다. 그랬다. 자칭 진정한 경이로움인 보니야가 아무런 장비 없이 물속에서 노래하는 게 틀림없었다. 그러나 그는 물속에 들어가 있지 않았고, 그 대신 물레방아 바퀴의 굵은 물줄기 뒤에 있었다. 그는 단단한 강바닥에 서서, 비록 음정이 틀렸지만, 자작곡한 노래를 크게 부르고 있었다. 가수도 공연도 전혀 경이롭지 않았다. 사람들은 불평하기 시작했다. 관수 장치의 물줄기 아래에서, 호흡 장비나 마이크 없이 노래 부르는 것은, 그들 중 누구라도 보니야처럼 할 수 있는 능력이기 때문이었다.

"무슨 일이야?"

뒤에 있는 사람들은 물레방아 물줄기 뒤에 보이는 보니야의 실루엣을 볼 수 없었다. 앞쪽에 있는 사람들은 그들에게 상황을 기꺼이 설명해 주었다. 그날 어떤 속임수가 있으리라고 예상했던 사람들조차도 그 속임수에 기분이 상했다. 보니야가 사람들에게 했던 속임수는 속임수 중에서도 싸구려였다. 사람들에게 받아간 20센타보의 가치가 전혀 없었다.

시모노피오는 속임수를 예상하지는 않았다. 그는 일종의 경이로움을 보기 위해 갔었고, 보니야가 물속에 들어갈 때, 그것이 시작됐다고 믿었다. 그는 감동으로 자기 심장이 뛰는 것을 느꼈다. 그가 물줄기 뒤에서 물 밖으로 나오는 것을 분명히 보았을 때, 그의 심장은 다시 정상 속도로 돌아갔다. 보니야가 부른 노래조차도 그다지 좋지 않았다. 자기 노새가 죽어갈 때 느끼는 남자의 고통에 누가 관심이 있었는가? 그것은 아무 날, 아무 누구에게나 일어날 수 있는 일이었다.

시모노피오는 관객들이 왜 그렇게 불평하는지, 이해하지 못했다. 보니야가 거짓말을 한 것도 아니지 않은가. 그는 약속대로 물 아래에서 노래 부르고 있었다. 그를 포함해서 사람들은 자기가 믿고 싶은 것만을 믿었다. 시모노피오는 즉시 보니야에 대한 흥미를 잃었다. 굳이 다른 관객들의 아우성과 저주, 항의에 동참하고 싶진 않았다. 다만 나머지 사람들의 얼굴과 목소리, 격렬한 분노에 집중했다. 그는 속았다는 것보다는 실망감을 더 느꼈다. 할 수 있었다면, 그는 그 순간 그곳을 떠나기 위해 물에 몸을 던졌으리라. 그러나 그는 보니야의 아들인 재무 담당에게 돈을 돌려 달라고 요구하면서 앞쪽으로 몰려가는 사람들 사이를 지나가고 싶지 않았다. 이제 시모노피오는 사람들의 고함과 불평에 지쳤다. 그는 자리에서 계속 움직이지 않고 있었다. 그러나 그게 쉽지 않았다.

이미 충분했다. 항의 소리가 충분했고, 부정적인 에너지가 그곳을 지배하고 있었다. 시모노피오는 이미 너무 오랫동안 그 얼어붙은 바위 위에 앉아 있었다. 그는 이제 더는 추위나 좌절감을 무시할 수 없었다. 그는 지난 닷새 동안 누군가가 수중에서 어떻게 노래할 수 있는지 그 방법을 상상했다. 그 상상에 많은 시간을 투자했다. 그리고 그걸 보기 위해 프란시스코 주니어-그는 기꺼이 그리고 관대하게 자기 아빠를 그와 함께하자고 했다-의 제안도 거절했다.

그는 아이에게 사과하겠다고 결심했다. 비록 그에게 말해 줄 수 있는 수중 가수의 경이로움은 없었지만 말이다. 불만의 표시로 어떻게 그리고 누가 보니야에게 남은 음식을 던지기 시작했는지 말해 줄 거였다. 프란시스코 주니어는 틀림없이 재미있어 할 것이다. 또 그는 그 사기꾼이 몸을 숨기고 있는 물줄기가 너무 두꺼워서 빵이나 토마토가 통과할 수 없었다고 말해줄 거였다. 그것들이 물줄기에 막혀 떨어져서 강물 속으로 들어가 버렸다고 말이다. 또 그에게 말해 줄 것은 -이것은 그를 웃게 하리라는 것을 시모노피오는 알았다- 야외에서 긴 시간을 기다리느라, 지치고 지루해지고 몸이 얼어붙은, 사교 클럽의 귀부인들까지도, 그 우아함을 버렸다는 것이다. 그 군중들 틈에서, 그들의 사교 클럽이나 비야세카 축제의 귀빈석 출입을 금지했던 망나니들과 똑같이 말하고 고함을 지르기 시작했다는 것이다.

여전히 자기 자리를 떠나지 않고 있던 시모노피오는 그 공연을 보기 위해 그 바위에 자리 잡은 건 좋은 생각이 아니었음을 깨달았다. 이제 그는 사람들이 떠날 때까지 그곳에 붙들려 있다고 느꼈다. 수영으로 강 건너 반대쪽의 먼 강가로 가는 것은 좋은 생각이 아니었다. 그것은 그의 몸을 더 젖게 할 것이고, 더 먼 길을 통해 집에 가야 했다.

그는 참기로 했다. 환불을 하든 못하든 사람들이 물러가는 데는 오래 걸리지 않을 것이다. 그러면 그는 라 아미스타드 농장으로 돌아갈 수 있으리라.

두 프란시스코와 합류하기에는 너무 늦었지만, 그가 그들을 볼 수 있다면, 기다림은 더 즐거우리라. 그는 자기 마음을 날아가도록 할 수 있었고 또 그렇게 했다. 그러나 그의 몸은 그 바위에 붙들려 있었다. 그는 저주, 자신과 다른 사람들의 실망, 불만, 오렌지 던지기, 실패한 노래들, 센타보와 페소 등의 돈을 잊으려고 노력했다. 그리고 그렇게 대부와 프란시스코 주니어가 있는 곳으로 날아갔다. 그때 속을 불편하게 하는 초리소 하나를 느꼈다. 소총을 조준하고 발사하는 '욕망의 감정'을 느꼈다. 그는 땅에 형편없이 파진 구덩이들과 아직 심기지 않은 나무들이 있는 곳에 도착했다. 불임과 적대적인 땅의 무게가 느껴지자, 숨이 멎을 것 같았다. 그는 그들을 관찰하고 있는 일부 눈에서 증오를 보았다.

그때 그는 실제로 심장이 멈출 때 어떤 느낌인지 알게 되었다. 그때 그는 심장이 두 번째 박자를 놓쳤을 때, 어떤 느낌을 받는지 알게 되었다. 가슴이 쪼개지는 것처럼, 첫 박동이 아프더라도 살기 위해서는 다시 심장이 뛰어야 했다. 그때 그는 세계가 무너졌을 때, 잠들지 않고 맨정신으로 끝없이 추락할 때 느끼는 진정한 두려움을 경험했다. 그는 경고 없이 통제할 수 없는 고통-너무 아파서 몸에 담을 수 없는-이 갑자기 몸을 공격할 때의 느낌을 알았다. 그 고통은 몸에 스며들어 도저히 참을 수 없었다. 그 순간에서 다음 순간으로 가려면, 살아 남으려면, 그것을 내보내야만 했다.

얼음장처럼 차가운 강물에 뛰어들기 전 -먼저 수영을 하고 그다음 강둑을 향해 달려 사람들의 가장 두터운 층에 침투하기 위해- 모랄레스 가문의 그 이상한 소년, 사람들이 벙어리라고 생각했던 그는, 사람들이 살면서 들어본 것 중 가장 크고 슬픈 비명을 내질렀다. 가장 절망적인, 가장 고통스러운 비명이었다. 사람들은 얼어붙은 듯 보니야에게 지르던 고함과 불만을 중단했다.

그가 어디에서 나타났으며, 왜 그리 슬퍼했던가? 그가 전속력으로 언덕 방향으로 멀어지는 것-몇몇 사람들은 그가 뭔가에 홀린 듯했다고 했다-을 본 사람 중에는 아무도 그걸 설명할 수 없었다. 그가 거의 온종일 보냈던 바위 위에는 아무도 가져가지 않은 신발 한 켤레가 남아 있었다.

72

소년의 도약

   ● ● ● **"엄마가 아빠도 야단치세요?"**

  이 아이가 무슨 질문을 했는지! 물론 베아트리스는 그럴 필요가 있을 때는 남편을 나무랐다. 그럴만한 일에는 남편의 시각에서 생각하기도 했다. 그러나 프란시스코 모랄레스는 아들 앞에서는, 적어도 그날만큼은 그걸 인정하지 않았으리라, 다른 아버지들처럼 본능적으로 대응했다. 그것은 질문을 피하고, 대답을 회피하며, 주제를 바꾸는 것이었다.

  "자, 가서 나무나 심자꾸나."

  아버지와 아들은 오렌지 나무들을 길가에 더 가까이 가져오기 위해 수레에 올라갔다. 나무는 어른에게는 무겁지 않았지만, 그 무게와 크기는 일곱 살 아이가 옮기기에는 쉽지 않았다. 프란시스코는 아들이 자기의 움직임을 어떻게 흉내 내는지 살펴보았다. 아이가 어떻게 자신을 관찰하는지 지켜보았다. "이렇게 우리의 관계가 형성되고, 이렇게 나는 녀석을 되어야 할 사람이 되도록 가르치는 거지. 베아트리스가 말한 대로, 조금씩 조금씩. 한 번에 모든 걸 하는 게 아니고. 그걸 잊지 않는 게 중요해. 그래야 베아트리스가 내게 야단치지 않지."

그는 수레에서 모든 나무를 내렸다. 그런 다음 그는 아들의 손을 잡아 땅바닥으로 뛰어내릴 수 있도록 도와주었다. 프란시스코 주니어는 그냥 땅에 발을 얹는 것에 만족하지 않았다. 대신 그는 더 높이, 공중에 더 오래 머무르기 위해, 그리고 그토록 간단한 걸 흥미진진한 모험으로 만들기 위해, 위를 향해 도약했다. 아버지 프란시스코는 얼마나 오래전에 자신이 그와 똑같은 일을 그만두었는지 자문했다. 어떻게 착지할지도 모르고, 어떤 결과가 있을지도 모른 채, 필요 이상으로 높이 뛰는 것 말이다. 그는 첫 번째 오렌지 나무를 취하면서, 그것은 자신의 상상력과 대담함의 결실이라고 생각했다. 그것은 자신의 농업적 소명이었고 아마도 한 마을 전체의 역사를 바꾸려는 시도였다. 아들이 온전한 믿음으로 방금 한 것처럼 커다란 도약에 견줄 수 있었다.

그는 수년 동안의 결과에 만족했다. 그는 첫 번째 나무를 그것이 영원히 뿌리 내릴 곳으로 가져갔다. 그리고 그때 그는 멀리 언덕에 있는 그를 보았다. 자기 아들과 함께 에스피리쿠에타가 도착해 있었다. 늦었지만 그가 거기 있었다.

무엇이 남았나

··· **제발, 차를 세우게.** 나는 공기가 필요하다네. 차를 세워 달라고. 차에서 잠시 나가고 싶네. 잠시 동안만. 솔직히 말해서집에 오는 것이 그렇게 힘들다고 생각한 적이 없었네. 내게 우리 집은 항상 조상들이 계획했던 이 길에서 시작됐는데, 지금은 죽어 가고 있거나 이미 죽은 나무들에 둘러싸여 있지.

그들은 자기들이 영원할 거라고, 늙지 않을 거라고, 죽지 않을 거라고 생각했겠지. 하지만 그들에게 무엇이 남았는지 보게.

새로운 시각

··· **일곱 살이 될 때까지** 프란시스코 주니어라고 불렸던 프
란시스코 모랄레스는 그날 아침, 그를 집에서 태웠던 택시에서 몸-나
이 때문에 그리고 잘 쓰지 않아서 뻣뻣해져 있다-이 허락하는 한 빨
리 내렸다.

젊은 택시 기사는 난처함과 불안으로 그를 바라봤다. 그는 그런 나
이 많은 사람이 차 안에서 죽을까 두려웠다. 무엇보다 먼저 그는 나
이가 어려 시체를 본 적이 없었다. 두 번째는 죽음이 매우 더러울 수
있다고 생각했다. 노인이 죽을 경우, 운전자와 상관없는 차 밖에서 죽
었으면 했다. 그는 차주에게 설명하거나 청소 비용으로 급여를 떼이
고 싶지 않았다. 그래서 그는 차를 길 한쪽에 세우라는 노인 신사의
요청에 즉시 응했다.

차를 결함 없이 보호하는 게 그의 최우선 과제였다. 하지만 호기심
도 있었다. 그는 노인의 마지막 숨소리로 들더라도 이야기의 끝을 알
아야 했다.

그날 아침, 프란시스코 모랄레스는 택시 회사에 전화를 하게 했다. 필요할 때마다 늘 오르텐시아(Hortensia)가 전화를 했다. 그녀는 그가 홀아비가 됐을 때, 그의 자식들에 의해 가정부 겸 간호사로 계약된 여자였다. 그는 여전히 아무런 도움 없이도 기본적인 생활을 하는 데 문제가 없었다. 굳이 간호사가 필요하다고 생각하지 않았다. 그렇다고 자신을 돌봐 줄 누군가에 반대하지도 않았다.

그는 오르텐시아를 '유모'라고 부르지 않았다. 그의 나이에 그것은 말도 안 되는 것이었으리라. 하지만, 그녀와 그의 유모 폴라 사이에는 어떤 차이가 있었단 말인가? 별것 아니지만 애정뿐이다.

그는 그 나이 또래 누군가에게는 드문 충동에 따라 전화를 걸었다. 그날 아침 그는 15년 전부터 자신을 오르텐시아에 묶어 놓고 있던 일과를 따를 준비가 돼 있었다. 그녀는 주방에 있고 그는 어느 크리스마스 선물로 자식들이 사 준 안락한 '레이지보이'•-그는 이것을 자기 몸의 윤곽에 맞게 길들여 가고 있었다-에 있었다. 이제 그는 그 의자의 영구적이고 부드러운 포옹 속에서 하루를 보냈다. 그 멋진 흔들의자가 엉덩이를 압박하고 꼬집는 것 같은 느낌이 들기 시작할 때만 일어나곤 했다.

때로는 그가 언젠가 한 번 파리에서 본 적 있는 로댕의 대리석 조각상으로 변할 것 같았다. 그 '생각하는 사람'은 같은 위치에서 영원히 앉아 있었다. 그 역시도 '레이지보이' 의자를 뒤로 젖히지도 않고, 다리를 들어 올리는 것 같은 다른 기능들을 사용하지도 않았다.

그렇게 시간은 경고 없이 저절로 지나갔다. 그의 시간은 사라져 버리고 있었다. 그렇게 닫힌 커튼으로 어두워진 상태에서, 아들과 손자

• 미국의 가구회사-역주

또는 증손자들의 방문 사이에서, 그는 눈과 귀를 닫고 있었다. 세상을 향한 창문으로서 TV가 계속 켜져 있었다. 그 불 켜진 입방체, 그 바보상자에서 그가 뭘 보고 들을 수 있겠는가? 자신의 긴 생애 동안, 그는 모든 것을 보았고, 아무것도 재방송하는 걸 보고 싶지 않았다. 때로는 모든 것이 반복처럼 보였다. 얼굴이 바뀌어도 똑같은 실수들과 똑같은 경고 신호들, 그리고 똑같은 정부들.

놀랍지도 않았다. 결코. 그래서 그는 눈과 귀를 닫고, 과거를 기억하기 위해 자신을 가두었다. 그가 견딜 수 있는 유일한 반복은 자신의 삶을 가득 채운 기억의 반복이었다.

그날 그는 수화기를 들고 익숙한 사람처럼 택시를 불렀다. 그는 지갑을 돈으로 가득 채웠다. 오르텐시아는 언제나처럼 부엌에서 향기로운 수프 중 하나를 만들고 있었다. 그녀에게는 아무 말도 하지 않고 정오의 태양 속으로 나가 택시를 기다렸다. 택시는 곧바로 도착했다. 그는 모든 유료 승객이 그런 것처럼, 뒷좌석에 앉지 않고, 두 눈을 뜨고 모든 것들을 잘 보기 위해 앞자리에 앉았다.

"리나레스로 갑시다."

그는 휘발유 비용과 왕복 차비를 낼 충분한 돈이 있음을 확인시켜 주어 젊은 운전수의 승차 거부를 잠재웠다. 필요하다면 온종일 택시비를 낼 정도로 돈은 충분했다. 앞쪽에 앉아 시야의 방해 없이 도로를 보면서 그는 자기가 좋아하는 이야기를 해 주기 시작했다. 분주한 현대 생활의 포로가 된 그의 자식들이나 손자들이 아무도 단편적인 내용 이상은 듣고 싶어 하지 않던 이야기였다. 그 이야기는 늘 끊겼기 때문이다.

"기차가 와서 다리에서 뛰어내렸던 게 사실인가요?" 그들은 그에게 한두 번 물었을 것이다.

"그럼."

"그래서 어떻게 됐어요? 어떻게 살아나셨어요?"

"선인장 하나가 우리를 살렸지."

"어떤 느낌이었는데요?" 그의 대화 상대는 알고 싶어 했지만, 곧 질문에 대한 흥미를 잃었다. 나중에는 -늘 그랬듯- 대화의 맥락도 잃어버렸다. 그들 휴대 전화는 끊임없이 수신음이 울렸다. 페이스북 같은 것에 태그되었다는 알림음이 울렸다. 그날의 사진-가족의 차세대 구성원이 등장하는-을 포함하는 메시지 알림음이 울려 댔다.

"이것 봐요. 한번 보실래요?"

"안경을 안 가지고 왔구나. 고맙다."

그날 그는 택시 기사에게 그 이야기를 처음부터 끝까지 다 해 줄 생각이었다. 비록 그가 노인의 이야기에 관심이 없더라도 말이다. 그는 항상 기억하고 있었다. 그가 홀아비가 되고, 늙어버리고, 그래서 말이 없게 되고, 움직이지 못하게 됐어도 말이다. 고립되면서 그의 인생이 멈춰 버린 다음부터, 그의 이야기 내용은 갈수록 생생해졌다. 더 다채로워졌으며, 더 현재 같아졌다. 늘 그렇듯이 그는 그것들을 포장하고 통제하려고 노력했다. 하지만, 그날 그 기억들은 자유와 공기, 그리고 빛을 요구했다. 그날 그의 감각들이 대 범람하는 듯했다. 관습이 인정하는 오감(五感)과 그가 존재를 인정한 다른 감각들-그러나 이 감각들에 그는 결코 접근할 수도, 사용할 수도 없을 뿐 아니라 이해할 수도 없었다-을 말이다. 오감 이외의 감각들은 어렸을 때 시모노피오가 말해 주었던 것이다. 그는 한 번도 그것들을 연구하거나 발전시킬 시간이나 인내심을 갖지 않았다. 저항하다가 지친 프란시스코는 그것들의 맹습에 항복했었다.

이제 그는 자기 주변을 맴도는 기억들이 드나들도록 내버려 둬야

426

했다. 그렇지 않으면 폭발할 것이었다. 이제 그는 그것들이 자기에게 말하고, 자기를 부르고, 무언가가 아주 오래전부터 그를 부르고 있었음을 깨달았다. 그러나 그는 그것들을 보고 듣는 걸 거부했었다. 그에게는 그렇게 하는 것이 불가능했다. 그는 늘 대도시의 바쁜 일상에 둘러싸여 있었다.

그날 그는 자신을 부르는 '이리 와, 이리 와, 이리 와, 이리 와'하는 소리에 귀를 기울여야 했다. 자신이 주인공이라고 생각하지 않은 이야기도 되살려야 했다. 이제 마침내 그는 자신이 완전히 알고 있다고 생각했던 이야기의 숨겨진 틈새들을 채우고 이해하는 데 성공했다. 그는 공기가 필요했기 때문에, 차에서 내렸다.

차 밖으로 나와도 그의 상태는 나아지지 않았다. 여전히 공기가 부족했다. 프란시스코 모랄레스는 목적지에 도착할 때까지 계속 공기가 필요하리라. 아직 한 번도 그런 적이 없었지만, 그 이야기를 끝낼 때까지 공기가 필요할 터였다. 지금까지 잘 수용하지 않았지만, 시모노피오가 그에게 그토록 열심히 가르치려고 했던 그 새로운 시각으로의 이야기 말이다. 그 새로운 시각은 한 아들이 새어머니를 이해하고 사랑하는 바로 그런 것이다. 카르멘 그리고 콘수엘로에게까지도 호감을 느끼게 하는 것 말이다. 아버지가 견뎌야 했던 힘든 일들을 이해하게 하는 그런 마음이다. 그 힘든 일들을 이제 고통스럽지만 단순한 에피소드만이 아니라 배 속과 세포에서 이해하도록 하는 그런 시각 말이다. 그것은 용서는 아니더라도, 사람을 죽이는 질투와 원한의 이유를 이해하고 결국에는 시모노피오의 세계를 해석하고 자기 세계로 받아들이는 것이다.

75

고통

··· **프란시스코,** 그러나 시모노피오의 모습은 당신의 마음을 황폐하게 합니다. 그리고 그것은 당신이 그토록 기억하고 싶어 하는 부드러운 시선과 너그러운 미소의 모습이 아닙니다. 그것은 너무 짧은 시간 동안 '번개'의 고삐를 당겨, 당신을 행복하게 학교로 데려다주는, 꿀벌들과 태양에 둘러싸인 소년의 모습이지요. 지금 당신이 보는 초상화는 당신이 갔을 때 당신이 가지고 갔던 것이 아닙니다. 당신이 떠난 이래로 이 수년 동안 당신과 함께했던 건 아니지요. 수년이 지난 오늘날, 당신이 그에게서 보는 것은 가식이나 겸손이 없는, 여과되지 않은 절대적인 고통의 얼굴입니다.

당신은 갑자기 당신 삶의 가장 큰 고통이 당신을 공격함을 느낍니다. 나가게 하지 않으면 당신을 죽여 버리는 고통 말입니다. 당신은 그 고통이 다른 사람의 것임을 압니다. 하지만, 그것은 당신의 책임입니다. 당신은 그것이 지난 몇 년 동안에 당신에게 왔지만, 그것이 먼 과거로부터 온다는 것을 알고 있습니다. 이제 당신은 그 고통의 이름이 시모노피오라는 것을 알고 있지요. 당신은 좋은 느낌으로 그를 생각합니다. 당신은 기관지가 막혀 있는 걸 느낍니다. 당신의 폐에 도달하는 가느다란 실바람은 당신의 혈액에 산소를 공급하기에 충분합니다. 시모노피오가 당신의 생일이었던 그 토요일에 내지른 고통과 비명을 기억하십시오. 당신 늙은 몸의 유일한 선택은 이야기를 계속하는 것입니다.

당신은 택시 기사를 향해 몸을 돌립니다. 이제 당신은 그의 이름이 니코라는 것을 알지요. 비록 함께 오는 도중 내내 그의 이름을 물어보지 않았고, 그도 자기 이름을 알려 주지 않았지만 말입니다.

"이제 더 좋네요. 계속할까요?"

네, 프란시스코. 택시에 타십시오. 목적지에 도착하십시오. 계속 가세요, 프란시스코. 당신과 다른 사람들의 기억과 고통은 모두 처음부터 끝까지 당신을 필요로 합니다. 고통스럽고 앞으로는 더 고통스러울 겁니다. 그러나 당신은 올바른 길을 가고 있는 겁니다.

76

달려라!

··· **시모노피오는 지름길로 가야 했다.** 그는 가장 빠른 오솔길을 선택했고 전속력으로 달렸다. 그는 심장의 박동조차 느낄 수 없었다. 그는 호흡을 통제할 수 없었고, 다음 언덕 너머도 볼 수 없었다. 그는 자기 심장이 뛰는 것과 자기가 호흡하고 있다는 것, 그리고 세상은 자기 시야 너머에 존재한다는 것을 알았다. 그는 여전히 살아서 머릿속에 목적지를 염두에 두고 움직이고 있었다. 날씨가 추웠지만, 그는 이제 추위를 느끼지 않았다. 그건 이제 상관없었다. 돌과 나뭇가지, 가시들 위를 맨발로 달렸다. 단호하고 빠른 발걸음만을 내딛었다. 그다음에는 또 다른 발걸음, 또 다른 발걸음, 또 다른 발걸음이 이어졌다. 그래서 모든 것이 그를 부르는 곳, 평생 자기를 부를 줄 알았던 그곳에 가기 위해, 필요한 모든 발걸음을 내딛었다.

모든 걸음마다 그는 다급하고 반복적인 신호를 보냈다. 오늘이야. 오늘 오라고. 고뇌로 인해 귀먹은 그는 대답을 들었는지 알지 못했다. 몸이 긁히는 것에도 상관하지 않고, 그는 그 어떤 이유에도 멈추지 않았다. 그는 지난 마지막 방문 이후 다시 자라난 가시나무 사이에서도 속도를 줄이지 않았다. 그의 길을 가로지르는 토끼와 부딪치는 것도 상관없이 달렸다. 태어나서 처음으로 그는 자신의 피해에 무관심한 채 달렸다. 그 지역을 돌아다니는 곰과 만났다고 해도 그를 멈추지 못했으리라.

갈 길은 멀고 시간은 거의 없었다. 사자와 코요테가 싸우는 날이 왔다. 그는 그들이 만나는 장소를 향해 달리고 있었다.

그는 자기가 제 시간에 도착할 수 있을지 알지 못했다.

77

총성

   ··· **그는 그것을 피할 수 없었다.** 멀리 있는 에스피리쿠에타를 보았다. 그는 언덕 위에 서 있었는데, 그것이 프란시스코는 마음에 내키지 않았다.

   그랬다. 비록 나중에 프란시스코가 취소했지만, 그것이 그와 약속했었던 것이었다. 그날 프란시스코 주니어를 데리고 오고 그와 함께 일하는 것이 원래 계획이었다. 그러나 이제 그들만 작업을 시작했고, 그는 다른 사람이 더 함께하기를 원치 않았다. 그들은 함께 작업을 시작했고 그렇게 똑같이 끝내길 원했다. 에스피리쿠에타가 제시간에 도착해서 처음부터 도움을 받았더라면, 그 작업은 몇 분이면 족했을 것을 그는 알았다. 그런데 땅을 파는데 서투른 그와 퍼낸 것보다 더 많은 흙을 다시 구덩이에 흘려보내는 어린아이에게 그 일은 두 시간 가까이 걸렸다.

   이제 구덩이 가장자리에 첫 번째 나무를 두게 된 그는 에스피리쿠에타에게 다음날 다시 와 달라고 요청하기로 마음먹었다. 지금은 그들 둘이서만 그 나무들을 심고 싶었다. 프란시스코 주니어는 어렸을 때 자기 아빠와 함께 과수원을 시작했던 것을 늘 기억할 것이었다.

그날의 작업은 그와 프란시스코 주니어에게는 여전히 끝나지 않은 작업이었지만, 그에게는 그것이 중요하지 않았다. 열심히 일하는 자기 아들과 추위에도 불구하고 땀을 흘리며 즐거운 시간을 보냈다. 아이도 즐거워하는 것 같았다. 그날 밤 그들은 배가 고프고 손에 물집이 잡힌 채 집에 도착하겠지만 그날 했던 작업, 그리고 심으려고 했던 다섯 그루의 나무 이상으로 그날의 성과에 만족할 거였다.

긴 하의 작업을 한 뒤에 자신들은 거의 초주검 상태일 거라고 그는 예상했다. 그는 손을 들어 인사를 하며 상대방의 호응을 기대했다. 그 대신 그는 에스피리쿠에타가 기대했던 답례를 하는 대신 자기 손을 들어 올렸다. 그는 소총을 들고 조준경을 통해 천천히, 서두르지 않고 조준했다. 전문 사수가 표적에 맞추려고 할 때처럼, 분명 숨을 참고 있었다.

한순간에 아버지 프란시스코 모랄레스는 안셀모 에스피리쿠에타가 자기 뒤에 있는 그 누구를 겨냥하는 게 아님을 깨달았다. 그는 그 소작인이 자신이 주었던 무기와 총알들을 그에게 발사할 거라는 걸 알았다. 그는 조준을 더 잘하기 위해 사격 연습하겠다고 무기와 총알을 요구했었다. 표적은 분명히 자신과 아들이었다.

단 한 순간이었다. 그는 아들을 보호하기 위해 몸을 돌렸다. 그때 그의 땅의 산과 산 사이를 울리는 총소리가 들렸다.

78

노새가 고삐 잡을 날이

··· **안셀모 에스피리쿠에타는** 이미 약속한 대로 농장주의
부름에 달려갔다. 그는 거의 새벽부터 일찍 자기 아들과 함께 그곳에
도착했다. 보통은 새벽에 일을 시작했었다. 농장주는 아직 오지 않았
다. 언덕 위 나무 기둥에 기대 추위와 배고픔 속에 앉아 수 시간을
기다렸다. 그는 프란시스코의 배려 없는 행동에 화가 나 씩씩댔다. 하
지만 에스피리쿠에타는 아들의 성화에 못 이겨 막 포기하고 집으로
돌아갈 참이었다.

그는 소작인의 시간은 약속된 시간에 나타나지 않는 농장주의 시
간과 같지 않다고 결론 내렸다. 그는 그날을 간절히 기다렸었다. 그날
강가에 구경거리를 보러 갈 다른 사람들처럼 호기심 때문이 아니었
다. 나무 심기에 대한 흥분 때문은 더욱 아니었다. 드디어 그날 수년
동안 계획했던 삶이 시작될 것이기 때문이었다.

모랄레스와 그날의 약속을 에스피리쿠에타는 협박으로 해석했다.
그것은 누군가가 그와 하는 마지막 약속이 될 것이었다. 그는 나름대

로 진지한 약속으로 화답했다. 그것은 오렌지 나무와는 상관없는 거였다. 그런 생각을 가지고 안셀모는 그 작은 언덕에 머물러 있었다. 자기 땅을 빼앗아 가려는 이로부터 자기 땅을 지킬 기회가 언제 다시 있을지 알지 못했다. 오후에 그들이 나무와 삽을 실은 수레를 타고 도착하는 것을 보았다. 그는 고용주를 돕기 위해 즉각적으로 가려는 아들을 만류했다.

"아니, 아들아. 오늘은 그러지 말아라."

그는 배고픔을 잊었다. 추위도 잊었다. 그렇게, 그 농장주의 눈에 띄지 않는 곳에서, 아버지와 아들은 또 다른 아버지와 아들이 다섯 개의 웅덩이를 파는 것을 보았다. 그리고 서투르고, 키 크고, 피부가 하얗고, 옷을 잘 차려입은 우아한 그 농부들을 보면서, 그는 자신의 평소 소신을 굳혔다. 그것은 들판은 일하는 사람, 일할 줄 아는 사람, 씨를 뿌릴 줄 아는 사람의 것이었다. 손을 더럽히지 않고, 말 위에서 감독하는 사람의 것이 아니었다.

"이 땅은 내 거야."

그는 몇 년을 기다려 왔다. 이제 자기 땅에서 침입자들을 제거하기 위해 단 하루도 더 기다리고 싶지 않았다. 그는 오래전부터 자신의 육체와 정신의 모든 인내와 모든 기다림, 모든 침묵을 소진해 왔었다.

그리고 그가 침묵을 끝내기 위해 그 여자의 귀에 대고, 가까이, 최대한 가까이에서, 특히 그녀를 나무라는 말-"내가 너를 바라봤을 때, 너는 나를 보지 않았지. 이제 너는 아무도 보지 못하게 될거다."-을 했었다. 그들의 땀에 전 몸은 손과 손, 눈과 눈, 가슴과 가슴이 싸우고 있었다. 하나는 살기 위해, 다른 하나는 죽이기 위해. 그리고 결국 그는 손톱과 이빨로 그녀의 삶을 빼앗는 기쁨을 느꼈다. 마지막으로 그녀의 숨소리를 듣는 그의 귀에서 쾌락을 느꼈다. 이제 그는 그것과 똑같이 하는데 아무런 문제가 없었다. 그러나 그는 멀리 떨어져서, 여자가 없는 대신, 애인처럼 많이 쓰다듬고 많이 연습했던, 소총으로 무장해 있었다.

그날 그는 자신의 목소리와 의지가 총성으로 들려 천둥처럼 울려퍼지기를 원했다. 농장주는 이미 아들과 함께 첫 번째 나무를 제자리로 가져 왔다. 그러나 안셀모 에스피리쿠에타는 그 나무 중 단 한 그루도 자기 땅에 허용하지 않을 것이었다. 그래서 그는 그들 앞에 벌떡 일어섰다. 농장주는 예의 그 거만함으로 그를 향해 인사했고, 그는 처음으로 거만하게 자기 소총의 총구를 겨누었다.

그 짧은 순간에 프란시스코 모랄레스가 생각했던 것과는 달리, 300보를 조금 넘는 거리에서, 에스피리쿠에타는 발사 전에 심호흡을 하고, 호흡을 참는 습관이 돼 있지 않았다. 농장주의 머리를 겨냥했을 때, 안셀모 에스피리쿠에타는 연습하면서 수년 동안 했던 일을 했다.

그는 노래했다.

이제 황금 독수리가 날아올라
분홍 방울새는 불안했네. 그때가 오리라
노새가 고삐를 잡을 날이…

그리고 그는 총을 발사했다.

늦었다

· · · **시모노피오가 그 폭발음을 들었을 때,** 그는 이미 가까운 곳에 있었다. 가까웠지만 너무 멀었고, 너무 늦었다. 이제 그가 숨 쉬는 공기가 바뀌어 버렸다. 이제 화약 냄새와 죽음의 냄새가 풍겨 왔다. 총소리가 난 후, 언덕의 절대 침묵이 그의 귀에 천둥소리를 내고 심장을 뚫었다.

죽음

　　··· 프란시스코는 총알의 충격을 느끼지 못했다. 그가 느꼈던 것은 그의 몸이 힘을 잃었고, 온몸의 체중과 함께, 그의 어린 아들 위로 무너져 내렸다는 것뿐이었다.

　수직으로 서 있으려는 의지와 영구적으로 누워 버리려는 상황 사이에서, 분별력과 혼란 사이에서, 프란시스코는 잠시 망설이다가 생각할 시간을 가졌다. 자기가 쓰러져 버리면 -그토록 오랫동안 쓰러지지 않았는데, 왜 쓰러지는가?- 프란시스코 주니어에게 이제 집으로 돌아갈 시간이라고 말해줄 수 없었다. 피곤하고 그날에는 나무 식재 작업을 다 끝마칠 수 없을 거라고 이야기해 줄 수 없었다. 그러나 내일 다시 와서 일을 끝내자고, 물을 주고, 그것들이 자라는 걸 보자고 누가 말해 준단 말인가? "곧 알게 될 거야. 나무들은 금세 자라고, 과일을 빨리 낸다는 걸. 그러나 병과 추위, 가뭄, 그리고 농업 개혁으로부터 나무들을 보호해 주어야 한단다. 곧 알게 될 거야. 네가 어른이 되면 곧 알게 될 거야. 오늘 우리가 심은 나무들은 많은 열매를 맺을 것이고, 너는 네 아이들을 데리고 와서 땅을 가득 채울 것이다. 엄마가 야단치도록 하기 위해서. 그게 엄마들이 하는 일이니까 말이다. 엄마는 자식을 사랑하기에 자식을 나무라지. 아들아, 엄마들이 그 일을 하지 않으면, 누가 우리를 바로잡아 주겠니?"

그러고 나서 그는 그들이 나무 식재를 다 끝내지 않았다는 사실을 기억했다. "걱정하지 마라. 하지만 누군가가 나무에 물을 주었으면 좋겠구나. 나는 피곤해서 아마 내일 못 올 것 같구나. 아마도 침대에 누워, 베아트리스가 사랑으로 나를 달래 주겠지. 이제 가능한 한 빨리 수레로 가자꾸나. 엄마가 핫 초콜릿과 케이크를 가지고 너를 기다리고 있지. 사실, 너를 덮고 있는 흙 때문에 우리를 나무라기도 하겠지. 때로 어머니들은 그렇게 한단다. 하지만, 아들아, 걱정하지 마라. 오늘은 너의 생일이니, 나는 오늘 모든 잔소리를 금지할 거다."

안 돼. 그는 가능한 한 빨리 생각했다. 이제 바닥에 얼굴을 눕히고 왼쪽 관자놀이가 돌에 부딪힌 충격을 느꼈다. 입에 들어간 흙을 뱉어 내려고 했지만 성공하지 못한 채, 약간의 호흡만을 되찾았다. 그는 프란시스코 주니어에게 자기 없이 혼자 집에 가는 것이 좋겠다고 말하려고 했다.

그리고 네 엄마한테는 내가 곧 도착한다고 말하렴. 가능한 한 빨리 올 거라고 말이야. 엄마에게 저녁 식사 때 나를 기다리라고. 엄마가 너를 위한 케이크를 해 놓았거든. 오늘은 네 생일이잖아. 오늘 나는 네게 모든 걸 가르쳐 주려고 했는데, 엄마가 나를 막았구나. 엄마는 내게 "프란시스코, 조금씩 하세요."라고 말했지. 그래, 좋아, 조금씩 조금씩. 그런데 오늘 나는 벌써 지쳐 버렸구나. 여기 쓰러져 있는 나를 봐라. 얘야, 가거라, 그런데 그늘로 가거라. 나를 내 그늘에서 쉬게 해 주렴. 촛불이 꺼지기 전에 케이크를 먹으러 달려가거라.

촛불은 오래 가지 않는단다. 촛불들은 꺼질 테지만, 네가 끄는 게 낫지. 세게 불어서 끄거라. 나는 이제 그럴 수 없으니. 나는 남아서 나무에 물을 줄 테다. 할 수 있을 때 해야지. 갓 심은 나무들에게 물을 주지 않으면 뿌리를 내리지 못하거든. 뿌리들은 중요하단다, 프란시스코. 뿌리에 물을 주렴. 자, 프란시스코, 우리는 집에서 멀리 떨어져 있어. 이제 달려라. 촛불이 꺼진다. 프란시스코, 나는 네가 가는 것을 보마. 힘내라. 어디에 있니? 벌써 가 버렸니?

그때 그는 그것을 들었다. 그의 몸 아래에 있는 땅에서 나오는 것 같은 약간의 한숨, 약간의 신음을. 그는 우려하면서 자기가 프란시스코 주니어 위에 쓰러졌음을 깨달았다. 또는 기억했다. 걱정스럽게 그는 자기 아들이 다시는 그렇게 일이 서투른 아빠와 함께 일하러 오고 싶어 하지 않을 거라고 생각했다. 쓰러져서 체중으로 자기를 누르고 있는 그런 아빠와. 아이가 몸을 빼도록, 아이가 숨을 쉬도록, 그는 움직여야 했다. 가능한 한 빨리 자기 몸 아래의 감옥에서 아이가 빠져나올 수 있도록 몸을 옆으로 굴려야 했다. 그가 할 수 있는 한 빨리. 이제 베아트리스는 분명히 나에게 화를 낼 것이다.

"괜찮니? 아들아, 이제 내가 몸을 일으키마. 기다려라." 그는 아들에게 말을 하려 했으나 헛수고였다. 그의 입에서는 소리가 나오지 않았다.

그는 총격이 정신을 잃게 했다고 생각했다. 그는 마지막으로 쓰러졌을 때를 기억하려 했으나 생각이 나지 않았다. 분명 어렸을 때, 그는 즉시 일어났었다. 무릎을 털고 게임을 계속했었다. 늘 좋아했던 숨바꼭질을. 다시 숨바꼭질 놀이를 하기 위해서 숨을 한번 내쉬는 것으로 충분했었다. 방금 있었던 두려움을 영원히 잊기 위해 불과 몇 분이면 충분했었다.

이제 그는 호흡과 방향을 되찾기 위해 한순간 이상이 필요했다. 그는 예전의 민첩하고 회복이 빠른 아이가 아니었다. 이제 그는 한 번 쓰러지면, 다시는 일어나지 않는 커다란 나무처럼, 한 번의 쓰러짐으로 누워 있었다. 아마도 이것은 내가 늙어 가는 탓이라고 생각했다.

이제 그는 일어서서 두려움을 떨쳐내야 할 절박함을 느꼈다. 긴급히, 긴급히…. 왜 긴급했던가? 쓰러졌기에 그는 일어서야 했다. 그런데 왜 쓰러졌던가? 무언가가 그를 밀었었다. 프란시스코 주니어는 어디에 있지? 그는 곁눈으로 식재 준비가 된 나무를 보았다. 프란시스코 주니어가 자기를 놀라게 하려고 비명을 지르며 깡총 그 나무 뒤에서 나오기를 기대했다. 그러나 이후 몸체가 그렇게 어린나무는 어린아이라 할지라도 몸을 숨길 수 없다고 생각했다. 아무런 소리도 없었다. 멀리서 덤불 사이를 통과하는, 그리고 차갑지만 부드럽게 그의 얼굴을 지나가는 바람만 있었다. 그 침묵이 그는 싫었다. 프란시스코 주니어가 근처에 있을 때는 침묵이 존재할 수 있다는 걸 알지 못했었다.

그는 그를 부르려 했다. 그를 야단치려 했다. 프란시스코, 숨지 마. 숨바꼭질할 때가 아니야. 이제 나오거라. 너는 나를 놀라게 하고 있다. 그러나 그 말들은 그의 혀와 호흡에서가 아닌 마음속에서만 만들어졌다. 숨 쉴 힘이 거의 없었고, 폐를 완전히 채우지 못했다. 그때 그는 그걸 다시 들었다. 그의 아래에서 나오는 힘없는 한숨이었다. 그리고 자기가 쓰러질 때, 자기 아들 위에 쓰러졌던 걸, 그래서 지금 프란시스코가 자기 아버지의 체중 아래에서 질식해 죽어 가고 있음을 다시 기억했다. 아버지의 서투른 결정의 무게 아래에서.

그러자 그를 사로잡았던 모든 혼란이 갑자기 사라졌다. 그의 생각이 명료해지면서, 그의 곤경에 대한 해결책이 다가오진 않았다. 생각이 명료해지면서 공포만이 다가왔다.

그는 움직이려고 했지만 그럴 수 없었다. 그는 자기 몸 아래에 있는 아들을 느끼려고 애썼다. 하지만 얼굴에 닿는 얼어붙은 땅과 관자놀이에 부딪히는 돌만 느꼈다.

그때 그는 멀리 서있는 에스피리쿠에타와 납으로 만든 그의 인사를 기억했다. 그는 그것이 자신의 뒤통수를 친 인사라고 결론 내렸다. 그의 머리만이 유일하게, 그리고 가까스로, 기능하는 것 같다는 절망적인 사실을 깨달았다. 나머지 몸의 모든 감각은 사그라져 있었다. 그는 두 눈앞에서 흙을 어루만지는 손 하나를 보았다. 그는 마디의 흉터와 길고 볼품없는 손가락으로 인해 그것이 아버지에게서 물려받은 자신의 손임을 깨달았다. 그래, 이건 내 손이야. 그는 자신의 손을 알아보았다. 그러나 그 손은 그를 알아보지 못했다. 예전에는 항상 으스대던 그 손은 흙을 깨끗하게 하라는, 흐르는 피의 길에서 빨리 빠져나오라는 그의 명령에 복종하기를 거부했다. 흐르는 피는, 그 손에 이르러, 손을 적셨다.

그 손은 그가 볼 수 있는 유일한 몸 일부였다. 그의 몸에서 유일하게 남아 있는 듯했다. 다른 손과 온전한 두 팔, 몸통과 엉덩이, 두 다리는 보이지 않았다. 갑자기 자기보다 앞서서 자기 몸 전체가 죽음에 넘겨졌다는 걸 그는 이해했다.

그리고 영혼에서 뛰는 게 느껴지는 심장까지 망가졌다. 이제 그는 통곡의 충동에조차 벗어나 있었다. 눈물로 축축하기만 했다. 눈물은 부끄러움 없이 자유롭게 흘러나왔고, 그의 상상 속에서 오렌지 나무에 물을 주었으며, 넘쳐흘러 땅으로 가고 있었다.

그는 그 상속받은 땅에 언제나 기꺼이 모든 것-가족과 마음, 시간, 젊음, 땀, 공부, 심지어는 은밀한 눈물까지도-을 줄 준비가 돼 있었다. 그러나 그 땅이 그에게 통곡과 피를 요구하리라고는 결코 상상하지 못했다. 아들의 목숨을 요구하리라는 것을.

내 피와 내 눈물로 영양을 공급받은 이 오렌지 나무가 튼튼하게 자랄까? 그 열매에서 우리의 피가 보일까? 나는 결코 모르리라. 그는 결론 내렸다. 이것은 죽음이라고 그는 자신에게 말했다. 이건 나와 내 아들의 죽음이다. 아무리 원해도 피할 수 없는. 그런 다음 그는 딸들을 한 번 더 보고 싶었다. 특히 베아트리스가 보고 싶었다. 그는 항상 그녀의 두 눈을 보면서 죽겠다고 생각했었다. 그는 자기가 상상했던 그 마지막에 그 둘이, 서로에게 약속한 대로, 다 늙어 있으리라고 생각했다. 그리고 그때 즈음에는 모든 것을 말할, 모든 것을 여러 번 말할 시간이 있을 것이었다. 싫증 내지 않고, 여러 번 반복해도 상관없이 말이다.

그는 시간이 있으리라고 생각했다. 이제 너무 늦게, 몸에 호흡이 없는 상태에서, 그는 그녀에게 하나의 눈길만을 선사하고 싶었다. 그에게는 한 번의 눈길만을 위한 힘이 남아 있었다. 그 사랑이 그윽한 눈길들은, 시간과 에너지가 부족해서, 그리고 일상에 찌들어서, 그가 좋은 시절에 사용하기 위해 절약해 왔던 것들이었다. 만일 그가 아내를 한 번만 더 앞에 둘 수 있다면, 그 마지막 눈길과 함께 쌓았던 모든 사랑의 언어들―그녀를 알게 됐을 때부터 그녀에게 해 왔던―을 반복할 거였다.

이제는 너무 늦어 버려서, 사랑과 이별의 말들만 찾고 싶었지만, 고통과 슬픔, 비난의 말밖에 찾을 수 없었다. 그녀는 그런 말들을 받아들일까? 만일 베아트리스가 거기에 있었다면, 그의 아픈 관자놀이를 어루만지고, 그를 껴안고, 그녀의 따뜻함을 함께 나누며, 그는 그녀의 용서를 구하고 그녀의 입에서, 그녀의 마음에서, 그녀의 심장에서 나오는 훈계의 말을 겸손하게 받아들였을 것이다. 나는 그럴 말을 들을 만하기 때문이다. 나는 나무라는 말을 들어 마땅하다. 장난꾸러기 우리 아들의 옷을 뒤덮은 흙 때문이 아니라도, 자기 과신과 거만함 때문에 말이다. 그 오랜 시간 동안 명백하게 코앞에 있던 집안의 위험을 보고 싶어 하지 않고, 외면했던 것 때문에 말이다. 나는 그에게 문을 열어 준 것에 대해 용서를 구할 것이다. 가까이 오라고 죽음을 부른 것을 용서해 줘요. 달려 도망가야 했을 때, 죽음에게 인사한 것을 용서해 줘요. 베아트리스, 내가 당신에게 너무 늦게 주었던 우리 아들을 내 서투름 때문에 죽게 한 것을, 이제 당신에게서 너무 빨리 빼앗아 가는 것을 용서해 줘요.

그녀에게 용서를 구하리라. 그러나 사과하기에는 너무 늦었다. 바로 잡기에는 더욱 늦어 버렸다. 그는 부드럽고 낮은 목소리를 들었는데, 그것은 매번 더 강해지고 매번 더 가까이에서 들렸다. 그것은 관심을 기울이지 않았기에, 좋아하지 않았기에, 그때까지 중요하지 않았기에, 결코 이해하지 못했던 후렴구였다.

이제 황금 독수리가 날아올라
분홍 방울새는 불안했네. 그때가 오리라
노새가 고삐를 잡을 날이…

81

아들을 위한 기도

··· **그는 에스피리쿠에타가** 몇 걸음 떨어진 곳에서 발을 끌며 걷는 소리를 들었다. 만일 그가 말할 수 있었다면 프란시스코는 자기 아들의 목숨을 간청했으리라. 그때 그의 아들은 죽어 가면서도 땅과 아버지의 무거운 상체 사이에서 숨을 못 쉬고 조금씩 사라지고 있었다. 그는 아이를 볼 수 없었지만, 그는 적어도 마지막으로 그를 느낄 수 있기를 바랐다. 비록 눈빛으로라도, 살아서 마지막으로 그에게 말을 할 수 있기를 바랐다. 아이에게 나는 어떻게 해 보려고 했다. 어떻게 해 보려고 했는데 실패했어. 네게 도움이 되지 못했구나. 나와 함께 있으면 넌 안전할 거라고 말했었는데, 무섭지 않을 거라고 말했었는데, 내가 틀렸다. 하지만, 아들아, 이제 정말로 두려워해서는 안 된다. 우리는 함께 갈 거야. 내 손을 잡으렴, 꼭 잡으렴. 우린 함께 갈 거야. 높이 뛰거라. 뛰어. 이제 아무도 너를 쓰러뜨리지 않을 거야.

프란시스코 모랄레스는 이제 기다리는 것 외에는 아무것도 할 수 없었다. 그는 무슨 일이 일어날지 알았다. 간절하게 침묵의 기도를 올렸다. 관습적인 기도는 아니었지만, 확실히 그의 영혼의 밑바닥에서 그리고 그에게 남아 있던 모든 힘을 쏟아 낸 기도였다. 빨리요, 그가 알지 못하도록, 그가 고통당하지 않도록요. 내가 그를 죽이는 게 낫겠어요. 모험을 좋아하는 우리 아들, 용감한 우리 아들이 알기 전에, 내 몸이 그를 질식시키게 해 주세요. 아이는 이제 그 살인자를 보게 될 참이군요. 이 모험에서 돌아갈 수 없군요. 죽음이 아이를 아프게 하지 않기를, 두려워하지 않기를. 하느님, 아이의 생명을 빨리 꺼 주소서. 빨리요.

가까이에서, 그의 얼굴 너무 가까이에서, 그는 닳아 버린 낡은 부츠를 보았다. 그것은 주변의 먼지들을 들어 올려 그의 몸이 들이마실 소량의 깨끗한 공기마저 더럽혔다. 그는 그 부츠가 자신의 낯선 손 위에 멈추는 걸 보았다. 자신이 아무것도 느낄 수 없음에 감사했다. 그가 발로 찰 것을 기다리며 두 눈을 감았다. 그 대신에 그의 귀에 에스피리쿠에타의 습하고 미지근한 숨결을 느꼈다. 그는 두 눈을 떴다. 에스피리쿠에타는 나지막하게 그리고 거의 부드럽게 노래를 부르고 있었다.

노새가 고삐를 잡을 날이…

그의 몸이 여전히 그에게 속해 있었다면 그는 한기를 느꼈으리라. 그러나 그는 목에서 얼어붙은 금속성을 느꼈다. 그러나 이제 그는 그 불타는 납을 느끼지 못할 거였다.

82

가자 가자

··· **멀리서**, 여전히 달려오면서 걸음을 멈추거나 그 어떤 것 앞에서도 눈을 감지 않고, 시모노피오는 코요테가 자기 대부에게 다가가 유다처럼 입 맞추는 것을 보았다. 그러고 나서 그는 두 번째 입맞춤을 보았는데, 그것은 납의 입맞춤, 죽음의 입맞춤이었다. 그는 에스피리쿠에타가 몸을 일으켜 만족해하며 이제는 생명이 없는, 그 미워하는 몸 위에 가했던 폭력의 결과를 자기 아들에게 보여 주며, 부츠 끝으로 시체의 늑골을 무례하게 찌르는 것을 보았다. 거기에, 코요테의 발아래에, 코요테의 손에 죽임을 당한 사자가 누워 있었다. 그의 대부가 그가 어렸을 때 이야기 해 주었던 이야기의 많은 버전, 시모노피오가 원치 않았지만 피할 수 없었던, 그 많은 버전에서와 같았다. 그는 그 이후로 그것을 보았지만 이해하지는 못했었다. 그는 코요테가 원한을 품고 미워하는 유일한 사자가 아니었다. 그리고 그는 그토록 두려워하던 그 대결의 날에 쓰러졌던 사자가 아니었다. 그저 그런 볼거리에 한눈을 팔며 그는 강에서 안전하게 있었다. 그는 자신을

비난했다. 그 때문에 그는 몇 년 전의 어느 날 아침, 침대 발치에서 프란시스코 주니어에게 한 약속을 잊었었다. "다시는 너를 두고 가지 않을게." 그는 공연 때문에 약속을 잊었고, 프란시스코 모랄레스와 그의 아들을 그들의 운명에 내버려 두었다. 그의 행동으로 인해 모든 이들이 지불해야 할 대가는 너무나 값비쌌다. 누군가에게 삶이 계속된다면, 그의 부주의로 인해 그 삶은 변해 버린 것이다.

프란시스코 주니어는 어디 있는가? 가까이에. 그는 그걸 느끼고 있었다. 시모노피오는 멀리서 그를 볼 수 없었지만, 코요테보다 먼저 그를 찾아야 했다. 그의 대부가 아이를 안전하게 지킬 시간이 있었을까? 그렇지 않았다. 코요테는 정면에서 경고하고 공격한 게 아니었다. 그는 원래부터 교활한 배신자였다. 그는 두 발의 총알로, 그날의 첫 번째 목표인 농장주의 등 뒤에서 공격했다. 그의 의도를 읽으면서 또는 느끼면서 시모노피오는 그가 사자의 아들은 나중에 처리할 것을 알았다. 놈은 그 짓을 가까이에서 서두르지 않고 할 것이다. 코요테는 어린애 하나와 맞서는 걸 두려워하지 않으리라. 루피타를 죽일 때 그랬던 것처럼 아이를 천천히 즐기면서 죽일 거였다. 놈은 그녀에게 자기 이빨을 꽂아 살을 찢고, 눈알을 뽑아 버리고, 그녀의 호흡을 막고, 그녀의 텅 빈 눈구멍에 눈물이 흐르는 것을 보고 놀랐다. 그러면서도 비명에 지쳐서 그녀를 영원히 침묵시켰다. 그 후 그녀를 강의 다리까지 끌고 갔다. 루피타가 숨을 거둔 곳에 그녀의 죽은 두 눈알을 버려둔 채.

시모노피오는 그러한 사실과 증오, 복수에 대한 유혹 앞에 멈춰 서지 않았다. 그는 한 걸음을 뗄 때마다 프란시스코 주니어를 부르고, 다음 걸음에는 가까이에서 들리던 꿀벌들을 부르며 계속 달려갔다. 추위를 무릅쓰고, 그날 많이 죽을 것을 알면서, 벌들은 그의 부름에 날아왔다. 꿀벌들은 희생할 준비가 돼 있었다.

'가자, 가자.' 벌떼는 그에게 소리를 모아 말했다. 그 소리는 폭풍이 될 때까지, 허리케인이 될 때까지, 죽은 사자를 기리고 위협받는 그의 아들을 보호할 때까지, 산들 사이에서 메아리를 만들며 울려 퍼지기 시작했다.

시모노피오는 코요테가 반응할 거라고 생각했다. 하지만 에스피리쿠에타는 여전히 귀에 울리는 달콤한 소리들-멀리서 한 발, 가까이서 총구를 겨누고 또 한 발-을 제외한 다른 소리가 들리지 않는 듯했다. 아이를 발견해서 그 애 역시 죽여 버리라는 머릿속의 메아리를 제외한, 모든 것에는 귀가 먹은 듯했다. 그 땅에 대한 그의 주장을 방해하는 장애물을 단번에 끝내 버리기 위해서.

시모노피오는 에스피리쿠에타의 얼굴이 어떻게 바뀌는가를 보았다. 그는 아무렇게나 굴려 버린 아버지의 몸 아래에서 그 아들의 몸을 발견했다. 그는 그 아이의 셔츠를 움켜쥐어 공중으로 들어 올린 다음, 아이를 흔들었다. 시모노피오의 귀에까지 아이의 연약한 흐느낌이 들렸다. 아이는 아직 살아 있지만, 죽음의 길목에 있었다.

이번에는 시모노피오에게서 포효하는 울음소리가 나왔다. 그는 아이를 지키기 위해 몸을 던진 한 마리 사자였다. 시모노피오는 누군가를 구하기에는 너무 늦게 도착했다 그러나 도움을 받으며, 다른 이를 구하기에는 제시간에 도착했다. 아마도.

83

후퇴는 없다

··· **안셀모 에스피리쿠에타는** 첫 번째 발사 후 언덕을 내려올 때, 서두르지 않았다. 배낭과 소총의 아직 뜨거운 탄피를 수거할 시간이 있었다. 그는 자신을 감싸고 있는 화약 냄새를 즐기면서, 기념으로 그 탄피를 호주머니에 넣었다.

그가 계획했던 완벽한 샷은 아니었다. 수많은 연습에서 상상했던 것처럼, 그는 프란시스코 모랄레스의 이마를 맞추고 싶었다. 뇌수를 날려 버리고, 그의 시선과 높이를 파괴하고, 그에게서 영원히 오만함을 지워 버리고 싶었다. 그러나 모랄레스는 협조하지 않았다. 에스피리쿠에타는 움직이지 않는 쉬운 목표물을 쏘는 것으로 생각했다. 그는 모랄레스가 도망치기 위해 뒤돌아섰다고 생각했다. 그래서 이마를 맞추는 대신 등 위쪽을 쏘았다. "하지만 죽은 건 죽은 거지." 그는 자기 아들에게 자랑스레 말했다.

걸음마다 깊은 숨을 쉴 때, 만족감이 에스피리쿠에타의 폐를 채웠다. 언제나처럼 그는 그 노래를 불렀다. 이전 삶의 나머지에서 19년이

걸렸지만, 결국 그는 해냈다. 한 번의 발사로써 자신의 인생을 완전히
바꿔 놓았다.

이제 그때가 왔다네…

노새가 고개를 들어 농장주 알아보기를 거부한 날이 왔다. 그는 더
는 몸을 굽히며 비굴하게 살지 않을 거였다. 그가 늘 알고 있었던 것
처럼, 아무도 토지 소유자에게는 무엇을 하라고 명령하지 않았다. 지
주들은 굶주림이나 결핍, 걱정이 없었다. 그래서 그들은 키가 크고,
곧게 자라 사람들의 눈을 똑바로 바라보았다. 그가 지금 그였다. 땅
의 주인이 된 것이다.

그는 자기 땅의 새로운 공기를 들이마시며, 자신의 폐를 땅과 자유
로 가득 채웠다.

노새가 고삐를 잡을 날이…

환상 속에서 그는 고개를 들지 않고 걸었다. 그는 아이 모랄레스를
단 한 번도 생각하지 않고 걸었다. 그의 아버지가 죽을 때, 에스피리
쿠에타는 그 아이를 자기 마음에서 쫓아냈다. 하지만 그가 모랄레스
의 피에 젖은 몸에 다가갔을 때, 아이의 부재는 그를 놀라게 했다. 그
는 몇 걸음 떨어진 곳에 멈춰 당황했다.

아이가 수레에 올라갔을까? 그것은 중요하지 않았다. 에스피리쿠
에타는 그를 찾아낼 거였다. 아직 모르겠지만, 아이는 이미 죽은 목
숨인 것이다. 그는 또한 프란시스코 모랄레스의 몸이 아직 살아 있
는 걸 보고 놀랐다. 그는 자신에게 거의 실망할 지경이었으나, 나중

에 자신의 사격에 실수가 있었던 것이 아님을 알았다. 그는 등에 난 총알 구멍과 몸 아래에 피가 흐르는 것을 분명히 보았다. 이는 총알이 분명 그를 꿰뚫었음을 의미했다.

그는 숨을 쉬고 있었지만 죽어 가고 있었다. 에스피리쿠에타의 아들은 앞으로 일어날 일에 참여하고 싶지 않았다. 그는 멀리 떨어져 모랄레스 가문의 수레를 샅샅이 뒤지는 것을 선호했다. 에스피리쿠에타는 그런 것에 신경 쓰지 않았다. 이제 그 땅이, 그 순간, 다른 그 누구도 아닌 그의 소유가 되었기 때문이다.

그는 그 부상자의 생명 없는 손을 밟았지만, 프란시스코는 반응하지 않았다. 고통으로 신음하지도 않았다. 모욕하기 위해 밟은 그의 부츠 밑에서 손을 빼려고 하지도 않았다. 프란시스코 모랄레스가 아직 살아 있는 것처럼 보이는 유일한 것은 그의 두 눈과 입이었다. 눈물을 흘리는 그의 두 눈은 끝이 다가오고 있음을, 그리고 누가 자신을 끝장낼 것인지를 이해했다. 입은 단어들을 만들어 내려고 했으나, 성공하지 못했다. 프란시스코 모랄레스는 사정하려는 것처럼 보였다. 그러나 에스피리쿠에타는 자신의 고용주가, 이제는 저승사자로 변해 버린, 예전의 소작농에게 말하고 싶어 하는 것에 관심이 없었다. 이제 그에게는 고용주가, 어쩔 수 없이 자기 의지에 반해, 자기 발아래에 쓰러져 있는 것이 중요했다. 그는 모든 거만함과 모든 우아함이 이제 그의 몸과 얼굴을 떠나버린 것을 의욕적으로 관찰했다.

고용주가 입을 다물어 침묵하고, 소작농이 말하는 날이 왔다. 에스피리쿠에타는 그를 공공연한 포로로 삼게 된 것이 기뻤다. 프란시스코 모랄레스에게는 에스피리쿠에타가 그에게 하고 싶은 말을 듣는 것 말고는 다른 방법이 없었다. 그는 이미 그에게 총알로써 강력하게 말했다. 이제 그는 그에게 속삭이며 말할 거였다.

그때 에스피리쿠에타는 조준을 제대로 못한 게 더 나았다고 생각했다. 가까이에서 친밀하게 그에게 죽음을 겨눌 시간을 주었기 때문이다. 거의 루피타의 경우처럼. 비록 숨을 쉬더라도, 그의 두 눈에서 그가 죽었음을 깨달은 정확한 순간을 볼 수 있었다.

그는 아직 숨이 붙어 있는 시체에 다가가 웅크려서 그 위에 몸을 기울였다. 그리고 애인에게 하는 것처럼 아주 가까이에서 그의 귀에 대고 노래를 불렀다. 그가 항상 부르고 싶었던 몇 마디 안 되는 가사로 된 노래를.

이제 황금 독수리가 날아올라
분홍 방울새는 불안했네.
그때가 오리라
노새가 고삐를 잡을 날이…

그렇게 하면서, 너무 여러 해 동안 안에 담아 두었던 노래 가사를 반복하면서, 그 노래를 강박처럼 기도처럼 반복하면서, 그것이 자기 입에서 나오는 마지막이 되리라고 스스로 약속했다.

이제 곡조를 바꿀 시간이었다. 그는 다시 일어서서 소총의 총신을 모랄레스의 목에 겨냥했다. 주저 없이 총을 발사했고, 무기의 효과에 만족했다. 총알은 번갯불처럼 날아가기를 끝냈지만, 그 천둥소리는 그의 귓가에 머물러 있었다. 그는 그것이 '이제 후퇴는 없다'는 다짐이라고 상상했다.

84

폭풍

　　··· **"죽은 건 죽은 거야."** 가까이에서 확인 사살을 한 후 그
는 반복해서 말했다. 계속 울려 퍼지는 천둥소리에 휩싸여 자신의
목소리를 듣고 구별하는 것은 그를 또 다른 가벼운 소리에 집중하도
록 했다. 그것은 한숨처럼 너무도 부드러운 신음이었다. 그때 에스피
리쿠에타는 아버지의 몸 아래에 아들의 몸이 있음을 알아차렸다. 그
리고 그 아이는 모랄레스의 시체 무게에 질식해 조금씩 죽어 가고 있
었다. 그를 찾느라 시간을 허비하지 않아도 된다는 사실에 에스피리
쿠에타는 기뻤다. 그 아이가 덫에 걸린 상태에서 질식해 간다는 걸
알게 돼 기뻤다. 그를 그곳에 그대로 둔 채, 그 작은 몸이 숨을 들이
쉴 힘이 없을 때까지 함께 있을 수도 있었다. 그가 죽을 때까지 그와
함께 머물렀다가, 제대로 총을 쏘지 못했는데도 일석이조의 효과를
거둔 그 아이러니를 즐길 수도 있었다. 그러나 그는 깊이 생각했다.
지금까지 그렇게 오랜 시간을 기다렸는데 뭣 하러 더 기다리는가? 왜
그를 죽여서 단번에 문제를 해결하지 않는가?

그는 부츠의 끝부분에 큰 힘을 주어서 그 농장주의 시체를 굴리는 데 성공했다. 비록 총알이 뚫고 나가 얼굴의 일부를 잃었지만, 이마는 온전하고 푸른 두 눈은 하늘을 향해 뜨고 있었다. 잠시 그는 피부를 스쳐 가는 오한을 느꼈다. 그 고용주가 아직 살아 비난의 시선을 자신을 향해 돌릴 것이 두려워했다.

"죽은 건 죽은 거지." 그는 애써 마음을 다잡았다. 이제 그는 아이의 아버지가 그랬던 것처럼, 아이를 자신의 발 앞에 두고 있었다. 아이는 살아 있었지만, 절반은 죽어 있는 상태였다. 그 위에 체중이 없어지자, 아이는 움직이려 하기 시작했고, 더 힘껏 호흡하기 시작했다. 아이는 생명을 붙들기로 한 것이다.

에스피리쿠에타는 자기 아들이 멀리서 그에게 주는 신호를 무시했다. 뭔가가 그쪽으로 가고 있다는 아들의 외침은 에스피리쿠에타의 귀에서 점점 더 커지는 천둥소리 때문에 아무런 의미도 없었다. 그는 모랄레스 집안의 말이 겁에 질려 발광하고 있던 것을 -그에게는 그게 중요하지 않았을 것이다- 알아차리지 못했다. 그 순간 그에게는 이미 시작한 일을 끝내는 것보다 더 중요한 것은 없었다. 그는 아이의 셔츠를 움켜쥐고 그를 들어 올렸다. 아이 역시 누가 그리고 어떻게 자기를 죽이는지 알게 하려고, 그는 격렬하게 흔들어 아이의 의식을 깨웠다.

그는 칼집에서 칼을 꺼냈다. 아이가 눈을 떴을 때, 아이는 자기 두 눈을 위협하는 칼날을 알아차리지 못했다. 그저 에스피리쿠에타를 빤히 바라보았다. 힘없이 그가 이해하지 못하는 말을 했다.

"코요테."

그때 불가피하게, 에스피리쿠에타는 자신의 귀에서 천둥소리를 뛰어넘는 포효를 들었다. 즉시 그것이 그를 찾아온 악마의 외침임을 알아차렸다.

여러 해 동안 그렇게 그를 찾으려 했지만 만나지도 대면하지도 못했다. 그날 그는 그와 만남이 불가피하다는 것을 알았다. 두려움이 안셀모 에스피리쿠에타를 사로잡았다. 이제는 그를 보고 싶지도, 맞서고 싶지도 않았다 하지만, 그를 피할 수 없음을 깨달았다. 그는 시선을 들어 동시에 여러 가지를 보았다. 자기 아들이 재빨리 도망가는 것, 그리고 아이였던 악마가 지금은 어른의 몸에 살고 있다는 것, 그리고 그의 뒤에서, 위에서, 앞에서 마치 지옥문이 열린 것처럼, 엄청난 폭풍이 격렬하게 다가오는 것을 보았다. 그 폭풍은 그를 데려가기 위해 온, 날개 달린 폭풍이었다. 그의 귀에 천둥소리가 들렸다.

85

복수

　　···　**그의 삶에서** 가장 길었던 여정에서, 그를 어디로도 데려
가지 않는 것처럼 보였던 그 끝없는 여정에서, 갈증과 포효함으로 찢
어지는 목, 그리고 단 한 번만 밟았던 땅을 밟으며 느끼는 폐의 압박
감 속에서, 시모노피오는 에스피리쿠에타가 자신의 목숨을 두려워했
던 순간을 알았다. 그때 에스피리쿠에타는 그 아이를 떨어뜨렸다. 아
이는 자기 아버지와 함께 구덩이를 파면서 쌓아 두었던 흙더미 사이
의 부드러운 바닥에 떨어졌다.

　　시모노피오는 프란시스코 주니어가 떨어진 곳에서 움직이지 않는
것을 보았지만 숨은 쉬고 있는 것을 알았다. 그는 에스피리쿠에타가
그 맹렬한 구름에 쫓겨 도망치고 있는 것을 보았다. 그리고 조만간
복수를 당하리라는 걸 알았다. 그의 아들은 그보다 유리한 위치에
있었지만, 그 역시도 꿀벌들-시모노피오의 다급한 부름에 벌집에서
나왔던-로부터 목숨을 구하지 못할 것이었다.

　　꿀벌들은 그를 위해, 엄청난 대가를 치르고, 추위와 자신의 본능에

맞서 싸웠다. 수년 전에 꿀벌들의 본능은 그 땅에 들어가는 것을 금지했는데, 그것은 충분히 이유 있는 것이었다.

그들은 그들이 그곳에서 무엇을 해야 하는지 알고 있었다. 그들은 그날 죽이는 일을 할 것이었고, 그러는 동안 그들 대부분은 죽을 것이었다.

뒤돌아보지 않고도 시모노피오는 꿀벌들이 자기 뒤를 따라오는 걸 느꼈다. 그러나 그들은 곧 그를 추월해 버렸다. 그는 꿀벌들이 그렇게 빨리 또는 그렇게 강하게 날아가는 것을 한 번도 본 적이 없었다. 그들은 하나의 의지, 하나의 생각을 갖고 있었다. 그것은 죽이는 것이었다. 항상 그들에게 둘러싸여 살았던 시모노피오였지만 그 폭풍의 눈 속에 있는 자신을 발견했을 때 두려움을 느꼈다. 그는 그들의 분노가 자신을 향하지 않는다는 것을, 벌들은 자신들의 목표물을 잘 알고 있다는 사실을 알았다. 그들은 그 지역에 존재하고 땅을 밟음으로써, 자신들을 그곳에서 영원히 추방했던 사람에게 복수할 거였다.

아마도 그날 벌들은 자신들의 추방을 끝장낼 것이었다. 시모노피오는 벌들이 멈추지 않고 두 프란시스코의 몸 위를 지나가는 것을 보았다. 그러나 그 이상은 보지 않았다. 에스피리쿠에타가 언덕을 올라 산속에 몸을 숨겨도 상관없었다. 벌들은 그가 어디를 가든 그를 찾아낼 거라고 확신했다. 이제 그가 조준경 안에 있었고, 벌들은 결코 놓치지 않기 때문이었다. 그날 실패하더라도, 수년과 몇 세대가 걸쳐서라도, 그들을 잡아낼 것이었다. 에스피리쿠에타와 그의 아들은 죽은 목숨이었다.

시모노피오가 대부의 몸에 이르렀을 때 그는 슬픔으로 그를 거의 바라보지도 못했다. 프란시스코의 몸은 단지 빈 껍질에 불과했다. 그를 위해 울 시간은 나중에도 -평생 동안- 있을 것이었다.

그때는 애도할 시간이 아니었다. 그에게는 이제 프란시스코 주니어만이 중요했다. 그의 목숨만이. 날은 추웠고 땅거미가 내리고 있었다. "프란시스코. 프란시스코. 나야. 이제 왔구나." 그가 말했지만, 대답이 없었다. 그의 눈 가까운 관자놀이에 에스피리쿠에타가 아이를 떨어뜨리기 전에 칼로 만들어 놓은 상처가 있었다. 그의 머리 뒤쪽에는 또 다른 넓고 깊은 상처가 있었다. 아마도 그가 떨어졌을 때 돌에 부딪혀서 생긴 것 같았다. 한 상처에서는 꽤 많은 피를 흘리고 있었다. 다른 상처에서는 그 정도로 많은 피는 흘리지 않았다. 땅은 그의 거의 모든 피를 흡수했다. 그는 또한 아버지의 무게와 충격으로 인해 적어도 갈비뼈 하나가 부러져 있었다.

프란시스코 주니어는 골절로 인해 힘들게 숨을 쉬고 있었다. 시모노피오는 자기 역시도 공기가 부족하다는 것을, 그곳과 그 독한 공기, 그리고 코요테의 땅에서 멀어질 때까지는 폐를 공기로 채우지 못하리라는 것을 알았다. 이제 불안이 그를 공격했다. 무엇을 해야 할까? 프란시스코를 옮기는 것은 그를 다치게 할 것이다. 그러나 그를 내버려 두면 그는 죽게 되리라.

시모노피오는 그를 빨리 안전한 곳으로 데려가야 한다고 결심했다. 도망친 코요테는 여전히 위험한 존재였다. 죽음이 확인되기 전까지는 어떻게 될지 몰랐다. 날씨는 점점 더 추워졌다. 그리고 밤이 되고 있었다.

칼에 베이고, 부딪히고, 의식 없으며, 거의 얼어붙은 프란시스코 주니어를 그 상태에서 멀리 있는 집으로 데려가는 것은 불가능했다. "내가 데려다 줄게, 프란시스코. 너는 잠을 자렴. 내일 내가 너를 집으로 데려다 줄게."

프란시스코가 아기였을 때처럼 그는 프란시스코를 팔에 안았다. 아이를 추위로부터 보호하고, 머리에 주의하며, 또한 갈비뼈들을 많이 압박하지 않으려고 신경 써 노력했다. 시모노피오는 숨을 쉬기 좀 더 쉬운 곳까지 갈 요량으로 산속으로 들어갔다. 코요테 영역의 경계선을 넘어설 때까지.

86

주인공 잃은 생일 케이크

··· **그 토요일 밤** 10시, 베아트리스 코르테스 데 모랄레스는 공황 상태에 빠져 있었다. 몇 시간 전부터 기다리던 저녁 식사는 식어 빠져 차가워졌고, 케이크는 여전히 촛불을 켜지 않은 채 팽개쳐 있었다.

몇 시간 전에 폴라와 마티, 레오노르는 보니야의 속임수를 보고 난 후, 집에 돌아와 공연의 세부 사항들을 이야기해 주었다. 그 사기 행각과 물줄기 그리고 마지막으로 시모노피오의 절규까지를 말이다.

베아트리스는 공연이 어떻게 끝났는지에 대한 이야기에는 놀라지 않았다. 하지만 시모노피오의 예사롭지 않은 격정에 놀랐다. 그 소식을 들은 그녀는 배 속에 이상을 느꼈다. 뭔가 이상한 일이 생겼기에 한 번도 그러지 않았던 시모노피오가 그렇게 소리친 것이리라. 그리고 그녀는 시모노피오의 그런 반응의 원인이 프란시스코 주니어일까 봐 두려웠다. 하지만 그 아이는 아빠와 함께 있으니, 무슨 일이 있겠어? 뭔가 긍정적인 태도를 유지하려고 애써 평정심을 유지했다.

저녁 8시쯤 그녀는 유모 폴라를 마르틴과 레오카디오에게 보내, 그 날 그들의 고용주를 보았는지 물어보도록 했다. 유모 폴라는 그날 밤 댄스파티가 있는 마을로 가는 도중에 마르틴과 레오카디오를 만났다. 그들은 그날 아침이나 정오 즈음에 보았다고 대답했다.

그 시간에 그들이 볼 때 프란시스코는 좋아 보였다. "만족한 듯 가고 있었어요."라고 그들은 유모 폴라에게 대답했다. 그러나 아무 소식 없이 10시가 되자, 베아트리스는 폴라와 마티를 이곳저곳에 보내 수소문하도록 했다. 한 명은 댄스파티에 가서 농장 남자들에게 급한 용무로 귀가할 것을 요구했고, 다른 사람은 에밀리오와 카를로스 코르테스에게 프란시스코 부자(父子)의 실종을 알리러 갔다.

모두 서둘러 도착했지만, 그래도 그녀는 안절부절못했다. 그것은 그녀의 두려움이 전혀 근거 없지 않다는 것을 뜻했다. 사람들은 프란시스코를 수색해 찾아낼 거라고 약속했다. 분명 그 두 사람은 추위를 피해 있을 것이고, 아침 일찍 돌아올 것이라고, 그들은 출발 전에 낙관적으로 말했다.

베아트리스는 식당의 테이블에 앉아 밤을 보냈다. 생일 케이크가 덩그마니 생일의 주인공을 기다리고 있었다. 아무것도 필요 없어요, 고마워요. 커피 드실래요? 아뇨. 핫초코는 어때요? 아뇨.

"베아트리스, 함께 있어 줄까?"

"아뇨, 엄마. 가서 주무세요."

"차 한 잔 줄까?"

"됐다니까요! 날 좀 내버려 둬요!"

그래서 신포로사는 전혀 마음에 없었지만, 그녀를 내버려 두었다. 그러나 전혀 섭섭함이 없이, 딸의 고통을 이해하고 또 공유했다. 그녀는 혼자 있기 위해 침실로 갔는데, 그곳은 그녀가 묵주 기도를 하는 피난처였다.

식당의 자기 자리에서 움직이지 않은 채 베아트리스는 일출을 보았다. 가능했다면 남편과 아들이 수평선에 나타나는 순간을 놓치지 않기 위해 눈을 깜빡거리지도 않았으리라. 만일 그 일이 일어난다면, 그녀는 무슨 일을 해야 할지 몰랐다. 분명 그들을 향해 달려가리라. 하지만 그녀의 첫 마디는 무엇일까? 그들을 나무랄까 아니면 안도의 인사를 할까? 그녀는 자신이 울 것임을 알고 있었다. 엉엉 울리라.

일곱 시가 가까이 되어 그녀는 수레가 수평선 가까이에 나타나는 것을 보았다. 수레는 기수들에 의해 호위 되고 있었다. 예상했던 대로, 그녀는 달려갔다. 그러나 수레 가까이 가보니, 수레를 모든 이는 프란시스코가 아니라 그녀의 남동생인 카를로스였다.

그때 그녀는 폐에 공기 부족을 느끼며 별안간 걸음을 멈췄다. 단일 분이라도 그런 사실을 모르는 상태가 연장되도록 말이다. 만일 그녀가 조금 덜 용감했더라면, 그 땅 지주의 아내로서 자신의 위엄을 조금 덜 의식했다면, 그녀는 돌아서서 자기 방에 틀어박혀, 그 어떤 소식도 듣지 않고, 멍하니 있었을 것이다.

그러나 그녀는 그곳에 꼼짝없이 멈춰 있었다. 무릎이 떨리고 심장이 움직이지 않았다. 남편 소식이 정면에서 전달되기를 기다렸다. 그래서 그녀의 무지는 일 분도 더 연장되지 않았다. 그들은 들판에서 수레와 말만을 발견했다. 그리고 좀 더 가서, 구덩이 옆에 있는 프란시스코를 발견했다. 어린 오렌지 나무가 지켜보는 가운데, 살해된 그를.

그녀는 이해했다.

전날부터 불편했던 배 속은 뇌에서 두 눈을 지나 손발에 이르렀다. 베아트리스의 나머지 몸을 사로잡아 버렸다. 그녀의 두 눈은 울지 않기 위해 깜빡이지도 않았다. 그녀의 귀는 더는 들으려 하지 않았고,

성대는 마비되어 그녀가 소리 지르는 걸 막았다.

그렇게 그녀는 아무것도 묻지 않고, 움직임 없이 길 한복판에 서 있었다. 그렇게 그녀는 시체가 실린 수레의 진행과 다른 나쁜 소식들을 막고 있었다. 하지만 이미 나쁜 소식들은 도착했다. 그녀가 비록 온종일 그곳에 서서 막더라도, 그 소식들을 막을 방법이 없음을 깨달았다. 그녀는 굳건히 서서, 그 소식들이 자기 힘으로 도착하기를 기다렸다.

"베아트리스…." 그녀에게 말한 것은 그녀의 남동생이었을까? 카를로스였나? 그가 언제 짓궂은 장난기를 잃었지? 언제 그의 얼굴이 그렇게 심각하고 그렇게 창백했지? "프란시스코 주니어가…." 그는 그녀의 남동생이었다. 그러나 그녀는 그를 그렇게 알아보지 못했다. 그가 하는 말은 아무것도 알고 싶지 않았다. "내 말 듣고 있어? 베아트리스!"

자신의 길 한복판에서 길을 잃은 그의 누나는 아무 말도 찾지 못했다. 어떤 말도 이해하지 못하는 것 같았다. 그래서 그는 그녀를 붙잡거나 붙잡히기 위해, 그녀를 안아 주거나 그녀에게 안기기 위해, 그녀를 위로하거나 위로받기 위해, 또는 그저 그녀의 반응을 유도하기 위해, 그녀의 팔을 잡았다. 자기가 왜 그랬는지 그도 몰랐다.

"베아트리스." 그는 그녀의 눈에서 반응을 볼 때까지 그녀의 팔을 흔들며 말했다. 카를로스는 그녀에게 두 번째 소식을 전할 용기를 냈다. "프란시스코는 죽었고, 프란시스코 주니어는 실종됐어."

그는 더는 누나를 힘으로 제어할 수가 없었다. 그녀는 갑자기 소리를 지르기 시작했다. 시모노피오의 이름을 몇 번이고 목청껏 불렀다.

87

작별 인사

··· **그녀는 시신을 보고 싶지 않았다.** 그녀는 그것을 닦거나
옷을 갈아입혀 주고 싶지도 않았다. 자기 아버지와 루피타를 위해 대
단히 침착하게 했던 그 일을 그녀는 거부했다. 하느님의 율법에 따르
면, 그는 바로 자기 자신의 살이었다.

"그에게 어떤 옷을 입기를 원하십니까?" 사람들이 그녀에게 물었다.
그녀는 대답하지 않았다.

문상을 준비한 것도, 친척들과 친구들에게 남편의 죽음을 알린 사
람도 그녀가 아니었다. 그녀는 딸들도 생각하지 않았고, 딸들에게 보
낼 전보 비용을 낼 생각도 하지 않았으며, 딸들이 언제 도착할지 물
어보지도 않았다. 창고에 잘 보관돼 있던 관을 사용해도 될지 사람
들이 그녀에게 물었을 때, 그녀는 창고에 관이 어떻게 보관돼 었는지
조차 묻지 않았다. 식당 테이블 위에 있던 관이 닫히는 걸 보기 전까
지, 그녀는 그 관을 시모노피오가 도착한 날 그녀 자신이 샀다는 사
실을 기억하지 못했다. 혹시 모를 불의의 사고를 대비해 그것을 보관

하도록 자기가 지시했었다는 사실을.

그때와 같은 불의의 사고를.

거의 이십 년이 지난 후라서 관의 안쪽 새틴이 원래의 흰색이 아니라 노르스름해졌어도, 그녀는 신경 쓰지 않았다. 프란시스코도 신경 쓰지 않을 거였다. 할 수 있었다면, 그가 우리 남자들은 그런 거에 관심을 기울이지 않는다고 말했으리라. 이미 가지고 있는 것이 쓸만하다면 새것에 돈을 쓸 필요가 없다고 말했으리라. 사교 클럽의 귀부인들과 여성들은 그 사건에 대해 무슨 입방아를 찧을 것인가? 그녀에게는 그게 중요하지 않았다. 그녀가 단호하게 요청한 것은 항상 관을 닫아 두라는 거였다. 아무도 그 내부를 볼 수 없으리라.

그녀는 누구도 그런 그를 보는 것을 원치 않았다. 그는 죽었고, 패배했고, 파괴되어 있었다. 그녀의 어머니는 긴장을 풀어 주는 틸라차 몇 잔을 준 뒤, 그녀를 상복으로 갈아 입혔다.

"베아트리스, 서둘러라." 그녀의 어머니는 그녀에게 말하곤 했다.

"이제 곧 사람들이 도착할 거야."

그녀는 아무 일도 하지 않았다. 나중에 사람들이 그녀를 남편의 관 옆으로 데려가 앉히고, 조문객을 맞이하도록 했다. 조문객들은 그녀에게 애도를 표했고, 그녀가 그런 말들을 받아들이고 싶어 하지 않는다는 사실에 신경 쓰지 않았다.

사람들은 그녀 옆에 유모 레하의 의자도 가져다 놓았다. 유모 레하는 자기 흔들의자를 버리고 이제는 영안실로 변해 버린 식당까지 느린 여행을 했다. 유모는 갓 태어났을 때부터 프란시스코를 알았다. 그런데 지금은 막 죽은 그와 함께할 거였다. 그리고 베아트리스는 그 노파가 보이는 것처럼 그렇게 둔감하지 않다는 것을 알고 있었다. 고통스러워한다는 걸 알고 있었다. 마치 공기를 안팎으로 통과시키기 위한 전쟁을 하는 것처럼, 유모 레하는 매번 숨 쉴 때마다 가슴에서 부터 낮고 깊은 신음을 토하고 있었다. 그러나 그 소리는 베아트리스의 귀에만 들렸다. 고통을 공유하고 있던 그녀는 곧 유모의 호흡을 따라 했다.

아무도 나무로 만들어진 듯한 여자에게 애도를 표하지 않았다. 유모 레하는 앉아서 눈을 감고, 그 행사 동안 다시 눈을 뜨지 않았다. 방문객들은 마치 그녀가 사건과 아무 관련이 없는 것처럼 그녀를 지나갔다. 반면, 베아트리스는 한순간도 눈을 감고 싶지 않았다. 자기를 향해 다가오는 사람들의 물결에서 벗어나고 싶지 않았다.

그녀는 안 된다고 말하거나 소리칠 힘이 없었다. 누구를 보고 싶지도, 누구와도 말하고 싶지 않았다. 누구도 자기에게 말하거나 자기를 바라보는 것을 원치 않았다. 그냥 자기를 평화롭게 내버려 두기를 원했다. 이미 그녀는 자신이 죽어 버린 것처럼, 패배하고 파괴된 것처럼, 느끼고 있었다. 만약 어떤 창고에서 다른 관을 찾아낸다면, 그녀도 거기에 넣어 주기를 바랐다. 그녀는 좀 벌레들을 처리하기 위해 남편과 아들에게 마지막 작별 인사를 하러 나가보지도 않았다. 눈을 깜빡거리지 않고 그곳에 앉아, 그녀는 프란시스코의 폭력적이고 잔인하고 때 이른 영구적 부재를 느끼고 있었다.

영구적인. 지금부터 계속되는. 영원히.

그녀는 조만간 그의 부재를 직면해야 한다는 것을 알았다. 많은 날을 극복하기 위해 시간을 채우고 공허한 밤을 극복하면서, 완전한 고독 속에 있는 자신의 삶을 관조할 날이 올 것이었다.

그녀는 프란시스코로 인한 슬픔이 드러날 것을 알고 있었다. 그녀는 일단 그 고통을 임시로 보관하고 있었다. 그녀에게는 또 다른 고통이, 더 끈질기고 더 절박한 고통이 있었다. 그날 그녀는 자신이 미망인이 된 것에 대해 생각하거나 다른 사람으로부터 동정 받을 시간이 없었다. 단지 그녀는 그들 모두에게 물어보고 싶었다. 아이 하나가 밖에서 길을 잃고, 추위 속에 있는데, 당신들은 여기서 죽은 이를 추모하면서 뭘 하고 있나요?

만일 그녀가 자기 몸이 자신을 배신하지 않을 거라는 확신이 있었더라면, 그녀는 즉시 일어나 프란시스코 주니어의 이름을 외치며, 아이가 발견될 때까지 산 위를 돌아다녔을 것이다. 그러나 그 순간 그녀의 몸은 자기 몸을 똑바로 세워 주는 등받이 의자 없이 유지할 수 없었다. 걷는 방법은 물론, 말하는 방법도 기억하지 못했다.

그녀는 실종된 아이의 어머니였다. 그러나 전설의 '라 요로나'처럼 실종된 아이의 이름을 부르며 영원히 산속을 헤맬 의지가 없었다. 자신이 발견하게 될 것에 대한 두려움 또는 결코 찾아내지 못할 거에 대한 두려움이 밀려왔다. 그녀의 영혼에는 일어서서 아이의 뒤를 따라갈 용기가 없었고, 그녀의 몸에는 힘이 없었다.

그녀는 약간의 포옹을 허용하고, 자기를 향한 자비로운 말이 자기 주변을 떠돌아다니도록 허용했다. 하지만, 그 누구도 자기 안에 들어오도록 하지 않았다. 그 순간 그녀의 공허함과 두려움, 불안감에서 그녀를 쉬게 해 줄 건 아무것도 없었다.

그녀는 딸이었고, 나중에는 아버지를 여의었고, 그것에 익숙해졌다. 그녀는 아내였고, 지금은 과부이고, 언젠가는 그것도 그만둘 거였다. 그녀는 어머니였고…. 그런데 아들을 잃어버린 엄마들을 뭐라고 부르지?

수족이 잘린 여자들? 그녀는 그렇게 느꼈다. 이제 그녀는 수족이 절단된 어머니였다. 어떻게 그것을 체념할 수 있을까? 언제? 사람들이 그녀에게 다가왔고, 그녀에게 말했고, 그녀가 부탁하지도 않은 조언들을 해줬다. 그들은 그녀에게 뭔가를 먹거나 마시라고 말했다. 하지만, 그날 그녀는 실종된 아이가 기적적으로 나타날 것을 바라며, 지평선 쪽 창문만을 볼 수 있을 뿐이었다. 그리고 그녀의 머릿속에는 그 안에서 끊임없이 울려 퍼지는 외침 외에는 다른 게 들어갈 자리가 없었다. 프란시스코, 어디 있니? 프란시스코, 춥니? 혼자 있니? 무섭니? 어디 아프니? 너, 살아있니? 프란시스코!

그녀에게 옷을 입히는 동안, 그녀는 고함 지르는 것과 몸부림치는 걸 잠시 멈췄다. 그녀의 어머니는 그녀의 남동생들이 수색을 계속할 것이라는 사실을 확인해 주었다. 그리고 그 수색에는 지역 경찰이 이미 합류해 있으며, 아이를 발견할 때까지 그 수색은 계속될 거라고 말했다.

"시모노피오도 그 아이를 찾고 있을 거야. 그리고 만일 프란시스코 주니어가 살아 있다면, 늘 그랬듯, 그가 찾아낼 거다. 두고 보아라."

"그런데 죽었으면요?"

"그래도 찾아낼 거야."

그는 이미 그 사실을 알고 있을까? 시모노피오는 자신의 대부가 죽었고, 프란시스코 주니어가 실종됐다는 사실을 알고 있을까? 만일 시모노피오가 살아 있다면 그는 알 것이다. 만일 시모노피오가 그걸 알고 있다면, 그 아이를 찾아낼 것이다. 그러나 시모노피오 역시도 사람들이 그가 갑작스럽고 설명할 수 없는 절규를 내지르는 걸 보았던 그 전날 이후로 돌아오지 않고 있었다.

그들은 죽지 않았다. 시모노피오 역시도 실종 상태였다. 프란시스코 주니어처럼. 그냥 그들은 실종 상태였던 것이다.

프란시스코.

나는 너를 느낄 수가 없구나. 춥니, 프란시스코? 프란시스코, 어디가 아프니? 치료해야지, 치료해야지…. 지금 혼자 있니? 무섭니? 어둠을 두려워하지 말아라. 어둠이 우리에게 뭘 더 할 수 있겠니? 무엇을 더 말이다. 그리고 시모노피오가 벌써 너를 찾아갔단다. 그가 부르는 소리가 들리니? 시모노피오, 그의 소리가 들리니? 어디에 있니? 너는 지금 숨어 있니? 네 소리가 들리지 않는구나. 가 버린 거니? 살아 있는지 죽었는지, 너를 느낄 수가 없구나. 살아 있지도 죽지도 않은 상태구나. 그런데 나는 너를 배웅하러 나가지 않았었어. 너는 지금 어디에 있니? 살아 있니? 시모노피오, 그들은 어디에 있니? 살아 있니? 죽었니? 안돼, 안돼, 안돼. 안돼, 프란시스코. 프란시스코, 너 지금 혼자 있니? 살아 있는 거니? 프란시스코, 춥니? 프란시스코, 확실히 너는 네 스웨터를 잃어버린 게로구나. 아니면 녀석아, 구멍을 냈던가. 그런데 담요는 어떻게 했니? 내가 네게 담요를 주었었지. 그랬단다. 두 개를 주었단다. 아니면, 세 개였던가? 푸른색이었다. 좋은 담요들이었어. 하지만 나는 나가 보지 않았지. 네게 작별 인사를 하지 않았단다. 그들에게 나는 작별 인사를 하지 않았어. 좀벌레 때문에 정신을 빼앗겼었어. 상관없다. 담요들을 잃어버렸어도 괜찮아. 이리 오거라. 이제 이리 와. 내게로 오렴. 살아 있든 죽어 있든, 오거라. 담요들은 중요하지 않아. 이제 겁내지 말아라. 아무도 너를 나무라지 않을 거야. 어디 아프니? 내겐 힘이 없구나. 너를 찾을 힘도, 너를 잃을 힘도 없구나. 살아 있니? 프란시스코, 프란시스코, 너를 느낄 수 없구나. 나는 작별 인사도 하지 않았어. 작별 인사를 안 했기 때문에 널 느낄 수 없구나. 나는 작별 인사를 안 했어. 왜 작별 인사를 하지 않았을까? 어리석어서 그랬구나, 프란시스코. 어디 아프니? 몸 안이 아프구나. 몸 안에서 무언가가 부러졌구나. 그래서 오늘 안 낫는다면 내일 낫겠지…. 아냐. 아냐. 네가 여기 있지 않으면 낫지 않을 거다. 네가 돌아오지 않으면 치유되지 않을 거야. 결코 낫지 않을 거야. 돌아오거라, 그렇지 않으면 절대로 낫지 않을 거란다. 어디에서 살아 있니, 프란시스코? 말하거라. 어디에서 죽어 있는지 말하거라. 나는 왜 나가지 않았을까? 프란시스코, 지금 있는 곳은 춥니? 나는 춥단다. 그런데 나를 따뜻하게 해 줄 담요가 없단다. 시모노피오, 이제 프란시스코를 데리고 오고, 너도 오거라. 만일 내가 나갔더라면 그들을 막았을 텐데. 그걸 알았을 텐데. 어떤 방법으로라도 그걸 알았을 텐데. 그들을 막았을 텐데. 아프구나. 나는. 아마 너는 이제 아프지 않겠구나. 만일 죽었다면, 이제는 아프지 않겠구나. 그런데 아프구나. 나는 여전히 여기서 널 기다리고 있느니, 나는 아프구나. 나는 혼자구나. 기다림이 나를 아프게 하는구나. 의구심이 나를 아프게 하는구나. 낫거라, 낫거라…. 프란시스코, 프란시스코, 프란… 너는 혼자 있니? 나는 혼자구나. 무섭니? 나도 그렇구나, 프란시스코. 나도 그렇구나. 나도 그렇구나. 많이 무섭구나. 아는 것도 무섭고, 모르는 것도 무섭구나.

죽었든 살았든, 시모노피오가 살아 있다면 그는 아이를 찾을 것이었다. 죽었든 살아 있든, 그녀는 그를 다시 원했기 때문이다. 그를 영접하고 그에게 작별 인사를 하기 위해서. 비록 그녀가 마지막 작별 인사를 하기 위해 프란시스코 부자(父子) 뒤를 쫓아갔었지만 말이다.

해가 지기 전에 남편들과 함께 카르멘과 콘수엘로가 몬테레이에서 도착했다. 그녀들은 도착하자마자 슬픔에 잠긴 어머니의 품에 쓰러질 것이고, 항상 그랬던 것처럼 엄마는 자기들을 위로할 것이라고 상상했다. 그러나 베아트리스의 상태를 보고는 자기들이 무너져 내릴 시간이 없고, 오히려 엄마를 책임져야 한다는 사실을 깨달았다. 그 순간 그녀들의 어머니는 아무것도 할 수 없었고, 심지어 위로조차도 할 수 없는 상태였다.

그들은 이제 가족이 모두 참석했다고 말했다. 그래서 다음날 있을 진혼(鎮魂) 미사와 프란시스코 모랄레스의 매장을 발표했다. 사람들은 남편의 관에서 베아트리스를 떨어뜨리기 위해 고심했다. 베아트리스는 관 옆에서, 고인이 아니라 실종된 아들 때문에, 밤을 새우려 했다.

88

수색

　• • •　**프란시스코 주니어는 길을 잃었다.**

　많은 시간이 지났지만, 프란시스코 주니어는 여전히 그의 팔에서 의식을 잃고 있었다. 시모노피오는 그 아이와 함께 그 시간을 두려워하면서 보냈다.

　"프란시스코, 어디 있니? 이제 돌아와."

　시모노피오는 자기가 아는 모든 노래를 계속해서 그 아이에게 불러 주었다. 아이에게 사자와 코요테에 관한 이야기를 제외한 모든 이야기를 해 주었다. 그 두 이야기는 그 자신도 기억하고 싶지 않았다. 상처를 주는 것들로부터 멀리 떨어뜨림으로써, 때로는 영혼이 휴식을 취하도록 해야 한다.

　"프란시스코, 네가 지금 하는 게 그거지? 쉬고 있는 거지?"

　그는 에스피리쿠에타의 땅에서 멀리 떨어진, 공기가 깨끗한 그곳까지, 프란시스코 주니어를 품에 안고 걸었다. 그곳은 동굴이라기보다는 바위의 틈이라고 할 수 있었다. 그곳은 밤을 보내기에 이상적인 장소는 아니었지만, 차가운 바람으로부터 보호해 주는 곳이었다. 그는 더 이상 갈 수 없었다. 강에서부터의 여정이 그를 매우 피곤하게 했다. 게다가 프란시스코를 품에 안고 가는 것은 그가 아기였을 때처럼 쉬운 일이 아니었다.

그래서 그는 이미 알고 있던 그곳으로 향했다. 그는 프란시스코를 안은 채 바위에 기대어 앉았다. 그 아이를 차가운 땅에 다시 내려놓고 싶지 않았다. 그 아이는 오랫동안 자기 아버지의 몸 아래 찬 흙바닥에 있었다.

그는 대부가 준 낡은 주머니칼 없이는 외출하지 않았다. 하지만 밤을 보낼 수 있는 장비 가방을 가져오지 못했다. 그는 자루에 들어 있던 꿀단지를 꺼내 프란시스코의 상처에 발라 주었다. 그의 팔은 소년을 추위로부터 보호하기에 충분해야 했다. 그러나 그는 프란시스코처럼 깊은 잠에 빠질까 두려웠다. 그는 뜬눈으로 새우며 잠을 자지 않았다.

아이가 깨어나면 수레에 태워 집으로 돌아가리라고 생각했다. 그러나 프란시스코 주니어는 깨어나지 않았다. 새날이 오고 갔지만 아이는 여전히 의식을 잃은 채로 있었다. 시모노피오는 그즈음 그의 대모가 죽은 남편과 실종된 아이로 인해 괴로워하리라는 것을 알고 있었다. 어떤 식으로든 그녀의 고통을 덜어 주고 싶었다. 하지만 그것은 불가능했다. 그는 또한 사람들이 그들을 찾고 있다는 것도 알고 있었다. 그들은 멀리 떨어져서 다른 방향을 향해 가고 있었다. 시모노피오가 그들을 만나러 갈 방법은 없었다. 어떤 이유로도 그는 아이를 혼자 두거나 필요 이상으로 움직이게 할 수는 없었다.

"너 없이 혼자 돌아가지는 않을 거야."그는 이야기와 이야기 사이, 노래와 노래 사이에 반복해서 말했다.

그는 한 번 약속을 어겼었다. 그러나 그는 두 번 다시 그렇게 하지는 않으리라고 다짐했다. 프란시스코는 괜찮을 것이다. 아이는 깨어날 거라고 시모노피오는 스스로 위로하며 말했다. 그러나 그것이 예측인지 자신의 희망인지는 확실하지 않았다. 어쨌든 프란시스코는 깨어나지 않았다.

조금씩 그리고 한 방울 한 방울씩 그는 강으로 가져갔던 모든 꿀을 아이에게 주고 있었다. 시모노피오는 담요의 한 귀퉁이로 바위 사이로 스며들어 여과된 물을 모으고, 그것을 짜내어 한 방울 한 방울씩 아이의 혀와 몸을 촉촉하게 유지할 수 있었다. 이제 꿀이 모두 바닥났다. 아이의 위태로운 상태와 코요테의 위험에도 불구하고, 일어나 집으로 돌아갈지를 그는 곧 결정해야 했다.

시모노피오는 수색대 한 무리가 언덕을 수색하고 있다는 것을 알고 있었다. 몇 년 전 사람들이 시모노피오를 잃어버린 때에 그랬던 것처럼, 코요테가 그들 사이에 있는 건 알지 못했다. 그는 그것을 알 수 없었다. 그의 꿀벌들이 그에게 입을 다물고 있었기 때문이었다. 그는 벌들이 그 살인자를 쓰러뜨리는 데 성공했는지 알 수 없었다.

드디어 수색대가 가까이 있다는 것을 느꼈을 때는 거의 48시간이 지난 후였다. 그는 은신처에서 나올 때라고 결단했다. 신중하기 위해 주머니칼을 손에 들고, 프란시스코 주니어를 팔에 안은 채, 아이를 잘못 다루거나 필요 이상으로 움직이지 않으려고 노력하면서, 시모노피오는 그들을 만나러 나갔다.

시모노피오는 에밀리오 코르테스 삼촌이 가비노와 레오카디오만 데리고 온 걸 보고 안도했다. 하지만, 아이를 그들에게 넘겨주는 것은 단호하게 거절했다. 그 많은 시간에도 불구하고, 지쳤음에도 불구하고, 양팔에 경련이 일어났음에도 불구하고, 아이를 책임져야 할 사람은 그였기 때문이다. 아이를 엄마에게 인계해야 할 사람은 그였다.

89

기다림

··· **프란시스코 모랄레스의 장례식은** 미사 직후인 월요일 정오에 있었다. 그의 딸들은 많은 준비와 법적 절차들 사이에서, 그리워할 기회가 없었던 아버지를 그리워하는 고통을 예상하고, 눈물에 몸을 맡겼다. 고인의 장모인 신포로사는 가지고 온 손수건 중 하나를 눈물로 흠뻑 적셨다. 그녀가 베아트리스를 위해 가져온 다른 손수건은 아직 사용되지 않았다. 성당에는 한 쌍의 마른 눈만 남아 있었기 때문이었다. 그것은 자기 주변에서 일어나는 일에 전혀 관심을 기울일 수 없었던 과부의 두 눈이었다.

몇 년 후, 카르멘 그리고 콘수엘로와 그 장례식 이야기를 할 기회가 있었다. 베아트리스는 자신의 무례하기까지 한 일시적 정신적 충격 상태에 그때까지도 전혀 미안해하지 않았다. 그날 조문객 몇 명이 그녀에게 일어난 일이 '하느님의 시험'이라고 말했다. 그녀는 그 말을 듣지 않았다. 어떤 사람들은 그녀에게 하느님의 부르심을 입은 두 천사 이야기를 했다. 그녀는 그것을 비유로 받아들이지 않았다. 새로

온 신부 페드로가 그녀에게 다가와 모든 문제에 대한 해결과 회복은 그녀의 용서 능력 그리고 죽은 남편과 실종된 아들, 원수를 위한 기도에 달려 있다고 말했다. 그때 그녀는 자신이 유모 레하처럼 나무로 만들어진 사람인 척했다.

우선 그 모든 과정에서 남은 것은, 프란시스코 모랄레스가 기름 부음을 받지 않고 죽었기 때문에, 그의 영혼 구원을 위해 제공될 사흘 동안의 미사뿐이었다. 베아트리스는 며칠 동안 먹는 것, 씻고 잠자는 것을 거부했다. 베아트리스가 원했던 유일한 것은 창문을 통해 밖을 바라보며 자기 아들이 돌아오는 걸 맨 처음으로 보는 것이었다. 살아서든 죽어서든 말이다. 자기 어머니의 고집에 감사할 날이 올 테지만, 아직은 아니었다. 그녀는 관습과 그녀 어머니의 강요로 사흘 동안의 미사에 갈 테지만, 아들의 귀가를 위해 기도할 것이었다. 프란시스코를 위한 기도는 나중에 시작할 터였다. 그도 이해하리라. 급할 것 없으니 말이다.

"베아트리스. 날 좀 봐라. 베아트리스." 그녀는 어머니가 요청한 대로 고개를 돌렸다. "레오카디오가 수레를 가지고 오는구나."

"뭐라고요?" 그것은 불가능해 보였다. 그녀는 창문에서 무언가를 보았다.

"모르겠구나. 폴라가 그렇게 말했어. 아무 말도 하지 않고 재빨리 왔다 갔지만, 저기는 아니지." 그녀는 자기 위치에서 보고 있던 길을 가리키며 말했다. "뒤쪽으로, 레하의 길을 따라. 거기에서 기다릴래?"

수년 전부터 그들은 그 오솔길을 레하의 길이라고 불렀다. 그곳은 그녀가 바라보지 않더라도, 자기 몸을 향하고 있었던 곳이었다. 그곳에서 그녀는 울고 있던 아기를 찾아 나섰고, 또 그 아기를 품에 안고, 그날 그들이 함께 기다리던─한 명은 흔들의자에 앉아서, 그리고 다른 한 명은 의자에 앉아서— 수레로 돌아왔다. 한 명은 두 눈을 감고 있었고, 다른 이는 두 눈을 크게 뜨고 있었다. 둘 다 자기 아이들을 기다리고 있었다.

살았나요, 죽었나요? 살았나요, 죽었나요? 살았나요, 죽었나요? 유모의 흔들의자 리듬에 맞춰서 두 사람은 물었다.

거의 이틀 전부터 내면에서 강박적으로 물어 오던 그 질문에 대한 답이 임박했을 때, 모랄레스의 미망인인 베아트리스 코르테스는 창가로 돌아가서 다른 방향을 보고 싶은 유혹을 느꼈다. 그녀는 사실을 아는 편이 더 나을 거라고 생각했다. 죽었더라도 아들을 찾는 게 더 나을 거라고. 그러다가 자기 아들이 아버지와 함께, 아버지처럼 잔인하게 죽었다는 사실을 알게 되는 것은 최악이라는 생각이 들었다. 생명이 없이, 함부로 다루어져 분해된 아들의 작은 몸을 맞이하는 것이 더 나쁠 것이었다. 그러나 비록 죽은 사람에 대한 것이라고 해도 그에 대한 자신의 관심을 부인할 수는 없었다. 남은 삶 동안, 그녀는 결코 그러한 무관심을 스스로 용서할 수 없을 것이기 때문이었다.

그녀는 자기 위치에서 움직이지 않았지만, 유모 레하처럼 잠시 눈을 감았다. 그러나 귀를 막는 것은 불가능했다. 그녀는 수레의 바퀴 소리와 돌과 땅 위의 말발굽 소리들이 불길하게 점점 가까워지는 것을 들을 수 있었다. 두 눈을 감는 것은 쓸모가 없었고, 결과적으로 더 안 좋았다. 그녀의 두 눈이 보지 못한 것을 그녀의 마음이 상상해 냈기 때문이었다. 그래서 그녀는 두 눈을 떴고, 자리에서 일어섰고, 수레를 맞이하러 걸어 나갔다. 프란시스코도 시모노피오도 수레의 앞쪽 의자에 앉아 있지 않았기에, 그녀는 결론을 내렸다. 숨을 억제하고, 몸을 멈추고 눈물을 참았다. 그리고 혼잣말로 말했다.

"아빠처럼 죽어서 왔구나."

90

휴식

   ••• **시모노피오가 휴식을** 취하러 자기 방으로 들어갔다. 산으로 가지 않았다. 그것은 단지 프란시스코를 떠나지 않겠다는 약속을 지키기 위해서가 아니었다. 이전에는 한 번도 느껴보지 못했는데, 갑자기 발의 상처가 너무 아팠다. 신발을 신고 걸어서 그곳을 떠나는 게 나쁜 생각처럼 느껴졌다. 그는 자신이 가지고 있던 유일한 신발을 잃어버렸다. 서두르는 바람에 신발을 강물의 제물로 남겨 두었다는 것을 기억했다. 그는 또한 지붕 아래에 남아 있는 벌집의 꿀벌들-여왕벌과 어려서 그의 부름에 나가지 않았던 작은 꿀벌들-의 위로가 필요했다. 그렇게 헛간에 머물렀다.

  꿀벌들 또한 그를 필요로 했다. 그들은 모두 슬픔에 잠겨 있었다. 그들은 모두 너무 많은 것을 잃었다. 지붕의 기둥들 사이에 꿀벌들이 19년에 걸쳐 지은 거대한 구조물 아래에서 시모노피오는 밤낮으로 깊은 잠에 빠졌다. 잠으로 자신의 몸과 마음의 상처를 다스렸다.

  시모노피오는 프란시스코 주니어를 발견한 이후로 간호를 받거나,

먹지도 마시지도 못했다. 꿀벌들의 보호를 받으며 먹고 마신 후, 연속 이틀 동안 잠을 잤다. 가끔 눈을 살짝 떠서 유모 레하가 침대 발치에 앉아 있거나, 그의 곁에서 몸을 흔들고 있는 모습을 발견했다. 하지만 금세 스르르 다시 눈을 감았다. 아마도 그들의 삶을 변화시킬 모든 것, 그들의 삶을 아프게 할 모든 것을 노파에게 눈빛으로 설명할 힘 이 없었기 때문이었다. 아니면 그의 눈이 여전히 소식을 전달하기를 거부했기 때문일 것이다.

때로 대모가 그를 보러 왔다는 걸 알았다. 그녀는 음식과 신선한 물을 제공했다. 그의 이마를 만져 주었고, 그의 뺨을 쓰다듬어 주었 다. 그녀는 그의 손과 얼굴, 발의 상처를 닦고, 연고를 발라 주었다. 그러나 그는 혼수상태에 빠져있었다. 프란시스코에 대해, 물을 수도 없었고, 아무런 대답을 할 수도, 친절에 감사할 수도 없었다.

그는 그녀가 그의 창고에서 자기를 돌보는 동안, 자기에게 한 말을 마치 멀리서 오는 소리를 듣듯이 듣곤 했다. '프란시스코 주니어는 나아졌다.', '그는 잠깐씩 의식을 회복했고, 조금씩 말을 했으며, 시모 노피오에 대해 물어보곤 했다.'

"의사는 네가 머리에 충격을 받고 갈비뼈가 부러진 그 아이를 많이 움직이지 않게 한 것이 잘했다고 하는구나."

에스피리쿠에타가 그를 얼마나 흔들었는지를 기억하고 그로 인해 아이가 겪었을 고통, 그리고 나중에 자기가 아이를 안고 걸을 때마 다 가중됐던 그 고통을 생각하면, 시모노피오는 거의 쉴 수가 없었 다. 하지만 그는 몸을 꼼짝할 수 없었다. 프란시스코가 이제 무사하 다는 사실을 떠올렸다. 프란시스코는 필요한 간호를 받고 있었다. 이 제 시모노피오도 휴식을 취해야 했다. 곧 내려야 할 결정에 대비해 야 했다.

시모노피오는 프란시스코가 완전히 의식을 되찾았다는 걸 감지했을 때 깨어날 터였다. 그들은 서로를 필요로 할 것이었다. 그것은 그가 스스로 정한 기한이었고 또 그 기한에 따를 거였다. 이러한 결심이 서자 시모노피오는 주위의 모든 것들에 계속 무감각하려고 노력했다. 자신이 잠을 잤던 거의 텅 비고 고요한 지붕에서부터, 유모 레하의 흔들의자의 리드미컬한 흔들림, 그리고 변함없는 베아트리스의 작별 인사에 이르기까지의 말이다.

"고맙다, 시모노피오. 고맙구나. 제발 나를 용서해 다오."

그는 대모의 반응을 이해했다. 그녀는 이틀 동안 계속된 고뇌 끝에 그가 아이를 품에 안고 도착한 것을 보고, 아이의 생사도 모른 채, 그의 뺨을 때렸다. 그는 그걸 이해했다. 그것이 아니면 그녀는 산산조각이 났으리라. 자기의 본질에 충실하게, 베아트리스 코르테스 데 모랄레스는 강한 쪽을 선택했다. 어린 아들을 되찾자 그녀의 눈에는 폭포수 같은 눈물이 다시 나타났다. 그것은 루피타의 죽음으로 떠올랐던 폭풍 눈물이었다. 시간의 흐름에 따라 사라졌었다.

그녀의 분노는 그를 향하지는 않았다. 그 분노는 코요테를 향한 것이었다. 감사할 일이 없었다. 그에게는. 그리고 아무것도 용서할 것이 없었다.

91

후회

··· **우리 엄마는** 그의 뺨을 때렸던 일에 대해 자신을 용서하지 않았다. 그리고 죽는 날까지 그녀는 언제나 제정신을 유지하면서 폭력적인 실수에 대해 자신을 질책했다.

그랬다. 우리 엄마는 좋은 것들을 기억하고, 나쁜 것들은 잊었다. 좋은 것이든 나쁜 것이든 인생에서 놀라운 것들에 맞설 수 있도록 강해지기를 열망했다. 그렇게 거의 마지막 날까지 싱어 재봉틀로 계속 재봉질을 했다. 그래서 엄마는 재봉틀 페달을 하도 밟아서 마라톤 선수보다도 더 강한 다리를 가지고 죽을 거였다. 엄마는 가끔 그날 시모노피오를 맞이했던 기억을 잃었다. 그때마다 재봉틀 페달의 그 리듬을 잃어버렸다. 그러면 그 '드르륵 드르륵' 소리는 질서 잡히지 않은 '드-르르-륵'으로 변했다. 실이 엉키고 천이 방향을 벗어나곤 했다. 그러면 하던 일을 멈추고는, 잠시 길 잃은 사람처럼 슬픔에 잠겨 집 안을 배회하곤 했다. 내 일곱 번째 생일에 있었던 일들을 되풀이하며 복기했다. 시모노피오와, 아빠와, 그리고 나에게 다른 방식으로 행동했기를 바라면서.

하지만 그건 엄마의 반응이었고, 평생 그녀와 함께했던 후회와 바람을 되돌릴 수는 없었다. 이를테면, 그 후회들은 그를 안아 주었더라면, 그를 생각하기도 했다고 그에게 말했더라면, 또 그를 걱정했기 때문에 두려웠다고 말했더라면 하는 것이었다.

엄마를 변호하기 위해 나는, 엄마가 기회가 왔을 때 시모노피오에게 그렇게 했음을 밝혀야 한다. 비록 엄마에게는 그것이 결코 충분해 보이지 않았지만, 그것은 사실 중요한 것이었다. 엎질러진 물은 엎질러진 물이다. 그 따귀는 엄마에 의해 이미 벌어진 일이었다. 엄마는 그 이전에도 그 이후에도 한 번도 누구를 때린 적이 없었다. 엉덩이 때리기, 내 엉덩이 때리기를 엄마는 구타로 간주하지 않았다.

"어쨌든 너는 맞을 짓을 했단다. 시모노피오는 아니지." 내가 엄마에게 반박하려고 할 때마다 엄마는 이렇게 말했다.

93

질문

　•••　**베아트리스의 남동생** 에밀리오는 시모노피오와 프란시스코를 길에서 발견한 것을 자랑스러워했다. 베아트리스는 그에게 '시모노피오가 너를 찾아낸 거야.'라고 말해서 그의 마음을 상하게 할 생각은 없었다.

베아트리스는 자기 아들을 찾기 위해 그와 남자들이 쉬지 않고 했던 노력에 감사했다. 자세히는 모르지만 시모노피오가 그를 구했다는 것은 알고 있었다. 시모노피오가 했던 일을 어떻게 이해하거나 설명할 수 있을까? 강에서 그가 갑작스럽게, 설명할 수 없이 가 버린 것을 어떻게 설명하겠는가? 그것을 항상 의심했지만, 베아트리스에게 그것은 시모노피오의 특별한 능력-항상 비밀리에 유지되고 그녀의 남편 외에는 그 누구와도 그것에 대해 얘기하지 않은-에 대한 직접적이고 반박 불가능한 증거였다.

그녀는 가슴이 아파오는 것을 느꼈다. 이제 그녀의 남편은 그곳에 없었다.

시모노피오와 프란시스코가 어디에 있었는지, 실종된 동안 무엇을 했는지 아무도 묻지 않았다. 사람들이 확실하게 알고 있는 유일한 것은 시모노피오가 공유할 준비가 돼 있던 거였다. 프란시스코를 안전하게 수송할 수레를 기다리는 동안, 에밀리오는 시모노피오에게 무엇이든 본 게 있는지 물었다. 그는 고개를 끄덕였다. 에밀리오와 그 일행은 이미 뭔가를 의심하고 있었는데, 그가 벙어리였음에도 불구하고 증인이 있어서 기뻤다.

"우리는 언덕에서 에스피리쿠에타와 그의 아들의 말을 발견했지. 저 위…. 위쪽에서. 그들이었니?"

시모노피오는 단호하게 고개를 끄덕였다.

"무슨 일이 있었니?"

시모노피오는 그 질문에 대답하기를 거부했다. 그의 대모 베아트리스를 포함한 그 누구도 그에게서 자세한 내용을 알아낼 수 없었다. 시모노피오는 그걸 설명할 방법이 없다는 것을 알고 있었다. 그가 할 수 있었다 하더라도, 그가 이해시킬 수 있었다 하더라도, 그는 결코 그 피 흘리는 모습들을 묘사하지는 않았을 것이다. 그것은 사람들에게 더 많은 고통을 안겨 주는 걸 뜻했다. 그는 그걸 거부했다. 어쨌든 그가 목격한 것에 대한 굴욕, 고뇌, 두려움, 공포, 고통, 잔인함, 차가움, 상실감을 어떻게 전달할 수 있겠는가? 그건 방법이 없었다. 그는 그렇게 할 수도 없었고, 하고 싶지도 않았다. 그날 시모노피오는 그 기억에 압도되어 대답 대신 눈물을 터트렸다.

손바닥으로 거칠게 등을 두드려 주었다. 무슨 말을 해 주어야 할지 모른 채, 에밀리오는 그 소년을 위로하려고 했다. 그런데 소년은 남자들은 울면 안 된다는 사실을, 적어도 다른 사람들 앞에서는 그렇게 해서는 안 된다는 사실을 모르는 듯했다. 시모노피오는 그들을 실은 수레가 집에 가까이 갈 때까지 흐느끼는 것을 멈추지 않았다.

자세한 건 알지 못하더라도 처음에는 모두가 의심했던 것이 반박할 수 없는 사실이 되었다. 시모노피오는 프란시스코 모랄레스의 살인 사건의 목격자였다. 범인은 안셀모 에스피리쿠에타였다. 사람들은 또한 에스피리쿠에타의 아들에 대해서도 언급했지만, 베아트리스는 그가 방아쇠를 당겼을지 의심스러웠다. 반면, 그녀는 그의 아버지가 유죄라는 것을 잠시도 의심하지 않았다.

그들 둘은 모두 사라져 버렸다. 그들이 사라진 것은 놀라운 미스터리였다. 지역 경찰이 그들을 수배했지만, 에스피리쿠에타 부자는 집으로 돌아오지 않았다. 그 토요일 이전부터 아무도 그들을 본 적이 없었다. 그들은 흔적을 남기지 않았다. 그들은 말을 버렸지만, 기차로 떠나지도 않았다. 그래서 모두가 같은 결론에 도달했는데, 그 두 사람은 정의의 심판을 피해 여전히 산속을 배회하고 있다는 것이었다. 아마도 동굴에 살고 있었을 것인데, 그래서 경찰은 정보를 제공한 사람에게 상당한 보상을 주는 게 좋겠다고 생각했다. 그들은 또한 두 사람이 다시 공격할 경우를 대비하여 모랄레스 코르테스 집 주변에 경비원을 배치했다.

베아트리스는 가용 자금이 많지 않다는 걸 알고 있었지만, 돈을 아끼지 않을 거였다. 그녀는 나중에 보상금과 급여 마련 방법을 모색할 거였다. 비록 다음 시즌의 수확을 대비해 대출을 받을 필요가 있었지만 말이다. 그리고 이제 그녀가 무엇을 할 것인지, 문명인 베아트리스가 그들이 잡혀 오면 무엇을 요구하고, 무슨 일을 할지 보게 되리라. 이제 그녀는 자기 남편을 살해한 사람과 얼굴을 맞대고 자신이 무슨 말을 할지 -혹은 무슨 비명을 지를지- 보게 될 것이다. 그녀는 내면에 원시적인 베아트리스를 가지고 있었다. 그런 베아트리스가 표면으로 나오는 건 절대 허용하지 않을 거였다. 복수심에 불타는 그 여자는 그녀가 평소에 잘 통제했던 여자였다. 만일 그 여자가 밖으로 나가는 걸 허용하면, 그의 두 눈알을 뽑아버리고, 그의 살점을 갈기갈기 찢어 버리지 않고는 만족할 수 없을 거였다.

그것은 불가능했다. 비록 그를 찾아내더라도, 불가능했다. 그녀는 여자였고, 복수는 여전히 여자들의 일이 아니었다. 우선 어떤 방식으로든, 그녀가 살인자에게 상처를 되돌려주기 위해 할 수 있는 무언가가 있었다.

"트랙터를 가지고 에스피리쿠에타의 집에 가서 집을 부숴 버려요." 레오카디오와 마르틴은 슬픔에 젖어 그녀를 바라보았다.

"안에 여자 애가 있는데요?"

"무슨 여자 애요?"

"딸 아이인 마르가리타요. 그 아이를 안에 놓고 가 버렸어요."

그러자 베아트리스는 에스피리쿠에타의 가족에게 조의를 표하려고 갔던 그날, 자기가 재봉한 봉제 인형과 옷을 받으며 감격했던 그 여자애를 기억했다. 에스피리쿠에타가 아직 어린애였던 시모노피오를 공격하려 했던 그 날. 그날 그녀는 집에 돌아와서 남편에게 그 남자를 쫓아내라고 단호하게 요구했었다.

그녀는 그 문제를 해결하지 못한 채 내버려 두었다. 이제는 그 이유를 기억할 수 없는데, 아직 시간이 있었을 때, 그 살인범을 가족에게서 떼어놓기 위해 아무 일도 하지 않았다. 그녀는 태만했다. 그녀는 본능과 증거를 무시했고, 그런 부주의함은 생명을 영원히 고통스러운 부재로 바꿔 놓으며, 매우 큰 대가를 치렀다.

그녀의 잘못이었다. 그녀는 남편에게 미안하다는 말을 전하고 싶었지만, 너무 늦어 버렸다. 이제는 모든 것이 너무 늦어 버렸다.

"아니요. 집은 부수되, 물론, 여자애가 자기 물건을 가지고 나오도록 해야죠. 원하면 떠날 수 있도록 말예요. 그 아이가 기차를 타고 갈 수 있도록 그녀에게 돈을 줘요. 여기 머물기를 원한다면, 수녀원에 데려가거나, 누구네 집에서 일자리를 찾을 수 있도록 해 줘요. 나는 그 아이를 보고 싶지도, 그 아이에 대해 더 알고 싶지도 않아요."

그녀는 어떤 손님도 받지 않았다. 그녀의 가장 친한 친구들이 그녀와 함께 있기 위해, 그녀를 즐겁게 해 주기 위해, 또 아들이 돌아온 걸 축하해 주기 위해 왔지만, 그녀는 기분 전환을 할 시간도, 의욕도 없었다. 돌아온 아들은 여전히 몸이 좋지 않았다. 프란시스코 주니어가 평소의 모습으로 돌아왔을 때, 아이가 기억이 없었기 때문에, 깨어날 때마다 같은 질문에 더 대답할 필요가 없었을 때, 자신의 책임이라고 생각했던 어떤 못된 짓에 대해 사과를 멈추었을 때, 그녀가 혼란스러운 아들의 두 눈을 바라보면서 눈물 흘리는 것을 그쳤을 때, 그녀는 자기가 예전의 모습을 회복할 수 있을지 생각했다. 자기가 어떤 삶을 만들어 갈지를 살펴볼 시간이 있을 것이었다.

새로운 의식을 가진 새로운 여자. 또다시 폭력으로 얻어맞은 여자, 그 여자는 이제 남편이 없었고, 일단은 친구도, 기분 전환할 일도 원하지 않았다. 이제 그녀는 고용인들의 주급과 돌아온 좀벌레들, 미래 계획까지의 그 모든 일을 혼자 책임지는 여자였다.

그녀의 싱어 재봉틀은 사이렌의 노래와 함께 끊임없이 그녀를 불렀다. 모든 것을 잊고 이리 와요. 드르륵, 드르륵 소리로 고통을 잠재워요. 베아트리스는 자신에게 그 약속된 휴식을 허락하지 않았다. 그럴 때가 아니었다. 나중에 시간이 있을 것이었다. 비록 그걸 생각하는 것은 불가능했지만, 미래에 시간이 있을 것이었다.

이제 그녀 앞에 놓인 일을 돌보고, 예전에 지녔던 용기로 가장하여, 적어도 그녀의 어머니에게 충분한 휴식을 줄 시간이었다. 그 4월의 토요일 이후로 신포로사는 베아트리스의 모든 공백을 메웠다. 베아트리스는 당시 자신이 불평하고 원망했던 모든 것에 엄마에게 감사했다. 베아트리스는 어머니가 자신이 넘어지지 않도록, 완전히 무너지지 않도록, 막아 준 것에 감사했다. 베아트리스가 요청하지도 않았는데, 어머니가 프란시스코를 위한 세 번의 미사를, 더 좋은 날짜에 하기 위해, 연기한 것도 감사했다.

그녀의 어머니는 자신의 구리 냄비로 돌아와, 기도하면서 염소젖과 흑설탕을 저었다. 신포로사는 위안을 얻기 위해 끊임없이 묵주 기도를 드렸다. 그녀가 누구를 위해 기도했는가?

살해당한 사위의 영혼을 위해? 그럴 수 있었다. 손자의 건강을 위해? 틀림없었다. 세상의 모든 무게를 어깨에 짊어진 딸을 위해? 희망 사항이었을 것이다.

반면 베아트리스는 다친 아들의 침대 옆에서 그를 바라보며, 그의 자는 모습을 지켜보며, 그가 좀 더 맑은 정신으로 깨어나길 기다리며, 몇 시간을 보내곤 했다. 그녀의 딸들이 그녀와 함께 앉았을 때, 그녀는 이제 무엇을 할 것인지에 대한 그들의 질문에 대답하지 않았다. 그녀는 아직 무엇을 해야 할지 몰랐다. 생애 처음으로 베아트리스 코르테스 데 모랄레스는 남은 인생 무엇을 해야 할지 몰랐다. 그리고 더 나쁜 것은 살아 있는 아들과 함께 무엇을 해야 할지 몰랐다.

그녀는 두려웠다.

딸들의 질문과 압박을 피하기 위해 그녀는 프란시스코 주니어를 돌보고 있는 카르멘과 콘수엘로를 떠나 잠시 시모노피오를 돌보러 가곤 했다. 비록 유모 폴라가 시모노피오를 간병했지만, 유모 레하는 그의 곁을 떠나지 않았다. 그렇지만 시모노피오도 베아트리스를 필요로 했다. 혹은 그를 필요로 한 게 그녀였는지도 모른다. 아마도 그녀는 그의 눈에서 용서를 볼 필요가 있었으리라. 고뇌가 그녀를 미치도록 만들었다. 그 아이의 따귀를 때린 것은 그녀가 아니라 광기라고 핑계 댈 수도 있었다. 하지만, 베아트리스 코르테스는 자신을 속이고 싶지 않았다. 자신의 행동에 대한 책임을 회피하고 싶지도 않았다. 광기였든 아니든, 시모노피오는 그런 대우를 받아서는 안 됐다. 이제 그녀는 그를 최대한 이해시키고 그의 용서를 구하는 데 전념할 것이었다. 아마 프란시스코와 시모노피오가 건강을 되찾게 되면, 그녀는 미래를 생각할 시간을 가질 수 있으리라.

머지않아, 아들이 감각과 제정신을 회복해 자기 아버지가 어떻게 됐는지 물어보기 시작할 때, 그 대답을 위해 그녀는 적절한 단어들을 모으고 준비해야 했다. 그녀는 아들에게 그 나쁜 소식을 딱 한 번만 전하기를 바랐다. 아들의 정신이 자기 말을 이해하고 자기 말을 기억하기에 충분할 정도로 맑아지기를. 아들이 한 번만 고통을 겪기를. 분명한 것은 그녀가 고독과 고통에 힘든 것처럼, 아들도 아파하며 고통스러워할 것이었다.

"엄마, 서둘러요. 프란시스코 주니어가 깨어나서 아빠와 자기 22구경 소총에 대해 물어보고 있어요."

그녀는 아직 그런 질문에 대답할 준비가 돼 있지 않다고 생각했다. 언제쯤 그럴 수 있을까? '네 아빠는 죽었단다.'라는 대답 말고 더 좋은 표현이 없을까? 우리는 그를 잃었단다? 그렇지 않았다. 그 질문에 대한 대안은 없었다. 단 하나의 대답만이 있을 뿐이었다. 죽음은 돌이킬 수 없는 것이다.

"내가 갈게. 그리고 카르멘, 네 동생의 이름은 프란시스코야. 그냥 프란시스코."

그는 그들에게 남은 유일한 프란시스코였다.

소총

・・・ **네 아빠는 죽었는데** 네가 생각한 유일한 것은 22구경 소총이었다.

아냐, 아냐, 아냐. 어쩌면 그렇게 받아들였을 수도 있고, 어쩌면 우리 엄마와 누나들이 그렇게 이해했을 수도 있지만, 아니야.

내가 그 토요일에 마지막으로 기억한 것 중 하나는 아버지가 나에게 소총을 선물했던 순간이었다. 그 총의 손잡이 나무가 밝은색이었는지, 어두운색이었는지 기억나지도 않았다. 그건 중요하지도 않았다.

아버지가 나에게 소총을 주겠다고 한 약속을 건드린 적이 없는 것처럼, 나는 그것을 건드리지 않았다. 내가 깨어나 아빠에 대해 물었을 때, 내가 원했던 건 총이 아니었다. 내가 찾았던 건 아빠였다. 아빠는 그 무기를 내가 아빠와 외출할 때만 사용하는 거라고 하셨기 때문이다. 22구경 소총 선물은 우리가 많은 시간을 함께 보낼 것이라는 뜻을 담고 있었다. 나는 머리 부상과 어린 나이로 매우 혼란스러운 상태였다. 나는 소총이 나오면 아빠도 나타나리라고 생각했다.

아빠가 다시 나와 함께 나가자고 하리라고 생각했다. 22구경 소총에 대한 물음은 곧 우리 아빠를 기억하는 거였다. 그러나 소총은 끝내 나타나지 않았다.

94

안다

··· **안돼.** 에스피리쿠에타의 아들이 그걸 가져가 버렸다. 우리는 항상 그를 의심한다.

이제 나는 그걸 안다.

활개

··· **만일** 그들에게 무슨 일이 일어났는지 알았더라면, 아마도 네 어머니는 다른 결정을 내렸을 것이다. 그러나 비극이 있은 지 한 달이 지난 후에도, 그녀는 집 밖에 나가지 않았다. 너를 내보내지도 않았다. 네가 거의 완전히 회복되었고, 힘이 있어 놀고 싶어 하며, 학교에 가려고 했음에도 불구하고 말이다.

경비원들은 집 밖에 머물러 있었다. 그녀에 관한 한, 모두가 아는 한, 살인자는 잡히지 않고 활개치고 다니고 있었다. 그는 돌아다니며 위협하고 있었다. 그들은 두려웠다. 그래서 시모노피오가 동행을 한다고 해도, 너를 밖으로 내보내지 않았지. 베아트리스 코르테스는 네게서 눈을 떼려고 하지 않았어. 그때의 너는 기적이었지, 그녀의 유일한 프란시스코. 네 얼굴의 새로운 흉터는 그녀가 잃어버린 것을, 그리고 그녀가 모든 것을 잃을 뻔했다는 사실을 상기시켜 주었지.

인생엔 보장이 없다

　●●● **베아트리스 코르테스 데 모랄레스는** 자신이 닥터 칸투도 감히 진단할 수 없는 질병에 걸렸다는 것을 알고 있었다. 육체적으로는 아무 문제가 없었지만, 불쌍한 과부라는 암과 비슷한 것이 그녀를 갉아먹고 있었다. 그 암이 자랄수록 자신의 본질이 사라지리라는 것을 직감했다.

　그녀는 스스로 포기하고, 그것에 영원히 굴복하고 싶은 유혹을 느꼈다. 불쌍한 과부. 영원히, 자신의 어머니처럼. 늙어가면서, 불쌍한 과부. 혼자 사는, 불쌍한 과부. 생명이 다할 때까지 함께할 남자는 단지 자기 약속의 절반만을 지켰다. 그는 '결코 나를 늙게 하지 않을 거요. 또 당신 또한 늙도록 내버려 두지 않을 거고'라고 말했었다.

　매일 그녀를 방문하여 그녀를 동정하고 불쌍히 여기는 친구들이 그녀를 위해 모든 것을 해결해 주겠다고 제안했다. 비록 그녀가 좋아하는 것을 사지도 못하지만, 심지어 쇼핑까지 해 주겠다는 친구들도 있었다. 그때마다 그녀는 엄청난 유혹을 느꼈다.

모든 이들이 아무것도 묻지 않고, 그녀의 은둔 생활을 허용해 준 것은 얼마나 다행이었는지. 그들은 그것이 죽은 남편을 애도하는 거라고 생각했다. 같은 이유로, 사교 클럽 숙녀 모임이나 사교 클럽의 신축 건설 작업을 감독하기 위해 참석하지 않아도 됐다. 이제 그녀에게는 아무것도 기대하지 않았다. 이제 사람들은 새 건물의 가구와 부속품을 사거나 디자인할 때, 그녀가 훌륭하게 도움을 주리라는 기대조차 하지 않았다.

토지와 일꾼들, 수확물을 관리하자는 남동생들의 제안에 그녀가 얼마나 마음이 끌렸는지. 베아트리스, 아무런 걱정할 필요가 없어요. 그들은 누나의 전에 없던 머뭇거림을 이해하면서, 남은 삶 동안 자신들이 해야 할 일을 할 준비가 돼 있었다.

당시에 그녀는 이전에 남편이 관련됐던 땅 문제에 대해 평소와 다른 머뭇거림을 보였다. 작물을 더 심을까, 아니면 다음 해를 위해 그대로 놔둘까? 나는 모르겠어요. 당신들 뜻대로 해요. 접붙인 나무들을 모두 팔까요? 당신들 생각은 어떤가요? 그녀는 자신이 약해진다면 일상의 다른 영역에서도 그런 머뭇거림이 나타나리라는 걸 알고 있었다. 전학을 보낼까? 첫 번째 영성체를 올해 할까 아니면 내년에할까? 누구에게 그의 대부를 부탁하지? 그를 유학 보낼까? 어떤 색옷을 입지? 몬테레이에 가도 될까? 등등.

드르륵, 드르륵…. 두려움을 잊은 채, 몇 시간이고 자신의 싱어 재봉틀의 최면에 빠지는 게 얼마나 즐거운 일인가. 드르륵, 드르륵, 불안을 잊은 채, 드르륵, 스스로 느끼던 어색함을 잊은 채, 외로움을 잊은 채, 아들의 질문들과 부활한 나사로를 보자는 그의 요구를 잊은 채, 시모노피오에 대한 영원한 부채감을 잊은 채, 그녀가 버려진 것을 원망하던 늙은 어머니를 잊은 채, 그리고 지금은 지속적인 관심을 원망하는 회복된 아들을 잊은 채 말이다. 드르륵, 드르륵, 드르륵, 드르륵, 드르륵….

공허한 밤들의 잔혹함과 어두움, 외로움, 차가운 침대…. 오랜 세월 동안 그들을 감싸던 이불은 그들이 내뿜었던 사랑의 향기를 점차 잃어 가고 있었다. 그런 밤에서 벗어나고자 그녀는 얼마나 큰 유혹을 느꼈는가.

시간은 멈추지 않는다. 매일 해는 떴고 또 졌다. 이제 그런 일상이 그녀를 그렇게 놀라게 하지는 않았다. 그녀는 상실의 베테랑이었다. 밤의 공허한 시간은 지나가지만, 헛되이 가지는 않았다. 그 시간은 휴식을 허락하지 않았다. 생각할 거리를 던져 주며 많은 것을 요구했다. 그때가 두려움이 더 많은 두려움을 주는 때였다. 그렇다. 그러나 또한 슬픔이 더 깊어지는 때이기도 했다. 한 일과 하지 않은 일에 대해 더 많이 후회하게 만들었다.

사물이 가장 선명하게 보이는 때는 가장 깊은 어둠 속이다. 자신의 검은 사막을 위해 모든 것을 포기하라고 그녀를 유혹하는 듯, 밤들은 베아트리스 코르테스에게 약간의 근시도 허용하지 않았다. 의도하지 않았지만, 그녀가 푹 빠져 있는 과거가 그 모든 유혹을 떨쳐 버리도록 했다. 그것은 그녀를 공격하던 그 어두움으로부터 스스로 치유하도록 했다. 불필요한 약물이 아닌 의지력으로써 말이다.

프란시스코가 죽은 지 한 달이 지났다. 벌써 한 달이나? 자신을 위해서가 아니라면, 그에게 빚진 것 때문에 그녀는 그렇게 할 것이었다. 그녀는 다시 일어설 것이고, 그가 죽었을 때 집에 남겨 둔 강한 여성과, 그들의 아들과 그들의 모든 일을 책임지고 있는 그 여성과 재회할 것이었다.

그녀는 여전히 집을 나서는 것이 두려웠다. 그것은 사실이었다. 4월의 그 토요일에 에스피리쿠에타는 그녀에게서 남편만을 빼앗아 간 것이 아니었다. 그는 그녀의 평온함도 빼앗아 갔다. 프란시스코가 건강을 되찾은 후 학교에 보낼 생각을 하면 그녀는 공포에 휩싸였다. 이야기에 나오는 늑대처럼 에스피리쿠에타가 길에서 그를 공격할까 봐 두려웠다. 똑같은 두려움 때문에 사랑하는 유모 폴라가 평소처럼 매일 아침 빵을 사러 혼자 나가는 것을 금지했다. 이제 마르틴이 항상 그녀와 동행해야 했는데, 유모 폴라도 마르틴도 함께 나가는 것을 좋아하지 않았다.

그러나 그녀는 자기 삶의 한 조각 또는 자기 의지의 한 조각도 다른 사람에게 양보하지 않을 것이었다. 그녀는 그 아름다운 밤에 그렇게 하리라고 결심했다. 그때 그녀는 어느 달콤한 노래에서 마음의 평화를 발견했다. 그녀는 자기 의지로 결정을 내리고 그 의지로 두려움을 몰아낼 것이었다. 그녀는 한때 자신 외에는 아무에게도 하지 않은 약속을 기억했다. 그것은 늙어서라도 그 누구의 그림자는 되지 않겠다는 약속이었다. 그녀는 결코 다른 사람들의 결정에 따라 표류하지 않을 것이었다. 절대로 고인 물이 되지 않을 것이었다.

그녀는 괴로워하며 남편의 급진적 생각을 자기가 얼마나 많이 막았는지 기억했다. 그때 그녀는 변화를 두려워했다. 마치 전통이 가족을 정의해 준다는 듯이 전통에 매달려 있었다. 프란시스코는 몬테레이로 가는 게 낫다고 그녀에게 말했지만, 그녀는 그가 계속 말하도록 허용한 적이 없었다. 그녀는 그가 그 아이디어를 끝까지 설명하도록 놔두지 않았다. 그녀는 항상 그가 그 미친 계획을 계속 곱씹도록 내버려 두지 않았다. 반면, 그가 같은 일을 하도록, 같은 일을 같은 장소, 같은 사람들과 계속하도록 격려했다.

조상들의 집을 떠난다고요? 수 세대에 걸쳐 함께했던 친구들을 버린다구요? 삶이 그들에게 했던 약속을 버린다고요?

그녀는 단호하게 거절했다. 그런데 그 약속들은 어떻게 되었는가? 무슨 권리로 그 약속들이 보장되리라고 생각했던가? 그녀는 그것을 다시 잊지 않기 위해 큰 소리로 인정할 수밖에 없었다.

"인생에는 보장이 없어요. 누구에게나. 누구도 기다리지 않지. 누구도 배려하지 않고."

존재하는 것만으로도 최고의 인생을 누릴 자격이 있고 정상에 머무를 자격이 있다고 생각한 그녀는 얼마나 오만했던가. 사실은 두려움의 포로였으면서 스스로 강하다고 믿었던 그녀는 얼마나 거만했는가. 그래서 그녀는 남편이 다른 운명-그녀가 그와 그들, 그리고 모두를 위해 심사숙고했던 것과 다른-을 개척하려는 것을 방해했었다.

그녀의 오만함은 프란시스코가 노년까지 살 가능성을 앗아갔다. 그것은 그가 몇 년 전 함께 웃던 오후에, 그녀가 그의 무릎에 앉았을 때, 그가 한 약속 이행을 방해했다. 그녀의 과거에 대한 집착이 그의 목숨을 앗아갔다.

그녀는 같은 교훈을 몇 번이나 배워야 했는가? 인생이 모든 방향으로 움직인다는 사실을 몇 번이나 잊어버리고 다시 배워야 했는가? 한 사람을 밑바닥으로 보낼 수 있는 데는 횟수의 제한이 없다는 사실을 몇 번이나 잊고 다시 배워야 했는가? 인생에서 '세 번째 시도는 잘 된다'는 격언은 통하지 않는다는 걸 왜 몰랐는가?

더 이상의 수업은 필요하지 않았다. 세 번째는 그녀에게 결코 잊지 못할 교훈을 주었다. 그것이 그녀의 남은 인생이 걸린다 해도 그녀는 그것이 그녀의 의무라고 생각했다. 이 세 번째 교훈에서 회복될 것이었다. 그러나 네 번째는 그녀를 죽이리라.

그때 그녀는 미래가 과거와 연결되어 있지 않다는 생각이 들었다.

"미래는 다른 곳에 있어." 그녀는 더 이상 남편의 체취가 나지 않는 시트에 몸을 싸고 어둠 속에서 허공에 대고 말했다.

97

이사

   ··· **만일 우리 엄마가** 모든 것을 알고 계셨다면, 아마도 몬테레이로 이사 가는 것을 결정하지 않았을 텐데, 잘 모르겠다. 아니면 어쨌든 엄마는 그렇게 했을 수도 있다.

그 집의 익숙한 밤의 소음들이 그녀를 위로하기는커녕 괴롭혔기 때문다. 전에는 유용하게 사용되었던 헐렁한 바닥 타일의 삐걱거리는 소리조차 이제는 그녀를 무기력하게 했기 때문이다. 긴 복도를 배회한다는 생각은 자신의 끊임없고 영구적인 외로움을 떠올리게 했다. 집에서 나는 냄새 때문에 엄마는 밤잠을 못 이루었다. 벌들의 윙윙거림이 없어, 아침에 잠에서 깨어났다.

시간을 그냥 흐르게 내버려 두었다면, 엄마는 거기에 익숙해졌을까? 그토록 사랑했던 벽들 사이에서 다시 평화를 찾았을까?

우리는 그런 가정의 결과에 대해서는 알 수 없다. 단지 실제 있었던 사실만을 알 뿐이다. 몬테레이에서 우리의 생활은 좋았다. 저축은 없었지만, 거기에 집이 있었고, 필요할 때 조금씩 팔아 나갔던 땅도 있었다. 우리 엄마는 형제들에게 리나레스에 있던 가족의 전 재산을 판매하는 책임을 맡겼다. 그러는 동안 그들은 엄마의 면밀한 감독하에 수확물들을 계속 생산하고 또 판매할 것이었다. 소작 토지는 노동자들에게 맡겨졌다. 토지가 완전히 그들의 것이 되는 이후 5년 동안, 고정된 임대료-상징적 금액-로 지불을 마치도록 했다.

타마울리파스의 목장들은 대단히 저렴한 가격이지만 제 때에 팔린 최초의 목장들이었다. 이웃 목장 주인의 미망인에게 터무니없는 가격을 지불 했던 구매자는, 라사로 카르데나스 법령과 다른 법에 따라, 얼마 지나지 않아 그의 재산 대부분을 몰수당했다.

아버지는 돌아가셨지만, 농업 개혁은 여전히 살아 있었다. 우리는 잠깐 방문을 위해서조차도 리나레스에 돌아가지 않았다. 우리 할머니는 우리와 함께 가기로 했다. 비록 새로운 사람들과 새로운 리듬, 새로운 장소가 할머니를 힘들게 했지만, 할머니는 예전 생활을 그리워함 없이, 항상 당신의 딸을 지지하며 함께했다. 그곳에서 할머니는 할아버지가 돌아가신 후 입었던 상복을 마침내 벗었다. 그녀는 매일 손자들과 증손자들을 보았는데, 그것이 할머니의 도시 생활에서의 당혹스러움을 보상해 주었다. 할머니가 결코 이해하지 못했고, 받아들이지 않은 것은 우리 엄마가 나를 종교 재단이 아닌 -그래서 할머니는 미친 학교라고 하셨다- 새로운 학교에 등록시키기로 한 것이었다. 그곳은 몬테레이 미국 학교 재단이라는 곳이었다.

"순전한 양키이자 순전한 무신론자 아니면 할렐루야겠지."

"엄마, 나는 그렇게 생각하지 않아요. 상관없어요. 그가 매일 등하교를 할 때 군인들이 그를 맞이하진 않아요. 아이들이 기도를 못하게 하거나 주기도문을 못 외우도록 하는 것도 아니고요."

더 이상 총성이 발사되지 않았음에도 불구하고, 성당에 대한 연방 정부의 전쟁은 끔찍했다. 그해에 내가 처음 영성체를 받았을 때, 나는 마치 내가 조국을 배반하는 것처럼 보였다. 밤에 비밀리에 어떤 가족의 집에서 예식을 치렀는데, 거리에서 모든 사람이 볼 때는, 사제가 아닌 척하는 사제가 예식을 거행했다.

가톨릭 학교들은 비밀스럽게 계속 존재하고 있었다. 하지만 우리 학교에 가기 위해서는 숨을 필요가 없었다. 그곳에서 배우는 것을 배우지 않은 척할 필요가 없었다. 내가 받을 졸업장은 정부에서 인정할 것이었다. 조금 뒤, 카르데나스는 사회주의 국가를 부르도록 했는데, 우리는 그 노래 부르는 걸 면제받았다. 그리고 매우 중요한 게 있는데, 교실에는 남학생과 여학생이 함께 있었다. 나는 여학생들을 무척 좋아했다. 내가 즐겨 하는 것은 리나레스에서 가져온 이야기였다. 내가 그들에게 들려준 전설로 그들을 공포에 떨게 하는 거였다. 쉬는 시간, 그늘에 작은 원을 그리며 앉아 있을 때면, 여학생들은 내게 간청했다. 얘기 좀 더 해 줘.

태어나서 처음으로 나는 학교 가는 게 행복했다. 그곳에서 나는 미라와 유령 이야기를 여학생들에게 나누어 주었다. 다른 아이들의 악당 이야기들은 내 이야기의 상대가 되지 못했다. 그곳에서는 인형의 전설이 살아 숨 쉬고 재활용되었다. 내 아이들이 같은 학교의 학생이 되어 더 현대적인 건물에서 공부할 때까지도 그 이야기는 살아 남았다.

98

얼룩

··· 내 **인생은 좋았지만,** 나는 시모노피오에 대한 쓸쓸하고 달콤한 기억을 떨쳐 버릴 수 없었다. 그 모든 좋은 기억들이 그가 나를 버리면서 얼룩져 버렸다.

99

이야기

··· "**이제 도착했네요. 여기에서 내리세요.**"

"그런데 시모노피오에게 무슨 일이 생긴 겁니까?" 택시 기사 니코가 내 지시를 따르면서 걱정스러운 듯 내게 물었다.

이것은 우리가 몬테레이를 떠난 이후 그의 첫 번째 개입이었다. 내가 처음에 생각했던 것처럼 지루해서가 아니었다. 다른 곳으로 가고 싶다거나, 라디오를 켜고 싶어서도 아니었다. 나는 그날 아침에 그의 택시 문을 닫고 시동을 건 다음부터 이야기를 시작했다. 그는 나의 이야기 흐름을 끊거나 방해하지 않기 위해 침묵했다. 비로소 이제야 나는 그걸 깨달았다. 그리고 우리가 전에 알았더라면, 우리에게 더 많은 시간이 있었더라면, 살아오면서 이야기들을 거의 듣지 못했던 이 청년이 내 친구가 될 수 있었다는 것을 알았다.

하지만 이제는 시간이 없었다. 선택의 여지가 없었다. 우리는 이미 도착했고, '가정'은 존재하지 않았다. 니코는 걱정할 것이 없었다. 나는 더 이상 내 이야기를 미루려고 하지 않았다. 내가 세운 망각의 벽

안에서 몇 년 동안 나를 포위했던 이 이야기의 모든 버전이 오늘 나를 사로잡았다. 그것들은 다른 사람들의 버전이고, 내 것이며, 일종의 구체(球體)이다. 나는 전체를 보는데, 이제 더 이상 그것을 무시하거나 미완성 상태로 둘 수 없었다.

끝까지 가야 한다는 강박감을 느꼈다.

100

망각으로의 도피

••• **베아트리스가** 자신의 사랑하는 집 복도나 리나레스 거리를 다시는 걷고 싶지 않고, 계속해서 동정적인 시선도 받고 싶지 않다고 결정했을 때, 몬테레이에서 새로운 삶을 시작하자는 남편의 아이디어를 받아들이기로 했을 때, 그녀는 그 모든 것을 고려하면서 그렇게 했다.

물론 그녀의 아들에게는 선택의 여지가 없었다. 그는 그녀가 말하는 곳이라면 어디든 갈 것이었다. 베아트리스는 아이가 자신보다 더 빨리 회복될 수 있는 복 받은 나이라고 생각했다. 그녀는 부상으로 의식을 잃고 있는 아들을 여전히 생생하게 기억하고 있었다. 하지만, 아이는 더 이상 갈비뼈 골절이 어느 쪽인지도 기억하지 못했다. 머리 뒤쪽의 열두 바늘을 꿰매야 했던 상처는 이미 머리카락이 덮고 있었다. 눈 한쪽 옆에 아직도 붉게 남아 있는 관자놀이의 흉터는 여전히 그녀의 간담을 서늘하게 만들었다. 그러나 아침마다 거울을 볼 때도 프란시스코는 그런 거에 신경 쓰지 않았다. 그 흉터는 아이가 마치 평생 가지고 있었던 것 같았다.

그녀는 또한 아이가 아버지의 부재에 대해 열정적으로, 때로는 과거 시제로, 때로는 현재 시제로 이야기하는 것에 놀랐다. 아이는 죽음이 영원하다는 것을 잊거나 이해하지 못하는 것 같았다. 지금까지 여러 번 그랬던 것처럼, 아버지가 목장들을 잠깐 방문하러 간 게 아니라는 사실을, 아이는 마치 이해하지 못하는 것 같았다. 때로 프란시스코는 밤에 잠자는 동안 알아들을 수 없는 말을 하고 훌쩍거렸다.

난 그 전에는 한 번도 그런 적이 없었다. 베아트리스가 -엄마가- 내 비명에 놀라 나를 보러 왔을 때, 시모노피오는 늘 그 자리에 있었다. 이마와 눈썹 사이를 부드럽지만 단호하게 쓰다듬으며 나쁜 기억을 영원히 지우려 애썼다. 마치 내가 아기였을 때 엄마가 하는 것을 본 것처럼 말이다. 그는 자신의 대모가 방에 들어올 때도, 자기 노래를 낮은 목소리로 내게 불러 줬다.

엄마는 그의 노랫가락은 알았지만, 그 가사는 이해하지 못했다. 머지않아 엄마는 나와 시모노피오만의 그 언어에 익숙해졌다. 시모노피오가 아름다운 목소리를 가졌기 때문에 곧 그 말이 아름답다고 생각했다. 그것은 고아 소년을 감싸고 달래 주며 그의 악몽을 쫓아 줄 뿐 아니라, 외로운 그의 대모의 두려움과 의심까지도 데려가 버리는 목소리였다.

그것은 위로가 되는 목소리였다. 나는 그 밤의 세레나데가 불리는 동안 한 번도 깨어나지 않았다. 오늘 나는 낡은 흔들의자에 앉아 있는 엄마를 보았다. 방해하지 않고, 개입하지 않고, 그러나 멀리 떨어져 있지도 않은 채. 엄마는 인생이 자신들에게 준 아들과 대자의 기묘한 공존을 단 1분도 놓치고 싶지 않아 했다. 어느 평온한 날 밤, 달콤한 노래와 다른 노래 사이에서, 그녀는 삶이 뭔가를 보장하지는 않지만, 때로 선물을 준다는 것을 이해했다. 그걸 이해하면서 아직 완전히 인식하지는 않았지만 그걸 받아들였다. 그것을 받아들이면서 모랄레스의 미망인이 된 베아트리스 코르테스의 쓰라림과 고통, 깊은 상처는 자신도 모르는 사이에 치유되기 시작했고, 그녀의 굳은 의지가 다시 나타났다.

남편의 죽음과 내가 실종된 순간부터 엄마가 어지러운 내리막길에 빠졌다면, 그때가 바로 하강이 끝나는 순간이었다. 그것은 새로운 베아트리스, 순전한 의지력으로 탄생한 베아트리스, 자기 몸에 생명이 있는 한 계속 버텨 낼 베아트리스가 상승하는 지점이 될 것이었다. 어린 시절의 오만한 베아트리스와 두려워하는 새 베아트리스, 그리고 새로운 상처 입은 베아트리스는 완전히 하나가 될 때까지 평화롭게 함께 사는 법을 배울 것이었다. 몇 년이 걸릴 것이고, 그녀의 상승은 느릴 거였다. 모든 것은 어딘가에서 시작되었는데, 그녀에게 그것은 시모노피오의 노래와 노래 사이에서 시작되었다.

결심이 선 그녀는 어느 날 아침 모든 사람을 식당으로 불렀다. 신포로사 할머니와 폴라, 마티, 레오노르, 그리고 시모노피오를. 그 모임에서 그녀는 그들에게 구구한 이유를 일일이 설명하지 않았다 그녀는 한 번도 그랬던 적이 없었다. 거기서 엄마는 "이 땅은 어린 아이를 둔 과부가 살기에 적당하지 않아요. 그러니 떠납시다."라고만 말했다.

모두가 엄마의 제안을 수락하지는 않았다. 레오노르는 거부했다. 마티도 마찬가지였다. 한 사람은 결혼하고 싶었고, 다른 한 사람은 자기에게 온 손자의 할머니가 되고 싶어 했다. 폴라는 예 또는 아니오라고 말하지 않았지만 아무도 의심하지 않았다.

나중에 딸과 사적인 대화를 나누던 중 신포로사 할머니는 이사 이유가 단순히 땅을 관리하기 힘든 정도의 문제 이상이라는 것을 이해했지만 아무 말도 하지 않았다. 할머니는 인간관계와 전통을 잃는 것을 의미하더라도 리나레스를 떠나는 것이 엄마와 나의 건강에 더 좋고 더 안전하다는 데 동의했다. 그리고 그녀의 딸이 그녀에게 '엄마, 원하시면 동생 중 한 명과 함께 남아 계세요'라고 말했을 때, 할머니는 두 번도 생각하지 않았다.

"너희들과 함께 갈게."

외할머니 신포로사는 며느리들과 함께 살면 어떻게 되리라는 것을 알고 있었다. 그들의 짐이 되고 싶지도, 짐을 지고 싶지도 않았으리라.

"어쨌든 나를 필요로 하는 건 너야, 베아트리스."

시모노피오는 여느 때처럼 말없이 식당을 떠났지만 체념하는 표정을 하고 있었다. 그것을 엄마는 수락하는 것으로 해석하고 싶어 했다.

"당연히 유모 레하를 데려갈 거야. 시모노피오."

엄마는 그들 중에서 시모노피오가 변화에 가장 어려움을 겪으리라는 걸 알고 있었기 때문에 시모노피오가 몬테레이에서 할 일을 찾을 준비를 하고 있었다. 시모노피오는 서커스를 보고 온 이후로 다시 몬테레이로 가는 것을 거부했다. 그들은 그가 좋아하는 것을 찾아낼 것이라고 확신했다. 몬테레이에는 언덕들도 있었고 산들도 있었다. 거대한 산들이었다. 아마도 시모노피오는 탐험하기 위해 왔다 갔다 하는 것을 좋아할 것이었다.

아마도. 그렇게 어렵게 내린 결정은 곧 베아트리스의 관심과 열정의 중심이 되었다. 일단 자신의 제안이 수락되자, 엄마는 그 아이디어를 즉시 실천하기로 했다. 많은 사람이 힘들어했지만, 학기가 끝날 때까지, 또는 내가 그곳에서 첫 영성체를 받거나, 엄마 친구들의 딸들이 사교계에 데뷔하는 것까지 기다리지 않을 것이었다. 리나레스 사교클럽의 개관 따위는 염두에도 없었다.

엄마가 가지 않을 건데, 뭐 하러 그렇게 하겠는가? 엄마는 그런 일에 신경 쓰지 않았다. 모든 것을 정리하는 것을 마치자마자 엄마는 떠나리라. 거기로 나를 데려가리라. 목숨과 땅을 위협하는 곳에서 멀리 떨어진 곳으로. 유혹과 얽매임으로부터 멀리 떨어진 곳으로.

사람들이 엄마가 이사하지 못하도록 설득하려 했다. 그들 중에는 엄마의 모든 일을 처리해 주겠다는 우리 삼촌들-엄마의 남동생들-도 있었다.

"내가 모든 것을 파는 걸 도와 다오. 팔릴 때까지 모든 것을 관리해 주고. 그게 다야."

"프란시스코의 미래를 생각해 봐요."

"나는 다른 것은 생각하지 않는다. 하지만 땅은 과거야."

"하지만 베아트리스, 여기 누나의 가족이 있잖아. 누나가 사랑하는 사람들도 있고." 모든 이들이 엄마에게 이렇게 말했다. 남동생들과 친구들 모두가.

"내 딸들과 손자들은 그곳에 있단다."

그들은 엄마의 위탁을 수락했지만, 시간이 걸릴 것이라고 했다. 특히 많은 재산이 남편의 친구들 이름으로 돼 있었기 때문에 그들을 설득하여 자기들이 그 물건을 파는 형식으로 해야 했다. 베아트리스는 그들 모두가 예외 없이 과부인 그녀에게 돌려주기로 동의했다는 사실에 놀라지 않았다. 우리 아빠는 항상 친구들을 잘 선택했다. 그들 모두는 자기들이 관리하는 땅이 프란시스코 모랄레스의 미망인 소유임을 인정했다. 그 누구도 약속을 지키지 않는 이가 없었다. 그들은 기꺼이 땅을 매도함으로써 엄마를 도우려 했다.

우리 엄마는 바쁘게 지내면서, 밤에 그토록 자신을 힘들게 했던 공허함에서 잠시 휴식을 취했다. 조금씩 허공에 뜬 일들을 정리했다. 엄마는 자신의 싱어 재봉틀 노래와 시모노피오의 노래들이 주는 위로 가운데 스스로 지켜나갔다. 비록 하나는 기계적이었고 다른 것들은 그녀를 향한 것이 아니었지만 말이다. 그리고 나의 삶과 나의 날들이 시모노피오와 그의 이야기들, 그의 노래들로 가득했다면, 이제 시모노피오의 삶은 우리 엄마가 볼 때 공허하고 슬픈 것처럼 보였다.

원한이 아니라고 그녀는 확신했다. 그녀가 뺨을 때린 것에 대해 계속해서 용서를 구하던 어느 때, 그는 그녀를 안아 주었고, 베아트리스는 그의 애정 표현에 안도했다.

그게 아니었어. 그럼 뭐였지? 그에게 영향을 미친 것은 슬픔이었다. 돌아온 지 이틀 만에 맨발로 자기 방에서 나온 이후, 그의 눈에 담긴 표정은 예전과 같지 않았다. 처음 며칠 동안 베아트리스는 그의 신체적 양호함에 집중했다. 그러나 아들의 회복과 아버지 없이 그 아이가 어떻게 삶의 균형을 찾아갈 것인가에 대한 걱정으로 인해 그녀는 대자의 감정 상태를 간과했었다. 시모노피오는 대부라기보다는 아버지를 잃었다.

그것은 황량함이었다. 몇 주가 지났고, 그녀는 그 며칠 동안 평소보다 더 일찍 자신을 깨운 것은 소음의 부재라는 사실을 알아차리지 못했다. 19년 전부터 헛간에 자리 잡고 번식한 꿀벌들의 윙윙거림이 그녀의 창을 통해 들려오지 않았다. 그녀는 하루를 맞이하기 전 마지막 시간 또는 마지막 몇 분 동안 그 노래와 함께 잠을 잘 수 있었다. 벌들은 시모노피오와 함께 도착했고 다시 돌아가지 않았다. 그러나 이제 단순한 새소리의 침묵이 아침마다 그녀를 깨웠다. 설명할 수 없지만 시모노피오의 얼굴에는 이제 꿀벌들이 없었다. 겨울이라고 해도 너무 춥지 않으면 그의 얼굴에는 벌이 반드시 자리 잡고 있었다. 봄이나 여름에는 꽃이 피어나듯 그를 따라다녔다. 그러나 이제 완연한 봄이 되자 베아트리스는 벌들의 펼쳐진 날개가 없는 시모노피오의 긴 속눈썹과 녹색 눈들을 볼 수 있었다. 하느님이 주셨던 대로의 그의 입을 볼 수 있었다. 그의 입을 감추거나 그의 미소로 영양 공급을 받으려는 듯 입가를 덮고 있는 벌들이 없는 상태로 말이다. 그녀는 그의 피부가 한 점의 흠도 없는 것을 보았다. 이전에는 항상 여러 개의 점을 가지고 있는 것처럼 보였지만, 눈으로 볼 때마다 위치가 바뀌었다.

그녀는 몇 주 동안 주의가 산만했고, 새로 과부가 된 슬픔에 잠겨 있었다. 프란시스코가 죽은 이후로 꿀벌들이 시모노피오를 완전히 혼자 남겨 두었다고 생각했다. 왜 벌들은 그를 버렸을까? 그가 살도록 도와주었던 벌들은 왜 그를 포기했을까? 엄마는 시모노피오의 작은 통역사로부터 답변을 들을 수 있다고 생각했다. 시모노피오는 온종일 그 꼬마 청중에게 대화하고 노래하고 이야기를 들려주었다. 그녀는 잠시 후에 그렇게 하기로 했지만, 그 잠시 후가 되었을 때 그에게 다가가지 않고 가 버렸다. 그녀는 다음 날 그에게 물으려고 했지만, 내일은 모레가 되었고, 그다음에는 일주일, 이주일이 되었다. 그리고 그녀는 묻지 않았다.

그녀가 용기를 냈다면, 그녀는 그 토요일에 있었던 모든 일을 물을 수 있었으리라. 모두에게 고통이 되리라는 걸 알면서도 그녀를 막을 수 있는 것은 아무것도 없었으리라. 그녀는 그런 질문들이 그를 아프게 한다는 것을 알고 있었다. 어떤 이유로도 그녀는 그에게 상처를 주고 싶지 않았다. 그러나 그녀는 그 대답이 머릿속에 새겨질 게 더 두려웠다. 그녀는 또한 내가 통역사로서 설명하고, 알고, 기억할 것을 두려워했다. 그리고 차라리 모르는 것이 나은 사실들도 있었다.

우리는 나쁜 일, 즉 부재와 포기를 잊기 위해 떠날 것이었다. 우리는 좋은 일만 기억하기 위해 멀리 갈 것이었다. 그리고 무지 속에서, 우리는 치유될 것이었다.

101

울음보

··· **언제나 그렇듯,** 천천히 가든 빨리 가든 시간은 분명 흐르고, 모래알에서 모래알로 모든 날짜는 도래한다.

그리고 그렇게, 분명히, 우리가 출발하는 토요일도 왔다. 포장되어야 할 것은 이미 포장되었다. 아버지의 옷을 포함하여 다른 사람에게 주어야 할 것은 이미 새 주인을 찾았다. 사람들이 나에게 말했듯이 아버지는 하늘나라에 살고 있기에, 그 옷이 필요 없으실 거였다. 우리는 또 내 '번개'도 다른 사람에게 주었다. 번개는 몬테레이에서 매우 불행할 텐데, 왜냐하면 그 도시의 거리에는 번개가 달릴만한 곳이 없기 때문이다. 번개는 내 사촌들의 과수원에서 더 행복할 거였다. 사촌들은 그를 잘 보살펴 주겠다고 약속했다.

우리 엄마는 몬테레이에 있는 가구들을 교체하기 위해 오래된 가구들을 가져갔다. 몬테레이에 있는 가구는 품질이 떨어졌고, 정서적인 가치는 훨씬 더 떨어졌다. 엄마는 겨울옷 한 상자와 여름옷 한 상자를 가져갔다. 싱어 재봉틀, 그리고 자신의 모든 직물 및 실 꾸러미들을 가져갔다. 우리가 가지고 있던 얼마 안 되는 몇 장의 가족사진들도 포장했다. 사진들은 별로 없었는데, 아마도 그 당시에는 사진을 찍는 게 매우 비싼 서비스였기 때문이기도 하지만, 아마 언제라도 찍을 수 있는 시간이 있다는 생각 때문일 수도 있었다. 주방에서는 할머니의 구리 냄비와 큰 나무 숟가락들을 가져갔다. 다른 건 가져가지 않았다.

내 짐은 아주 조금만 꾸렸다. 옷 몇 벌과 장난감 몇 개뿐이었다. 나는 가지고 있는 게 별로 없어서, 내게 할당된 작은 상자에는 여전히 약간의 공간이 있었다. 나의 22구경 소총을 충분히 넣을 수 있는 공간이었다. 아버지에 대한 내 유일한 추억, 그 추억은 나의 것이었다. 하지만 그것은 채울 수 없는 공간이기에, 그대로 비워 둔 채 그 상자를 닫았다.

우리는 라 아미스타드 농장의 모든 고용인과 작별 인사를 했고 약간의 눈물도 있었다. 특히, 레오노르와 마티가 그리울 것이었다. 그때까지 나는 그들이 모랄레스 코르테스 가족의 일부라고 믿고 있었다. 그래서 그들이 우리와 함께 오고 싶어 하지 않는다는 게 나로서는 상상할 수 없었다. 반면 유모 폴라는 자신이 아는 모든 것을 남겨 두고 떠날 것이기에 슬퍼서 울었다. 그러나 나는 우리가 그녀를 떠나면 그녀가 더 아팠으리라고 생각했다. 그 사실이 그녀가 우리를 따르게 했다고 생각했다.

그녀는 평생 우리와 함께 살 것이었다. 그녀는 내 아이들을 보게 될 것이고, 내 손자들은 손으로 더듬어 알게 될 것이었다. 이미 늙어 버린 그녀는 내게 '프란시스코, 내 두 눈은 이제 볼 수가 없단다.'라고 말했기 때문이다. 그녀는 내가 자라는 것을 보며 자기 두 눈을 완전히 닳아 없앤 것이다.

이사한 지 2년 후, 내가 아홉 살 때, 향수를 불러일으키는 모험가였던 그녀는 몬테레이 파빌리온의 공연 중 마릴루 트레비뇨(Marilú Treviño)와 솔레닫 베탕쿠르(Soledad Betancourt)가 같은 날 출연한다는 것을 발견했다.

"프란시스코, 나랑 같이 갈래?"

나는 기꺼이 그 제안을 받아들였다. 나는 그들의 이야기, 그리고 그들의 노래와 함께 자랐다. 내 귀에는 그들의 목소리가 걸려 있었다. 리나레스에서 그들을 마지막으로 본 이후 오랜 세월이 흘렀다.

엄마가 돈을 주었고, 우리는 버스를 탔다. 그곳에 도착해서 우리는 전체 쇼를 볼 수 있는 표를 샀다. 비록 유모 폴라가 8시까지는 집에 돌아가야 한다고 내게 알려 주었지만 말이다.

"왜요?"

"왜냐하면 불량배들이 나올 시간이기 때문이야."

나에게 그 불량배라는 말은 흥미롭게 들렸지만, 나는 시작할 때부터 전투에서 패배가 분명할 때는 아무런 주장도 하지 않는다는 걸 배웠다. 유모 폴라는 십계명에서 나오는 것 같은 권위로 '우리는 불량배를 보지 않을 거'라고 선언했다. 그게 전부였다. 나는 똑똑한 아이였기 때문에, 내가 계속 고집을 부리면 '유모 폴라가 나에게 아무것도 보지 말고 당장 가자'고 말할 거라는 걸 알았다.

시간이 너무 빨리 갈 거라고 생각했지만, 나는 주어진 일정에 몸을 맡기고, 그녀를 따라 우리 벤치에 앉았다. 천막에서 처음에는 마릴루 트레비뇨가 등장하고, 나중에 곡예사들, 그리고 그다음 마술사인 솔레닫이 나올 것이었다. 나는 겨우 마릴루까지만 볼 수 있었다. 그녀가 그날 오후의 레퍼토리를 마치기도 전에 우리는 주변 사람들의 강요에 자리를 떠나야 했다.

"세뇨라, 그 비명을 지르는 애 좀 데려가세요. 걔 때문에 소리를 들을 수가 없어요."

어쩔 수 없었든 그렇지 않든, 그 노래들의 가락으로부터, 그토록 친숙하고 재능 있는 목소리의 심오함과 경쾌함으로부터 도망치며 나올 수 있었던 것은 내겐 일종의 안도였다. 나는 설명을 거부했다. 또는 솔레닫 베탕쿠르의 차례가 오기를 기다리기를 거부했다.

"유모, 이제 집에 가고 싶어요."

이제 나는 우리 유모 폴라가 남은 쇼를 놓치고 얼마나 실망했을지, 그리고 그때까지 몬테레이에서 사귄 유일한 친구였던 이웃집 유모 대신에 나를 초대했던 것을 얼마나 후회했을지 생각해 본다.

"프란시스코, 다음에는 곡예사들이 나와. 그다음에는 마술사이고." 그녀는 내 울음을 그치게 하도록 어르고 달래며 애를 썼다.

하지만 갈비뼈가 부러진 채 뇌의 충격에서 깨어났을 때도 울지 않았던 나는 울음을 멈추고 싶지 않았다. 게다가 그녀가 나에게 울지 말라고 사정하면 할수록, 나는 내 울음소리에 더 사로잡혔고, 그것을 즐기기까지 했다. 나는 내게 온전히 화를 낼 권리가 있다고 확신했다. 혼수상태에서 깨어났을 때, 내 상태와 아버지가 갑자기 하늘로 떠나 버린 것 때문에 여전히 혼란스러웠던 나-하늘나라에 가기 위해서는 먼저 사람이 죽어야 한다는 것조차 이해하지 못했던 철부지였던-는 거의 반응을 하지 않았다. 엄마가 내게 그 말을 해 주었을 때 나는 거의 울지도 않았다.

"프란시스코, 아빠는 하늘에 가셨고, 거기서 너를 지켜 주신단다."

"왜요?"

나는 그것이 엄마가 대답하기 어려운 질문이라는 것을 깨달았다.

"왜냐하면 하느님이 아빠에게 말했기 때문이야."

"하지만 아빠는 나에게 작별 인사도 하지 않았고, 나는 아빠가 나에게 준 22구경 소총을 잃어버렸단 말예요."

"아빠는 작별 인사를 했다. 충격 때문에 네가 기억을 못하는 거야. 하지만 아빠는 네게 작별 인사를 했어. 왜냐하면 너를 무척 사랑하시거든. 그리고 이제 그 소총 걱정은 하지 말거라."

그리고 그게 전부였다. 설명이 주어졌고, 나는 가만히 있지 못하는 예전의 그 아이로 돌아가기 위해 몸의 치료에 전념했다. 그래서 내 유모는 혼란스러웠던 거다. 나는 그때 왜 울었을까? 무엇이 나를 울게 했을까? 나는 그녀의 질문에 대답하지 않았고, 집에 도착했을 때 엄마의 질문에도 그랬다. 나는 잠자리에 들었고 저녁을 먹으러도 나오지 않았다.

102

긴 만남에 짧은 이별

··· **당신은 아는지요?** 2년 전, 우리가 이사한 토요일에 나는 그 어느 때보다 활기찬 모습으로 아침에 일어났다. 우리 누나들 그리고 조카들 가까이에서 살 준비가 되어 있었고, 몬테레이에서 좋은 학교를 발견하게 되어 기뻤다. 사실 처음으로 시모노피오와 함께 그곳에 가는 것이 더 기뻤다.

며칠 동안 나는 우리가 몬테레이에서 무엇을 할 것인지 그와 이야기를 나누었다. 우선 우리는 수영을 하러 몬테레이 수영장에 갈 참이었다. 여름이었기 때문에 샘에서 솟아나는 그 얼음물에 몸을 담그는 건 견딜 만한 것이었다. 그 물은 산타 루시아 쪽으로 자연스럽게 흘러가다가 나중에는 산타 카타리나 강으로 흘러내렸다. 그 전에 지역 주민들의 즐거움을 위해 담수해 놓은 것이었다. 그곳은 우리 집에서 매우 가까웠다. 원할 때마다 언제든 그곳에 걸어갈 수 있었다. 우리는 조카들을 데려갔는데, 그 아이들은 그 물이 샘물이기에 땅속에서 커다란 뱀이 나와서 자기들을 먹어 삼킬 것이라며 물에 들어가는 것을 무서워했다. 나는 수년 동안 그 아이들에게 시모노피오가 아무리 큰 독사라도 상관없이 천 마리의 독사로부터라도 우리를 보호할 것이라고 확신시켜 왔는데, 이것이 그것을 증명할 기회였다.

"시모노피오, 우리를 돌봐 줄 거죠? 그렇죠?"

나는 한 번도 대답을 기다린 적이 없었다. 나는 이미 대답을 알고 있다고 믿고, 그걸 기정사실로 여겼기 때문이다. 게다가 나는 잠시도 멈춰 있지 않았다. 우리의 새로운 삶을 계속 계획하기 위해 매우 바빴다. 그리고 너무 많은 이야기를 하다 보니 시모노피오가 대화에 '예'나 '아니오'로 말하지 않는다는 사실을 눈치채지 못했다. 그것은 대화가 아니라 독백이었다.

이삿날, 우리가 몬테레이로 출발하는 토요일 아침이 되었다. 우리는 우리를 기차역까지 데려다줄 자동차를 타야 했다. 그런데 시모노피오가 나타나지 않았다. 그리고 우리 엄마는 나에게 '프란시스코, 가자'라고 말했다. 그리고 나는 엄마에게 '시모노피오가 없으면 안돼요'라고 말했다. 그런데 시모노피오는 어디에도 없었다. 유모 레하도 마찬가지였다. 그리고 그 흔들의자도 그들과 함께 사라지고 없었다. 시모노피오의 방에는 그와 그의 꿀벌들의 것들이 아무것도 남지 않았다. 그리고 오랜 세월에 걸쳐 한쪽 구석에 만들어 놓은, 굳은 꿀로 만든, 작은 산마저도 사라져 버리고 없었다.

그러다가 나는 깨달았다. 그리고 나서 그것을 받아들였다. 시모노피오는 떠났고 또 모든 것을 가져가 버렸다는 것을. 모든 것을 가져간 것이다. 나를 제외하고.

나는 차로 다시 돌아갔고 우리는 그곳을 영원히 떠났다. 나는 침착하고 순종적으로 떠났고, 소년들은 용감하고 울지 않기 때문에 여행 내내 아무 말도 하지 않았다고 말하고 싶다. 사실, 나는 뭔가를 숨길 수 있는 나이가 아니었기 때문에 마르틴이 내 뒤에서 달려와야 했다. 나는 레하의 길을 따라 그리 멀리 가지 못했다. 머릿속에 계속되는 비명 때문에 숨이 가빴고, 흐르는 눈물 때문에 앞이 보이지 않았다.

미안하다. 내가 차로 돌아온 것은 사실이 아니었다. 그렇게 말하는 것은 내가 자발적으로 그렇게 했다는 것을 의미하지만, 사실은 그렇지 않았다. 마르틴이 나를 차로 데려갔다. 그는 내가 발버둥 치고 있는데도, 가는 내내 나를 붙들고 있었다. 나는 그를 야생 동물처럼 물었던 것으로 기억한다. 그렇게 그는 발을 동동 구르는 나를 자동차에 태웠고, 나중에는 기차에 태웠다.

엄마는 나를 진정시키려고 애썼다. 그러나 엄마가 한 말은 결과적으로 아무 소용이 없었다. 나는 듣지 않았다. 들을 수도 없었고, 듣기를 원하지도 않았다. 위로도 설명도 원하지 않았다. 위로도 설명도 가능하지 않았으니까. 나는 그때 시모노피오가 마지막 순간에라도 도착하기를 바라는 마음으로 여전히 주위를 둘러보고 있었다. 나는 모든 증거에도 불구하고, 시모노피오가 나를 버리는 것은 불가능하다고 마음속 깊은 곳에서 여전히 믿고 있었다. 그래서 그가 없이 기차가 출발하자 나는 가슴을 움켜쥐었다. 기차의 바퀴가 돌아가기 시작했을 때, 모든 희망이 사라져버렸다.

그리고 내 가슴에 힘을 주어, 그리고 아마도 배에도 힘을 주어, 울음을 참았다. 그런데 억눌린 울음은 메스꺼움으로 바뀌어, 가는 내내 게워 냈다. 나는 많이 토했고, 여러 날을 토했기에 불쌍한 엄마는 내가 죽는 줄 알 정도였다. 나도 그랬지만 남자애들은 울지 않는다. 그것은 속임수였다. 간직해 둔 눈물은 언젠간 흘러나온다. 그래서 그날 저녁 공연에서 폭발적인 울음이 터져 나를 놀라게 했다. 마릴루 트레비뇨가 여느 때와 같은 레퍼토리로 노래하는 것을 듣고 있을 때였다.

나는 그 노래를 그의 목소리 또는 시모노피오의 목소리로 듣는 걸 너무도 좋아했다. 시모노피오의 목소리는 내가 우리 형과 함께 있을 때만 들었던 것이었다. 첫 선율부터 그 음악은 시모노피오의 어깨 위의 거대한 높이로, 강물에서 수영하던 따뜻한 날들로, 해 질 무렵 우는 두꺼비들에게로, 여름철의 매미들에게로, 오렌지 나무들의 미궁으로, 내 얼굴에 있는 한 마리 꿀벌의 발걸음으로, 그리고 그 벌이 멀어질 때 들리는 소리로, 나를 데려가 주었다. 그것은 나를 그의 사랑스러운 미소와 그의 이야기들로, 그리고 비록 나는 결코 이해하지 못했지만, 항상 듣기를 즐겼던 그 신비로운 교훈들로, 그리고 나중에는 내 상자 속의 빈 공간으로, 잃어버린 내 소총으로, 내가 원하지 않았던 아버지의 부재로, 그리고 언제나 나를 동생처럼 사랑한다고 생각했던 사람의 계획적인 부재로 나를 이끌었다.

그래서 멀리 떨어진 곳에서, 시모노피오가 완전히 부재한 상태에서, 나는 침묵으로 그를 벌했다. 내 입으로는 몇 년 동안 그의 이름을 다시 말하지 않을 거였다. 너무 빠르게는 아니지만, 그러나 분명히, 내 마음은 그의 생각을 멈췄다. 그래야 했기 때문이었다.

처음이자 유일했던 여자 친구가 생겼을 때, 모든 것을 알고 무제한으로 공유하고 싶어 하는 새로운 사랑의 시기에, 나는 그에 대한 그 어떤 원한이라도 극복할 수 있는 향수를 가지고, 다시 그의 이야기를 하기 시작했다.

그녀는 나에게 리나레스에서의 내 삶을 물었다. 나는 처음에는 계획적으로 선정한 버전의 이야기를 해 주었다. 나는 그녀에게 내 사촌들에 대해, 학교로 변한 그들의 집에 대해, '번개'에 대해, 오렌지 전쟁과 강, 선인장 가시에 대해 이야기했다. 하지만 그 이야기 중 어느 것도 흥미롭지 않았다. 모두 뭔가 부족해 보였다. 곧 나는 시모노피오의 존재를 거부한다면, 그 주제를 다루고, 이야기를 잘 전달하고, 감동을 줄 수 없다는 것을 깨달았다.

시모노피오 덕분에 이야기할 에피소드들이 있었다. 그건 이야기를 하는 동안에 내가 깨달은 사실이었다. 내 인생 이야기의 주인공 시모노피오가 없으면, 매듭도 붙들어 매는 것도 없는 느슨한 실타래만 있을 뿐이었다. 리나레스 이야기는 곧 시모노피오 이야기였다. 만약 등장인물에 시모노피오가 없다면 내 이야기는 거짓말이라는 사실을 받아들여야 했다. 그리고 그를 이야기하고, 그를 기억하면서, 내가 그를 잊지 않았다는 걸 깨달았다. 나는 그를 용서할 수 없었다. 하지만 그에 대한 그리움을 멈추지도 않았다.

어느 날 엄마는 우리가 자신의 대자 이야기하는 것을 알게 됐다. 엄마는 수년 동안 내가 그에 대해 말하는 것을 듣지 못했다. 그것이 고통스러운 주제라는 걸 알았기에, 내게 그의 이야기를 하지도 않았다. 엄마는 심지어 자기 아들이 세월의 흐름으로 인해 대자를 잊었다고 생각했다. 그런데 그것이 사실이 아니라는 거에 엄마는 놀랐고 기뻐했다.

추억은 희한한 것이다. 아버지의 사진 몇 장을 가지고 있다는 것은 항상 행운이라고 생각했지만, 사진들은 결국 아버지에 대한 기억을 오염시키고 말았다. 그 사진들을 너무 많이 보았기에 그것들은 살과 뼈로 된 진짜 아버지의 이미지를 대체해 버렸다. 아버지의 몸은 향기를, 그 목소리는 음색을 가지고 있었다. 머리카락은 헝클어지곤 했고, 미소를 지을 때면 독감보다 더 전염성이 강했다.

그 오래된 사진에서 사람들은 거의 항상 45도 각도로 포착되었다. 그들은 카메라 대신 먼 곳을 바라보고 있었다. 항상 진지하고, 어떤 이유에서인지, 대부분은 검은색 정장 차림에 머리는 가지런했다.

물론 나는 아빠에 대한 기억을 간직하고 있었다. 종이에 인쇄된 차갑고 비인간적인 사진들을 보는 것은 곧 내 코에서 그의 냄새를, 내 귀에서 그의 목소리를, 내 피부에서 그의 온기를, 그리고 변화하는 그의 얼굴을 지우고 있었다. 아빠가 미소를 지을 때, 또는 나와 함께 다섯 그루의 나무를 심기 위해 다섯 개의 구덩이를 팔 때처럼 힘을 쓸 때, 눈가에 생기던 주름들은 내 마음속에서 흩어져 버렸다. 나는 그 구덩이들을 기억했고 나무를 기억했지만, 아버지는 종이에 기록된 이미지처럼 항상 45도 각도로 경직돼 있었다.

그런 식으로 그를 잊는 것은 내겐 매우 고통스러운 일이었다. 특히 그의 본질을 조금씩 잊어가는 것에 대해 죄책감을 느꼈던 내 사춘기 시절에 그랬다. 나는 아빠를 구하기 위해서가 아니라 되찾기 위해서 H.G. 웰스(Wells)의 타임머신을 꿈꾸기도 했다.

반면, 그러나 우리는 시모노피오의 것은 단 한 장의 사진도 가지고 있지 않았다. 그리고 내가 말했듯이, 오랫동안 나는 그에 대해 생각하기를 거부했다. 내가 내 여자 친구와의 사랑이든 다른 무엇 때문이든 간에 그렇게 하기로 마음을 열었을 때, 시모노피오는 내 기억 속에서 흠 없이 보존돼 있었다. 그의 체취, 그의 목소리, 그의 체온, 그의 미소, 그의 시선, 내게 말할 때의 몸짓들, 그의 노래들, 그의 이야기들, 그의 교훈들, 내가 요람에서부터 배웠던 그 다른 언어로 된 그의 말들, 나를 업을 때의 그의 등짝, 내가 배회하는 것을 발견했을 때의 체념, 나를 조바심 나게 했던 그의 고요한 동행들이.

삶이 수시로 방해를 해댔고, 일상이 내게 끼어들었으며, 몇 년의 세월이 나를 덮쳤다. 그리고 그에 대해 이야기할 시간이 많지 않거나 열성적으로 들어줄 사람들도 없었다. 그러나 나는 시모노피오를 잊지 않았다. 그리고 처음에는 그에 대한 기억이 달콤함보다 쓴 것이라면, 이제 늙어가면서 쓴맛은 점차 단맛이 되고 있었다.

오랜 시간이 걸렸다. 하지만 나이가 들면서 시모노피오가 나를 떠난 동기를 이해할 수 있었다. 몬테레이에 살았다면 그가 어떻게 되었을까? 몬테레이에서 그는 슬픔과 따분함, 외로움, 이해력 부족으로 천천히 소멸되어 갔을 것이다. 몬테레이에서 그는 어렸을 때 보았던 서커스의 사자처럼 죽기 전에 이미 죽었을 것이다.

103

추억을 가지고 돌아왔다

· · · **나는 오래전에** 이 장방형 벽돌들과 회반죽 및 페인트 더미들 사이에서 태어났다. 얼마나 오래되었는지는 상관없다.

그 당시 돌들은 원래 건축주가 준 순서를 유지했고, 하나가 다른 하나 위에, 나란히 여러 세대의 집을 형성했다. 지금 저것들을 보게, 니코, 여기저기 흩어져 있지. 사람들은 집을 부술 때 에피소드들과 냄새, 추억들, 메아리와 함께 사정없이 집을 뭉개 버린다네.

나의 본질. 이 마을은 도시로 재창조되었다. 내 아버지 시대의 사람들이 낯선 사람들의 손에서 땅을 구하기 위해, 그곳에서 재배한 오렌지 나무들을 보존하면서 농업을 포기하지 않고, 산업으로도 가득 차 있었다. 그렇게 마을은 바뀌었고, 또 성장했다. 그렇게 마을은 도시가 되었고, 결국 얼마 전까지만 해도 도심 지역에 남아 있던 마지막 과수원 라 아미스타드 농장이 버텨 내지 못했다. 그것은 우리 아빠가 긴 여행 끝에 자기에게 도착한 오렌지 꽃을 시작으로 만들었던 과수원이었다.

나는 이곳의 새 주인이 여기에 아파트나 상업 건물을 지으리라고 생각한다. 이곳에는 큰 저택이 아니라 간단하고 단순한 집을 지으리라. 그것은 나를 제외한 그 누구에게도 역사적인 가치가 없는 집인데, 나는 이전 주인 중 마지막 주인이었다.

나는 오늘 내 유년의 마지막 흔적을 마지막으로 보기 위해, 어렸을 때 나를 보호해 주었던 벽돌들을 만지기 위해, 나를 감싸 주었던 향기, 지금도 나를 지켜 주고 있는 그 향기를 한 번이라도 더 담아 보기 위해, 이곳에 왔다. 나는 그 집을 알아볼 거라고, 그리고 그 집도 나를 알아볼 거라고 생각했다. 나는 그 집이 변하지 않았으리라고 생각했다. 그 집 그 그늘에 앉으면 모든 사람을 기억하기 쉬울 거라고 생각했다. 덜 고통스러울 거라고 말이다.

착각이었다. 이곳이 항상 목적지였고 지금도 그렇지만, 기억하기 위해 여기까지 올 필요는 없었다. 게다가 그 기억은 몬테레이 내 집에서나 여기서나 또는 그곳으로부터의 여정에서나 똑같이 고통스러웠다. 그래야 했기에 고통스러운 것이다. 그리고 나는 이곳에 와야 했기에 온 것이다.

내가 믿었던 것과는 달리, 내가 여기까지 와서 찾던 것은 여기에 없었다. 그것은 이 잿빛 돌들 사이에 흩어져 있었다. 그것은 한 번도 이곳에 있지 않았다. 내가 엄마와 함께 몬테레이로 갔던 날부터 이 공간과 이 벽돌들 그리고 그 성분들을 떠나 항상 내 안에 있었기 때문이다. 깃털 먼지떨이를 무기로 사용했을 때 아빠의 말이 옳았다. 그때 아빠는 집은 주인의 에너지가 공급되지 않으면 죽는다고 말했다. 그리고 이 집은 우리 말고는 다른 주인이 없었기에, 내가 상자를 닫았던 날부터 서서히 흙으로 돌아가기 시작했다. 그 과정은 마지막 꿀벌이 자기 벌집을 버렸을 때도 계속되었고, 유모 레하와 그녀의 흔들의자가 그 집에 등을 돌렸을 때도 그랬으며, 시모노피오의 존재가 집에서 느껴지지 않을 때는 더욱 가속되었다.

나도 모르게 내 소지품이 여행했던 그 상자, 반은 비어 있다고 늘 생각했던 그 상자에 나는 내게 속했던 모든 추억을 담았던 것이다. 모두를. 완벽하게.

내가 태어난 것을 본 그 살아 있는 집, 어제 완벽하게 죽어 버린 그 집은 내가 떠났을 때, 모든 걸 내게 선물로 주었다. 그 돌들은 여기저기 흩어져 있지만, 그 집을 무너뜨린 기계는 집의 울림이나 바닥 타일의 삐걱거림, 그 냄새나 밤의 삐걱거리는 소리를 파괴할 수는 없었다. 내가 다 가져갔기 때문이었다. 그것은 마치 집을 나서기 전에 오르텐시아가 만들어 준 수프 냄새를 내가 오늘 가지고 온 것과 같았다.

이제 늙은 나는 내가 아이였을 때 가져간 것과 똑같은 것을 가지고 돌아왔다. 시모노피오에 대한 추억을. 완전한 추억을. 그것은 아무도 손대지 않은 것이었다.

104

침묵의 포옹

··· **우리의 미래가** 몬테레이에 있을 것이라는 엄마의 첫 공식 발표가 있기 훨씬 전부터, 시모노피오는 그것이 어떻게 된 것인지 그리고 어떻게 될 것인지 알고 있었다.

몬테레이에는 미래가 있었지만, 우리가 아무리 그 미래를 공유하도록 그들을 초대해도, 그 미래는 그와 유모 레하를 포함하지 않고 있었다. 만일 그들이 우리와 함께 왔었다면, 그 도시에서 둘 다 질식해 죽으리라는 걸 그는 알고 있었다. 그리고 만일 그가 가 버린다면, 자신이 그토록 힘들게 짜낸 이야기가 돌이킬 수 없을 정도로 바뀌리라는 것도 알고 있었다. 그는 자신들이 모랄레스 코르테스 가문을 따르지 않으리라는 것을 처음부터 알고 있었다. 그리고 그 순간부터 그의 마음은 서서히 부서지기 시작했다.

엄마가 이것저것 짐 싸는 걸 도와 달라고 하면, 시모노피오는 최대한 빨리 일을 해치웠다. 내 옆으로 돌아와 나와 함께하고 싶어서였다. 나는 엄마가 가능하다고 생각한 것보다 더 빨리 회복되었다. 하지만, 내 회복은 내가 견딜 수 있었던 것보다는 더 느렸다. 내 몸이 내가 원하는 것보다 더 천천히 움직여 가는 동안, 내 마음은 이미 뛰놀고 있었다. 나를 차분히 두기 위해서는 끊임없는 오락이 필요했다. 시모노피오는 자기가 없으면 내가 지루해 하고, 안절부절못하는 걸 알았다. 내가 잘못된 행동으로 어긋나리라는 걸 알았기 때문에 그런 오락거리들을 재빨리 제공해 주었다. 그때 시모노피오는 내 생일이었던 그 토요일과 그 이후의 며칠 동안의 이야기를 제외한 모든 것을 내게 말해 주었다. 나는 그 주제에 대해 그에게 묻지 않았고, 그는 그런 나에게 고마워했다.

새로운 날의 매분, 매일이 그러하듯이, 그 오래된 날을 생각하는 것은 고통스러웠다. 시모노피오는 어렸을 때부터 그것을 알고 있었다. 언젠가 사자와 코요테가 서로 마주하게 될 것이고, 그 후 모든 게 달라지리라는 것을.

그의 대모는 다시 온전한 상태로 돌아가고 싶어 하는 것 같았지만 남편의 죽음과 아들의 행방이나 안부를 전혀 알지 못하고 지냈던 고통의 나날이 그녀를 무너뜨렸다. 재기의 과정은 매우 길 거였지만, 시모노피오는 결국 그것이 완성되는 것을 보지는 못할 것이었다. 비록 그 시작을 알고 매우 기뻐했지만 말이다. 베아트리스는 강한 척했고, 또 오랜 시간 동안 그럴 것이었다. 그렇게 가장하면서 결국 그렇다고 믿게 될 것이었다. 그걸 현실로 만들기 위해 그렇다고 믿을 것이다.

엄마는 괜찮으리라. 엄마와 함께 신포로사 할머니와 유모 폴라, 그리고 나도 그러리라. 그러나 그는 그 증인이 되기 위해 거기에 있지 않을 것이었다.

시모노피오는 우리 모두를 그리워할 것이지만, 특히 내가 없는 것으로 인해 그의 심장은 절반만 남게 될 것이었다. 그의 몸을 살아 있게 하는 절반만을. 나머지 절반은 내가 내 새로운 삶으로 가져갈 것이었다. 나는 그것을 내 상자에 담을 것이고, 그는 그것으로 좋은 일을 할 수 있도록, 그것을 기꺼이 나에게 주어 영원히 나와 함께 있도록 할 것이었다. 그리고 언젠가 내가 기억할 날이, 돌아갈 날이 올 것이었다.

여전히 내 옆에서, 지난 며칠 동안, 우리에게 남아 있는 시간을 최대한 활용하면서, 시모노피오는 내게 모든 걸 이야기했고, 아무것도 말하지 않았다. 내 회복과 우리 엄마의 이유 있는 금지 때문에, 그는 나와 함께 들판을 걷기 위해 나갈 수 없었다. 시모노피오는 벌들이 무엇을 알고 있는지, 또 그것을 어떻게 알았는지를 내게 이야기해 줌으로써 나를 즐겁게 해 주었다. 그리고 내게 중요한 건 경청이라는 사실을 상기시켜 주었다. 삶이 때때로 귀와 심장 또는 내장에 속삭이는 소리를 듣는 것 말이다.

"주의해서 듣고 집중해, 프란시스코."

그는 나에게 여느 때와 같이 똑같은 이야기를 해 주었고, 나는 늘 그랬듯이 언제나 처음 듣는 것처럼 귀를 기울였다. 그리고 다음 날은 기억나지 않는 깊숙한 악몽으로부터 나를 달래기 위해 매일 밤 그랬던 것처럼, 우리가 떠나는 토요일의 전날 밤에 시모노피오는 그 어두운 시간 동안 잠을 자지 않고 나를 지켜보았다. 그는 매 순간 최대한 내 눈썹 사이―그곳은 내가 어렸을 때 솜털이 소용돌이치던 곳이었다―를 쓰다듬어 주었는데, 내 귀에 대고 진실에 대해 말하며 노래해 주었다.

나는 그의 목소리와 말의 최면 효과 덕분에 침착해지고 차분해졌고, 작별의 말에 무감하게 깊은 잠에 떨어졌다.

"잘 가, 프란시스코. 너는 그곳에서 남자로 성장할 거고, 그곳에 네 미래가 있기에 가는 거야. 나는 남을 거야. 내가 너를 따라가면, 난 끝이야. 내가 꿀벌들을 떠나면 그들은 끝나 버려. 모든 게 끝나 버리지. 이해하니? 아니지. 오래도록 이해하지 못하겠지만 이해가 되면 나를 위해 돌아오겠니? 날 찾으러 돌아오겠니? 그래. 잘 가. 프란시스코. 나는 여기서 너를 기다릴게."

밤잠을 자지 않고 나를 보살피던 침실을 떠날 때, 그는 대모인 우리 엄마를 만났다. 엄마는 기대에 차서 그를 기다리고 있었다.

"유모 레하의 흔들의자는 포장했니?"

몇 주 동안 하루에도 여러 번씩 그녀는 그에게 반복해서 말했다. '흔들의자를 잊지 말거라.' 또는 '흔들의자가 도중에 손상되지 않도록 잘 덮어야 한다.' 그것은 그 가족이 유모를 버리지 않을 것임을 분명히 하는, 또한 유모가 간다면 시모노피오도 간다는 것이 기정사실임을 이해시키기 위한, 엄마의 간접적인 방식이었다. 그것은 엄마가 시모노피오에게 의무감을 느끼게 하는 방법이었지만, 실제로는 엄마가 처음부터 이미 직관했던 것을 전달한 것이었는데, 그것은 시모노피오가 우리의 미래에 포함되지 않았다는 것이었다.

작별의 시간이 오고 있었다. 시모노피오는 고개를 저었다. 더 이상 속이는 것은 의미가 없었다.

"아이고." 엄마는 내가 말썽을 부렸을 때처럼 한숨을 쉬었다. 차이점은 이 한숨은 화가 나서 내쉰 것이 아니라 체념의 한숨이었다는 것이었다. "뭐가 필요하니?" 시모노피오는 아무것도 필요하지 않기에 그 제안을 거절했다. "내가 그 아이에게 무슨 말을 해야겠니? 너 없이 우리가 무엇을 할 수 있겠니?" 엄마는 더 이상 질문에 대한 답을 기다리지 않았다. 그 질문들은 그를 향한 것이 아니었기 때문이었다.

그래도 엄마는 계속 말했다. "그녀와 함께 남을래?" 그는 고개를 끄덕였다. 유모 레하는 그의 삶의 일부였고 그녀를 떠나는 것은 선택 사항이 아니었다.

"잘 가라, 시모노피오." 엄마가 그에게 주고, 그가 엄마에게 돌려준 포옹으로 그들은 서로 말없이 모든 것을 말했다.

105

꽃의 운명

　… 그 토요일 동이 틀 때, 그들은 레하의 길을 지나고 있었다. 그들이 원했던 것만큼 그렇게 집에서 멀리 떨어진 것은 아니었다. 유모 레하는 천천히 앞으로 나아갔다. 그녀가 더 빨리 움직이는 것을 방해한 것은 빛이 부족해서가 아니었다. 그녀는 어쨌든 눈을 감고 걸었기 때문이다.

　그들은 아주 조금밖에 싣지 않았다. 한 배낭에는 그녀의 옷 몇 벌을, 다른 배낭에는 그의 옷 몇 벌을 넣었다. 그 전날, 남아 있던 얼마 안 되는 꿀벌들은 이사를 위해 애쓸 필요가 없었다. 그들은 이미 수년 전에 우리 아빠가 가져왔던 양봉 상자들에 일시 정착했다. 그래서 그들은 지금은 텅 비어 있는 그 커다란 구조물에 별다른 애정이 없었다. 꿀벌들은 시모노피오 때문에 그와 함께 왔었다. 이제 그들은 그 때문에 그와 함께 떠날 것이었다.

　그 전날 날이 밝아올 때부터 남아 있던 약간의 벌들은 시모노피오에게 자신들이 시작된 곳으로 데려가 달라고 부탁했다. 그곳은 다리

아래로, 운명이 처음으로 그들의 삶의 이야기를 엮어 낸 곳이었다. 거기서 그들은 새로운 벌집을 지을 것이다. 그것은 이전의 벌집처럼 커질 것이다. 땅과 오렌지 나무들은 여전히 그들을 필요로 했다.

유모의 흔들의자를 옮기는 것이 더 문제였지만, 유모는 그것을 포기하지 않았고, 시모노피오는 그런 그녀를 이해했다. 그것은 마치 누군가가 갑자기 다리 하나를 포기하기로 한 거나 마찬가지였다. 그 전날 그는 사람들 눈에 띄지 않게, 그 흔들의자를 들고 언덕을 올라, 그들이 계속 살 곳으로 갔었다.

그들이 떠나는 날, 배낭보다 더 무겁게 어깨를 짓누르는 공허한 침묵의 작별 인사를 등에 지고, 그들은 새벽의 첫 번째 빛이 나타났을 때 걸음을 멈췄다. 레하는 휴식이 필요한 척했으며, 시모노피오는 자신의 새 신발이 불편한 척했다. 뒤돌아보면, 그들은 그 집이 잠에서 깨어나는 걸 마지막으로 보게 될 거였다. 레하도 시모노피오도 그렇게 하려는 유혹에 저항하지 않았다.

시모노피오는 언덕 꼭대기에서 내가 그의 헛간에서 그를 찾고 있는 것을 보았다. 그리고 거기서 그는 내가 얼굴을 일그러뜨리고 나오는 것을 보았다. 그리고 그 얼굴에서 그는 내가 혼자 가리라는 것을 이해했다. 그리고 거기서 그는 고함과 눈물 때문에 내 목소리가 만들어 낼 수 없었던 단어들을 구별해 냈다. 이리 와, 이리 와, 이리 와, 이리 와, 시모노피오, 이리 와, 이리 와, 이리 와, 이리 와.

대답 없는 내 부름은 그를 영원히 괴롭힐 거였다. 나를 만나러 가는 건 얼마나 쉬웠을까. 모든 것을 잊어버리는 것은, 부채와 약속을 잊어버리는 것은, 내 옆에 며칠 더 있기 위해 위험을 잊어버리는 것은, 얼마나 쉬웠을까. 그의 결심은 약해져 그는 나를 향해 달려오고 싶었다. 그러나 그는 참았다. 그의 운명은 그 땅에서 열매를 맺은 오렌지 꽃의 운명과 같았다. 멀리 가면 그는 시들어 버릴 거였다. 내 운명은 도시에 있었다. 우리의 삶, 우리의 모든 삶이 우리의 이별에 달려 있었다.

잘 가라, 프란시스코.

시모노피오는 내가 떠나는 것을 보지 않기 위해 두 눈을 감았다. 그는 뒤돌아섰지만, 내 고함은 여전히 그의 귓가에 맴돌았다. 그는 개울을 가로지르는 작은 다리를 향했다. 그곳은 수년 전 유모와 꿀벌들, 그리고 시모노피오가 그들의 이야기를 시작했던 곳이었다.

106

버림

　　　⋯ 나는 항상 생각했다. 나를 버린 것은 시모노피오였다
고.

　그에게 내가 돌아오리라는 희망만을 남겨 두며, 그를 버린 게 나라
는 생각은 한 번도 해 본 적이 없었다.

107

난 고집불통이다

··· **그가 생각했던 것보다** 더 오래 걸렸지만, 결국 나는 돌아왔다. 부분적으로는 -그리고 조금도 후회하지 않고- 나는 그가 내 미래를 예견했던 사람으로, 내가 늦게 변한 사실에 대해 나 자신을 나무랄 것이다. 난 아버지처럼 총알로부터 아들과 땅을 보호해야 하는 상황을 맞은 적이 없다. 하지만 나는 완벽하고 용기 있게 삶에 맞서기 위해, 가족과 가까이 있기 위해, 항상 할 수 있는 모든 것을 다 했다.

난 내가 평생 쌓아 온 인간관계와 내가 가꾸어 왔던 도시적 뿌리를 무시할 수 없었다. 전적으로 나에게 의존하는 그 도시적 삶을 뿌리칠 수 없었다. 도저히 젊어서는 불가능했다.

시간이 흘렀다. 생계를 위해서도, 성격 때문에도 아니고, 아무것도 또는 그 누구도 내게 의존하지 않은 지 몇 년이 됐다. 나는 오래전에 쓸모없고 불필요한 존재가 돼 버렸다. 오래전부터 홀아비의 완전히 체념한 고독 속에서 살았다. 낡고 빛바랜 레이지보이에 앉아, 내 삶이 끝나나 보다 먼저 가 버렸던 사람들과 다시 만나기만을 기다린다.

나는 왜 그 수렁에 빠지기 전에 탈출하지 않았을까? 나는 왜 말을 듣지 않았을까? 나는 왜 돌아오지 않았을까?

그건 한 가지 요인 때문임을 인정한다. 그것은 시모노피오에게는 없었다. 지금도 내가 다른 누구도 아닌, 나 자신만을 비난하는 요인이다. 그것은 내가 아이였을 때, 내가 원하는 건, 그걸 얻을 때까지 줄기차게 고집을 부린다는 것이다. 나는 그 고집불통 완고함을 내가 버림받았다고 느낄 때 더욱 강하게 발휘했다.

어떤 이유로, 아마도 그 일의 전후 사정을 기억하지 못해서일 것이다. 내 어린 마음은, 비록 늘 한탄을 할지라도, 우리 아빠의 죽음을 이해하는 게 더 쉬웠다.

난 아버지의 부재에 더해진 시모노피오의 사라짐을 극복할 수 없었다. 그것은 일곱 살의 내가 생각했던 것과는 정반대였다. 내가 의심의 여지가 없는 일이라고 믿었던 것과는 정반대였다. 시모노피오는 나를 위해 산 것도 아니고, 나 때문에 산 것도 아니라고 믿게 되었다. 이제 나는 그 나이 때의 내가 '태양이 내 주변을 돈다'고 생각했던 이기주의자였음을 안다. '나'와 '내', '내겐'이 당시에 내가 즐겨 썼던 단어들이었으리라. 시모노피오가 나를 버리기로 고의적인 결정을 내렸다. 나에게는 작별 인사도, 설명도 하지 않았다. 그러면서도 자기에게 중요한 건 무엇이든 잊지 않고 이삿짐을 꾸렸다. 그건 나에게 매우 강한 충격이었다.

나는 내가 시모노피오에게 묶여 있다고 느꼈던 것처럼, 시모노피오도 내게 묶여 있었다고 여겼다. 그런데 그게 아니라는 생각이 들었다. 그래서 그가 나를 자기 삶에서 추방한 것처럼, 나도 그를 내 마음에서 오랫동안 추방했다.

나중에 나는 그에 대해 다시 이야기했고, 세월이 흐를수록 그를 더 애틋하게 기억하기 시작했다. 비록 쓰라린 질문들이 내 기억 속에 스며드는 걸 어쩔 수 없었지만 말이다. 그는 왜 나에게 작별 인사조차도 하지 않았을까? 그럴 생각도 없었으면서 왜 그는 우리와 함께 오는 척을 했을까? 왜 속였을까?

나는 그 무의미한 질문에 너무 많은 시간을 낭비했다. 프란시스코, 잘 들어, 주의를 기울이라고, 시모노피오는 내게 말했지만, 나는 귀를 기울이지도 관심을 갖지도 않았다.

마침내 내가 진정으로 모든 걸 보고 들을 수 있도록 마음을 열게 된 지금, 나는 그가 나에게 가르쳐 주려고 했던 것처럼, 그가 마지막 말에서 내게 요구했던 것처럼, 그가 왜 그랬는지, 왜 숨기고 속였는지를 알고 이해한다. 나는 고집을 부려서 -또한 협박도 사용했을 것이다- 엄마를 설득해 이사를 포기토록 할 수 있는, 세상에서 유일한 사람이었다. 그가 우리와 함께 오지 않으리라는 사실을 내가 진즉 알았더라면, 내가 리나레스 떠나기를 거부했으리라는 걸 그는 알고 있었다.

그리고 그는 리나레스에서 내 미래에 대한 어떤 가능성도 볼 수 없었다. 나는 그가 무엇을 보았는지 정확히 알지 못한다. 아마도 강가의 물레방아 바퀴 아래에서 익사하거나, 목표물을 명중한 총알로 인해 망가진 삶을 보았을 것이다. 아마 내 인생은 시골의 거친 소년기 시절, 기차에 도전하는 것으로 끝났으리라. 잘 모르겠다. 내가 아는 것은 그곳에 있는 무언가가 내 시간을 훔쳐 갔으리라는 것뿐이다. 리나레스에서는 사랑에 빠지는 일도, 공부도, 자녀도, 걱정도 없었으리라. 아내를 잃는 고통도, 치질도, 최근 몇 년 동안의 소화 장애 같은 고통도 없었으리라. 이제 나는 예전과 같은 사람이 아니다. 그걸 인정한다. 그리고 그 때문에 오르텐시아는 내게 수프만 끓여 준다.

돌이켜보면 난 인생에서 대단히 많이 누렸다. 그것은 내 삶이었다. 좋은 일이 많이 있었고, 늙는 것을 포함해서 나쁜 일은 그다지 많지 않았다. 젊지 않았다면, 늙는 일도 없었을 테니 말이다. 나는 지금껏 살아온 삶이 만든 결과물로서의 나다. 나는 시모노피오의 희생이 없었다면 아무것도 아니었을 것이다. 그에게 감사한다. 오늘뿐이겠지만, 그에게 감사한다.

그는 나를 보내 주었고, 내가 떠나는 것을 보았고, 내가 뒤돌아섰을 때, 떠나기 위해 자동차에 올랐을 때, 자기 마음이 찢어지도록 내버려 두었다. 나, 내, 내겐, 나, 내, 내겐…. 나는 배우지 않는다. 나는 고집이 세다. 그래서 나는 계속 똑같은 일을 한다. 나는 노인이고, 똑같은 일을 계속하고 있다. 나는 여기로 돌아왔는데, 계속해서 같다. 계속해서.

108

빛

··· **하지만 모든 것이** 나에 관한 것은 아니었다. 내가 떠나자 그는 홀로 남겨졌다. 이 땅에서 유모 레하의 운명을 공유하고, 꽃과 꿀벌의 운명을 공유했다. 그렇게 내가 돌아오기를 기다리고 있었다. 그는 내 삶을 위해 빛 속에 머물며, 평생을 바쳤다.

한 가지 질문이 매일 밤낮으로 평생 내 어머니를 괴롭힐 터였다. 에스피리쿠에타 가족에게 무슨 일이 있었지? 엄마가 그 질문을 허공에 하거나, 아무에게도 하지 않거나, 하느님에게 했을 때, 나는 소리 없이 나 자신의 조용한 질문을 추가하지 않고는 그것을 들을 수 없었다. 내 22구경 소총은 어떻게 됐을까? 하느님은 아시겠지요. 엄마는, 내가 스스로 대답하듯, 혼자서 대답했다. 그 질문은 그때는 누구도 답변할 수 없었다.

그것은 내가 지금까지도 가지고 있는 의문이다.

아버지가 두 발의 총상으로 돌아가신 바로 그날, 그 협곡에서 내 22구경 소총은 새 주인과의 관계를 끝내 버렸다. 그리고 그것은 천천히 자연 속에서 분해되며, 여전히 그곳에 있다. 살점에서 철에 이르기까지 모든 걸 청구하는 흙으로 돌아가며. 비록 철은 살점보다 오래 가지만 말이다.

그것은 내 생일이었던 그 토요일의 기억으로서 그 땅에 머물러 있는 것이다. 에스피리쿠에타의 아들은 계곡 바닥으로 떨어지기도 전에 이미 죽어 버렸다. 벌들은 그가 아무리 빨리 달려도, 아무리 벌들을 피하려고 해도, 벌들을 향해 아무리 총을 쏘아도, 그에게 자비를 허용하지 않았다.

모두 헛된 것이었다. 벌들은 모두 죽었다. 그랬다. 그러나 그들은 총알에 맞아 죽은 게 아니었다. 꿀벌들은 그를 죽이며 죽었다.

아들은 아버지의 운명을 모른 채 죽음을 맞이했고, 아버지는 아들 생각도 하지 못한 채, 불과 몇 분 만에 세상을 떠났다. 자기 아들처럼 계곡에 빠지지도 않았고, 권총으로 꿀벌을 죽이려는 헛된 시도도 하지 않았다. 어쩌면 소용이 없을지도 모른다고 느꼈기에, 벌들에게서 몸을 숨기려고도 하지 않았다.

그가 우리 아버지에게 했던 것처럼, 벌들은 그의 등을 먼저 공격했다. 그는 날개와 독침으로 뒤덮인 몸을 신생아처럼 웅크리고, 겁에 질린 채, 그들에 둘러싸여 죽었다. 그는 마귀가 자기를 쫓아가도록 꿀벌들을 보냈다고 생각했다. 마귀가 자기를 찔러 죽이는 걸로 알고 죽었다. 그는 아들 있는 곳에서 멀리 떨어져, 자기가 그토록 탐내던 땅을 맛보며, 엎드러진 채 죽었다.

꿀벌들과 그 부자(父子)가 먼지로 변하는 데에는 오랜 시간이 걸리지 않았다.

벌들은 시모노피오를 위해 그 일을 했다 하지만, 그 벌떼는 내 생명을 구하기 위해, 내 아버지와 주인의 피로 물든 땅에 복수하기 위해 죽었다. 그 빚은 내 것이었지만 시모노피오가 그 빚을 떠맡았다.

그런데 나는 꿀벌들에 대해 한 번도 생각한 적이 없었다. 나는 그들의 부재를 느끼지도 않았고, 시모노피오에게 꿀벌을 물어본 적도 없었다. 내가 이사하기 전 며칠 동안 보였던, 그의 슬픔과 외로움조차도 나는 눈치채지 못했다.

나는 그의 희생에 감사한 적이 없다.

이제 나는 나를 구해 달라는 시모노피오의 부름에 응한 벌들 중 극히 일부만이 벌집으로 돌아갔다는 것을 안다. 그 꿀벌들은 추위와 분노의 열기로 인해, 힘이 빠져서 벌침을 쏘지 않았다. 거기서 여왕벌과 어린 벌들이 그들을 맞이했다. 공허한 메아리와 슬픔으로 가득 찬 침묵으로 그들을 맞이했다. 커다란 불안함이 그들을 받아들였다. 내일은 어떻게 될까? 꽃은, 꽃을 피워내는 나무들은, 우리를 필요로 하는 땅은 어떻게 될까? 시모노피오, 우리는 어떻게 될까요?

시모노피오는 내가 떠날 때까지 매일 밤 이 고통 아래로 몸을 숨겼다. 하지만, 자신이 벌들을 위해 무엇을 해야 하는지 아는 데는 단 하룻밤이면 충분했다.

그들의 수가 줄어들어, 그들은 보살핌을 필요로 했다. 그들은 새로운 세대에게 비행 지도를 전달하기 위해 기억을 완성할 누군가가 필요했다. 그들이 그를 인도했던 것처럼, 이제는 그가 그들의 안내자이자, 교사가 되어야 했다. 그들은 시간이 필요했고 예년의 상태로 돌아가기 위해 원기를 회복해야 했다.

나는 항상 시모노피오가 내 것이라고 생각했다. 내 형이자 내 안내자, 내 구원자라고…. 그러나 그는 그 이전에 그들의 형제였고, 그들의 아들이었다. 꿀벌들의 시모노피오, 시모노피오의 꿀벌들. 처음부터 그랬다. 그것은 그가 자기 인생에서 맨 처음 알게 된 사실이었다. 그의 인생 첫날 새벽, 그를 따뜻한 날개로 감싸며 생명으로 초대할 때, 벌들은 그의 귀에 대고 그렇게 속삭였다.

그리고 시모노피오가 차갑고 텅 빈 지붕 아래에서 첫날밤을 보낼 때, 그 사실을 그에게 상기시켜 주었다.

의심의 여지없이, 시모노피오는 몬테레이에서 서서히 죽어 갔을 것이다. 그러나 아마도 나를 위해 -버림받은 고통으로부터 나를 보호하기 위해- 그는 그 불완전한 삶에, 죽음에 자신을 내맡겼을 수도 있다. 그는 단지 오감만으로 살아가는 우리 같은 귀머거리와 맹인들의 한계에 몸을 맡겼을 수도 있었다.

그러나 그는 벌집에 남은 몇 안 되는 꿀벌들이, 자신이 태어나는 것을 본 그들이, 평생 그를 감싸주고 이끌어 주었던 그들이, 그의 첫 번째 가족이었던 그들이, 나보다 지금 그를 더 필요로 한다는 것을 알고 있었다. 그는 그들에게 속해 있었고, 그들은 그에게 속해 있었다. 결국 그들은 모두 땅에 속해 있었다. 오랜 인내와 수많은 산속 여행 끝에 그들은 그 땅을 오렌지 나무로 가득 채웠다. 그들의 계약을 깨뜨릴 방법은 없었다. 삼각형의 한 부분은 다른 부분 없이 살아 남을 수 없었다.

멀리 떠나가면, 그는 쓸모없는 죽음을 맞이하리라. 그가 없으면 꿀벌들은 죽을 것이고, 꿀벌들이 없으면 그들이 그토록 힘들게 싸워 온 이유였던 땅과 나무도 죽을 것이었다.

모든 것이 나에 관한 것은 아니었다. 재해가 없고 서리도 없었지만, 리나레스는 향후 몇 년 동안 오렌지 수확량이 매우 열악했다. 풍족함에 익숙해진 주인들은 과일을 하나씩 세어보고 다시 세어보았지만, 몇 번을 세어도 실수는 없었다. 과일 상자들에는 채울 수 없는 공간이 남았다.

그들 중 누구도 꿀벌들을 그리워하지 않았다. 그들 중 누구도 벌들의 숫자를 세려고 애쓰지 않았다. 시모노피오만이 그랬다.

109

완고한 이기심

••• 그리고 내가 여기 계속 있다.

완고하고 어리석고 이기적인 나는 그가 그 모든 세월 동안 참을성 있게 나를 기다리고 있다는 사실을 알면서, 이야기를 계속하고 있다. 그가 그 언덕 너머에서, 레하의 길에서 나를 기다리고 있는 것을 알면서.

110

두려움

··· **그는 내가 도착했다는** 것을 안다. 그러나 그는 참을성
이 있다. 그렇게 오래 기다렸기 때문에 조금 더 기다리는 것은 상관
하지 않는다.

그는 세상의 모든 시간을 소유하고 있다. 유모 레하는 그의 곁에서
몸을 흔들고 있다. 그 두 사람이 세상에서 첫 시간을 보내고 첫 번째
빛을 보았던 그 다리 아래에서, 그들을 받아들이고 환영했던 그 세
계 안에서. 그 세계 안에서는 시간이 흐르지 않는데, 그들은 나를 위
한 공간을 마련해 놓고 있었다.

나는 가고 싶지만 두렵다. 나는 그들이 지금의 늙은 내 모습을 보
는 것이 두렵다. 나는 시모노피오가 나와 함께 오렌지 나무에 다시
오르고, 두꺼비를 사냥하고, 이빨로 호두를 깨물려고 나를 기다릴까
두렵다. 수십 년 전에 우리 몸에 살았던 그 이들과 벼룩들 또는 진드
기의 후손들로 나를 채우기 위해 나를 기다리고 있을까 두렵다. 그러
나 나는 벌써 오래전에 어린아이가 되는 법을 잊었다.

프란시스코, 귀를 기울여서 잘 들어라.

지금 나는 그가 내 귀에 대고 말하는 듯이 그 말을 분명히 들을 수 있다. 하지만 나는 듣기를 거부한다. 그는 친숙한 목소리로 나를 부르고, 사랑스러운 목소리로 내게 노래 부르는데, 나는 두렵다. 나는 그의 얼굴을 보는 것이 두렵다. 몇 년 동안 그를 부인했고, 수십 년 동안 의도적으로, 그의 부름에 귀와 눈을 감았다는 사실을 인정하는 것이 두렵다. 나는 아무것도 하지 않고 지난 15년을 낭비했다. 이제 내가 전에는 할 수 없었던 것을 보고, 듣고, 이해할 수 있게 되면서, 나에 대한 그의 부름이, 그곳에 항상 존재했음을 인정한다.

나는 그의 얼굴을 보는 것이, 그 얼굴에서 나에 대한 실망을 읽어 내는 것이 두렵다.

111

위대한 만남

··· **지금 꿀벌들은** 우리 주위를 날고 있다. 나는 그들이 중얼거리면서 나에게 무엇을 말하고 싶어 하는지 이해한다. 이리 와, 이리와, 이리 와, 이리 와. 빨리 와, 빨리 와, 달려와. 그리고 나는 그가 나를 자기에게로 이끌기 위해 벌들을 보냈다는 것을 안다.

이제 나도 그 소리를 듣는다. 그것은 나의 내면에서 들려오는 어린아이의 작은 한숨이다. 나는 내 안을 깊숙이 살펴, 과거의 나였던 그 아이를 만난다. 그는 내가 생각했던 것처럼 세월이 흘러도 사라지지 않았다. 그는 시모노피오처럼 나를 기다리고 있었고, 내게 말하고 있었다. 내 추억의 깊은 곳에 자리하며, 때로는 침묵하지만 인내심을 갖고, 초대되기를 기다리고 있었다.

그 안에는, 내 안에는, 더 이상 분노나 원망이 있을 곳이 없다. 그리고 결국 그날이 왔기에, 그는 감동하고, 나도 감동한다.

그는 오랜 친구처럼 내게 인사하고, 우리가 한때 용감하고 대담했으며, 어떤 일에도 주저함이 없었다는 것을 상기시켜 준다. 그는 나에게 가능한 한 빨리 출발하자고 한다. 그는 이제 따분하다고 말한다. 우리가 오렌지 전쟁으로 돌아가고, 거침없이 달리고, 마음대로 나무에 오르고, 숨바꼭질하고, 강에서 수영하고, 시모노피오의 안전한 손을 잡을 때 느끼는 감정이 나를 채우고 감염시킨다.

그리고 나는 그렇게 하도록 허용한다.

추억은 더 이상 멀리 있지 않다. 더 이상 몇 년 단위로 측정되지 않는다. 순수한 감정으로 측정되기 시작한다. 이제 그는 내게 손을 내민다. 나는 내 손을 내민다. 그는 나에게 레하의 길로 꿀벌들을 따라오라고 말한다. 그 끝에서 우리 형제가 우리를 기다리고 있기 때문이다. 그리고 나는 그에게 잠시 기다리라고 말한다. 내가 먼저 해야 할 일이 있다. 나는 나날이 노인이 되어 가는데, 비록 그 노인을 버리기 시작했지만, 나는 여전히 가장 기본적인 책임감에 매여 있다. 그것은 우리 엄마의 가르침에 대한 마지막 유대감이다. 나는 그것을 그렇게 쉽게 잊을 수가 없다. 다시 만난다는 흥분 때문에 그냥 이대로는 갈 수가 없다.

니코, 나는 자네를 보고 있다. 내가 자네에게 할 말을 자네가 이미 알고 있다는 걸 나는 알지.

"이제 나는 자네와 돌아가지 않을 걸세."

자네는 나를 놀란 눈으로 쳐다보지만, 이제 아무것도 나를 막을 수 없네.

"내 지갑에 있는 돈을 모두 가지게. 하지만 이 얘기를 내 아이들에게 들려주게. 그들은 그 이야기의 일부만 알고 있으니까. 이제 그들이 모든 것을 알아야 할 때이네. 그들에게 내가 그들을 매우 사랑했으며, 그들로 인해 내가 내 형을 보지 못한 채 보낸 세월이 가치가 있었다고 말해 주게. 그늘로 걸어 다니라고 전해 주게. 눈으로 듣고, 피부로 보고, 귀로 느끼라고 말해 주게. 왜냐하면, 삶은 우리 모두에게 말하고 있고, 우리는 그것을 듣고, 보고, 느끼고 싶어 해야 하기 때문이지."

나는 이 가르침이 늦었다는 것을 너무 잘 알고 있지만, 오늘 이전에 나는 가르칠 준비가 되어 있지 않았다.

내가 그들에게 모든 것을 직접 말할 수 있었던 시간을 잃어버린 것 때문에 슬픈 감정이 올라온다. 그들이 아이였을 때, 두 눈에 반짝이는 별을 가지고 나를 바라보았을 때 말이다. 이제 너무 늦었다. 낯선 사람이 그들에게 전해 주는 메시지로 충분해야 한다.

"잘 가게. 이제 나는 가겠네. 나였던 그 소년, 프란시스코 주니어라는 이름의 그 소년이 많은 것을 주장하기 때문이네. 바로 지금, 그는 내게 이렇게 말하고 있네. 어서, 프란시스코, 이제 가자고. 말은 그만 하고, 나는 나가고 싶어."

나는 귀를 기울이고 그에게 주의를 기울이는 것 말고는 할 수가 없다. 이 소년은 상황과 말에 따라 항상 매우 집요하거나 매우 완고했기 때문이다. 그래서 나는 우리가 목적지에 도착하기 전에, 그가 완전히 밖으로 나가서, 노인을 단번에 남겨 두고, 오랫동안 뛰지 않은 것처럼, 달릴 거라는 사실을 알고 있다. 그는 목적지에 빨리 도착하고 싶어 한다.

오렌지 꽃의 목적지에, 시모노피오의 목적지에, 그의 목적지에, 그리고 나의 목적지에. 해가 지기 전에. 일단 거기에서 그는 자기의 작은 손으로 -이제 눈에 보이는 핏줄도, 얼룩도, 선도 없는- 그의 형의 젊은 손을 잡을 것이기 때문이다. 그가 그렇게 오랫동안 기다려 온 것처럼.

나는 돌아서서 망설이듯 한 걸음을 내디딘다. 그리고 또 다른 걸음을. 나는 최근 몇 년 동안보다 내 몸에 더 많은 힘이 있음을 깨닫는다. 나는 내 등 뒤에 예전의 지평선을 두고, 꿀벌들을 따라가는데, 점점 더 민첩하고 점점 더 빠르게 쫓아간다. 우리는 뒤돌아보지 않고 걷는다. 이 여행에서 유일하게 우리에게 중요한 것은 우리의 목적지뿐 이기에.

| 참고 및 감사의 말 |

이 이야기는 멕시코 북부 감귤 재배 지역의 실화를 바탕으로 한 소설입니다. 역사적 사건에서 영감을 얻은 이야기입니다. 그럴지라도 이야기를 쓰는 것보다 더 큰 자유는 없습니다.

여기서 핵심 단어는 '영감'입니다. 영감은 무한한 가능성을 열어 줍니다. 내가 상상한 대로 소설을 전개할 수 있도록 특권을 부여해 줍니다.

이를 '예술적 라이센스'라고 합니다. 그러나 정부의 어떤 부서도 이 라이센스를 발행해 주지는 않습니다. 누구든 원하는 대로 그것을 스스로에게 부여하지요. 그리고 거기서 자유가 시작됩니다.

이 소설을 쓰기 위한 내 조사는 매우 광범위했습니다. 그리고 역사적 사건과 기술적 측면을 있는 그대로 존중하는 것은 인물들의 이야기를 할 때 매우 중요했습니다. 그러나 정확한 날짜를 존중하는 것은 그리 중요하지 않았습니다.

이 책에서 나는 역사적 자료에 충실하기보다는 내 상상력에 대한 충실성을 모색했습니다.

그래서 시모노피오가 존재합니다. 그래서 오늘날 중요한 감귤 재배 지역이 된 모든 것이 한 소년의 여행과 몇 마리 꿀벌들의 비전 덕분이라고 말하는 것입니다. 그래서 『꿀벌의 속삭임』에서 나는 카나스타 카드게임 토너먼트를 포함한 것입니다. 비록 따분한 우루과이 사람들이 이 카드 게임을 발명하기까지는 20년 정도가 더 걸릴 테지만 말입니다. 그래서 이 소설에는 내 상상력에서 추출된 가상의 인물들이 역사책의 일부 또는 전체에 등장하는 인물들과 함께 공존하기도 합니다. 이는 내가 나에게 부여했던 예술적 라이센스 안에서 매우 수용 가능한 항목이기도 합니다.

내 조상들이 나와 함께 -내 세대와 함께- 나누어 주었던 모든 에피소드에 매우 감사합니다. 내가 이 글쓰기라는 모험에서 무언가를 배웠다면, 그것은 에피소드들에서 이야기가 구성된다는 것입니다. 실제 이야기와 상상의 이야기 모두 말입니다.

스페인 편집자인 실비아 케리니에게 감사합니다. 그분은 이 이야기가 국경 없는 문학 여행을 할 수 있도록 초대해 주었습니다.

펭귄 랜덤 하우스의 경이롭고 대담한 멕시코 편집자 웬돌린 페를라에게 감사합니다. 내가 문을 두드렸을 때 그는 용기를 내 나를 환영해 주었지요. 감사합니다. 그리고 내게 문을 활짝 열어 주고 이 소설이 더욱 빛나도록 조언해 준 크리스토발 페라에게 감사합니다.

위대한 작가이자 거장, 멘토이자 친구인 펠리페 몬테스에게도 시간을 내서 소중한 조언을 해준 것에 대해 감사하고 싶습니다.

마릴루 트레비뇨에게 감사합니다. 그는 지금도 살아 있지만, 이 이야기에 영감을 불어넣어 주었습니다. 마릴루의 노래를 듣는 것은 풍부한 음악의 과거로의 여행을 보장합니다.

나는 이 세상에서 존경받고 훌륭한 분들을, 그분들이 마지막으로 세상을 떠나기 전에, 인터뷰할 수 있었음에 감사합니다. 그분들이 내 질문에 대답해 준 에너지, 열정, 인내심에 감사합니다. 그들은 사라졌지만, 이 이야기에서, 그리고 이 세상에서 그들이 만졌던 삶으로 나에게 흔적을 남겼습니다.

꿀벌의 속삭임

초판 1쇄 발행 2021년 12월 12일

지은이 소피아 세고비아
옮긴이 정동섭

펴낸이 장종표
편집 김화성, 하동국   디자인 씨오디

펴낸곳 도서출판 청송재
등록번호 2020년 2월 11일 제2020-000023호
주소 서울시 송파구 송파대로 201 테라타워2-B동 1620호
전화 02-881-5761   팩스 02-881-5764
홈페이지 www.csjpub.com
페이스북 www.facebook.com/csjpub
블로그 blog.naver.com/campzang
이메일 sol@csjpub.com

ISBN 979-11-91883-05-3 03870

※ 책값은 뒤표지에 있습니다.